HEYNE BÜCHER

W0340708

Fantasy

Herausgegeben von Wolfgang Jeschke

Von Greg Bear erschienen in der Reihe
HEYNE SCIENCE FICTION & FANTASY:

Das Lied der Macht · 06/4382
Äon · 06/4433
Blutmusik · 06/4480
Corona (Star Trek-Roman) · 06/4499
Der Schlangenmagier · 06/4569
Die Gabel Gottes · 06/4617 (in Vorb.)

GREG BEAR

DER SCHLANGENMAGIER

Zweiter Roman
des Sidhe-Zyklus

Deutsche Erstausgabe

Fantasy

WILHELM HEYNE VERLAG
MÜNCHEN

HEYNE SCIENCE FICTION & FANTASY
Band 06/4569

Titel der amerikanischen Originalausgabe
THE SERPENT MAGE
Deutsche Übersetzung von Walter Brumm
Das Umschlagbild schuf Dieter Rottermund

Redaktion: Friedel Wahren

Printed in Germany 1989
Umschlaggestaltung: Atelier Ingrid Schütz, München
Satz: Schaber, Wels
Druck und Bindung: Ebner Ulm

ISBN 3-453-03164-4

Dieses Buch endlich ist für Kristine
– ohne ihr eignes Wissen
eine Art Beatrice
1951–1971

1

Die blassen, durchscheinenden Gestalten beugten sich wieder über Michael Perrin. Wäre er wach gewesen, so hätte er drei von ihnen erkannt, doch lag er in tiefem und traumlosem Schlaf. Der Schlaf war eine Gewohnheit, die er seit seiner Rückkehr wieder angenommen hatte. Er befreite ihn, wenn auch nur für kurze Zeit, von den Gedanken daran, was im Reich geschehen war.

– Er gibt vor, normal zu sein, sagte eine Gestalt ohne Worte zu ihrer Schwester.

– Laß ihn ruhen. Seine Zeit wird früh genug kommen.

– Fühlt er es?

– Er muß.

– Hat er schon jemandem erzählt?

– Nicht seinen Eltern. Nicht seinen engsten Freunden.

– Er hat so wenige enge Freunde ...

Michael wälzte sich auf den Rücken und zog dabei die Decke zur Seite, so daß seine breiten muskulösen Schultern enthüllt wurden. Eine der Gestalten streckte den Arm aus und drückte einen seiner Arme mit langen Fingern.

– Laß das.

– Er hält sich in Form.

Die vierte Gestalt, wie ein Vogel geformt, sagte nichts. Sie stand gedankenverloren bei der Tür. Die anderen zogen sich vom Bett zurück, und endlich ergriff die vierte Gestalt das Wort.

– Niemand im Rat weiß davon.

– Selbst für uns war es eine Überraschung, antwortete die größte der drei anderen Gestalten.

Michaels Augenlider zuckten unruhig, öffneten sich. Er gewann einen flüchtigen Blick auf weißlichen Dunst, der wie Flügel in der Luft ausgebreitet war, aber das konnte leicht eine vom Schlaf herrührende Sehtrübung gewesen sein. Erschrocken hob er die linke Hand, um auf seine neue Armbanduhr zu sehen. Es war acht Uhr dreißig. Er hatte verschlafen. Nun blieb ihm kaum Zeit für seine Übungen.

Er ging in einem beigefarbenen Trainingsanzug, einem Geschenk seiner Eltern zu seinem letzten Geburtstag, die Treppe hinunter. Auf seinem Geburtstagskuchen hatte es auf seine Bitte hin keine Kerzen gegeben. Er wußte nicht, wie alt er war.

Seine Mutter, Ruth Perrin, saß in der Küche und las die Zeitung. »In fünfzehn Minuten ist das Frühstück fertig«, ermahnte sie ihn lächelnd. »Dein Vater ist in der Werkstatt.«

Michael erwiderte das Lächeln, nahm einen langen eichenen Stock aus der Speisekammer und trug ihn zur Tür hinaus in den Garten.

Dünner Nebel trübte den Morgen, würde sich aber in ein paar Stunden im Sonnenschein aufgelöst haben. Unter dem hochgekippten Tor der umgewandelten Garage sandete sein Vater John eine Tischplatte aus Ahornholz ein, die er über zwei farbbespritzte Sägeböcke gelegt hatte. Er blickte zu Michael auf und wischte sich mit dem Unterarm unsichtbaren Schweiß von der Stirn.

»Mein Sohn, der Athlet«, sagte Ruth von der Schwelle des rückwärtigen Eingangs.

»Ich glaube mich zu erinnern, wie er Bücherstapel herumtrug«, sagte John. »Sei nicht allzu streng mit ihm.«

»Das Frühstück wartet nicht«, sagte sie. »Fünfzehn Minuten.«

John wischte mit den Fingern über die glatte blasse Oberfläche und machte sich über eine rauhe Stelle her. Michael stand in der Mitte der kleinen Rasenfläche und begann mit dem Stock zu üben. Zuerst lief er auf der Stelle, den Stock mit gestreckten Armen in Vorhalte, dann zog er ihn rückwärts über den Kopf und beugte sich seitwärts, so daß er erst mit dem einen Ende, dann mit dem anderen das Gras auf beiden Seiten berührte. Er hatte sich kaum in Schweiß gearbeitet, als seine Mutter wieder in der Türöffnung erschien.

»Zeit«, sagte sie.

Sie musterte ihren Sohn über den Rand der Kaffeetasse hinweg, als er seinen Toast mit dünn geschnittenen Streifen rohen Schinkens aß. Sein Appetit auf Schinken – und auf jede Art von Fleisch – hatte gegenüber früheren Zeiten merklich nachgelassen ...

Aber sie brachte diese Beobachtung nicht zur Sprache. Der Umstand, daß Michael fünf Jahre fort gewesen war, wurde im Haus so gut wie nie erwähnt. John hatte einmal gefragt, und Michael hatte Anzeichen von Bereitwilligkeit gezeigt, darüber zu reden, aber die Reaktion seiner Mutter, eine steife Art von Panik mit schriller Stimme, hatte sie beide augenblicklich verstummen lassen. Sie hatte deutlich genug zu verstehen gegeben, daß sie nicht darüber sprechen wollte.

Ebenso deutlich war, daß es Dinge gab, über die sie sprechen wollte und nicht konnte. John hatte das früher schon durchgemacht; Michael nicht. Der Schwebezustand störte ihn.

»Köstlich«, sagte er, als er seinen Teller zur Spüle trug. Er gab seiner Mutter einen Kuß auf die Wange und lief die Treppe hinauf, um seine Arbeitskleidung anzulegen.

Michael hatte die Position des Nachlaßverwalters im Haus Waltiris noch nicht eingenommen. Der Zeitpunkt war noch nicht passend.

Nach zweiwöchiger Arbeitssuche hatte er eine Stellung als Kellner in einem nikaraguensischen Restaurant in der Pico Street gefunden. In den letzten drei Monaten war er jeden Wochentag und Samstagvormittag mit dem Bus zur Arbeit gefahren.

Um zehn Uhr dreißig traf Michael vor dem Restaurant mit den Besitzern, Bert und Olive Cantor, zusammen. Bert zog einen dicken Schlüsselring hervor und sperrte die holzgerahmte Glastür auf. Olive lächelte Michael freundlich zu, und Bert starrte ins Ungewisse, bis er eine große Tasse Kaffee bekam. Bald nachdem diese geleert war, erteilte Bert höfliche Anweisungen in Form von Fragen, und der Tag nahm seinen offiziellen Anfang. Jesus, der nikaraguensische Küchenchef, der schon vor sechs Uhr gekommen war, legte seine Schürze an, setzte die Kochmütze auf und unterwies zwei mexikanische Helfer in den Vorbereitungen für die Spezialitäten des Tages. Juanita, die älteste Kellnerin, eine stämmige Kolumbianerin, vergewisserte sich geschäftig umhereilend, daß alle Tische richtig gedeckt waren und es an der Salatbar an nichts fehlte.

Bert und Olive behandelten ihn wie einen verlorenen Sohn, oder wenigstens wie einen hochgeschätzten Vetter. Sie behandelten alle Angestellten, als ob sie aus verschiedenen Zweigen der Familie kämen. Bert hatte das Restaurant sein ›Altersheim der Vereinten Nationen‹ genannt, nachdem er Michael eingestellt hatte. »Wir haben einen rothaarigen Iren oder jedenfalls einen, der so aussieht, und ein halbes Dutzend verschiedene Typen von Latinos, und zwei verrückte Juden an der Spitze.«

Michael servierte zur Mittagszeit und zum Abendessen, was ihm Gelegenheit gab, die Menschen zu beobachten, die er bediente. Die Kundschaft des Restaurants glich einem breiten Querschnitt durch die Bevölkerung von Los Angeles, von heimwehgeplagten Nikaraguanern bis zu Studenten der Universität von Kalifornien. Zur Mittagszeit kamen Geschäftsleute und Angestellte aus dem weiteren Umkreis.

An diesem Morgen konnte der Kaffee Bert nicht auf

den neuen Tag einstimmen. Er wirkte in einer unbestimmten Weise erregt, und Olive war ungewöhnlich still. Schließlich, eine halbe Stunde vor der Öffnung des Lokals, ging Bert mit Michael in den rückwärtigen Vorratsraum hinter der Küche zwischen die großen Kanister mit verschiedenen Pfeffern und Gewürzen und den Paketen getrockneter Kräuter, und zog zwei Stühle unter einem kleinen Tisch heraus, wo Olive gewöhnlich die Buchhaltung besorgte.

Bert war fünfundsechzig, fast kahl, und hatte das verbliebene weiße Haar peinlich genau zu einer kreisrunden Tolle frisiert. Man konnte sich darauf verlassen, daß er immer eine blaue Sportjacke und braune Hosen mit einem Polohemd unter der Sportjacke trug und daß er an der rechten Hand einen Klassenring seiner Schule mit einem vorstehenden Granaten trug.

Während er sich setzte, wedelte er mit den feisten Händen und schüttelte den Kopf. »Sorgen Sie sich nicht um Ihren Job«, sagte er. »Sie sind ein guter Arbeiter und servieren wie ein alter Profi, und Sie wissen sich zu benehmen und könnten sogar in einem feinen Lokal arbeiten.«

»Dies ist ein feines Lokal«, erwiderte Michael.

»Ja, ja.« Bert machte ein zweifelndes Gesicht. »Wir sind eine große Familie, und Sie sind ein Teil davon. Ich sage dies, weil Sie hier arbeiten werden, so lange Sie wollen, und weil wir Sie alle mögen ... Aber Sie gehören nicht hierher.« Er schoß Michael einen aufmerksam prüfenden Blick zu. »Und ich meine das nicht in dem Sinne, daß Sie an einer Universität sein sollten. Woher kommen Sie?«

»Ich bin hier geboren«, antwortete Michael, wußte jedoch, daß Bert etwas anderes meinte.

»Ja? Warum sind Sie hierher gekommen, zu diesem Restaurant?«

»Ich weiß nicht, worauf Sie hinaus wollen.«

»Die Art, wie Sie die Gäste ansehen. Freundlich,

aber ... spukhaft. Aus einer weiten innerlichen Distanz, als kämen Sie von irgendeinem weit entfernten Ort. Die Leute merken es nicht, aber ich. Auch Juanita. Sie hält Sie für einen *brujo,* wenn Sie mir mein Spanisch vergeben wollen.«

Michael hatte genug Spanisch gelernt, um zu wissen, daß *brujo* die maskuline Form von *bruja* war, Hexe. »Das ist albern«, sagte er und blickte stirnrunzelnd zu den Kanistern auf ihren grauen Metallregalen.

»Ich denke darin wie Juanita. Sie spült das Geschirr, und ich schmecke die Speisen ab und rege mich vielleicht einmal in der Woche auf, aber das ist unser beider Meinung. Beide Enden des Regenbogens denken gleich.«

»Was meint Ihre Frau?« fragte Michael. Olive erinnerte ihn an eine etwas dickliche Golda Waltiri.

»Olive würde gern ein halbes Dutzend Söhne haben, aber der Herr, gepriesen sei sein Name, war nicht einverstanden. Sie himmelt Sie an. Sie denkt nicht schlecht von Ihnen, selbst wenn sie sieht, wie Sie unsere Gäste ansehen.«

»Es tut mir leid, daß ich Sie beunruhige«, sagte Michael.

»Durchaus nicht. Die Gäste kommen wieder. Die Leute mögen es, Gott weiß warum, wenn sie in der Art und Weise beachtet werden, wie sie glauben, von Ihnen beachtet zu werden. Sie tun es nicht, weil Sie sich einen Vorteil davon versprechen. Aber trotzdem gehören Sie nicht in ein Restaurant.«

Der Vorratsraum war klein, und Bert machte ein ungemein besorgtes Gesicht. Die hochgezogenen Brauen furchten seine hohe Stirn. »Olive sagt, Sie hätten etwas von einem Dichter an sich. Sie muß es wissen, weil sie in ihrer Jugend mit vielen echten oder eingebildeten Dichtern Umgang hatte.« Er sandte einen Leidensblick zur Decke. »Warum also bedienen Sie in einem Restaurant?«

»Ich muß einiges lernen.«

»Was können Sie in einem kleinen Spezialitätenlokal in der Pico Street lernen?«

»Über Menschen.«

»Menschen sind überall.«

»Ich bin es nicht gewohnt ... normal zu sein«, sagte Michael. »Das heißt, unter Menschen zu sein, die einfach ... Leute sind. Gute einfache Leute. Ich weiß nicht viel über sie.«

Bert schob die Unterlippe vor und nickte. »Juanita sagt, daß jemandem, der ein *brujo* wird, vorher etwas passieren muß. Ist Ihnen auch etwas passiert?« Er hob die Brauen, und sein Blick verlangte eine freimütige Antwort. Michael spürte eine seltsame Bereitwilligkeit, seinem Wunsch nachzukommen.

»Ja«, sagte er.

Nachdem er auf diese Weise fündig geworden war, lehnte Bert sich zurück und schien vorübergehend ratlos. »Haben Sie Eltern? Sind sie gesund?«

»Es geht ihnen gut«, sagte Michael.

»Wissen sie etwas?«

»Ich habe ihnen nichts erzählt.«

»Warum nicht? Sie lieben Sie.«

»Ja. Und ich liebe sie.« Die Hemmung schwand. Michael wußte selbst nicht, wie ihm geschah, aber er war drauf und dran, sich Bert Cantor anzuvertrauen. »Ich habe versucht, es ihnen zu erzählen. Einmal oder zweimal wäre es beinahe dazu gekommen. Aber meine Mutter gerät in Aufregung, noch bevor ich anfange. Und dann lasse ich es eben sein.«

»Wie alt sind Sie?«

»Ich weiß es nicht«, sagte Michael. »Ich könnte siebzehn sein, und ich könnte zweiundzwanzig sein.«

»Das ist sonderbar«, sagte Bert.

»Ja.«

Die Geschichte entwickelte sich von dort und nahm über mehrere Tage ihren Fortgang. Jeden Tag zog Bert um elf die Stühle im Vorratsraum unter dem Tisch heraus und setzte sich mit gefurchter Stirn Michael gegenüber und lauschte, bis die Mittagsgäste kamen und Michael bedienen mußte.

Als die Geschichte am vierten Tag im wesentlichen erzählt war, lehnte Bert sich wieder zurück, schloß die Augen und nickte. »Das«, sagte er, »ist eine gute Geschichte. Wie Singer oder Alejchem. Eine gute Geschichte. Dieser Teil über Jahwe – daß er eine Art Elf gewesen sein soll – ist hart für mich. Aber die Geschichte ist gut. Und ich stelle die Frage nicht, um Sie zu beleidigen: Aber ist alles wahr?«

Michael nickte.

»Alles anders als das, was Zeitungen und Geschichtsbücher sagen?«

»Vieles anders als das, was darin steht, ja.«

»Ich frage mich, ob ich Ihnen glaube. Vielleicht. Manchmal sind meine Meinungen über diese Dinge nicht festgefügt. Und Sie glauben, es sei besser hier als zur Universität zu gehen?«

Er nickte wieder.

»Kluger Junge. Mein Sohn James, aus einer früheren Ehe, hat die Universität besucht. Die Professoren dort haben keine Ahnung von Menschen. Auf Bücher verstehen sie sich.«

»Ich mag Bücher. Früher las ich jeden Tag, und nachdem ich alle Bücher meiner Eltern gelesen hatte, ging ich zur Bibliothek. Ich muß auch darüber mehr wissen.«

»An Büchern ist nichts auszusetzen«, sagte Bert, »aber wenigstens versuchen Sie die Dinge in die richtige Perspektive zu bringen.«

»Das hoffe ich.«

»Also«, sagte Bert nach langer Pause, »was werden Sie mit sich anfangen?«

Michael schüttelte den Kopf.

»Ich fühle mit Ihnen, nach einer Geschichte wie dieser«, sagte Bert. Dann stand er auf. »Zeit, an die Arbeit zu gehen.«

Der Winter verging wie ein verlängerter Herbst und wandelte sich unmerklich zu einem nassen Frühling mit reiner Luft, wie Los Angeles ihn seit Jahren nicht erlebt hatte, einen funkelnden, grünblättrigen, Sonne-in-Regentropfen-Frühling.

Sechs Monate nach seiner Rückkehr aus dem Reich erschienen die Perlen in Michaels Händen, genauer gesagt: in den ersten Wochen jenes Frühlings. Sie betteten sich am Ende seiner Lebenslinie zwischen die Handballen, nicht stofflich, und leuchteten in der Dunkelheit wie zwei Glühwürmchen. Nach zwei Tagen verblaßten und verschwanden sie.

Die Perlen bekräftigten, was er seit einigen Wochen vermutet hatte. Die Ereignisse reiften.

So endete die Zeit der Vorspiegelung, die Zeit der Normalität und Anonymität, die letzte Zeit, die er wirklich sein eigen nennen konnte.

Nach dem Abendessen regnete es mehrere Stunden lang, es trommelte auf das Dach über Michaels Zimmer und rieselte glucksend in Regenrinnen und Ablaufrohren. Mondbeschienene Wassertropfen glänzten an den Blättern der Aprikosen- und Avaocadobäume im Garten. Gerundete Wolkenumrisse, die Unterseiten von den Lichtern der Stadt orangebraun verfärbt, zogen ohne Eile über die Hügel von Hollywood.

Michael war in sein Zimmer gegangen, um zu lesen, aber nach einer Weile legte er das Buch – Evans-Wentz: *Der Elfenglaube in keltischen Ländern* – beiseite und trat zum offenen Fenster, wo er die feuchte Luft im Gesicht fühlen konnte.

Die Nachtvögel sangen wieder. Ihr Gesang bestand teils aus scharfen Trillern, teils aus schmelzenden Tonfolgen. Die Bäume schienen belebt vom Gesang. Während der letzten Tage hatten sie so spät nicht gesungen; vielleicht hatte der Regen sie gestört.

Michael schloß das Fenster, kehrte zurück zum Bett und legte sich auf das Kissen. Er schlief nackt, da ihm die Beengung durch einen Schlafanzug mißfiel. Während er schlief, wirkte sein Geist wie eine Antenne, die sich ausbreitete und empfing, ob er es wollte oder nicht ...

Morgen wollte Michael das Elternhaus verlassen und im Haus von Arno und Golda Waltiri wohnen, deren Nachlaßverwalter er war. Er hatte den Umzug seit seiner Kündigung bei Bert und Olive geplant, doch bisher schien die Zeit nie wirklich geeignet gewesen zu sein.

Jetzt war der rechte Zeitpunkt gekommen. Selbst wenn er die Perlen außer acht ließ, zeigten sich unverkennbare Zeichen zuhauf. Er hatte ungewöhnliche Träume.

Er schaltete das Licht aus. Unten erklang ein Klavierkonzert von Mozart – er wußte nicht, welches – aus der Stereoanlage seines Vaters. Er fühlte sich schläfrig, und doch war ein Teil seines Bewußtseins hellwach. Als der Schatten einer Wolke vorüberzog, fiel plötzlich heller Mondschein in sein Zimmer. Selbst mit fast geschlossenen Augen konnte er deutlich den gerahmten Druck des Bonestell-Gemäldes vom Saturn erkennen, gesehen von einem seiner Monde.

Einen Augenblick lang sah er zwischen Wachen und Schlafen eine Gestalt über die Mondlandschaft des Druckes queren. Der Druck war verschwommen, aber die Gestalt zeichnete sich scharf und klar ab. Ein junger – sehr junger – Arno Waltiri, der ihm zulächelte und winkte ...

Michael zuckte, die Augen jetzt geschlossen, dann entspannte er sich und sank in einen Schlaf, der ihn über Kontinent, Himmel und See führte.

Er sah – und wurde, in einem Sinne ...

Mrs. William Hutchings Cunningham, seit einem Jahr verwitwet, mit einem Hang zu längeren Wanderungen in dem neuen Wald jenseits ihres Landhauses in Sussex. Sie ging behutsam; die gestiefelten Füße sanken in den feuchten Teppich von Laub, Moos und Lehm. Der Vorfrühlings-Nieselregen bildete Tröpfchen auf den feinen Haaren ihres wollenen Mantels und troff von Farnwedeln, die sie im Vorbeigehen berührte.

Die Grenzlinie zwischen dem neuen Wald und dem alten war nicht ausgeprägt, aber sie kannte sie und verspürte die vertraute Aufwallung von Liebe und Achtung, als sie sie überquerte. Die mächtigen Eichen, deren Stämme dick mit erstaunlich grünem Moos bewachsen waren, auch mit halbmondförmigen Baumschwämmen, wo Äste abgestorben waren, erhoben sich hoch in den weißlichen Himmel. Unter ihnen versanken die Stiefel noch tiefer in Laub, Moos und Erdreich.

Wann immer sie in den alten Wald hinüberging, fühlte Mrs. Cunningham, wie sie ein Teil der tiefen Vergangenheit wurde. Im heutigen England war so wenig davon geblieben; hier und dort kleine Flecken, die mit bestürzender Regelmäßigkeit in Bauland für Siedlungsprojekte umgewandelt wurden, überwacht von (wie sie meinte) korrupten oder zumindest unfähigen und achtlosen Kreisbehörden und Ministerien. Sie schwang ihren Stock, dessen Griff einem Gänsekopf nachgebildet war, aufwärts und stieß in die Luft, auf dem Gesicht den Ausdruck tiefer Sorge.

Dann kehrte der Friede zu ihr zurück, und sie fand den breiten flachen Findling in der Mitte des alten Waldes, unweit von einem uralten überwachsenen Pfad, der ohne eine einzige Biegung oder Abweichung schnurgerade durch den Wald führte. Die Bäume hatten sich dem Pfad angepaßt, nicht andersherum, und doch waren sie mehrere Jahrhunderte alt. Wie alt also war der Pfad?

»Ich liebe euch«, sagte sie zu den Bäumen, und nur

der regnerische Dunst und der Findlingsblock waren außer den Angesprochenen ihre Zeugen. Nachdem sie eine schlammige Stelle glitschigen Lehms und nassen Laubes umgangen hatte, setzte sie sich auf den Findlingsblock und stieß hörbar den Atem aus. Hierher kam sie, und nicht zu seinem Grab, das meilenweit entfernt auf einem säuberlich manikürten Friedhof lag, um mit ihrem verstorbenen Mann Zwiesprache zu halten. »Ach, William«, sagte sie, das Gesicht abwärtsgewandt, doch mit den dunkelbraunen Augen zu den alten Bäumen aufblickend. Dann schloß sie die Augen und legte den Kopf zurück, um die feinen Regentropfen im Gesicht zu fühlen.

»Erinnerst du dich«, fuhr sie fort, »als wir jung verheiratet waren und in diesem wunderschönen Gasthaus abstiegen, *Zum Grünen Mann* hieß es, und wie der Wirt unsere Ausweise sehen und wissen wollte, wie alt wir waren?«

Für manche Menschen wäre solch rückwärtsgewandte Selbstbetrachtung tagein tagaus eine ungesunde Quälerei gewesen. Aber nicht für sie. Sie konnte die Distanz zwischen ihr selbst und der Vergangenheit wachsen und die Wunde heilen fühlen. Dies war ihre Art, die Wunde zu verbinden, sie durch ein kleines Ritual vor den Abschürfungen der harten Wirklichkeit zu schützen.

»Und erinnerst du dich ...«, fing sie an, brach aber ab und wandte den Blick zum Pfad.

Eine hohe dunkle Gestalt, die von weither auf dem Pfad gegangen kam, näherte sich dem Findling, auf dem sie saß. Es schien, daß sie Stunden wartete, während die Gestalt allmählich größer wurde, aber es dauerte nur eine oder zwei Minuten, und die Gestalt nahm deutliche Umrisse an und erreichte den Teil des Pfades, den Mrs. Cunningham wegen seiner Nähe wirklich genannt hätte.

Eine hohe blasse Frau traf beim Findlingsblock ein

und verhielt, trieb aber wie von einem geisterhaften Trägheitsmoment vorwärtsgetragen, näher heran, während sie sich Mrs. Cunningham zuwandte. Die große Frau hatte dunkel-rötliches Haar und ein schmales altersloses Gesicht mit tiefliegenden Augen. Sie war in ein graues Gewand gekleidet, das in Wahrheit ein durchscheinendes Schwarz war. Mrs. Cunningham hatte ihresgleichen noch nie gesehen.

Sie fühlte eine federleichte Berührung ihres Geistes, und die Frau sprach. Mit jedem Wort gewann die luftige Erscheinung an Substanz, als ob das Sprechen den Vorgang förderte, Teil dieser Realität zu werden.

»Ich bin auf der Erde von ehedem, nicht wahr?« fragte die Frau.

Mrs. Cunningham nickte. »Ich denke schon«, sagte sie, so freundlich, wie sie konnte und wagte.

»Du trauerst?«

»Ja.«

»Um einen Angehörigen?« fragte die Frau.

»Um meinen Mann«, antwortete Mrs. Cunningham. Die Kehle war ihr auf einmal trocken.

»Dann ist es einfältige Trauer«, sagte die Frau. »Kennst du nicht die Bedeutung der Trauer?«

»Vielleicht nicht«, räumte Mrs. Cunningham ein, »aber mir kommt es vor, als würde ich sie kennen.«

»Du solltest nicht viel länger auf diesem Stein sitzen.«

»Nein?«

Die Frau zeigte zurück zum Pfad. »Mehr von meiner Art kommen nach.«

»Oh!« Mrs. Cunningham blickte in die angezeigte Richtung, und ihre Augen wurden groß. Das bleiche Gesicht der hochgewachsenen Frau leuchtete vor den dunklen Bäumen und dem trüben Himmel. »Ich sage, daß deine Trauer eine einfältige Trauer ist, denn er ist nicht für immer verloren, wie wir es sind, und du hast Sterblichkeit für Unendlichkeit bezahlt, was wir nicht können.«

»Oh!« hauchte Mrs. Cunningham wieder, als wäre sie im Gespräch mit einer Nachbarin. Die Augen der Frau waren außerordentlich, silbrigblau mit Andeutungen von buntschillerndem Feuer. Das dunkelrote Haar hing ihr in dicken Strähnen um die Schultern, und das schwarze Gewand schien belebt von belebten Blättern in helleren Grautönen. Eine goldene Quaste, die von ihrer Mitte hing, hatte ein eigenes schlangenhaftes Leben.

»Wir sind jetzt zurückgekehrt«, sagte sie zu Mrs. Cunningham. »Bitte überquere den Wechsel von nun an nicht mehr.«

»Ich werde es gewiß nicht tun«, gelobte Mrs. Cunningham.

Die Frau wies mit langfingriger Hand auf den Felsen. Mrs. Cunningham stand auf und wich mehrere Schritte zurück, wobei sie einmal auf der schlammigen Stelle ausglitt. Die Frau wandelte den Pfad entlang, aber nicht ganz auf derselben Ebene wie Mrs. Cunningham, und war zwischen den alten Bäumen bald verschwunden.

Mrs. Cunningham stand da und blickte wieder in die Richtung, aus der die Frau gekommen war. Ihre Lippen bewegten sich im Gebet. »Der Herr ist mein Hirte«, murmelte sie. »Der Herr ist mein Hirte. Mir wird nichts mangeln ...«

Und wirklich, es kamen mehr. Zu dritt nebeneinander und in den verschiedensten Erscheinungsformen, von tiefsten Schatten ohne Merkmale bis hin zu blassen Nebelschleiern wie echte Geister; manche troffen von Nässe, andere schienen aus Wasser gemacht, wieder andere waren so grün wie das Moos an den Bäumen und die Blätter im Frühling, und ihnen folgte eine Anzahl schöner sehniger Pferde mit silbrig glänzenden Mähnen und Schweifen ... und trotz ihrer Mannigfaltigkeit und Pracht lag über ihnen allen die Müdigkeit und Verzweiflung von Flüchtlingen.

Nach einigen Minuten beschloß Mrs. Cunningham, daß Diskretion am Platze sei, und zog sich weiter vom

Pfad – dem Wechsel – zurück. Die Schönheit, die sie an diesem Tag gesehen hatte, und die Botschaft der rothaarigen Frau in dem lebendigen schwarzen Gewand füllten ihr die Augen mit Tränen.

Mit Sterblichkeit für Unendlichkeit bezahlen ...

Ja, das konnte sie verstehen.

»William, ach William!« flüsterte sie, als sie durch den Wald heimwärts eilte. »Du würdest nicht glauben ... was gerade ... hier ... geschehen ist ...« Sie kam an die Grenze und schritt hinüber in den neuen Wald, und die Empfindung trübte sich, verließ sie aber nicht ganz.

»Wem kann ich davon erzählen?« fragte sie sich. »Sie sind zurückgekehrt, alle – oder einige – der Feen und Elfen, und wer wird mir glauben, daß ich sie sah?«

Michael schlug die Augen auf und blickte in die Dämmerung, die in trübblauen Rechtecken durch die zugezogenen Vorhänge sickerte.

Hinter der Vision von Mrs. Cunningham war eine andere und dunklere gewesen. Er hatte etwas Langes und Geschmeidiges mit altersloser Anmut durch nächtliche Wasser schwimmen sehen, hatte sich aus einer Ferne, die einem Viertel des Erdumfangs entsprach, von dort beobachtet gefühlt. In diesem Beobachten war etwas Abschätzendes.

Am Morgen seines Umzuges machte Ruth sich ein letztes Mal erbötig, ihm beim Einräumen im Haus der Waltiris zu helfen. Michael lehnte höflich ab. »Gut, wie du willst«, sagte sie und tischte ein letztes Elternhausfrühstück aus Spiegeleiern und Toast auf, wobei sie bewußt auf den Speck verzichtete. »Versprich mir, daß du nicht alles so ernst nehmen wirst!«

Er blickte sie mit ernster Miene an.

»Versuch wenigstens, dich ein wenig zu entspannen. Manchmal bist du regelrecht trübsinnig.«

»Nörgle nicht an dem Jungen herum; er hat es darum nicht leichter«, sagte John in freundlichem Ton und hielt einen Daumen hoch, um häuslichen Frieden zu signalisieren.

Michael lächelte, aber Ruth sah ihn mit einem Ausdruck an, in dem sich Nachdenklichkeit mit Scheu verband. Fast konnte er ihre Gedanken lesen. Dies war ihr Sohn, mit den kräftigen Zügen, die so sehr seinem Vater ähnelten, und dem Haar, das er von ihr hatte – aber in seinem Gesicht war etwas ganz und gar nicht Tröstliches, etwas Hageres und ...

Wildes. Wo war er die letzten fünf Jahre lang gewesen?

Michael ging mit zwei Koffern in den Händen durch das blasse helle Licht des Morgens. Tau beperlte die Rasenflächen der alten Häuser und tropfte von den wachsig grünen Blättern der Kamelien und Gardenien. Der Gehsteig dampfte in der Sonne, grau und oliv gefleckt von der Feuchtigkeit des gestrigen Regens.

Er ging an einer Gruppe von neun Schulmädchen vorbei: zwölf oder dreizehn Jahre alt, gekleidet in Schuluniformen mit weißen Blusen, grün und schwarz karierten Schottenröcken und schwarzen Wolljacken. Sie wandten die Gesichter ab, als sie vorbeigingen, aber nicht die Augen, und Michael spürte, daß ein oder zwei sich nach ihm umdrehten und ihn anstarrten.

Die Möglichkeiten, die seine Erscheinung bot, kümmerten ihn selten; er wußte die Aufmerksamkeit von Frauen zu schätzen, nutzte sie aber kaum aus. Er fühlte sich noch immer schuldig am Tod Eleuths, des Halbbluts, die ihr Leben für ihn gegeben hatte, und dachte oft an Helena, die er behandelt hatte, wie Eleuth behandelt zu werden verdient hätte.

Aus diesem und anderen Gründen war eine tiefe Unsicherheit in ihm, ein Gefühl, als ob er sich am Start den Fuß verstaucht hätte und als Krüppel ins Rennen gegangen wäre, daß er schwere Fehler begangen hätte, die seine Aussichten beeinträchtigten. Er war sich weder seiner Moral noch seiner Befähigung sicher.

Er stellte die Koffer vor die Tür des Waltiri-Hauses, zog die Schlüssel hervor, die ihm vom Nachlaßgericht ausgehändigt worden waren, und öffnete die schwere Mahagonitür. Die Luft im Innern war trocken und unpersönlich. Die Möbel hatte man mit Plastikfolie zugedeckt. Auf allem lag sandig grauer Staub.

Er stellte die Koffer in die Diele neben der Treppe. »Hallo!« murmelte er nervös. Waltiris Gegenwart schien noch immer so stark zu sein, daß eine muntere Antwort ihn nicht überrascht hätte.

Das Gästezimmer im Obergeschoß war sein erstes Ziel. Er suchte nach einem Geräteraum, fand ihn unter der Treppe und zog einen Staubsauger heraus – einen alten aufrechten Hoover mit rotem Stoffbeutel. Er reinigte die Parkettböden oben und unten vom Staub und entrollte die alten Orientteppiche und den Treppenläufer. Er nahm an den Rändern vergilbte Laken aus dem Wäscheschrank, bezog das Messingbett und faltete die Plastikfolien sauber zusammen.

Darauf ging er von Raum zu Raum, verweilte in jedem und machte sich mit ihrer neuen Realität bekannt – einer Realität ohne Waltiri und Golda. Das Haus unterstand jetzt seiner Verantwortlichkeit, war sein vorläufiger Wohnsitz, wenn auch nicht sein Heim.

Michael hatte die längste Zeit seines bisherigen Lebens in einem Haus verbracht. Sich an ein anderes zu gewöhnen, würde Zeit erfordern. Es galt neue Kniffe zu lernen, sich mit neuen Anordnungen der Dinge vertraut zu machen. Er mußte das Haus in seinem Kopf neu schaffen und neue Schablonen schneiden, um seine alltäglichen Wege zu bestimmen.

In der Küche schloß er den Kühlschrank an, nahm eine Schachtel Backpulver heraus, die drinnen zurückgeblieben war, und prüfte den Schließmechanismus der Tür. Die Speisekammer – ein zur Küche offener Nebenraum mit Regalen vom Boden bis zur Decke und erhellt durch eine nackte Glühbirne, die von einem dicken schwarzen Kabel hing – war voller Konserven und Nährmittel, alles verwendbar bis auf eine plombierte Dose Ananas, die bei seiner Berührung wackelte. Er warf sie fort und stellte eine Einkaufsliste zusammen.

In der Dreifachgarage hinter dem Haus stand ein schwarzer Packard, Modell 1939, neben einem Labyrinth von Metallregalen, auf denen Ablagekästen gestapelt waren. Michael ging langsam um das Glanzstück, wischte mit dem Finger Staub von der Stoßstange und betrachtete den frischen Chromglanz. Bezaubernd, aber unpraktisch. Verbleites Superbenzin (in der Blütezeit des Packard Äthyl genannt) war allmählich schwierig zu bekommen; außerdem würde der Wagen Aufmerksamkeit erregen – etwas, was er vermeiden wollte – und unglaublich kostspielig zu unterhalten sein. Er spähte durch das Fenster, öffnete die Tür und setzte sich hinter das Lenkrad. Das Innere duftete neu: Leder und Sattelseife und der besondere, zitronig-metallische Geruch eines neuen Wagens. Der Packard sah aus, als hätte er noch gestern im Ausstellungsraum des Händlers gestanden.

Eingeklemmt zwischen Sitz und Lehne auf der Beifahrerseite steckte ein gefaltetes Stück elfenbeinfarbenen Papiers. Er zog es heraus und las das Deckblatt:

Erstaufführung
UNENDLICHKEIT
Klavierkonzert Opus 45
Von Arno Waltiri

23. November, 20 Uhr
Pandall-Theater
Sunset Boulevard 8538

Auf den Innenseiten waren alle Musiker des erweiterten Sinfonieorchesters von Los Angeles aufgeführt. Weitere Angaben fehlten, ebenso wie eine Einführung in das Werk. Nachdem er das Programm mehrere Minuten lang betrachtet hatte, legte Michael es auf den Sitz zurück und holte tief Atem.

Draußen neben der Ostwand der Garage war ein Saab abgestellt, ein Modell der späten 70er Jahre. Michael sperrte die Tür auf, setzte sich in den mit grauem Samt bezogenen Sportsitz und ließ die Hände auf dem Lenkrad ruhen.

Dies war viel praktischer.

Er hatte Sidhepferde geritten, *aband* von einem Punkt des Reiches zum anderen, und eine Unzahl geisterhafter Zwischenwelten berührt, und doch bereitete es ihm immer noch Vergnügen und Befriedigung, in einem Wagen zu sitzen und zu wissen, daß es ihm freistand zu fahren, wohin er wollte. Er war ein Kind seiner Zeit. Nach langer Suche fand er die Entriegelung, öffnete die Kühlerhaube und betrachtete die unvertraute Maschine. Die Batteriekabel waren abgenommen. Er brachte sie wieder an.

Michael wußte genug über Benzineinspritzsysteme, um das Gaspedal beim Anlassen des Motors nicht ganz durchzutreten. Schon beim ersten Versuch sprang der Motor mit kehligem Dröhnen an. Michael lächelte und drehte das Lenkrad hin und her, dann fuhr er rückwärts vom Abstellplatz, wendete auf der breiten Betonfläche vor der Garage und fuhr zum Supermarkt.

Am Abend untersuchte er den Wohnzimmerkamin und brachte Holz herein, das neben dem Packard aufgestapelt bereit lag. Innerhalb weniger Minuten erhellte ein knisterndes Feuer den Wohnraum und glänzte auf dem schwarzen Lack des Konzertflügels. Michael saß in Waltiris Sessel und schlürfte ein Glas Sherry, das Bewußtsein beinahe frei von Gedanken.

Er war nicht derselbe Junge, der er gewesen war, als

er durch David Clarkhams Haus das Reich betreten hatte. Er war überhaupt kein Junge mehr.

Die Kranichfrauen hatten ihn gut ausgebildet; daran zweifelte er nicht. Er hatte das Schlimmste überlebt, was die Sidhewelt zu bieten hatte – ungeheuerliche Überreste von Tonns früher Schöpfung; die unwissende und enttäuschende Grausamkeit des Feldmeisters Alyons, Tarax und Clarkham selbst. Wofür aber hatten sie ihn ausgebildet? Bloß um als eine Bombe zu wirken, die den Isomagus, wie Clarkham sich genannt hatte, zerstören sollte? Oder darüber hinaus zu irgendeinem anderen Zweck?

Die Flammen tanzten mit boshaften Vergnügen über der geräumigen Feuerstelle, und die Glut leuchtete wie Löcher, die sich in eine schöne und tödliche Welt von reiner Hitze und Licht öffneten.

Er döste vor sich hin, dankbar, daß ihn keine neuen Visionen behelligten.

Um Mitternacht weckte ihn der Schlag der wieder aufgezogenen Standuhr in der Diele. Das Feuer war zu dunkelroter Glut niedergebrannt. Er ging hinauf in sein Schlafzimmer und sank in das kühle weiche Bett.

Selbst in tiefem Schlaf schien ein Teil von ihm alles wahrzunehmen, was ringsum vorging.

Eins, verkündete die Uhr mit ernster Stimme.

Zwei. (Das Haus ächzte.)

Drei. (Ein leichter Regen setzte ein und hörte innerhalb von Minuten wieder auf.)

Vier. (Nachtvögel ...)

Fünf. (Fast vollkommene Stille.)

Um sechs fiel der Stundenschlag zusammen mit dem Geräusch einer zusammengefalteten Zeitung, die gegen die Haustür prallte. Michael öffnete träg die Augen. Er war nicht im mindesten benommen. In dieser Nacht hatte es keine Träume gegeben.

Im Bademantel ging er hinunter, die Zeitung aufzuheben, die zum Schutz gegen die Nässe in Folie gewikkelt war. Im Garten des Nachbarhauses zur Linken sang jemand halblaut vor sich hin. Michael lauschte lächelnd dem Gesang.

»Weine nicht um mich, Argentiiiina ...« Der Mann kam um die Ecke des Hauses und sah Michael. »Guten Morgen!« rief er, winkte und schüttelte dabei verlegen den Kopf. Er mochte Anfang vierzig sein, mit vollem hellbraunen Haar und einem Gesicht, das unauslöschlich den Stempel der Freundlichkeit trug. »Hoffentlich habe ich Sie nicht gestört.« Er trug einen marineblauen Trainingsanzug mit hellroten Streifen an Ärmeln und Hosenbeinen.

»Nein«, sagte Michael. »Ich habe die Zeitung geholt.«

»Ich wollte gerade ein bißchen laufen. Sie kannten Arno und Golda?«

»Ich kümmere mich für sie um das Haus«, sagte Michael.

»Sie reden, als ob sie zurückkämen«, sagte der Mann.

Michael lächelte. »Arno ernannte mich zum Nachlaßverwalter seines Besitzes. Ich muß die Papiere ordnen ...«

»Das allerdings ist eine Arbeit, um die ich Sie nicht beneide.« Der Mann kam herüber, und sie tauschten einen Händedruck aus. »Ich bin Robert Dopso. Von nebenan. Arno und Golda waren gute Nachbarn. Meine Mutter und ich vermissen sie sehr. Ich war verheiratet, aber ...« Er hob die Schultern. »Geschieden, und dann zog ich wieder hierher. Muttersöhnchen, ich weiß. Aber meine Mutter war sehr einsam. Ich bin hier aufgewachsen; mein Vater kaufte das Haus 1940. Golda und meine Mutter waren gut Freund miteinander. Das ist in wenigen Worten mein Leben.« Er lachte. »Und wie heißen Sie?«

Michael nannte seinen Namen und sagte, daß er am Vortag erst eingezogen sei.

»Wenn es was zu richten gibt, bin ich nicht schlecht«, sagte Dopso. »Nach Arnos Tod half ich Golda, wenn irgend etwas nicht funktionierte. Ich kenne mich in dem Haus ganz gut aus ... Wenn Sie Hilfe brauchen, zögern Sie nicht, mich zu fragen. Meine Frau behielt mich noch ein Jahr länger bei sich, denn ohne mich, sagte sie, blieb alles kaputt.«

»Ich werde darauf zurückkommen«, sagte Michael.

»Vielleicht könnten wir zusammen laufen oder gehen – was immer. Ich ziehe Laufen vor, aber ...«

Michael nickte, und Dopso setzte sich in Trab.

Michael trug die Zeitung in die Küche. Dort aß er eine Schüssel heißen Haferbrei und blätterte durch die ersten Seiten. Die meisten Nachrichten – so wichtig und unheilverkündend sie seinen Mitmenschen scheinen mochten – fanden kaum seine Aufmerksamkeit.

Dann stieß er auf der dritten Seite auf eine kleine Lokalnachricht mit der Überschrift:

LEICHENFUND
IN LEERSTEHENDEM GEBÄUDE

Seine Augen wurden groß, als er die Meldung las.

Die Leichen von zwei nicht identifizierten Frauen wurden am Sonntagnachmittag von einem Stadtstreicher im aufgelassenen Tippett-Hotel am Sunset Boulevard nahe La Cienega gefunden. Die Todesursache konnte bisher noch nicht festgestellt werden. Während einer kurzen Presseinformation blieben die Fragen der Reporter weitgehend unbeantwortet. In den ersten Meldungen wurde erwähnt, daß eine der Frauen wenigstens achthundert Pfund wog und unbekleidet gefunden wurde. Der zweite Leichnam befand sich danach in mumifiziertem Zustand und trug ein Abendkleid von völlig veraltetem Schnitt. Das Tippett-Hotel, 1968 aufgelassen, wurde früher als Wohnsitz von älteren und im Ruhestand lebenden Filmschauspielern bevorzugt.

Er las die Meldung mehrere Male durch, bevor er die Zeitung zusammenfaltete und weglegte. Sein Haferbrei kühlte in der Schüssel ab, halb gegessen.

Vielleicht, dachte er, lag eine Koinzidenz vor. So selten achthundert Pfund schwere Frauen waren ...

Aber in Verbindung mit einer Mumie, die in einem Abendkleid steckte?

Er rief die Zeitungsredaktion an und verlangte den Reporter, der die Meldung geschrieben hatte; sie war ohne Verfassernamen veröffentlicht worden. Man sagte ihm, daß der Reporter unterwegs sei, und gab ihm eine Telefonnummer der Polizei. Michael marschierte minutenlang in der Küche und der benachbarten Diele auf und ab, bevor er sich gegen einen Anruf bei der Polizei entschied. Wie sollte er sein Interesse erklären?

Aber er mußte sich dieses Gebäude ansehen. Etwas an der Adresse ließ ihm keine Ruhe. Sunset und La Cienega ... Das war ungefähr acht Kilometer von Waltiris Haus entfernt.

Er ging zum Packard und nahm das Konzertprogramm vom Sitz, dann durchsuchte er das Handschuhfach im Saab nach einem Stadtplan. Beides trug er in Waltiris Arbeitszimmer im Obergeschoß. Dort war es dunkel und muffig, die Wände waren vollgestellt mit Regalen, auf denen Papiere, Bücher, Tonbänder und Schallplatten gestapelt waren. Er breitete den Stadtplan auf dem Schreibtisch aus und versuchte die Hausnummer Sunset Boulevard 8538 zu lokalisieren, wo nach dem Konzertprogramm das Pandall-Theater gestanden hatte.

Die Hausnummer war weniger als einen halben Block von der Ecke Sunset und La Cienega entfernt.

2

Mit schnellen Schritten ging Michael die ansteigende La Cienega hinauf zur Einmündung in den Sunset Boulevard. Er atmete gleichmäßig und tief, genoß die kühle Nachtluft und die Dunkelheit. Er konnte anonym sein, allein ohne die Nachteile der Einsamkeit; er konnte nahezu alles sein – ein gefährlicher Strolch oder ein guter Samariter. Die Nacht verdeckte alles, selbst Motive. Zu seiner Linken war die weiße Wand eines Hotels mit Streifen und Rechtecken im Stil Mondrians bemalt. An der Ecke verweilte er einen Augenblick und schaute über die Straße zu dem klotzigen häßlichen Hyatt am Sunset Boulevard, dann bog er nach rechts. Seine Turnschuhe waren auf dem Beton des Gehsteigs beinahe geräuschlos.

Er kam am Eingang eines Restaurants vorbei, das an der Stelle stand, wo einst Erol Flynns Gästehaus gestanden hatte, und dann machte er das Tippett-Gebäude aus.

Es erhob sich mehr als zwölf Stockwerke über dem Sunset Boulevard, ein alternder Betonbau im Art Deco-Stil mit abgerundeten Ecken. Viele Fenster waren eingeschlagen, und schwarze Rußfahnen verunstalteten die Fassade über mehreren der gähnenden Öffnungen. Ein Maschendrahtzaun umgab das Gebäude. Der Eingang war außerdem durch ein Stahlrohrgitter gesperrt. Ein Rohr zur Beseitigung von Bauschutt führte vom Dach hinab zu einem Behälter hinter dem Zaun.

Das Gebäude verursachte Michael Unbehagen. Es war einmal stattlich und eindrucksvoll gewesen. Noch jetzt, in seinem verwahrlosten Zustand, beherrschte es diesen Abschnitt des Sunset Boulevards. Dabei stand es seit mehr als zwanzig Jahren leer, und nach dem Stand der Renovierung zu urteilen, würde es auch die nächsten zwanzig Jahre dabei bleiben.

Er stand vor dem Eingang und kniff die Augen zusammen, um die Hausnummer zu sehen, die in Aluminiumziffern über den mit Sperrholz vernagelten Türflügeln stand: 8538. Die 8 war angeschlagen und hing auf der Seite.

Das Tippett-Gebäude stand an der Stelle, wo vorher das Pandall-Theater gewesen war! Nachdem er das festgestellt hatte, blickte Michael beinahe schuldbewußt umher und hinüber zu den beleuchteten Fenstern des Hyatt-Hotels.

Links vom Eingang war ein zugeflicktes Loch im Maschendrahtzaun; mit wenig Mühe konnte er die Drähte auseinanderbiegen und durchkriechen.

»Sonderbarer Ort, nicht?«

Michael wandte schnell den Kopf und sah einen bärtigen sonnenverbrannten Mann mit dichtem fettigen Haar und schmutzig grünen abgenutzten Kleidern, ein Dutzend Schritte entfernt auf dem Gehsteig. »Ja«, antwortete er verlegen.

»S'ist älter, als es aussieht. Wirkt beinahe modern, nicht?«

»Stimmt«, sagte Michael.

»Wohnte früher hier«, sagte der Mann. »Jetzt nicht mehr. Möchten Sie hinein?« Er kam langsam näher. Sein Gesicht verriet aufmerksames Interesse, aber auch Vorsicht.

»Nein«, sagte Michael.

»Sie kennen das Haus?«

»Nein. Ich gehe bloß spazieren.«

»Möchten Sie etwas darüber wissen?«

Michael antwortete nicht.

»Möchten Sie was über die beiden Frauen wissen, die tot da drinnen gefunden wurden?«

»Frauen?«

»Eine große, ein regelrechter Wal von einer Frau, die andere eine Mumie. In den Zeitungen stand darüber. Haben Sie es gelesen?«

Michael überlegte, dann nickte er.

»Dachte ich mir.«

»Haben Sie die beiden gefunden?«

»Lieber Himmel!« sagte der Mann und hustete in die vorgehaltene Hand. »Ich nicht. Jemand, der nicht viel wußte. Ein Bekannter. Nur ein Dummkopf übernachtet in diesem Gebäude.« Er zog das Gesicht in Falten, als erwarte er skeptische Einwände, und sagte dann: »Da drinnen spukt es.«

»Warum bleiben Sie dann?« fragte Michael.

»Weil«, sagte der Mann. Er hatte zwei Schritte vor Michael haltgemacht und selbst aus dieser Entfernung war sein ranziger Gestank – alter Urin und abgelagerter Schweiß – kaum auszuhalten. »Wissen Sie, wie sie hießen?«

»Wer?«

»Die Frauen. Der Wal und die Mumie.«

»Nein«, sagte Michael.

»Ich weiß es. Mein Bekannter fand die Namen auf einer Steinplatte neben ihnen. Gab sie der Polizei, aber die kümmerte sich nicht darum. Die Namen bedeuteten ihr nichts. Können Sie Französisch?«

»Ein wenig.«

»Dann wüßten Sie, was einer der Namen bedeutet. Traurigkeit. Auf französisch. Und der andere ...«

Michael fand, daß es an der Zeit sei, Eindruck zu machen. »Lamia«, sagte er.

Das Gesicht des Mannes wurde zu einer Maske des Staunens. »Gott!« murmelte er. »Mein Gott, Sie sind ein Reporter! Ich wußte es! Bei Nacht und Nebel unterwegs, um was herauszubringen.«

Michael schüttelte den Kopf, ohne den Mann aus den Augen zu lassen. Er hatte auf Erden noch nicht versucht, die Persönlichkeit eines anderen zu lesen. Dieser Augenblick war so gut wie jeder andere, es zu probieren. Er fand ein murmelndes Stimmengewirr, eine helle kleine Glut von Intelligenz, einen Marktplatz voll fauliger Kartoffeln. Er zog sich nach kurzer Suche zurück, nachdem er nur eine Tatsache gefunden hatte. Der zweite Name. Er paßte zur Wächterin von Clarkhams Tor. Traurigkeit.

Lamia und Tristesse. Schwestern ...

Beute der Sidhe, geopfert von Clarkham, zu warten und zu bewachen ... Aber wie konnten sie den Weg zur Erde gefunden haben? Und wer hatte sie getötet – oder inaktiviert, da alles Leben, das sie hatten, bestenfalls zweifelhaft gewesen war?

Plötzlich und unerwartet begann Michael zu weinen. Er wischte sich die Augen und blickte hinauf zu dem Tippet-Gebäude.

»Fehlt Ihnen was? Ich bin derjenige, der heulen sollte«, sagte der Mann. »Sie sind kein Reporter. Ein Verwandter vielleicht? Gott, nein, das nicht. Die beiden können keine Verwandten gehabt haben. Nicht der Typ.«

»Was kümmert es Sie?« fragte Michael. »Gehen Sie weg!«

»Was es mich kümmert?« schrillte der Mann und wich einen Schritt zurück. »Mir gehörte das Haus. Es war mein, verdammt noch mal! Ich war etwas wert! Ich bin nicht so alt, und ich bin nicht so tief gesunken, daß ich nicht wüßte, wie es ist, Geld zu haben und ein«, – er hob eine Hand mit ausgestrecktem kleinen Finger, hob die Brauen und wackelte mit dem Kopf –, »ein gottverdammter Großbürger zu sein!«

Michael sondierte noch einmal die Persönlichkeit des anderen und fühlte unmittelbar den Zorn und die Trauer.

»Die verdammte Bank hat nie etwas damit angefangen, nicht abreißen lassen, nicht verkauft. Und jetzt, mit den Toten, kann sie es nicht verkaufen. Nicht überraschend. Aber ich gehe schon. Knobeln Sie es selbst aus. Ich habe genug.«

»Warten Sie!« rief Michael. »Wann wurde es gebaut?«

»Neunzehnsiebenundvierzig«, antwortete der Mann, der Michael den Rücken zugekehrt hatte und mit übertriebener Würde davonging. »Früher war hier ein Theater, eine Konzerthalle. Ließ sie niederreißen und dies hinstellen.«

»Danke«, sagte Michael.

Der Mann hob die Schultern und winkte ab.

Michael steckte die Hände in die Manteltaschen und legte den Kopf in den Nacken, um wieder zu dem Gebäude hinaufzublicken. Hoch oben, ein Stockwerk unter einer Terrasse, huschte matter rötlicher Lichtschein über eine staubige Fensterscheibe, um gleich darauf wieder zu erlöschen.

Dann glomm das rote Licht plötzlich im vierten Stock in einem eingeschlagenen und rauchgeschwärzten Fenster. Danach blieb alles still und ruhig.

Michael schauderte und machte sich auf den Rückweg den Sunset Boulevard abwärts zu La Cienega.

3

Magie dieser Art, wie sie von den Sidhe gewirkt wurden, war auf Erden schwieriger; Menschen konnten keine Sidhemagie wirken. Soviel hatte Michael bei seiner Ausbildung im Reich gelernt. Aber waren das Tatsachen oder lediglich Annahmen? Ein Halbblut – teils menschlich, teils Sidhe – konnte Magie wirken; die Kranichfrauen und Eleuth hatten es bewiesen. Clarkham, ein auf Erden gebürtiges Halbblut, hatte die Sidhe in ihrem eigenen Spiel beinahe übertroffen.

Michael selbst hatte im Reich Dinge bewirkt, die in seinem Vokabular keinen anderen Namen als Magie hatten. Er hatte sogar die Energien des Machtliedes kanalisiert, um Clarkham zu vernichten. Und in dem Jahr seit seiner Rückkehr zur Erde hatte er die Erfahrung gemacht, daß er noch immer die Sidhedisziplin anwenden und *hyloka* beschwören konnte, das Aufbieten von Hitze aus dem Mittelpunkt seines Körpers, und Ein-Sehen, das Sondieren einer anderen Persönlichkeit, um Information zu gewinnen.

Einstweilen verzichtete er darauf, die anderen Fähigkeiten zu erproben, die er im Reich gelernt hatte. Er hatte weder *evisa* noch Aus-Sehen gebraucht, um einen Schatten zu werfen; es hatte kein Bedarf bestanden.

Jeden Morgen machte er seine Übungen im geräumigen rückwärtigen Teil des Gartens. Er trabte durch die Nachbarschaft, seinen *kimar,* den Laufstock, in Vorhalte, wie die Kranichfrauen es ihn gelehrt hatten. Verschiedentlich lief er zusammen mit Dopso, der sich von der Anstrengung des Laufens nicht abhalten ließ, einen keuchenden Strom von Fragen und Bemerkungen loszulassen. Michael mochte ihn trotz seiner offensichtlichen Neugierde und seiner Redseligkeit. Dopso schien ein anständiger Mensch zu sein.

Jeden Tag arbeitete Michael ein weiteres Bündel von Waltiris Papieren durch und legte ein Verzeichnis seiner Funde an. Nach einer Woche hatte er das in der Garage lagernde Material durchgearbeitet und wußte ungefähr, was in jedem Ablagekasten war – Manuskripte, Verträge und andere Dokumente sowie Korrespondenz, darunter ein Holzkasten mit Liebesbriefen von Waltiri an Golda, auf deutsch geschrieben. Obwohl er nach seiner Rückkehr aus dem Reich Deutsch gelernt hatte, waren seine Kenntnisse kaum ausreichend, und das behinderte ihn. Er dachte daran, einen deutschsprechenden Studenten anzuheuern und sich die Sprache durch Ein-Sehen rascher anzueignen, ließ es aber einstweilen sein.

Er konzentrierte sich auf die Manuskripte. Die geringen musikalischen Kenntnisse, die er vor seinem dreizehnten Jahr erworben hatte – als er mit dem Fuß aufgestampft und sich geweigert hatte, weiterhin Klavierstunden zu nehmen –, waren beim Sortieren der musikalischen Aufzeichnungen Waltiris wenig hilfreich.

Michael schrieb die Titel auf (sofern welche angegeben waren), ferner die Opuszahlen und was sonst von den einzelnen musikalischen Manuskripten bekannt war. Die meisten waren Filmmusiken, doch fanden sich verstreut unter dem Lebenswerk von viereinhalb Jahrzehnten auch mehr persönliche Stücke, sogar der Entwurf zu einer Ballettmusik unter dem Thema *Die Feenkönigin*.

Er verbrachte Stunden in der Garage, dann ging er dazu über, die Kästen mit sortierten Manuskripten ins Speisezimmer zu tragen, wo er sie an einer leeren Wand stapelte.

Von einem Manuskript seines Klavierkonzerts Opus 45, Unendlichkeit, war keine Spur zu finden.

Abends bereitete er sein Essen und verzehrte es allein. Einmal wöchentlich besuchte er seine Eltern zum Abendessen, und diese Besuche waren erfreulich; gelegentlich erschien sein Vater unter diesem oder jenem Vorwand im Waltiri-Haus, und dann tranken sie ein Bier im Garten und sprachen über belanglose Dinge. Seine Mutter besuchte ihn nie.

Michael unterließ es, dem Vater seine Geschichte zu erzählen, selbst wenn seine Mutter nicht dabei war. John schien es zu spüren, daß die Zeit noch nicht reif war, wenigstens noch nicht für seine Frau, und daß sie gemeinsam davon hören würden, wenn die Zeit reif wäre.

Alles in allem war es noch eine friedliche Zeit, sah man ab von der Entdeckung im Tippett-Hotel. Michael fühlte sich in mehr als einer Weise gekräftigt: innerlich stärker, weniger gequält von seinen Fehlern und stärker im Umgang mit den irdischen Angelegenheiten, die mit jenen des Reiches nicht viel Ähnlichkeit hatten.

Was ihn nun, da er hinausgegangen war und eine

Vergleichsbasis hatte, am meisten beeindruckte, war das Gefühl von Solidität und Gründlichkeit, das mit der Erde verbunden war. Im Reich hatte er immer das Empfinden gehabt, daß die Dinge unfertig geblieben waren. Adonnas Schöpfung war unzweifelhaft meisterlich und stellenweise von großer Schönheit, aber sie war mit der Erde nicht zu vergleichen.

Das Reich, geschaffen, die Sidhe zu beherbergen und in Zucht und Ordnung zu halten, enthielt zwar einige ungeheuerliche Lächerlichkeiten, war jedoch in vielerlei Weise eine angenehme und freundliche Welt. Was im Reich an Grausamkeit bestand, war ebenso wie auf Erden die Schuld seiner Bewohner. Michael hatte das Überleben im Reich ziemlich einfach gefunden, Sidhedisziplin vorausgesetzt. Er bezweifelte, daß das Überleben in ähnlichen Situationen auf Erden so einfach sein würde. Die Erde schien nicht zu jemandes Vorteil gemacht zu sein; die Lebewesen, die sich auf ihr entwikkelt hatten, waren ihren eigenen Weg gegangen und hatten sich ihre jeweiligen Nischen erkämpfen müssen. Die Erde ließ in ihrem Druck niemals nach, noch gab sie ihre Schätze bereitwillig preis.

Von der Aufwandsentschädigung, die ihm aus Waltiris Vermögen bezahlt wurde, erstand Michael ein Videogerät und lieh sich nach und nach Kassetten von Filmen, zu denen Waltiri die Musik geschrieben hatte. Während er die alten Filme sah und der Hintergrundmusik lauschte, lernte er die wahre Fertigkeit und das Können des alten Komponisten schätzen.

Waltiris Musik war in einem Film niemals aufdringlich. Statt in einer eingängigen, üppig instrumentierten Melodie zu schwelgen, spielte sie eine dienende Rolle und unterstrich oder überhöhte die Handlung auf der Leinwand.

Wieder und wieder spielte Michael eines Tages John Hustons Film von 1958, *The Man Who Would Be King,* und genoß beim ersten Mal Humphrey Bogarts Peachey

Larnehan und Jack Hawkins' Daniel Dravot, beim zweiten Mal die ausgezeichnete Schwarzweißfotografie und die wunderschön integrierten Schmelzsteinbilder und schließlich Waltiris subtile Filmmusik, die nicht im mindesten rhetorisch oder archaisch war, sondern einfühlsam und genau richtig für die Männer und ihr Abenteuer. Michael hatte viel Freude daran; dieser eine Tag schien alles in die richtige Perspektive zu rücken. Auf einmal fühlte er sich bereit anzunehmen, was immer auf ihn zukommen mochte, und es mit der unpraktischen Hartnäckigkeit von Karnehan und Dravot tun. Den nächsten Tag verbrachte er mit Gartenarbeit und pfiff dazu immer wieder Larnehans Thema, während er Unkraut jätete und die Rosensträucher nach den Anleitungen in einem alten Buch über Gartenpflege in Goldas Bibliothek zurückschnitt.

Bei der Arbeit dachte er an Mora, Clarkhams Sidhefrau, und wie sie ihre Rosen beschnitten hatte, und an die zu Glas gewordene Rose, die sie ihm gegeben hatte und die, eingehüllt in Watte, in einer Schachtel im Gästezimmer lag. Am nächsten Tag verdüsterte sich seine Stimmung, als die Zeitung sich wieder einmal als Überbringerin beunruhigender Nachrichten erwies. Auf der Titelseite beginnend und auf den nächsten Seiten zweispaltig fortgesetzt, war darin ein ausführlicher Artikel über sogenannte Spukerscheinungen in England, Israel und den östlichen Vereinigten Staaten abgedruckt. Mehrmals war darin vom ›Eindringen in die Realität‹ die Rede, doch war die Tendenz insgesamt humorvoll. Die Schlußfolgerung lautete, daß die Vorfälle mehr mit Psychologie und Soziologie als mit Metaphysik zu tun hätten. Er las den Artikel zweimal durch, dann faltete er die Zeitung zusammen und starrte zum Küchenfenster hinaus auf die blühenden Rosen.

Das Telefon läutete. Michael blickte auf seine Armbanduhr – es war zehn Uhr – und nahm den altmodischen schwarzen Hörer ab. »Hier bei Waltiri.«

»Könnte ich Michael Perrin sprechen?« fragte eine klare und wohlklingende Frauenstimme.

»Am Apparat.«

»Guten Tag. Mein Name ist Kristine Pendeers. Ich bin von der Fakultät für Musikwissenschaft an der Universität von Kalifornien.«

»Wie kann ich Ihnen helfen, Miß Pendeers?« sagte Michael in seinem besten (aber ungeübten) Geschäftston.

»Sie verwalten den Nachlaß von Arno Waltiri, nicht wahr? Ich habe mit der Anwaltskanzlei gesprochen und hörte dort, daß Sie jetzt zuständig seien.«

»So hat es sich ergeben.«

»Wir haben hier ein Projekt, das der Wiederentdekkung exemplarischer Musik der 30er und 40er Jahre gewidmet ist. Wir sind daran interessiert, bestimmte Werke von Arno Waltiri ausfindig zu machen. Vielleicht haben Sie von ihnen gehört oder sind auf Partituren gestoßen ... obwohl ich annehme, daß Sie noch nicht lange an den Papieren gearbeitet haben.«

»Welchen Papieren?« fragte Michael, obwohl er zu wissen glaubte, was sie meinte; die Ereignisse trieben in eine ganz bestimmte Richtung: die Träume, das Tippett-Hotel, die Leichen von Lamia und Tristesse, die Spukerscheinungen ... und nun dies.

»Wissen Sie, es ist uns nicht gelungen, eine einzige Aufnahme des Werkes zu finden, an dem wir vorrangig interessiert sind, und unsere Sammlung ist wirklich umfangreich. Und keine Partituren. Nur diese faszinierenden Erwähnungen und Kritiken in Memoiren und Zeitungen und in dem Buch *Teufelsmusik* von Charles Fort. Haben Sie davon gehört?«

»Sie suchen das Opus 45«, sagte Michael.

»Ja! Das ist das Stück.«

»Ich habe es nicht gefunden.«

»Gibt es das wirklich? Ich meine, existiert es? Wir überlegen uns schon, ob es nicht eine Art Ulk gewesen sei.«

»Ich habe ein Konzertprogramm für die Erstaufführung«, sagte Michael. »Die Musik existierte einmal. Ob sie jetzt noch existiert oder nicht, kann ich nicht sagen.«

»Hören Sie, es ist schon großartig, überhaupt eine Bestätigung zu finden. Können Sie sich vorstellen, welch ein Ereignis es wäre, dieses Konzert wiederzufinden?«

»Was haben Sie mit der Partitur vor, sollte ich sie finden?«

»Ich weiß es noch nicht«, sagte sie. »Ich erwartete nicht, so weit zu kommen. Ich bin eine Kennerin von Filmmusik, vor allem der 30er und 40er Jahre. Leider haben einige von der musikwissenschaftlichen Fakultät für das Projekt nicht viel übrig – und ausgerechnet in Los Angeles! Können wir zusammenkommen und darüber sprechen? Und falls Sie etwas finden – Sie wissen schon, die Partitur, eine Aufnahme, irgend etwas –, könnten Sie mir Nachricht geben ... zuerst? Es sei denn, jemand anders hat Vorrang ... Ich hoffe nicht.«

»Niemand sonst hat Vorrang«, sagte Michael. »Wo treffen wir uns?«

»Ich kann kaum vorschlagen, Sie in Waltiris Haus aufzusuchen. Ich nehme an, es ist noch nicht alles geordnet.«

Michael traf eine rasche Entscheidung. »Offen gesagt, ich stecke bis über die Ohren in der Arbeit«, sagte er. »Ich könnte Hilfe gebrauchen. Wie wäre es, wenn wir uns in der Nähe der Universität treffen und über Möglichkeiten sprechen würden, wie die Universität helfen könnte?«

»Großartig«, sagte sie, und sie verabredeten sich für den nächsten Tag zum Mittagessen in Westwood.

Bis über die Ohren, wahrhaftig, dachte Michael, als er auflegte.

Kristine Pendeers war zweiundzwanzig, groß und schlank mit der Figur einer Tänzerin und feinem blonden Haar. Ihre Augen waren grüngrau und ausdrucksvoll und ein wenig verhüllt. Ein Augenlid war in geöffnetem Zustand etwas höher als das andere, was ihrem Blick einen fragenden Ausdruck verlieh. Ihre Unterlippe war voll, die obere fein geschwungen. Sie schien die meiste Zeit ein halbes Lächeln zu zeigen. Sie trug Jeans und eine hellviolette Seidenbluse.

Nach weniger als fünfzehn Minuten in ihrer Gegenwart war Michael bereits fasziniert von ihr. Seine Vernarrtheiten kamen immer schnell und schwanden langsam – sicheres Zeichen für einen unreifen Romantiker, warnte er sich im stillen. Aber Warnungen halfen selten.

Sie saß ihm an einem Tisch gegenüber, der für vier Personen Platz bot. Die Decke bestand aus einer von rückwärts beleuchteten Diaprojektion vom Laubdach eines Ahorns; da das Restaurant unter der Straßenebene lag, war der Effekt nicht überzeugend. Kristine hatte die Arme auf dem Tisch gekreuzt, als wollte sie die Tasse Kaffee vor ihr schützen.

»Mein Hauptproblem ist, daß ich nicht viel von Musik verstehe«, sagte Michael. »Ich habe meine Freude daran, aber ich spiele kein Instrument.«

Sie schien überrascht. »Wie haben Sie die Stellung bekommen?«

»Ich kannte Arno Waltiri. Wir waren befreundet.«

»Hatte er Pläne, wie Sie mit dem Besitz verfahren sollten?« Ihr Blick gab ihr den Anschein, gleichzeitig interessiert und unbekümmert zu sein.

»Er wollte, daß ich seinen Nachlaß ordne und mich um seine Verwertung kümmere – Anfragen beantworten, Veröffentlichungen vorbereiten, und so weiter. Es war nicht vertraglich festgelegt. Wir hatten eine Art Vereinbarung ...« Nachdem er das gesagt hatte, kamen ihm Zweifel, inwieweit es der Wahrheit entsprach. Aber er konnte nicht sagen, daß er für Größeres ausersehen sei ...

»Hat er mit Ihnen jemals über sein Opus 45 gesprochen?«

Die Kelllnerin brachte das Mittagessen, und sie unterbrachen das Gespräch und lehnten sich zurück, während sie servierte.

Dann, als sie aßen, bejahte Michael ihre Frage und unterrichtete sie in großen Zügen – und bis zu einem gewissen Punkt – von Waltiris Zusammenarbeit mit Clarkham und die Ereignisse um die Erstaufführung.

»Das ist hochinteressant«, sagte sie. »Jetzt verstehe ich, warum das Werk so geheimnisumwoben ist. Glauben Sie, daß die Partitur noch existiert? Ich meine, könnte er sie verbrannt oder irgendwo versteckt haben, wo niemand sie finden könnte?«

Michael kaute an einem Bissen Fisch und schüttelte den Kopf. »Keine Ahnung. Ich werde die Augen offen halten.«

»Sie müssen wissen, daß das Projekt, an dem ich arbeite, tatsächlich über das hinausgeht, was ich Ihnen am Telefon sagte.« Sie hatte nicht viel von ihrem Omelett gegessen. Offenbar war ihr das Gespräch wichtiger als die Mahlzeit. »Wir – das heißt, eigentlich bin ich es hauptsächlich – versuchen, den Komponisten von Filmmusik den ihnen gebührenden Platz in der Musik zu geben. Viele von ihnen waren mindestens so talentiert wie nur irgendwer, der heute Musik komponiert – und handwerklich sogar besser, glaube ich. Aber die sogenannte Beschränktheit ihrer Kunst auf den Unterhaltungsbereich mit Massenpublikum ...« Sie schüttelte den Kopf. »Musikwissenschaftler sind Snobs. Nicht die Musiker, jedenfalls nicht notwendigerweise, aber die Kritiker. Ich mag Filmmusiken. Die Kritiker und die akademischen Musikologen scheinen nicht zu verstehen, daß Filmmusiken – und nicht bloß Musicals – der Orchestrierung einer Oper durchaus vergleichbar sind. Das heißt, auch hier sind thematische Inspiration, dramatische Begabung und die Fähigkeit erforderlich, für ein großes Orchester zu schreiben.« Sie lächelte. »Ich reite dieses Steckenpferd, so oft Sie mich lassen.«

Michael nickte. »Ich mag auch Filmmusiken.«

»Das kann ich mir denken. Warum hätte Waltiri Ihnen die Verwaltung seines Nachlasses übertragen, wenn Sie kein Interesse daran hätten? Wahrscheinlich sind Sie eine bessere Wahl als die meisten der Leute in meiner Fakultät.« Sie hob die Hände, entrüstet über sich selbst. »Da sieht man es wieder. Ich lasse vor lauter Reden das Essen kalt werden.«

»Alles Singen, alles Tanzen«, sagte Michael mit einem Lächeln.

Sie sah ihn aufmerksam an. »Sie haben ein sonderbares Lächeln. Als ob Sie etwas wüßten. Macht es Ihnen etwas aus, wenn ich frage, wie alt Sie sind?«

Er blickte auf den Tisch. »Das hängt davon ab.«

»Entschuldigen Sie. Ich bin aufdringlich.«

»Nein, das nicht«, sagte er. »Tatsächlich ist es etwas kompliziert ...«

»Ihr Alter ist kompliziert?«

»Ich bin zweiundzwanzig«, sagte er.

»Sie sehen sowohl jünger als auch älter aus.«

Eine Weile blieb es still.

»Haben Sie eine Hochschule besucht?« fragte Kristine.

»Kein College, nein.«

Sie lachte und langte über den Tisch, um mit dem Finger auf seine Hand zu klopfen. »Sie sind vollkommen«, sagte sie. »Alle sagen, Waltiri sei ein Bilderstürmer gewesen. Sie sind der lebendige Beweis dafür.«

»Sie haben mit Leuten gesprochen, die ihn kannten?«

»Ja, das ist Teil des Projekts. Ich kenne einen Komponisten namens Edgar Moffat. Er war in den 50er Jahren Waltiris Assistent und orchestrierte Filmmusiken für ihn. Zur Zeit arbeitet er in Burbank an der Musik für einen Film von David Lean. Sie müssen ihn kennenlernen. Im Lauf der letzten paar Monate habe ich ihn mehrmals interviewt. Er war es, der mir von Waltiris

Nachlaß erzählte. Er kannte Ihren Namen nicht, hatte aber Gerüchte gehört.«

»Sagte er etwas über David Clarkham?« fragte Michael.

»Das war alles vor seiner Zeit, nehme ich an. Er ist erst dreiundfünfzig.«

»Warum studieren Sie Musik?«

»Ich komponiere«, sagte sie. »Ich schreibe Musik seit meinem fünfzehnten Jahr. Und Sie?«

Michael lächelte. »Ich versuche mich als Dichter«, sagte er. »Ich schreibe Gedichte ... schon lange.«

Kristines Miene ließ leise Zweifel erkennen. »Haben Sie schon etwas veröffentlicht?«

Er schüttelte den Kopf. »Tatsächlich habe ich in letzter Zeit kaum etwas geschrieben. Es gab viel zu bedenken, viel zu tun.«

»Dichtung und Musik«, sagte sie sinnend. »Beides sollte nicht allzuweit voneinander entfernt sein. Was meinen Sie?«

Wie konnte er das beantworten, ohne sie auf den Gedanken zu bringen, daß er entweder anmaßend oder verrückt sei? Was er im Reich gelernt hatte – daß alle Künste eng verwandt waren, daß jede Kunstform auf einem Fundament ruhte, das geformt werden konnte, um ein Machtlied zu ergeben –, gehörte nicht zu den Dingen, die einer Studentin der Musikwissenschaft einleuchtend erscheinen würden. »Sie sind sehr eng miteinander verwandt«, sagte er.

»Ich bin niemals wortorientiert gewesen«, sagte Kristine. »Für mich war es ein Kampf, mit Ach und Krach durch den Englischunterricht zu kommen und zu lernen, wie man einen klaren Satz schreibt.«

»Und ich verstehe nicht viel von Musik«, sagte Michael. »Zwei Seiten einer Medaille.« Das, dachte er, war freilich etwas vermessen.

Kristine beobachtete ihn aufmerksam. »Ich glaube, die Fakultät hätte Platz für Waltiris musikalischen Nachlaß«, sagte sie. »Wenn die Verfügungsberechtigten zustimmen, könnten wir ihn verwahren und Ihnen helfen, das Material nach fachlichen Gesichtspunkten zu ordnen. Vielleicht würde das die Auffindung der Partitur bechleunigen.«

Solch ein Verfahren könnte ihn auch arbeitslos machen, zu einem untätigen Schmarotzer auf der Gehaltsliste der Vermögensverwaltung, nachdem er nicht mehr gebraucht wurde. »Ich werde darüber nachdenken«, sagte er. Ob Waltiri das gewünscht hätte?

Kristine schob entschlossen den Teller von sich und winkte der Kellnerin, dann verlangte sie die Rechnung.

»Es geht auf meine Rechnung«, sagte sie. Michael protestierte nicht.

»Wann können wir wieder sprechen?« fragte sie. »Sie können mit Moffat bei Paramount zusammentreffen. Und ich würde Ihnen gern die Musikbibliothek zeigen, die Räumlichkeiten der Fakultät. Der Dekan könnte Ihnen erklären, wie wir uns um Sammlungen und Nachlässe kümmern ...«

»Ich mache meinen eigenen Zeitplan«, sagte Michael. »Immer.«

Sie gab ein großzügiges Trinkgeld und stand auf, die Rechnung in der Hand. Er begleitete sie zur Kasse und dann hinaus. Mit einer Andeutung von Bedauern sagte sie, daß sie zu einem Seminar müsse. Michaels Wagen stand in der entgegengesetzten Richtung. Einen Augenblick lang überlegte er, ob er sie trotzdem begleiten solle, entschied sich aber dagegen. Er wollte sein Interesse nicht allzu offenkundig zeigen.

»Es war ein Vergnügen, mit Ihnen zu essen«, sagte Michael.

Sie legte den Kopf auf die Seite und blinzelte ihn an. »Sie sind wirklich sehr seltsam, wissen Sie«, sagte sie. »Etwas an Ihnen ...« Sie hob die Schultern. »Aber das hat nichts zu sagen. Rufen Sie mich an, wenn Sie etwas finden. Oder wenn Sie bloß über Musik, Dichtung oder sonst etwas sprechen wollen.«

Sie schlug die Richtung zur Universität ein, und Michael schlenderte zu seinem Wagen. Einer Eingebung folgend, betrat er ein Plattengeschäft und erkundigte sich bei einem dunkelhaarigen schlanken Verkäufer mit vorspringender Hakennase nach Aufnahmen mit Musik von Arno Waltiri.

»Da gibt es nur das bei RCA erschienene Album«, antwortete der Mann mit gelangweiltem Blick. »Die werden Sie sicherlich haben, nicht? Mit Charles Gerhardt als Dirigenten?«

Michael sagte, er habe es nicht. Der Angestellte kam hinter dem Tresen hervor und führte ihn in die umfangreiche Abteilung für Filmmusik, wo er das Album fand. Michael überflog den Inhalt: Ausschnitte aus *Ashenden, The Man Who Would Be King, Warbirds of Mindanao* und *Call it Sleep.*

»Haben Sie jemals von einer Aufnahme des Klavierkonzerts *Unendlichkeit* gehört?« fragte er.

»Wir können im Schwann nachsehen, aber nein, ich habe nicht davon gehört.«

Eine Suche im Schwann-Katalog ergab, daß das RCA-Album das einzige zur Zeit erhältliche war. Michael dankte dem Verkäufer und kaufte es.

Auf dem Heimweg hielt er vor einem Papiergeschäft und kaufte ein Buch mit leeren Seiten. Es war an der Zeit, daß er wieder an seiner Dichtung arbeitete, und wenn auch nur deshalb, um sein Selbstvertrauen zu stärken und dazu etwas Überzeugung in seine Stimme zu bringen, wenn er nächstes Mal bekannte, was er war.

Im Wagen entfernte er die Plastikumhüllung vom Buch, schrieb seinen Namen auf das Vorsatzblatt und durchblätterte die Seiten, wie er es immer tat, wenn er ein Notizbuch anfing.

In der Mitte des Buches, zentriert auf einer ansonsten

ungezeichneten Seite, standen die sorgsam gedruckten Worte:

Gib es auf.
Der Fund würde niemandem nützen.

Er fühlte mit der Fingerspitze über das leichte Relief der Buchdrucklettern, dann klappte er das Buch langsam zu.

4

Am nächsten Tag, einem Samstag, kam Michaels Vater zum Haus, vorgeblich, um das Balkenwerk und die Fundamente zu untersuchen und sich zu vergewissern, daß alles in Ordnung sei. Er traf um vierzehn Uhr ein, und Michael begleitete ihn auf einem Rundgang um das Haus.

»Deine Mutter sorgt sich um dich«, sagte John Perrin, während er die Holzverschalung um eine Entlüftungsöffnung mit einem kleinen Hammer abklopfte. Er kroch bis zu den Schultern in die Öffnung, so daß seine Worte sonderbar hallten. »Sie meint, diese Arbeit sei womöglich nicht gesund für dich.«

»Es geht mir gut«, sagte Michael.

John kam wieder hervor und zog sich Spinnweben aus dem Haar. »Scheint auf den ersten Blick in Ordnung zu sein. Nun, Junge, ich mache mir auch meine Sorgen um dich. Ich habe nicht die leiseste Ahnung, wo du diese fünf Jahre warst, und ich frage mich, in welchem Maße du in dieser Zeit gereift bist.«

»Um einiges«, antwortete Michael.

Sein Vater musterte ihn aufmerksam und stand auf. »Es ist seltsam, daß deine Mutter nicht darüber sprechen will. Und wahrscheinlich ist es auch von mir seltsam, daß ich nichts davon hören will, bis auch sie zuhört. Sie hat nicht einmal angedeutet, daß sie neugierig ist. Auch dir gegenüber nicht?«

Michael schüttelte den Kopf.

»Es war nicht etwas wie bei William Burroughs, nicht?«

»Nein. Hat nichts mit Drogen zu tun.«

Sein sorgloser Ton trieb John Perrin die Röte ins Gesicht. »Verdammt noch mal, komm mir nicht mit diesem gönnerhaften Ton ... mir nicht und anderen auch nicht!«

Michael schüttelte den Kopf. »Ich fürchte, du würdest mir nicht glauben.«

»Ich bin kein Dummkopf. Ich kenne andere Lebensarten als diese.« Er machte eine Handbewegung in die Nachbarschaft. »Ich habe sogar Haschisch probiert.«

Michael schlug den Blick nieder.

»Ist es etwas, dessen du dich schämst? Etwas ... Sexuelles?«

»Mein Gott«, sagte Michael, schüttelte den Kopf und lächelte hilflos. »Ich bin nicht nach San Franzisko weggelaufen und ... was immer. Du kannst Mutter in diesem Punkt beruhigen.« Er ärgerte sich über die weinerlichen Obertöne, die ihm in die Stimme drangen.

»Wir glaubten das auch nicht. Du magst darüber denken, wie du willst, aber wir kennen dich ziemlich gut. Nicht so gut, daß du uns nicht überraschen könntest, aber doch so gut, um zu glauben, daß du nichts Selbstzerstörerisches getan hast. Wir dachten lediglich, es könnte dir nicht guttun, den ganzen Tag in diesem Haus zu sitzen und alte Papiere durchzusehen.«

»Ich bin hinausgekommen.« Er erzählte seinem Vater von der Anfrage der Universität und unterließ es nicht, Kristine zu erwähnen. »Ich unternehme auch lange Spaziergänge.«

Er führte seinen Vater durch den rückwärtigen Eingang ins Haus. John Perrin untersuchte den Boiler.

»Der Tank scheint in Ordnung zu sein, aber ich würde ihn gern entleeren, das Sediment entfernen, den Boden untersuchen und sehen, ob er bald durchrosten wird. Anderswo irgendwelche Probleme?« John blieb stehen und klopfte mit dem Knöchel an die Wandverkleidung zwischen dem Boiler und dem Durchgang zur Speisekammer.

Was also konnte er seinem Vater letzten Endes sagen? Daß er nicht an den Fortbestand des normalen Lebens glaubte, daß Umwälzungen von unbekannter Größenordnung bevorstanden?

»Nicht daß ich wüßte«, sagte er. »Wenn es sein muß, kann ich Handwerker rufen.«

»Komm schon, gib deinem alten Vater Gelegenheit, sich benötigt zu fühlen. Gibt es in Südkalifornien einen besseren Tischler?«

»Nein«, sagte Michael und lachte.

Die Türglocke läutete. Michael ging zum Vordereingang und öffnete. Draußen stand Robert Dopso und trat unruhig von einem Bein aufs andere. »Hallo!« sagte er und streckte ihm die Hand hin. »Ich sah, wie Sie die Fundamente untersuchten. Dachte, Sie könnten vielleicht einen zweiten Sachverständigen gebrauchen.«

Michael lächelte. Zu dritt wäre das Gespräch weniger peinlich. »Klar. Das ist mein Vater. Robert Dopso. Wir sehen uns gerade in der Küche um. Kommen Sie nur herein!«

»Samstagslangeweile, wissen Sie«, sagte Dopso. »Das Leid des Junggesellen.«

»Mister Dopso ist im Nebenhaus aufgewachsen«, sagte Michael, zu seinem Vater gewandt. »Er und seine Mutter waren gut mit den Waltiris bekannt.«

»Da Sie gerade meine Mutter erwähnten, sie lädt Sie für heute abend zum Essen ein«, sagte Dopso. »Ein weiterer Grund, daß ich herübergekommen bin.«

John hatte sich wieder an die Untersuchung der Wand gemacht. »Gibt es auf der anderen Seite einen

Wandschrank oder was?« fragte er. Das Klopfen der Knöchel auf die Wandverkleidung erzeugte einen hohlen Klang.

Michael verneinte.

»Merkwürdig, daß da ein ungenutzter Raum geblieben ist!« Er blickte zu Boden und kniete nieder. Sein Finger folgte einem bogenförmigen dünnen Kratzer im Linoleum, der unter dem Rand der Wandverkleidung begann. »Da war mal eine Tür. Ich kann mir nicht denken, daß Arno Waltiri es nötig hatte, Skelette zu verstecken ... was meinst du?«

Michael runzelte die Stirn und schüttelte den Kopf. Dopso bückte sich und befühlte den unteren Rand der Wandverkleidung.

»Ich erinnere mich nicht, daß hier ein Wandschrank war.«

»Aber es muß so etwas gegeben haben, und nun ist es verschlossen.« Er zwinkerte Dopso zu. »Nähme Arno Waltiri es übel, wenn wir eines Tages, sobald du Zeit hast, der Sache auf den Grund gingen? Wahrscheinlich finden wir nichts als Spinnweben ...«

»Wahrscheinlich«, sagte Michael. Irgendwie widerstrebte es ihm, seinen Vater oder Dopso hineinzuziehen. Die Entdeckung war ebenso aufregend wie zermürbend.

»Komm schon!« sagte sein Vater und ging in die Küche. »Wo ist deine Abenteuerlust? Ein altes Haus, ein geheimnisvoller Hohlraum ... Vielleicht versteckte Arno Waltiri seinen Schatz darin?«

»Vielleicht«, sagte Michael.

»Das wäre interessant«, meinte Dopso. »Etwas Aufregendes in einer langweiligen Nachbarschaft. Dabei ist sie nicht immer so langweilig gewesen.« Sein Seitenblick zu Michael schien irgendeine stumme Botschaft zu enthalten, aber Michael hatte nicht die leiseste Ahnung, worauf Dopso abzielte.

Nach ein paar weiteren Untersuchungen standen sie

in der Diele, und sein Vater lud ihn für den nächsten Abend zum Essen ein. »Es liegt leider in ihrer Natur, sich Sorgen zu machen, Michael.«

»Ich weiß«, sagte Michael mit Unbehagen. »Heute abend bei Mr. Dopso und morgen abend bei dir und Mutter. Es fehlt nicht an Gastfreundschaft.«

»Gut. Sechs Uhr? Und laß es mich wissen, wenn du die Wandverkleidung aufbrechen willst.«

Nachdem Dopso und sein Vater gegangen waren, kehrte Michael zurück zu der bewußten Stelle, klopfte die Wandverkleidung ab und überlegte, ob er nach verborgenen Hebeln oder Knöpfen suchen sollte. Aber die Verkleidung schien festgenagelt zu sein.

Er bewaffnete sich mit einer Taschenlampe und ging hinaus, um den Raum unter der Hintertreppe zu untersuchen. Er nahm den Deckel, den sein Vater wieder angebracht hatte, vom Entlüftungsschacht, und leuchtete unter das Haus, wo im Kriechgang die Konturen von Trägern, Rohrleitungen und Verkabelungen zu sehen waren. Der Lichtschein fiel auf eine dunkelgraue Betonwand, die ungefähr unter Küche und Speisekammer lag.

Es gab einen Keller.

Er wischte sich die Hände an den Hosenbeinen ab, ging in die Garage und durchsuchte einen Werkzeugkasten nach etwas, womit er die Wandverkleidung herauslösen konnte. Er fand eine kurze Brechstange und einen Splitthammer und trug beides durch die Hintertür ins Haus.

Wann mochte der Kellerzugang verschlossen worden sein? Aus der Zeit, als er das Haus der Waltiris häufig besucht hatte, erinnerte er sich nicht an eine Kellertür. Und das lag annähernd sechs Jahre zurück.

Aber er war nicht oft hier im rückwärtigen Teil gewesen.

Konnte die Tür während seiner Abwesenheit und nach Goldas Tod verschlossen worden sein? Oder hatte

Waltiri sie selbst versiegelt? Er sah seine Chance. Es mußte etwas Ungewöhnliches in dem Keller sein. Wenn ein Mann – oder ein Magier – wie Waltiri eine Tür unkenntlich machte, mußte er gute Gründe dafür gehabt haben. Jedenfalls konnte Michael seinen Vater nicht zum Zeugen der Öffnung machen und sehen lassen, was immer es dort zu sehen gab ...

Vor allem wollte er seinen Vater für den Fall, daß der Keller etwas Gefährliches enthielt, nicht dabei haben. John konnte keinen Schatten werfen oder andere Mittel gebrauchen, um sich einer Gefahr zu entziehen.

Wieder befühlte er sorgfältig die Wandverkleidung, nicht um geheime Hebel zu ertasten, sondern um einen Eindruck zu gewinnen, einen Hinweis. Er konzentrierte sich auf den Raum dahinter, schloß die Augen und drückte die Handfläche fest gegen das Holz.

Nichts.

Aber die Kranichfrauen hatten ihm nicht die Gabe des Zweiten Gesichts verliehen. Keine anleitenden Stimmen gaben ihm Hinweise.

Er hob die Brechstange auf und machte sich daran, die Leiste vom Rand der Verkleidung zu entfernen. Es quietschte, als die Nägel herausgezwungen wurden. Sobald er beide Leisten abgenommen hatte, schob er die Brechstange in den Spalt zwischen Wand und Holzverkleidung und setzte den Hebel an.

Die Verkleidung hielt; die Handflächen schmerzten ihn unter dem Druck. Er versuchte es noch einmal, ohne besseres Ergebnis, und setzte die Brechstange an anderer Stelle an.

Nach mehreren Minuten fruchtloser Anstrengung bemerkte er, daß die Wandverkleidung ein wenig Spiel bekam und daß die Nägel, die sie hielten, ein paar Millimeter über die Oberfläche ragten. Mit dem Splitthammer zog er einen der oberen Nägel und setzte die Brechstange dort an, worauf er sich mit aller Kraft ins Zeug legte. Für diese Anstrengung wurde er mit einem lauten

Ächzen von Holz belohnt, und die Verkleidung gab einen Zentimeter nach. Außerdem kamen mehrere andere Nagelköpfe so weit heraus, daß sie für den Splitthammer bereit waren.

Zehn Minuten später hatte er die Wandverkleidung so hinlänglich gelockert, daß er sie mit beiden Händen fassen konnte. Er zog, sie gab mit einem Ruck nach, und er fiel rücklings gegen die Waschmaschine. Nachdem er die eineinhalb Zentimeter dicke Sperrholzverkleidung im Küchendurchgang abgestellt hatte, machte er sich an die Untersuchung dessen, was nun enthüllt war: eine Tür, sauber und weiß wie alle anderen inneren Türen im Haus, mit einer Messingklinke statt eines geheimnisvollen Kristalls und von völlig unschuldigem Aussehen.

Unter der Klinke war ein Schloß, und darin steckte der Schlüsel. Michael drehte ihn im Schloß, dann drückte er auf die Klinke, und die Tür öffnete sich leicht nach innen. Dahinter war Dunkelheit. Trockene, abgestandene Luft kam aus der Öffnung, die nach Staub und einem süßlichen blumigen Duft roch, der irgendwie vertraut war, aber überlagert von einem anderen, weniger leicht zu beschreibenden Geruch. Er steckte den Schlüssel ein.

An der rechten Wand war ein Druckschalter. Er betätigte ihn, und am Fuß einer steilen Treppe leuchtete eine nackte klare Glühbirne auf und verbreitete gelblichen Schein.

Michael stieg die erste Treppenflucht hinunter, bog um die Ecke und spähte in das halb erleuchtete Kellergeschoß. Am Ende der zweiten Treppenflucht, die rechtwinklig zur ersten verlief, befand sich ein Kellerraum von weniger als acht Quadratmetern und mit niedriger Decke. Der Raum war angefüllt mit Kisten und Kartons, von denen einige mit dunkler Zeltbahn zugedeckt waren. Zu seiner Rechten, unmittelbar am Fuß der Stufen, stand ein großer schwarzer Kleiderschrank. Michael fragte sich, wie solch ein ungefüges

Möbelstück in den Keller gebracht worden sein konnte.

Er stieg die vier letzten Stufen hinab, und sein Schatten fiel riesig und schwarz über die Kisten. Das Licht war in einer Position, daß er vor sich beinahe nichts sehen konnte, da sein Schatten alles verdunkelte. Er wandte sich dem Schrank zu und öffnete eine Tür. Das Innere, kaum erkennbar, war angefüllt mit kleinen Kästen, die wiederum mit Papieren vollgestopft waren. Er zog eine Schublade heraus und fand weitere Papiere: Umschläge, verschnürte Bündel, eine kleine Zigarrenkiste voller Briefe. In der unteren Ecke stand eingezwängt ein kleines Weinregal mit drei staubigen Flaschen.

Michael stieg mit einem gemurmelten Fluch die Treppe hinauf, um eine Taschenlampe zu holen. Zurückgekehrt, führte er den Lichtkegel über den Inhalt des Schrankes und sah, daß die meisten der Papiere Briefe waren, die größtenteils deutsch abgefaßt waren. Er hob eine Flasche aus dem Regal und las das Etikett. Mit einiger Mühe gelang es ihm, die Frakturschrift zu entziffern.

Doppelsonnenuhr
Feinste Geistenbeerenauslese
1921

Die Abbildung des Etiketts zeigte eine Sonnenuhr, deren Zeiger zwei Schatten warf. Unter der Beschriftung waren eine Rose und eine Traube roter Beeren. Er stellte die Flasche behutsam zurück.

Auf einem höheren Regal, über den Schubladen, entdeckte er ein schwarzes Loseblatt-Notenbuch mit Spiralbindung. Der starke süßliche Geruch ...

(Und er erinnerte sich, woran dieser Geruch ihn gemahnte – ihn persönlich, wann immer er im Reich mit Wasser in Berührung gekommen war: an den Geruch des Trägers eines Machtgliedes.)

… verstärkte sich, als er das Notenbuch aufschlug. Das Papier darin schien sich im Licht der Taschenlampe zu winden, schimmerte wie ein Ölfilm auf Wasser, so daß die Schrift von verzerrten Flecken öligen Rots, Purpurs und Grüns umgeben war.

Es war eine Partitur. Er hielt die erste Seite mit der linken Hand auf und beleuchtete sie mit der rechten.

UNENDLICHKEIT
Klavierkonzert Opus 45
von Arno Waltiri

Jede umgewendete Seite strömte einen stärkeren, deutlicher bestimmbaren Geruch aus, bis Michael es nicht mehr ertragen konnte. Der Kellerraum engte ihn ein, bedrückte ihn mit den vermischten Gerüchen von süßem Regen, welkenden Blumen, Staub und endloser Verlassenheit. Er schoß das Notenbuch und schüttelte schnaubend den Kopf.

Er bezweifelte, daß das Notenbuch und die Partitur darin diese eigentümlichen Qualitäten gehabt hatten, als die Musik zuerst niedergeschrieben worden war. Seit jener Zeit hatte etwas sogar das Material verändert, auf das Waltiri sein Konzert geschrieben hatte.

Schaudernd legte er das Manuskript zurück und schloß die Schranktüren.

Er ging hinaus in den sonnigen Aprilnachmittag, kauerte auf dem Rasen nieder und zupfte an ein paar Grashalmen, tief in Gedanken.

Alles lag vor ihm ausgebreitet; er brauchte nur zu wählen, was er als erstes untersuchen wollte. Welches Tor er nehmen wollte.

Der Luxus, nicht zu wählen, blieb ihm versagt.

5

Mrs. Dopso war Mitte sechzig, klein und zierlich. Eines ihrer blauen Augen blickte in immerwährender Sorge aufwärts, und wenn sie sprach, erhellte häufig ein beseligtes Lächeln ihr Gesicht.

»Ach, ich bin so froh, daß wir endlich eine Gelegenheit bekommen, einander kennenzulernen!« begeisterte sie sich und machte fahrig-flatternde Handbewegungen mit der Linken, als müßte sie Fliegen verscheuchen.

Wenige Minuten nach sechs setzten sie sich zu Tisch. Schatten lagen tief in dem alten Haus, das viel kleiner als das der Waltiris war. Robert Dopso erklärte, Stromsparen sei das Lieblingssteckenpferd seiner Mutter. Sie entzündete Kerzen in Messingleuchtern auf dem Tisch zuerst ernst, als sie Zündholz an den Docht hielt, dann dankbar, als die Flamme wuchs.

»Ich überlasse die Elektrizität lieber denen, die sie mehr brauchen«, sagte sie. »So verbessern wir die Produktivität unseres Landes, wenn wir den Strom in die großen Fabriken pumpen.«

»Es ist ihr ein bißchen unklar, wie die Energieversorgung funktioniert«, erläuterte ihr Sohn.

»Vielleicht, vielleicht«, sagte Mrs. Dopso leichthin. »Ich bin einfach so erfreut, Mister Perrin zu Gast zu haben. Wir haben so viel zu bereden.«

»Vielleicht nicht alles auf einmal«, schlug Robert vor.

»Mein Sohn. Haben Sie je von solch einem Sohn gehört?« Sie eilte in die Küche, wobei sie die Hände an ihren Seiten langsam vor und zurück drehte, und kam mit einer Schüssel wieder herein, in der sich dampfendes Gemüse hoch auftürmte. Als nächstes kam eine Schmorpfanne mit Käse und Thunfisch, gefolgt von einer Platte mit einem Berg gleichmäßig geschnittener Weißbrotscheiben. »Es ist kein Festessen«, sagte sie. »Es ist einfache Nahrung, aber das Gespräch ist wichtiger als das Abendessen.«

»Mutter weiß, daß Sie Nachlaßverwalter für Waltiris Haus und die Hinterlassenschaften darin sind«, sagte Robert Dopso, als er Gemüse auf seinen Teller häufte. Er reichte die Schmorpfanne Michael, der sich großzügig daraus bediente. Dank seiner Erziehung – und einigen Monaten Entbehrung – hatte er nichts gegen einfache Nahrung.

»Wenn wir jetzt anfangen zu reden, werden wir vor Mitternacht nicht mit dem Essen fertig, und alles wird kalt«, sagte Mrs. Dopso. »Also wollen wir das Hauptthema einstweilen ... ah, umgehen und bloß unsere Mägen füllen. Danach können wir dann reden.« Sie lächelte und schob sich eine Gabel voll vom Schmorgericht in den Mund, als Beispiel.

Bis zum Ende der Mahlzeit tauschten sie nur Freundlichkeiten aus. Michael fühlte sich ein wenig beklommen. Mrs. Dopso und ihr Sohn taten höflich geheimnisvoll, und das störte ihn; sie benahmen sich, als verfügten sie über Wissen, das er nützlich finden würde.

Robert räumte das Geschirr ab und brachte eine Flasche Wein zum Vorschein. Mrs. Dopso biß sich auf die Unterlippe, als er Michael die Flasche zur Begutachtung hinhielt.

Das Etikett ähnelte dem auf der Flasche, die er in dem neu geöffneten Keller gefunden hatte. Die Sonnenuhr mit dem doppelten Schatten, die Rose und die roten Trauben, und die Frakturschrift.

»Das ist unsere letzte Flasche. Wir dachten, wir sollten sie heute abend öffnen«, sagte Robert. »Mister Waltiri machte sie vor bald fünfzig Jahren meinem Vater zum Geschenk. Sie werden vielleicht von dem Herrn gehört haben, von dem Mister Waltiri sie hatte.«

Michael hob eine Augenbraue.

»Sein Name war David Clarkham. Er war mit Mister

Waltiri befreundet, obwohl ich hörte, daß sie sich später entzweiten.«

»Ja, mein Lieber, das war ein paar Jahre vor deiner Geburt«, sagte Mrs. Dopso.

»Mein Vater kam mehrmals mit Mister Clarkham zusammen und war sehr beeindruckt von ihm. Mister Clarkham war ein Weinkenner. Er erzählte gern von ungewöhnlichen Rebsorten und ungewöhnlichen Weinen. Hauptsächlich von deutschen Weinen. Viele von diesen waren meinem Vater unbekannt, dabei war er selbst durchaus ein Kenner. Zuletzt trank Vater vor fünfzehn Jahren eine von diesen Flaschen und beurteilte den Wein als sehr gut, wenn auch ungewöhnlich.«

»Erinnerst du dich, was er sagte?« fragte Mrs. Dopso.

»Ja. ›Ein bißchen jenseitig, von einer höchst ungewöhnlichen Vollendung.‹

Sie schienen von Michael eine Reaktion zu erwarten. »Erst heute fand ich mehrere Flaschen davon«, sagte er.

»Gut! Dann ist dies nicht die letzte. Sie werden bemerken, daß es keinen Hinweis darauf gibt, welche Art von Wein es ist. Rot, das ist offensichtlich – aber welche Rebsorte?«

Michael schüttelte den Kopf.

»Sie wollen sicher wissen, worauf wir hinauswollen, Mister Perrin. Die Sache ist die, daß dieses Haus uns sehr neugierig macht. Wir haben lange Zeit nebenan gewohnt.«

»Eines Morgens, es war sehr früh«, sagte Mrs. Dopso, und ihr Gesicht strahlte geradezu im Kerzenlicht, »stand ich auf und schaute über die Mauer aus Schlakkensteinen. Es war neblig, und ich wußte nicht recht, ob ich richtig sah. Mein Mann war auf einer Geschäftsreise, also rief ich Robert – das arme, verschlafene Kind –, damit er meine Beobachtung bestätigen oder berichtigen solle.«

»Ich bestätigte«, sagte Robert. »Ich war acht.«

»Das Haus war buchstäblich *bedeckt* mit Vögeln«,

sagte Mrs. Dopso atemlos. »Großen dunklen Vögeln mit roter Brust und roten Flügelspitzen. Drosseln und Rotkehlchen in der Größe von Krähen.«

»Sie meint, mit den Merkmalen von Drosseln und Rotkehlchen, aber von Krähengröße.«

»Und Sperlinge. Und andere Vögel, die ich erkannte. Sie deckten das Dach zu und säumten die Wände. Alle mucksmäuschenstill.«

»Hitchcock, wissen Sie«, sagte Robert grinsend. »Kriegte es richtig mit der Angst.«

»Und als der Nebel sich hob, waren sie fort. Doch das ist nicht alles. Manchmal sahen wir Mister Waltiri und Golda – die liebe Golda! – mit ihrem Wagen wegfahren, dem Vorgänger desjenigen, den Sie jetzt fahren – ein komisch aussehendes Ding –, und nachdem sie weggefahren waren, als das Haus leerstehen mußte ...«

»Hörten wir drüben jemand Klavier spielen«, sagte Robert und beugte sich vorwärts.

»Und gutes Klavierspiel, wunderschöne Musik.«

Robert entkorkte die Flasche und goß den Wein in Kristallgläser. Michael nippte von der bräunlichroten dunklen Flüssigkeit. Er hatte nie dergleichen gekostet. Es war vollkommen außerhalb seiner Erfahrung mit Weinen, die zugegebenermaßen nicht ausgedehnt war. Der Nachgeschmack war mild und vielschichtig und blieb noch lange Augenblicke nach dem Trunk erhalten, wobei sich eine Abfolge von Aromen nach der anderen auf der Zunge auflöste. Dies hörte plötzlich auf und hinterließ nur eine reine Leere. Er nahm einen weiteren kleinen Schluck. Mrs. Dopso schloß die Augen und tat das gleiche.

»So köstlich, wie ich ihn in Erinnerung habe«, bemerkte sie. »Auf meinen lieben Mann!« Sie erhoben die Gläser auf den Mann, dessen Namen Michael nicht kannte.

»Ich glaube, Golda war wohl die einzige Person, der nicht bewußt war, daß etwas vorging«, sagte Mrs. Dopso. »Arno schirmte sie geradezu grimmig gegen alle äußeren Einflüsse ab. Nichts sollte der lieben Golda passieren, solange er in der Nähe war. Aber wissen Sie ... nach seinem Tod wurde es zuviel für sie. Eine Nervenanspannung. Sie mußte mit den Jahren doch manches gesehen und erlebt und Verdacht geschöpft haben. Wie hätte es anders sein können?« Mrs. Dopso nippte wieder vom Wein und lächelte glückstrahlend. »Wir drängten uns nicht dazu, es ihr zu sagen, denn wir wußten zwar von einigen Merkwürdigkeiten, hatten aber keine Gewißheit ... abgesehen von den Vögeln.«

»Was meinen Sie dazu, nachdem Sie nun dort leben?« fragte Robert.

Michael schaute in sein Glas und drehte den Stiel nachdenklich zwischen Daumen und Zeigefinger. »Es scheint jetzt ziemlich ruhig zu sein«, sagte er.

»Spielen Sie Klavier?« fragte Mrs. Dopso.

Er schüttelte den Kopf.

»Aber jemand tut es!« sagte sie und sah ihn dramatisch an. »Wir hörten es, nachdem Sie weggefahren waren. Und die Musik ist nicht mehr so lieblich. Sie ist zornig, würde ich sagen. Robert?«

»Streng ... gekonnt, aber hämmernd«, sagte Robert. »Ich weiß nicht, ob ich es zornig nennen soll. Kraftvoll vielleicht.«

Michael fühlte sich von einem Schauer überlaufen, und die Armhaare sträubten sich ihm. »Ich habe keine Musik gehört«, sagte er und setzte sein Glas nieder.

»Es ist uns im Lauf der vielen Jahre schon vertraut geworden«, sagte Mrs. Dopso. »Wir fragten uns oft, ob Mister Waltiri – oder vielleicht sogar Golda – Verwandte hätten, die bei ihnen wohnten.«

»Einen alten buckligen Vetter«, fügte Robert mit der Andeutung eines Lächelns hinzu.

»Nein«, sagte Michael. »Ich bin der einzige Bewohner des Hauses.« Soviel konnte er mit Gewißheit sagen.

»Bring das Tonbandgerät, Robert!« verlangte Mrs.

Dopso. Robert verließ das Speisezimmer und kam mit einem alten Ampex-Tonbandgerät zurück. Es war bereits zurückgespult und abspielbereit. Er stellte es auf einen unbesetzten Stuhl und stellte den Anschluß her. Dann schaltete er das Gerät ein und trat zurück.

Michael hörte ein Klavier spielen. Der Klang war undeutlich und entfernt, aber es war tatsächlich ein kraftvolles hämmerndes Spiel. Eine Melodie war nicht ohne weiteres zu erkennen.

»Wann haben Sie dies aufgenommen?« fragte Michael.

»Gestern«, sagte Robert.

»Wir sind *sehr* neugierig«, sagte Mrs. Dopso. »Es ist geheimnisvoll, meinen Sie nicht?«

Michael nickte. Das Abendessen lag ihm auf einmal schwer im Magen. »Ich kann Ihnen jedoch nicht sagen, was vorgeht. Ich weiß es einfach nicht.«

»In dem Haus spukt ein Gespenst, das Musik liebt«, sagte Mrs. Dopso, wieder mit dem glückstrahlenden Ausdruck. »Wie passend für Arnos Haus! Ich denke nicht, daß Sie dort in Gefahr sind, junger Mann.« Sie holte tief Luft. »Sollten Sie aber mehr erfahren, lassen Sie es uns wissen, ja?«

Bald darauf entschuldigte sie sich und ging zu Bett. Robert erläuterte schmunzelnd, seine Mutter stehe mit den Vögeln auf, und entschuldigte sich für ihre und seine Einmischung.

»Es ist keine Einmischung«, sagte Michael. »Hat sich sonst jemand beklagt?«

»Wir beklagen uns nicht; bitte denken Sie das nicht. Und nein, niemand sonst hat etwas gesagt.«

»Sollten Sie das Klavierspiel wieder hören, können Sie es noch einmal für mich aufnehmen?«

»Selbstverständlich«, sagte Robert. Sie schüttelten einander am Eingang die Hände, aber Robert begleitete ihn trotzdem auf die Straße hinaus. Der Abend war tiefblau über den schwarzgrünen Umrissen der Bäume in der Nachbarschaft. »Danke, daß Sie mit meiner Mutter gesprochen haben.«

»Es war mir ein Vergnügen.«

Michael kehrte zurück ins Waltiri-Haus, wo er bei dem stummen Flügel stehen blieb und mit den Fingern auf die glänzende schwarze Oberfläche des Deckels trommelte. »Arno?« fragte er leise, und bei der Namensnennung stand ihm wieder das Haar auf den Armen und im Nacken auf.

Keine Antwort.

Er hatte auch keine erwartet. Noch nicht.

Ein breiter Balken Spätnachmittagssonnenschein wärmte das Parkett unter seinen Füßen. Er saß in Waltiris Musikbücherei, das alte schwarze Telefon auf dem Schoß, umringt von Tonbandspulen, Schallplatten und Büchern, und wählte Kristine Pendeers Privatnummer. Nach dem dritten Läuten meldete sich ein Mann mit tiefer und undeutlicher Stimme. Michael verlangte Kristine zu sprechen. »Wer ist denn da?« fragte der Mann.

»Mein Name ist Michael. Sie wird mich kennen.«

»Sie ist gerade nicht da ... Moment! Sie ist an der Tür. Warten Sie.« Im Hintergrund hörte Michael Kristine und den Mann reden. Es schien eine Meinungsverschiedenheit zwischen ihnen zu geben. Die Hand des Mannes machte schmatzende Geräusche über dem Mundstück. Endlich kam sie an den Apparat, außer Atem.

»Ich habe gefunden, was Sie suchten«, sagte Michael.

»Ich bin gerade die Treppe heraufgekommen ... Augenblick, ich bin außer Atem. Hörte das Telefon läuten. Sie haben was gefunden ... 45?«

»Ich öffnete eine verborgene Kellertür und fand die Partitur unter anderen Papieren in einem Schrank.« Er merkte, daß seine Stimme nicht sonderlich glücklich klang. Warum rief er sie überhaupt an? Vielleicht um wieder mit ihr zu sprechen, sie zu treffen? Die Entdekkung diente dann nur als ein Vorwand.

»Das ist phantastisch, wirklich! Wann kann ich einen Blick darauf werfen?«

Er strich mit vorsichtigen Fingern über das verfärbte Manuskript auf Waltiris Schreibtisch. »Die Partitur ist in keinem sehr guten Zustand. Wir werden sie kopieren müssen ... vielleicht klappt es mit einer Kopiermaschine, vielleicht nicht.«

»Was ist damit nicht in Ordnung?«

»Sie müssen die Partitur selbst sehen.« Gefährlich, sehr gefährlich! Die einfache Betrachtung der Partitur reichte aus, um den Realitätssinn des Betrachters zu verzerren.

»Können Sie die Partitur herbringen, oder soll ich zu Ihnen kommen?« Sie schien verstanden zu haben, daß er ein Spiel spielte, und sie nahm es mit Unbehagen auf.

»Ich denke, Sie sollten lieber kommen, nicht heute abend, da habe ich zu tun. Morgen. Vielleicht am Vormittag?«

»Ich werde früh dort sein müssen. Ungefähr um halb acht.«

»Fein. Ich erwarte Sie.«

»Sie hören sich seltsam an, Michael.«

»Ich habe bloß eine Menge zu tun, zwischen jetzt und dann. Wir werden morgen reden.«

»In Ordnung.« Es folgte ein peinlicher Augenblick zwischen dem Gesprächsende und einem gleichzeitigen Aufwiedersehen. Er legte auf und stellte das Telefon wieder in seine Nische auf einem Bücherregal. Dann hob er die Partitur an die Nase und schnüffelte. Der süße Duft war diesmal schwächer, wie Trockenobst.

›Jede Welt ist nur eine Sache des Hinzufügens und Wegnehmens ... Der Unterschied zwischen dem Reich und deiner Heimat ist wie der Unterschied zwischen einem Lied und einem anderen ...‹ So hatte Eleuth es ihm im Reich erklärt.

War es also möglich, ein Lied oder ein Musikstück zu schaffen, das dem Lied einer Welt aktiv widersprach und sie auf subtile Weise veränderte?

Er bedauerte, daß er nicht Klavier spielen und die Notenschrift nicht besser lesen konnte. Es war möglich, daß er etwas von der in der Partitur enthaltenen Musik tatsächlich gehört hatte, als Clarkhams Haus und die Nachbildung von Kublai Khans Pavillon im Reich eingestürzt waren, aber er konnte sich jetzt nicht erinnern, wie sie geklungen hatte. Die Melodie war von Anfang an nicht eingängig gewesen, und die Orchestrierung war seinem Gedächtnis vollständig entfallen.

Er steckte die Partitur in einen Manilaumschlag und legte ihn in Waltiris Safe. Nachdem er sich die von Golda auf ein Stück Klebeband an der Tür des Safes geschriebene Kombination eingeprägt hatte, zog er das Klebeband ab, verbrannte es in einem metallenen Aschenbecher auf dem Schreibtisch und schloß die Tür. Warum die Vorsichtsmaßnahme wichtig war, konnte er nicht sagen.

(Vielleicht war es nicht Arno – in welcher Gestalt auch immer –, der auf dem Flügel spielte, wenn das Haus leer war ...)

Er hatte eine Menge zu tun und rechnet nicht damit, vor den frühen Morgenstunden zurück zu sein.

In der Abenddämmerung, als die mondfarbenen Straßenlaternen angingen und eine leichte Brise durch das grüne Laub der Ahornbäume seufzte, stand Michael vor David Clarkhams Haus. Seit seiner Rückkehr aus dem Reich war er nicht hier gewesen.

Das verlassene Haus war in noch schlechterem Zustand als bei seinem letzten Besuch vor fünf Jahren. Der Rasen hatte längst einer natürlichen Wildnis von hohen Stauden und Gräsern Platz gemacht und bildete einen scharfen Gegensatz zu den gepflegten grünen, aber sterilen Rasenflächen zu beiden Seiten. Die Hecken waren ausgewachsen und beugten sich weit über die Zufahrt der parallelen Betonstreifen und näherten sich bereits dem rissigen weißen Verputz der Hauswände. Zwischen den aufschießenden Stauden schaute noch immer ein schiefstehendes Schild mit der Aufschrift ZU VERKAUFEN heraus; entweder ließen sich die Immobilienmakler, die den Besitz verkaufen sollten, ungewöhnlich viel Zeit, oder die Käufer waren von dem Objekt nicht begeistert. Eine weitere Möglichkeit war, daß das Schild ein Schwindel war. Es war keine Telefonnummer angegeben, und Michael hatte von der Firma Hamilton-Immobilien nie gehört.

Er schloß die Augen und die zwischen seinen Gedanken angesiedelte Region, die *evisa* steuerte, und warf einen Schatten. Es war auf Erden so einfach, wie es im Reich gewesen war.

Er ließ eine bewegungslose und langsam verblassende Attrappe von sich selbst am Straßenrand zurück. Wer ihn beobachtete, würde bald das Interesse verlieren und sich abwenden; und wenn der oder die Betreffenden sich nicht abwandten, würde das Abbild sich zwischen den Schatten der Bäume auflösen, und sie wären so klug wie zuvor.

Michael ging mit der Brechstange in der Hand auf den Hauseingang zu. Am besten fing er am Anfang an.

Nach vier Minuten hatte er die Tür geöffnet. Das Haus strahlte etwas Unerfreuliches aus; es war mehr als bloße Vernachlässigung, es war widerwärtig, als ob der Teil der Welt, den es einnahm, mißbraucht worden wäre und nun verdrießlich brütete. Michael spürte eine starke Abneigung gegen das Gefühl, und diese Abneigung ging über die bloße Assoziation mit seinem letzten Besuch in Clarkhams Haus hinaus.

Er schaltete seine Taschenlampe ein, schloß die Tür, bis sie hinter ihm angelehnt stand. Die Diele vor dem Wohnzimmer war staubig und still; das Wohnzimmer selbst war leer und ein wenig melancholisch, die Rückwand erhellt von viereckigen Proben der Straßenlaterne gegenüber.

Trotz seiner unangenehmen Empfindungen gab es an dem Haus nichts Magisches oder Übernatürliches. Michael konnte keine verborgenen Kräfte fühlen, keine lauernden Rückstände. Er ging weiter durch die Diele und überprüfte die Räume im Erdgeschoß, einen nach dem anderen, indem er mit der Taschenlampe hineinleuchtete, aber staubige Böden und Leere sah. Er ging zur Treppe und leuchtete hinauf. Der Treppenläufer entließ bei jedem Schritt kleine Staubwolken.

Am oberen Treppenabsatz führte ein Korridor an den drei Zimmern des Obergeschosses vorbei und endete vor der Badezimmertür. Clarkhams Haus im Vergnügungspavillon war nach dem gleichen Bauplan ausgelegt gewesen; keine Überraschung. Michael spähte ins Schlafzimmer. Nichts. Das zweite Schlafzimmer war geräumig und leer, die Fenster verhängt mit verblichenen und rissigen alten Stoffbahnen, die über gebogene Gardinenstangen gehängt worden waren. Kommoden und Schränke standen an der anderen Wand, und Michael fühlte sich an eine Aussegnungshalle erinnert. »Hier ist nichts«, flüsterte er zu sich selbst. Er fürchtete sich nicht, war nicht einmal sonderlich wachsam, aber er wußte, daß die übernatürliche Feinfühligkeit, welche die Kranichfrauen ihm verliehen hatten, ihn aus einem bestimmten Grund hierhergeführt hatte, und nicht bloß, um alte Neugierde zu befriedigen.

Der Fußboden des letzten Zimmers war mit einer dünnen Staubschicht bedeckt, die das dunkle Holz stumpf machte. Er tat zwei Schritte in den Raum und leuchtete hin und her.

In der Mitte des Bodens unterbrachen Fußabdrücke das gleichförmige Grau. Die Fußabdrücke führten zum Korridor und gingen unter seinen Füßen durch, wo sie von seinen Schuhen ausgelöscht wurden. Er kniete vorsichtig nieder und untersuchte sie eingehender. Der

Staub im Umkreis der Fußabdrücke war ungestört. Nur ein Paar Füße, die Mokassins oder Sandalen getragen hatten, da die Abdrücke nicht von einer Wölbung unterbrochen waren, hatte die Abdrücke hinterlassen, und ihr Besitzer war ohne Zögern hinausgegangen, nachdem er seine Wanderung (seine, weil die Fußabdrücke groß und breit waren) in der Mitte des Raumes begonnen hatte.

Michael berührte den nächsten vollständigen Abdruck. Die Menge des von ihm verdrängten Staubes erschien ihm seltsam. Er ging neben den Abdrücken und bemerkte, daß sie in der Mitte des Raumes, wo sie anfingen, klar ausgeprägt waren. Zum Korridor hin wurden sie jedoch undeutlicher und verdrängten den Staub weniger vollkommen, als hätte die Person dort viel weniger gewogen.

Er richtete den Lichtkegel an der Stelle, wo die Abdrücke begannen, zur Decke, sah aber nichts Ungewöhnliches. Fühlte nichts Ungewöhnliches. Bis auf diese Fußspur war das Haus unberührt und normal. Das Empfinden von irdischer Realität war bruchlos.

Dennoch bestand für Michael kein Zweifel daran, daß Clarkhams Haus wieder zu einem Tor geworden war.

Inmitten der geschmacklos-pöbelhaften Architektur des Sunset Boulevard nahm sich das Tippett-Hotel bei aller Verwahrlosung königlich und fehl am Platz aus. Seine traurigen eingeschlagenen und rußgeschwärzten Fenster und die an seinem Gesicht befestigte Schuttrutsche verliehen ihm etwas Schmerzliches, als sei es einem pfuscherhaften Chirurgen zum Opfer gefallen, oder halbherzigen und fehlgeleiteten Wiederbelebungsversuchen.

Durch den Maschendraht sah Michael, daß der Haupteingang mit großen Tafeln blaugestrichenen Sperrholzes vernagelt war. Dennoch hatte der frühere Besitzer – wenn es der zerlumpte Mann gewesen war – angedeutet, daß es einigen Leuten noch immer gelang, in das Gebäude zu kommen, mochte ihre Handlungsweise auch töricht sein. Es mußte andere Eingänge geben.

Er hatte die kurze Brechstange mit einer Schlaufe am Gürtel befestigt und ließ sie in seiner Hose herabhängen. Eine handtellergroße Taschenlampe steckte in seiner Jackentasche.

Auf der Westseite des Gebäudes waren durch die Bäume und Sträucher, die gegen den Zaun drängten, ein geräumiger Innenhof und ein Schwimmbecken zu sehen. Von der Ebene des Innenhofes führten Stufen zu einer Terrasse auf der Südseite, die Ausblick über die Stadt gewährte. Alles empfing trübes Licht von der Straßenbeleuchtung des Sunset Boulevard und der allgemeinen Helligkeit des Himmels, wo aufgelockerte Kumuluswolken im Widerschein der Stadt leuchteten.

Michael blickte über die rechte Schulter zu den beleuchteten Fenstern des Hyatt auf der anderen Straßenseite. Zwei Einbrüche in einer Nacht. Abergläubisch dachte er, daß die Folgen doppelt so schlimm sein könnten, wie sie es nach seinem ersten Durchgang durch Clarkhams Haus gewesen waren ...

Von der Frontseite konnte er nicht eindringen, ohne Entdeckung zu riskieren. Er schlenderte den Sunset Boulevard nach Osten, bis er eine Seitenstraße erreichte und dann bergab schritt und bei der nächsten Ecke wieder nach Westen ging, um die Rückseite zu erreichen.

Ein offenbar asphaltierter Parkplatz, von der Straße noch immer erreichbar, stieß an eine fensterlose Betonwand auf der Ostseite des Hotels. Michael sah, daß es von dieser Seite keinen leichten Zugang gab.

Die Westseite enthielt eine Tiefgarage für die Wagen von vierzig oder fünfzig Bewohnern. Die Zufahrt war gesperrt durch Maschendrahtzaun und ein Flügeltor mit einem Vorhangschloß daran. Das ursprüngliche Tor aus Eisenstangen, das auf Gummirädern in einer Spurrille vor und zurück gerollt war, war nicht mehr an Ort und Stelle. Ein Abstellplatz der Tiefgarage war noch von einem alten verrosteten Buick belegt.

Die rückwärtigen Türen und Lieferanteneingänge waren mit blaugestrichenen Sperrholzplatten vernagelt. Er blickte an der rückwärtigen Fassade hinauf. Auch hier zerbrochene Fenster.

Seufzend stand er in der Dunkelheit, die Hände in die Jackentaschen gesteckt, und schloß die Augen.

Wie kam er hinein ... ohne Lärm, ohne Aufmerksamkeit auf sich zu ziehen?

Keine inneren Antworten boten sich an. Die geistige Stille der Erde herrschte vor; kein Totenradio, keine übernatürlichen Hinweise, nur Michael Perrin, auf sich selbst gestellt.

Er schlüpfte durch ein größeres Loch im Maschendrahtzaun und befühlte die Sperrholzplatten vor den rückwärtigen Zugängen. Die Brechstange würde beim Herausziehen dieser Nägel einen furchtbaren Lärm machen – ob jemand es merken würde?

»Dachte mir, daß Sie wiederkommen.«

Er spannte sich, sondierte sofort die Persönlichkeit des Sprechers. Faulige Kartoffeln, welkes Gemüse – ein Supermarkt voll von totem Zeug, alten Gedanken, Träumen: der ehemalige Inhaber. Michael konnte ihn in der Dunkelheit kaum ausmachen; der Mann stand innerhalb des Zaunes, am Südende des Fußweges zum Schwimmbecken, wenig mehr als ein verschwommener grauer Fleck vor den Büschen hinter ihm.

»Dachte mir schon, daß Sie kein Reporter sind. Sie müssen sie gekannt haben ... die zwei Frauen. Aber was kann ein junger Bursche wie Sie mit denen zu schaffen gehabt haben? Ich nehme an, die eine war die fette Dame aus einer Monstrositätenschau und die andere ... Wer weiß?«

»Es ist nichts Besonderes«, sagte Michael. »Das Gebäude hat mich bloß neugierig gemacht.«

»Es läßt einen nicht los, nicht? So hübsch. Wie eine

hübsche Frau, und du bist ganz optimistisch, und dann erfährst du, daß sie eine richtige Hure ist. Nun, das kann man von diesem Haus nicht sagen, aber es ist nicht das, was man erwarten würde. Es wurde gut gebaut. Erfüllt noch immer alle Vorschriften zur Erdbebensicherheit. Gute Handwerksarbeit und ein Kunstwerk obendrein. Möchten Sie hinein?«

»Ja.«

»Wollen sich umsehen?«

»Richtig.«

»Sie scheinen in Ordnung zu sein. Nicht der Typ, der Feuer legt oder Schlimmeres tut. Kommen Sie mit, ich habe einen Schlüssel!« Die Gestalt fingerte mit einer Hand in der Tasche. »Alter Schlüssel. Handwerkereingang. Gehen Sie herum zum Parkplatz«, er zeigte nach Osten, »und klettern Sie über die niedrige Mauer. Dann arbeiten Sie sich am Zaun entlang, bis Sie mich hier treffen.«

»Sie fürchten sich nicht, hineinzugehen?« fragte Michael.

»Nein. Und Sie fürchten sich nicht, mit mir hineinzugehen, oder? Ich bin vielleicht nicht harmlos, aber ich bin sauber. Nahm den Bus zu meiner Schwester in Venice, duschte und kriegte meine Klamotten gewaschen.« Er gluckste.

Michael tat wie geheißen und stand bald dem Mann gegenüber. Es war keine Bedrohung in ihm, nur eine verrückte Hoffnung, aber Hoffnung worauf, konnte Michael nicht erkennen. Alte Träume, verrottetes Zeug, meterhoch gestapelt. Tote Ideen.

»Journalismus war mal ein Interessengebiet von mir. Schreiben, alles das. Mein Name ist Hopkins. Ronald Hopkins. Und Ihrer?«

»Michael.«

»Nachnamen haben Sie keinen?«

Michael schüttelte den Kopf; keinen Nachnamen.

Hopkins hielt den Schlüssel in die Höhe, im schwachen Licht kaum als ein Schimmer erkennbar, und bedeutete Michael, ihm um die Südecke zu folgen.

Der Handwerkereingang war eine breite schwere Flügeltür an der Westseite des Gebäudes, bündig mit der Mauer. Michael hatte den Eingang im Vorbeigehen nicht einmal gesehen. Hopkins sperrte auf und stieß einen Türflügel gegen den Widerstand eingeschwemmter Erde einwärts. »Kein Strom«, sagte er. Michael hob die Taschenlampe und schaltete sie ein.

»Was hoffen Sie zu finden?« fragte Hopkins. Seine Stimme war ein leises Krächzen in der Dunkelheit.

»Ich weiß es nicht«, sagte Michael. Sein Licht beschien Wände aus Schlackensteinen, Versorgungs- und Abwasserrohre an der Decke, eine Treppe am Ende des Ganges. Durch eine offene Tür zur Rechten sah er einen riesigen Warmwasserbehälter hoch über einem unratbestreuten Boden.

»Sie halten Ausschau nach Gespenstern? Ein Erforscher des Übersinnlichen?«

Michael schüttelte den Kopf. Zwar war er Hopkins dankbar für seine Dienste, doch zog er es vor, seine Nachforschungen allein in der Dunkelheit zu betreiben, ohne die Sicherheit des anderen in Rechnung stellen zu müssen. Aber bestand hier überhaupt eine Gefahr? Rechnete er wirklich mit roten Warnleuchten?

»Ich sollte still sein, wie?« fragte Hopkins. Michael richtete den Lichtkegel auf ihn.

»Richtig«, sagte er. »Danke, daß Sie mich eingelassen haben.«

»Nichts dabei. Gehen Sie über das Erdgeschoß hinaus?«

»Ich denke schon«, sagte Michael.

»Bis in die Halle gehe ich mit. Nicht weiter.«

»In Ordnung.« Sie stiegen die Treppe hinauf.

»Die Polizei fand die Frauen im elften Stock«, sagte Hopkins hinter ihm. »Trotzdem gehe ich nicht weiter hinauf als bis zum Foyer.«

Michael drückte auf die Klinke der Tür am Kopf der Treppe. Sie war unversperrt. Er trat hinaus in die dunkle Hotelhalle. Hopkins schloß die Tür leise hinter ihnen.

Die Luft war gesättigt von Fäulnis und Zerfall. Schimmel, Staub, verrottende Teppichbeläge, Wasserpfützen. Michael stieg über einen Stoß Bauholz und zerbrochene Steinplatten und leuchtete umher. Ein kunstlederbespannter langer Empfangsschalter nahm eine Wand ein. Das verblaßte rote Material war aufgeschlitzt, fleckig und zerkratzt. Die Deckplatte, wahrscheinlich einmal aus Marmor, war verschwunden, zweifellos geborgen. Auch die Wände um den Aufzug und in der Nähe des Eingangs waren ihrer Verkleidungen beraubt und zeigten fleckigen Verputz und klaffende Löcher für elektrische Anschlüsse.

Jenseits des Aufzugs führte eine breite Prachttreppe zum Obergeschoß. Der einst kardinalrote Teppich auf den Stufen war jetzt schmutzigbraun und schwarz, wasserfleckig und zerrissen. Durch seine Risse enthüllte er schüchtern nackten Beton und verrottete Isolation. Hopkins stand hinter Michael und betrachtete traurig den Verfall. »Brachte es selbst über sich«, murmelte er.

Die Aufzugtüren, halb offen, zeigten einen dunklen leeren Schacht. Die polierten Türfüllungen aus Aluminium waren zerkratzt und verbeult und reflektierten Michaels Licht wie Zerrspiegel in einem Lachkabinett.

Er spürte nichts außer der Melancholie und dem Verfall. An solcher Zerstörung gab es nichts Übernatürliches. Sie war tpyisch menschlich; was nicht lebensfähig und geschützt ist, wird bald von den Händen der Hoffnungslosen und Unverantwortlichen, der Opportunisten und der zerstörerisch Neugierigen abgetragen. Menschen waren hier durchgegangen wie Wasser in einem Flußbett, hatten abgetragen und zerstört. Dennoch fühlte er ein Bedürfnis nach Vorsicht.

Die Sidhe, dachte Michael, würden sich niemals der

Zerstörung um ihrer selbst willen hingeben. Wie schlecht die Sidhe auch werden mochten, sie waren niemals kleinlich, niemals so stillos, daß sie zu sinnloser Zerstörung übergehen würden.

»Ich gehe jetzt hinauf«, sagte er zu Hopkins. »Werde ich weitere Schlüssel brauchen?«

Hopkins verneinte.

Michael nahm die Prachttreppe und mußte an Lamia denken, wie er sie in Clarkhams erstem Haus im Reich gesehen hatte, ein unförmiger Fleischberg ...

Was zog er vor – die Menschheit in ihrer müßigen und zerstörerischen Achtlosigkeit oder die ausgesuchte Grausamkeit der Sidhe, die eine Tänzerin und Liebhaberin des Balletts dazu verdammen konnte, ein fettleibiges Ungeheuer zu werden?

»Geben Sie acht!« riet Hopkins.

Die Flure im ersten Stock erstreckten sich in drei Richtungen vom Treppenabsatz. Michaels Lichtschein hatte in der trüben Finsternis nur eine gewisse Reichweite; er konnte nicht die Enden der langen Korridore sehen, die in östlicher und westlicher Richtung verliefen, aber der Südkorridor war kurz und hatte nur eine Tür auf jeder Seite.

Die wasserfleckigen Wände waren bedeckt mit Schmierereien und gekritzelten Namen, mit willkürlichen Kratzern und Löchern. Eine kleinere Treppe gegenüber vom Aufzug führte weiter hinauf. Michael erstieg sie; es hatte keinen Sinn, jeden Raum zu inspizieren.

Im fünften Stockwerk schritt er jeden Korridor von einem Ende bis zum anderen ab und fand eine zerbrochene, nur noch in einem Scharnier hängende Tür zu einem Appartement auf der Ostseite. Er trat sie auf und machte ein Gesicht, als er die Zerstörung dahinter sah. Undefinierbarer grünlicher Abfall hatte sich in den Winkeln des Wohnzimmers gesammelt. Die Teppichböden waren zerfetzt, als hätten Schlittschuhläufer mit Rasierklingen statt Kufen hier geübt. Michael blickte vor seine Füße und sah einen alten Kothaufen. Nahebei waren eingetrocknete Urinspuren an der Wand.

Dies alles, dachte er, von den Abkömmlingen jener, die sich in Jahrmillionen zur Humanität – oder etwas ähnlichem – emporgearbeitet hatten. Die Geschichte war edel – doch ein menschliches Wesen als eines der Endprodukte dieser Entwicklung hatte sich hier auf den Boden entleert und an diese Wand uriniert.

Mit zornigem Erröten überlegte Michael, in welchem Ausmaß menschliche Verkommenheit der Verleitung durch die Sidhe zugeschrieben werden könne, die in ihrer Eigenschaft als Götter wirkten – Tonn, der im Reich Adonna wurde und Baal ebenso wie Jahwe darstellte, und wie viele andere Gottheiten?

Hier war ein Rätsel. Er wußte instinktiv, daß es nutzlos war, anderen die Schuld am eigenen Versagen zuzuschieben oder, in diesem Fall, den Sidhe die Schuld am Versagen seiner eigenen Art zu geben. Aber sicherlich gab es eine gewisse Schuld. Er zweifelte nicht daran, daß die Sidhe Götter nachgeahmt hatten, um Menschen zu unterdrücken, um auf der Erde, die sie vor Millionen Jahren verlassen hatten, etwas mehr Raum für ihre eigene Art zu öffnen.

Er schüttelte den Kopf und wich vor dem Kot zurück. So tiefe Gedanken aus solch elendem Beweisstück.

Und du, Michael? Ziehst dich zurück in kalte intellektuelle Überheblichkeit, weißt dich überlegen wegen deines Wissens, weißt, daß du niemals so stillos sein würdest, auf den Boden eines verlassenen Gebäudes zu scheißen ... Also bist du deiner eigenen Art überlegen, stilvoller als sie; bedeutet das, daß du etwas von den Sidhe in dir hast?

Auf einmal wurden die Scheiße am Boden und die Pisse an der Wand zutiefst komisch. In einer Weise hatte die Gleichgültigkeit dieses dem Verderben geweihten Tieres gegenüber der Vergangenheit mehr Stil als alles bestellte Posieren der Sidhe. Michaels Gedanken machten mit schwindelerregender Bereitwilligkeit eine völlige Kehrtwendung.

Die Kranichfrauen, hätten sie den Kot am Boden gesehen, wären zu ganz anderen Schlußfolgerungen gelangt. Sie hätten menschliche Flexibilität gesehen – nicht bloß Mangel an Würde, sondern Mangel an Einschränkungen.

Er ging zurück zur Treppe.

Im achten Stock begriff er undeutlich, was ihn hierher gezogen hatte. Es lag etwas in der Luft, wie von einer Auflockerung der Realität oder einer Öffnung. Es war so schwach, daß es beinahe unbemerkt blieb, aber er konnte es in Abständen immer wieder fühlen.

Je höher er stieg, desto stärker wurde das Gefühl. Es gab nichts Außergewöhnliches hier und jetzt ... aber etwas war dagewesen und würde wiederkommen. Eine Bresche in der Gedankenstille und der schwerfälligen, doch ständig sich verändernden und unendlich vielgestaltigen Realität der Erde. Er verspürte ein Kitzeln in einer Region seines Denkens, die einst nur vom Totenradio berührt worden war – der Stimme Tonns ... und der Stimme Arno Waltiris. Dennoch kam das Prickeln von keinem der beiden.

Es war die Spur eines anderen Ortes, der in der Nähe lag, getrennt durch eine viel dünnere Wand hier in der Nachbarschaft, wo einst das Klavierkonzert Unendlichkeit aufgeführt worden war.

Ein jähes Hochgefühl überkam ihn. Sein Bedürfnis nach dem Biß des Abenteuers ... Hier gab es Hoffnung auf weitere Abenteuer, weitere Kostproben des Fremden und Gefährlichen und Wundervollen, das er im Reich erfahren hatte. Nur einen Schatten entfernt, hinter einer bloßen Membrane ... er brauchte nur die Faust durchzustoßen, und wäre wieder umgeben von Geheimnis, Staunen ... Schrecken.

Im zehnten Stock spürte er eine noch stärkere Gegenwart, völlig verschieden von jener, die ihm die Nähe anderer Welten anzeigte. Er runzelte die Brauen, versuchte die Empfindung zu analysieren, um zu verstehen, was sie bedeuten könnte.

Gefangene Musik. Nicht das Konzert Unendlichkeit, sondern etwas noch Stärkeres.

Wie war das möglich?

Das Gefühl verwirrte ihn. Er vergaß vorübergehend, wer er war und warum er hier stand. Er blickte auf dem Treppenabsatz umher und ging zu dem Fenster, das zum Sunset Boulevard hinausging. Durch eine eingeschlagene Glasscheibe wehte ihm der Wind ins Gesicht. Irgendwo im Gebäude seufzte eingefangene Luft trauernd nach ihrer Freiheit. Nicht erinnern war erheiternd. Plötzlich konnte er jedermann sein: Mörder, Landstreicher, guter Samariter, Heiliger.

Michael Perrin kam in einer sanften, nicht auswaschenden Flut zu ihm zurück. Und mit der wiederkehrenden Erinnerung konnte er die Musik, die nicht das Konzert Unendlichkeit war, mehr durch die Haut fühlen als hören. Sein Nackenhaar prickelte. Sie war traurig, schicksalhaft und nachklingend, verlor jedoch an Energie. Es war der Klang einer altwerdenden Welt und einer jungen und lebensvollen Welt, deren Situation alt und gebrechlich und gefährlich wurde. Beides zusammengenommen …

Er stieg die Treppe zum elften Stockwerk hinauf. Es war das letzte unter dem Dachgeschoß. Hier gab es keine Hotelzimmer und Suiten, sondern Tagungsräume, Spielzimmer, große leere Gesellschaftsräume, die weniger verwüstet und verfallen waren wie jene der unteren Etagen.

In einem dieser Räume mußte man die Leichen von Lamia und Tristesse gefunden haben. Er konnte nicht sagen, in welchem Raum. Wenn die Polizei die Körperumrisse mit Kreide markiert hatte, war nichts mehr davon zu erkennen, wenigstens nicht im nachlassenden Schein seiner Taschenlampe.

Er schüttelte sie und verspürte leichte Besorgnis über die nachlassende Kraft der Batterien.

Die Membrane zwischen ihm und dem Anderssein wurde dünner. Michael war überzeugt, daß zu irgendeiner Zeit in der jüngsten Vergangenheit Sidhe dagewesen waren. Was sie getan hatten und zu welchem Zweck, vermochte er nicht zu sagen.

Etwas oder jemand war durch Clarkhams Haus zurückgekehrt, eine vereinzelte Rückkehr, die wahrscheinlich nicht wiederholt würde, weil das Haus sich leblos angefühlt hatte. Das elfte Stockwerk des Tippett-Hotels verbreitete nicht dieses Gefühl von Leblosigkeit.

Sidhe wanderten auf die Erde ein. Soviel hatte er in seinen ›Träumen‹ gesehen.

Bald würde sich hier ein Tor öffnen, und viele Sidhe würden durch dieses Gebäude einwandern, vielleicht in diesem selben Geschoß.

Möglicherweise hatten Lamia und Tristesse anfangs versucht, den Durchgang zum Hotel zu sperren. Die Sidhe selbst hatten sie verwünscht, weil sie die Rollen von Wächterinnen und Türhüterinnen übernommen haten, aber als sie nicht mehr notwendig waren, sogar hinderlich wurden, mochten die Schwestern – Clarkhams frühere Liebhaberinnen – von viel stärkeren Kräften getötet und beiseite geworfen worden sein.

Die Treppentür zum Dachgeschoß war mit einem bröckelnden Türstopper aus Gummi am Zufallen gehindert worden. Michael stieg vom elften zum zwölften Geschoß hinauf und ließ die gefangene Musik hinter sich.

Die Dachgeschoßwohnung war einst von hohen und breiten Fensterfronten umgeben gewesen, die mit schweren Vorhängen ausgestattet gewesen waren. Die Vorhänge waren fort und hatten nur ihre gebrochenen und verzagten Schienen zurückgelassen, und die Glasfenster waren eingeschlagen. Ihre Scherben knirschten unter den Schuhen. Wind wehte durch die leeren Räume, pfeifend, aber nicht trauernd, denn auf dieser Ebene hielt ihn nur das Skelett des Gebäudes zurück.

Michael stand auf der offenen Dachterrasse, ließ sich das Haar vom Wind zausen und blickte zu den Hügeln jenseits des Sunset Boulevard hinaus. Die meisten Lichter im Hyatt waren ausgeschaltet worden. Er ging hinüber zur anderen Seite und schaute hinaus zum gleißenden Lichtermeer von Hollywood und Los Angeles. Das Morgengrauen war wie eine leise Andeutung eines lichteren Mitternachtsblau im Osten. Nach dem Modergeruch in den unteren Räumen duftete die Luft süß und rein. Er atmete tief davon und reckte die Arme, legte den Kopf zurück, bis die Nackenwirbel knackten.

»Welch eine Nacht«, sagte er. Seine Stimme klang tonlos und unbestimmt im Säuseln des Windes.

Etwas mußte geschehen, das stand außer Zweifel. Michael wußte nicht, ob er darauf vorbereitet war oder nicht, aber er war erwartungsvoll, beinahe begierig.

»Kommt und holt mich!« sagte er, und den Worten folgte ein Frösteln. »Aber haltet euch fern von denen, die ich liebe.«

Selbst zu dieser nachtschlafenden Zeit war das Lichtermeer ein Wunder und eine Pracht. Reihen orangefarbener Straßenbeleuchtungen marschierten zum Horizont. Wolkenkratzer, weit entfernt in der klaren Nachtluft, warteten da und dort mit hell beleuchteten Stockwerken auf, wo die Reinmachetrupps ihre nächtliche Arbeit beendeten.

Menschen.

Seinesgleichen.

Die auf Fußböden schissen.

Die träumten, alt wurden oder in Kinderbetten schliefen; in Entwicklung begriffene Gehirne, die fieberhaft von ungewissen kindlichen Dingen träumten. Menschen, die bis in den Morgen arbeiteten oder sich ruhelos auf ihren Lagern wälzten, aus dem Schlaf in ein Bewußtsein vom bevorstehenden Tag emportauchten. Vielleicht ermordete jemand irgendwo einen Menschen, ein Tier, sich selbst; jemand wurde geboren; jemand erkannte seine Unzulänglichkeiten; jemand bereitete Frühstück für die Frühaufsteher; andere schliefen einen Rausch aus oder warfen sich schlaflos von einer Seite auf die andere. Betrauerten einen geliebten Menschen. Warteten auf das Ende der Nacht.

Einfach schlafen.

Einfach schlafen.

Nichtsahnend.

Die ihr ganzes Leben inmitten der Geistesstille verbracht hatten, inmitten einer schwerfälligen und unendlich vielgestaltigen Wirklichkeit. Die niemals etwas von ihrer fernen Vergangenheit wußten, außer vielleicht durch ungewisse rassische Erinnerungen, die als Phantasien oder Sinnestäuschungen das Bewußtsein streiften.

Die auf Magie und Veränderung hofften; auf Entkommen; oder einfach festhielten, unfähig, sich etwas jenseits ihres Lebenskreises vorzustellen. Einmal hineingestellt, gab es kein Entkommen, außer durch das schwarze Loch des Todes.

»Mein Gott«, flüsterte er auf der Dachterrasse über der Stadt und den Hügeln. Sein Geist raste auf einen Abgrund zu.

Jede bruchstückhafte kleine Empfindung, jede großartige Begeisterung, alle von der Erde geboren und genährt, und alle ohne die Kompensation dessen, was Michael erfahren hatte, das wahre und unleugbare Bewußtsein einer anderen Realität, einer anderen Geschichte und Wahrheit, die den großartigsten Phantasien gleichkamen ...

Wieder überlief es ihn kalt. Etwas von der Musik, die er ein Stockwerk tiefer durch die Haut gefühlt hatte, war durch das Gebäude gesickert und hatte ihn wiedergefunden. Ein hoher durchdringender Akkord von

Hörnern und Streichern, die ohne Unterlaß spielten, ein Klang von Verderben und Hoffnung zugleich (wie war das möglich?), der etwas ausdrückte, eine

seit Äonen nicht gefühlte Empfindung.

Michael zitterte.

Die Empfindung war die Großmutter aller Empfindungen, von denen alles menschliche Gefühl abgesplittert war wie Fragmente von einem Feuersteinkern.

Michael vernahm eine Stimme in seinem Sinn, weder das Totenradio noch Arno Waltiri, eine Stimme, die er nicht erkannte, sehr alt, die ihm das Wort *Preeda* eingab.

Das war ihr Name, der Name der Empfindung, die in ihm brannte und ihn hohlzubrennen drohte; die einzige wahre Empfindung, den Sidhe seit sechzig Millionen Jahren fremd, und den Menschen fast verloren.

Michael schwelgte im plötzlichen Zerbrechen der Geistesstille, und gleichzeitig floß durch das brennende *Preeda* ein Schrecken in ihn ein, der ihm die Muskeln verkrampfte.

Bald werden wir zusammentreffen, verkündete die uralte Stimme.

Das Schweigen der Erde war gebrochen.

Vor seinem inneren Auge sah Michael eine Unendlichkeit von schimmernden Schuppen und dunkles trübes Wasser.

»Genug!« schrie er über die Stadt hin. »Bitte! Genug!«

Das Gebäude wurde so tot und still wie der Rest der Erde.

Michael schluckte Speichel, die rauhe Kehle zu lindern, und wischte sich Nässe von Augen und Wangen. Vielleicht würde er eine Woche heiser sein. Bestimmt würde er heiser sein, wenn er Kristine Pendeers traf, um ihr die Partitur zu zeigen ...

Der Alltag war wieder da. Gedanken, Sorgen, Pläne. *Preeda* war fort, aber wo es gewesen war, hatte es eine Spur zurückgelassen. Und er hatte es selbst auf sich gebracht, indem er sich auf die Stadt und die in ihr lebenden Menschen konzentriert hatte, indem er sich auf ihre Lage konzentriert und den Durchbruch zu einer Art Verstehen erzwungen hatte.

Auch der dissonante Akkord von Hörnern und Streichern war von ihm erzwungen worden.

Hopkins erwartete ihn im Foyer. Er saß auf dem Empfangsschalter und stieß mit den Absätzen gegen die zerrissene Kunstlederbespannung.

»Haben Sie einen Spuk gesehen?« fragte er.

Michael schüttelte den Kopf.

»Wieder Leichen gefunden?«

»Nein.«

»Sehen Sie jetzt, warum niemand hier leben wollte?«

Er steckte eine Hand in die Manteltasche, dann nickte er. »Ja.«

»Dachte ich mir. Sie sehen wie der Typ aus, der das verstehen könnte.« Hopkins' Adamsapfel hüpfte in dem langen Hals. »Danke dafür, und Amen«, sagte er und führte Michael die Treppe hinunter zum Handwerkereingang.

Sie trennten sich im Morgengrauen ohne ein weiteres Wort.

6

Er schlief nicht. Als er zum Haus zurückkehrte, blieb ihm weniger als eine Stunde bis zu Kristines Ankunft. Er duschte und zog sich um, benutzte die verbleibende Zeit, eine Ladung Schmutzwäsche in die Waschmaschine zu stecken. Er fühlte sich nicht schläfrig; anscheinend ließ sich der alte Lebensrhythmus ohne Anstrengung wiedergewinnen.

Er schüttete Waschpulver aus einer halbleeren Pakkung in die Maschine, dann betrachtete er die Packung gedankenvoll. Golda hatte die erste Hälfte verbraucht.

Auf einmal kam er sich wie ein Eindringling vor. Eingeladen oder nicht, dies war nicht *sein* Haus; er hatte auf Erden keinen Ort, den er sein nennen konnte, und auch im Reich hatte er nie einen gefunden. Er hatte weder die selbständige Position eines Erwachsenen noch die zugemessenen Umstände eines Kindes; was er hatte, war eine Sinekure, ein vorgezogenes Rentnerdasein.

Doch wäre es naiv zu glauben, daß Waltiri ihm dies aus reiner Herzensgüte zugedacht hatte. »Du wirst dir deinen Platz verdienen«, sagte er sich und drehte den Wasserzulauf an.

Er ging in die Bibliothek und hielt Umschau nach Dingen, die aufgeräumt werden mußten, mehr aus Nervosität als aus Notwendigkeit. Der Raum war still und aufgeräumt. Er öffnete den Safe, nahm die Partitur heraus und schnüffelte daran. Der Geruch hatte sich verflüchtigt, wofür er dankbar war. Er trug sie ins Wohnzimmer und legte sie auf die polierte schwarze Lackoberfläche des geschlossenen Flügels.

Ließ alles seinen Gang nehmen.

Und wann würde er anfangen, den Prozeß zu lenken?

Um sieben Uhr fünfzehn läutete es. Michael öffnete erwartungsvoll die Tür und sah sich einem Mann in braunem Anzug gegenüber, der die Arme auf der Brust gekreuzt hatte und eine schwarze Mappe mit einem Ellbogen gegen den Körper drückte. Die Überraschung in Michaels Zügen mußte offensichtlich sein.

»Verzeihen Sie«, sagte der Mann. »Ich bin Leutnant Brian Harvey, Morddezernat.« Er brachte eine Dienstplakette in Ledereinfassung zum Vorschein und hielt sie mehrere Sekunden lang Michael vor die Augen, daß er sie eingehend untersuchen konnte. »Dieses Haus gehört – gehörte – Mister Arno Waltiri?«

Michael bejahte. Auf einmal fühlte er sich schuldig. Die klaren, ruhigen blauen Augen des Mannes betrachteten ihn ohne Anklage oder irgendein Zeichen von Gefühlsregung, aber Michaels Gedanken rasten bereits, eine Erklärung für den Besuch eines Kriminalbeamten zu finden.

»Es tut mir leid, daß ich Sie so früh störe, aber ich muß Ihnen ein paar Fragen stellen«, fuhr Harvey fort. »Ihr Name ist Michael Perkins?«

»Perrin«, sagte Michael.

»Und Sie sind Mister Waltiris Nachlaßverwalter?«

»Ja.«

»Darf ich hereinkommen?«

Michael trat beiseite und bedeutete dem anderen, einzutreten. Harvey überblickte Diele und Wohnzimmer mit hochgezogenen Brauen. Sein zurückweichendes blondes Haar war kurzgeschnitten, sein Gesicht rosig und ein wenig pausbackig, doch war er schlank und anscheinend in guter Verfassung. Michael dachte nicht einmal daran, seine Persönlichkeit zu sondieren; es schien unter den Umständen nicht passend, und er fürchtete sich vor den Folgen, wenn der Leutnant etwas Ungewöhnliches argwöhnte.

Warum so ängstlich? fragte er sich.

Er dachte an Alyons und an die Sidhe, die ihn in den Irall gebracht hatten – seine letzten Zusammenstöße mit ernannter Autorität.

»Wir sind unter etwas ungewöhnlichen Umständen auf Mister Waltiris Namen gestoßen«, sage Harvey, der vor einem Sessel haltgemacht hatte. »Darf ich sitzen?«

Michael nickte.

»Erwarten Sie jemand?« Der Leutnant schlug die Beine übereinander und legte die schwarze Mappe darauf.

»Ja, so ist es«, sagte Michael. »Aber wenn ich Ihnen helfen kann ...«

»Vielleicht können Sie. Ich weiß es nicht. Sie haben wiederholt das Tippett-Hotel am Sunset Boulevard aufgesucht. Warum?«

Michaels Nerven beruhigten sich. Jetzt kannte er die Richtung, die das Gespräch nehmen würde. Sofort sondierte er den Leutnant: ein ruhiger, geordneter Raum mit Papierstößen, die methodischer und konzentrierter Aufmerksamkeit bedurften. Michael fand gleich Gefallen an dem Mann; er war kein Alyons. Harvey war klug und vorsichtig und durch und durch professionell. Michael hatte keine Veranlassung, irgend etwas vor ihm zu verbergen, aber auch keinen unmittelbaren Grund, etwas preiszugeben.

»Ich hörte von den Leichenfunden dort«, sagte Michael. »Vielleicht war es makaber und geschmacklos, aber ich wollte mir das ansehen.«

»Und Mister Ronald Hopkins ließ Sie heute früh in das Gebäude ein. Vor ungefähr vier Stunden.«

»Ja. Er sagte, er sei der ehemalige Besitzer.«

»Sagte er Ihnen, daß es dort spuke?«

Michael nickte. »Dem Sinne nach.«

Harvey lächelte angenehm. »Bloßer Zufall dann, daß Sie hingingen. Eine Laune.«

Michael erwiderte das Lächeln.

»Wissen Sie etwas über die Toten, die im Tippett-Gebäude gefunden wurden?«

»Ja«, sagte Michael. Harveys Augen weiteten sich interessiert, und er nickte ihm zu, fortzufahren. »Die eine war eine sehr dicke Frau, ungefähr achthundert Pfund schwer, und die andere war eine Mumie.«

»Ist das alles?«

»Hopkins sagte, ihre Namen seien Lamia und Tristesse gewesen. Traurigkeit.«

»Sie fanden das interessant?«

»Ja.«

»Sagte er Ihnen etwas über die Notiz, die bei ihnen gefunden wurde?«

»Er sagte, es sei eine Steintafel mit ihren eingeschnittenen Namen dagewesen.«

»Aber er sah die Tafel selbst nicht?«

»Ich glaube nicht. Ich weiß es nicht.«

»Sahen Sie die Steintafel?«

Michael schüttelte den Kopf.

»Nein, und die Fotografen der Zeitungen und irgendwelche anderen Leute außerhalb meiner Abteilung sahen sie auch nicht. Ich habe Aufnahmen von den Toten. Könnten Sie sie identifizieren?«

Michael zuckte die Achseln. »Es sollte leicht zu sehen sein ...«

»Meine Frage, Mister Perrin, lautet, ob Sie von irgendeinem Zusammenhang zwischen Mister Waltiri und diesen Frauen wissen?«

»Nein.«

»Es ist also ein rein zufälliges Zusammentreffen, daß Sie sich zu diesem Zeitpunkt für das Gebäude interessieren?«

Michael schweig. Harvey öffnete die Mappe. »Sie waren fünf Jahre vermißt, nicht wahr? Ihre Eltern erstatteten vor fünfeinhalb Jahren eine Vermißtenmeldung, und als Sie zurückkehrten, gaben Sie keinerlei Erklärungen zu Ihrer Abwesenheit ab. Stand das im Zusammenhang mit Arno Waltiri?«

»Ja«, sagte Michael.

»Aber er war tot, bevor Sie ... den Schauplatz verließen. Gab er Ihnen irgendwelche Anweisungen, Instruktionen, die man als testamentarisch bezeichnen könnte?«

»Ja.«

»Von welcher Art waren sie?«

»Ich habe für sein Haus zu sorgen und seinen schriftlichen Nachlaß für die Schenkung an eine Institution zu sichten und zu ordnen.«

»Gab er Ihnen Anweisungen, bevor Sie gingen?«

Michael schüttelte den Kopf. Sollte der Detektiv das interpretieren, wie er wollte.

»Kannten Sie diese zwei Frauen?«

Die einfachste Antwort, fand Michael, war überhaupt keine.

Harvey wartete geduldig, seufzte dann, als Michael nicht antwortete und sagte: »Ist Ihnen irgendein Zusammenhang zwischen ihnen und Waltiri bekannt?«

»Nein.«

»Warum stand Waltiris Name dann mit den ihrigen auf der Steintafel?«

»Ich verstehe nicht.«

Der Leutnant zog eine glänzende Achtzehn-mal-vierundzwanzig-Fotografie aus der Mappe und hielt sie mit den Fingern an den oberen Ecken Michael hin. Der nahm das Foto und setzte sich gegenüber von Harvey in den Sessel. Das Bild zeigte eine Steinplatte mit einer Kantenlänge von ungefähr fünfundzwanzig Zentimetern und einer Stärke von vielleicht zehn Zentimetern, nach einem Kugelschreiber zu urteilen, der davor am Boden lag, um als Vergleichsmaßstab zu dienen. In die Steintafel waren Worte gemeißelt:

Lamia
Tristesse
Hüterinnen jenseits des Bedarfs
Opfer von Arno Waltiri

»Sehen Sie jetzt, warum wir mißtrauisch sein könnten, warum wir denken, daß möglicherweise ein Zusammenhang besteht?« fragte Harvey. »Einer unserer Leute wußte, daß Waltiri Komponist war und daß er gestorben ist. Das war mein Ausgangspunkt. Sie und Ihr Verhalten machten den Zusammenhang sehr viel wahrscheinlicher.«

»Wie starben sie?« fragte Michael.

»Wir wissen es nicht. Die Mumie war seit längerer Zeit tot. Und sollten Sie besorgt sein, ich könnte einer sehr seltsamen Geschichte nicht glauben, so seien Sie beruhigt. Ich bin bereit, mir alles anzuhören.«

»Ich verstehe noch immer nicht«, sagte Michael.

Harvey beugte sich zu ihm, nahm die Vergrößerung

und steckte sie wieder in die Mappe. »Die dicke Frau war im Begriff, sich zu häuten. Ihre Haut war lose, wie ein Sack. Und die Mumie ...« Er räusperte sich und machte ein beunruhigtes Gesicht. »Sie hatte ein ganz eigentümliches Leiden. Zu viele Gelenke. Eine Art Mißgeburt. Wir dachten, die beiden könnten Abnormitäten aus einem Zirkus sein. Waren sie je in einem Zirkus oder dergleichen?«

»Ich weiß es nicht«, sagte Michael.

Harvey holte tief Atem. »Ich bin überzeugt, daß Sie mir manches sagen könnten, aber ...«

Wieder läutete die Türglocke.

»Ihr Besuch«, sagte Harvey.

»Ja.«

»War es Mord?« fragte Harvey und faßte ihn scharf ins Auge.

»Ich weiß es nicht«, sagte Michael.

»Sie halten nicht etwas zurück, weil Sie in die Sache verwickelt sind?«

»Nein, das ist nicht der Fall«, sagte Michael. »Es ist schwierig zu erklären. Vielleicht können wir später noch einmal darüber sprechen. Wenn Sie mir mehr sagen würden, könnte ich Ihnen so viel erzählen, wie Sie glauben würden. Ich will nichts verbergen. Ihre Auffindung in dem Gebäude kam für mich überraschend.«

Harvey tat einen weiteren tiefen Atemzug und stand auf. »Im Laufe des Tages?«

»Einverstanden.«

»Heute nachmittag um vier. Ich werde mich hier bei Ihnen melden.«

»In Ordnung.«

»Sie werden die Stadt nicht verlassen, Mister Perrin?«

»Nein.«

»Gehen Sie ruhig an die Tür.«

Michael öffnete, und Kristine stand da, lächelnd und strahlend und erwartungsvoll. Harvey kam hinter ihm in die Diele, grüßte freundlich und ging an ihnen vorbei und zur Tür hinaus. »Vier Uhr«, wiederholte er mit einem Blick zu Michael.

»Wer war das?« fragte Kristine, als Harvey einen ungekennzeichneten himmelblauen Wagen bestieg, der vor dem Haus der Dopsos abgestellt war.

»Die Polizei«, sagte Michael.

Kristine warf Michael einen scharfen und forschenden Blick zu. Michael lächelte und lud sie ein, ins Haus zu kommen.

»Sind Sie in Schwierigkeiten?« fragte sie, als sie eintrat. Sie nahm das Innere mit einer Serie langer aufmerksamer Blicke in Augenschein.

»Nein«, sagte Michael, »ich glaube es nicht.«

»Es ist wunderschön hier«, begeisterte sie sich. Dann blickte sie über die Schulter und schenkte ihm ein unbewußt bezauberndes Mona Lisa-Lächeln. »Ich hoffe, Sie halten mich nicht für eine Anhängerin des Starkultes, aber könnten Sie eine Führung für mich machen?«

»Mit Vergnügen«, sagte Michael. Er ging mit ihr durch die Räume im Erdgeschoß, ließ aber Küche und Bibliothek aus und führte sie dann ins Obergeschoß. Sie nahm alles mit ehrfürchtigem Schweigen auf, als sei sie am Ziel einer längst überfälligen Pilgerfahrt.

»Ich weiß so wenig über ihn«, sagte sie. »Es ist nicht viel biographisches Material erhältlich – ein paar Interviews, Erinnerungen von Kollegen, und was ich von Edgar Moffat erfuhr. In mancher Hinsicht war Waltiri der wichtigste Filmkomponist der 40er Jahre, finden Sie nicht?«

Michael hatte nicht viel darüber nachgedacht. »Das kann sein.« Sie nahm den größten Teil seiner Aufmerksamkeit in Anspruch, und er fühlte sich in geradezu peinlicher Weise auf sie konzentriert, wie er es zuletzt bei Helena im Reich erlebt hatte (was mochte aus ihr geworden sein?).

Kristine betrachtete die gerahmten Drucke, die im Korridor des Obergeschosses hingen. »Aus Deutschland«, sagte sie. »Sie sind alt – müssen seiner Familie gehört haben.«

Hatte Arno Waltiri je eine Familie gehabt oder eine wirklich menschliche Vergangenheit? Wenn nicht, hatte er die Beweismittel mit großer Sorgfalt zusammengetragen.

»Sie kannten ihn nur wenige Monate?«

Michael nickte.

»Und er wurde eine Art Adoptivvater für Sie?«

»Wir waren befreundet«, sagte Michael. »Mein Vater fertigte Möbel für ihn – seine Klavierbank, zum Beispiel. Er kam zu einer Abendgesellschaft in unser Haus, und dort lernte ich ihn kennen. Auch Golda.«

»Edgar sagte mir, Golda sei eine sehr liebenswürdige Frau gewesen.«

»Sie war sehr nett«, sagte Michael.

»Wo komponierte er?«

»Unten ist eine Musikbibliothek. Dort war sein Arbeitszimmer.«

»Und Sie erwähnten einen Kellerraum, wo Sie das Manuskript fanden.«

»Ja ...«, sagte Michael zögernd. »Ich würde Ihnen vorher gern die Partitur zeigen. Und dann gibt es noch den Dachboden – da oben sind eine Menge Erinnerungsstücke aufbewahrt.«

»Sie machen es sehr geheimnisvoll, Michael.« Der Blick, mit dem sie ihre Worte begleitete, war sowohl interessiert als auch wachsam, und plötzlich wurde ihm bewußt, daß alles kindische Vergnügen, das die Geheimnistuerei ihm bereiten mochte, niemals dem Vergnügen ihrer fortdauernden Gesellschaft gleichkommen konnte.

Lieber sollte er ganz offen mit ihr sein.

»Ich weiß nicht, wo ich anfangen soll«, sagte Michael mit niedergeschlagenem Blick. Sie standen an der Treppe, und er tat den ersten Schritt hinunter. »Also wollte ich mit der Partitur anfangen.«

Er hatte sie auf dem Flügel liegengelassen. Sie gingen zurück ins Wohnzimmer, und Michael zog die Partitur aus dem Manilaumschlag und reichte sie ihr. Sie blickte beinahe erschrocken darauf und nahm ihm das Bündel Notenblätter zögernd aus der Hand, hielt es mit den Fingerspitzen.

»Es sieht aus, als wäre es in etwas eingeweicht gewesen«, sagte sie und rieb mit einem Finger über die schimmernde Oberfläche. »Genauso haben Sie es gefunden?«

»Ja.«

»Die Partitur ist wirklich schwer zu lesen. Was bewirkte die Veränderung des Papiers?«

»Riechen Sie!« schlug er vor.

Sie hob die Notenblätter an die Nase. »Hmmm. Das ist hübsch – gefällt mir. Parfum? Seife oder was?« Sie schüttelte den Kopf, ehe er antworten konnte. »Nein. Lassen Sie mich raten ...« Sie schnupperte wieder daran, schloß die Augen und drückte die Partitur geradezu an sich. »Das ist wirklich lieblich. Ich könnte den ganzen Tag daran riechen.«

»Als ich sie fand, war der Duft viel stärker«, sagte Michael.

»Nun, was kann es sein?«

»Ich glaube, es ist die Musik.«

Sie warf ihm einen scharfen Blick zu. »Zwar bewundere ich Waltiri, aber von dieser Art Starkult halte ich nichts.«

Ihre Reaktion erstaunte ihn. »Ich habe keine andere Erklärung«, sagte er. »Glauben Sie, ich wolle der Bildung einer Legende Vorschub leisten? Haben Sie jemals dergleichen gerochen?«

Sie runzelte nachdenklich die Brauen, schüttelte den Kopf. »Vielleicht brachte er das Papier von Europa mit. Gab es irgendwelche andere Aufzeichnungen – Notenblätter oder Entwürfe auf gleichem Papier?«

»Nur diese Partitur, soweit ich feststellen konnte.

Vielleicht ließ er nach den Ereignissen im Gefolge der Erstaufführung die Kopien vernichten.«

»Kann sein. Darf ich jetzt Arbeitszimmer und Keller sehen?« Mit einem gewissen Widerwillen gab sie ihm die Partitur zurück, und er steckte sie wieder in den Umschlag. Die Morgensonne schien zu den Bogenfenstern herein, fiel auf den Umschlag, und er sah eine Verfärbung. Der Einfluß ging von der Partitur auf den Umschlag über. »Wir können versuchen, eine Fotokopie anzufertigen«, sagte sie. »Wenn Sie mir die Partitur anvertrauen wollen, kann ich sie ins Institut mitnehmen ...«

»Ich vertraue Ihnen«, erwiderte Michael, »aber ich denke, daß ich die Kopie lieber selbst besorge.«

»Ich verstehe.«

Die Bibliothek war dunkel und kühl. Michael schaltete die Schreibtischlampe ein und öffnete die Läden der rückwärtigen Fenster, ließ das durch die lederig grünen Blätter der großen Strelitzien hinter dem Haus sikkernde Licht eindringen.

»Sämtliche Tonbänder und Plattenaufnahmen!« murmelte Kristine in Ehrfurcht. »Das ist wundervoll. Es müssen Hunderte von Partituren hier sein.« Sie ging vorbei an den mit Tonbändern und alten großen Schellackplatten in Kartonhüllen gefüllten Schränken. »Haben Sie das alles gehört?«

»Dies noch nicht«, sagte Michael.

»Ach ... ich an Ihrer Stelle könnte es nicht erwarten. Das ist unbezahlbar. Wir *müssen* Kopien davon herstellen lassen. Dies könnten die einzigen Tonträger sein, die noch existieren.«

»Ich habe daran gedacht, neue Aufnahmegeräte zu kaufen und das zu tun«, sagte Michael. »Aber ich stehe wirklich erst am Anfang der Arbeit, alles zu sichten und zu ordnen.«

»Sie sind kein ausgebildeter Bibliothekar, nicht wahr?«

»Nein«, gab Michael zu.

»Das wäre hier wirklich nötig. Ein Musikwissenschaftler und ein Konservator.«

»Das mag sein. Ich bin bereit, jede Hilfe anzunehmen, die ich bekommen kann.«

»Ich denke, ich kann das Institut überzeugen, daß dies wichtig ist. Was ist im Keller?«

»Weitere Papiere, Briefe, Manuskripte«, sagte Michael.

»Die würde ich auch gern sehen.«

»Ich zeige ihnen alles, was Sie sehen wollen«, sagte er. »Es ist wirklich nicht an mir, etwas zu verbergen ... wenn Sie verstehen, was ich meine.«

»Nein«, sagte sie. »Was meinen Sie? Gibt es an alten Aufzeichnungen, Tonbändern und Platten etwas Geheimnisvolles?«

»Glauben Sie an die Geschichten von den Ereignissen um die Erstaufführung des Klavierkonzerts?« fragte Michael in Übernahme ihrer direkten Art.

»Nein.«

»Glauben Sie, daß Musik eine Macht hat, die über Noten auf Papier und Klängen in der Luft hinausgeht?«

Sie runzelte die Stirn. Ihr Gesicht war kein Stirnrunzeln gewohnt, soviel war offensichtlich. »Ja«, sagte sie, »aber ich bin nicht ... leichtgläubig. Ich bin so realistisch, wie ein musikliebender Mensch es sein kann.«

Vor nicht langer Zeit war sie ein schönes Kind gewesen, dachte Michael. Nach der frühen Scheidung von ihrem Vater hatte ihre Mutter sie allein aufgezogen, und ihre Kindheit war einigermaßen glücklich gewesen, und sie hatte sich in Körper und Geist rasch entwickelt, war unabhängig ... Er schloß die Augen, als sie den Kopf wandte, und brach die Sondierung ab. Er schämte sich, daß er damit angefangen hatte. Aber was er gefunden hatte, machte sie noch bezaubernder.

Kristine Pendeers war ein guter Mensch ohne Arg.

Sie ertappte ihn mit einem geistesabwesenden und in

sich gekehrten Ausdruck im Gesicht und fragte: »Zum Keller?«

»Da entlang.«

Er öffnete die freigelegte Tür und schaltete das Licht ein, dann ging er die Taschenlampe suchen. Als er zurückkam, stand sich noch am Kopf der Treppe und machte kein glückliches Gesicht. »Ich mag keine engen abgeschlossenen Räume«, sagte sie.

»Wir müssen nicht hinuntergehen«, sagte er.

»Oh, ich gehe schon. Ich mag bloß nicht die Dunkelheit und die Enge. Ich kann es überwinden.« Sie ging voraus, und er leuchtete ihr über die Schulter, um den Schatten zu erhellen und ihr die Stöße von Papieren und den Schrank zu zeigen. Sie holte tief Luft und drehte sich in dem engen Raum zwischen den Kisten und dem Schrank um. Michael blieb auf der Treppe stehen.

»Darf ich ...?« fragte sie und legte die Hand an die linke Tür des Schrankes. Michael nickte.

Sie öffnete die Tür und ließ den Blick über die gebündelten Briefe, die Schachteln und den übrigen Inhalt gehen. »Weinflaschen«, sagte sie lächelnd und berührte eine von ihnen. »Sie haben die Briefe noch nicht gelesen, nicht wahr?«

»Nein. Ich fand die Partitur hier im Schrank und ließ den Rest für später so, wie er war.«

Sie nickte und nahm ein zusammengebundenes Bündel Briefe, dann stellte sie sich auf Zehenspitzen und hielt das Bündel so, daß sie die Schrift des obersten Briefes lesen konnte.

»Großer Gott!« stieß sie leise hervor.

»Was gibt es?« Michael kam eine Stufe herunter.

»Dieser Brief obendrauf ... er ist von Gustav Mahler. Ich kann nur wenig Deutsch lesen, aber die Unterschrift ... Können wir die Verschnürung öffnen und den Rest des Bündels durchsehen?«

Michael zog ein Schweizer Armeemesser aus der Tasche und gab es ihr. Sie durchschnitt sorgsam die

Schnur und gab ihm das Messer zurück, dann sah sie die Briefe einen nach dem anderen durch. »Sie sind alle von Mahler ... nicht datiert ... Aber einige haben Umschläge. Diese Briefe sind ein Vermögen wert, Michael!«

»An wen sind sie gerichtet?«

»Die Anrede des ersten lautet: ›Arno, lieber Freund.‹ Und im nächsten heißt es: ›Lieber Arno.‹ Sie sind alle an Waltiri gerichtet.«

»Zu Mahlers Lebzeiten war er noch ein Junge«, sagte Michael.

»Vielleicht, aber sie sind alle an ihn adressiert.« Sie reichte ihm das Bündel. Die untersten Briefe waren in Wien aufgegeben worden, weiter oben kamen Briefe aus New York; und dann der Rest aus München und wieder aus Wien. Es mußten zwei Dutzend Briefe sein, darunter einige, die fünf Seiten und mehr umfaßten.

»Das ist ein Fund!« rief Kristine. »Ein wirklicher Fund. Wenn das nicht geeignet ist, das Institut zu überzeugen, gebe ich auf. Kisten und Schachteln voller Papiere und Zeug ... wer weiß, wie viele Briefpartner er auf der ganzen Welt hatte!«

»Oben in der Dachstube ist die Partitur eines Oratoriums von Strawinsky«, sagte Michael, »und Briefe von allen möglichen Leuten – Clark Gable.«

Kristines Gesicht war vor Aufregung gerötet. »Gut«, sagte sie, hob die Schultern und Arme wie ein halbflügger Vogel und ließ sie wieder sinken. »Genug davon. Das ist zuviel auf einmal.« Sie kicherte, hielt die Hand vor den Mund. »Verzeihen Sie. Es ist bloß so unglaublich. Dieses ganze Haus ist vollgestopft mit Schätzen!«

»Ich weiß wirklich nicht, warum er mich zum Sachwalter dieser Dinge gemacht hat«, sagte Michael, als er vor ihr die Treppe hinaufstieg. »Ich weiß nicht die Hälfte von dem, was ich wissen sollte. Wer Mahler war, weiß ich nur, weil Arno ihn mir gegenüber erwähnte.«

»Er wählte Sie, weil er Ihnen vertraute«, sagte Kristine. »Das ist offensichtlich. Und es gibt nichts dagegen zu sagen. Er wußte, daß Sie die richtigen Leute finden und alles in Ordnung bringen würden. Wenn Sie hören, was mit anderen Nachlässen geschehen ist, mit den Bibliotheken und Papieren von noch berühmteren Leuten ... dann überläuft es einen kalt. Verkauft, versteigert, aufgelöst in hundert Einzelpartien, von großen Universitäten aus Raummangel abgelehnt. Mein Gott! Es ist zum Weinen. Aber dies ... es ist alles da.« Sie streckte die Arme aus und umarmte Michael impulsiv. »Ich muß jetzt gehen. Wenn Sie die Partitur des Konzerts kopieren lassen können, dürfte ich es vielleicht heute abend abholen?«

»Ich werde es versuchen«, sagte Michael.

»Eine Kopieranstalt ist nicht weit von hier ... drei oder vier Blocks.«

Michael nickte. »Dieser Polizist sagte, er werde am Nachmittag wiederkommen ...«

Kristine sah ihn aus den Augenwinkeln an. »Was denken Sie?«

»Worüber?«

»Wird er Sie sehr lange aufhalten?«

»Nein«, entschied Michael.

»Gut. Dann werde ich etwa um sechs vorbeikommen. Vielleicht können wir essen gehen?«

Michaels Inneres erwärmte sich. »Das wäre fein.«

Er begleitete sie zur Tür und sah sie zu ihrem Wagen gehen. Kristines Gang war, wie alle ihre Bewegungen, geschmeidig und anmutig, mit einer natürlichen Unbekümmertheit in Schritt und Haltung.

Selbst als sie weggefahren war, mochte Michael die Tür noch nicht schließen. Er kam sich lächerlich vor, wie er in der offenen Tür stand, aber nun, da sie fort war, schien es nichts sonderlich Wichtiges zu geben.

Seine ganze Ausbildung und Disziplin vermochten nichts gegen das Gefühl von Leere und Verwirrung, wenn sie nicht da war.

»Du bist schön durcheinander«, murmelte er vor sich hin und schloß die Tür mit entschiedener Festigkeit.

7

Michael trug die Partitur des Klavierkonzerts in die Kopieranstalt und wartete hinter einer breiten kleinwüchsigen Frau in einem dunklen Wollmantel. Sie schien von nervöser Unruhe erfüllt und befühlte ihr ausgedünntes schwarzes Haar alle paar Augenblicke mit einer feisten Hand. Vor ihr stand ein Mann mittleren Alters mit knolliger Nase am Kopiergerät und kopierte Dutzende von Malen ein Steuerformular. Als er fertig war, lächelte er, als hätte er soeben die Probleme der Welt gelöst, bezahlte und ging hinaus.

Die Frau im dunklen Wollmantel wußte nichts von Kopiergeräten. Die Angestellte, ein knochiges Mädchen mit offenem und freundlichem Gesicht, versuchte ihr die Bedienungsweise zu erklären, doch begegneten ihre Bemühungen widerspenstigem Starren, und schließlich erledigte sie die Arbeit selbst. Sie blickte zu Michael herüber und lächelte entschuldigend. »Es dauert bloß eine Sekunde«, sagte sie. Als sie den Auftrag ausgeführt hatte, nahm sie einen Vierteldollar von der Frau, die murrend und kopfschüttelnd das Geschäft verließ.

»Kennen Sie sich mit dem Gerät aus?« fragte die Angestellte. Sie trug Jeans und ein weißes Herrenhemd.

Michael nickte. »Aber mit diesem hier könnte es schwierig werden.«

»So? Was haben Sie zu kopieren?«

Er zog die Partitur aus dem Umschlag. »Die Blätter sind in etwas eingeweicht gewesen«, log er in einem Versuch, andere Erklärungen zu vermeiden.

»Hoffentlich war es nichts Giftiges«, sagte die Frau und beäugte die Notenblätter mißtrauisch. Sie schnupperte dran. »Riecht aber gut, was es auch war.«

Sie wählte eine neue Einstellung und legte probeweise ein Blatt ein. »So könnte es gehen.«

Obwohl ihre Augen mechanische Linsen waren, sah die Maschine nichts von der glänzenden öligen Verzerrung. Jedes Blatt kam in deutlichem klaren Schwarz auf Weiß aus dem Gerät, mit schwachem Grau an den Rändern.

»Sieht gut aus, wie?« fragte die Angestellte.

»Großartig«, sagte Michael. Er war überrascht.

»Ist die Glasplatte schmutzig geworden?« fragte sie beiläufig, als er die letzte Seite kopiert hatte.

»Nein, ich glaube nicht«, sagte er.

»Ich würde gern wissen, worin die Blätter eingeweicht waren«, sagte sie. »Der Geruch könnte meinem Freund gefallen.«

Michael dankte und zahlte und trug Partitur und Kopie zum Saab. Schon geschehen, dachte er. Wie lang würden die Noten des Duplikats brauchen, um das frische weiße Papier der Fotokopie zu verändern?

Er schloß Partitur und Duplikat in Waltiris Safe.

Darauf holte er das geöffnete Bündel von Mahlers Briefen aus dem Keller, fand ein deutsch-englisches Wörterbuch und setzte sich in den Garten, der sich nun im Vormittagssonnenschein angenehm erwärmt hatte, um einen Übersetzungsversuch zu unternehmen. Es ging mühsam. Wieviel einfacher wäre es, wenn es in der Nähe jemanden gäbe, der Deutsch sprach; er könnte das Wissen anzapfen und mühelos übersetzen. Mit geschlossenen Augen sondierte er die Nachbarschaft. Er hatte keine Ahnung, wie groß seine Reichweite war. Vor dem gestrigen Abend hatte er niemals weiter als wenige Dutzend Meter sondiert.

Er schien auf einer von dicht belaubten Bäumen umgebenen Lichtung zu schweben, einem Ort, wo es weder individuelle Zweige und Blätter noch Licht gab. Hier fand er ...

Einen älteren Mann, dessen Geist wie aufgehäufte Kohlen war, fiebernd von Spekulationen über irgendeinen Gegenstand, den Michael nicht erkennen konnte; der alte Mann sprach nur Englisch und schlechtes Spanisch.

Ein junges Mädchen, das mit Grippe im Bett lag. Es konnte auch rudimentäres Spanisch und las Bücher von Walter Farley, die sechs hoch neben ihr aufgestapelt lagen.

Eine Frau, die ein großes und elegant möbliertes Haus säuberte, das Bewußtsein erfüllt von auffallend originellem Jazz. Michael fragte sich, ob sie eine Negerin war. Es war nicht festzustellen; ihre Gedanken waren ohne besondere Farbe, und Stimmen, die er in den Köpfen anderer Leute hörte, hatten keinen Akzent. Sie sprach nicht Deutsch.

Hausfrauen, Handwerker, ein Mann vorgerückten Alters mit einem Geist wie eine muffige Buchhandlung, der auf einer alten Royal-Schreibmaschine tippte, drei Kleinkinder, selbstsüchtig wie Charles Dickens' Geizhals Scrooge in verdreifachter Gestalt, die Gedanken unglaublich sinnlich, nicht verbal und frisch wie eine Meeresbrise ...

Er kehrte zurück zu dem Mann an der Schreibmaschine. Ein Artikel über Waffen kam aus der antiken aufrechten Royal, eine Bewertung eines neuen israelischen Sturmgewehrs.

Dieser Mann sprach fließend Deutsch. Er hatte während der 50er Jahre als Wachmann in einer amerikanischen Botschaft in Europa gedient, ein Dutzend asiatische Soldaten in einem leeren Reisfeld getötet, dreimal geheiratet und seine zweite Frau auf einem Jagdausflug angeschossen, doch hatte sie sich erholt und ihn nicht gerichtlich verfolgt, nur eine rasche Scheidung erwirkt, die er nicht angefochten hatte ...

Michael zog sich von dem Mann zurück, als hätte er ihn gestochen. Er hatte kein Verlangen, die sprachlichen Fähigkeiten des Mannes anzuzapfen, wenn er mehr von dieser Art gewärtigen mußte.

Wo wohnte er – und wie weit entfernt?

Er konnte es nicht sagen. Der Schock, den die reuelose Skrupellosigkeit des Mannes in ihm auslöste, ließ ihn zurückschrecken. Wieder warf er seine Sonde in weitem Bogen aus.

Und er sah – wurde für einen kurzen Augenblick ...

Eldridge Gorn, ein Pferdehändler. Das war seine euphemistische Umschreibung dafür, daß er verwilderte Pferde einfing und an Pferdeschlächter und Abdecker verkaufte. Er war seit dreißig Jahren im Gewerbe, hatte 1959 damit angefangen, zwei Jahre nach seiner unehrenhaften Entlassung aus der Kriegsmarine.

Er war nach Utah zurückgekommen und von seiner Mormonenfamilie mit kühler Ablehnung empfangen worden. Eldridge Gorn hatte die Erwartungen seines Vaters nicht erfüllt. Sein Vater war ein harter, unversöhnlicher Mann, den Gorn sehr liebte, und die Zurückweisung hatte weh getan.

Er war nach Colorado gegangen und hatte innerhalb eines Jahres Heirat und Scheidung hinter sich gebracht. Er hatte versucht, sich in einem kleinen Motelzimmer in Calneva mit einer Schrotflinte das Leben zu nehmen; die Waffe hatte geklemmt, und er hatte fünfundzwanzig Minuten lang lachend und weinend versucht, die Flinte funktionstüchtig zu machen. Es hatte nicht funktioniert.

Da war Gorn der Gedanke gekommen, daß wenigstens jemand ihn am Leben wissen wollte.

Bald danach hatte er Arbeit auf einer Ranch in Nevada gefunden und gelernt, wie man verwilderte Pferde einfing und an Schlachtereien verkaufte. Der Gewinn war knapp, und die letzten zehn Jahre hatten ihn – teils durch die selbstgerechten Tierschutzgruppen, teils durch immer neue Gesetze und Bestimmungen – gezwungen, seine Taktiken zu ändern, aber er ließ nicht locker. Er wußte, daß er eine Randexistenz war, die niemandem etwas wert war, ein Typ, der es tatsächlich ertragen konnte, freilebende Pferde in Hundefutter zu verwandeln. Und die Arbeit gefiel ihm.

Er mochte sogar die Pferde. Manchmal überlisteten sie ihn, und dann lachte er, wie er es getan hatte, als die Schrotflinte Ladehemmung gehabt hatte, winkte ihnen mit seinem zerknautschten Filzhut und schrie.

Gorn saß auf dem Fahrerhaus seines kleinen Lastwagens, und eine leichte Nachmittagsbrise fächelte ihm Gesicht und Haar. Wermutsteppe und Salbeisträucher ringsum bis zum Horizont, im Osten der verwitterte Schlot eines vor vielen Jahrtausenden erloschenen Vulkans und nichts als Stille und zwanzig oder dreißig Wildpferde, ungefähr fünf Kilometer entfernt.

Heute wollte er nur um sie herumfahren, sie zählen und in Augenschein nehmen. Vielleicht könnte er sie durch das Gestrüpp in einen kleinen Endcañon einen Kilometer westlich vom Vulkanschlot treiben, aber morgen wäre besser, wenn er mit einem oder zwei berittenen Helfern käme.

Er hob die Nase und witterte wie ein Hund. Dann räusperte er sich und spuckte über die Kühlerhaube und witterte wieder. Es war kein Gewitter im Anzug, nicht mal eine Wolke am sanften blauen Himmel, aber er roch etwas, was sehr wie Kälte und Winter war. Er hielt sich viel auf seine Nase zugute – bei gutem direkten Wind konnte er wilde Pferde aus acht Kilometer Entfernung riechen –, und was er roch, beunruhigte ihn.

Es gehörte nicht her. Er paßte nicht in die Jahreszeit, dieser Geruch.

Winter. Schnee und Eis.

Etwas glitzerte bei dem Vulkanschlot, wie das Aufblitzen eines Spiegels in der Sonne. Gorn hatte ein spukhaftes Gefühl. Seine rot verbrannten Arme juckten, und die kleinen Haare stellten sich auf. Er schneuzte sich in sein sauberes weißes Baumwolltaschentuch.

Die Brise wurde zu etwas aus einem muffig riechenden alten Kühlschrank – nicht so sehr kalt, als vielmehr abgestanden und schal.

Aus der Richtung des Vulkanschlotes kamen Pferde – zwanzig, dreißig, vielleicht an die fünfzig, und sie kamen aus einer Richtung galoppiert, wo sie nicht gewesen sein konnten. Was er jetzt witterte, reichte aus, um ihn ins Fahrerhaus des Lastwagens zurückzutreiben, denn die Witterung war wild und elektrisch und gefährlich. Er ließ den Motor an und beobachtete die neue Herde durch die Windschutzscheibe.

Sie waren alle grau, vor dem Graugrün der Salbeisträucher schlecht zu sehen, wäre da nicht ein irisierendes Element gewesen, das eher in einer Austernschale zu Haus gewesen wäre als an einem Pferd.

Und sie kamen gerade auf ihn zu, den leicht geneigten buschbedeckten Hang herauf, schneller als alle Pferde, die er je gesehen hatte, unscharfe graue Gestalten mit langen Mähnen. Schöne Tiere. Wenn er sie fangen könnte (wer konnte derart schöne Pferde besitzen und sie in diesem gottverlassenen Land laufen lassen?), ließe sich ein gutes Stück Geld mehr verdienen, indem er seine Taktik änderte, die Pferdeschlächter links liegen ließ und direkt zu den Investoren in Las Vegas oder Reno ging.

Vierhundert Meter vor seinem Lastwagen teilte sich die Herde. Seine scharfen Augen sagten ihm, daß die Tiere sehnig, muskulös und in den Proportionen seltsam anders waren als die Pferde, die er sein Leben lang gekannt hatte. Sie wirkten wie abgehäutet, so scharf zeichneten sich die Muskeln ab, und ihre Köpfe waren äußerst fein, edler noch als Araber, wild und energisch und vielleicht aufgescheucht von etwas hinter ihnen. Immer noch im Galopp.

Auf einmal hoben die fünf oder sechs führenden Pferde mit allen vier Beinen vom Boden ab. Sie waren kaum noch hundert Schritte vom Lastwagen entfernt, und Gorn sah deutlich, wie alle vier Beine eines jeden Tieres sich nach vorn und hinten streckten, genau wie auf diesen lächerlichen Jagdbildern in den Klubs reicher Leute.

Die Leitpferde wurden länger, schmaler, flogen über den Erdboden dahin, ohne zu laufen, die Hälse vorgestreckt, bis die Köpfe in einer Ebene mit den Schultern zu sein schienen ...

»Gott ...«, murmelte Gorn.

Wie glänzende Streifen aus Navajosilber, verschmolzen alle fünf Leitpferde mit dem Himmel und verschwanden einfach.

Und dann die fünf hinter ihnen. Die ganze perlfarbene Herde hob vor seinem Lastwagen vom Boden ab und war fort.

Er sah sie nicht wieder herunterkommen.

Gorn saß eine Viertelstunde mit laufendem Motor hinter dem Lenkrad, bevor er seine Aufmerksamkeit halbherzig den gewöhnlichen Tieren zuwandte, die noch unten im Busch der Wermutsteppe grasten.

Was er in der Brust fühlte, war jenseits allen Schmerzes und Gefühls.

Verlust. Verlassenheit. Eine qualvolle Empfindung von Schönheit und etwas Wichtigem, das längst aus seinem Leben entschwunden war. Gorn wußte nicht, was es war.

Aber er wußte, daß er den Rest dieses Tages und vielleicht auch den nächsten damit verbringen würde, daß er zum Himmel aufblickte. Wartete.

Michael legte das Bündel der Briefe beiseite und betastete sich mit zwei Fingern den Nasenrücken.

Sein Leben teilte sich entzwei, und die Trennungslinie wurde rasch undeutlich. Wie lange konnte er die

Teile getrennt halten? Und wie lange konnte er beobachten und lernen, ohne zu handeln?

Der Himmel über ihm war klar und hell, ein äußerst selbstsicherer Himmel, anders als die aktive und in steter Veränderung begriffene Bläue des Reiches. Unterschiede. *Kontraste sind der direkte Weg zum Wissen.*

Er wurde sich mehr und mehr der menschlichen Verschiedenartigkeit bewußt; im Gegensatz dazu hatten die Sidhe beinahe einförmig auf ihn gewirkt, ohne die physischen und geistigen Unterschiede und Verzerrungen, die der Menschheit eigen sind.

Die Sidhe waren wie Vollblüter; ihre Abstammungslinien waren im Lauf von zehn Millionen Jahren geformt worden, und niemand wußte zu sagen, mit welchen Auflagen und Vorschriften. Die Menschen hingegen hatten sich aus dem Zustand von Tieren entwickelt – waren noch Tiere –, mit der ganzen zügellosen Vielgestaltigkeit der Natur.

Die Sidhe würden sich nicht leicht vermischen.

Michael trug das Bündel Briefe wieder in den Keller hinunter und legte es in den Schrank; dann bereitete er sich das Mittagessen: ein Käsebrot und einen Apfel. Eine halbe Stunde später ging er in den Garten, *hyloka* zu üben, kauerte nackt im Gras, und die Haut glühte ihm wie ein Ofen.

»Salamander«, murmelte er und fühlte die Ekstase der entfesselten Hitze nachlassen. In diesem Zustand konnte er durch ein brennendes Haus gehen, ohne Schaden zu nehmen, er würde heißer sein als die Flammen. Er dämpfte seine Disziplin und stand auf. Wo er gesessen hatte, hatten seine Beine und sein Gesäß geschwärzte Abdrücke im Gras zurückgelassen. Er war wieder heißhungrig.

Er aß ein zweites Mittagessen, dem ersten sehr ähnlich, und spielte noch einmal *The Man Who Would Be King* auf dem Videogerät. Nach der Hälfte der Laufzeit merkte er, daß er geistesabwesend auf den Bildschirm starrte, ohne etwas zu sehen, während die Gedanken anderswo waren – bei dem Pferdefänger in der Wermutsteppe, bei der Frau im alten Wald, bei Grübeleien über das Tippett-Hotel und Leutnant Harvey, vor allem aber bei Kristine.

Um vier Uhr läutete das Telefon. Leutnant Harvey sagte, er rufe aus der Innenstadt an.

»Ich muß den Punkt unseres beiderseitigen Interesses, den Fund im Tippett-Hotel, einstweilen zurückstellen«, sagte er. »Aber ich möchte später ausführlich mit Ihnen sprechen. Ich halte Sie für keinen Tatverdächtigen, aber wenn Ihnen dabei wohler ist, können Sie einen Anwalt herbeiziehen. Ich erwarte keine Geständnisse oder dergleichen, verstehen Sie?«

»Ja«, sagte Michael. Vielleicht erfuhr er bei dem Gespräch mehr über Harvey als umgekehrt.

»Es ist ein interessanter Fall, und ich glaube, Sie werden mir noch mehr interessante Dinge erzählen können, nicht wahr?«

»Wenn Sie aufgeschlossen sind«, sagte Michael.

»Und ob.« Harry grunzte nachdrücklich. »Aber bleiben wir in der realen Welt, hm?«

»Keine Garantien«, sagte Michael.

»Ich kann mich auf meinen Instinkt verlassen«, erwiderte Harvey. »Er läßt mich nicht oft im Stich. Und was er mir jetzt sagt, bereitet mir Sorgen. Was meinen Sie – sollte ich besorgt sein?«

Michael ließ sich mit der Antwort einen Moment lang Zeit. Früher oder später müßte Harvey eingeweiht werden. Die Träume liefen über in die reale Welt. Die Trennung verschwamm allzu rasch.

»Ja«, sagte Michael.

»Ich sehe schon, es wird eine muntere Woche«, sagte der Leutnant. »In ein paar Tagen komme ich wieder auf Sie zu. Eher, wenn sich neue Gesichtspunkte ergeben sollten.« Michael legte den Hörer auf. Je eher Harvey ihn befragte, desto besser. Aber der Leutnant war offenbar geneigt, Unerfreulichkeiten so lange wie möglich hinauszuschieben. Michael konnte es ihm nicht verdenken.

Er stieg die Treppe hoch, zog die Leiter zum Dachboden herab und stieg in die muffige Wärme hinauf. Als er früher einmal in der Dachstube gesessen hatte, während Waltiri in den Inhalt von Kartons mit alten Briefen und Erinnerungsstücken vertieft gewesen war, hatte Michael das Gefühl gehabt, die Zeit sei rückwärts gerollt oder habe aufgehört zu existieren; nichts hatte sich dort seit vielleicht vierzig Jahren verändert.

Die Dachstube schien noch immer über dem Lebensfluß der Außenwelt zu schweben. Müßig öffnete er die Schublade eines hölzernen Ablageschrankes und sah die Papiere darin durch. Soviel sammelte sich im Laufe einer Lebenszeit an ... Mengen von Briefen, Stapel von Manuskripten, Zeitschriften und Aufzeichnungen ...

Er zog eine Abheftmappe nach der anderen heraus und blickte hinein. Mehrere Briefe von Arnold Schönberg aus dem Jahr 1938; er legte sie zur späteren Lektüre beiseite. Schönberg war ein Komponist gewesen, erinnerte sich Michael; vielleicht erwähnten die Briefe das Konzert. Dann fand er die Partitur des Strawinsky-Oratoriums. Strawinsky hatte sein *Le sacre du printemps* Anfang des Jahrhunderts geschrieben, und Disney hatte das Werk für einen Film über Dinosaurier bearbeitet. Daher kannte jeder Halbwüchsige Strawinsky.

Er hielt das Oratorium in den Händen, und es war, als hielte er ein Stück Geschichte. Behutsam berührte er die Unterschrift und den Begleitbrief, genoß die Rauheit der Füllfederschrift.

Der Brief stammte von 1937. Er konnte sich einen ruhigen sonnigen Frühlingstag vorstellen, die Wagen, die am Straßenrand und in den ziegelgepflasterten Einfahrten parkten, alle hoch, gerundet und altmodisch elegant, wie der Packard in der Garage; silbrig schimmernde DC 3s und Lockheed Vegas im Anflug auf den

Flughafen Burbank, hohe Palmen vor dem Himmel, alles mehr ausgebreitet, grüner, weniger voll, weniger laut, beinahe schläfrig ...

Michael blickte mit einem benommenen, abwesenden Ausdruck von der Partitur auf. Vor dem Krieg. Die Tage der späten Wirtschaftskrise, deren Druck nachließ, seit Roosevelt das Land aufrüstete.

Tage vergleichsweiser Ruhe vor dem Sturm.

Kristine schien Westwood als den Mittelpunkt des Universums zu betrachten. Sie kannte alle guten Restaurants dort – ›gut‹ bedeutete gutes Essen zu mäßigen Preisen –, und für diesen Abend hatte sie ein weniger stark frequentiertes ausgewählt. Es nannte sich *Xanadu,* was Michael zugleich verwirrte und erheiterte. Die Einrichtung bestand aus dunkler Holztäfelung mit eingelegten Feldern aus Messingtreibarbeit. Die reliefartigen Darstellungen wirkten halb orientalisch, halb wie Art Déco. Weiße Seidenbaldachine hingen von der Decke. Es gab keine chinesischen Speisen, sondern neue französische Küche, und Kristine versicherte ihm, alles sei sehr gut, trotz der vernünftigen Preise. »Der Chef hier ist jung«, sagte sie, »fängt gerade erst an. In zwei oder drei Monaten wird er wahrscheinlich fort sein; jemand anders wird ihn einstellen, und ich werde mir seine Küche nie wieder leisten können.« Sie wurden von einer Kellnerin im Smoking zu einem Ecktisch geleitet.

Kristine beobachtete seine Reaktion, als die Kellnerin auf hohen Absätzen davonwackelte. »Ich gebe zu, es ist nicht konsequent«, sagte sie lachend.

»*Xanadu* ist ein komischer Name, nicht wahr?« fragte er. »Für ein Restaurant wie dies.«

Sie hob die Schultern. »Ich denke mir, sie wollen damit bestimmte Assoziationen wachrufen ... ein angenehmer Ort, extravagant, nicht unbedingt chinesisch ...«

Michael verspürte eine starken, allzu jugendlichen

Drang, seine unübliche Vertrautheit mit *Xanadu* zur Sprache zu bringen, widerstand aber der Regung. Er wollte Kristine nicht beeindrucken, indem er sich seltsamer zeigte, als er bereits war.

»Haben Sie von diesen Spukerscheinungen gelesen?« fragte sie.

»Ja. In den Zeitungen.«

»Ist das nicht sonderbar? Wie damals die Verrücktheit mit den fliegenden Untertassen. Aber wirklich spukhaft.«

Er blickte neben sich auf den Stuhl, wo er den Umschlag mit der Kopie der Partitur hingelegt hatte. Höchste Zeit, das Thema zu wechseln, dachte er und hielt den Umschlag in die Höhe. »Ich habe eine Kopie gemacht.«

Sie sah den Umschlag an, den er vorsichtig mit den Fingerspitzen hielt. »Wie sind die Noten herausgekommen?«

»Sie können selbst sehen.« Er gab ihn ihr.

»Sehr sauber.« Sie zog das Bündel der Kopien halb aus dem Manilaumschlag. »Ich dachte nicht, daß sie so gut lesbar wären.«

»Wir sind Glückspilze«, sagte Michael.

»Danke.« Sie riffelte die Blätter zwischen Daumen und Zeigefinger, steckte sie mit einem breiten Lächeln zurück in den Umschlag und tat diesen in ihre voluminöse Segeltuchtasche. Ihr Lächeln veränderte sich zu Sorgen. »Fühlen Sie sich gut?«

Er nickte. »Ich bin ein wenig nervös«, gab er zu.

»Warum? Ist es das Restaurant?«

»Nein. Was werden Sie jetzt mit dem Manuskript anfangen?«

Sie zuckte die Achseln, eine sonderbare Reaktion, als ob ihr alles das sehr wenig bedeutete. Dann brach sich ein Lächeln Bahn durch die Maske der Gleichmütigkeit, und sie stützte die Ellbogen auf den Tisch und beugte sich eifrig näher. »Ich werde sie im Institut herumzeigen. Es gibt Pläne für ein Sommerkonzert ... im Juli, glaube ich. Wenn wir es bis dahin einstudieren können, wäre eine Aufführung möglich. Und ich werde sie Edgar zeigen.« Die Kellnerin kam zurück, ihre Bestellungen entgegenzunehmen, und Michael wählte gekochten Heilbutt. Auf der Speisekarte gab es keine vegetarischen Gerichte; es war ihm weniger unbehaglich, das Fleisch von Meerestieren zu essen, doch wußte er, daß ein Sidhe selbst solch eine Speise verabscheuen würde.

Kristine bestellte Lachsmedaillons. Die Kellnerin schenkte den Wein ein, und Michael nippte vorsichtig davon. Seit seiner Rückkehr hatte er nur einmal Wein getrunken, im Haus der Dopsos, und nun hatte er Bedenken, wie das Getränk auf seinen gegenwärtigen nervösen Zustand einwirken könnte. Er wollte nicht einmal beschwipst werden; der bloße Gedanke störte ihn. Aber der Wein war angenehm mild und leicht, und seine Wirkung war sicherlich zu subtil, um bemerkt zu werden.

Eines Abends sang die Seele des Weines in seinen Flaschen ...

Baudelaire. Warum ihm das Zitat hier und jetzt geeignet erschien, konnte er nicht sagen.

»Ich habe allmählich meine Zweifel an dieser ganzen Sache und ob es wirklich gut ist, das Konzert aufzuführen«, sagte Michael und rückte auf seinem Stuhl zurück.

»Warum?« fragte Kristine. »Sollen Sie Waltiris Werke nicht fördern? Gehört das nicht zu den Aufgaben eines Testamentsvollstreckers?«

»Ich bin kein Testamentsvollstrecker, ich verwalte nur das Haus und den darin befindlichen Nachlaß. Ich weiß nicht ...« Er brach ab und schüttelte den Kopf. »Ich weiß nicht, was zum Teufel ich hier tue. Ich gebe Ihnen etwas, das Sie gar nicht verstehen können ...«

»Moment mal!« fuhr Kristine auf.

Er nickte zu ihrer Tasche, aus der die Ecke des Manilaumschlags schaute. »Als diese Musik auf das Notenpapier geschrieben wurde, von dem ich diese Kopie machte, war es weiß und rein. Und zwischen jener Zeit und der heutigen ist die Partitur nicht eingeweicht worden oder in irgendeine Flüssigkeit geraten. Sie ... alterte bloß.«

»Ich verstehe Sie nicht.«

»Nein, und auch sonst niemand.« Er spürte, wie seine Enttäuschung plötzlich an die Oberfläche stieg. »Ich befinde mich in einer wenig beneidenswerten Lage. Ich bin hin und her gerissen.«

»Wie ...«

Er hielt beide Hände hoch. »Bitte! Hören Sie einfach zu. Danach können Sie sagen, wie verrückt ich bin. Ich weiß, daß Sie sich mit Musik auskennen, vielleicht sogar mit Waltiris Musik, aber dies ist etwas anderes.«

»Ich verstehe Ihre Zweifel nicht. Sie denken ...«

Michaels Gesichtsausdruck ließ sie verstummen. Sie verschränkte die Arme und lehnte sich zurück, blickte nervös zu einem Gast auf, der an ihrem Tisch vorbeiging.

»Sie erwähnten die Spukerscheinungen. Es besteht ein Zusammenhang.«

»Damit?« Sie ließ die Hand an den Umschlag fallen.

Michael nickte. »Ich kenne nicht alle Einzelheiten. Selbst wenn ich es täte, würde es sich nicht lohnen, Ihnen davon zu erzählen. Denn Sie könnten es gar nicht glauben.«

»Mein Gott!« murmelte sie. »Wohinein sind Sie verwickelt?«

Er lachte und blickte zu dem von rückwärts beleuchteten weißen Baldachin auf.

»Dieser Polizist ... Gehört er dazu?«

»Eigentlich nicht. Er ist wie Sie. Und mein Vater. Und Bert Cantor.«

»Wer ist Bert Cantor?«

»Jemand, der weiß. Wem soll ich es erzählen? Und wieviel? Sie alle leben in der wirklichen Welt.«

»Sie nicht?«

Michael seufzte. »Eine Zeitlang nicht. Ich wurde fünf Jahre vermißt, Kristine.«

Sie zog die Brauen zusammen, beugte sich zu ihm. »Wegen des Konzerts?«

»Es ist der Teil der ... Erfahrung. Ja.« Und ich landete in einer viel besseren Nachschöpfung von Xanadu, als dieses Restaurant eine ist, dachte er bei sich. Aber es war wichtig, alle Impulse, die ihn zu irgendwelchen Aussagen drängten, streng zu zensieren. Es war so schwierig, wenn man die ganze Geschichte erzählen wollte und durch praktische Erwägungen daran gehindert wurde – Glauben, die Auswirkungen, die die Geschichte auf das Bild haben könnte, das sie sich von ihm machte, sein Unbehagen an Erzählungen, die ihm als Prahlerei oder Selbstverherrlichung ausgelegt werden könnten.

»Gut. Ich höre.« In Kristines Augen kam ein Ausdruck, der seine Not noch vergrößerte. Sie *war* interessiert. Sie wollte gern mehr von ihm hören. Er war etwas anderes und Neues in ihrem Leben, und seine Haltung und der Tonfall seiner Stimme stempelten ihn nicht als einen Verrückten oder Lügner ab.

Was die Sache nur noch schwieriger machte.

Und ihn innehalten ließ, bevor er seinen nächsten Satz beginnen konnte. »Es tut mir leid.« Er wurde rot.

»Ich sagte heute morgen schon, daß Sie geheimnisvoll seien«, sagte Kristine. »Ich weiß nicht, wie ich es beschreiben soll ...«

»Also«, sagte er, »ich will Ihnen soviel sagen: Ich bin gewarnt worden, dies nicht zu tun.« Er zeigte zur Partitur. »Ich weiß nicht, von wem. Ich mißachte diese Warnung, aber ich möchte, daß Sie sich des Risikos bewußt sind, das wir eingehen.«

»Mein Gott!« murmelte sie wieder und blickte auf den Tisch. Die Salate wurden serviert. »Warum haben Sie mir das nicht eher gesagt?«

»Weil ich ein Idiot bin.«

»Sie sind *kein* Idiot«, widersprach Kristine, den Blick auf den Salatteller gerichtet.

»Dann vielleicht, weil ich den Boden unter den Füßen verloren habe.«

Sie musterte ihn abschätzend. »Warum tun Sie dies dann?«

»Weil ich Sie schön finde«, sagte Michael. Die Zensurfunktion seines Verstandes war irgendwie vollständig zusammengebrochen.

Kristine blieb eine unbehagliche Anzahl von Sekunden ohne Reaktion. »Ich lebe mit jemandem zusammen«, sagte sie.

»So etwas dachte ich mir.«

»Es wäre mir lieb, wenn ich davon ausgehen könnte, daß wir beide an der Musik interessiert sind.«

»Das sind wir.«

»Und es wäre mir lieb, wenn ich davon ausgehen könnte, daß Sie dies alles nicht bloß als einen Vorwand benutzen, um mich zu treffen.«

»So ist es nicht gewesen. Wirklich nicht.«

»Wie alt sind Sie?« fragte Kristine. »Ich meine, wirklich?«

»Ich weiß es nicht«, sagte Michael. »Ich war fünf Jahre fort, demnach müßte ich zweiundzwanzig sein. Aber die Zeit kam mir nicht wie fünf Jahre vor.«

»Ich dachte mir, Sie könnten älter sein, als Sie sagten.«

»Wenn überhaupt, bin ich jünger.«

»Dann bin ich wirklich verwirrt.« Sie nahm die Serviette vom Schoß und legte sie auf das Tischtuch. »Und ich bin nicht sehr hungrig.«

»Ich auch nicht.«

»Dann wollen Sie nicht, daß ich mit der Partitur etwas unternehme?«

»Im Gegenteil, ich möchte, daß Sie etwas unternehmen. Gehen Sie damit zu Ihrer Musikwissenschaftlichen Fakultät, sehen Sie die Instrumentierung durch, sprechen Sie mit anderen darüber, bringen Sie eine Aufführung zuwege. Aber ich finde, Sie sollten wissen, daß es Schwierigkeiten geben kann.«

»Verursachen Sie den Frauen, die Sie attraktiv finden, immer Schwierigkeiten?«

Ihre Frage verblüffte ihn. Ja, dachte. »Nicht so«, antwortete er. »Ich bin es nicht, der die Schwierigkeiten verursacht.«

»Sie wollen sagen, daß wir, sollten wir die Musik wieder aufführen, mit ähnlichen Ereignissen rechnen müssen, wie sie 1939 anläßlich der Uraufführung geschahen?«

»Oder noch heftigeren Reaktionen.«

»Und ich könnte verklagt werden, wie Waltiri verklagt wurde.«

»Das glaube ich weniger. Und das bereitet mir nicht die meisten Sorgen.«

Sie schien von der Idee fasziniert. »Das wäre ... interessant. Aber Sie haben recht; ich kann das alles schwer glauben.«

»Und dabei hören Sie nur den leichtesten Teil«, sagte Michael.

Sie nagte an der Unterlippe und blickte ihm forschend ins Gesicht. »Sprechen wir über Ihre Gefühle für mich ...«

»Bitte! Es ist mir peinlich. Ich habe zuviel gesagt, und ich habe es falsch gesagt.«

»Nein, ich weiß Ihre Aufrichtigkeit zu schätzen. Sie sind ehrlich; soviel ist offensichtlich. Und Sie sind nicht verrückt. Glauben Sie mir, ich bin schon mit genug Verrückten ausgegangen ...« Sie blickte in die Weite des Raums. »Ich finde Sie sympathisch, aber da ist diese ... Situation.«

»Wir sollten das Essen nicht vergessen«, sagte Michael.

»Nein.« Sie nahm die Gabel auf, legte die Serviette

wieder auf den Schoß und spießte ein Salatblatt vom Salatteller.

»Ich erzählte Gregory Dillman von den Mahler-Briefen. Er ist an unserem Institut der Sachverständige für Musik der Spätromantik. Mahler, Strauss und Wagner. Er ist fasziniert. Sagt, daß keiner von den Briefen jemals veröffentlicht worden ist, was auf der Hand liegt, denke ich.«

»Ja«, sagte Michael.

»Er berät einen Mann namens Berthold Crooke bei seiner Orchestrierung von Mahlers Zehnter Sinfonie.«

»So?«

»Mahler hinterließ die Sinfonie unvollendet. Er starb, bevor er die Orchestrierung beenden konnte. Deryck Cooke orchestrierte vor ungefähr zwanzig Jahren eine Version, aber Crooke hat einen anderen Zugang. Sie – Dillman und Crooke – würden die Briefe liebend gern sehen.«

»Wir sollten Ihre Bibliothekare bald an die Arbeit gehen lassen«, sagte Michael. »Cooke und Crooke. Das ist komisch.«

Sie lächelte. »Richtig. Beide mit einem e.«

Der Hauptgang wurde serviert, und sie konzentrierten sich eine Weile auf die Mahlzeit, obwohl Michael ohne sonderlichen Appetit aß. In ihm war die Hohlheit eines Bedürfnisses, das mit Nahrung nichts zu tun hatte. Seine Gedanken rasten voraus, spekulierten, stellten sich Szenen vor, an die zu denken er kein Recht hatte.

Ohne es zu merken, hatte Kristine den Haken gesetzt, indem sie Michaels Argwohn bestätigt hatte. Sie war nicht frei; sie mochte ihn sogar abweisen. Das machte sie in seinen Augen um ein Vielfaches attraktiver. Geradeso war es mit Helena im Reich gewesen.

»Ihre Situation klingt nicht so gut«, sagte er impulsiv.

Kristine drehte ihre Gabel um einen Stengel Petersilie in der Kräutersoße. »Sie sind ziemlich beharrlich, wie?«

»Ich bin bloß interessiert«, sagte er. »Besorgt.«

»Nun, das hat nichts zu sagen. Es wird sich einrenken.«

»Ich hoffe, ich verursachte Ihnen keinen Verdruß, als ich anrief. Ich glaubte im Hintergrund einen Streit zu hören.«

Kristine blickte seufzend auf. »Wissen Sie, ich muß den Wunsch haben, darüber zu sprechen, sonst machen Sie mich nur ärgerlich.«

»Verzeihung«, sagte Michael.

»Ich komme mit den seltsamsten Männern zusammen, wirklich. Vielleicht ist es eine Art Berufsrisiko, Teil davon, eine Frau zu sein. Meine Mutter sagt, die meisten Männer seien wie Wildpferde. Man könne nicht erwarten, daß alle Lipizzaner seien. Aber vor allem glaube ich, daß ich einfach zu jung bin, um viel Geschmack zu haben. Kann den guten Wein nicht gleich vom schlechten unterscheiden.«

»Was also – Lipizzaner oder Wildpferd?« fragte Michael.

»Großer Gott, ich weiß es nicht.« Sie hatte ihren Lachs gegessen und legte die Gabel neben unberührtes Brokkoligemüse. Sie musterte ihn aus schmalen Augen. »Ich kenne Sie kaum, aber Sie sind kein Lipizzaner. Sie sind nicht gezähmt, und Sie sind nicht ausgebildet. Überhaupt nicht domestiziert. Ich glaube, Sie müssen ... wild sein, aber kein Mustang. Eine Art Pferd aus einer Märchengeschichte.«

Michael zog die Brauen hoch und lächelte.

»Nun, wir wollen heute abend offen miteinander sein, ja?«

»Einverstanden.«

»Ein weißer Hengst, vielleicht. Etwas Großes und Hageres und aus einem Traum. Ich weiß nicht, ob Sie wohlwollend sind oder nicht. Ich glaube, Sie sind nicht grausam aber – mächtig. Irgendwie. Ach, lassen wir das.« Sie schüttelte den Kopf, so daß ihr Strähnen in die Augen gerieten. Als sie sie mit der Hand aus der Stirn strich, kam die Bedienung und fragte, ob sie eine Nachspeise wollten.

»Kaffee«, sagte Kristine. »Ich könnte Kaffee vertragen. Und Sie?«

»Nichts, danke.«

»Fliegende Pferde, silbergrau und hager. Vielleicht ist das der treffendeste Vergleich. Ich träumte letzte Nacht davon. Vielleicht dachte ich an Sie?«

Michael fühlte, wie ihm der Atem stockte und sein Inneres sich spannte; mit einiger Anstrengung konnte er einen Anschein von Ruhe wiederherstellen.

»Sollte ein Dichter nicht genauso sein? Mächtig und im Innersten geheimnisvoll, ein rechter Pegasus?«

Er hatte es nie so bündig und gut ausgedrückt gehört. Er nickte. Aber ...

... Einst waren Dichter Magier. Dichter waren stark, stärker als Krieger oder Könige, stärker als alte glücklose Götter. Und sie werden einst wieder stark sein. Adonna, Tonn, hatte ihm das gesagt.

»Also sind Sie ein richtiggehender Alptraum«, sagte Kristine, wieder lächelnd.

»Besser als ein mieser Kerl, nehme ich an.«

»Tommy ... er ist der Mann, mit dem ich lebe. Wir bewohnen mit Stephen und Sue ein Haus. Ein geräumiges Haus. Wir haben ein eigenes Wohnzimmer und Bad. Tommy ist im Kern ein netter Kerl, aber er kennt sich selbst nicht. Er hat kein Selbstvertrauen. Das bewirkt, daß er die Fassung verliert, als hätte er keine richtige Selbstbeherrschung.« Sie hob die Hand mit der Serviette und legte den Kopf zurück, als suche sie die rechten Worte am seidenen Baldachin.

»Wenn ich ihn verließe«, sagte sie, »würde er womöglich zerbrechen.«

»Lieben Sie ihn?«

Zu seinem Kummer sah er Tränen in ihren Augen.

»Verdammt«, sagte sie und betupfte die Augen mit der Serviette. »Sie kennen mich nicht genug, um solche

Fragen zu stellen. Lassen wir die Rechnung kommen!«

»Es tut mir leid. Es beschäftigt mich bloß.«

»Ach, Unsinn!« sagte sie, nicht unfreundlich. »Sie zielen auf Gewinn. Nein, ich liebe ihn jetzt nicht. Er ist die Strafe dafür, daß ich einen schlechten Geschmack in bezug auf Männer habe.«

Sie zahlten jeder für sich, und Michael bestand darauf, das Trinkgeld zu geben. Er erwartete, daß Kristine sich verabschieden und mit dem Manuskript gehen würde, statt dessen aber begann sie die Gayley Street in Richtung Westwood zu gehen und erwartete anscheinend, daß er ihr folge. Er hielt mit ihr Schritt. »Wissen Sie, vielleicht könnten wir im Sommer ein großes Konzert veranstalten«, sagte sie fröhlich. »Sozusagen die entgegengesetzten Enden der deutschen Tradition des frühen zwanzigsten Jahrhunderts – Mahlers Zehnte und Waltiris Klavierkonzert. Wäre das nicht eine großartige Sache? Ich werde Dillman den Vorschlag machen. Vielleicht wird Crooke bis dahin seine Orchestrierung aufführungsbereit haben, und wir können Ihre Premiere veranstalten.« Sie gingen an einer hellbeleuchteten Kinofassade vorbei. Michael blickte mechanisch zu den Filmplakaten an der Seite des vier Filmtheater umfassenden Komplexes – eine romantische Komödie von Blake Edwards mit dem Titel *Versuchung des Schicksals,* eine Wiederaufführung von *Der schwarze Kessel* und in zwei Kinos David Lynchs *Schwarze Ostern.* Das Filmplakat für *Schwarze Ostern* zeigte amerikanische Truppen, die bei einer Stadt, deren Mauern aus rotglühendem Eisen waren, gegen Dämonen kämpften.

Lange Schlangen warteten hinter Absperrseilen, die von Messingpfosten entlang dem Gehsteig getragen wurden. Im Vorbeigehen berührte Michael leicht ihre Persönlichkeiten. Die Leute waren gut gelaunt, erwartungsvoll und standen mit dem Bewußtsein in der Schlange, daß sie sich zur Schau stellten; sie waren sehr lebendig und hatten ihr Vergnügen. Michael empfand eine warme Zuneigung für sie, die er sich selbst nicht erklären konnte.

»Ich bin eine ehrgeizige Frau, Michael«, sagte Kristine, die einen halben Schritt vor ihm am Kinoeingang vorbeiging. »Haben Sie diesen Eindruck nicht bereits gewonnen?«

»Nein. Ich würde das Wort ehrgeizig nicht gebrauchen.«

»Dann bin ich eine Träumerin. Wie ist das?«

»Das ist ein gutes Wort«, sagte Michael.

»Mein Gott! Diese ganzen Fantasyfilme!« Sie blickte über die Schulter zurück und schüttelte den Kopf. »Kommen sie denn nie aus der Mode?«

»Vielleicht gibt es einen Grund dafür, daß alle Welt sich für Fantasy interessiert«, meinte Michael.

»Welchen?«

»Die Spukerscheinungen. Träume von wilden Pferden.«

»Was soll es damit auf sich haben?«

»Schon gut.«

Sie drängte ihn nicht. Sie kamen zu einer Buchhandlung und schauten in die Fenster. »Würden Sie gern Ihre Bücher darin sehen, eines Tages?« fragte sie.

»Selbstverständlich.«

»Und wie würde es mir gefallen, an den Musikgeschäften vorbeizugehen und meine Musik auf CD-Platten ausgestellt zu sehen?« Sie lachte, aber Michael sah, daß ihre Augen naß waren. »Gut. Ich glaube, es ist Zeit, nach Hause zu gehen. Tommy hat heute abend den Wagen. Ich bin mit dem Bus gekommen. Können Sie mich ein Stück mitnehmen?«

»Gern«, sagte Michael.

Er fuhr den Wilshire Boulevard ostwärts und folgte ihren Richtungsangaben. Die Nacht war warm, und die Luft relativ klar, mit einigen wenigen hellen Sternen, die durch niedrige, von den Lichtern der Stadt orange gefärbten Wolken schienen. Kristine blickte durch das offene Sonnendach hinauf. »Ich kann mich wirklich nicht beklagen«, sagte sie. »Mein Leben geht seinen geordneten Gang. Ich habe Freude an meiner Arbeit.« Sie warf ihm einen schnellen Seitenblick zu. »Trotzdem möchte ich manchmal heraus aus allem. Haben Sie jemals dieses Gefühl gehabt? Daß Sie am liebsten weit weg von allem wären, von allen Verantwortlichkeiten und Pflichten? Das muß eine sehr verbreitete Phantasie sein.«

»Das glaube ich gern«, sagte Michael.

»War das der Grund Ihrer Abwesenheit; Sie sagten, Sie seien fünf Jahre fort gewesen.«

»Ich bin sicher nicht vor Verantwortlichkeit weggelaufen.«

»Können Sie mir sagen, wohin Sie gingen? Bisher habe ich alle Geständnisse abgelegt.«

Er schüttelte lächelnd den Kopf. »Wenn ich mich an Sie heranmache, darf ich Sie nicht abschrecken, indem ich Sie glauben mache, ich sei verrückt, nicht wahr?«

»Wie Sie wollen.«

»Aber eins bekenne ich.«

»Was?«

»Nach allem, was Sie über Tommy gesagt haben, glaube ich nicht, daß ich ihn sehr mag. Wenn er Sie unglücklich macht.«

»Michael, ich bin diejenige, die *ihn* unglücklich macht. Wir machen einander unglücklich.«

»Warum verlassen Sie ihn dann nicht?«

»Das sagte ich schon. Da vorn ist die Straße – South Bronson. Biegen Sie nach rechts!« Sie kamen in ein Viertel alter großer Häuser, die meisten im kalifornischen Bungalowstil. Kristine sagte ihm, er solle langsam fahren, und zeigte auf das Haus, wo sie wohnte. Zweigeschossig, mit einer breiten überdachten Veranda mit niedrigen Ziegelwänden und Säulen, die den Frontbalken des Obergeschosses trugen. Es sah dunkel und ungepflegt aus. Verblichene gelbe Farbe schälte sich von der Bretterverkleidung der Wände. Ein alter schwarzer Kombiwagen mit grauen Grundierungsflecken entlang der Seite und am Heck wartete vor dem Haus an der Bordsteinkante. Die Sitze leer, die Scheinwerfer ausgeschaltet, aber mit laufendem Motor. Jemand stand im Schatten der Veranda. Michael fand die Umstände ziemlich verdächtig, aber Kristine wirkte nicht beunruhigt.

»Tommy ist zurück«, sagte sie. »Lassen Sie mich hier aussteigen!«

Michael hielt, und Kristine öffnete die Tür und stieg aus. Die Gestalt auf der Veranda kam mit übertriebenen Cowboyschritten langsam die Stufen herab. Michael sondierte den Mann und fand verdrießlichen Ärger, säuberlich aufgeräumte Zimmer voller Maschinenteile und Werkzeuge, einen Lichtschimmer im Hintergrund eines langen dunklen Ganges. Der Mann überquerte die Straße, als Kristine die Wagentür schloß. Sie beugte sich zum Fenster herein. »Danke fürs Mitnehmen! Ich werde Sie anrufen, wenn ich einen Gesprächstermin mit Edgar habe und mit den Leuten von der Fakultät gesprochen habe. Dann kann ich auch sagen, ob wir einen Bibliothekar freibekommen ...«

»Wie niedlich!« sagte Tom und blieb mehrere Schritte vom Wagen entfernt stehen. Er war mittelgroß, schwarzhaarig, kräftig gebaut und etwas O-beinig. Die Beine steckten in verwaschenen Jeans, dazu trug er ein schwarzes Polohemd. »Ein Saab. Richtiges Kraftwerk. Collegeprofessor, richtig?«

»Tommy, das ist Michael Perrin. Er war so freundlich, mich nach Haus zu fahren.«

»Kann ich mir denken. Sehr erfreut.«

»Ganz meinerseits«, sagte Michael.

»Ich habe gewartet.«

»Du warst fort, als ich nach Haus kam«, sagte Kristine. »Ich konnte dir keine Botschaft hinterlassen. Und du hattest den Wagen.« Sie blickte zurück zu Michael und legte die Hand auf Tommys Arm.

»Fein«, sagte Tommy. »Danke, daß Sie sie hergefahren haben.«

Michael konnte nicht glauben, was dann geschah. Der Mann streckte beiläufig den Arm aus, als wolle er sie umarmen, sie trat näher, und er beschrieb eine halbe Körperdrehung und schlug ihr den Handrücken ins Gesicht. Kristine verlor das Gleichgewicht und fiel halb zu Boden, ein Bein ausgestreckt, um sich abzufangen. Ihre Tasche schlug auf das Pflaster, und der Umschlag rutschte heraus.

Michaels Reaktion erfolgte ohne einen bewußten Gedanken. Er hörte Tommy etwas mit gedämpfter Stimme zu Kristine sagen, dann hörte er die Tür des Saab aufschnappen und stand lange genug auf der Straße, um Tommy wissen zu lassen, daß er da war, und dann lag der Mann rücklings auf der Straße, und Blut quoll ihm aus der Nase.

Michael hatte ihn mit einem blitzschnellen Fußstoß angegriffen, so daß die Spitze seines Turnschuhs die Nase getroffen hatte. Kristine hatte im selben Augenblick nach dem Umschlag und ihrer Tasche gegriffen und den Stoß nicht gesehen. Nun drehte sie sich um, kroch zu Tommy, die Tasche nachziehend, und kniete bei ihm.

»Saukerl!« sagte Tommy undeutlich. »Gib mir ein Taschentuch.«

»Sie ist nicht gebrochen«, sagte Michael mit Gewißheit, noch ruhig, aber schon mit dem Bewußtsein der heißen Lava zorniger Reaktion, die ihm wie durch einen Vulkanschlot in den Kopf stieg.

»Verdabt!« ächzte Tommy und hielt sich Kristines dargebotenes Halstuch vors Gesicht.

»Sind Sie verletzt?« fragte Michael Kristine. Ihre linke Wange war von Tommys Schlag gerötet.

»Mir fehlt nichts«, sagte sie. »Er wollte nicht hart zuschlagen. Ach Gott, was sage ich da?« Sie beugte sich über Tommy, als wehklagte sie über einen gefallenen Krieger, aber ihre Worte paßten nicht zu dem Bild: »Du Idiot. Du armer Irrer.«

»Laß bich alleib«, sagte Tommy und stieß sie fort. Sie stand auf.

»Ich will bich, daß du bit frebde Typeb rubläufst, ohbe daß ich davob weiß«, sagte Tommy.

»Es war ein rein geschäftliches Abendessen«, sagte sie. »Michael ist der Nachlaßverwalter, von dem ich dir erzählte.«

Michael sondierte Tommy, während dieser sich aufrappelte, versuchte seine nächsten Schritte vorauszusehen. Tommys Zorn war jetzt ziemlich gleichmäßig mit Scham vermischt, irgendwo weinte ein kleiner Junge, ein rotes Licht blinkte am Ende des dunklen Ganges. Michael bemitleidete den Mann plötzlich, und das Gefühl verwirrte ihn.

Kristine trat vor ihn hin. »Sie halten sich für meinen Beschützer, wie?« fragte sie mit gefühlloser Stimme, den Blick starr auf ihn gerichtet.

»Ich bitte um Entschuldigung.«

»Das war scharf«, sagte Tommy und grinste durch das Halstuch. Im orangegelben Schein der Straßenbeleuchtung war sein Unterkiefer schwarz beschmiert. »Das war keib Trick, wie ihb Professoreb draufhabeb. Werd bich bös bit ihb Kristibe. War meibe Schuld, er hat's mir gezeigt. Hat's mir gezeigt.«

Kristine blickte von einem zum anderen, als ob sie beide verrückt geworden wären. Dann ging sie kopfschüttelnd ins Haus.

»Okay, Bichael«, sagte Tommy, zog sich über die Straße und auf den Grünstreifen hinter der Bordsteinkante zurück. »Hast es bir gezeigt. Also schieb jetzt ab, ja?« Er schaltete die Zündung des Kombiwagens aus und folgte ihr die Stufen hinauf in das dunkle Haus. In einer Hand klingelte der Schlüsselbund, die andere drückte noch immer Kristines Halstuch an die Nase.

Michael stand im dunklen Wohnzimmer, nachdem er ohne anzuecken zwischen den Möbeln zum Flügel gegangen war. Er stand da und weinte mit geschlossenen Augen, und die Arme zitterten ihm, als er das Schluchzen zu unterdrücken suchte.

Die wirkliche Welt.

Wie weit schien jetzt das Reich entfernt, und wie unbedeutend die meisten seiner Probleme! Mit jedem Atemzug, jedem erstickten Schluchzen explodierte die wirkliche Welt hinter seinen Augen. Aufwachsen, versuchen, sich in die Gesellschaft einzufügen, versuchen zu erfahren, wer und was er war; die unmittelbare Wirklichkeit.

Fehler machen. Handeln, ohne im voraus zu wissen, was Recht oder Unrecht war.

Einen Mann schlagen, der bereits zutiefst verwirrt war, der litt.

Aber er hatte Kristine geschlagen.

Gerechtfertigt oder nicht, was Michael an diesem Abend getan hatte, zerriß ihn innerlich. Schlimmer wurde es noch durch das Wissen, daß er Tommy mit dieser Technik, die er von den Kranichfrauen gelernt hatte, leicht hätte töten können.

Der Impuls war dagewesen – helle Empörung, die rasch in Zorn umschlug. Er konnte es noch in sich fühlen: *Die Welt wäre ohne diesen Kerl besser dran.*

Etwas in seinem Gedächtnis kitzelte. Etwas über Kristine. Aus dem Reich. Wie war das möglich?

Alle Gefühle schienen wie eine rasch sinkende Ebbe zurückzuweichen. Er stand im Dunkeln, auf einmal in Angst vor der Erinnerung, und erstaunt, warum es ihm bisher noch nicht eingefallen war.

Nachdem Alyons, der Feldmeister des Vertragslandes und Stadtmeister von Euterpe, an den äußeren Grenzen der Verbrannten Ebene, die das Vertragsland umgab, gestorben war, war Michael ein zweites Mal dem gräßlichen schneckenähnlichen Geschöpf mit der Totenkopfschale begegnet. Mit einer Frauenstimme hatte es Michael angefleht: »Nimm mich mit, daß ich wieder leben kann! Ich bin nicht, was ich scheine. Ich gehöre nicht hierher.«

»Was bist du?«

»Ich bin, was Adonna will.«

»Wer bist du?«

»Toms Frau. Ich bin verlassen. Betrogen. Nimm mich mit dir!«

Er umging die Kreatur in weitem Bogen. Sie machte keine weiteren Anstalten, ihm zu folgen.

»Du bist ein Magier«, sagte sie. »Nimm mich mit, damit ich wieder leben kann. Und ich will dir sagen, wo Kristine ist.«

»Es tut mir leid«, hatte Michael gesagt. »Ich bin kein Magier. Und ich weiß nicht, wer Kristine ist.«

Er hatte die Grenze der Verbrannten Ebene überschritten und die Schädelschnecke – Toms Frau – allein und in ihrer Gefangenschaft zurückgelassen, Opfer einer noch furchtbareren Sidhezauberei als jener, die Lamia und ihre Schwester verwandelt hatte.

Es überlief ihn kalt. Toms Frau hatte ihn einen Magier genannt. Und aus ihrer Erwähnung Kristines ließ sich folgern, daß Kristine ein Schicksal treffen würde, das abzuwenden Michael wenig oder keine Macht haben würde.

Das Haus Arno Waltiris schien immer weniger ein Zufluchtsort und immer mehr eine für ihn bereitgestellte Falle zu sein.

8

»Ich habe diese Kellertür freigelegt«, erzählte Michael seinem Vater. Sie saßen hinter dem Haus der Perrins auf der Gartenterrasse, während seine Mutter in der Küche geeisten Tee und belegte Brote bereitete.

»So? Was hast du gefunden?«

»Einen kleinen Kellerraum. Vollgestopft mit Papieren.«

»Dein Vater hat dich etwas zu fragen«, sagte Ruth ein wenig steif, als sie das Tablett auf den Tisch stellte. Sie setzte sich den beiden gegenüber. Ihre Miene war verschlossen, und sie hatte das lange kastanienbraune Haar im Nacken aufgesteckt.

»Gestern kam die Polizei in Gestalt eines Kriminalbeamten«, sagte sein Vater. »Er stellte uns Fragen über dich, über die Zeit deiner Abwesenheit. Wir sagten ihm, daß wir über diese Dinge lieber in deinem Beisein sprechen würden.«

»Was sagte er dazu?«

»Er lächelte«, sagte Ruth. »Er sagte, das sei in Ordnung, und er habe bereits mit dir gesprochen. Er sagte, du seist geheimnisvoll, doch habe er den Eindruck gewonnen, daß du bereit seist zur Zusammenarbeit.«

»Warum kam er dann her?« fragte Michael.

»Ich weiß es nicht«, antwortete sein Vater. »Vermutlich hängt dies alles mit deinem Verschwinden zusammen.«

Michael nahm ein Gurkensandwich vom Tablett, untersuchte es und legte es auf den Teller. »Ich werde euch alles erzählen«, sagte er. »Es ist mir gleich, ob ihr mir glaubt oder ob ihr es hören wollt. Das heißt, es ist mir nicht gleichgültig, aber ich werde es euch in jedem Fall erzählen.«

Seine Mutter legte die Hände um die Oberarme, als fröstele sie. John schaute zu ihr hinüber. »Ich bin der

Meinung, daß es an der Zeit ist«, sagte er. Nach einigem Zögern nickte auch sie langsam.

»Einverstanden«, sagte sie.

Michael zog eine kleine Schachtel aus der Tasche und öffnete sie auf dem Tisch. Darin lag, eingebettet in Watte, die gläserne Rose, die er von Mora bekommen hatte, der Sidhe, die Clarkhams Geliebte gewesen war.

Und er erzählte die Geschichte ebenso, wie er sie Bert Cantor erzählt hatte, von den Sommertagen, die er mit Arno und Golda Waltiri verbracht hatte, bis zu den letzten Tagen in Clarkhams Xanadu; vom Ende Xanadus bis zur Freilegung des Kellereingangs und der Entdeckung der sonderbar veränderten Partitur des Klavierkonzerts Unendlichkeit.

Die Erzählung zog sich bis in den Abend hinein, unterbrochen vom Abendessen. Es gab viele Tassen Tee, und später Bier, und zum Ende zu weinte Ruth einmal leise, entweder um seine geistige Gesundheit oder aus Mitleid mit allem, was ihr Sohn durchgemacht hatte. Michael konnte es nicht beurteilen.

Das Zwielicht lag tiefblau über den Bäumen und Hekken des Gartens. Michael blieb mit seinem Vater sitzen, während seine Mutter einen Pullover aus dem Haus holte.

»In dem Zwischenort herrschte immer Zwielicht«, sagte Michael.

»Wo Tristesse Reisenden auflauerte«, sagte John.

»Es war seltsam in den Zwischenwelten. Trübe, friedlich. Ich will damit sagen, das Realitätsgefühl dort war dünn. Es war mehr wie ein Traum – oder ein Alptraum. Im Reich war alles scharfe Wirklichkeit, aber es fühlte sich nicht so an wie dies hier, jetzt.« Michael klopfte auf den Tisch.

Seine Mutter kam wieder heraus, einen rosa Angorapullover um die Schultern gelegt. »Passiert so etwas?« fragte sie ihren Mann in seltsam sachlichem Ton. John lachte kurz auf.

»Ich will verdammt sein, wenn ich es weiß.«

»Ich habe mich immer bemüht, in dieser Familie die Praktische zu sein«, sagte sie, das Gesicht aufwärts zum dunkelnden Blau im Westen gewandt. Michael hörte eine Falschheit heraus, beinahe ein Posieren. Er erkannte, daß sie eine Art Rolle spielte und diese als Rüstung gegen etwas benutzte, von dem sie sich bedroht fühlte. »John ist der Meister mit dem Holz, und Michael ... du bist der Verseschmied, der vielseitig Talentierte. Ich wußte nie genau, was bei dir am Ende herauskommen würde.« Sie blickte ihn mit einem gewissen Unmut an. »Du weißt, ich habe Updike immer Tolkien vorgezogen.«

»Die Hexen von Eastwick?« fragte John mit einem Lächeln.

»Es war nicht wie Tolkien«, sagte Michael.

»Nein, das glaube ich. Und dies ist das einzige Beweisstück?« Sie berührte die Glasrose.

»Es gibt mehrere Orte, die ich dir zeigen könnte. Das Tippett-Hotel und Clarkhams Haus. Arno Waltiris Keller könnte den Anfang machen.«

»Ich nehme an, die Regel ist, daß du uns vor dem Frühstück drei unmögliche Dinge wirst zeigen müssen«, sagte John, hob behutsam die Rose auf und betrachtete sie. Im Zwielicht der Dämmerung bewahrte sie noch immer einen schwachen inneren Schein. Er schnüffelte daran.

»Weißt du, was die Spukgeschichten in den Zeitungen zu bedeuten haben?« fragte seine Mutter.

Michael schüttelte den Kopf. »Nicht genau. Ich glaube jedoch zu wissen, worauf diese Entwicklung hinausläuft, und das ist auch der Grund, warum ich euch dies alles jetzt erzähle.«

»Und aus demselben Grund ziehst du Kristine Pendeers mit hinein?« fragte John.

»Ich weiß nicht, wie ich zu alledem stehe.« Michael erhob sich und half seinem Vater, das Geschirr vom

Abendessen zusammenzustellen und in die Küche zu tragen. Als sie fertig waren und die Teller in die Waschmaschine gestapelt und Tisch und Anrichte abgewischt hatten, erschien Ruth in der Küchentür, die Arme vor der Brust gekreuzt.

Sie weinte. Die Wangen glänzten, und Tropfen beperlten den Pullover. »Ich kann es einfach nicht glauben«, sagte sie. »Ich habe immer gesagt, dies ist alles ein Alptraum.« Michael ging zu ihr, und sie legte die Arme um ihn und fuhr ihm mit den Fingern einer Hand durch das Haar.

Michael setzte zur Rede an, aber John fing seinen Blick auf und schüttelte den Kopf, nein.

Später, nachdem Ruth zu Bett gegangen war, saßen Michael und sein Vater unter dem matten Sternenhimmel von Los Angeles im Garten. »Es gibt etwas, was sie uns sagen wird«, sagte John. »Sie bewahrt etwas in sich, seit ich sie kenne, aber es ist nie herausgekommen. Mir scheint, was du heute abend sagtest, hat es beinahe losgeschüttelt.«

»Was kann es sein?« fragte Michael.

»Ich weiß es wirklich nicht.«

»Ob es wichtig ist?«

»Für sie ganz bestimmt.«

Leutnant Brian Harvey stand mit Michael im hinteren Schlafzimmer von Clarkhams Haus und besah die Fußabdrücke, die mitten im Raum begannen. »Also gibt es keine Immobiliengesellschaft dieses Namens«, sagte er. »Also gibt es keine Grundbucheintragung, aus der der Eigentümer des Hauses hervorgeht – nicht einmal einen Hinweis auf die Zeit der Erbauung. Also wird dies im Grundbuch als ein unbebautes Grundstück geführt. Trotzdem machen wir uns einer Übertretung schuldig.«

»Besorgt Sie das?« fragte Michael mit unverhohlener Ironie.

»Eigentlich nicht«, sagte Harvey. »Ein guter Trick,

das.« Er zeigte zu den Fußabdrücken. »Ich kann mir vorstellen, wie es gemacht wurde. Man verstreut Staub auf dem Boden ...« Er schob das Kinn vor und rieb sich die Lippe mit dem Zeigefinger.

»Ihr Vater ist ein Künstlertyp. Ihm könnte so etwas Spaß machen, nicht wahr?«

»Kann sein.«

»Sie haben Ihren Eltern alles erzählt, was Sie mir erzählt haben?«

»Ausführlicher. Wir hatten mehr Zeit. Es dauerte einen ganzen Abend.«

»Magie und Geister und eine fremde Welt.« Harvey seufzte. »Nun gut. Also wurde diese Tristesse von den Shi verwandelt – ist das ein passender Begriff?«

»Von den Sidhe«, berichtigte Michael.

»Das werde ich nie richtig hinkriegen, also geben Sie die Versuche auf«, murrte Harvey. »Sie gaben ihr zusätzliche Gelenke und machten sie zu einer Mumie?«

»Sie war ein Vampir«, sagte Michael. »Haben Sie sich ihre Zähne angesehen?«

»Nein. Sie?«

Michael hatte nicht einmal ihr Gesicht gesehen. »Wie sah ihr Gesicht aus?«

»Ich erinnere mich nicht. Wie das Gesicht einer Mumie, denke ich. Aber wissen Sie, das ist wirklich komisch – daß ich mich nicht erinnere.«

»Ist sie noch in der Leichenhalle?«

»Beide wurden eingeäschert, nachdem niemand Ansprüche geltend machte und die Staatsanwaltschaft keinen gewaltsamen Tod durch Fremdeinwirkung beweisen konnte. Ich denke mir, sie luden die fette Frau und die Mumie einfach hier ab, um sie nicht im Weg zu haben. Aber ich habe Fotos in der Akte. Und in meinem Wagen.«

»Warum beschäftigen Sie sich noch mit dem Fall?«

»Weil ich eine Schwäche für unheimliche Dinge habe, Mister Perrin. Und ich wollte wissen, was Sie damit zu tun haben. Was Waltiri damit zu tun hatte. Das Geheimnisvolle reizt mich. Es gibt so viele unaufgeklärte Verbrechen und so verdammt wenig Geheimnisse in meiner Arbeit. Verstehen Sie?«

»Ich würde gern die Bilder sehen«, sagte Michael.

»Dachte ich mir. Eine Hand wäscht die andere. Sie erzählen mir die Geschichte, zeigen mir, was es zu sehen gibt, und ich zeige Ihnen die Bilder. Sie haben Ihren Teil des Geschäfts getan.«

Als sie wieder in dem unpersönlichen Polizeiwagen saßen, reichte Harvey ihm eine Akte. »Nichts für zartbesaitete Gemüter«, sagte er.

Michael öffnete die Akte und betrachtete die Aufnahmen von Lamia. Die Schwarzweißfotografien hatten eine gewisse Kälte, und die Art und Weise, wie ihr Fleisch und Fett im Tode zusammengesackt war, machten das Gefühl von Unwirklichkeit noch stärker.

Das nächste Foto war ruiniert; ein öliger, firnisartiger Fleck hatte die Mitte unkenntlich gemacht. Michael machte den Beamten darauf aufmerksam.

»Verdammt«, sagte Harvey. »Aber es gibt andere Abzüge. Notfalls werden wir vom Negativ neue anfertigen.«

»Ich glaube nicht, daß Sie das tun werden«, sagte Michael. »Sie muß einmal sehr schön und sehr lieblich gewesen sein.«

»Warum sagen Sie das?«

»Weil die Sidhe sie in ein Ungeheuer verwandelten und dafür sorgten, daß niemand jemals wieder ihr Gesicht sehen würde.«

Harvey saß schweigend da, den ruinierten Fotoabzug in der Hand. »Jetzt machen Sie mir Angst«, sagte er. »Was zum Teufel sollen wir tun?«

Michael zuckte mit der Schulter. »Warten, nehme ich an. Wollen Sie in diesem Fall weiter ermitteln?«

»Was gibt es noch zu ermitteln?« fragte Harvey zurück. »Es gibt hier nichts, was jemandem in meinem Beruf irgend etwas bedeuten würde. Nur das Ende der Welt.«

»Ganz so schlimm wird es vielleicht nicht«, sagte Michael.

»An Ihrer Stelle wäre mir himmelangst.«

»Denken Sie nicht, ich hätte keine Angst«, sagte Michael. Aber er konnte nicht einfach alles aufhalten. Es war ein Prozeß im Gang, von dem er nur ein Teil war – welch ein Teil und wie bedeutsam, das konnte er nicht wissen.

Ein Magier. Ein Gesicht im Schneetreiben.

Was ihm am meisten Angst machte, war die dämmernde Erkenntnis, daß seine Rolle wahrscheinlich sehr bedeutsam sein würde.

9

Am nächsten Morgen rief Kristine an. Er ging in Waltiris Doppelschlafzimmer im Obergeschoß und nahm den Hörer vom Nebenanschluß ab und setzte sich auf die Kante des Himmelbetts.

»Michael, es tut mir leid, was vorgestern abend vorgefallen ist.« Ihre Stimme klang müde, beinahe tonlos.

»Mir auch.«

»Es ist nicht besser geworden. Ich bin nicht sicher, an wen ich mich wenden kann.«

»Er hat Sie nicht wieder geschlagen, oder?«

»Nein. Er hat den Wagen genommen, und ich weiß nicht, wo er ist. Ich habe einen Anruf bekommen ... nicht von ihm. Von einem Mann, dessen Stimme älter klang. Er erwähnte Ihren Namen. Und dann sagte er, schreckliche Ereignisse stünden bevor.«

Michael betrachtete seine Unterarme. Sie hatten eine Gänsehaut, und die Haare standen aufrecht. »Nannte er seinen Namen?«

»Nein. Kennen Sie jemand, der das tun würde?«

»Ich weiß es nicht«, sagte Michael. Er schloß die Augen.

»Ich wollte heute zum Dekan gehen und über das Konzert sprechen. Jetzt weiß ich nicht, was ich tun soll. Michael, dieser Mann sagte, die Partitur solle verbrannt werden. Er brauchte nicht zu sagen, welche Partitur. Wir wissen, welche er meint, nicht wahr?«

»Ja.«

»Es muß ein verschrobener Mensch sein, nicht?«

»Ich weiß es nicht.«

»Er machte mich wütend. Alles macht mich jetzt wütend.«

»Ich bin der Meinung, Sie sollten dort ausziehen«, sagte Michael.

»So? Wohin?«

Michael antwortete nicht.

»Ja, nun, ich habe meine Sachen gepackt. Ein paar von meinen Freundinnen halten für mich Ausschau nach Gelegenheiten. Die Mieten sind heutzutage einfach verrückt.«

»Sie könnten hier einziehen«, sagte Michael und bereute es sofort.

Am anderen Ende blieb es lange still. »Es ist nicht so einfach, und Sie wissen warum.«

»Ja. Aber es ist ein großes Haus und ...«

»Ich werde es mir überlegen. Ich bin jetzt zu Hause. Heute nachmittag werde ich mit dem Bus zur Universität fahren und versuchen, etwas zu arbeiten.« Sie schien alles offen zu lassen.

»Dann könnten wir später zusammenkommen«, sagte Michael. »Keine Gespräche über das Konzert oder etwas Wichtiges. Bloß Unterhaltung.«

»Das wäre fein«, sagte sie, und es klang erleichtert. »Michael, was auf der Straße geschah ...«

»Es tut mir leid.«

»Nein, es war dumm, es war alles verrückt, aber ich möchte Ihnen trotzdem danken. Es war auch ritterlich.«

Sie verabredeten sich für fünf Uhr auf dem Campus vor der Royce Hall. Als er den Hörer auf das alte schwarze Telefon legte, öffnete Michael wieder die Augen.

Die Fußspuren in der Mitte des staubigen Bodens. Die Botschaft in dem leeren Notizbuch. Er konnte die Gegenwart an den Rändern der Sonde fühlen, die er während des Telefongesprächs ausgesandt hatte. Etwas Fauliges war in der Luft, ein Gefühl, das ihm den Magen umdrehte und die Muskeln verkrampfte.

Er streckte sich auf dem Parkettboden des Schlafzimmers aus und übte mehrere Minuten lang seine Disziplin.

David Clarkham war in dem Brand, der sein Xanadu verzehrt hatte, nicht umgekommen. Er hatte irgendwie entweichen können und war jetzt in Los Angeles, oder zumindest auf Erden, und er wollte die Aufführung des Konzerts verhindern.

Unter der Spannung und der ängstlichen Sorge lag ein ruhiger Friede, dessen Michael sich in den letzten Wochen nur unklar bewußt geworden war. Der Teil von Michael Perrin, der an diesem ruhigen Ort wartete und wuchs, war neugierig, was Clarkham daransetzen würde, um die Aufführung zu verhindern.

Die Ziegelfassade der ehrwürdigen Royce Hall ließ Kristine, die allein davor stand, die Hände in den Taschen ihrer Wildlederjacke, zwergenhaft erscheinen. Michael ging über das Gras und die betonierten Gehwege auf sie zu. Sie wandte sich zu ihm und lächelte mit einem Hauch von Traurigkeit.

Es gab jetzt keinen Zweifel mehr: Er hatte sich in Kristine Pendeers verliebt. Sie gab ihm die Hand, dann trat sie rasch einen Schritt zurück. »Ich versuchte Tommy in der Autowerkstatt zu erreichen, wo er arbeitet. Er hat dort vor einigen Tagen aufgehört. Sie wissen nicht, wo er ist.«

Michael unterdrückte die Empfindungen, die Tommys Name in ihm auslösten.

»Ich mache mir Sorgen um ihn«, sagte sie. »Er hat einfach keine Beherrschung.«

»Wie sieht es mit Ihrer Situation aus? Ich kann Ihnen helfen, eine Mietwohnung zu finden.«

»Das wäre schön. Ich habe Freundinnen, die sich auch darum bemühen. Mit dem Gehalt einer Lehrbeauftragten kann ich mir nicht viel leisten.« Sie gingen zu einer Bank und setzten sich. Kristine schlug die gestiefelten Beine übereinander und lehnte sich zurück, den Kopf im Nacken, bis sie zum hellen grauen Himmel aufsah. »Sie wissen, wer der Mann war, der mich anrief, nicht wahr?«

»Sein Name ist – wahrscheinlich – David Clarkham. Er ist sehr alt. Er half Arno Waltiri bei der Komposition des Opus 45.«

»Wie alt ist er?«

»Mehrere Jahrhunderte, wenigstens«, sagte Michael in beiläufigem Ton. Kristine richtete sich auf und beschrieb eine halbe Drehung des Oberkörpers zu ihm. »Ich habe meinen Eltern und dem Kriminalbeamten, Leutnant Harvey, von den Ereignissen während meiner Abwesenheit erzählt.«

»Ich bin enttäuscht«, sagte sie. »Ich hatte gedacht, Sie würden erst mir ein Geständnis ablegen.« Michael konnte nicht bestimmen, wie satirisch es gemeint war; ihre Miene war arglos.

»Glauben Sie, was ich sagte – daß Sie in Gefahr sein könnten?«

Sie nickte. »Wollen Sie es mir erzählen?«

»Ja.«

»Und werden wir die Aufführung des Konzerts auch weiter vorantreiben, wenn ich es arrangieren kann?«

»Ja.«

»Ich habe einen Schreibtisch in einem Büro des Musikwissenschaftlichen Instituts. Wir können dort sprechen. Es ist ungestörter.«

Michael war einverstanden, und sie überquerten den Campus und gingen vorbei an der sparsam-modernen Schönberg Hall. Michael begann die Geschichte zu erzählen, bevor sie das kleine Büro erreichten.

Inzwischen hatte er Übung im Erzählen. Er konnte die Geschichte in viel kürzerer Zeit erzählen, mit weniger unnötigen Einzelheiten.

Sie aßen zu Abend in einer kleinen Pizzeria in Westwood, dann gingen sie in eines der kleineren Kinos im Filmtheaterkomplex, um einen Film mit Woody Allen zu sehen. Kristine war offensichtlich mit dem Verarbeiten dessen beschäftigt, was sie gehört hatte; sie schien dem Film nicht viel Aufmerksamkeit zu schenken. Einmal fühlte Michael, daß sie seinen Arm auf der Lehne zwischen ihnen berührte, dann drückte.

»Sie müssen sich gefürchtet haben«, flüsterte sie.

»Nicht zu knapp«, sagte er.

»Also wissen Sie, was diese Spukerscheinungen bedeuten?«

»Ich kann es vermuten.«

»Ich dachte mir, daß sie gefährlich sind«, sagte sie. »Ich hatte recht. Diese Art von Zeug hat mir noch gefehlt.«

»In Ihrer Situation«, sagte Michael.

Ein Paar mittleren Alters in der Reihe vor Michael und Kristine wandte gleichzeitig die Köpfe und bedachte sie mit strengen Blicken.

»Gehen wir!« sagte Kristine. Michael bedauerte die fünfzehn Dollar, die er für Eintrittskarten ausgegeben hatte. Wieder auf den Straßen von Westwood, führte Kristine ihn durch mehrere Textilgeschäfte und zeigte ihm Kleider, die sie kaufen würde, wenn sie sie sich leisten könnte. Sie verdaute immer noch die Geschichte.

»Sie sind nicht verrückt«, sagte sie, als sie eine Boutique verließen, die auf zeitgenössische japanische Modeentwürfe spezialisiert war. »Das heißt, ich glaube Ihnen – in einer Weise. Aber – können Sie mir nicht etwas zeigen, vielleicht dieses Hyloka oder was es auch war?«

»Lieber nicht«, sagte Michael. »Ich möchte unter keinen Umständen, daß Sie mich für eine Art Monstrum halten.«

Sie nickte, dachte darüber nach und sagte dann: »Ich möchte heute nicht zu dem Haus in der South Bronson Street heimgehen, und ich bin nicht bereit, mit Ihnen zu schlafen. Aber ich würde gern mit Ihnen zu Waltiris Haus gehen. Und vielleicht könnten Sie mir Clarkhams Haus zeigen? Das würde vielleicht einen greifbaren Zusammenhang ergeben.«

»In Ordnung.«

»Und wenn wir in Waltiris Haus sind, werde ich Sie nicht für ein Monstrum halten, wenn Sie mir etwas Zauberei zeigen.«

Michael antwortete nicht. Sie gingen zurück zu dem Parkplatz, wo er den Saab abgestellt hatte.

Michael lag in seinem schmalen Gästebett, die Arme hinter dem Kopf verschränkt. Seine Fingerspitzen schmerzten noch von dem Trick, den er Kristine vorgeführt hatte. Als Beispiel hatte er gewählt, was Biri einmal im Reich getan hatte: einen großen Steinbrocken im Garten genommen, den glühenden Zeigefinger an die Oberfläche gesetzt und den Stein sauber in vier Teile gespalten. Kristine war zurückgesprungen, dann hatte sie ihn still gebeten, ins Haus zurückzukehren.

Sie schlief jetzt im großen Schlafzimmer von Arno und Golda Waltiri. Michael wußte, daß sie schlief, ohne sie zu sondieren. Sein Bewußtsein schien jetzt ohne bewußte Anstrengung auf viele Gebiete überzugreifen. Er konnte viele Menschen in der Nachbarschaft in ihrem Schlaf atmen fühlen; er glaubte die Umdrehung der Erde zu hören, und die Sterne darüber waren ihm beinahe so offensichtlich wie die Decke über ihm und der bewölkte Himmel. Weit im Osten entlud sich ein Gewitter über den Bergen; er hörte den Regen auf den fernen Dächern von Gebäuden und auf den Straßen, auf Laub und Gras.

Wieviel davon Einbildung war, konnte er nicht mit Sicherheit sagen; er glaubte, nichts davon. Er hatte einfach das Gefühl, auf seine Welt eingestimmt zu werden. Sein innerer Atem schien der Atmung der Moleküle in der Luft selbst zu folgen, ihren vielfältigen Bewegungen und Zusammenstößen. Er glaubte mehr über die Funktionen dieser Moleküle zu wissen, als er je in der Schule gelernt hatte.

Er wußte, wie jedes Partikel bis hinunter zu den subatomaren Teilchen seine Position und Natur allen anderen Partikeln mitteilte, zuerst indem es einen Boten aus dem Brunnen des Nichts zog und aussandte, während das empfangende Partikel den Boten ins Nichts zurückfallen ließ, sobald er seinen Zweck erfüllt hatte. Das erheiterte ihn; nirgendwo hinterließen die Atome des Universums trotz ihrer unvorstellbar großen Zahl kleine Fetzen von Telegrammen, die zusammengeweht herumlagen.

Ja, wenn er diese Welt entworfen hätte, das wäre eine offensichtliche Leistung gewesen.

Kurz bevor er sich in den Schlaf hinübergleiten ließ, glaubte er den Gesang des Vakuums selbst zu fühlen, eines Vakuums, das nicht leer war, sondern voll des unglaublichsten Potentials – ein Untergrund, auf dem die Welt nur leicht ruhte, von Atomen bis zu Galaxien; es schien, als könnte alles von einem Willen, war er nur stark genug, hinweggefegt werden. Oder vielmehr nachgeahmt, wenn dem Untergrund der Schöpfung ein anderer Plan auferlegt werden konnte, aber in bedeutenden Einzelheiten verschieden.

Er beschäftigte sich mit einem bruchstückhaften Gedicht, das er im Kopf mehrmals umänderte, bevor diese Zeilen herauskamen:

Hier macht die Welt
Des Webers Einschuß.
Spitzenmachers Klöppel,
Hin und her, auf und ab;

Führt der Zeiten Faden
Über des Atomes Drall
Es knüpft der Knoten viele
Des Todes steinerne Hand.

Geweb von Blumen
Und Zwirn von Licht,
Muß kreuzen und queren
Durch Welken, durch Nacht.

Schlaftrunken überlegte Michael, wie Wirklichkeiten von jenen, die weniger waren als Götter, zusammengefügt werden könnten. Die Gedanken waren jedoch so abstrus und weit hergeholt, daß er bald zu unmittelbareren Sorgen zurückkehrte.

Er war nicht enttäuscht, daß Kristine Distanz hielt. Er war geduldig in seiner Liebe. Sie vertraute ihm bereits, wenn auch noch scheu; indem sie seine Geschichte geglaubt hatte, hatte sie ihm ein unglaubliches Geschenk gemacht.

Er lächelte im Halbschlaf. Er dachte noch immer tiefe Gedanken und fühlte noch immer Kristines gleichmäßige, ruhig schlafende Anwesenheit. Gern wäre er für alle Zeit in diesem Zustand geblieben, doch wußte er, wie zerbrechlich seine Zufriedenheit war.

Nun hatte er es allen erzählt, auf die es ankam, die eine wenn auch nur geringe Möglichkeit hatten, ihm zu glauben. Wäre er heimlichtuerisch gewesen, hätte ihn der Mut verlassen und ihm den Mund verschlossen; so würde er nur Clarkham in die Hände gespielt haben.

Michael war nicht gewillt, sich isolieren zu lassen.

Er vermutete, daß er durch seine Handlungsweise zusätzliche Zeit gewonnen hatte, und das um einen sehr geringen Preis.

Aber noch immer hielt sich am Saum seiner Wahrnehmung die Falschheit, die Spur des Isomagus.

Clarkham hatte ihm gegenüber noch einen Vorteil: einen Plan. Michael hingegen hatte keine klare Vorstellung davon, was er tun mußte, ja, nicht einmal von der Natur dessen, das auf ihn zukam.

10

Unten schlug jemand heftig an die Tür. Michael erwachte aus einem Traum – Träume waren gefährlich, da sie nun die Reichweite seines Bewußtseins einengten – und taumelte aus dem Bett, griff zum Bademantel und zog ihn über. Im Korridor sah er Kristine in der Schlafzimmertür stehen. Sie trug eines von Goldas Nachthemden aus einfachem dunkelblauen Flanell. »Jemand will herein«, sagte sie schläfrig.

Während er barfuß die Treppe hinuntertappte, sondierte er die Persönlichkeit des Besuchers. Sie war ihm sehr vertraut und sehr willkommen, obwohl irgend etwas daran nicht ganz in Ordnung war ...

Er öffnete die Tür. Ein untersetzter bärtiger Mann Mitte der Vierzig stand draußen, wie ein Fallensteller in Felle und Häute gekleidet und mit einem umgehängten Stoffbeutel. Sein kurzes graues Haar stand borstig in alle Richtungen. »Nikolai!«

»Gott sei Dank«, sagte der Mann mit leichtem russischen Akzent. »Ich habe überall nach diesem Haus gesucht. Los Angeles ist mir nicht mehr vertraut, Michael.« Er legte den Stoffbeutel auf die Stufen, schloß Michael in die Arme und küßte ihn auf beide Wangen.

»Wie bist du hierher gekommen?« Michael war verblüfft; er hatte Nikolai zuletzt im Reich gesehen, als er mit dem Sidhefreund Biri und Mora, Clarkhams Geliebter, am Rand der Xanadu-Nachahmung gestanden hatten.

»Zu Fuß«, sagte Nikolai. Michael zog ihn ins Haus; Kristine war die Treppe heruntergekommen und beobachtete sie von dort.

»Dies ist ein Freund«, sagte Michael zu ihr. »Sein Name ist Nikolai Kuprin.«

»Nikolai Nikolajewitsch Kuprin, aber Freunde nennen mich Kolja.« Er nahm seinen Beutel von der Türstufe und kam verlegen grinsend herein.

»Nikolai, dies ist Kristine Pendeers.«

»Schön, schön«, schnaufte Nikolai und betrachtete sie mit befremdlicher Konzentration. »Es ist mir ein Vergnügen.« Vorsichtig schüttelte er ihr die Hand; Kristine, so bemerkte Michael, streckte sie Nikolai in der weiblichen Art hin, so daß er nur ihre Fingerspitzen erwischte. »Wann habe ich zuletzt eine menschliche Frau gesehen? Ach ... wenn ich daran denke, wie lange es her ist, kommen mir die Tränen. Paß auf, ich bin bei Nacht gegangen und habe mich versteckt, weil ich auffällig wäre. Hoffentlich störe ich nicht.«

»Niemals, lieber Freund«, sagte Michael. »Wie bist du herübergekommen?«

»Im Reich ist es jetzt sehr schlecht«, sagte Nikolai. »Ich könnte mir denken, daß Adonna tot ist. Alles ist ungewiß.«

»Das ist *der* Nikolai?« fragte Kristine, und ihre Stimme ging um eine Oktave nach oben.

»Du hast es ihr erzählt? Gut. Bereite alle Leute vor.«

»Du hast meine Frage noch nicht beantwortet«, sagte Michael, zu erstaunt und erfreut, um ungeduldig zu werden.

»Weil es mir peinlich ist«, sagte Nikolai. »Ich nutzte die Ban der Stunden aus, indem ich die Trittsteine von Inyas Trai gebrauchte.« Bei der Nennung des Namens bekreuzigte er sich eilig. »Die Räte von Delf und Eleu sind aufgelöst ...«

»Du weißt von ihnen?«

»Ja, freilich – Eleu unterstützt menschliche Teilnahme an der Schaffung einer neuen Welt, und Delf ist dagegen ... der Rat von Delf hat sich mit dem Maln zusammengetan. Aber beide sind auseinandergegangen, und selbst der Maln ist in Unordnung. Tarax ist verschwunden. Die Krise hat alle entzweit. Inyas Trai«, er bekreuzigte sich, »ist wieder voll von Sidhe beider Geschlechter und aller Arten. Sie bereiten die Trittsteine zur Auswanderung vor. Viele tausend haben das Reich bereits verlassen. Exodus. Und es gibt so viele Menschen – mehr, als ich jemals für möglich gehalten hätte! Wer hätte gedacht, daß sie im Reich existieren konnten? Tausende. Woher kamen sie? Ich weiß es nicht! Aber ich trennte mich von denen, die in Euterpe gefangen wurden. Ich mußte zurück zur Erde und dich warnen. Ich bediente mich eines Trittsteines, der für die Reise noch nicht geöffnet war. Ich weiß nicht recht, ob es klug von mir war.« Er sah sich im Haus um, Erstaunen in den Zügen, mit offenem Mund. »So vertraut. So schön. Wie mein Elternhaus in Pasadena.«

»Warum sollte es unklug gewesen sein?« fragte Michael, der wieder etwas Gestörtes in Nikolais Persönlichkeit spürte.

»Ich fühle mich nicht sehr gut. Manchmal kommt mir alles wie ein Gemälde auf Glas vor. Ich kann durchschauen. Vielleicht war der Stein nicht ...« Er zuckte die Achseln. »Ich bin müde. Darf ich sitzen?«

Sie betraten das Wohnzimmer, und Nikolai legte sich auf die Couch, dann reckte er den Hals, um den Konzertflügel anzusehen. »Ein schönes Instrument«, sagte er. »Gehört es dir?«

»Es gehörte Arno Waltiri«, sagte Michael.

Trotz seiner Erschöpfung versteifte sich Nikolai unwillkürlich. »Was weißt du von Waltiri?« fragte er.

»Er war ein Magier«, sagte Michael. »Das weiß ich genau.«

»Magier der Cledar.« Nikolai blickte wieder zu Kristine, und sein mageres schmutziges Gesicht schien von innen heraus zu leuchten, als er lächelte. »Der Vögel. Der musikalischen Rasse. Er arbeitete mit dem Rat von Eleu, hauptsächlich auf Erden. Gerüchtweise verlautete, daß der Maln Menschen von der Erde sammelte, wie etwa Emma Livry ... Soviel Verwirrung, so viele Gerüchte.«

»Ich habe Kristine nicht alles erzählt«, sagte Michael. »Wohin wandern die Sidhe aus?«

»Ich nahm an der letzten Versammlung des Rates von Eleu teil«, sagte Nikolai. »Die Ban verlangte die Anwesenheit eines Menschen, und ich war gerade zur Stelle. Die neue Ban wurde Mitglied des Rates, aber welches jetzt ihre Absichten sind, kann ich nicht sagen. Ich habe keine Ahnung, was im Irall geschieht. Der Maln hält sich von Inyas Trai fern.«

Kristine schüttelte verwirrt den Kopf. »Er redet genau wie Sie«, sagte sie.

»Zweifeln Sie nicht am Wort meines Freundes«, bat Nikolai in feierlichem Ton und beugte sich aus seiner liegenden Haltung zu ihr, »wie verrückt es auch scheinen mag. Michael ist ein sehr mächtiger Bursche. Er überwand und vernichtete den Isomagus.«

»Clarkham ist nicht tot«, sagte Michael. »Wohin wandern die Sidhe aus? Bitte antworte mir, Nikolai! Es ist wichtig.«

»Zurück zur Erde. Sie haben nicht die Macht, anderswohin zu gehen. Adonna baute das Reich auf der Kette der Welten nahe der Erde. Sie können nur zurückkehren.«

»Die Spukerscheinungen?« fragte Kristine.

»Ich dachte es mir«, sagte Michael.

»Der Trittstein, den ich benutze, ist eine direkte Route nach Los Angeles«, erläuterte Nikolai. »Niemand erklärte mir, warum. Jedenfalls war es bequem. Wenn ich kein Unheil angerichtet habe ...« Er sank zurück auf das Couchkissen und schloß die Augen. »Hast du Aspirin?«

Michael brachte eine Röhre Aspirin und ein Glas Wasser. »Wo in Los Angeles bist du herausgekommen?« fragte er, als er sich niederbeugte und zwei Tabletten in Nikolais aufgehaltene Hand klopfte.

»Hollywood«, sagte Nikolai, nachdem er die Tabletten geschluckt und das Wasser ausgetrunken hatte. »Ein großes Gebäude am Sunset Boulevard. In sehr schlechtem Zustand, schmutzig und verwahrlost.«

»Haben Sie Hunger?« fragte Kristine.

Nikolai sah sie an, als wäre sie eine Heilige. »Sehr großen Hunger«, sagte er.

»Dann wollen wir frühstücken.« Sie ging in die Küche. Nikolai lächelte schwächlich zu Michael auf.

»Sie ist sehr nett«, sagte er. »Ist es dir seit deiner Rückkehr gutgegangen?«

»Ich bin gesund und werde stärker«, sagte Michael.

Nikolai musterte ihn mit schlauem Ausdruck. »Stärker in den Armen und Beinen?«

»Auch das«, sagte Michael.

»Ich überraschte dich mit meiner Rückkehr, nicht? Ich bin kein großer Zauberer, nichts, was den Sidhe Kopfzerbrechen bereiten könnte, und doch habe ich es nach Haus geschafft – oder doch annähernd. Welches Jahr haben wir – wirklich, meine ich? Wenn ich mir die Stadt ansehe, denke ich, daß Jahrhunderte vergangen sein könnten.«

»1990«, sagte Michael. »Der zwölfte Mai.«

Kummer und Bestürzung zeigten sich auf Nikolais Gesicht. »Nicht so viel, wie ich erwartet hatte. Aber welche Veränderungen! Ich bin jetzt ein Relikt der Vergangenheit, nicht wahr?«

Michael nickte. »Zwischen der Zeit im Reich und hier scheint es keine Verbindung zu geben«, sagte er. »Ich war nur ein paar Monate fort, doch auf Erden vergingen fünf Jahre. Und du?«

»Es ist gut, dich zu sehen, sehr gut«, unterbrach ihn Nikolai. »Es schwimmt mir vor den Augen. Ich kann nicht klar denken. Vielleicht, wenn ich etwas gegessen habe ...«

Michael breitete neben Nikolai die Hände aus und konzentrierte sich stirnrunzelnd. Die Persönlichkeit des Mannes war extrem schwach, kaum auszumachen. Auch die Art und Weise, wie das Morgenlicht von den Fenstern sich in Nikolais Augen spiegelte, war irgendwie nicht richtig – die Spiegelungen wirkten leer, ohne Konturenschärfe.

Nikolai stand auf und wankte kopfschüttelnd mit Michael hinaus. Sie gesellten sich in der Küche zu Kristine und setzten sich an den kleinen Tisch. Sie komplimentierte Michael zu den Vorräten, die er in der Speisekammer angelegt hatte. »Sie sind ziemlich selbstgenügsam. Die meisten Junggesellen verhalten sich, als ob ihre Mama immer noch da wäre und alles für sie täte.«

»Die meisten Frauen, die ich kenne, wären längst ausgefreakt«, sagte Michael.

»Ausgefreakt?« wiederholte Nikolai, an einer Scheibe Toast mit Butter und Marmelade kauend. »Das heißt vielleicht, verrückt werden?«

»Wie lange ist er fort gewesen?« fragte Kristine.

»Sechzig, vielleicht siebzig Jahre«, sagte Michael.

»Siebenundsechzig Jahre«, sagte Nikolai. »Sie würden eine feine Tänzerin abgeben, Miß Pendeers.«

»Meine Hüften und Beine sind zu schwer«, sagte sie.

»Ganz und gar nicht. Kraft ist wichtig, und Anmut. Sie haben Anmut, und die Kraft ...« Langsam ließ er das letzte Stückchen Toast auf den Teller sinken. »Ach, Michael, es ist nicht gut! Es klappt nicht.«

Michael konnte seine Persönlichkeit überhaupt nicht ausmachen. Instinktiv streckte er beide Arme aus, um den anderen festzuhalten.

»Ich muß zurück!« brüllte Nikolai, stand auf und stieß gegen den Tisch. Er streckte die Hände zur Decke, krallte in die Luft und ächzte: »Bitte nicht ...«

Sein letztes Wort endete in einem schrillen Quieken. Der Tisch geriet in schaukelnde, stoßende Bewegung, so daß Marmeladengläser und Kaffeetassen umfielen. Kristine wich kreischend zur Spüle zurück. Michael hatte Nikolais Lederwams ergriffen und fühlte das Material unter den Fingern sich wie lebendig winden.

Der Tisch kam zur Ruhe, und eine Tasse rollte zur Kante und zerschellte am Boden. Wo Kuprin gestanden hatte, flimmerte die Luft wie eine Fata Morgana. Auch das verging. Nikolai war fort.

Kristine begann zu weinen. »Michael, was ist mit ihm geschehen?« Sie umfaßte die Oberarme mit beiden Händen und lehnte sich rückwärts über die Spüle, die Augen geweitet vor Angst.

Michael trat vom Tisch zurück und ließ hilflos die Arme hängen.

»Was ist geschehen?« fragte sie wieder, etwas ruhiger.

»Ich vermute, er ist wieder im Reich«, sagte Michael. Die Eier, die sie gerade briet, qualmten in der eisernen Pfanne. Er nahm sie vom Herd und trug sie vorsichtig an Kristine vorbei, senkte sie in die Spüle und füllte sie mit Wasser. Kristine beobachtete ihn wie hypnotisiert.

»Das war kein Scherz, nicht wahr?« fragte sie. »Das ist ernst?«

Michael nickte und nahm sie bei der Hand, drückte sie sanft auf den Stuhl, wo er gesessen hatte. Er stellte Nikolais Stuhl auf und strich mit der Hand über den Sitz, wie um nach einer Spur des verschwundenen Freundes zu suchen. Kristine saß mehrere lange Minuten schweigend, ohne ihn anzusehen. Ihr Atmen wurde ruhiger, und sie schluckte weniger oft.

»Möchten Sie noch immer weitermachen?« fragte er.

»Mit den Vorbereitungen für die Aufführung?« Sie

hob mit einem scharfen Aufwärtsruck die Schultern. Die Arme zitterten. »Ja. Aber dies ist beängstigend. Es ist ...« Michael drückte ihr die Hand und nickte ihr aufmunternd zu. »Es ist anders als alles, was ich je erlebt habe. Ich meine, das ist offensichtlich, aber ... Es ist unglaublich.« Sie war vor Schrecken und Aufregung außer sich. »Ich möchte weitermachen, o ja!«

»Warum?« fragte Michael. »Sie haben gesehen, was Nikolai geschehen ist. Es ist kein Spiel.«

»Was soll ich dann sagen? Daß ich aufgeben werde? Ich verstehe Sie nicht.«

»Ich ärgere mich über mich selbst«, sagte Michael.

»Das ist Ihr Vorrecht«, erwiderte Kristine. »Ich finde, ich halte mich ziemlich gut.«

Michael lachte und schüttelte den Kopf, dann setzte er sich auf Nikolais Stuhl. »Sie glauben, es sei ein Abenteuer«, sagte er.

»Ist es das nicht?«

»Verstehen Sie die Gefahr?«

»Ist Nikolai tot?«

»Das glaube ich nicht.«

»Wird jemand ersuchen, mich zu töten? Uns?«

»Sehr wahrscheinlich«, sagte Michael. »Oder Schlimmeres. Die Sidhe können Menschen in Ungeheuer verwandeln oder sie für den Rest ihres Lebens in ein Höllenloch sperren.«

Kristines Gesicht war unbewegt, scheinbar friedvoll, als sie seine Worte überdachte. »Als ich neunzehn war«, sagte sie, »spielte ich mit dem Gedanken, Selbstmord zu begehen. Alles schien fertig und vorgegeben. Kunst und Musik waren schön und gut, aber konnten sie erklären? Konnten sie mir sagen, warum ich lebte und was es mit der Welt auf sich hatte? Ich glaubte nicht daran. Und seither habe ich einen Kompromiß gelebt; ich wollte mir nicht das Leben nehmen, weil immer noch eine Möglichkeit bestand, daß etwas geschehen würde, das alles erklärte.«

Hier war eine Tiefe, von der er nichts gewußt hatte. Ohne zu sondieren, konnte er aus ihren Worten eine Melancholie und Wurzellosigkeit heraushören, die ihn erschütterten.

»Als ich Ihrer Geschichte lauschte, hegte ich eine verrückte Hoffnung, daß sie wahr sein möge und daß Sie nicht bloß verrückt wären und mich zum Narren hielten. Selbst auf die Gefahr hin, daß die Welt und alles, was ich gelernt hatte, falsch wäre. Denn es bedeutete, daß etwas hinter allem stand, ein Zweck oder ein größeres ...« Sie gestikulierte mit den Fingern der rechten Hand. »Etwas. Das Leben ist die meiste Zeit solch ein Gewurstel, und alles, was angeblich wichtig ist – Liebe und Arbeit und alles andere – kann so armselig und sinnlos sein. Jetzt habe ich mit eigenen Augen gesehen, wie ein Mann einfach verschwand, nachdem er Ihre Geschichte bestätigte. Und ...«

Tränen netzten ihr die Wangen. »Verdammt noch mal«, sagte sie und wischte sie hastig fort, »ich bin so verdammt dankbar und ängstlich und aufgeregt. Es *gibt* also etwas anderes, und vielleicht kann ich lernen, vielleicht kann ich Bedeutung finden.«

Michael lächelte. »Sie sind sehr mutig.«

»Warum *müssen* wir das Konzert aufführen?« fragte sie, ohne Zweifel an dem Projekt auszudrücken, sondern nur, um einen Grund zu erfragen.

»Ich wünschte, ich wüßte es.«

11

Kristine blieb nur zwei Nächte in Waltiris Haus, dann fand sie eine kleine Wohnung, die sie mit einer älteren Geologiestudentin teilte. Diese verbrachte den größten Teil ihrer Zeit mit Felduntersuchungen in der Mojave-

Wüste. Tommy wurde nicht erwähnt; es schien zu einem endgültigen Bruch gekommen zu sein. Auch von Nikolai sprach Kristine nicht mehr; die beinahe panikartige Begeisterung, die sie am Tage seines Verschwindens gezeigt hatte, schien sich rasch gelegt zu haben.

Den Vorbereitungen für das Konzert widmete sie hingegen eine fieberhafte Aktivität, doch wann immer sich die Möglichkeit zu weiterer Annäherung und intimerem Umgang bot, wich sie zurück. Ein Ausdruck trat in ihre Augen, und so sehr er in Versuchung geriet, unterließ Michael jede Sondierung. Seine eigenen Empfindungen schienen in eine neutrale Bahn eingemündet zu sein. Wenn sie zusammenkamen und die Aufführung besprachen, fühlte er sich entspannt und offen, ohne Druck. Aber so interessiert sie aneinander waren, ihre Beziehung kam über vertraulichere Formen des Umgangs hinaus nicht voran. Kristine hatte eine Neueinschätzung so nötig wie Michael.

Studenten der Musikwissenschaftlichen Fakultät kamen ins Haus und schafften Wagenladungen von Papieren fort. Eine Woche lang hatte Michael nichts zu tun als einer Gruppe von Musikwissenschaftlern und Bibliothekaren aus dem Weg zu gehen, die von acht Uhr früh bis sechs Uhr abends im Haus arbeiteten, katalogisierten, ordneten, verpackten und beschrifteten. Sie arbeiteten hauptsächlich im Musikzimmer.

Zwei Wochen vergingen. Michael hatte keine weiteren Visionen oder Offenbarungen, und in den Nachrichten gab es nichts offenkundig Übernatürliches. Zweimal suchte Michael das Tippett-Hotel auf, und einmal besuchte er mitten in der Nacht Clarkhams Haus, aber alles war ruhig.

Die ruhigen Zeiten sollten bald enden.

Ende Mai nahm er die Gewohnheit an, im großen Schlafzimmer zu nächtigen. Daß Kristine den Raum bewohnt hatte, hatte das grundlose Tabu beseitigt, mit dem für Michael das Ehebett von Arno und Golda Waltiri belegt gewesen war. Er fand, daß er hier friedlicher schlief; es war noch stiller als im übrigen Haus. Und seine auch im Schlaf wirksame Bewußtheit war in diesem Raum schärfer.

In einer bedeckten, nieselnden Nacht Anfang Juni träumte Michael von der Wiederbesiedlung der irdischen Ozeane durch die pelagischen Sidhe.

Er schwebte in geringer Höhe über den Wellen des Ozeans, deren Kämme die Wellentäler um zehn bis zwölf Meter überragten. Am Horizont näherte sich ein prachtvoller Sonnenuntergang seinem Höhepunkt und tauchte die Wellenkämme in rotgoldenen Widerschein. Aufgetürmte Wolkensäulen rückten von der roten Sonne ostwärts vor, jede bekrönt mit allmählich verblassendem Glorienschein und ruhend auf breit hingelagerten orangebraunen bis schiefergrauen Sockeln. Im Norden fielen schräge Regenbahnen aus tiefhängenden Wolken. Michael spürte den frischen Meereswind und die Kälte der Gischtspritzer; er schmeckte das Salz. Niemals hatte er sich lebendiger gefühlt, und doch wußte er, daß er schlief und daß sein fleischlicher Körper weit von diesem seinem Aussichtspunkt war.

Der Westen dunkelte, und alle Wolken waren grau und dunkelbraun geworden, mit rötlichen Rändern. Er schien aus seinem irgendwie rotierenden Nichtkörper zum Zenit aufzublicken, und mehr als er sie sah, fühlte er eine Diskontinuität in einer massigen grauen Wolke hoch über ihm. Wasser stürzte herab, nicht Regen, sondern salzig und brackig, kupferfarben wie die See jenseits von Clarkhams Xanadu. Michael dachte an das Abfließen von Fruchtwasser vor der Geburt. Eine Strahlung von Schwärze zerfraß den Boden der Wolke, und aus der Schwärze stürzte ein ganzer Ozean herab, nicht in Tropfen, sondern in massiven Wassersäulen, die Dutzende von Metern im Durchmesser hatten. In diesen Wassersäulen sah Michael seegrüne männliche und weibliche Sidhe herabkommen, die Füße mit den

Schwimmhäuten abwärts gerichtet, die Arme hoch über den Köpfen und die Finger wie in einer Gebetshaltung zusammengelegt. Sie blickten abwärts, und große Luftblasen flossen zwischen ihnen aufwärts, in denen Luft zu entweichen suchte, die zwischen den Wassersäulen und der Meeresoberfläche gefangen war.

Der Ozean war auf Kilometer im Umkreis eine kochende, schäumende Masse, und die Luft war erfüllt von einem Geräusch, das die Hörfähigkeit überstieg, selbst wenn er mit Ohren gehört hätte. Mächtige Wellen brandeten von dem Wassersturz auswärts.

Der Himmel schloß sich, die Wolke löste sich auf.

Michaels Blickwinkel veränderte sich, und er sah jetzt hinab auf die brodelnde Meeresoberfläche. Sie war grün von aufsteigenden und zerplatzenden Luftblasen. Nebel und salzige Gischt verbargen den Horizont nach allen Seiten.

Ein Dutzend, dann hundert und bald Tausende und Abertausende der Sidhe durchbrachen die Oberfläche, ordneten sich in konzentrischen Kreisen unter den Wellen und schwammen davon.

Michael erwachte plötzlich und lag auf dem Bett. Sein Körper fühlte sich eiskalt an. Nach einigen Augenblikken *hyloka* erwärmte er sich wieder.

Die Massenwanderung hatte begonnen.

Kristine stellte den Wagen auf einem Parkplatz gegenüber vom Tor der Filmstudios an der Gower Street ab. »Edgar ist sehr beschäftigt. Er probt die Filmmusik für Leans neuen Film – ein Durchbruch für ihn. Lean hat bisher immer mit Maurice Jarre gearbeitet.«

Michael nickte, mehr interessiert an den Studios als an den Namen. Die gelbbraun gestrichenen kahlen Außenwände schienen zu einem Industriebetrieb besser zu passen als zu einer Traumfabrik.

Kristine überquerte die Straße und öffnete ihm die Glastür. Sie zeigte zu einem Empfangsschalter zur Linken eines kleinen Warteraumes. Hinter dem Schreibtisch saß eine Frau in der blauen und grauen Uniform des Sicherheitsdienstes, vor sich einen Terminkalender und einen Datenanschluß. Sie lächelte Kristine zu.

»Betty, das ist Michael Perrin«, machte Kristine bekannt. »Betty Folger. Die meiste Zeit hält sie Gesindel wie uns fern, aber ...«

»Mister Moffat?« fragte Betty lächelnd. Sie sah auf dem Bildschirm nach, dann in ihrem Terminkalender. »Er hat Sie für elf Uhr fünfzehn vorgemerkt. Sie werden fünf Minuten brauchen, um zum Aufnahmestudio 3B zu kommen. Wenn Sie jetzt gehen, werden Sie genau zur rechten Zeit dort sein.« Sie hielt einen Übersichtsplan des Geländes in die Höhe, aber Kristine winkte ab.

»Ich kenne den Weg«, sagte sich. »Danke.«

Michael folgte, beeindruckt von der Stille und dem Eindruck von Ordnung innerhalb des Studiogeländes. Kristine führte ihn durch einen Korridor mit Büros aus dem Gebäude, durch einen kleinen Park, der von Olivenbäumen beschattet wurde, und dann zwischen zwei schuppenartigen großen Aufnahmestudios hindurch. Dahinter lag, eingebettet zwischen Kulissen, die Himmel und öde Felslandschaft darstellten, eine altmodische kleine Western-Stadt, in der ein Reparaturtrupp mit einem blauen Lieferwagen, der mit Farbe und Material beladen war, das einzige Leben verkörperte.

»Es ist magisch, nicht wahr?« beigeisterte sich Kristine.

Michael stimmte zu. Er hatte nie zuvor ein Filmgelände besucht. Zwar kannte er die Techniken der Filmproduktion – Außenaufnahmen, Atelieraufnahmen, Spezialeffekte und Nachbauten ganzer Ortschaften und Straßenzüge –, aber die Wirklichkeit war noch immer unwirklich.

Sie umgingen ein seichtes trockenes Becken, das ungefähr einen halben Hektar bedeckte. Ein primitiver hölzerner Anlegesteg führte hinaus zur Mitte. Auf die

Kulissenwand unmittelbar hinter dem Becken war ein monumentaler blauer Himmel mit Wolken gemalt. Eine Reihe gemalter Palmen verbarg die Bühne für Tonaufzeichnungen.

»3B ist dort drüben«, sagte Kristine. »Wir machen einen Umweg. Ich wollte dir die Ausstattungen zeigen. Kein Rundgang wäre ohne sie vollständig.«

Endlich betraten sie ein zweistöckiges langgestrecktes weißes Gebäude gegenüber der Feuerwache des Studiogeländes, durchwanderten einen weiteren kühlen abgedunkelten Korridor, dessen Wände mit gerahmten Fotos von Regisseuren, Produzenten, Komponisten und Filmaufnahmen geschmückt waren und gelangten an eine Tür mit der Aufschrift ›3B – nur für Beschäftigte‹. Ein rotes Licht über der Tür war ausgeschaltet. Kristine klopfte leicht, und ein dunkelbärtiger junger Mann in einem T-Shirt mit der Aufschrift *Schwarze Ostern* und Jeans öffnete.

»Frank, dies ist Michael Perrin. Frank Warden.«

Warden gab Michael die Hand und ging zurück an eine Batterie von Tonaufzeichnungsgeräten, die eine ganze Wand einnahmen. 35 mm-Spulen entließen ihre gelbbraunen Aufzeichnungsbänder durch ein Labyrinth von Führungsrollen und Aufnahmeköpfen, während Reihen von Lampen in der Nähe blinkten und Geräuschpegelmesser ihre Nadeln in Reaktion auf ungehörte Töne ausschlagen ließen. »Edgar hört sich gerade die Wiedergabe an. Sie können ruhig hineingehen. Wir sind im Begriff, einen fahrigen Typ, der die singende Säge spielt, an die Luft zu setzen und alles digitial zu machen.« Er gab ihnen beiden einen ernsten, bedeutungsvollen Blick: anstrengende Sitzung.

»Seit Waltiris Tagen hat sich viel geändert«, bemerkte Kristine mit halblauter Stimme, als sie durch eine Tür zur Rechten in den Raum des Toningenieurs kamen. Edgar Moffat – Anfang fünfzig, kahlköpfig, mit einem kurzgeschnittenen grauen Haarkranz – saß in einem ledergepolsterten Drehsessel vor einem Mischpult mit Gleitschaltern, Feinstellern und drei eingebauten kleinen Computerbildschirmen. Aus seinen kompakten Kopfhörern drang unheimliche leise Musik. Durch die Glasscheibe jenseits des Mischpultes sah Michael zwei Musiker in einem schalldichten Aufnahmestudio; einer hatte eine Geige, der andere eine Singende Säge. Während des Spiels verneigten sie sich fortgesetzt voreinander. Die vollkommene Stille ließ es wie eine Pantomime erscheinen. Moffat nahm die Kopfhörer ab und schüttelte den Kopf, dann drückte er einen Schalter. Ein quietschendes Winseln von vibrierendem Metall wurde laut.

»Gordon, George, es ist noch immer nichts. Macht Pause und bringt euren Scheiß zusammen! Nächstes Mal wollen wir es richtig, oder wir machen es mit dem Synthesizer. Ein weiterer Schlag gegen die ausübenden Künstler, nicht wahr?«

Die Musiker nickten trübe und setzten ihre Instrumente ab.

Moffat gab seinem Drehsessel einen Schwung und sah seine Besucher mit breitem Lächeln an. »Kristine, gut, dich wiederzusehen. Es muß Wochen her sein, seit du zuletzt von den Höhen des akademischen Olymp in unsere Niederungen herabgestiegen bist.«

»Ich hatte viel zu tun. Furchtbar viel. Edgar, dies ist ...«

»Dein neuer Freund. Hast diesem Armleuchter Tommy den Laufpaß gegeben, stimmt's?«

Kristine gab ihm einen gequälten Blick. »Dies ist Michael Perrin. Er ist Waltiris Nachlaßverwalter.«

Moffats Ausdruck steigerte sich, und er stand auf. »Tut mir leid, aber er war deiner nicht würdig, das weißt du selbst. Freut mich, Sie kennenzulernen, Mister Perrin. Kristine hat mich über die Situation unterrichtet. In den 50er und 60er Jahren arbeitete ich mit Arno. Man könnte sagen, daß er mir zum Start verhalf. Zäher alter

Vogel.« Er hob die buschigen weißen Bauen, als hoffe er auf eine Reaktion. Michael schüttelte ruhig den Kopf. »Kristine sagt, Sie hätten Opus 45 gefunden?«

»Wir werden es aufführen, wenn es nach mir geht«, sagte Kristine stolz.

»Gott, ich hatte es immer für einen Mythos gehalten! Sprach einmal mit Steiner – er sagte, er sei dabeigewesen, im Pandall-Theater. Verstopfte sich die Ohren mit Watte. Nun frage ich – ist das zu glauben? Andere seien nicht so glücklich gewesen, sagte er. Friedrich, Topsalin – wo sind sie jetzt? Topsalin ging vor Gericht, will die Legende wissen.«

»Es ist alles wahr«, sagte Michael. »Waltiri sagte es mir selbst.«

»Nun, zu uns sprach Arno nie darüber. Nicht einmal zu Previn, und er war wirklich darauf aus, Previn zu seinem Schützling zu machen. Previn aber widerstand, anders als ich, und sehen Sie selbst, wo er ist und wo ich bin.« Er streckte die Arme aus und lächelte kläglich. »Schlage mich mit einem Mann herum, der eine stumpfe Schrotsäge spielt.«

»Ich habe eine Kopie mitgebracht«, sagte Kristine und öffnete den Reißverschluß ihrer Tasche. Sie übergab ihm die Partitur. Er bedeutete ihnen, sich in abgenutzte, aber bequeme Sessel zu setzen, die in eine Ecke gezwängt standen, dann setzte er sich eine Brille auf und überflog die Seiten.

»Mmha«, machte er nach dem dritten Blatt. »Ich hörte mal, daß Schönberg dieses Stück besser fand als alles andere, was Arno geschrieben hatte. Hörte das von David Raksin. Eine weitere Legende, Arnold und Arno. Arnold machte Arno immer zum Vorwurf, nichts als Hollywoodmusik zu machen.« Er imitierte Schönbergs Wiener Dialekt. »Fünfundvierzig hot goar nix mehr von Hollywood, Endlich! Ich verstehe, warum er das sagte. Ich würde es nicht wagen, einem Haufen von Gewerkschaftsmusikern eine Partitur wie diese vorzulegen. Das ist verrücktes Zeug. Das Klavier ... Mein Gott, wie kann man ein gutes Instrument so malträtieren! Messingstangen auf den Saiten, ein Mikrofonanschluß ... zum Teufel, er verlangt hier nach einem elektrischen Klavier. Kosmischer Spielsalon.« Er verbrachte mehrere Minuten damit, das erste Drittel des Konzerts durchzublättern, dann schloß er die Noten und seufzte. »Vollkommen wahnsinnig. Man kann es nicht mal dissonant nennen. Aber es ist großartig. Wer soll es aufführen?«

»Ich hatte gehofft, du könntest Empfehlungen aussprechen, Edgar. Wir haben ein gutes Orchester, aber ...«

»Du brauchst erfahrene Musiker, keine Anfänger. Weißt du, viele Berufsmusiker würden ihren perfekten Kammerton für eine Chance geben, bei der Aufführung einer Legende mitzuwirken.«

»Du hast die Verbindungen, Edgar«, sagte Kristine. »Wenn du die Nachricht verbreiten könntest ...«

Moffat wandte sich zu Michael. »Haben Sie versucht, David Clarkham zu erreichen?«

»Der ist seit den 40er Jahren verschwunden«, sagte Michael.

»Warum sollten wir mit ihm sprechen?« fragte Kristine.

»Sollte er noch am Leben sein, könnte er etwas dazu sagen. Er ist beinahe so legendär wie das Opus 45. Die finstere Gestalt der Musikszene von Los Angeles. Ich könnte Geschichten erzählen ... aus zweiter Hand, versteht sich ... Der Mann war wahnsinnig. Ich werde nie verstehen, warum Arno mit ihm zusammenarbeitete, und natürlich sagte er es mir nie, beschränkte sich darauf, einmal oder zweimal den Kopf zu schütteln und die Fragen abzuwinken.«

»Was für Geschichten?« fragte Kristine. Sie zwang sich trotz eines leisen Erschauerns zur Entspannung.

»Bevor er starb, erzählte mir Steiner einmal, daß er Clarkham getroffen habe. Clarkham gestand ihm, daß er der geheimnisvolle Mann in Grau gewesen sei, der Mozart beauftragte, sein Requiem zu schreiben. Der Mozart bedrängte.«

Michaels Augen weiteten sich. »Er könnte es gewesen sein«, sagte er einfach. Moffat sah ihn an und legte den Kopf zur Seite.

»Machen Sie sich nichts daraus, was Michael sagt!« sagte Kristine. »Er ist auch voller Geheimnisse.«

»Jedenfalls, die Kombination beider Talente in einem Werk ...« Moffat gab Kristine die Partitur mit einigem Zögern zurück. »Sie wird umorchestriert werden müssen. Ich kann schon jetzt Passagen angeben, die in dieser Form einfach unspielbar sind.«

»Arno Waltiri würde Werktreue verlangen«, sagte Michael.

»Das ist gewiß«, sagte Moffat mit hochgezogenen Brauen. »Er steckte wie wir in der Serienarbeit, aber gerade darum wußte er so gut wie ich, daß man eine Partitur realistisch betrachten muß. Manche Dinge müssen einfach geändert werden, das ist unvermeidlich. Und ich glaube, wir können es besser machen, als es 1939 geschah. Die Bezeichnungen hier ...« Er nahm die Partitur wieder an sich und öffnete sie in der Mitte, zeigte dann auf lange schwarze Zackenlinien, Halbkreise und Malteserkreuze. »Ich bin vielleicht der einzige, der heute noch einiges davon entziffern kann. Arnos Spezialbezeichnungen. Als ich noch für ihn orchestrierte, entschlüsselte ich seine Vier-Notenlinien-Partituren.«

»Ich wußte, daß wir dich brauchen würden«, sagte Kristine.

»Gut, aber wo sind die Mittel?«

»Daran arbeite ich. Wann wirst du Zeit für Einstudierungen haben?«

»Nach dem sechsunddreißigsten Juni«, sagte Moffat in kläglichem Ton. »Das hängt davon ab, ob Lean und ich in dieser Sache einig werden. Er besteht auf Walzertakt an den sonderbarsten Stellen. Ich fühle mich Maurice von Herzen verbunden, aber diese zwei haben einfach zu lange miteinander gearbeitet.« Er streckte die Hand aus und packte Michael bei der Schulter. »Sie kennen Musik, junger Mann?«

»Nicht sehr gut«, sagte Michael. »Ich habe mich jetzt seit einigen Monaten selbst unterrichtet.«

»Das ist nicht der richtige Weg, glauben Sie mir. Sie scheinen sich um etwas zu sorgen ... was? Daß die Wirkung der Uraufführung wieder erreicht wird?«

Michael nickte.

»Sie wollen, daß wir alle verklagt werden?« Moffat lächelte wölfisch, die weißen Brauen zusammengezogen. »Also, ich nehme das Risiko auf mich. In diesem Geschäft gibt es nicht viele Abenteuer. Ich werde alle Notizen und Tagebucheintragungen brauchen, die Sie über dieses Werk finden können ... und Korrespondenz, alles, wo Arno seine Absichten erklärt haben könnte. Er war nie ein sehr präziser Komponist. Daß wir ihn nicht hier haben, um endgültige Entscheidungen zu treffen, wird die Sache doppelt schwierig machen.«

»Die Musikwissenschaftliche Fakultät hat eine besondere Studiengruppe gebildet, die jetzt all seine Papiere durcharbeitet.«

Moffat ließ Michaels Schulter los und klopfte leicht darauf. »Dann werde ich auf weitere Instruktionen warten. Im Ernst, es müßte möglich sein, die Aufnahmen in drei Wochen abzuschließen. Nach meiner Rückkehr aus Pinewood kann ich mit der Einstudierung anfangen. Wollen wir einen Zeitpunkt in eineinhalb Monaten ins Auge fassen?«

»Nicht unvernünftig«, sagte Kristine.

»Gut. Nun geht und laßt mich meine Musiker quälen. Michael.« Er streckte die Hand aus, und Michael drückte sie fest. »Es sei fern von mir, Rippenstöße zu geben, aber diese Frau ...« Er nickte augenzwinkernd zu Kristine. »Sie ist etwas ganz Besonderes. Sie könnten Ihre Zeit viel schlechter verwenden.«

»Edgar ...«, sagte Kristine und hob eine Faust.

»Raus! Ich habe zu tun.« Moffat öffnete die Tür und stieß sie durch den Aufnahmeraum hinaus in den Korridor, schloß dann rasch die Tür. Das rote Licht ging an.

Kristine und Michael sahen einander an. »Nun hast du ihn kennengelernt«, sagte Kristine. »Ich finde, daß er wichtig für uns ist. Du nicht?«

»Doch«, sagte Michael. »Um so mehr als ich nicht glaube, daß Arno viele Instruktionen oder Hinweise hinterlassen hat. Ich habe in den letzten Wochen viele Schriften und Briefe durchgesehen. Die Partitur ist alles, was ich vom Opus 45 gefunden habe.«

»Kann aber nicht schaden, noch einmal nachzusehen«, sagte Kristine. »Nun, wenn du mich beim Campus absetzen könntest ...« Sie marschierte vor ihm den Korridor entlang, wandte sich um, legte den Kopf schief. Michael blieb bei der Tür und lächelte ihr zu.

»Kommst du?«

Er holte sie ein, und sie verließen das Gebäude. »Moffat ist ein bißchen aufdringlich, nicht?«

»Mehr als ein bißchen«, sagte Kristine. »Er hat Tommy nur einmal getroffen, nur für ein paar Minuten, und ... nun gut. Es lohnt sich nicht, darüber zu reden.«

»Wir haben lange nicht zusammen gegessen«, sagte Michael in zögerndem Ton.

»Keine Zeit, nicht heute«, antwortete sie munter. Er drängte nicht weiter. Auch ohne zu sondieren, konnte er ihre Ungewißheit und ihren Schmerz spüren. Als sie in den Wagen stiegen, blickte sie ihn an. »Geduld, Michael! Bitte!«

Er stimmte mit einem Nicken zu und legte den Gang ein.

Michael überwachte die Verladung der letzten Papiere aus der Garage in einen Wagen der Universität. Die Arbeit wurde von einer Gruppe Studenten unter Aufsicht eines Bibliothekars verrichtet. Die Dachstube war leer;

das Musikzimmer war in der Woche davor bis auf das Mobiliar ausgeräumt worden. Nun, da das letzte Material aus der Garage entfernt wurde, schien das Haus weniger beschützend und er selbst verwundbarer, doch verwundbarer wogegen, konnte er nicht sagen. Vielleicht gegen Clarkhams Übergriffe.

Aber Michael konnte nicht glauben, daß Clarkham das größte seiner Probleme sei.

Ich bin dunkel!
Erwarte Sicht
Formlose Woge
Leitendes Licht.

Wieder waren seine Gedichte kurz und rätselhaft, wie sie es im Reich gewesen waren, aber sie boten keine Antworten auf seine Fragen; es gab kein Totenradio, das seine Kunst beeinflußte.

Er war auf sich selbst gestellt, was immer bevorstand.

Der Wagen fuhr davon, und Michael schloß das Garagentor, hinter dem neben dem alten Packard nur noch leere Metallregale standen. Die Hand am Verschlußhebel, hielt er stirnrunzelnd inne.

Verwirrung. Teppiche von schmutzigen Autoteilen, in finsteren Hallen aufgereiht. Und über allem eine bösartige, ekelerregende Verderbtheit des Denkens.

»Das ist ein schöner alter Wagen.«

Michael wandte sich um und sah Tommy am Ende der Zufahrt stehen. »Nicht wahr?« sagte er. »Schade, daß es zu teuer kommt, ihn zu fahren.«

Tommy tat das mit einem Achselzucken ab. »Gehörte Ihrem Freund, nicht wahr? Waltiri.«

Michael nickte. »Was kann ich für Sie tun?«

»Sie in Ruhe lassen.«

»Kristine? Ich habe seit zwei Tagen nichts von ihr gehört.« Er schluckte. »Außerdem hat Kristine Sie vor Wochen verlassen.«

»Seit zwei Tagen nicht gesehen. Großartig. Sie haben recht. Sie verließ mich schon vor Wochen. Zum Teil ist es meine Schuld. Aber Sie sind der Hauptgrund.«

In der Persönlichkeit des Mannes war eine abstoßende Falschheit, die Michael nur allzu vertraut fand. Er ging die ziegelgepflasterte Einfahrt hinunter auf Tommy zu. Wieder handelte er instinktiv. Die Situation hatte etwas Gefährliches.

»Kennen Sie einen Kerl namens Clarkham?« fragte Tommy, der zuerst einen Schritt zurückwich, dann aber standhielt, als Michael näher kam.

»Ja.«

»Er kennt Sie. Er hat Sie und Kristine beobachtet. Er hat mir alles über Sie erzählt. Wie Sie schlecht über mich reden. Ein Dichter.« Tommy lachte, als hätte er gerade im Fernseher jemanden auf den Hintern fallen sehen. »Gott, ein Dichter! Sie sehen aus wie ein verbiesterter Sportsfreund, nicht wie ein Dichter.«

»Der Schein trügt«, sagte Michael. Er merkte, daß Tommy eine Waffe bei sich hatte. Er mußte sie in der Linken halten, die in der Jackentasche steckte. Er konnte jeden Augenblick feuern. Michael war fünf Schritte von der Waffe entfernt.

»Er sagte, Sie seien für Kristine genau so schlecht, wie ich es war. Sie würden sie mehr schlagen, als ich es tat. Er sagt, Sie gingen mit ihr zu ...« Seine freie Hand schlenkerte vor und zurück, und er nickte zweimal mit Nachdruck. »Parties. Führten sie in die Szene ein, wo die Leute Koks nehmen. Scheiße, ich hätte sie nie in so was hineingezogen!« Die Hand hörte auf zu schlenkern. »Dieser ganze Hollywoodscheiß.«

Was Tommy einmal an natürlicher Intelligenz besessen hatte, war von Clarkhams Niedertracht zerfressen worden. Michael spürte die Nähe des Isomagus, wenn nicht im Raum, dann doch im Einfluß, wie er ihn durch diesen armseligen und zugleich äußerst gefährlichen Mittler beobachtete.

»Er ist ein Lügner«, sagte Michael. »Es kann nicht in Ihrem Interesse liegen, ihm zu glauben.«

»Nein, tue ich auch nicht«, sagte Tommy. »Ich wußte nicht, daß sie so ist. Ich war schlimm genug für sie. Ich liebte sie einfach zu sehr, und das hat mich eifersüchtig gemacht.«

Bald; es mußte sehr bald kommen. Zweieinhalb Schritte. Er konnte die Größe der Waffe ungefähr abschätzen. Es war eine automatische Pistole vom Kaliber 9 Millimeter, geladen mit Hohlkerngeschossen. Sie konnte ihn auch mit einem schlecht gezielten Schuß erledigen. Clarkham hatte ihm eine mit Tod geladene Waffe geschickt, geradeso wie die Sidhe Michael zu Clarkham geschickt hatten.

Jeder Versuch, Tommy umzustimmen, wäre sinnlos. Wenn Michael versuchte, einen ablenkenden Schatten zu werfen, um Zeit zu gewinnen und sich in Sicherheit zu bringen, mußte er damit rechnen, daß Clarkham den Mann für solch eine Eventualität präpariert hatte, ihn vielleicht sogar mit einem Mittel versehen hatte, die Täuschung zu durchschauen. Michaels Gedanken waren scharf wie Rasierklingen, schnitten in Sekundenbruchteilen bald diese, bald jene Hypothese an.

Er fühlte Robert Dopso in der Nähe; wenn Dopso oder seine Mutter jetzt aus dem Nachbarhaus kämen, entstünde eine schwierige Situation. Michaels Sinne erhoben sich auf eine höhere Ebene akuter Wachsamkeit.

»Es ist nicht so, daß ich Sie nicht ausstehen könnte«, sagte Tommy lächelnd, und der Arm in der Jackentasche zuckte. »Sie sind bloß wie jeder andere Dreckskerl. Ihr Körper.« Ein schmerzlicher Ausdruck ging über Tommys Züge. »Das ist alles, woran euch gelegen ist. Was mich betrifft, ich kümmerte mich wirklich um sie. Ich wollte, daß sie sich selbst verwirklicht.« Seine Stimme war heiser. Er zitterte.

»Wir sind befreundet, das ist alles«, sagte Michael ruhig. »Kein Grund zur Aufregung.«

»Es kommt nicht darauf an, was Sie sind und was ich bin, nicht wahr?« sagte Tommy. »Kommen Sie nicht näher. Er warnte mich, aber das war ganz überflüssig, denn ich erinnere mich gut.« Er faßte sich an die Nase.

»Clarkham ist ein Lügner«, fing Michael wieder an. »Er hat Sie mit Schlechtigkeit vollgepumpt ... nicht wahr?«

Ein Licht der Erkenntnis erschien in Tommys Augen. »Er berührte mich, als wir sprachen.«

In Michael baute sich etwas auf, ein Schatten, der sich von denjenigen unterschied, die er früher geworfen hatte, sogar von dem unterschied, den er in Xanadu ausgesandt hatte, um Clarkham zu fangen. Dieser war eine Art Schatten, von dem man ihm nicht erzählt hatte, und daß er ihn in sich fand, ängstigte ihn beinahe ebenso wie Tommys nervöser Finger am Abzug. Er versuchte, ihn zurückzuhalten, konnte es jedoch nicht; sein überhöhter Instinkt sagte ihm, daß es keine andere Möglichkeit gab.

Aber Michael wollte es nicht glauben. Er wollte nicht glauben, daß er fähig sei, sich in solch einer Weise zu verteidigen.

– Der Teil, der Tod denkt, ist Schlaf. Verliere diesen Teil. Den Teil, der Wärme, Dunkelheit und Vergessen sucht. Verliere dieses Selbst. Er wird es umarmen. Er begehrt Ruhe und Entkommen vom Schmerz.

Die Stimme, die Michael dies sagte, war seine eigene.

Dopso ging den Gehsteig vor der Einfahrt entlang, sah Tommy und Michael und lächelte Michael zu. »Hallo!« sagte er. Dann stutzte er. »Was ist ...«

»Nein!« rief Michael. »Zurück!« Wenn er noch eine Wahl hatte, wurde sie ihm jetzt abgenommen. Tommy würde Dopso und jeden anderen töten, der vorbeikam oder sich ihm in den Weg stellte. Clarkhams Waffe war nicht genau, konnte sich nicht beherrschen, konnte nicht unterscheiden.

Auf der anderen Straßenseite ging eine Frau mittleren

Alters in einem rosafarbenen Kleid vorbei und führte ihren Schnauzer spazieren.

Tommy riß die Hand aus der Tasche und enthüllte die stumpfgraue Waffe.

Michael gab dem Impuls nach. Der Schatten, den er aussandte, war nicht einmal sichtbar. Er war keine Nachahmung seiner Gestalt. Er trug einfach ein anderes Selbst fort, ein Selbst, das er nicht brauchte und zu seinem Vorteil nutzen konnte.

Dopso und die Frauen sahen, wie Tommy die Waffe hochriß, eine halbe Körperdrehung beschrieb, zuckte und die Mündung an den eigenen Kopf setzte. Ein schläfriger Ausdruck erchien auf dem Gesicht; dies wäre so oder so geschehen, aber nichtsdestoweniger ...

Michael schrie innerlich auf.

Der Schuß löste sich.

Auf der anderen Seite des Kopfes hob sich Tommys Haar wie unter einem Windstoß, und er fiel wie vom Blitz getroffen. Michael schloß die Augen und hörte einen Hund bellen und die Frau kreischen. Er öffnete die Augen und sah den Hund, wie er die Frau auf einem Raum von wenigen Schritten hin und her zog. Dopso hatte sich abgewandt, die Arme gegen das Krachen des Schusses in instinktiver Abwehr erhoben. Blutspritzer bedeckten die Ziegel und das Gras zu seinen Füßen.

Obwohl er wußte, daß er keine andere Wahl gehabt hatte, wurde ihm übel. Er zwang sich, den Toten anzusehen. Clarkhams abgelagerte Niedertracht hatte den toten Tommy beinahe augenblicklich verzehrt. Was übrig blieb, war nicht kenntlich. Es war überzogen von einer glänzenden Schwärze und war eingesunken; nur die Waffe blieb unbeeinflußt. Innerhalb von Sekunden war nicht viel mehr übrig als ein Häuflein verschlissener Kleidung und übelriechenden Staubes.

Die Frau hörte auf zu schreien. Der Hund setzte sich auf den Gehstieg und ließ die Zunge hängen. »Sind Sie verletzt?« rief sie zu Michael herüber. Ihre Stimme war heiser. Michael war zu benommen, um zu antworten.

»Gott!« murmelte Dopso und starrte mit großen Augen auf den Staub.

»Was ist aus ihm geworden?« fragte die Frau in einem Ton, der nahe am Überschnappen war.

»Er ist tot«, sagte Michael. »Ich werde die Polizei rufen.«

»Er erschoß sich selbst«, sagte Dopso. »Aber er ist ...«

Michael nickte und blickte zum Dachfirst des Hauses gegenüber. Dort saß ein großer krähenartiger Vogel mit roter Brust.

Die Frau kam über die Straße und zog den Hund an der Leine nach. Die Augen waren glasig in der Erwartung des schrecklichen Anblicks. Sie erreichte die Bordsteinkante und starrte auf die Kleider. »Er ist nicht da«, sagte sie verblüfft. »Was ist aus seinem Körper geworden?«

»Bitte gehen Sie nach Hause«, sagte Michael. Sanft gab er ihr Vergessen ein, diesmal fast ohne sich bewußt zu werden, daß er zum ersten Mal eine Fähigkeit anwendete. Geistesabwesend erweiterte er das Vergessen auf den Hund. Die Frau ging davon, still und ruhig.

Der Vogel auf dem Dach war fortgeflogen.

Dopso sollte nicht vergessen, was vorgefallen war. Er war nahe genug gewesen, um sich zu erinnern und zu verstehen.

»Michael ...«

»Wollen Sie wissen, was geschehen ist?« fragte Michael.

Dopso schüttelte den Kopf. »Lieber nicht«, antwortete er mit versagender Stimme.

»Sie werden es früher oder später wissen müssen.«

»Aber nicht jetzt ... Wo ist er geblieben?«

»Er wurde von David Clarkham hergeschickt.«

»Ja ...?«

Michael sah ein, daß dies nicht der geeignete Zeitpunkt war, um Dopso alles zu enthüllen.

»Ich werde die Polizei rufen«, sagte Michael.

Er ging ins Haus und in die Küche, wo er sich auf einen Stuhl sinken ließ. Er nahm den Hörer ab und wählte die Nummer, die Leutnant Harvey ihm gegeben hatte. Es meldete sich Harveys Assistent, ein Mann, dessen Stimme jugendlich klang. Michael nannte ihm ein paar Einzelheiten und sagte, der Leutnant möge ihn so bald wie möglich anrufen.

»Ich werde es ihm sagen, wenn er kommt«, sagte der Assistent in zweifelndem Ton.

Michael legte auf und ging wieder hinaus zu den Kleidern und der Pistole. Keine anderen Leute waren aus ihren Häusern gekommen, um nach dem Rechten zu sehen. Dopso war in sein Haus zurückgegangen. Michael wußte, daß er drinnen auf einem Stuhl saß und die Fragen seiner Mutter überhörte.

Die Frau und der Hund waren verschwunden. Alles war wieder still.

Selbst die Kleider zerfielen. Der Handgriff der Pistole wurde rostigbraun und aschgrau. Michael nahm die Waffe zwischen zwei Finger und trug sie ins Haus.

Der Wind blies bereits über das Ziegelpflaster ins Gras und unter die Sträucher neben der Zufahrt, was von Tommy übrig war.

12

»Ich glaube, ich bin aufgeregter als du«, sagte Michael, als er ihr in der engen Wohnung gegenübersaß, Klettergurte, Seile, Karabinerhaken und Klemmkeile hingen an der Wand der kleinen Eßnische wie Kunstwerke; Rucksack, Zelt und Metallregale, auf denen Gesteinsproben aller Art lagen, füllten den Gang zu Bad und Schlafzimmer. Daß Kristine dort lebte, schien kaum Anzeichen zu hinterlassen. Abgesehen von einem zusammenklappbaren Bücherregal mit drei Etagen neben der Couch und einem Stapel leerer liniierter Notenblätter herrschte die Gegenwart der Mitbewohnerin selbst in ihrer Abwesenheit vor.

Sie atmete tief und gleichmäßig, blickte vorbei am Bettvorhang und zur Glasschiebetür hinaus in den Hof. »Du bist sicher, daß er starb? Er ist nicht bloß verschwunden?«

»Er starb, und dann zerfiel er«, sagte Michael.

»Ich weiß nicht, warum du dann aufgeregt bist«, sagte Kristine, noch immer ohne ihn anzusehen. »Er bedrohte dich, und du überlebtest. Der arme Kerl.«

»Er wurde als Werkzeug gebraucht«, sagte Michael zum dritten Mal.

»Wußte er, was er tat?«

»Ich denke schon«, sagte Michael. »Aber ich kann es nicht mit Gewißheit sagen.«

»Diese Phantasie von dir ist wirklich abstoßend, weißt du das?«

Michael verstand nicht.

»Diese Macho-Phantasiewelt. Männer haben es so gern, einander umzubringen.« Die leise Stimme klang giftig. »Mir ist es *nicht* gleich. Ich liebte ihn. Ich sagte, daß es nicht so sei, aber ... Ich brauchte dich nicht, um mich vor ihm zu schützen. Es ist mir egal, was ich sagte.«

»Nein. Er ging nicht zu dir, nachdem Clarkham ...«

»Hör bloß mit Clarkham auf! Mit allem! Mein Gott, Michael, es ist so bequem. Er ließ nicht mal einen Körper zurück. Was sagte dein Polizeileutnant dazu?«

»Ich habe noch nicht mit ihm gesprochen. Es ist erst zwei Stunden her. Er soll mich zurückrufen.«

»Alles möglichst legal und über jeden Verdacht erhaben. Guter Schachzug.« Sie hatte nicht geweint, aber ihre Augen wirkten geschwollen. »Ich bin jetzt nicht aufgeregt über die Seltsamkeit. Das war ich einmal. Es schien phantastisch, Menschen, die verschwinden, Märchengestalten, die zur Erde zurückkehren, alte Zauberer, die ihre Streitigkeiten mit Musik ausfechten. Jetzt kommt es mir mehr wie der Nahe Osten vor. Terroristen, Mord. Nicht anders.«

»Es ist keine Phantasiewelt«, sagte Michael. »Es ist todernst. Auf die Dauer wird niemand entkommen.« Seine letzten Worte kamen sogar ihm selbst unheilvoll vor. Kristine sah ihn zum ersten Mal direkt an, seit er ihr berichtet hatte, was geschehen war. Sie kniff die Augen zusammen.

»Werden viele weitere Menschen sterben?«

»Ich weiß es nicht.«

»Du sprichst von einem Krieg, nicht wahr?«

Michael schüttelte den Kopf.

»Aber du hast ... Tommy nicht wirklich umgebracht.«

»Ich veranlaßte, daß er sich selbst tötete. Das ist kein großer Unterschied.«

»Du hast ihn nicht ermordet – weil er dich getötet hätte, wärst du ihm nicht zuvorgekommen. Notwehr ist nicht Mord. Clarkham stopfte Tommy mit Lügen voll. Das bedeutet, daß *er* Tommy tötete. Wie denkst du darüber? Haßt du Clarkham jetzt nicht?«

Michael überlegte, dann schüttelte er den Kopf. »Es tut mir nicht gut, ihn oder sonst jemanden zu hassen.«

»Aber du wirst ihn töten, wenn du die Gelegenheit erhältst?«

Michael überlegte wieder, dann sagte er: »Ich werde ihn töten.«

Plötzlich schien alles an Kristine nachzugeben und sich zu entspannen. Sie schloß die Augen und holte schaudernd Atem, dann stieß sie ihn seufzend aus. »Ich habe ihn schon vor Wochen aus meinem Leben verbannt. Ist das nicht seltsam? Wenn man eine Abhängigkeit von anderen Menschen aufbaut und weiß, man kann sie nie wieder sehen – weil sie tot sind –, das ist, als würde es einem vor die Nase gehalten: Auch du wirst bald sterben. Verstehst du, was ich meine?«

Michael nickte. Alyons, Lin Piao Tai, Clarkham und nun Tommy. Direkt oder indirekt, drei Tote und ein fehlgeschlagener Versuch. Das war zwar nicht, was Kristine meinte, aber die Empfindung war die gleiche – er fühlte seine eigene Sterblichkeit akuter denn je.

»Ich muß um zwei in der Universität sein«, sagte Kristine. »Ich will mir das Gesicht waschen.« Sie stand auf.

»Kristine, hätte es eine andere Möglichkeit gegeben, hätte ich sie gewählt.«

»Ich mache es dir nicht zum Vorwurf, Michael«, sagte sie, zwei Schritte vom Tisch.

Michael starrte sie an, bis sie sich abwandte.

»Es sollte etwas mehr zwischen uns sein. Fühlst du das nicht auch?« fragte er.

»Ja.«

»Und es ergibt sich einfach nicht.«

»Gelinde ausgedrückt.«

»Dann gehe ich jetzt.«

»Es ist nicht so, daß ich mir keine Verbesserung wünsche«, sagte Kristine. »Aber wir sind jetzt Partner in etwas anderem, nicht?« Sie preßte die Lippen zu einer trotzigen harten Linie zusammen.

»Ja?«

»Wir sind Partner in dem Konzert. Clarkham will die Aufführung verhindern. Das ist genug, mich zu überzeugen. Und wie denkst du?«

»Ja«, sagte Michael. »Das ist genug.«

»Dann laß uns da anfangen, und das andere wird sich zur rechten Zeit von selbst ergeben.«

»In Ordnung.«

»Laß mich wissen, was der Leutnant zu sagen hat. Und ich werde dich wissen lassen, was Moffat von der neuen Orchestrierung hält.«

Sie trennten sich vor der Haustür, und Michael ging zurück zum Saab. Er setzte sich in den Wagen, die Hände am Lenkrad, ohne irgendeine Gewißheit und schuldbewußt, weil es ihn schmerzte, und nicht weil er ein Mörder gewesen wäre, sondern einfach, weil er nicht mehr bei Kristine war.

In Wahrheit war im Reich alles so viel leichter gewesen, so viel klarer und eindeutiger.

13

Harvey führte Michael durch den Korridor. Die eisenverstärkten Absätze seiner braunen Halbschuhe hallten laut von den Reihen der rostfreien Stahltüren wider. Ein Gehilfe des amtlichen Leichenbeschauers in einem sauberen weißen Arbeitskittel folgte im Abstand von wenigen Schritten.

Der inoffiziell Noguchiflügel genannte Anbau der Leichenhalle von Los Angeles war vor drei Jahren entstanden, nach jahrelanger Überfüllung des bestehenden Gebäudes, und seine Kapazität war selten ausgelastet. Die letzte markierte Stahltür war an einer Ecke; dort schloß sich nach links ein noch zwölf Meter langer unfertiger Korridor an.

Harvey deutete auf die Tür, und der Assistent legte einen elektronischen Schlüssel an das Codefeld. Die Tür öffnete sich mit leisem Zischen, und das Bett glitt aus der Kammer. Auf dem Bett lag, in einem durchsichtigen Sack aus Plastikfolie, ein blaugrüner Körper von mindestens zwei Meter Länge. Der Assistent öffnete den Reißverschluß am Kopfende des Sackes und zog das Material auseinander, damit Michael besser sehe. Mit Ausnahme von Alyons hatte Michael noch nie einen toten Sidhe gesehen.

»Wissen Sie, was es ist?« fragte Harvey.

»Es ist eine weibliche Arborale, glaube ich«, sagte Michael.

»Und was ist eine Arborale?«

»Arborale sind Sidhe, die in Wäldern leben. Sie sind Teil des Waldes. Behüten ihn.« Das Gesicht der Sidhe war entspannt, von friedlichem Ausdruck. Michael vermutete, daß eine Art über den Tod hinausreichende Disziplin eine Rolle spielte; die Sidhe hatten, so hieß es, Selbstbeherrschung noch nach dem Tode.

»Okay«, sagte Harvey. »Ich habe noch kein Menschenwesen von dieser Hautfarbe gesehen, auch nicht tot. Oder mit so langem Gesicht. Kennen Sie sie?«

»Nein«, sagte Michael. »Ich kannte keine Arboralen.« Er hatte nur zweimal Arborale gesehen, das erste Mal, als sie ihm das Geschenk von Holz zu der Hütte der Kranichfrauen gebracht hatten. Das war bei Nacht geschehen, und er hatte sie nicht deutlich gesehen. Das zweite Mal war in Inyas Trai gewesen, dort hatte er sie nur flüchtig bei der Pflege des Bücherei-Waldes der Ban gesehen.

»Ich frage Sie: Sollte ich danach noch davon überrascht sein, was Sie mir über diesen Tommy erzählten?«

Michael konnte den Blick nicht von dem blaugrünen Gesicht wenden. »Ich glaube nicht.«

»Wahrscheinlich haben Sie recht.« Harvey nickte dem Helfer zu, der den Reißverschluß schloß, den Wagen in die Kammer schob und die Tür zudrückte. »Danke.« Der Mann ging durch den Korridor davon, ohne sich umzublicken. »Man sieht es ihm vielleicht nicht an, aber er ist gründlich verschreckt. Zwölf Jahre im Dienst, und er weiß nicht mehr, was los ist. Alles verändert sich jetzt. Wir fanden diesen Körper im Griffith Park. Nicht weit vom Observatorium. Er lehnte an einem Baum. Jemand hatte ihn erschossen. Sie. Mit einer Kugel. Das ist die dritte unerklärliche Tote, die im letzten Monat in Los Angeles gefunden worden ist.

Ich möchte Ihnen eine Frage stellen«, sagte Harvey und blickte zu den Leuchtstoffröhren an der Decke auf. »Wie sollen wir uns darauf vorbereiten? Illegale Einwanderer aus dem Jenseits, sozusagen. Mein Gott.«

»Ich glaube nicht, daß Sie sich vorbereiten können«, sagte Michael.

»Es werden mehr von ihnen kommen?«

»Ja.«

»Wie viele, und wo werden sie erscheinen?«

»Ich weiß nicht, wie viele, und ich weiß nicht genau, wo sie eintreffen werden.«

»Im Tippett-Hotel?«

Michael nickte. »Das wird sicherlich ein bedeutendes Einfallstor sein.«

»Und wenn ich der Polizeiführung den Vorschlag mache, daß wir das Hotel abriegeln müssen – vorausgesetzt, sie glauben mir und entlassen mich nicht wegen angegriffener Gesundheit aus dem Dienst –, würde das etwas nützen?«

»Nein.«

»Aber man kann sie töten.«

»Arborale, vielleicht sogar einige Elfen, aber ich glaube nicht, daß Sie Angehörige der anderen Arten töten können, die durchkommen werden. Ich würde von dem Versuch abraten.«

»Sie würden von dem Versuch abraten. Großer Gott! Vielleicht sollte ich lieber den Dienst quittieren und anfangen, in härenen Gewändern zu gehen und mir Asche aufs Haupt zu streuen?«

Michael lächelte.

Harvey machte ein verdrießliches Gesicht. »Man kann nicht sagen, daß Sie mir eine Hilfe sind«, sagte er. »Aber es würde uns auch nichts nützen, Sie festzunehmen. Es gibt einen Zeugen, daß dieser Tommy Selbstmord beging. Ihr Nachbar, dieser Dopso. Was immer Sie von Notwehr erzählen, darauf allein kommt es an. Ich nehme an, daß es eine Vermißtenmeldung geben wird.

Und ich werde versuchen, mich darum zu kümmern. Aber was werden *Sie* tun?«

»Abwarten. Versuchen, geduldig zu sein. Ich habe es nicht in der Hand, Leutnant.«

»Sonst jemand?«

»Vielleicht.«

»Eine menschliche Person, meine ich?«

Michael überlegte, dann schüttelte er den Kopf, nein.

14

Kilometerweit wanderte er auf den Wegen, die zur besseren Bekämpfung von Buschfeuern angelegt worden waren, durch das Hügelland, fühlte das Wachstum in sich selbst und versuchte sich damit auseinanderzusetzen, was er war und was er wurde. Diesmal war die Entwicklung innerlich; ausgelöst worden war sie durch die Ausbildung der Kranichfrauen, wurde jedoch jetzt von niemandem beherrscht. Er hatte keine besondere, ihm zugewiesene Aufgabe. Womöglich war er nur ein entwurzelter Herumtreiber, ein unerwartetes Produkt der Erziehung durch Sidhe und Menschen.

Irgendwie war er imstande, auf Erden mächtige Magie zu wirken. Einen Mann zu zwingen, daß er sich selbst tötete, mußte sehr mächtiger Zauber sein, oder das Wort hatte keine Bedeutung.

Der Himmel war klar und staubig blau, und es war heiß. Sperlinge und Spottdrosseln belebten den niedrigen Buschwald. Die Flanken der Hügel wurden nach weniger als zwei Wochen ohne Regen und nur wenigen heißen Tagen bereits bräunlichgelb und grau; sie fielen so leicht in ihren gewohnten Zustand zurück, daß man meinen konnte, sie fühlten sich in der Üppigkeit eines nassen Frühlings beinahe unbehaglich. Michael wünschte, er könnte das gleiche tun. Seine letzten schwachen Hoffnungen auf Normalität und ein halbwegs friedliches Leben waren entflohen.

Er würde niemals in einem schönen alten Haus im Laurel Cañon sitzen, Gedichte schreiben und sich um Buschfeuer sorgen. Dieser Traum war niemals besonders gut durchdacht gewesen, aber in jüngster Zeit hatte er Kristine nichtsdestoweniger in seine Mitte gestellt. Er war in vielerlei Hinsicht noch unreif. Seine Visionen waren im Feuer der Wirklichkeit noch nicht ausgeglüht, gehärtet und von Schlacke befreit.

Und warum sollten sie? Welche Wirklichkeit konnte und sollte ihm Richtschnur sein?

Solche Überlegungen erschwerten den Reifeprozeß.

Wieviel Magie konnte er wirken, und wie ehrgeizig durfte er sein? Er wünschte kaum die Fähigkeiten zu erproben, die er in sich fühlte, war aber dazu gezwungen. Wichtiger als das Wissen, wie er diese Fähigkeiten erworben oder entwickelt hatte, war die Entscheidung, wie er sie in der bevorstehenden Einwanderungswelle und der Vermischung des Reiches mit der Erde gebrauchen sollte.

Er blieb stehen und beschattete die Augen gegen die Sonne, südwärts zur Stadt gewandt, wo die hohen Wolkenkratzer der Innenstadt von Los Angeles schwach sichtbar in der dunstigen Ferne ragten. Dann hockte er sich nieder und hob einen Stecken auf, zuerst, um die trockene krustige Erde des Weges aufzubrechen, dann, um in die geglättete staubig-lockere Erde zu schreiben: »Beschütze diese Stadt vor Unheil.«

Er hatte keine Ahnung, an wen oder was er sich wandte. Er löschte ›Stadt‹ aus und ersetzte das Wort durch ›Land‹, dann verwischte er auch dieses und ersetzte es wiederum durch ›Welt‹. Er würde anfangen müssen, auf einer viel breiteren Skala zu denken. Selbst in diesem Augenblick verspürte er eine Abneigung gegen die erzwungene Ausweitung der Perspektive. Er hatte Jungen und Mädchen gekannt – inzwischen waren Männer und Frauen aus ihnen geworden –, die die größeren Realitäten genossen, die die Weltnachrichten verfolgten und Meinungen zu Angelegenheiten hatten, die sie nicht unmittelbar betrafen. Michael hatte sich immer anders als diese Leute gefühlt, verträumter vielleicht, faszinierter von der inneren Welt als von der äußeren.

Im Reich war etwas von dieser Neigung nach innen aus ihm herausgeprügelt worden. Der Rest hatte nach dem Erlebnis mit Tommy einen schweren Stand in ihm.

Er fühlte kaum noch, daß er eine Identität hatte. Der alte Michael hatte seit einiger Zeit nicht existiert; der neue hatte sich noch nicht ganz ausgeformt und war nicht sicher, daß er mit sich selbst zufrieden war.

15

Edgar Moffats Büro im Filmstudio ähnelte einem ungewöhnlich breiten Korridor, da es ungefähr dreimal länger als breit war. Moffat hatte seinen Schreibtisch an das der Tür gegenüberliegende Ende gestellt. Rechts von der Tür stand ein Klavier, daneben ein Cello in seinem kunstlederbezogenen schwarzen Futteral. Durch das breite Fenster sah man die falschen Fassaden der Westernstadt, und auf dem Teppichboden hatte Moffat Ausdrucke, Notenblätter und handgeschriebene Notizen auf kleinen Stücken selbstklebenden gelben Papiers ausgebreitet. Weitere Ausdrucke waren an die gegenüberliegende Wand geheftet, mit Fotokopien von Instrumentierungsskizzen, die neben den zugehörigen Abschnitten mit Klebeband befestigt waren. Neben dem Schreibtisch stand ein kleines CD-Gerät auf Rädern.

Kabel führten von ihm zu einer provisorisch aufgebauten Stereoanlage.

»Willkommen im Chaos!« sagte Moffat. »Die Lean-Musik ist aufgenommen, und ich habe Zeit mich mit dieser Ungeheuerlichkeit zu beschäftigen.« Er wies zu der Kopie des Opus 45 auf dem Schreibtisch. »Einiges davon habe ich auf dem Klavier und am Synthesizer bereits durchgearbeitet.«

Kristine trug ein graues Seidenkleid mit Puffärmeln und silbergraue Nylonstrümpfe. Michael hatte sie nie so fein angezogen gesehen. Auch ihr Benehmen war bei aller Vertrautheit mit Edgar Moffat streng sachlich. Michael nahm auf Moffats Einladung den zweiten Sessel, und Moffat saß in seinem schwarzledernen Drehsessel hinter dem Schreibtisch und blickte von einem zum anderen.

»Das Konzert hat fünf Sätze«, sagte er. »Du wirst es bemerkt haben, Kristine, und auch Sie, Mister Perrin. Clarkhams Anweisungen – sie müssen von ihm stammen, da sie in Englisch und nicht in Arnos Handschrift sind – sagen, daß die einzelnen Sätze nicht zusammen einstudiert werden sollten und daß der vierte Satz bis zur eigentlichen Aufführung ganz ausgelassen werden sollte. Es ist wie der Zusammenbau der Bombe ohne den Sprengstoff.« Er lächelte, aber Kristine und Michael blieben ernst, und Moffats Lächeln verblaßte. »Ein bißchen kühl hier drinnen, nicht wahr? Vielleicht sollten wir unsere *Münder* ein bißchen öffnen und etwas Luft herauslassen, um den Raum aufzuwärmen?«

»Entschuldige, Edgar«, sagte Kristine, »wir haben andere Dinge auf dem Herzen.«

Moffat drehte seinen Sessel in Michaels Richtung. »Kein Kommentar?«

»Nein«, sagte Michael. »Aber ich meine, Sie sollten Clarkhams Anweisung befolgen.«

»Gewiß, das werde ich tun, und sei es nur um der Authentizität willen. Das Spiel ist Teil des Vergnügens, nicht wahr? Es muß genauso ausgeführt werden, wie sie es vor fünfzig Jahren taten. Zur Sache. Es ist mir gelungen, die Streicher zusammenzubringen. Ich habe die zwei benötigten Klaviere und einen Mann meines Vertrauens, der eines davon spielen kann. Einen weiteren Pianisten hoffe ich noch diese Woche zu bekommen. Zwei Oboen, zwei Fagotte, ein Celesta. Drei Schlaginstrumente – man könnte das als musikalischen Overkill betrachten, aber ich will authentisch sein. 1939 schlug Clarkham ein Trautonium vor. Ich werde es durch etwas ersetzen, das Waltiris Anforderungen besser genügen dürfte – mein Synklavier. Da sich in diesem Stück alles um musikalischen Overkill zu drehen scheint, wollen wir uns nicht beklagen. Die übrigen Instrumente kann ich in ein paar Wochen zusammenbringen. Kein Problem. Nun, was die Bezahlung der Leute angeht ...«

»Die Universität wird für eine Woche Proben und zwei Aufführungen bezahlen«, sagte Kristine.

»Viel Liebesmüh, nicht wahr? Na, es ist zur Zeit nicht die geschäftigste Saison, und jeder braucht Arbeit. Gut. Wir werden auskommen. Mein Agent wird die Hände ringen, aber wir werden auskommen.«

»Du tust es um der Herausforderung willen, nicht wahr?« fragte Kristine.

Moffat machte ein gequältes Gesicht. »Herausforderung ist nicht das passende Wort dafür. Arno war immer der Typ, der von den Waldhörnern Vierundsechzigstelnoten verlangte. Aber in der Zeit unserer Zusammenarbeit war er im positiven Sinne zurückhaltend, verglichen mit der Zeit, als er Opus 45 schrieb. Einiges davon ist einfach nicht ausführbar. Einige Takte davon könnte kein Mensch spielen, um also zu erreichen, was die Partitur verlangt, wird das Synklavier programmiert, um einige seiner Anforderungen zu erfüllen. Das ist zwar nicht gerade live, aber das ist heutzutage die meiste Musik nicht. Ich möchte die Sätze mit dir durchgehen – auch mit Ihnen«, fügte er hinzu und funkelte

Michael an, »um zu sehen, ob meine Pläne den beiderseitigen Erwartungen entsprechen. Wohlgemerkt, das ist sehr bescheiden von mir.«

»Wir werden uns daran erinnern«, sagte Kristine mit der Andeutung eines Lächelns.

»So ist es besser. Keine Trübsal! Es ist ein lebhaftes Stück.«

Er reichte ihnen Kopien der Partitur und ging die Sätze einen nach dem anderen durch. Der erste Satz begann in a-Moll, ging in C-Dur über und kehrte dann zu a-Moll zurück. Die Tempobezeichnung lautete *allegro con brio.* »Eine schnelle Introduktion, mit sechs sehr merkwürdigen halben Noten angehängt, nachdem sie eigentlich schon beendet sein sollte«, sagte Moffat. »Acht Schläge auf den Takt. Sehr schnell. Das erste Klavier hat hier die meiste Arbeit zu leisten, *mezzo forte.* Das ist gut. Das verstümmelte Klavier kommt im zweiten Satz zu seinem Recht.«

»Wir haben im Institut einen Fachmann, der die Messingdämpfer für den Flügel baut«, sagte Kristine.

»Ich bin gespannt zu hören, was dabei herauskommt. Aus den Anweisungen werde ich nicht schlau – welche Veränderung des Klaviertones wird denn damit bezweckt?«

»Wir wissen es nicht«, sagte Michael.

Moffat hob eine Braue. »Gut. Ich mag Überraschungen.«

Der zweite Satz begann in C-Dur und wechselte von da in c-Moll. Er schlug ein gemächlicheres Tempo an und führte völlig neue Themen ein, die allmählich zu einer sehr verlangsamten und gedämpften Reprise vom Thema des ersten Satzes überging, aber in a-Moll. Der dritte Satz war ein Dialog zwischen einem genau beschriebenen Instrument – ursprünglich einem Trautonium, das nun durch das Synklavier ersetzt werden sollte – und dem ›verstümmelten‹ Klavier. »Nicht leicht«, bemerkte Moffat. »Voller Fallen. Um einige der

Passagen zu spielen, müßte der Pianist an jeder Hand acht Spinnenbeine statt Finger haben.«

Der vierte Satz war ein quälend langsames *Adagio* in F-Dur, das am Ende wieder in eine Reprise des Originalthemas überleitete, aber in b-Moll transponiert. Das war der ›Sprengstoff‹, erklärte Moffat, der Teil, der bis zur Aufführung nicht zusammen mit den anderen vier Sätzen geprobt werden durfte. Der fünfte Satz, zuerst in A-Dur, dann in a-Moll, war ein schwungvoller romantischer Ländler. »Beinahe ein Mahler. Munter, nicht so rasch wie der erste Satz, aber mit einem fröhlichen Abschluß – und dann ...« Er schüttelte den Kopf. »Ein abrupter Übergang zu c-Moll. Ich kann die letzten hundert Takte nicht ›hören‹. Ich lese seit viereinhalb Jahrzehnten Partituren, aber diese Noten kann ich nicht hören. Das ist seltsam, und vielleicht ist es auch magisch. Aber ich habe sie auf dem Synklavier und auf einem Konzertflügel gespielt, und sie sind recht interessant.«

»Es klingt verwirrt«, sagte Kristine. »Diese ganzen abrupten Tonartwechsel.«

»Oh, es ist noch schlimmer!« sagte Moffat. »Ein regelrechtes Chaos. Es gibt keine Möglichkeit, wie es klappen sollte. Psychotrope Tonstrukturen oder nicht, es liest sich, als machten Korngold und Mahler eine Urlaubsreise mit Schönberg und endeten schließlich mit einem Gamelan auf dem Krakatau – während des Ausbruches.«

»Sie meinen, es sei *schlecht*?« fragte Michael. Ihm war, als würde ihm der letzte Rest festen Bodens unter den Füßen weggezogen.

Moffat lächelte zur Decke auf und schloß die Augen. »Überhaupt nicht«, sagte er. »Es ist unmöglich, aber es ist herrlich. Die wenigen Abschnitte, die ich gespielt habe – meisterhaft. Dämonisch, aber meisterhaft. Liszt mit Zöpfen im Haar und auf LSD.«

Kristine lachte; es war das erste Mal, daß Michael sie seit Wochen hatte lachen hören. Sie sah ihn an und schürzte die Lippen. Dann schüttelte sie den Kopf. Ernst. Bezähmt.

»Ich bin überzeugt, ihr zwei habt Geheimnisse vor mir«, sagte Moffat. »Ich möchte lieber nicht raten, was es ist. Skandal? Wird die Musikergewerkschaft in den Streik treten weil wir versuchen, dieses Stück wiederaufzuführen?«

Kristine beugte sich zu ihm. »Ich hätte keinen besseren Dirigenten auswählen können«, sagte sie.

Moffat seufzte. »Was bringt dich auf den Gedanken, mich zu wählen, Kind?« fragte er. »Vielleicht sind hier Kräfte am Werk, von denen du nichts weißt, oder was immer.« Er war erstaunt, als sie schwiegen. »Das war ein Scherz.«

»Der der Wirklichkeit erstaunlich nahekommt«, sagte Kristine leise. »Es gibt an der Universität noch einige Einzelheiten zu regeln, dann können wir den Saal für deine Probenarbeit einplanen ...«

»Welchen Saal?« fragte Moffat.

»Die Royce Hall.«

»Dieses Fossil?«

»Es wird den Anforderungen in jeder Weise gerecht«, sagte Kristine. »Vor allem liegt die Royce Hall dem alten Pandall-Theater so nahe wie kein anderer möglicher Aufführungsort.«

Moffat hob lächelnd die Hände. »So sei es. Bleibt es bei der Kombination mit Mahlers Zehnter?«

»Das werde ich heute nachmittag festmachen«, sagte Kristine.

»Welch ein Abend!« sagte Moffat und rieb sich die Hände. »Wir werden sie totschlagen.«

Unterwegs zum Tor hängte Kristine sich bei Michael ein und drückte ihm die Hand. »Es wird wirklich geschehen«, sagte sie.

»Du glaubtest nicht daran?«

»Ich hatte meine Zweifel.«

»Warum?«

Sie gingen am Pförtnerhaus vorbei und warteten bei der Ampel, bevor sie die Gower Street überquerten, um zu ihren Wagen zu kommen. »Weil ich Anrufe bekommen habe«, sagte sie. »Jemand versucht noch immer, uns an dem Vorhaben zu hindern. Es gelingt ihm nicht, aber er versucht es.«

»Wer?«

»Clarkham, vermute ich«, sagte Kristine beinahe heiter. Sie blickte Michael an.

»Hat er direkt mit dir gesprochen?«

»Hat er dich nicht angerufen?« konterte Kristine.

»Nein.«

»Vielleicht fürchtet er dich.«

Michael schnaubte. »Kann ich mir nicht denken.«

»Du sagst, du hättest ihn einmal geschlagen.«

»Ja, mit allen Sidhe hinter mir.«

»Aber du hast ihn geschlagen.«

»Und er überlebte. Anscheinend.«

»Warum fühlt er sich durch diese Aufführung bedroht?«

»Ich bin nicht sicher, daß er sich dadurch bedroht fühlt. Er hat sie nicht verhindern können, und er muß sehr viel mächtiger sein als ...« Michael hob die Schultern. »Als du durch einen Sieg über ihn zu glauben geneigt bist.«

»Du meinst, er will, daß das Konzert aufgeführt wird?« fragte Kristine. »Daß er alle diese Störungen planmäßig veranstaltet, nur um uns in unserem Vorhaben zu stärken?«

»Ich weiß es nicht.«

Kristine entzog ihm den Arm und trat einen Schritt zurück. »Ich verstehe nichts von Magie«, sagte sie. »Was soll ich tun, wenn es wirklich brenzlig wird?«

Michael hatte keine Antwort. Das machte ihn unglücklich.

»Ich nehme an, du wirst mich schützen.«

Michael merkte, wie ihm die Augen brannten, und

dann fühlte er eine aufsteigende Wärme hinter ihnen. Ob sie ihm nun einen Köder hinhielt oder nicht, er wollte ihr eine vollständig ernste und aufrichtige Antwot geben. »Ich werde es versuchen«, sagte er. »Ich werde mein Allermöglichstes tun.«

»Weißt du, ich verlasse mich gern auf mich selbst, aber wenn das versagt ...« Sie lächelte ihm zu. »Mußt du einspringen. Ich muß jetzt gehen – um zwei bin ich mit Berthold Crooke verabredet. Der Mann mit der neuen Orchestrierung der Zehnten.«

Sie standen unbeholfen zwei Schritte auseinander. Kristine trat schnell näher und küßte ihn auf die Wange. Michael errötete, als sie zurückwich. »Vielleicht können wir eines Tages über normale Dinge sprechen«, sagte sie.

»Das würde ich gern tun.«

Sie legte den Kopf schief. »Es wird dazu kommen, Michael. Ich bin dessen ziemlich sicher.«

»Ich wollte, ich wäre es auch.«

»Muß jetzt gehen. Bist du morgen in der Bibliothek?«

»Ja, Papiere unterschreiben.«

»Dann können wir reden.« Sie ging zu ihrem Wagen.

Man kann die wichtigsten Teile des Lebens auf der Straße verbringen, dachte Michael und sperrte den Saab auf. Sein ganzer Körper schien ein- und auszuatmen, ruhelos und übersprudelnd zugleich.

16

Am nächsten Tag kamen um elf Uhr vormittags zwei Proselytenmacher der Zeugen Jehovas an die Tür von Waltiris Haus, und Michael brachte es nicht fertig, sie einfach wegzuschicken. Der ältere der beiden war mittleren Alters, mit gepflegtem grauen Haar, gekleidet in einen braunen Anzug mit schmalem goldgelben Schlips; der jüngere, ein ungefähr zwanzig Jahre alter Anlernling, trug einen schwarzen Anzug mit rotem Schlips. Beide trugen Aktentaschen.

Michael hörte sich überdrüssig ihre Prophezeiungen und Bibelzitate an; sie hielten ihn eine halbe Stunde an der Tür fest. Als es ihm gelungen war, sie zu überzeugen, daß er wirklich nicht interessiert war, schloß er die Tür und stand mit dem Rücken am dunklen Holz, die Augen geschlossen, beinahe elend.

Sie predigten die Apokalypse. Er wußte, daß sie kam – aber nicht, wie sie sie sich vorstellten.

Er konnte die vergiftete, sidheauferlegte Unwissenheit geradezu riechen, eine der neueren Verkörperungen Tonns in seinen Jahrtausende währenden Versuchen für die Menschen Gott zu spielen. Einige der giftigen Philosophien waren trotz aller Anstrengungen der Sidhe von Menschen umgewandelt worden – aber wie viele Hunderte von Millionen Menschen nahmen noch immer aus vollem Herzen die Blindheit und Grausamkeit und die Fesseln an? Er richtete sich auf, hielt aber die Augen geschlossen.

»Unmöglich«, sagte er leise. »Ich bin bloß ein Junge. Unmöglich kann ich verstehen, wie so viele verschiedene Arten von Menschen zu führen sind. Ich will es nicht. Ich lehne es ab.«

Er schlug die Augen auf und zwinkerte zu den gerahmten Drucken in der Diele hinüber.

Die Stille fragte: *Wer verlangte, daß du führst?*

Aber Michael fühlte es so unzweifelhaft, wie er das Ticken der Wanduhr hören konnte. Das war es, worauf es alles hinausführte: sein Wachstum, seine Reife, die Herausforderungen und die Apokalypse.

Er erschauerte, krümmte sich, fiel auf die Knie. Die Arme zitterten, bis er die Hände zu Fäusten ballte, und er fühlte die inneren Fähigkeiten – nichts von außen, alles von innen – durch ihn strömen wie Energie durch eine elektrische Leitung, für einen Augenblick losgelassen, freigesetzt und frohlockend über den fehlenden Zwang.

Eine Weile glaubte er sich dem Tode nahe. Und selbst nachdem er die Herrschaft über die Energie zurückgewonnen und sie mit den dicken Stahlstangen seines Willens umwickelt hatte, brauchte er Stunden, um zu begreifen, wie nahe er dem Zerfall gewesen war, ganz ähnlich wie es Tommy widerfahren war, aber aus anderen Gründen.

Langsam tappte er die Treppe hinauf und legte sich ins Ehebett der Waltiris, nicht müde, aber wie betäubt und zum ersten Mal im vollen Bewußtsein der eigenen Empfindlichkeit und der Gefahren, die damit verbunden waren.

Den Tiger beim Schwanz packen.

Michael – und was er enthielt, erzeugte, nicht durch sein bewußtes Selbst, sondern durch etwas in ihm, das keinen Namen hatte –, Michael war sein eigener Tiger. Verlor er die Herrschaft, würde er sich selbst bei lebendigem Leibe verzehren.

»Wer zum Teufel bin ich?« flüsterte er rauh, wischte sich Schweiß aus den Augen.

Mitte Juli nahm Kristine ihn nach Northridge mit, um ihn mit Berthold Crooke bekannt zu machen. Crooke wohnte in einem Komplex von Eigentumswohnungen am Rande einer weiten, mit dürrem gelben Gras bewachsenen Fläche. Er lehrte Musik an einem College und hatte bis zur Veröffentlichung seiner Orchestrierung von Mahlers unvollendeter Zehnter Sinfonie wenig Aufmerksamkeit gefunden.

Crooke war ein hagerer habichtsnasiger Mann mit blauschwarzem Haar und einem immerwährenden Bartschatten. Seine Augen waren der bemerkenswerteste Zug, groß und etwas pferdeähnlich. Auch waren seine Zähne groß und vorstehend. Er sprach langsam und lächelte oft, wobei er die Lippen in einer Weise über die breiten weißen Zähne zurückzog, die bedrohlich ausgesehen hätten, wäre nicht die offensichtliche Sanftheit seiner Augen gewesen. Seine Art war bescheiden, aber auch zuversichtlich. Michael mochte ihn sofort und fühlte keine Notwendigkeit, seine Persönlichkeit zu lesen; jedoch sah er zu seinem Verdruß, daß Kristine ihn auch mochte.

Sie saßen an Crookes Küchentisch und gingen die Arrangements Punkt für Punkt durch. Nach einer Stunde Diskussion servierte Crooke Kaffee und Krapfen und stand dann hinter Kristine und schaute ihr über die Schulter, als sie die Besetzungen für das Klavierkonzert und die Sinfonie verglich.

»So sehr verschieden sind sie wirklich nicht«, sagte sie. »Abgesehen von einigen Anpassungen können wir mit derselben Besetzung arbeiten. Edgar erzählte mir, das Klavierkonzert sei üppig instrumentiert, aber eine Sinfonie ... Und Mahler ist nicht gerade für die Dürftigkeit seiner Instrumentierungen bekannt.«

»Wahrhaftig nicht«, sagte Crooke. »Sie sagten, Moffat habe das Orchester beisammen ... Ich brauche die Besetzung nicht zu billigen oder was, aber ...«

»Sie werden für die Probearbeiten ebensoviel Zeit haben wie er«, sagte Kristine. »Das Institut hat seit Jahren kein solch ehrgeiziges Vorhaben unternommen. Ich glaube, man begreift das jetzt auf allen Ebenen der Universität. Niemand jammert mehr über die entstehenden Kosten, und das kommt einem Wunder gleich.«

»Was ich meinte«, sage Crooke mit verlegenem Lächeln, »ist, daß ich ein so großes Orchester noch nie dirigiert habe. Nur Studentenorchester. Ich werde die Einstudierungen nötiger haben als die Musiker.«

Kristine tätschelte ihm aufmunternd den Arm. »Wir haben Vertrauen«, sagte sie. »Es wird wunderbar zusammengehen.«

Crooke machte ein Gesicht und sank mit einem Seufzer auf seinem Stuhl zusammen. »Beinahe wünschte ich mir, ich hätte die ganze Sache nicht angefangen ...«

»Wie sind Sie darauf gekommen?« fragte Michael.

Crooke steckte die Finger ineinander. »Als ich sechzehn war, hörte ich eine Aufnahme von Rafael Kubelik, der den einzigen Teil der Zehnten dirigierte, der zu der Zeit orchestriert war – das *Adagio*, den ersten Satz. Ich spielte die Platte in meinem Zimmer, fern vom Rest der Familie. Wir hatten ein großes Ranchhaus in Thousand Oaks, jede Menge Korridore und Schlafzimmer – wie ein Labyrinth. Sogar sechs Kinder rumpelten darin herum. Die Musik wirkte sehr traurig auf mich, wie ein langsamer und entmutigter Tanz, und gegen Ende des Satzes gibt es diese Dissonanz – Trompeten schrillen in A, das Orchester scheint aufzuschreien ...« Er schüttelte den Kopf. »Es vernichtete mich. Ich hatte niemals dergleichen gehört. Es war, als zerbrächen alle Bedrückten, alle Leidenden ihre Fesseln und blickten empor. Es war Offenbarung, und es war auch Tod. Es ging mir so nahe, daß ich anfing zu zittern und zu weinen.« Das verlegene Lächeln kehrte wieder. »Ich wußte, daß es mehr davon geben mußte, und schließlich fand ich Deryck Cookes Instrumentierung und hörte sie mir an – Eugene Ormandy dirigierte. Es war schön, aber etwas schien zu fehlen. Die Sinfonie wurde für mich zu einer Besessenheit. Ich dachte, wenn das Stück so geschrieben und instrumentiert werden könnte, wie Mahler es getan hätte, wenn er länger gelebt hätte, dann ...« Er hob die Hände. »Wie soll ich es ausdrücken? Ich dachte mir, es müßte das großartigste Stück abendländischer Musik sein, das je geschrieben wurde, oder wenigstens das gewaltigste. Es gab Zeiten, da konnte ich einfach nicht mehr die Noten hören, nachdem ich die Instrumentierung beendet hatte. Ich konnte nicht einmal Teile der Partitur auf dem Klavier spielen.«

»Manche Leute sagen, es sei Ihnen gelungen, das

Werk so zu vollenden, wie Mahler es getan hätte«, sagte Kristine. »Was meinen Sie dazu?«

»Ach ja«, sagte Crooke, dessen Gesichtsausdruck plötzlich steif und ernst wurde. Er richtete sich auf und räusperte sich. »Es mußte sein. Es klingt albern, vielleicht sogar ein bißchen verrückt ...« Sein Zeigefinger klopfte nervös auf die Tischplatte. »Aber manchmal fühlte es sich an, als hätte ich Mahlers Hilfe.« Er lachte nervös, schüttelte den Kopf. »Haben Sie die Zehnte schon einmal gehört?« fragte er Michael. »Eine der anderen Versionen?«

»Nicht ganz«, sagte Michael. »Sie ist erhaben, sogar unvollständig.«

Michael nickte. Die Dissonanz, die schrillen Trompetenklänge in A, alles das war ihm sehr vertraut. Er hatte es gehört, als er die obersten Geschosse des Tippett-Hotels erforscht hatte.

Ende Juli gab es in Los Angeles eine Reihe von wolkigen Tagen, die vom Juni übriggeblieben waren, unterbrochen von einer Woche des üblicheren Sommerwetters mit Temperaturen über dreißig Grad und wolkenlosem, wenn auch dunstigem Himmel.

Michael ging nicht zu den Orchesterproben. Kristine berichtete ihm alle zwei oder drei Tage von den Fortschritten. Sonst sahen sie einander nicht. Er verbrachte den größten Teil seiner Zeit mit Übungen im Garten oder Joggen. Dopso lief nicht mehr mit ihm. Seit dem Zwischenfall mit Tommy hatte Michael nichts von den Dopsos gehört. Das Geheimnis war ihnen offenbar allzu geheimnisvoll geworden.

Abends saß Michael vor dem Kamin im Wohnzimmer und übte seine Disziplin.

Am 16. Juli, um ein Uhr früh, griff Michael nach sechsstündiger gleichmäßiger Konzentration mit einer Hand ins Reich und brachte ein Blatt und ein durchscheinendes rotes Insekt zurück, das einem Marienkäfer ähnelte. Das Insekt starb rasch, und das Blatt schrumpelte zu einer braunen Hülse.

Er hatte kaum die Ebene Eleuths erreicht. Aber mit nur einer Hand im Reich, hatte er eine Diskontinuität gefühlt, die höchst beunruhigend war. Wenn Wirklichkeit sich als eine Art Hitze oder Wärme beschreiben ließe, dann war sein Körper, der auf dem Orientteppich in Waltiris Haus auf Erden saß, in der Mitte eines Brennofens, wo die Realität alles mit heller Weißglut durchdrang.

Im Reich war alles kalt. Das Feuer war am Erlöschen.

Während er darüber nachdachte, brannte das wirkliche Feuer vor ihm nieder. Die Augen fielen ihm zu, und wie aus eigenem Willen hoben sich die Arme von den Seiten, und er hielt die Hände ungefähr zehn Zentimeter auseinander. Die Handflächen prickelten, und etwas ging zwischen ihnen durch, eine silbrige Verlängerung seiner Disziplin und des frühesten Gefühls, *Preeda.* Er versuchte sie zusammenzubringen, doch gelang es ihm nicht; erschrocken öffnete er die Augen und sah einen perligen Faden zwischen beiden Händen gespannt und am Faden aufgezogen, eine glühende Kugel. Er konnte die Natur der Kugel durch die Haut der Handflächen und entlang den Armen fühlen; sie war *umschlossen* und verkörperte einige der Erfordernisse, die er in seinem Gedicht über Verknotungen der Realität umrissen hatte.

Aber was war es? Langsam zog er die Hände auseinander, und der Faden riß. Die Kugel schwang zur linken Handfläche und haftete dort für einen Augenblick, ehe sie verschwand.

Anfang August näherten sich die Proben sowohl des Klavierkonzerts wie auch der Sinfonie dem Ende. Vier Tage vor der ersten von den zwei geplanten Aufführungen wurden Anzeigen in der Sonntagsbeilage der *Los Angeles Times* plaziert. Plakate wurden angeschlagen und Konzertprogramme an die Schwarzen Bretter sämtlicher Universitätsinstitute geheftet. Einen großen Teil dieser Arbeit leistete Kristine selbst.

Am Donnerstagabend stand sie in einem feinen blauschwarzen Abendkleid vor der Tür, lächelnd, und hielt zwei Eintrittskarten in der behandschuhten Rechten.

»Ein Ereignis«, sagte sie. »Wollen wir gehen, Partner?«

17

Der Abendhimmel über Los Angeles war ein wolkenloses klares Saphirblau, komplett mit Abendstern. Kristine fuhr den Wilshire Boulevard hinunter zur Universität und sprach von den letzten Vorbereitungen, warum sie sich ein paar Minuten verspätet hatte – sie hatte den nervösen Crooke telefonisch aufmuntern und ihm versichern müssen, daß alles gutgehen werde –, und drückte ganz allgemein ihre eigenen Vorbehalte gegenüber dem bevorstehenden Abend aus. Sie wurde still, als sie sich Westwood näherten, und sah ihn von der Seite an, eine Augenbraue ein wenig hochgezogen, die Lippen zusammengepreßt.

»Ist was?« fragte er.

Sie lachte und schüttelte den Kopf. »Meine ganze Welt hat sich verändert, seit ich dich kenne, und du fragst, ob was ist. Ich weiß nicht, wie ich es fertiggebracht habe, ein normales Leben zu führen, nachdem ... mein Freund verschwand. Ich sollte entsetzt sein. Wirklich.«

»Warum bist du es nicht?«

»Weil du bei mir bist.«

»Das ist nicht viel Sicherheit«, sagte Michael mit leiser Stimme.

»Clarkham rief heute abend an«, sagte sie. »Kurz nachdem ich mit Berthold Crooke gesprochen hatte.«

Michael fühlte den tiefsitzenden Stachel des Zornes und begrub ihn rasch unter der aufsteigenden inneren Wärme des *hyloka.* »Was hat unser Gespenst zu sagen?«

»Er sagt, sollte die Aufführung heute abend stattfinden, werde er dich aufsuchen.«

»Das war alles?«

»Ja. Ich fürchte ihn jetzt nicht mehr, Michael.«

»Das solltest du aber. Wir sollten es.«

»Aber spürst du es nicht auch? Heute wird es ein feiner Abend, ein Erfolg. Unseretwegen.«

Er schüttelte den Kopf. »Ich bin bloß nervös.«

»Ich bin diejenige, die nervös sein sollte, aber ich bin es nicht. Ich glaube nicht einmal, daß ich jetzt wach bin. Ich glaube, ich habe geträumt, seit ich dir begegnete.« Sie lenkte den Wagen auf einen reservierten Stellplatz und machte ihn auf Moffats BMW und Crookes alten verbeulten Chevrolet Nova zu beiden Seiten aufmerksam. »Alles ist hier. Die Besetzung ist vollständig. Laß den Traum seinen Höhepunkt erreichen!« Sie schaltete die Zündung aus und wandte sich auf ihrem Sitz ihm zu. »Es ist eine schwierige Zeit für uns gewesen, besonders schwierig für dich, glaube ich«, sagte sie. »Du bist ... nicht ›geduldig‹ gewesen, das klingt so prosaisch. Du bist ...« Sie schüttelte energisch den Kopf. »Heute abend nach der Aufführung müssen wir mit allen anderen zu Macho's gehen und feiern.«

»Macho's?« fragte Michael.

»Das ist ein mexikanisches Restaurant in Westwood. Plätze sind reserviert. Und danach – paß gut auf, denn das ist wichtig – fahren wir zusammen zurück zu Waltiris Haus, und ich bleibe die Nacht bei dir.« Sie blickte ihn aufmerksam an, biß sich auf die Unterlippe. »Wenn du willst.«

»Ich will.« Sein Bedürfnis vermischte sich mit der Wärme des *hyloka* und erzeugte ein unbeschreibliches Echo in ihm.

»Das ist so wichtig wie alles andere, was heute abend

geschieht«, sagte Kristine. »Für mich jedenfalls. Es fällt mir nicht leicht, mich auf etwas einzulassen. Ich bin vorsichtig, vielleicht zu vorsichtig. Du hast es bemerkt.«

Er antwortete nicht, begnügte sich damit, ihren Blick zu erwidern.

»Du bist so undurchschaubar«, sagte sie mit einem matten Lächeln. »Laß uns heute abend alles durchbrechen – die Musik, diese Welt, alle einengenden Wände, allen falschen Schein.« Sie öffnete ihre Tür und stieg aus, und sie gingen Seite an Seite über das Gras zur Royce Hall.

Bei Nacht wirkte das Universitätsgelände anziehender als bei Tageslicht. Flutlichtlampen und die beleuchteten Fenster der Gebäude erzeugten magische Bereiche von Helligkeit und Finsternis. Ein paar Studenten gingen eilig zwischen den Gebäuden dahin, strebten von spätem Unterricht ihren Quartieren zu oder eilten zur Bibliothek.

Die Menge, die sich vor der Royce Hall mit ihren ehrwürdigen Säulen und neuromanischen Bogen aus Ziegelmauerwerk eingefunden hatte, war ermutigend groß. Michael sah seine Eltern in der Reihe der Wartenden stehen und machte sie mit Kristine bekannt. Ruth war sehr erfreut über sie, blickte aber immer wieder mit erhobenen Brauen zu Michael. Sein Vater wurde galant und witzig und erkundigte sich, ob sie nach dem Konzert alle zusammenkommen würden, um zu feiern. »Wenn wir noch da sind«, fügte er bedenklich hinzu.

»Wir haben eine Verabredung zu einer Orchesterparty«, erklärte Michael. »Aber vielleicht morgen ...«

Ruth faßte Johns Ellbogen und sagte: »Das wäre fein. Geht jetzt! Es ist euer Abend.« John wollte Einwendungen machen, aber sie schnitt ihm das Wort ab. »Kümmert euch nicht um ihn!« Michael lächelte und umarmte sie beide.

Kristine führte ihn um das Gebäude und eine Betontreppe hinauf zu einer Flügeltür, wo ein Türsteher in weißen Hosen und Rollkragenpullover ihre Karten prüfte, ihnen Programme gab und sie einließ. Sie hatten Freikarten für zwei Parkettplätze in der Mitte, fünfte Reihe von vorn.

Michael räusperte sich und schlug das Programm auf. »Findest du es gut, daß wir so weit vorn sitzen?« fragte er, nur halb im Scherz.

»Es ist nur recht und billig, daß die Verantwortlichen der vollen Wucht ausgesetzt werden, meinst du nicht?« Sie klopfte ihm auf den Arm und schlug ihr eigenes Programm auf.

»Das haben sie falsch wiedergegeben«, sagte Michael und zeigte auf eine Passage des Einführungstextes auf der zweiten Seite. »Clarkham kam nicht vor Gericht – er verschwand, bevor die Rechtsstreitigkeiten begannen. Arno sah sich allein der Reaktion gegenüber.«

»Hm. Hoffen wir, daß unser Publikum nicht prozeßsüchtig ist!«

Der Vorhang öffnete sich, und die Musiker, deren Instrumente nicht bereits auf der Bühne standen, trugen sie zu ihren Plätzen. In Clarkhams Anweisungen war das Orchester gehalten, den Prozeß der Aufführung so offen wie möglich zur Schau zu stellen. Diese Anweisung war im Programmheft reduziert, in Clarkhams eigener Handschrift.

Als die Beleuchtung langsam verglomm, wurde das Publikum still. Mahlers Zehnte, der Riese des Abends, sollte zuerst aufgeführt werden, nach einer Pause von nur fünf Minuten gefolgt vom Klavierkonzert.

Berthold Crooke betrat die Bühne, auf der die Orchestermitglieder bereits versammelt warteten. Crooke klopfte mit dem Taktstock leicht auf sein Notenpult und bedeutete einem Oboisten, ein As zu spielen. Das Orchester stimmte die Instrumente auf diesen Ton, jeder Musiker für sich. Der Oboist wiederholte den As-Ton, und wieder wurde gestimmt. Schließlich – am Rande des Overkill – erzeugte der Pianist am Synklavier einen vollkommenen Kammerton A, und das Orchester stimmte die Instrumente danach. Dies alles war durch Clarkhams Anweisungen vorgegeben und keine Marotte von Mahler oder Crooke. Als die angenehme Kakophonie endete, klopfte Crooke wieder mit dem Taktstock auf das Notenpult, und es kehrte Stille ein.

Er hob beide Hände, den Taktstock in der Rechten.

Der erste Satz der Zehnten war ein elegisches *Adagio* in Fis-Dur. Michael verfiel der Musik trotz ihrer intensiven Traurigkeit und Bangigkeit. Das Gewebe der Musik war hypnotisch, schwang zwischen häuslicher Ruhe und unheilverkündenden Warnungen hin und her. Was folgte, war in seiner Intensität beinahe schmerzhaft: ein dissonantes Geschmetter des Orchesters, überlagert von einer Solotrompete, die ein hohes A gellte – Tod und Zerstörung, Schock und Entsetzen. Das *Adagio,* nun abgeschlossen, schien in sich selbst vollständig und ließ Michael fast ausgelaugt zurück, entleert von Gefühl.

Der zweite Satz, ein *Scherzo* – das erste von zweien –, war ein vollkommener Gegenstand und begann mit einem schwerfällig-satirischen Spott in wechselnden Rhythmen und Tempi, um dann das Thema des ersten Satzes in einen fröhlichen Ländler umzuwandeln. Er schloß in fröhlichem Dur und hinterließ in Michael ein überwältigendes Gefühl von Hoffnung.

Diese Empfindung wurde vom dritten Satz, der *Purgatorio* überschrieben war, wieder gedämpft. In b-Moll und Zweivierteltakt, zog er seine eigenen Schlüsse, nachdem er zwischen Furcht und Hoffnung, Sonne und kalten Schatten geschwankt hatte ... und diese Schlüsse waren dunkel, absteigend.

»Mein Gott, warum hast du mich verlassen?« flüsterte Kristine.

»Was?« fragte Michael.

»Das schrieb Mahler auf die Originalpartitur.«

Der Beginn des zweiten *Scherzo* hob ihn beinahe vom

Sitz – ein schriller Ausbruch von Hörnern und Saiteninstrumenten, und dann zurück zu dem Tanz mit Leben und Hoffnung, Abstieg und Tod.

»Der arme, traurige Deutsche.«

»Ich war für Mahler nicht verantwortlich. Auch nicht für sein Kind. Das war überhaupt nicht mein Werk.«

Das *Scherzo* brachte dieses längst vergangene Bruchstück eines Gesprächs zwischen Mora und Clarkham in Erinnerung, das in seinem Vergnügungspavillon stattgefunden hatte.

»Verlor Mahler eines seiner Kinder?«

Kristine beugte sich zu ihm und sprach leise an seinem Ohr. »Eine Tochter«, sagte sie. »Seine zweite Tochter verbrachte im Zweiten Weltkrieg einige Zeit in einem Konzentrationslager.«

»Da war er schon dreißig Jahr lang tot«, sagte Michael.

»Vielleicht ahnte er, was das neue Jahrhundert bringen würde. Sah, daß die alte Welt seiner Zeit zusammenbrechen würde.«

Michael fühlte sich von einem Schauer überlaufen. Ja ... Die alte Welt, die in eine neue überging.

Mehr Schmerz und Angst nach einem romantischen Zwischenspiel. Hörner, Xylophonakzente, Klarinetten und Waldhörner – wieder diese furchtbare Solotrompete, die schneidend in die Bangigkeit eindrang und eine schreckliche Offenbarung prophezeite.

Michael saß wie erstarrt auf seinem Sitz. Er konnte kaum darüber nachdenken, was in ihm geschah. Alte Welt in neue ...

Doch all dies war zufällig – die Übereinstimmung der Zehnten ...

Unvollendet, unterbrochen durch den Tod

... mit dem Konzert Unendlichkeit.

Aufschwung, wieder die angstvollen Spannungen, und zurück zu häuslicher Normalität, der Welt und dem gesellschaftlichen Leben und den Kindern ... Untermischt mit Vorahnungen kommenden Unheils ...

Von Veränderung und Trauma und Erwartung, Voraussicht ...

Vorbote eines neuen Zeitalters von Furcht, Ungewißheit und Unheil ...

Dann ruhige, skeletthafte Streicher, die das Gewebe der Realität ausdünnten, die Kälte aus seinem Magen bis in den Kopf vordringen ließen. Unauffällige dumpfe Trommelschläge unheilverkündend.

Die große Pauke – ein Ungetüm mit einem Durchmesser von fast zweieinhalb Metern – wurde vom Paukenschläger mit einem vernichtenden Hieb angefallen.

Die Kälte schwand, ließ ihn wie schwebend im Publikum zurück, fast ohne Bewußtsein der Sitzreihen, des Orchesters, der Wände und Decke. Er konnte den Himmel jenseits davon fühlen. In seiner linken Handfläche lag eine perlige Kugel. Er schloß die Hand, sie zu verbergen.

Tarnung. Alles war Tarnung zum Zweck der Irreführung gewesen. Das Konzert Unendlichkeit war nicht an sich ein Lied der Macht. Die Ähnlichkeiten waren bloß zufällig gewesen.

Mahlers Zehnte ging voran, schloß die alte Welt ab, beschrieb das Ende eines langen Zeitalters (sechzig Millionen Jahre! Oder bloß das Ende des europäischen Friedens – oder lediglich die Seelenruhe eines Menschen, verfolgt vom Tod eines Kindes und dem Vorgefühl des eigenen Endes ... vielleicht dem Gefühl, was das zweite Kind in einer neuen, an Katastrophen und Umwälzungen überreichen Welt würde erleiden müssen) und drückte zugleich eine unerschütterliche Jenseitserwartung aus. Kostbar, angstvoll, neurotisch, zusammenfahrend bei jedem Zucken, das den Zusammenbruch der alten Ordnung ankündigte, bemüht, inmitten des ausbrechenden Chaos Anstand und Rechtschaffenheit zu bewahren.

Die Schläge der großen Pauke akzentuierten einen

Grabgesang. Wieder die skeletthaften Töne, diesmal von gestopften Trompeten ... dann feierlich verkündende Hörner, eine leichte und liebliche Flötenmelodie von Hoffnung, von den Streichern weiterentwickelt ... nur um wieder angespannt zu werden, überkippend, ein zu hart gelebtes Leben, Zuckungen ...

Trommelschläge. Ein tragischer Dreiklang von Trompeten.

Trommelschläge. Tiefe Fagotte, die die Sekunden seines Lebens auseinandervibrierten. Michael war noch immer keiner Bewegung fähig.

(Täuschung. Tarnung. Irreführung.)

Das Tempo steigerte sich zu einem neuen Tanz, neuer Hoffnung – Gesundung und Heilung –, und doch mußte ein weiterer Niedergang folgen. Michael wurde des Hin und Her überdrüssig, aber nur, weil es dem alltäglichen Gang seines Lebens allzu ähnlich war. Dem Leben auf dieser Welt, die im Vergehen war.

Aufstieg zum Dreiklang und ... Katastrophe.

Das ganze Orchester schien in ein dissonantes Geschmetter auszubrechen, die Trompete schrillte wieder auf dem hohen A, gefolgt von Hörnern, ein weiterer Ausbruch, der ihm Kopfschmerzen verursachte, Reprise des Themas vom alltäglichen Leben ... Und dann wurde der Trompete, befreit von ihrer harten, warnenden Stimme, ein kleines Solo erlaubt. Der Dreiklang wurde von anderen Instrumenten aufgegriffen, wieder in Dur, hoffnungsvoll, nicht zerbrechend, und dann Häuslichkeit.

– ein verbindendes Gewebe zwischen Alt und Neu

Wie sehr glich dies dem jüngsten Geschehen, dem Einbruch des Unheimlichen, das sich unberechenbar mit der soliden Wirklichkeit der Erde und der inneren Stille des Geistes vermischt! Es schien ein Anschwellen der Intensität zu einem erwarteten Triumph zu folgen, nachdenklich, liebend und hinnehmend ... aber nicht einwilligend. Ruhige Betrachtung.

Michael konnte sich wieder bewegen. Nervös blickte er zu Kristine, um zu sehen, ob sie es bemerkt hatte. Die Sinfonie näherte sich einem Abschluß, und er fühlte das Aufbranden seiner inneren Kraft.

Triumph. Ruhig, stark und sicher – die Überwindung aller Tragödie.

Triumph.

Die letzten Noten der Zehnten verklangen, und Crooke schien wieder zu erscheinen, und das Orchester schien wieder wirklich zu werden.

Das Publikum blieb eine unbehaglich lange Zeit still.

»Du schwitzt«, sagte Kristine und gab ihm ein Taschentuch aus ihrer Handtasche.

»Danke.« Michael wischte sich die Stirn. Schweiß war ihm in die Augen geronnen und brannte. Er fand es sehr warm im Saal, sogar stickig. Er blickte in seine Hand. Die Perle war fort.

Endlich reagierte das Publikum mit starken, aber nicht überwältigendem Applaus. Es hatte gehört, anerkannt, aber es hatte nicht empfunden, oder wenn es empfunden hatte, hatte es mißachtet, was die Empfindung sagte. Einige wenige waren aufgesprungen und applaudierten energisch, als wollten sie die anderen mitreißen. Michael blickte über die Schulter, konnte seine Eltern aber nicht ausmachen.

Crooke schien erschöpft, jedoch glücklich. Er verbeugte sich und folgte dem vorgeschriebenen Programmablauf, indem er ein dargebotenes Mikrofon nahm und ankündigte, daß die Pause zwischen den Stücken sehr kurz sein würde. Im Publikum regte sich Unmut.

»Wollen wir aufstehen, uns die Beine vertreten?« fragte Kristine.

Michael stand neben ihr und rollte unauffällig die Schultern, spannte und entspannte die Beine. In seiner Lunge war ein Gefühl, wie er es einmal erlebt hatte, als er zufällig Dämpfe verschütteter Salpetersäure im Chemieunterricht eingeatmet hatte – beengend, aber nicht erstickend.

»Das war großartig«, sagte er, doch selbst ihm kam der Klang seiner Stimme zweifelnd vor.

»Ich bin sehr stolz«, sagte Kristine leise. »Alles entwickelt sich gut. Sogar das Publikum.«

Die Luft schien auf einmal viel besser. Er war wieder ruhig, vorbereitet.

Mahlers Zehnte, richtig orchestriert, war selbst ein Lied der Macht. Es verschlüsselte die alte Welt, rauh und fordernd, lieblich und lyrisch, unnachgiebig und wetterwendisch.

Eine alte Rose, verbleichend und dornig. Wie war es ihr gelungen, dem Zurückschneiden durch die Sidhe zu entgehen? Andererseits war sie dem nicht entgangen – Mahler war gestorben, bevor er sie vollenden konnte. Andere Versuche, das Versprechen zu erfüllen, waren erfolglos geblieben ...

Edgar Moffat kam auf die Bühne. Michael, einem Impuls folgend, küßte Kristine leicht auf die Wange, dann liebkoste er mit einer Hand ihre bloße Schulter. Sie lächelte ungewiß zurück, dann setzte sie sich wieder und konzentrierte ihre ganze Aufmerksamkeit auf die Bühne.

Der Taktstock wurde erhoben und langsam gesenkt ...

Der erste Satz begann rasch und bewegt, und das unveränderte Klavier sprang schon nach wenigen Takten ein. Während es spielte, kam ein tiefer, widerhallender Ton von den Kontrabässen, stieg durch die anderen Saiteninstrumente in der Tonlage, von den Celli zu den Bratschen und Violinen, um von tiefen, rollenden Trommelwirbeln zugedeckt zu werden. Waldhörner schmetterten und zogen in den Kampf, dissonant und doch vollkommen, ein mitreißender Galopp von Geisterpferden, der in flüsternden Saiteninstrumenten verging.

Wogendes Seegras im Mondlicht.

Hörner skizzierten brütendes Unbehagen, verloren allen musikalischen Ton und brausten wie der Wind, ein allmählich aufziehender Wintersturm.

Eine Passage ungefüllter Gräber, Herold von Veränderung und Alpträume aus ungelebten Kindheiten, einer Unendlichkeit von Leben, ohne die bewegten Fasern einer Unendlichkeit von Seelen.

Michael unterdrückte Tränen und ergriff Kristines Hand. Auch sie reagierte auf die Musik, und ihre Wangen waren naß.

Gelebte und verlorene Leben. Tommy. Die anderen.

Eleuth.

Wenn sie losließen, glaubte er zu verstehen, würden sie einander verlieren. Sie schmiegte sich erschauernd an seine Schulter.

»Hörte man dies damals auch so?« flüsterte sie.

Michael schluckte. »Nein. Alles war damals anders. Es ist dieselbe Musik, aber jetzt ist sie in der ihr gemäßen Zeit.«

»Woher weißt du das?«

Er schüttelte den Kopf. »Es schwingt mit.«

»Werden heute abend oder später Leute verschwinden?«

»Nicht vom Hören dieser Musik«, sagte er.

Die Musik steigerte das Tempo und stürmte mit Hörnern, Harfe und ungestüm gezupften Streichinstrumenten vorwärts. Die Musiker schienen wie besessen, und Moffat dirigierte sie mit einem Minimum an Bewegung; sein Stab gab den Takt an, während die linke Hand sparsam die Akzente setzte; er leitete sie an, überließ sie zugleich aber der tragenden Kraft ihrer Konzentration und Spielbegeisterung.

Die Intensität der Musik ließ an keiner Stelle nach. Als das Klavier sich wieder in den Fluß einfügte, geschah es in einem gebrochenen Walzertakt. Der Puls der Musik wurde zerrissener, mit unberechenbaren, heftigen Ausbrüchen der Trommeln und Hörner. Dann glättete und besänftigte sie sich wieder.

Sanfte Herzschlaggeräusche, einlullend, Bruchstücke des Walzerthemas verblaßten, kehrten aufpoliert wieder, verlangsamt.

Das Vorspiel endete so ruhig-heiter, wie man es sich nur denken konnte. Dann begann das zweite, veränderte Klavier ohne Übergang ein ruhiges und beharrliches Solo im mittleren Register. Sein Klang war verfremdet und beinahe rauh, aber nicht störend. Und die Musik tat etwas, was Michael noch nie gehört hatte.

Sie beschrieb das Warten. Obschon an sich nicht besonders lang, dehnte das Klaviersolo sich über Tausende, vielleicht Millionen von Jahren aus.

Er blickte Kristine an. Ihre Augen waren weit geöffnet. Sie war bezaubert, unkritisch, nahm alles auf. Waltiris Magie, schon in seinen Filmmusiken offenbar, war hier ungezügelt.

Das Orchester sprang hinter dem Klavier ein. Das Thema war noch immer die Zeit – und Wachstum. Michael achtete nicht mehr auf die mechanischen Einzelheiten, die Tonart oder die Struktur oder die Art und Weise, wie die Töne erzeugt wurden.

Die unterliegende Schönheit des Stückes war ihm aufgegangen. Er sah es in Beziehung zu *Kublai Khan,* zu dem Vergnügungspavillon, selbst in seiner unvollständigen, nicht erfolgreichen Gestalt. Er sah es in Beziehung zu der kurz vorher verklungenen Sinfonie. Es waren alles ähnliche Lieder, in verschiedenen Welten gespielt, um ähnliche Zwecke zu erfüllen. Subtile Abwandlungen in den unterliegenden Grundmustern konnten zu ganz ungleichartigen Ergebnissen führen.

Mahler hatte einmal eine ›Sinfonie in Gesängen‹ geschrieben, wie er *Das Lied von der Erde* nannte. Der Name war vielleicht dem falschen Stück zugedacht worden. Seine Zehnte war ein Lied von der Erde, von der Erde, wie sie gewesen war.

Waltiris Opus 45 *Unendlichkeit* kündete von der kommenden Erde.

Und Michael fühlte sich *in* ihr. Er war darin beschrieben – nicht persönlich, aber in seiner Rolle. Wachsend, in Veränderung begriffen, ohne Aufsicht, alles Potential und wenig Leistung. Es beängstigte ihn. Die Musik war jetzt nicht mehr sanft. Sie war vielschichtig, fordernd, voll Zwietracht.

Mißklang.

Aufgeben.

Neu beginnen.

Erneuern.

Vereinigen (Wie?)

Schaffen. Was schaffen?

Das Publikum wurde unruhig und laut, hörbar sogar durch die jetzt lärmend auftrumpfende Musik. Etwas war ungelöst, unentschieden, und die Menschen spürten es.

Absinken zur Ruhe, beharrlich aber leise, noch immer fordernd, jedoch gedämpft ...

Skelettierte Streicherklänge, auf dem Steg gespielt, gedämpfte Hörner – Niederbruch der Zeit. Hinter allem das Geklingel der Celesta. Furcht ...

Was als nächstes geschah, konnte Michael nicht beschreiben, noch konnten es die Mitglieder des Orchesters. Auf einmal hing die Musik vom vierten Satz ab, dem *Adagio,* das noch nicht gespielt war, und diese Vorerwähnung wirkte, weil sie – und er – verstanden, was im vierten Satz geschehen würde.

Kristine lächelte ekstatisch. Das Publikum wurde still. Die Spannung hatte sich gelöst.

Der zweite Satz endete. Der dritte begann nach einer Pause von wenigen Sekunden. Das Synklavier und der durch Messingstangen veränderte Flügel verstrickten einander in eine philosophische Diskussion. So ging der dritte Satz zu Ende, und Michael erinnerte sich nicht an seinen Ablauf oder auch nur, was er war. Er wurde gespielt, fügte aber allem ringsum einen nicht erinnerbaren Untertext hinzu. Er war Bewegung und eine Brücke, wirksam nur als ein Kommentar.

Der vierte Satz stand bevor. Kristines Gesicht zeigte Irritiation oder Schmerz. Der Schmerz wurde zu Bestürzung.

Der vierte war nicht derselbe Satz, auf den im zweiten hingewiesen worden war. Es gab tatsächlich zwei *Adagios*, aber nur eines wurde offenbar. Das andere existierte als Schöpfung allein in der Vorstellung des Publikums, ein musikalisches Trugbild, doch zweifelte Michael nicht im geringsten daran, daß beide Sätze von Waltiri minutiös komponiert und instrumentiert worden waren.

Er fürchtete, was der fünfte Satz bringen würde.

Wie er gespielt wurde, war der vierte langsam, primitiv, dürftig, sogar vorsätzlich unelegant. Es war eine ungelöste neue Welt, deren Gestalt sich noch nicht herausgebildet hatte, in der jedoch alle Elemente gegenwärtig waren und nach Formung strebten. Instrumente spielten zu unterschiedlichen Rhythmen, die zu allmählicher Koordination fanden, sich verloren, wieder in Einklang kamen. Themen durchzogen den Satz, darunter eine Reprise des Themas aus dem ersten Satz, transponiert in b-Moll. Moffat hatte dies den ›Sprengstoff‹ genannt, doch schien er in der Wirkung ein Übergang vom stärkeren zum schwächeren Ausdruck zu sein.

Das unveränderte Klavier begann mit seiner präzisen Abfolge individueller Noten und Akkorde zu dominieren, ohne Glissandi, ohne Verschleifungen, in einer einfachen Skizzierung dessen, was kommen sollte.

Dann fiel das Synklavier ein und begann das erste Klavier auf eine vollständige unirdische Art zu karikieren. Es schuf die Verschleifungen und verband die vorgegebenen Harmonien. Es spielte sie zurück und schuf Kanons und Umkehrungen in einer Weise, wie es nur eine Maschine vermochte.

Dies war der *menschliche* Beitrag zur Musik. Die Sidhe hätten niemals ein Synklavier oder etwas Vergleichbares ertragen. Was Waltiri verlangt hatte, war etwas, was nur Menschen der Musik hinzufügen konnten. Durch Technologie führten sie Musik auf, welche die Sidhe nur durch Magie hätten schöpfen können.

Menschen hatten ihren Platz in der kommenden Welt gefunden. Sie hatten lange genug in diesem Universum gelebt, um es nicht durch Magie zu meistern, sondern zu ihren eigenen Bedingungen. Nicht mit äußerlicher Geschicklichkeit, sondern mit Kenntnissen, die ihnen durch die harte, unnachgiebige Natur der Wirklichkeit zuteil geworden waren. Und sie hatten diese Kenntnisse in Vorrichtungen zur Schaffung wundervoller, unmöglicher Musik umgesetzt.

Aber dies ist keine Musik mehr, dachte Michael.

»Was ist das?« flüsterte Kristine.

Das Synklavier hatte seine Aussage gemacht und begnügte sich damit. Das Orchester nahm seine beherrschende Stellung wieder ein, aber es klang fast beschämt, und das unveränderte Klavier trat nicht mehr in Erscheinung. Es blieb im weiteren Verlauf des vierten und im ganzen letzten Satz stumm. Dieser bot dem veränderten Flügel und dem Synklavier Entfaltungsmöglichkeit.

Michael schloß die Augen. Es hatte den Anschein, als sollten alle seine Hoffnungen und Sorgen einer Prüfung unterzogen werden. Der fünfte Satz würde *er selbst* sein. Und er wußte, daß Kristine ebenso empfand – daß er von ihr selbst handeln würde.

Die Musik, ein schwungvoller, aber schwieriger Tanz, war nun zum Übungsgelände einer neuen Welt geworden.

Im Jahre 1939, vor seiner Zeit, mußte Opus 45 an diesem Punkt der Partitur die Saat für eine Umsetzung ins Reich ausgesät haben. Andere Musik hatte diese Wirkung zufällig erzielt; Clarkham, vielleicht auch Waltiri hatten dieses Klavierkonzert Unendlichkeit absichtlich auf solch eine Wirkungsweise hin angelegt.

Aber Waltiri hatte etwas anderes eingewebt. Mit der Zeit würde die Wirkung der Musik sich verändern. Sie würde nicht übersetzen, sondern vorbereiten. Dem Publikum wurde die Welt bewußt gemacht, der es sich schließlich würde stellen müssen.

Die Musik trat hinter ihren Zweck zurück.

Nur im letzten Teil des fünften Satzes erhob sich das beigeordnete Lied der Macht und zeigte wieder sein Medium. Die Musik wurde leicht und schön, bewußt prunkhaft und voll Melodie. Die Tonart wechselte zu c-Moll.

»Großer Gott!« murmelte ein Mann hinter Michael.

Aus den letzten hundert Takten – den Takten, von denen Moffat bekannt hatte, er könne sie beim Lesen der Partitur nicht ›hören‹ – kam ruhige Zuversicht, nicht Unruhe. Die Bombe wurde sorgsam und elegant entschärft. Die Welten würden sich begegnen, ineinander übergehen ...

Sie würden einander nicht zerstören.

Das Konzert erreichte seinen Abschluß. (Aber der ungespielte vierte Satz hallte nach; vielleicht würde er niemals enden. Die Unendlichkeit.)

Die Musik verklang.

Im Saal war es still wie im leeren Raum.

Kristine schloß die Augen und faltete die Hände wie im Gebet. »Es wird ihnen gefallen«, versicherte Michael ihr.

Das Publikum explodierte. Alles sprang auf. Applaus, Bravorufe und Bekundungen höchster Verwunderung, ebenso unartikuliert wie ekstatisch. Michael stand auf und blickte besorgt umher, sah einige Leute noch auf ihren Plätzen, schlaff, mit glasigem Blick. Doch allmählich kamen auch sie zu sich, standen auf und applaudierten und beteiligten sich am allgemeinen Jubel. Moffat verbeugte sich und rief Crooke auf die Bühne. Der Applaus verdoppelte sich und ließ nicht nach, als die Solisten an die Rampe traten. Während er applaudierte, blickte Michael unruhig und besorgt umher.

Er wußte nicht, was er als nächstes erwarten sollte. Ob die Saaldecke krachend herabstürzen würde oder ob die Luft sich mit fliegenden Sidhe füllen würde, ob Clarkham selbst in einem Feuerring erscheinen würde, ob Waltiri und seine Vögel den Saal füllen würden ... Alles schien möglich. Das Konzert war durchgespielt. Wie lang würde es brauchen, seine Aufgabe zu erfüllen?

Zuletzt wogte die Menge aus dem Saal und zog Michael und Kristine in ihrem Strom mit sich. Draußen auf den Gehwegen und Rasenflächen bildeten sich Gruppen, die mit lauten Stimmen das Erlebnis diskutierten. Kristine strahlte. »Es ist wie damals, als sie Strawinsky und Milhaud spielten«, sagte sie. »Es ist wirklich geschehen!«

»Ich dachte, dmals bei Strawinsky hätten sie die Sitzpolster herumgeschmissen«, sagte Michael.

»Unser Publikum ist viel zu liberal, so etwas zu tun«, sagte Kristine. »Machen wir uns auf die Suche nach Berthold und Edgar.«

Die Zusammenkunft bei Macho's war gedrängt und geräuschvoll. Michael blieb am Rande und überließ es anderen, sich ihres Triumphes zu erfreuen; er hatte tatsächlich sehr wenig damit zu tun gehabt. Crooke war erhitzt, ein Bier in einer Hand und ein Glas Mineralwasser in der anderen, trank abwechselnd daraus und lächelte einer kleinen, sehr wohlgeformten Frau zu, die sich ihm zugesellt hatte. Moffat hielt an einem großen runden Tisch Hof und unterhielt seine Zuhörer – Studenten und förmlich gekleidete Alte Herren – mit Geschichten aus dem Hollywood der fünfziger Jahre.

»Vielleicht wird alles gutgehen, hm?« meinte Kristine, als sie auf einem ihrer Rundgänge Michael passierte. Sie suchte häufig Augenkontakt mit ihm und lächelte jedesmal ermutigend. Michael kam der Gedanke, daß sie sich seiner Reaktionen nicht sicher war und vielleicht sogar ein wenig befürchtete, er könne ohne sie gehen.

Das lag ihm fern. Selbst das Lied der Macht und der Einfluß sterbender und gebärender Welten schien blaß, verglichen damit, was er erwartete.

Er bestellte und trank ein Bier, genoß und bedauerte es beinahe sofort; sein *hyloka,* unter seinen ganzen durcheinanderstürzenden Gefühlen am Sieden gehalten, schwankte heftig unter dem Einfluß des Alkohols. Ihm wurde übermäßig warm – was ihm schon während des Konzerts einmal geschehen war –, und er hielt nach dem nächsten Weg durch die Menge zur Toilette Ausschau, falls die Dinge außer Kontrolle geraten sollten und er sich seiner Kleider entledigen mußte.

Aber sein Zustand beruhigte sich, und es stellte sich ein einfaches, unmittelbares Wohlbefinden ein. Alles war großartig über die Bühne gegangen. Clarkham – wo immer und was immer er jetzt war – hatte abermals versagt.

Bei ihrem nächsten Rundgang hängte Kristine sich bei ihm ein und zog ihn mit. »Gehen wir«, sagte sie. »Es wird spät.«

Sie fuhren zu Waltiris Haus, und Michael nahm Kristine mit hinauf in das Schlafzimmer. Als er ihre Wärme an sich drückte, spürte er, daß nichts mehr schiefgehen konnte. Sie war nervös; er konnte ihre Spannung fühlen und löste sie kundig mit den Fingern, indem er zu beiden Seiten ihres Rückgrats eine Linie abwärts zog und die physischen Zentren ihrer Furcht suchte und fand, um sie von der Spannung zu befreien.

Eine weitere Fähigkeit, von der er nicht gewußt hatte.

Mehr Wachstum.

Sie knöpfte sich das Kleid auf und öffnete den Reißverschluß, und er half ihr dabei, zog ihr das Kleid von den Schultern und ließ es über die Hüften hinabgleiten. Die Zeigefinger im Rand ihres Slips, kniete er nieder und rieb seine Wange an ihrem Bauch, fühlte die Wärme und Weichheit ihrer Haut.

Sie liebten sich, als wären sie tief im Wald verloren, und nichts war wichtig oder konnte stören. Es gab nichts Unanständiges oder Verdächtiges, nichts, was ihn zurückgehalten oder seine Empfindungen getrübt hätte, nichts Tragisches.

Der Umriß ihres Körpers unter der Decke war schöner als alles, was er je zu sehen, geschweige denn zu besitzen gehofft hatte. Er stützte sich auf einen Ellbogen und betrachtete sie im Geisterschein des Fensters. Ihre Augen waren fast geschlossen, schläfrig; sie war zufrieden, wie ein Baum nach einem Tag voller Sonnenschein zufrieden ist. Behutsam sondierte er und fand glatte Kontinuität in ihr, Sanftheit und die Nähe des Schlafes.

Er ließ sich aufs Kissen zurücksinken. Er würde heute nacht mit ihr schlafen. Sie würden nebeneinander träumen. Zum ersten Mal seit vielen Monaten würde er bloß ein junges Menschenwesen sein, nicht im mindesten wichtig.

Der ungespielte vierte Satz kehrte wieder und suchte ihn heim, kurz bevor der Schlaf kam, und machte einen kalten harten Kreis in die Mitte seiner Zufriedenheit. In der Stille des alten Hauses, in der Dunkelheit war die Musik beinahe hörbar.

Die Bombe war nicht explodiert.

Noch nicht.

Aber

18

– Michael.

Eine Stimme im Schlaf. Er kann sich nicht vom Schlummer befreien, und ihm ist, als ob alle seine Sinne unter dicken Wolken von Wolle erstickt wären. Er kämpft dagegen an, ohne sich zu bewegen oder zu erwachen.

– Ich bin seit Wochen hier.

Er spürte die verborgene Fäulnis. Sie erfüllte seinen Geist wie ein Dunst aus schwefligem Gas und Ammoniak.

– Und habe gewartet.

Die formlose Wolle hebt sich, aber nicht genug, ihn erwachen und seine Disziplin einsetzen zu lassen. Er kann Kristine nicht neben sich fühlen.

– Ich habe sie genommen. Aber das ist nicht genug. Du mußt auch gehen. Du bist entschieden zu gefährlich geworden, zu geübt. Sieh dir deinen Stammbaum an, Michael!

Die Worte zerfließen.

– Sieh dir deinen Stammbaum an!

Und ruhiges, selbstsicheres Lachen.

Im Erdgeschoß werden ein paar scharfe Takte aus dem zweiten Satz des Klavierkonzerts Unendlichkeit auf dem Flügel gehämmert, dann weiteres Gelächter. Michael versucht sich aus den Fesseln des Schlafes zu befreien, weiß aber, daß er viel zu spät kommt. Er ist unvorsichtig gewesen; er ist glücklich gewesen und hat zugelassen, daß sein Glück und sein Wunsch, normal zu sein, alle Abwehrmechanismen, welche die Kranichfrauen ihn gelehrt hatten, offen oder auf Umwegen, verdunkelten und unwirksam machten.

Clarkham ist seit Wochen in Waltiris Haus gewesen – oder sehr nahe dabei. Er spielte auf dem Flügel, wenn Michael fort war; hat vielleicht sogar das Telefon im Haus benutzt, Kristine anzurufen. Das Haus ist Clarkhams Operationsbasis gewesen.

Michel fühlt, wie alle diese Erkenntnisse verblassen. Er öffnet die Augen noch rechtzeitig, um alles im Schlafzimmer in Sepia getränkt zu sehcn. Als das Sepia sich aufhellt ...

19

... verspürte einen so tiefen kummervollen Schmerz, daß es ihm den Magen zusammenkrampfte. Ein weiterer Morgen, ein weiterer Tag, den es mit dem Verlust und dem Elend seines Alleinseins und seiner Verletzlichkeit zu bestehen galt.

Er schloß die Augen und drückte das Gesicht ins Kissen, versuchte die Tränen zu unterdrücken.

Nein.

Er wälzte sich auf den Rücken, holte tief Atem und stieß ihn langsam aus. Durch die unbewegten Vorhänge am offenen Fenster hörte er keine Geräusche von draußen, keine Fahrzeuge, keine Vögel, nur ein gleichmäßiges leises Säuseln von Wind. Die Geräusche einer Wüste. Der Sonnenschein wurde immer wieder für kurze Zeit verdunkelt, als ob Wolken vorüberzögen. Er blickte zur anderen Hälfte des Doppelbettes und sah Kissen und Steppdecke glattgezogen, alles unberührt bis auf die Spuren seines eigenen Herumwälzens.

Michael Waltiri.

Nein.

Er stand auf und streifte Unterhose und Hose über, fuhr in das weiße Hemd mit dem geknöpften Kragen, zog sich mit beiden Daumen die Hosenträger über die Schultern. Eine weite sackähnliche Hose, die ihm bis hoch über die Hüften reichte. Wollsocken und schwarze Lederschuhe. Ein Sportsakko, der über die Stuhllehne gehängt worden war, desselben Stuhles, wo noch vor Wochen Kristine ihr Make-up angelegt hatte, ihre Strümpfe und das Kleid angezogen hatte.

NEIN!

Und mit dem Packard zur Bank gefahren war. Hausfrauliche Erledigungen.

Er schob die Vorhänge auseinander und beugte sich aus dem Fenster. Warmer gelber Sonnenschein fiel auf ihn herab. Am Himmel zogen Wolken, gerundet und wattig, gleichmäßig wie eine Schafherde.

Mit dem Packard zur Bank gefahren und ...

Er schloß die Augen und bückte sich, die Schnürsenkel der Schuhe zu binden. Alles war falsch. Die Welt war auf den Kopf gestellt.

Sie war fort. Einfach so. Genauso wie seine Eltern fort waren. Sie waren mit einer Dakota in der Nähe von Guam abgestürzt, zusammen mit anderen Unterhaltungskünstlern, die im Dienst der Truppenbetreuung gestanden hatten.

– der Krieg ist vorbei, Michael; er war vorbei, ehe du geboren wurdest –

Und hier war er. Nutzlos. Waise und Witwer. Tot für die Welt, welche Welt es auch immer war, dort draußen.

Er ging hinunter und bereitete sich einen Haferbrei, den er mechanisch mit Sirup und einem Schuß Öl versetzte. Er aß ihn ebenso mechanisch, gedankenleer und unkritisch, nur um dem Schmerz zu entgehen.

Als er fertig war, läutete die melodische Türglocke in der Diele, und er ging hinaus und öffnete. Seines Vaters Partner, David Clarkham, stand mit dem Hut in der Hand draußen, gekleidet in eine sehr elegante Kamelhaarjacke und passende Hose, mit einem breiten himmelblauen Schlips, der regelmäßige Schäfchenwolken zeigte. Michael starrte die Wolken an und sah sie über den Schlips wandern.

»Wollte mal nachsehen, wie es dir geht, Michael«, sagte Clarkham, einen Ausdruck fürsorglichen Mitgefühls im glatten jungen Gesicht.

»So gut, wie man erwarten kann«, erwiderte Michael. »Möchten Sie hereinkommen? Kann ich Ihnen etwas zu trinken anbieten? Ein Glas Wein?«

»Nein danke. Du solltest sowieso nicht trinken. Es gibt eine Menge Arbeit zu tun. Die Papiere deines Vaters sind zu ordnen, die Angelegenheiten im Studio zu regeln. Ich sprach gestern mit Zanuck. Er bittet mich, sein Beileid auszudrücken, sowohl zum Tode deiner Eltern wie auch zu ... Kristine.«

»Schön.« Betäubung. Durch eine Anstrengung erzwungener Leere zurückgedrängter Schmerz. »Danke. Sagen Sie ihm ... ja.«

»Ich werde die Arbeit an der Filmmusik für *Yellowtail* weiterführen. Das ist sicherlich im Sinne deines Vaters.«

»Fein.«

»Gibt es sonst etwas, was ich für dich tun kann, Michael? Im Studio vielleicht? Sind juristische Angelegenheiten zu klären?«

»Nein. Darum kümmern sich die Anwälte.«

»Deine Eltern waren so feine Menschen, Michael. Es wäre ihr Wunsch gewesen, gemeinsam zu gehen. Aber zu Kristine läßt sich nichts Vernünftiges sagen. Soviel Tod in Übersee ... hier erscheint es einem doppelt sinnlos. Triviale Unfälle.«

»Ja. Ich weiß.« Er wollte, daß der Mann seiner Wege gehe. Er wollte die Tür wieder schließen und die Sonne und den Himmel und die regelmäßigen Wolken und das leise Säuseln des Windes ausschließen.

»Dann werde ich jetzt gehen. Wollte nur vorbeischauen.« Clarkham lächelte, und einen Augenblick lang fühlte Michael eine schwarze Tiefe von Verderbtheit hinter dem Lächeln, die ihn schwindeln machte, die beinahe sein Gedächtnis zurückbrachte ...

»Danke für Ihr Mitgefühl.« Er schloß die Tür und ging zurück in die Küche, wo er sich eine weitere Tasse Tee einschenkte. Während er ihn schlürfte, runzelte er die Stirn. Warum diese feindseligen Gefühle gegen den Partner seines Vaters. Nur ein Symptom seines Allgemeinzustandes: ein Wrack.

Er überlegte, ob er im Garten Übungen machen sollte, und entschied, daß es nicht der Mühe wert sei.

Eine Schwärze senkte sich auf Michael Waltiri herab, betäubte ihm die Sinne noch mehr und entmutigte ihn, irgendwelche Pläne zu machen oder allzu gründlich über etwas nachzudenken. Er liebte Kristine sehr, und sie hatten ein so kurzes Leben zusammen gehabt (wie lang? Stunden? Unsinn)

daß seine eigene Jugend und die nächsten sechzig oder siebzig Lebensjahre sich gegen ihn zu verschwören schienen, ihm eine öde Wüste endloser und unerfüllter Stunden, Tage, Jahre boten.

Michael Waltiri war zumute, als wäre er zu lebenslänglicher Haft verurteilt. Er würde sie zu Ende leben; das war alles, was er tun konnte.

20

Tage und Wochen vergingen, und er aß und schlief und arbeitete im Garten, beschnitt die Rosen, reparierte die chinesischen Papierlaternen und hängte sie wieder an den Draht, der vom Spalier zu Pfosten im Garten gespannt war, und wischte den gußeisernen weiß emaillierten Tisch auf der ziegelgepflasterten Terrasse ab. Er mochte den Garten nicht – er war ihm unheimlich –, aber er arbeitete trotzdem dort, sorgte dafür, daß er ordentlich und aufgeräumt aussah, weil (es mußte so gewesen sein, obwohl er sich an Einzelheiten nicht erinnern konnte) er und Kristine dort Zeit verbracht hatten.

Er entsann sich, daß jemand in einem feinen Kleid einmal an dem weißen Tisch gesessen hatte. Das mußte Kristine gewesen sein. Nicht ihr Stil (ganz gewiß nicht Goldas – seiner Mutter – Stil), und warum war ihm so deutlich bewußt, daß er vor ihr in dem Kleid Angst gehabt hatte? Sein Kummer brachte alles durcheinander.

Tage und Wochen. Er rasierte sich mit einem französischen Rasierapparat und spielte Platten auf dem Grammophon, Toscanini und Reiner und Strauss und

Stokowski, die auf 78er Schellackplatten dirigierten. Endlose Stunden von Musik, wieder und wieder.

Der Kummer und die Betäubung wollten nicht weichen.

Er bekam nie einen Menschen zu Gesicht, und niemand rief ihn an. Er las die Zeitungen und hörte gelegentlich Radio. Nichts davon schien richtig, aber was konnte er tun?

Michael war zumute, als ob er in der Hölle wäre.

21

Endlich brachte er genug Energie auf, einen langen Spaziergang zu unternehmen. Er brach in der Abenddämmerung auf, als der leere Himmel von einem stumpfen staubigen Blau war und das Zwielicht ewig zu dauern schien, und wanderte die leeren Straßen entlang, vorbei an den weißgetünchten und im spanischen Stil stuckierten Häusern, die in der Nachbarschaft bevorzugt wurden, und an den kalifornischen Bungalows, den Holzhäusern im Ranchstil. Er blieb stirnrunzelnd stehen und sah eine elektrische Straßenlaterne aufleuchten, als die Dämmerung tiefer wurde, und ein Ahorn mit braun verfärbten Blättern ließ seine Zweige nicht schwanken, als aufkommender Wind im Geäst seufzte. Die Sterne erschienen und kreisten wie Glühwürmchen an Fäden und kamen dann zur Ruhe, und der Himmel wurde ein gelatineartiges Schwarz.

Michael ging nach La Cienega und folgte ihrem Verlauf, sah Leute auf der anderen Straßenseite oder in einiger Entfernung vor und hinter ihm, aber niemals kam ihm jemand entgegen oder ließ sich aus der Nähe sehen. Alle Geschäfte und Restaurants und sogar die Bars waren geschlossen. Der Krieg, dachte er. Es fehlte an Personal.

Nicht mal genügend Leute.

Die Straße wurde enger, als er in die Hügel kam. An der Ecke Sunset Boulevard blickte er in beide Richtungen, sah die Häuser und die Läden zu beiden Seiten, alle geschlossen und dunkel, und dann das alte Theater, das sich zu seiner Rechten über die Dächer erhob. Er ging auf das Theater zu.

In runden Neonbuchstaben, aber ohne Licht, erstreckte sich der Name des Theaters um die Kuppel und einen hohen Sendemast hinauf, der aus ihr emporwuchs.

P
A
N
D
A
L
L

PANDALL

Die Türen waren mit Brettern vernagelt. Der Wind flüsterte zwischen den Verschlägen und den blinden Glasscheiben dahinter.

Der Ort war tot. Sein Zusammenhang mit der Wirklichkeit schien dürftig, als wäre er bereits eine Erinnerung, nicht mehr. Der Bau gefiel ihm nicht. Er ging fort, blickte über die Schulter zurück. Etwas Dunkles folgte ihm, und das brachte ihn vor Angst fast um den Verstand. Er bog in eine Seitenstraße und versuchte, den Verfolger so unauffällig wie möglich abzuschütteln: es war eine hohe weißhaarige Gestalt in schwarzem Gewand.

Michael kam nach Haus und schloß die Tür. Ihm war,

als schwebe er in einem Glasbehälter, ein Museumsstück, allen Lebens beraubt, Zeit und Blut ersetzt durch Spiritus oder Formaldehyd.

22

Irgendwann begann er Gedichte zu schreiben, obwohl er sich nicht erinnerte, es jemals zuvor getan zu haben. Er schrieb darüber, was ihn die ganze Zeit beschäftigte: Kristine.

Wer geht in mir?
Die mein verlornes Ich
Ins Morgendämmern zieht
Ist frei von Schuld.

Von kalten Träumen zum Feuer
Am Ende des Tages
Füllt sie einen Zoo
All meine Tiergedanken

Ohne Arg ist sie
Sieht mein Labyrinth nicht mehr
Als Worte auf Papier

Einst lebte sie in mir
Lebte ihr eigenes
Nun geht sie allein in mir

Nach einem Tag, den er still im dunklen Schlafzimmer sitzend verbrachte, nahm er einen Stift und schrieb auf eine Papierserviette:

»Sieh, wie er sich entwickelt!«
Doch wo ist sein Wissen?

»Sieh den hellen Lichtpunkt. Das ist es.«
Und seine Reife?
»Kommt langsam voran.«
Ich sehe einen dunklen Fleck. Fehlt jemand?
»Er hat jemand verloren.«
Es scheint, daß er ersetzen möchte
den dunklen Flecken durch den hellen.
»Er denkt, er könne Verlorenes zurückgewinnen.«
Kann er es?

Und keine Antwort; der Stift hielt am Ende der Papierserviette inne. Am nächsten Tag konnte er weder die Papierserviette noch irgendeines von den Gedichten finden, die er geschrieben hatte, und im Haus war ein Geruch von etwas wie Ammoniak und schwefligem Gas, das ihn hinaustrieb.

Er setzte sich vor ein Beet mit Gladiolen, so daß niemand ihn sehen konnte, hielt ein Blatt in der Hand und konzentrierte sich darauf.

Schärfe. Detail. Klarheit.

Detail.

Er konnte sich auf das Blatt nicht konzentrieren. Es schien vor ihm zurückzuschrecken; alle seine inneren Details verschwammen, und seine Aufmerksamkeit verlor sich mit ihnen. Das war nicht richtig.

Der Zorn, den er empfand, wurde rasch von seiner düsteren Stimmung gedämpft.

– Muß das überwinden. Kann nicht gerade denken.

Er stand auf, wischte sich ohne besonderen Grund die Hände an den Hosen. Er war immer sauber; er schwitzte nicht und hatte nicht gebadet seit

wann?

Er blickte die Straße hinunter und sah die weißhaarige Gestalt in Schwarz, die ihn beobachtete. Sie hob den Arm, und Michael lief zurück ins Haus. Doch selbst als er die Tür hinter sich geschlossen hatte, war ihm bewußt, daß er diesmal nicht entkommen konnte.

In seinen Schrecken mischte sich ein unerklärlicher Funke Hoffnung. Wenn sein Tod war, was er sah, dann würde er die Bürde dieses elenden Lebens von ihm nehmen, diese an den Kummer gekettete Hölle.

Er trat zwei Schritte von der Tür zurück und wartete.

Ein leichtes, fast beiläufiges Klopfen ertönte.

Michael schluckte einen substanzlosen Klumpen hinunter, der ihm in der Kehle steckte, und griff zur Türklinke. Ehe seine Hand sie erreichte, schnappte das Türschloß, der Riegel glitt zurück, die Klinke senkte sich. Er wich drei Schritte zurück.

Die Tür schwang auf. Er erkannte den Mann, der in der Öffnung stand, wußte aber nicht, wer er war. Er war hochgewachsen und schlank, sehr kräftig aussehend, von unbestimmbarem Alter, das Gesicht lang und düster, das Haar weiß und fein wie mineralische Absonderungen von Höhlengestein. Der Kragen seines Gewandes hatte die Farbe verblichener trockener Rosen, ausgeschnitten aus dem Blumenmuster eines staubigen Samtstoffes. Das Gewand schien von einem Wind bewegt, der nichts mit dem gemein hatte, der draußen wehte. Die Augen des Mannes hatten die Farbe von Perlen, und die Haut war bleich wie der Mond.

»Michael Perrin. Kennst du mich?«

Seine Stimme klang wie ein Schwert, das über Seidenfalten gezogen wird. Michael schüttelte den Kopf, dann nickte er. Er konnte die Ausstrahlung von Macht fühlen.

»Weißt du, wo du bist?« Ein verletzendes Mitleid kam in das Gesicht des Mannes, vermischt mit leiser Geringschätzung.

»Nein. Ich bin nicht zu Hause.«

»Du bist *loghan laburt,* verflucht vom Verlust. Du kannst durch deinen Schmerz nicht sehen. Du bist in einen großen, aber schlecht erdachten *almeig epon* eingehüllt gewesen, einen schlechten Traum.«

»Dein Name ist Tarax«, sagte Michael, mit einem Gefühl, als zerrisse ihm im Hinterkopf ein Vorhang, der seine Gedanken verhüllte. Aber der Name brachte ihm keinen Trost. Er fröstelte plötzlich.

»Der bin ich in der Tat. Ich kann dich hier herausbringen, aber du mußt etwas für mich tun.«

»Ich erinnere mich nicht deutlich. Ich kann nicht klar denken.«

Tarax verengte die perlmuttfarbenen Augen, und Michael fühlte ein weiteres Aufreißen, das einige Erinnerungen einließ. »Musik«, sagte Tarax. »Die Lieder der Welten, ein- und ausgeatmet.«

»Bevor ich hier war.«

»Ja?«

»Nichts ist hier richtig. Wo ist Kristine?«

»Sie kann Teil unseres Handels sein.«

»Ist sie tot?«

»Sie könnte es genausogut sein«, sagte Tarax. »Es sei denn, du reißt dich los von deinem Selbstmitleid und denkst klar.«

»Sie ist nicht tot.« Die Reste des Vorhangs wurden zu einem Schleier, der sich aufhellte und auflöste. Der Kummer breitete seine dunklen Schwingen aus und flog auf und fort von ihm.

»Du wurdest von den Kranichfrauen ausgebildet«, sagte Tarax. »Sie sind jetzt fort, und niemand ersetzt sie. Ich benötige ihre Funktion. Du kannst diese Funktion erfüllen.« Tarax' Lächeln war distanziert und ironisch; daß er mit solchem Vorschlag zu einem bloßen Menschenkind kommen sollte ...

Michael schwieg, schwelgte einfach in der Klarheit seines Geistes und der Erleichterung, die er verspürte. Als Tarax weitersprach, lauschte er aufmerksam.

»Ich habe eine Tochter«, sagte Tarax. Er trat ein, und die Tür schwang hinter ihm zu und schloß sich geräuschlos. »Mein einziger Sprößling. Sie ist im geeigneten Alter für die Ausbildung in der Disziplin. Sie wird mir als Priesterin des Irall zur Seite stehen, so lange wie möglich, und danach auf Erden.«

Die Erwähnung des Irall vertrieb seine Erleichterung und brachte eine neue Furcht über ihn.

»Du trägst das Erbe der Kranichfrauen in dir. Du kannst – du mußt meine Tochter in ihrer Weise ausbilden. Wenn du dem zustimmst, werde ich dir sagen, wie du diesen Traum verlassen und zu deiner Welt zurückkehren kannst.«

Michael nickte einmal, nicht zustimmend, sondern zum Zeichen, daß er noch zuhörte.

»Wenn es dir gelingt, sie auszubilden, werde ich dir enthüllen, wo diese Frau namens Kristine gefangen ist, ähnlich wie du hier gefangen bist.«

»Wir sind Feinde«, sagte Michael. »Du haßt mich.«

Tarax hob die Hand, die langen Finger ausgestreckt, und warf die Worte beiseite. »Ich hasse niemanden. Wir haben in der Vergangenheit zusammengearbeitet, und du bist dir dessen bewußt. Und es gibt das Gesetz der Magier, das befolgt werden muß.«

Es mochte sein, daß sie zusammengearbeitet hatten. Tarax konnte an der Verschwörung gegen Clarkham teilgenommen haben. Aber was war das Gesetz der Magier? »Dann hatten wir keinen Erfolg. Clarkham ist noch am Leben.«

»Nicht eigentlich am Leben«, sagte Tarax. »Aber der Kampf ist noch nicht zu Ende.«

»Ich bin gewarnt worden, niemals einem Sidhe zu trauen«, sagte Michael.

»Hast du eine Wahl? Wenigstens wirst du zu deiner Welt zurückkehren.«

Michael überlegte. »Was könnte ich deine Tochter lehren?«

Auf diese Frage verriet Tarax ein einziges Mal Unsicherheit. »Was die Kranichfrauen gewünscht haben, nehme ich an.«

»Gehst du das Risiko ein, daß ich nicht imstande sein mag, die Disziplin weiterzugeben.«

»Ja.«

Michael sah den Sidhe an und sagte: »Dann stimme ich zu.«

»Du kannst dich jetzt zur Erde zurückverfügen. Du weißt, wie. Gebrauch einfach, was du weißt. Frag dich, wo du bist.« Tarax wandte sich um, und die Tür schwang auf. Der Sidhe streckte die langen Finger aus und riß die Tür auseinander, ließ sie in staubigen Trümmern zu Boden sinken. Das winselnde Geräusch des Windes hörte auf.

»Wie?« fragte Michael, wieder ängstlich.

Tarax verblaßte, dann war er fort.

Michael zitterte und starrte auf seine Hand. Schon merkte er, wie ihm die Erinnerung an diese Erfahrung entglitt und die düstere Gram zurückkehrte. Er betrachtete das Haus als eine Zuflucht, einen Ort, wo er ungestört trauern konnte; er schien ihm angemessen, da er alles verloren hatte.

Er biß sich auf die Lippe und bewegte die Finger. »Wo bin ich?« fragte er. Er dachte an den Grundriß und die

– In diesem Haus gibt es keinen Flügel. Dies ist nicht Waltiris Haus, und Waltiri ist nicht mein Vater.

mit Ziegeln gepflasterte Terrasse und den weißen gußeisernen Tisch, den Kristine nie gesehen und an dem sie erst recht nicht gesessen hatte, und die Gestalt in dem mit Volants besetzten Kleid, Tristesse, war jemand, war etwas anderes gewesen.

Es war so einfach. Er fuhr mit der Hand durch die Luft – nicht eigentlich durch sie, sondern durch den zwischenliegenden Raum – und zerriß den Traum. Dann trat er durch die einstürzenden Ruinen von Clarkhams Falle.

Und stand (zwischen weichenden Schatten)
in der Mitte
(Staub am Boden, eine einzige Fußspur)
des oberen Raumes in Clarkhams Haus.

Ein seltener Sommerregen fiel auf das Dach, ein so einfaches und besänftigendes Geräusch, daß er die Augen schloß und beinahe eine Minute lauschte, bevor er die Treppe hinunter und zur Tür hinaus ging.

Er war nicht in Clarkhams Haus gefangen gewesen; soviel begriff er gleich nach seiner Rückkehr. Clarkham hatte eine primitive und einfache Welt für ihn geschaffen und ihn dort festgehalten. Das Haus war nicht einmal ein integraler Bestandteil gewesen; wo er gelebt hatte, war er von einer Mischung aus Waltiris Haus, Clarkhams Haus und sogar Teilen des Nachbarhauses umgeben gewesen.

Michael ging langsam die Zufahrt zu Waltiris Haus hinauf, erschöpft, aber innerlich triumphierend, jeder Atemzug wie berauschender Likör.

Wie lang war er fort gewesen?

Endlich daheim. Dopso blickte von seinem eigenen Hauseingang herüber.

»Wie lange bin ich fort gewesen?« fragte Michael.

»Lange genug, das können Sie mir glauben. Lange genug, daß alles drunter und drüber geht. Ihre Eltern sind mehrmals hier gewesen und haben mit Mutter und mir gesprochen ...«

»Kristine? Haben Sie von Kristine Pendeers gehört?«

Dopso runzelte die Stirn. »Niemand sonst ... Ihre Eltern erwähnten einen gewissen Moffat. Keine Frauen. Ich habe Ihre Zeitungen hier – diejenigen, die geliefert worden sind. Die Stadt ist ein einziges Durcheinander. Nichts ist mehr rechtzeitig oder verläßlich.«

»Warum?«

»Erscheinungen«, sagte Dopso kopfschüttelnd. »Es ist wenigstens einen Monat her, seit wir Sie zuletzt sahen.«

Michael sperrte die Tür auf und trat ein, erfüllt von der unbestimmten Hoffnung, daß Kristine auf ihn warten würde, aber das Haus war leer. Da er nun vorgewarnt war, sondierte er sorgfältig nach Anzeichen, die auf Clarkhams Anwesenheit oder Nähe hindeuteten, fand aber keine Hinweise auf ihn.

Dopso kam zur offenen Tür, beladen mit Zeitungen. »Wo soll ich die hintun?« fragte er. »Und Ihre Post habe ich auch. Nicht sehr viel.«

Michael zeigte auf die Couch. Dopso legte seine Last ab und wischte sich die Hände an den Hosenbeinen. »Ich habe mir gedacht«, sagte er, »daß es vielleicht an der Zeit wäre, Mutter und mir dies alles zu erklären. Ich hatte Zeit, mir über einige Dinge Gedanken zu machen – über diesen Burschen, der sich erschoß und verschwand. Wir sind beide zu dem Schluß gekommen, daß Sie der einzige sind, der wohl weiß, was vorgeht. Wir wären Ihnen sehr dankbar, wenn Sie uns helfen könnten.«

»In Ordnung«, sagte Michael. »Lassen Sie mir ein bißchen Zeit, dies hier durchzusehen, dann komme ich heute abend zu Ihnen. Wie spät ist es?«

Dopso sah auf die Armbanduhr. »Halb sechs.«

»Sagen wir um acht.«

Dopso nickte, blieb für einen Augenblick stehen, die Hände in den Taschen, als warte er auf etwas mehr, dann hob er die Schultern.

»Ach ja.« Er hielt draußen auf der Zufahrt noch einmal inne und hob die Stimme, damit Michael ihn besser höre. »Sie sollten vielleicht Ihren Kühlschrank ausräumen. Es gibt jetzt nicht mehr die ganze Zeit über Strom.«

23

Er verschlang die Zeitungen; in Clarkhams Traumfalle hatte es natürlich keinerlei Nachrichten gegeben. Was er las, entsetzte und erheiterte ihn abwechselnd.

Die Sidhe erschienen überall auf der Erde, zu Hunderttausenden, wenn nicht gar zu Millionen. Offenbar hatten nur Tage nach dem Konzert große Einwanderungswellen aus dem Reich eingesetzt. Er durchblätterte die Zeitungen, zerriß in seiner Hast Seiten. England, natürlich – und Irland und Schottland: Hunderte von Erscheinungen. Ganze Gebiete Irlands waren jetzt durch undurchdringliche und stofflose Sperren abgeschlossen, errichtet von den Sidhe; es war nicht festzustellen, von welcher Art von Sidhe. Die Leitartikel und Einzelberichte würdigte er kaum eines Blickes; die Journalisten waren selbstverständlich nicht informiert, und ihre Vermutungen waren lächerlich, wenn auch typisch für das zwanzigste Jahrhundert: fremde Lebewesen aus dem Weltraum, terroristische Aktionen unter Einsatz von Hochtechnologie.

Sie hatten keine Ahnung, was vorging.

In anderen Gebieten – Indien, China, der Sowjetunion – war die Veröffentlichung von Nachrichten über Erscheinungen unterbunden und alle Reisen verboten worden. Es gab Andeutungen, die auf enorme Zerreißproben und sogar Schlachten schließen ließen.

In Los Angeles stand das Tippett-Hotel im Mittelpunkt der ›Invasionen‹. Hunderte von ›hochgewachsenen, seltsam gekleideten‹ Individuen waren dort in den letzten zwei Wochen aufgetreten. Das Gebäude war von Truppen der Nationalgarde abgeriegelt, aber (Michael lachte und schüttelte den Kopf) das hinderte einzelne Individuen nicht daran, vom Dach davonzufliegen, teils auf grauen Pferden, teils ohne erkennbare Hilfe, und im Himmel zu verschwinden.

Die Sidhe kehrten zurück und fanden die Erde als ein Hornissennest. Wie viele Sidhe und Menschen mochten bisher umgekommen sein?

Es gab eine Menge zu tun. Zuerst mußte er seine Eltern aufsuchen.

Und dann Kristine. Er hatte keine Ahnung, wo sie zu finden war. Am liebsten hätte er vor Enttäuschung an die Wände getrommelt; die Finger krampften sich um die Seiten der gestrigen *Los Angeles Times* zusammen, bis das Papier zerknitterte.

Wann würde Tarax seine Tochter schicken? Konnte er überhaupt etwas glauben, was von Tarax' Lippen kam? Michael hatte seinen Weg zurückgefunden – dieser Teil des Handels war durchgeführt worden, aber alles andere ... »Ich bin so verdammt unwissend!« rief Michael und warf die Zeitungen auf die Couch. Er ging steifbeinig in die Küche, das Gesicht vor Zorn und Enttäuschung gerötet, und versuchte das Haar mit den Fingern zurückzukämmen, während er die Telefonnummer seiner Eltern wählte.

Ruth starrte im Wohnzimmer umher, den Blick auf einen Punkt weit jenseits der gegenüberliegenden Wand gerichtet. John ließ seinen Sohn nicht aus den Augen; sein Gesicht wirkte erschlafft, die Augen waren in ständiger, ruckartiger Bewegung.

»Alles was hier seit deinem Weggang geschehen ist, war für mich schlimmer als ein Alptraum«, sagte sie. John beugte sich zu ihr und nahm ihre Hand. »Die Welt ist wirklich«, fuhr sie fort. »Diese Dinge können nicht geschehen. Aber sie geschehen doch.«

Michael erinnerte sich des Hinweises auf seine Vorfahren. Er saß steif wie eine hölzerne Kegelfigur auf seinem vertrauten Stuhl im elterlichen Wohnzimmer, umgeben vom Ahorn-, Eichen- und Rosenholzmobiliar seines Vaters. Auf dem Fernseher zwinkerten die türkisfarbenen Leuchtziffern der Digitaluhr, 12:00, 12:01, 12:02. Die Uhr war nach der letzten Stromunterbrechung nicht nachgestellt worden.

»Sie hat niemandem davon erzählt«, sagte John. »Ich versuchte es mit den Jahren aus ihr herauszukriegen.«

»Jetzt werde ich es sagen«, erwiderte sie. »Sieh dein Haar an, Michael!«

»Das ist ziemlich schwierig«, sagte John lächelnd. »Dir würde es leichter fallen.«

Ruth tippte mit den Fingern auf seine ausgestreckte Hand, ergriff sie aber nicht. »Es hat die gleiche Farbe wie das Haar meiner Urgroßmutter ...« Sie seufzte. »In West Virginia, wo es noch das alte Virginia war, vor dem Sezessionskrieg. Mein Urgroßvater heiratete eine Frau aus den Bergen. Er nannte sie immer die Bergfrau. In der Familienbibel steht ihr Name: Underhill. Salafrance Underhill.«

Michael hatte die Namen gelesen und diesen immer besonders seltsam und schön gefunden, doch hatte man ihm nie etwas über seine so fernen Vorfahren erzählt.

»Sie war eine sehr große Frau. Manche behaupteten, sie sei eine Hexe gewesen. Mein Großvater sagte immer, sie sei gestorben, aber meine Großmutter sagt, sie sei um die Jahrhundertwende einfach fortgegangen. Urgroßvater heiratete nicht wieder. Und mein Großvater, bevor er krank wurde und starb, forderte meine Eltern auf, mir das Haar immer kurz zu schneiden, und verlangte, daß sie mich, wenn ich erwachsen wäre, sofort verheirateten, weil ›in unserer Familie eine Frau ein Fluch ist‹. Das sagte er. Und mein Vater gehorchte seinem Vater stets, ohne zu fragen. Manchmal, wenn ich nachts unruhige Träume hatte, kamen Vater und Mutter in mein Zimmer, und Vater sagte mir, was ich geträumt hatte, sei schlecht – er *wußte,* was ich träumte –, und dann schlug er mich.«

Ihre Züge waren weich geworden, die Augen groß. Sie sah aus, als ob sie weinte, aber es kamen keine Tränen.

»Ich träumte von Wäldern und von Salafrance Underhill, die in den Wäldern Virginias lebte, tief im Hinterland, wo die großen Ahornbäume und Eichen ihre eigenen Lieder singen konnten, wenn der Wind durch ihr Geäst blies. Und ihre Augen hatten die Farbe von alten Silberdollars. Davon träumte ich, und wenn ich träumte, wußte ich, daß sie noch lebte ... aber nicht auf

Erden. Sie war zu ihren Leuten zurückgekehrt. Sie hatte meinen Urgroßvater mit zwei Kleinkindern zurückgelassen, für die er sorgen mußte, einem Mädchen, das früh starb – ich glaube fast, daß er sie tötete –, und einem Jungen. Meinem Großvater. Und aus ihm wurden die Träume frühzeitig herausgeprügelt.«

John kllopfte mit einer Hand rhythmisch auf die Armlehne seines Sessels.

»Nach allem, was du sagst«, fuhr seine Mutter fort, »muß meine Urgroßmutter eine Sidhe gewesen sein, und das macht mich – und dich – zu Mischlingen.«

»Gott!« sagte John heiser. Er räusperte sich. »Das ist ein Tag, nicht wahr?«

»Mit fünfzehn verließ ich Virginia und ging nach Ohio arbeiten. Ich lernte deinen Vater 1965 kennen, und nach unserer Hochzeit brauchte ich drei Jahre, bis ich mich für ein Kind entscheiden konnte. Dein Vater drängte mich Jahr um Jahr, aber ich hatte Angst, und ich konnte ihm den Grund nicht sagen. Ich wußte nicht, was ich tun sollte, wenn es ein Mädchen würde. Was ich ihr erzählen sollte.«

»Hast du übersinnliche Kräfte?« fragte John beiläufig.

»Ich habe nie versucht, es herauszubringen«, antwortete sie. »Abgesehen von Dingen, die man als Intuition erklären konnte. Aber Michael ... Er hatte immer eine Art zu sehen, eine Empfindsamkeit. Obwohl er ein Junge war. Ich fürchtete für ihn. All diese Gedichte und sein Denken. Er hatte etwas. Nun ist es zu dieser Entwicklung gekommen. Jetzt könnten die Leute glauben, wenn man ihnen von Bergfrauen erzählt, von der Furcht, etwas könne nicht richtig sein, nicht christlich, und man müsse den Kindern die Haare kurzschneiden, um es zu unterdrücken. Als er fortging ... ich fühlte, wo er war, und ich konnte es nicht einmal dir, meinem Mann, sagen. Ich konnte es selbst nicht glauben, weil soviel Zeit vergangen war und alles nebelhaft erschien. Ich hatte es so viele Jahre unterdrückt – die Träume und

Schläge. Meine Mutter, die so ängstlich schaute und nicht wußte, was sie tun sollte.«

Sie hob beide Arme, und Michael kam zu ihr, und sie umarmte ihn und fragte: »Was willst du tun?«

»Ich habe gar keine Wahl«, sagte er mit gedämpfter Stimme an ihrer Schulter. Sie nahm einen Arm von ihm und bedeutete John, zu ihnen zu kommen, und sie saßen auf der Couch, wie sie es nach Michaels Rückkehr getan hatten, alle beisammen, still.

»Werden sie jemals wieder fortgehen?« fragte seine Mutter. »Die Sidhe?«

Michael schüttelte den Kopf. »Ich glaube nicht, daß sie gehen können«, sagte er. »Sie würden nicht zur Erde zurückkehren, wenn sie es vermeiden könnten.«

»Und du liebst diese Frau, Kristine.«

»Ja.«

»Sie liebt dich?«

»Ja.«

»Dann ist sie eine Geisel.«

»Ich weiß nicht, warum er sie festhält.«

»Kann er dir schaden?« fragte Ruth.

Michael hob den Kopf und sah ihr in die Augen. »Nicht mehr«, sagte er. »Ich glaube nicht.«

»Sei sehr, sehr vorsichtig!«

»Was ist mit deinem Großvater weiter geschehen?« fragte er. »Und mit deinem Vater?« Er konnte nicht einfach fragen, ob sie die Unsterblichkeit der Sidhe hatten.

»Großvater kam bei einem Unfall mit einem Pferdefuhrwerk ums Leben«, sagte Ruth. »Vater verschwand ein Jahr, nachdem ich von zu Hause weggelaufen war.«

Er verließ das Haus, verwundert und nachdenklich. Wie viele Male würde es noch geschehen, daß alles in einem neuen Licht erschien? Hatte außer Clarkham noch jemand gewußt, daß er ein Halbblut war? Die Kranichfrauen oder Waltiri selbst? Wie viele Mischlinge gab es jetzt auf Erden?

Wegen Aske und Elme konnte der größte Teil der

Menschheit theoretisch etwas Sidheblut haben; das hatte er seit Monaten akzeptiert. Aber selbst den Sidhe so nahe zu stehen – fast so nahe wie Eleuth –, war ein Schock, auf den er nicht vorbereitet war.

Aber es erklärte vieles.

Mrs. Dopso saß in ihrem prall gestopften Sessel. Das Licht der Leselampe ließ ihr Gesicht im Schatten und warf einen warmen Schein auf ihren Schoß, wo sie eine aufgeschlagene Bibel hielt. Die aufgeschlagene Stelle war die Geheime Offenbarung des Johannes. Robert saß auf einem Eßzimmerstuhl neben ihr, Michael auf der Couch.

»Dann war doch ein Spuk in dem Haus«, sagte Mrs. Dopso. Aus der Bestätigung schien sie Befriedigung zu ziehen.

»In gewisser Weise, ja.«

»Aber das hat jetzt nicht mehr viel zu sagen«, fuhr sie fort. »Die ganze Welt ist erfüllt von Spuk.«

Michael nickte.

»Ich habe in der Bibel gelesen«, sagte Mrs. Dopso. »Ich fürchte, sie gibt mir nicht viel Trost.«

Michael, der sich an die Diskussion mit den Zeugen Jehovas erinnerte, schwieg.

»Wird es Krieg geben?« fragte sie. »Ich meine, werden wir Bomben auf sie werfen?«

»Nicht diese Art von Krieg, das glaube ich nicht«, sagte Michael. Die alte Frau nickte. Dopso rückte seinen Stuhl näher.

»Sollten wir aufs Land ziehen?« fragte er.

Michael schüttelte den Kopf. »Nein, das empfehle ich nicht.«

»Was werden Sie tun?« forschte Robert.

»Ich habe eine Menge ... Aufgaben. Ich weiß nicht recht, wo ich anfangen soll.«

»Vielleicht werden Sie ein Diplomat«, meinte Mrs. Dopso.

»Vielleicht.«

»So jung. Alles ist bitterernst geworden, zu ernst für jemanden, der so jung ist wie Sie.« Sie schloß die Bibel. »Wird Christus wieder auf Erden wandeln?«

»Mutter ...«, sagte Robert mit sanfter Mißbilligung.

»Ich muß es wissen. Ist dies die Apokalypse? Ich glaube nicht, daß Sie der Antichrist sein könnten ... aber ist es Clarkham? Oder einer von den ... wie nannten Sie sie ... die Siech?«

»Das glaube ich nicht«, sagte Michael mit leiser Stimme.

»Aber alles wird sich ändern«, sagte Robert.

»Alles wird sich ändern müssen.«

»Ich kann es nicht glauben.« Robert stand auf und reckte die Arme. »Die Welt funktioniert nicht so. Es ist eine Sinnestäuschung.«

Michael fiel kein Gegenargument ein. »Ich schuldete Ihnen eine Erklärung«, sagte er nach einer Weile. »Und ich sage Ihnen das wenige, was ich weiß. Ich denke, ich werde es auch anderen sagen müssen. Ich weiß nicht, wie viele mir glauben werden. Es gibt wahrscheinlich Tausende von Menschen hier draußen, die aus dem Geschehen einen persönlichen Vorteil schlagen wollen. Meine Geschichte wird nicht weniger verrückt klingen als ihre Versionen.«

Robert schüttelte den Kopf. Mrs. Dopso legte die Hand auf die Bibel im Schoß.

»Gott mit Ihnen«, sagte sie.

Am gleichen Abend, als er im Bett des Gästezimmers lag, aber nicht schlief – vielleicht würde er nie wieder schlafen –, überlegte Michael, ob er seine Hilfe jenen anbieten sollte, die mit den Sidhe zu tun hatten. Als Mittler, Diplomat oder einfach als Berater. Leutnant Harvey wüßte solch eine Anleitung womöglich zu schätzen.

Aber es war ihm gleich klar, daß er nicht so vorgehen

konnte. Einmischung in die allgemeine Verwirrung mochte mutig und sogar edel sein, würde jedoch letztlich vergeblich bleiben.

Das Ausmaß der Verwirrung war furchterregend. Milliarden von Menschen wurden sich beinahe über Nacht einer neuen Realität bewußt ... er konnte eine derartige Umwälzung nicht erfassen. Einige würden die Veränderung willkommen heißen und als ein Abenteuer nehmen – die Entwurzelten, Rechtlosen, Desillusionierten, jene, die die Apokalypse herbeisehnten, sei es die christliche, nukleare oder sonst irgendeine Version davon. Andere würden den Rückzug wählen, die Veränderung übersehen oder einfach ihre Barrikaden aufrichten – mit anderen Worten: verrückt werden, unfähig, sich einer Wirklichkeit zu stellen, auf die sie niemals vorbereitet worden waren. Die Veränderung realistisch zu sehen, würde nahezu unmöglich sein, denn die Menschen dieser Zeit waren seit Jahrtausenden in Statusrealitäten verstrickt ...

Versuchte er, sich direkt einzumischen, würde er vom Wirbelsturm des Umbruches fortgerissen werden, ungeachtet seiner Kräfte.

Aber es gab eine andere, weniger offene und kühne Zugangsweise. Er konnte hinter die Kulissen treten und tun, was zu tun war: Kristine finden, sein Abkommen mit Tarax erfüllen, Clarkham finden und ausschalten, und zur gleichen Zeit konnte er auf ein Verständnis der Hauptprobleme hinarbeiten.

Wenn er bereit wäre, würde er die Rolle übernehmen, die sich am besten für ihn eignete.

»Feigling«, flüsterte er in der Dunkelheit. Dann entfaltete er seine Sinne und beantwortete die Selbstbezichtigung mit einer unmittelbaren Tat.

Und fühlte:

Die Stadt, ausgebreitet über ihre Hügel und die seichten breiten Täler, vibrierend, wie die trägen Wasser einer Flußmündung von den Gezeiten individueller Gedanken bald in diese und bald in jene Richtung bewegt, aufgestört wie ein Ameisenhaufen von einem Stock, der aus einer Richtung kam, die niemand begreifen konnte. Kinder mit Alpträumen, die nicht Flugzeuge noch Spielzeugdrachen oder Hängegleiter gesehen hatten, nicht einmal fliegende Untertassen, sondern Amorphale, Geister und Gespenster, oder die Geschichten von ihnen gehört hatten, und nicht bloß von anderen Kindern, sondern von Erwachsenen, im Fernsehen mit Bildern.

Tausende betrachteten reuig ihre Sünden und die Unzulänglichkeiten ihres Lebens, ihre Unfähigkeit, sich unvorhergesehener Veränderung zu stellen, dachten an Selbstmord.

Die Scharfeinstellung seiner Sinne zeigte ihm:

Eine schwangere Frau, nicht weiter als fünf Blocks entfernt, blühend vor Gesundheit, die Hände um den Bauch gelegt, während sie hellwach im Bett neben ihrem schlafenden Mann lag, überschattet von hilflosen Gedanken. *Ich wollte es haben, und nun sieh dir an, in welche Welt es geboren wird.*

Einen Jungen, vierzehn oder fünfzehn, das Denken verborgen wie ein aufgelaufenes Schiffswrack, formlos zusammenprallende Gedanken, voller Zorn instinkthaft bemüht, sich mit dem wenigen, was er wußte, zurechtzufinden, geplagt von der Überlegung, ob sein toter Vater mit den Gespenstern zurückkommen würde, ihn zu strafen. Allein auf einer städtischen Straße – Santa Monica Boulevard – allein, bewaffnet mit einer kleinen Pistole, falls eine unheimliche Erscheinung vor ihm auftauchen sollte, ja, damit konnte er fertigwerden; Bilder aus einem Dutzend Filmen, große Schießeisen und Blut von Max Factor, fliegende Krieger-Akrobaten, und zuletzt Priester mit verkniffenen Gesichtern, die mächtige Kreuze emporhielten und gegen den Teufel verloren.

Elfen, die unter einer städtischen Brücke kauerten,

schwach und erschöpft, bereit, Schatten zu werfen, sollten sie entdeckt werden, in ihrer Magie viel schwächer hier, erfüllt von Schrecken und Verwirrung, die jener der Menschen, denen sie begegnet waren, mindestens gleichkamen.

Umbrale, dunkel, brütend und mächtig; sie hatten sich unter den Bäumen im Griffith Park Löcher in die Erde gegraben und warteten auf die Nacht; oder sie hatten in den Schatten gewartet, geblendet vom Sonnenschein, und leise miteinander geflüstert, während der lange Tag verging. Nun waren sie unterwegs, versuchten in dieser unvertrauten Welt eine Nische für sich zu finden.

Die Pelagalen hatten bereits Verbindungen mit den Geschöpfen der See hergestellt und schwammen mit Walen und Haien und breitflossigen großen Mantas in den funkelnden mondbeschienenen Wassern jenseits des Hafens von San Pedro.

Er weitete seinen Bereich aus und konzentrierte sich wieder auf Menschen. Es gab etwas, was er sich aneignen mußte: ein Gefühl für die Welt. Der Schweiß brach ihm aus. Die Anstrengung war beinahe schmerzhaft, aber er dehnte die Reichweite seiner Sondierung aus, bis er sich hoch in den Himmel und tief in die Erde und im Umkreis von vielen Kilometern über die Stadt ausgebreitet fühlte. Für Augenblicke schien er das Land in den Händen zu halten und glaubte, Millionen menschlicher Seelen zu berühren.

Die Fülle war überwältigend. Er zog sich zurück und wurde wieder selektiv, aber auf einem viel weiteren Gebiet. Unter ihm und um ihn die schlafende Stadt, dunkel und nervös.

Das ist der Menschen Art

den ganzen Tag für Lohn zu arbeiten Hoffnung auf Gewinne und dies alles kommt dieser Unsinn so ist das Leben es kriegt dich dran du paßt nicht auf und es schleicht sich an dich ran o ja Papa sagt Mama sagt Gemeinheit faß die Katze nicht so an ich hätte darauf hören und vor dem Ausschuß nicht diese Haltung einnehmen sollen Befriedigung darin daß die Welt in Stücke fällt und ich habe trotzdem Frieden im Garten mit der dikken krümelnden Erde zwischen den Fingern und ich verstreue das Knochenmehl denke es war einmal ein Tier eine Kuh nun ist es Garten das werden auch wir sein Gartendünger wandelndes Fleisch und Knochenmehl für den Garten der Erde ja es war Sex und ich weiß nicht was tun es kommt hoch es schleicht sich an ich muß antworten wie ein Tier nicht wie ein Engel Affe nicht Engel wünschte mir Selbstbeherrschung aber was zum Teufel Pillen und so weiter Tod und einfache Freude in einer Flasche so hart wenn das was sich angenehm und gut anfühlt mich langsam umbringt was sagte sie im Schlaf sie kommt zu mir starrt mich mit diesem Blick an den sie immer hatte solange sie lebte ich frage mich ist es wirklich sie und sie spricht im Schlaf zu mir? Die ganze Strategie im Arsch diese ganze Arbeit diese ganze Aufopferung und jetzt ist es keinen Scheißdreck wert na ich bin frei (morgen zurück in den Kampf als ob es gleich wäre aber es ist ein Alptraum da draußen) dicke Wellen ölig und blaugrün um meine schlafenden Knöchel ich kann aufwachen bevor sie meinen Kopf bedecken ich weiß ich kann aber wie wenn ich nicht schlafe derselbe Traum dies alles ist schon einmal geschehen aber ich kann es fühlen die Kälte und weiß es steigt ich kann den Mond am Himmel voll sehen er zieht es hoch über dem Kopf und die Leute an der Küste sie sehen den Seetang um meine Knöchel sie wissen das Messer ist stumpf leere Decke und dunkel gesprenkelte Landschaft es ist wie eine Freude die mich nicht schlafen läßt er liebt mich und es spielt keine Rolle was sonst noch ist blödes verdammtes Farbigengesindel jedes Jahr mehr kann sie nicht ausstehen Lügner und Nigger und ihre Frauen nichts als Kinder und die Braunen aus dem Süden und jetzt *dieser* Scheiß wer kann damit noch fertigwerden vielleicht bringen sie sich alle gegenseitig um und was übrigbleibt wird unser sein

nehmt es denn nehmt es und seid verdammt HINÜBERGEHEN ja Gott ist mit mir und ich kann hinübergehen über den rasch strömenden Fluß den Fluß der Sünder muß zu Jesus um einen Drink beten warten auf die Sonne die Arme ausstrecken und in der Sonne wärmen heute nacht im Müllcontainer schlafen am Morgen auf die Laster achten darf dies alles nicht heute abend trinken sonst verschlafe ich und der Laster erwischt mich frißt mich was kann ich sie jetzt noch lehren da alles sich verändert hat so schon schlimm genug für die Leute wer will noch was lernen wenn Geister auf den Straßen gehen und Gott hab ich eine Angst wie müssen sie erst denken als kleine Kinder hatten sie es mit der Bombe und nun dies

hätte das nicht essen sollen der verdammte Köter hat den Rest weggeputzt Beete Beute Gingen überall herum wie Frösche auf Seerosenblättern starrten einander an au es schmerzt ich möchte lieben Lust auf Nirvana das ist es Lust auf Erleuchtung alles niederreißen kann keinem Menschen sagen was ich fühle zwanzig Jahre sind wir zusammen und sie ist alles und ich fürchte sie für sie für mich morgen könnte ich tot sein und dann keine Sorgen mehr es kommt näher was kann ich erwarten fünf Jahre vielleicht sechs

die Erwachsenen wissen es nicht niemand weiß was soll ich meiner Schwester sagen Magen knurrt Schmutz und Erniedrigung alle umbringen umbringen *Pfeifend* ich kann nicht weitermachen einfach hungrig sein und die Kinder dieser Schweinekerl umbringen warum lassen sie mich nicht in Ruhe hört! So hört doch! Fühlt ...

Er erweiterte den Bereich seiner Sondierung. Es schien ein müheloses Manöver zu sein, aber er bemühte sich, selektiver zu werden ...

und nirgendwo Kristine.

Schöne Frauen mit Männern im Bett, ohne an Liebe

zu denken, und die Männer auch nicht; einige dachten an Autos, Hochhäuser aus Glas und Stahl Gott könnte eine Prise Koks gebrauchen frage mich soll ich Marge anrufen nein, morgen Schriftstück einreichen sie fertigmachen Einwandereranwalt treffen ausspielen den Kerl Anwalt mit seinem Krempel mein Baby mein Baby (Leere, Hohlheit, Kummer und Seligkeit, so tief hat es gebrannt) Wie schmutzig es aussieht wenn man diese Farben verwendet schlechte Mischung Station kommt nicht durch sechs Antennen, müssen Utah 50000 Watt einsparen werde daran denken und morgen Fluß strömt tiefer Fluß Vollmond das Blut tanzt mit dem Mond ich hasse sie weil sie das getan hat aber ich hasse alle und sie hassen mich ich weiß wie soll ich sie überzeugen sie sind so gelangweilt daß sie geradesogut tot sein könnten

(Schmerz, so intensiv und anhaltend, daß er sich krümmt)

Unterbrechung.

Jemand sucht *ihn,* nicht Clarkham oder Tarax, ein Langes und Dunkles, das die Wasser der Erde durchpflügt, eine riesige und uralte Geschmeidigkeit, inwendig menschlich.

Er versuchte sich zurückzuziehen, aber es war über ihm, ergriff ihn mit unentrinnbarer Sanftheit, hinterließ eine Botschaft:

Bald müssen wir zusammentreffen. Unsere Zeit kommt.

Dann ließ es ihn los.

Und Michael, bewegungslos und kalt im Bett des Gästezimmers, Müdigkeit in den Augen brennend, folgerte, wußte, was es war, das mehrmals das Bewußtsein ausgestreckt hatte, ihn zu berühren: das älteste Lebewesen auf Erden, sogar jetzt, da die Sidhe zurückkehrten; der einzige Vertreter der ersten Menschen, Alleinüberlebender seiner Art, von den Sidhe dazu verdammt, denkend und fühlend zu bleiben, nachdem alle anderen in spitzmausähnliche Tiere verwandelt worden waren.

Seit sechzig Millionen Jahren unter diesem Fluch lebend und denkend und erinnernd.

Der Schlangenmagier.

Er zog sich ganz in sich selbst zurück, spürte Kopfschmerzen und versuchte sie mit seiner Disziplin zu lindern. Er hatte sich übernommen; er war gefunden und übertroffen worden.

24

Das Tippett-Hotel stand jetzt im Mittelpunkt eines evakuierten Niemandslandes, dessen Durchmesser ungefähr drei Blocks betrug. Hubschrauber patrouillierten über dem Sunset Boulevard und den Hügeln um Hollywood im Dunkel des frühen Morgens, Scheinwerfer suchten die geräumten Straßen ab. Soldaten warteten nervös hinter ihren Barrikaden aus Sandsäcken und Ziegelsteinen. Die meisten von ihnen hatten die Nacht durchwacht.

Michael wanderte den Sunset Boulevard hinunter auf die Barrikaden zu, als wäre nichts geschehen. Vor dem Hayatt standen abgestellte Polizeifahrzeuge in einer Reihe diagonal über die Straße. Verkehrspolizisten und Beamte der Stadtpolizei von Los Angeles standen mit verschränkten Armen und unterhielten sich. Sie schenkten ihm wenig Beachtung. Trotz der Absperrung und Beschilderung kamen jeden Tag Tölpel daher, als könnten sie nicht sehen und lesen.

Michael sondierte flüchtig ihre Gedanken, nahm dabei auf, was geschehen war – was nach ihrer Meinung geschehen war –, und destillierte aus den verschiedenen Gesichtspunkten ein einigermaßen klares Bild.

Vor etwa zwei Wochen war das Hotel besonders aktiv geworden. Hunderte von Sidhe waren in dem Gebäude erschienen und hatten es verlassen, die meisten aus dem Erdgeschoß, um in der Stadt zu verschwinden. Einige waren auf Epon, den Sidhepferden, vom Dach geflogen. Amorphale und Elfen hatten sich dem Exodus durch das Tippett-Hotel angeschlossen. Andere Arten von Sidhe – die Pelagalen in seiner Traumvision, zum Beispiel – hatten andere Wege genommen, andere Tore benutzt.

Vielen Sidhe würde es nicht schwerfallen, ihre Kleider abzulegen, andere zu finden oder zu stehlen oder sogar zu kaufen und sich unter die menschliche Bevölkerung zu mischen. Mit ein paar einfachen Illusionen – kosmetischen Angleichungen ihres Aussehens – konnten zumindest die Elfen passieren.

Jetzt war das Tor durch das Tippett-Hotel jedoch blockiert, zumindest auf der Straßenebene. Michael mußte wieder in das Gebäude und herausfinden, wie die Situation war. Wenn sich drinnen ein Rückstau von Flüchtlingen ansammelte, würde etwas nachgeben müssen, und das bedeutete, daß mehr Menschen – und vielleicht Sidhe – verletzt oder getötet würden.

Das war aber nicht sein Hauptzweck. Es bestand die Möglichkeit, daß das Tor in beiden Richtungen benutzbar war oder daß er das Vorhandensein eines Einwegtores nutzen könnte, um seine eigenen Fähigkeiten zu verstärken und ins Reich überzutreten. Und vielleicht konnte ihm dort jemand sagen, wo Kristine war ...

Tonns Frau.

Es fiel ihm nicht leicht, sich auf Tarax zu verlassen, um Kristine zurückzugewinnen.

Es war einfach, die Reihe der Fahrzeuge und Polizisten zu durchdringen. Er warf einen Schatten von sich selbst, der umkehrte und die Straße wieder hinaufging, und ging unbemerkt zwischen ihnen hindurch. Ein Dutzend Schritte weiter sperrte eine Sandsackstellung die Straße, bemannt mit drei Nationalgardisten, die ihre Schnellfeuerwaffen auf das Tippett-Hotel gerichtet hatten. Sie kehrten Michael den Rücken zu. Er suggerierte, daß sie, wenn sie sich umwandten, einen anderen Nationalgardisten sehen und erkennen würden. Keiner von ihnen drehte sich nach ihm um.

Die Seite des Hotels war von der Stellung nicht einzusehen. Michael überkletterte rasch den beschädigten Maschendrahtzaun und fand die Seitentür angelehnt. Er wartete ab, schloß die Augen und konzentrierte sich auf den Lieferanteneingang dahinter, dann atmete er auf. Nichts. Der Durchgang war leer, ebenso das Erdgeschoß – leer, zumindest ohne jemanden oder etwas, das er sondierend erspüren konnte. Er wußte, daß er Sidhe nicht immer mit dieser Methode lokalisieren konnte.

Die Hotelhalle hatte sich wenig verändert, seit er zuletzt hier gewesen war. Licht, das durch Spalten im frisch mit Brettern vernagelten Eingang drang, spiegelte sich matt auf den beschmutzten verbeulten Aufzugtüren. Kugeln hatten das Holz durchschlagen und das verbliebene Glas in blassen Diamantsplittern über den schimmligen, verblaßten und zerrissenen Teppichboden gestreut. Michael stieg langsam die Treppe hinauf, blieb auf dem Absatz stehen, blickte über die Schulter hinab ins Foyer. Unbestimmte Empfindungen, Erinnerungen hingen in der Luft wie der zurückgelassene Geruch einer brennenden Zigarette: keine guten Empfindungen, und nicht menschlich.

Er brauchte eine Weile, bis er die psychische Fährte geängstigter Sidhe erkannte.

Im zweiten Stockwerk sah er ein Stück Gewebe, das in einem Winkel gegenüber der Aufzugtür lag. Er bückte sich und hob den Stoff auf, hielt ihn lose in beiden Händen. Es war ein Wams, dunkel bernsteinfarben, bestickt mit naturgetreu wiedergegebenen Blätterranken und unvertrauten dornenbesetzten Blumen. Das Wams roch wie ein winterlicher Wald. Er legte es beunruhigt weg und sah ein weiteres Kleidungsstück und einen hölzernen Stab auf der Treppe; parallel zu den Stufen.

Je höher er stieg, desto mehr weggeworfene Kleidungsstücke und Gegenstände fand er: Stücke von poliertem und graviertem Gestein, sogar Kristallkugeln ähnlich jenen, in die er bei den Kranichfrauen geblickt hatte, aber dunkel und leer ; ein langes weites Gewand von der Farbe eines Gewitters; mehrere Paar slipperähnliche Schuhe; und Gemmen, die in normalen Zeiten ein Vermögen kosten würden.

Im vierten Geschoß machte er halt. Die Spur war hier so stark, daß es ihm Magendrücken verursachte. Der Gedanke, daß mächtige und edle Sidhe solche Furcht, ja beinahe Panik kannten, war in sich selbst erschreckend.

Im fünften Geschoß glaubte er eine Bewegung in den Schatten auszumachen. Das Dämmerungslicht konnte die Dunkelheit nicht genug aufhellen. Er passierte einen dünnen Vorhang aus herabhängenden elektrischen Kabeln. Die Zwischenwände waren längst herausgerissen worden und ließen das ganze Geschoß bis auf Treppenhaus, Aufzug und die Betonstützen offen.

Der Boden wellte sich und kroch, als Michael sich langsam dem rückwärtigen Teil des Gebäudes näherte. Seine Füße streiften weiche Objekte, und er blieb stehen; die Objekte drängten geräuschlos von ihm fort.

Seine Sicht paßte sich mit unheimlicher Schnelligkeit den Lichtverhältnissen an.

»Vögel«, flüsterte er. Der Boden war bedeckt mit Sperlingen, Tauben, Drosseln und Amseln. Sie alle beobachteten ihn wachsam, ohne Drohung, aber auch ohne Furcht, und stumm; den Tausenden von Kehlen entstieg nicht ein einziges Zwitschern oder Flöten.

Auf der Südseite des Hauses saß ein einzelner viel größerer Vogel, ungefähr sechzig Zentimeter hoch, auf dem Rand eines Betongeländers jenseits von zersplitterten und verbogenen Schiebetüren mit Glaseinsätzen. Der Wind spielte in seinem Gefieder, und er wandte

Michael den Kopf zu. Er wirkte rabenähnlich, aber mit rotem Schnabel und roter Brust; seine Augen waren kleine schwarze Juwelen, weiß umrandet. Michael dachte, es könne derselbe Vogel sein, der ihn vom Dach beobachtet hatte, als Tommy gekommen war.

Der große Vogel machte eine zu den oberen Geschossen aufwärtsstoßende Bewegung mit dem Schnabel und nickte dreimal. Dazu erzeugte er ein leise glucksendes Geräusch in der Kehle.

»Arno?« fragte Michael. Der Vogel putzte sich das Gefieder und achtete seiner nicht. Dann hob er wieder den Kopf und zeigte abermals mit dem Schnabel zu den oberen Geschossen.

Michael ging zurück durch den Raum voll stummer Vögel und stieg weiter die Treppe hinauf. Hier gab es keine weggeworfenen Kleidungsstücke mehr; wenn überhaupt ein Unterschied bestand, dann schienen Treppe und Böden jedes Stockwerks weniger unaufgeräumt zu sein als jene, die er zuletzt durchschritten hatte, als ob ein Reinigungstrupp unterwegs gewesen wäre und versucht hätte, die leeren Räume zu säubern und bewohnbar zu machen.

Als er sich dem elften Stockwerk näherte, spürte er ganz stark die Anwesenheit eines Eindringens. Das Tor war noch offen. Und jemand stand davor ... Soviel konnte er spüren, aber nicht mehr. Er blieb bei den Aufzügen stehen und blickte einen langen dunklen Südkorridor entlang, dessen Türen alle geschlossen waren. Das Ende des Korridors war dunkler, als es sein sollte – ein Rechteck unterirdischer Finsternis. Und vor ihr stand eine weißhaarige Gestalt in dunklen Kleidern.

Michaels Herz war zwei getrennten Augenblicken von Erschrecken und Bestürzung unterworfen. Der erste kam, als er dachte, die Gestalt sei Tarax. Er hatte beinahe damit gerechnet, Tarax hier anzutreffen, aber vielleicht auch seine Tochter. Aber dieses Individuum war weder er noch sie. Als seine Augen die Dunkelheit durchdrangen, sah er, daß es eine langarmige und langbeinige Gestalt mit sehr kurzem Rumpf war, und das ließ ihn ein zweites Mal erschrecken; er dachte, es sei eine der Kranichfrauen. Dann kam es auf ihn zu.

Es war tatsächlich ein altes weibliches Halbblut, aber es war nicht Nare, Spart oder Cum. Langes weißblondes Haar hing ihr auf die Schultern. Die Lippen waren voll und rosig, aber die Haut war annähernd so blaß wie das Haar. Sie betrachtete ihn argwöhnisch aus kleinen hellblauen Augen, die über eine dünne Nase visierten. Sie trug einen schwarzen Herrenanzug, der lose um sie schlotterte, ein gestärktes weißes Hemd, gleichfalls viel zu groß, und einen schmalen schwarzen Schlips. »Ich bin seit zwei Tagen hier«, sagte sie in schottischer Mundart. Sie unterließ es, seine Persönlichkeit zu berühren, um zu erfahren, welche Sprache zu gebrauchen war. »Die Schlange beauftragte mich, auf dich zu warten und dich mitzubringen.«

»Wer bist du?« fragte Michael. Warum schien solch eine einfache Frage so ungeschickt? Weil er die Antwort bereits wußte. »Du bist seine Dienerin«, sagte er.

Sie nickte. »Die Schlange erwartet dich. Du bist ein Kandidat.« Dann bedeutete sie ihm, ihr zu folgen. »Dies ist nicht der Weg, den die Sidhe vom Reich hierher nehmen«, sagte sie und wartete auf ihn, bis er auf zwei Schritte herangekommen war, bevor sie mit einer Hand zu dem höhlendunklen Rechteck am Ende des Korridors wies. »Der ist zeitweilig geschlossen, aber seine Macht ist da und wartet nur auf jene, die sie zu gebrauchen wissen.« Damit streckte sie die Hand in die Schwärze, und für einen Augenblick füllte blendendes Tageslicht den Korridor. Darauf kehrte die Schwärze zurück, und er sah, daß nur ihre linke Hand aus der Finsternis ragte und den langen Zeigefinger einwärts krümmte, ihn aufforderte, nachzukommen.

Diesmal blitzte das Tageslicht um ihn auf, und er stand am öden Ufer eines breiten schieferfarbenen Sees.

Es war früher Nachmittag. Schwere Wolken hingen über dem Wasser und den anstoßenden braunen Hügeln. Unweit von ihm wuchsen knorrige Kiefern bis zum felsigen Ufer. Ziehende Nebel verhängten das jenseitige Ufer mit seinen Hügeln und einer kleinen Halbinsel, wo weitere Kiefern standen. Die Luft war kühl und feucht, aber nicht kalt. Die Halbblutfrau stand ein paar Schritte entfernt am Rand des Sees. »Weißt du, wo du bist?« fragte sie.

Michael schnüffelte die Luft. »Östlich«, sagte er. »England ... oder Schottland.«

»Bist du einmal hier gewesen?«

Er schüttelte den Kopf.

»Weißt du, warum du hergerufen wurdest?«

»Nein, nicht genau.«

»Du hast die Geschichte gehört ... vom Krieg und von der Niederlage, von dem Verlust und dem Wiederaufstieg, der Flucht und der Rückkehr?«

»Ja.«

Sie nickte, dann war sie fort. An ihrer Stelle stand ein Baumstumpf, dessen Wurzeln unter der trüben Wasseroberfläche mit Algen bedeckt waren. »Danke«, sagte er mit gespielter Munterkeit. Dann setzte er sich auf einen Stein und wartete. Er war seltsam geduldig. Nur der nagende Gedanke an Kristines Gefangenschaft störte einen außerordentlichen Frieden, der sich auf ihn senkte.

Dies war endlich die Zeit, und sie war ausreichend in und an sich. Was er verspürte, war dem Stolz verwandt, aber er war nicht eingebildet. Er war würdig, den Schlangenmagier zu treffen, doch war darin eine Ehre zu sehen? Ja und nein. Wenn Michael als Mensch dachte, dann war es eine Ehre. Wenn er als Sidhe dachte, bedeutete es etwas völlig anderes. Ein Einfügen in den Strom, eine endgültige Integration in die Gesamtgeschichte.

Der Nachmittag ging unmerklich in den Abend über.

Er war weder gelangweilt noch besorgt. Er wartete einfach, und sein *hyloka* wärmte und kühlte ihn wie eine andere Art von Atem. Er dachte nicht viel, noch gab er sich Tagträumen oder dem Schlummer hin. Die Stunde rückte näher. Wenn sie käme, würde er ängstliche Spannung und sogar Schrecken fühlen; er stand nicht über seinen Ursprüngen. Transzendenz vielleicht, aber nicht hochmütige Abgeschlossenheit.

Hier zu sein, hatte er einen weiten Weg zurückgelegt. Räumliche Entfernung war die geringste Komponente dieses langen schwierigen Weges. Er hatte viel Beunruhigendes über sich selbst gelernt, über die Welt und seine Familie. Er war nicht mehr derselbe Michael Perrin, der er gewesen war, als er zum ersten Mal Clarkhams Haus betreten, es durchschritten und zum Nebenhaus gegangen war, wo er Tristesses' Garten und das Tor gefunden hatte, das Zugang zum Reich gewährte.

Das Wasser des Sees hob sich in mittlerer Entfernung zu einem schwellenden glasigen Buckel, dann glättete es sich wieder ohne Wellen. Der Buckel kam auf halbem Weg zum Ufer wieder zum Vorschein, und diesmal störte er die Wasseroberfläche, so daß feine Wellenriffel davon ausgingen. Es dunkelte rasch, und der Nebel verdichtete sich auch an diesem Ufer, beperlte ihm das Hemd und die leichte Jacke mit feinen Tröpfchen.

Das älteste Lebewesen auf Erden oder vielleicht im ganzen Universum. Älter noch als Adonna, der Tonn genannt wurde.

Die Luft erwärmte sich. Michael überblickte das Wasser in Ufernähe. Ein sehr langer schwarzer Umriß – vielleicht zwanzig Schritte vom Anfang bis zum Ende – lag ungefähr zehn Schritte vom Ufer zusammengerollt unter der Oberfläche und nutzte die Böschung und das tiefere Wasser weiter draußen.

Langsam entrollte er sich und kam auf das Ufer zu, sich von Seite zu Seite schlängelnd, so daß die Oberfläche schöne kleine Wirbel bildete. Im seichten Wasser durchbrach der Kopf die Oberfläche, und Michael fühlte den dunklen Blick auf sich.

Der Schlangenmagier war häßlich. Er sah gefährlich aus. Die glatte schwarze Haut war über und über mit Grübchen versehen, wie ein sehr alter Wels oder Zitteraal, die verschleierten Augen waren winzig, die Flossen klein und stachlig, die Rückenflosse war wenig mehr als ein Kamm dorniger Stacheln in der Mitte des Rückens. Der Durchmesser mochte annähernd eineinhalb Meter betragen und war im Querschnitt abgeflacht, als drücke ihn selbst im Wasser die Last der Jahre.

Michael erschauerte. Der Kopf glitt das Ufer herauf, schob Sand und Kies vor sich her. Dann kam er zur Ruhe, ein wenig auf eine Seite gelegt, und beobachtete ihn, stumm auf allen Ebenen.

Sein Maul war ein breiter rundlippiger Halbmond, der hinter die stumpfe zweilappige Schnauze zurückwich. Dieses Maul öffnete sich eine Handbreit und schloß sich wieder. Hinter den gummiartig runden Lippenwülsten waren Halbkreise winziger scharfer Zähne zu sehen, nicht größer als Michaels Zähne, aber sehr viel zahlreicher.

Michael stand vom Stein auf und ging auf den Schlangenmagier zu, die Hände vor sich gestreckt. Die Finger zitterten ihm.

Bis auf einen winzigen hellen Streif am Westhorizont war das Licht aus dem Himmel gewichen. Er sah die Schlange durch alle seine neuen Sinne, und in dieser Betrachtungsweise war die Schlange plötzlich in kaltes Feuer gehüllt. Perlmuttfarbene Streifen zogen sich vom Kopf die Flanken entlang. Die Augen wurden zu verdrießlich starrenden blutroten Rubinen. Dann vergingen diese Eindrücke, und sie verlor alle Eigenheiten bis auf die Länge und Dicke. Schwarz wie polierter Obsidian, ruhte der Kopf am Ufer, schwärzer als das trübe Wasser dieses schottischen Lochs. Und die nebelverhangene Nachtluft darüber.

»Du riefst mich«, sagte Michael endlich.

»So ist es«, kam eine Stimme aus der langen Gestalt. Sie sprach menschliche Worte, klang jedoch kaum menschlich. Es war zuviel Alter in ihr, zuviel in einsamer Betrachtung verbrachte Zeit.

»Ich weiß nicht, warum du mich riefst.«

»Wir müssen besprechen, was du tun wirst«, sagte die Schlange. »Die Welt erneuert sich.«

»Ich bin bereit zu hören«, sagte Michael und blieb drei Schritte vom Kopf der Schlange stehen.

»Ich bin nicht hier, Anweisungen zu geben«, sagte diese. »Ich werde anregen, mehr nicht. Der Rest liegt bei dir. Weißt du jetzt, was du bist?«

»Die Halbblutfrau, die mich brachte, sagte, ich sei ein Kandidat. Ich vermute, das bedeutet, daß ich ein Kandidat bin, aus dem ein Magier werden kann.«

»Und wie denkst du darüber?« Die Schlange wälzte sich ein wenig und kroch um ein geringes auf dem Kies vor und zurück, als wolle sie sich kratzen.

Michael schüttelte den Kopf. Nicht viel anders als irgendein Vorstellungsgespräch, dachte er. »Es erscheint mir lächerlich. Ich bin schwach und unwissend und unvorbereitet.«

»Was wird von diesem neuen Magier verlangt?« fragte die Schlange.

»Ich bin nicht sicher«, antwortete Michael. »Ich denke, er soll Führerschaft bieten und das seinige tun, Menschen und Sidhe zusammenzubringen, damit sie in Frieden leben.«

»Weißt du, daß so etwas möglich ist?«

»Nein. Aber ich weiß, daß es notwendig ist, oder wir werden alle sterben.«

»Ich habe mir die Menschen sechzig Millionen Jahre lang angehört, vielleicht ein paar Millionen mehr oder weniger, und ich habe mir die Sidhe angehört. Ich habe um die Welt gereicht und über die Welt hinaus und Leben gefühlt. Als unsere Art unfähig war, Gedanken zu fassen, die weiter reichten als die Vorsorge für die nächste Mahlzeit oder die nächste Paarung, wartete ich. Ich sah ihre Träume in Verfeinerung und Kraft zunehmen und sah ihren Wiederaufstieg zur Bewußtheit. Die Saat der Wiedergeburt, die ich in sie legte, trug nach und nach Früchte. Aber die Zeit schleppte sich dahin.

Ich habe viel zu lange in diesem Körper gelebt, so lange, daß ich verrückt geworden bin und meinen Wahnsinn Tausende von Malen überlebte. Jedes Mal sank ich zurück in Barbarei, und jedes Mal kämpfte ich mich heraus aus der Verwirrung, obwohl Barbarei und Wahnsinn angenehmer waren. Ich nahm das Ringen auf mich, weil ich wußte, daß diese Zeit kommen würde. Ich vermute, andere Magier haben es auch gewußt. Aber anders als sie konnte ich nicht an den Vorbereitungen teilnehmen. Und während meiner lichten Momente legte ich mir zurecht, was ich sagen würde, wenn ein neuer Kandidat erschiene.«

Regen fiel nun, und die Wasserfläche des Lochs sang und zischte unter den Tropfen.

»Ich durchschwamm die Ozeane der Welt und fand tiefe Klüfte unter dem Land und kam zu diesen Inlandseen, um zu ruhen. Einmal, es ist nicht sehr lang her, brachte Elme mich zu ihrem Garten, und eine Zeitlang unterrichtete ich die Kinder, die sie mit Aske gezeugt hatte, und die anderen, die sich dort versammelt hatten. Als Tonn unter dem Namen Jahwe regierte, wurde unsere Zeit im Garten zur Legende, dann zu einer Lüge, und ich schwamm tausend Jahre in den tiefen Bereichen, krank vor Gram und wieder verrückt. Ich haßte alle Lebewesen. Ich dachte, die Vergangenheit, vor dem Krieg, sei für alle Zeit verloren. Noch jetzt erscheint mir das menschliche Leben weithin als ein Geflatter von Unwissenheit und Gier. Was es an Erleuchtung gibt, ist selten, und wird ein Licht entdeckt, so wird es gewöhnlich auch wieder ausgelöscht. Weißt du, wer das Auslöschen am häufigsten besorgt?«

Michael überlegte eine Weile, während ihm das Regenwasser vom Gesicht troff und in der Hitze verdampfte, die sein Körper ausstrahlte. »Tarax und der Maln«, antwortete er zuletzt.

»Sie sind die letzten, ja. Weißt du, warum die Menschen in den vergangenen Jahrtausenden gegen solche Schwierigkeiten anzukämpfen hatten?«

»Wegen der Störungen durch die Sidhe.«

»Ja. Haßt du sie wegen ihrer Störungen?«

Michael dachte wieder nach, dann schüttelte er den Kopf. »Es würde nichts nützen«, sagte er.

»Wäre es nicht das beste, uns alle durch die Zerstörung der Sidhe zu befreien?«

»Nein. Wir brauchen sie.«

»Brauchen sie uns?«

»Noch mehr.«

»Du weißt von einigen Unternehmungen der Sidhe. Aber die Verschwörungen sind viel tiefer gegangen, als du ahnst. Wenn du an die besten menschlichen Leistungen denkst, seien sie praktisch oder künstlerisch, fallen dir Namen ein. An wen denkst du dabei zuerst?«

»Leonardo da Vinci, glaube ich«, sagte Michael. »Shakespeare, Beethoven. Newton. Einstein.«

»Ja, und Hunderte von anderen in Ost und West, die meisten der Geschichte verloren. Ich hoffe, du läßt Bach nicht aus ... Vor nicht sehr langer Zeit half mir das Hören seiner Musik, zu meiner gegenwärtigen Klarheit zurückzukehren. In eurer Kultur scheinen diese Riesen einen hervorragenden Platz einzunehmen, nicht wahr? Aber sie sind nicht der Gipfel des menschlichen Potentials. Sie waren hinreichend *sicher*, so daß die Sidhe sie unbeachtet lassen konnten. Manche wurden eine Zeitlang mißachtet, und als sie unerwartet anfingen, den Sidhe Sorgen zu bereiten, wurden ihre Leben und Karrieren gepeinigt oder abgekürzt. Aber die Besten, die Hervorragenden – diejenigen, die ich sogar in den Leibern ihrer Mütter spüren konnte, da sie ihr Genie ausstrahlten – wurden von den Sidhe weggerafft, bevor sie zur Reife gelangen oder ihre Arbeit vollenden konnten. Seit zehntausend Jahren sind beinahe alle von den Besten gestohlen worden, und trotzdem sind wir gereift und vorangeschritten. Die Sidhe haben wieder versagt. Aber sie sind nahe daran gewesen, uns zu verkrüppeln.«

Michael schwieg, lauschte und wartete.

»Jetzt erst, in den vergangenen paar Jahrhunderten – in einem Augenblick –, sind die Sidhe zur Besinnung gekommen. Pläne wurden geschmiedet, und Fraktionen haben miteinander gerungen. Und du hast überlebt und bist hergekommen, mich anzuhören. Also gib gut acht, denn dies ist die wichtigste Information von allen!

Die Welten kommen zusammen. Adonnas Reich ist gescheitert. Ihm fehlte die Meisterschaft früherer Schöpfungen. Und hier, in unserem Universum, haben alle die Kunst vergessen, Welten zu machen. Die wahren Meister starben während des Krieges oder wurden in Tiere verwandelt und starben nicht viel später. Seit jener Zeit ist diese Welt – unsere Welt – nicht erhalten worden. Nur wenige erinnern sich noch, daß die Schaffung von Welten einst die größte Kunst von allen war; und die notwendigste.«

»Jemand machte diese Welt – die Erde?« fragte Michael in ungläubigem Ton. Sie fühlte sich so richtig an, so natürlich! Beantwortete so viele innere Fragen ...

»Nicht bloß die Erde. Das Universum.«

»Aber das ist unermeßlich«, sagte Michael. »Ich verstehe nicht, wie Menschen oder auch Sidhe etwas so Gewaltiges, Komplexes geschaffen haben könnten.«

»Komplexität ist nicht immer wünschenswert. Größe ... ja. Es hatte immer ein Potential für Wachstum, aber jetzt ist es völlig außer Kontrolle geraten. Hunderte von Schöpfern, Dutzende von Magiern arbeiteten daran, diese Welt zur großartigsten von allen zu machen ... und es gelang. Aber der Krieg beendete die Zusammenarbeit. Heute erinnere nur ich mich noch jener Zeiten.«

»Die Menschen lebten einst nur in Universen, die sie selbst geschaffen hatten?«

»Warum sollte es anders sein?« fragte die Schlange. »Du bist ein Kind deiner Zeit. Baut ihr nicht eure Häuser und lebt in ihnen, um nicht draußen in Wind und Regen zu bleiben?«

»Aber das kann nicht ganz das gleiche sein. Ich dachte, das Reich sei wie ein Gewächs, ein Polyp oder so etwas, an unserem Universum.«

Die Schlange grollte. Michael begann wieder zu zittern, bis er merkte, daß sie lachte. Eine derart menschliche Reaktion erwartete er nicht von dem vor ihm ausgestreckt liegenden Ungeheuer, aber dann wurde ihm klar, wie lächerlich das war. Die Schlange war menschlicher als er. Alter und Verwandlung verhüllten nicht ihre Menschlichkeit.

»Das war alles, was Adonna zuwege brachte«, sagte sie schließlich. »Eine bewundernswerte Anstrengung, aber falsch verstanden. Die Sidhe hatten alle Magier und Menschen, die Adonna zum Erfolg hätten verhelfen können, vernichtet oder verwandelt. Seine Eitelkeit war unübertroffen.«

»Wie kann dieses Universum wieder beherrscht werden?«

»Es kann nie wieder beherrscht werden. Wenn du einen Garten allzulange ungepflegt läßt, ist er schließlich kein Garten mehr, sondern eine Wildnis, und er kann nicht einfach zurückgeschnitten und gejätet werden. Unsere Welt ist gewachsen, weit über unsere Macht hinaus, sie zu beherrschen. Sie ist mit anderen Welten verschmolzen, durch Kreuzbestäubung verändert worden und hat ihre Qualitäten angenommen. Das ist Teil der Ungeheuerlichkeit, die du siehst – wir sind jetzt ein Polyp an den Welten von Schöpfern jenseits unserer Reichweite und unseres Verstehens.

Außerdem haben deine Leute – meine Kinder – sich in diesem zur Wildnis gewordenen Garten entwickelt. Ihr habt manches von dieser Wildnis gelernt und übernommen, und habt euch ihrem Charakter angepaßt, so sehr ihr dagegen kämpft. Die Welt hat sich grausam und hart gegen euch gezeigt und euch zäh und einfallsreich und widerstandsfähig gemacht. Die Sidhe haben keine Aussicht, eurer schöpferischen Kraft gleichzukommen, mögen sie noch soviel Magie ausüben.

Die menschliche Disziplin ist auf Erden stärker als die ihrige. Und am stärksten ist, nach ihrem Potential, die Disziplin der Halbblütigen, welche die Schranken zwischen Sidhe und Menschen überwinden und das Erbgut beider Völker in sich tragen.«

»Ich bin ein Halbblut ...«

»Du bist noch immer mehr Mensch als Sidhe. Du bist nicht unsterblich, und du besitzt jenes Wunder, Seele genannt.«

»Was ... was ist das?« fragte Michael.

»Sonderbar, daß du glaubst, ich wüßte es«, sagte der Schlangenmagier.

»Du weißt es nicht?«

»Ich entdeckte nur, wie man die Seele zerstört, nicht, wie man sie versteht. Sie ist das vielleicht höchste Geheimnis, für alle Zeit denen verborgen, die in Universen leben. Die nicht in Schalen hausen müssen, die draußen im letzten Sonnenschein und im letzten Regensturm stehen, dem Wetter jenseits aller Welten, vielleicht verstehen sie die Seele. Oder vielleicht werden unsere Seelen einmal dazu reifen, unabhängig und frei zu werden.«

»Die Sidhe werden niemals wieder Seelen haben?«

»Nein. Mein Werk war endgültig.«

»Kein Wunder, daß sie dich haßten. Du warst schlimmer als sie.«

Die Schlange wälzte sich wieder zurück, und Michael fühlte den Blick des verschleierten Auges auf sich ruhen. »Böser, eigenwilliger und schöpferischer. Ich habe Zeit genug gehabt, meine Exzesse zu betrachten.«

»Dann sind sie zum Untergang verurteilt.«

»Nein. Es gibt eine Möglichkeit, sie zu retten. Nicht im Individuum, nur in der Rasse. Und um zu überleben, müssen sie ihre Rassereinheit opfern.«

»Sie müssen sich mit Menschen zusammentun.«

»Ja.«

»Aber sie hassen uns.«

»Viele von ihnen hassen und fürchten uns. Wir sind jetzt die Lebenskräftigen. Sie sind die Eleganten und Dekadenten. Sie haben Reife und Erfahrung. Wir haben Zorn und Mitleid und schöpferische Kraft. Jetzt kommen sie zur Erde und verbergen sich. Sie fühlen sich gejagt, vereinsamt. Sie fürchten Vergeltung, falls die Menschen entdecken, was die Sidhe getan haben, um sie zu hemmen.«

»Die Menschen werden lange brauchen, bis sie akzeptieren, was ich gelernt habe«, sagte Michael. »Es war nicht leicht für mich, und ich sah die Dinge mit meinen eigenen Augen.«

»Jetzt sehen auch sie die Dinge unmittelbar. Die Erde wird nicht dieselbe sein, die sie vordem war. Das Reich wird nicht einfach verschwinden, es wird seine Merkmale hinterlassen, wenn es schließlich zerfällt. Und kein Überlebender dieser Katastrophe wird an der neuen Wirklichkeit zweifeln.«

Michael kauerte nieder, dann setzte er sich und holte tief Luft. »Warum immer Katastrophen?«

»Weil unser Universum seinen Schutz verloren hat«, sagte der Schlangenmagier. »Der Garten hat sich mit Löwen und Skorpionen gefüllt. Die Gärtner sind tot oder, wie ich, untüchtig, weil ihnen die meisten ihrer Fähigkeiten genommen wurden.«

»Bis vor kurzem führte ich ein sicheres und friedliches Leben«, sagte Michael. »Ich frage mich noch immer, wieso ich ein Kandidat für etwas so Wichtiges wie einen

Magier werden konnte. Eines Tages würde man mich auffordern, Welten zusammenzufügen und bei der Erschaffung neuer zu helfen.«

»Letztendlich«, sagte die Schlange, »würde das deine Aufgabe sein. Warum hältst du dich für unzulänglich?«

»Ich habe Albernheiten begangen«, sagte Michael. »Ich habe den Tod anderer verschuldet. Meine Magie ist vergleichsweise schwach. Ich bin jung, und die meiste Zeit komme ich mir sehr dumm und unwissend vor. Und ... ich möchte nicht mächtig und wichtig sein.« Endlich hatte er es gesagt.

»Keine vernünftige Person will Magier sein«, sagte die Schlange. »Es ist ein größeres Opfer und härteres Leben als jedes andere, das du wählen könntest oder das dir aufgezwungen werden mag. Nein, wer Magier sein möchte, kann niemals ein wahrer Kandidat sein. Clarkham, zum Beispiel. Sein Verlangen verdirbt ihn.«

»Aber ich war dumm!« rief Michael aus. »Im Reich gab es eine Halbblutfrau, die mich liebte. Sie opferte sich für mich – vergebens –, und ich ...« Er brach ab, schluckte und brachte nicht mehr heraus. Er schüttelte den Kopf und wischte sich Tränen aus den Augen.

Die Schlange beobachtete ihn, ohne zu antworten.

»Jetzt habe ich eine andere Frau in Gefahr gebracht. Ich muß sie finden. Ich weiß nicht, was ich tun kann, um sie zu retten.«

»Du wirst tun, was du tun mußt, das ist offensichtlich«, sagte die Schlange. »Konflikt ist Teil deines Lebens. Warum schämst du dich deiner Fehler?«

»Es gibt keine Entschuldigung dafür, dumm zu sein. Ich war blind, unwissend.«

»Meinst du, daß du eine Sünde begangen hast?« fragte die Schlange.

Michael war ein wenig erschrocken, plötzlich das Wort zu hören, das er vermieden hatte. »Ich glaube das, ja.«

»Weißt du, was eine Sünde ist?«

»Eine Dummheit begehen, die man vermeiden kann. Böse oder selbstsüchtig sein. Andere nicht als denkende, lebende Wesen sehen.«

Die Schlange grollte. »Sünde ist, sich weigern, die Dinge anzunehmen, wie sie sind, und nicht von ihnen lernen wollen. Sünde ist Handeln aus vorsätzlicher Unwissenheit. Handeltest du aus vorsätzlicher Unwissenheit?«

»Nein«, sagte Michael. »Aber ich handelte in meinem Eigeninteresse. Ich dachte nicht an Eleuth ... ich gebrauchte sie.«

»Das ist eine sehr jugendliche Handlungsweise.«

»Sie war trotzdem falsch.«

»Sie opferte sich freiwillig, nicht wahr?«

»Ja, und sie sagte mir nicht, daß es ihren Tod bedeuten würde, aber ich hätte es wissen sollen.«

»Als er sich als Gott aufspielte, pflanzte Adonna dem menschlichen Geist eine sehr unzureichende und verdorbene Vorstellung von Sünde ein. Er sagte, Sünde sei eine Verletzung von Gottes Geboten. Das ist Philosophie eines Tyrannen, nicht eines Schöpfers. Er wollte alle Menschen unterjocht und unwissend halten. Menschliches Wachstum war ihm verhaßt. Er wünschte uns in Unwissenheit und Finsternis zu halten. Es gibt keine göttlichen Gebote. Warum sollte ein Gott willkürliche Grenzen auferlegen? Es gibt nur Wachstum und Verstehen. Durch Wachstum und Verstehen gibt es Liebe. Wo es kein Verstehen und kein Wachstum gibt, nur Unwissenheit, gibt es keine Liebe. Das ist Sünde. Aber wachsen heißt Fehler begehen. Bisweilen lernt man nur aus Versuchen und Fehlschlägen. Es sollte dir jetzt deutlich sein, daß alle Sünden jugendliche Übertretungen sind. Alles Böse ist jugendlich. Nach ein paar tausend Jahren werden böse Gedanken unaussprechlich langweilig, wie die Faxen ungezogener Kinder.«

»Aber ich habe mich böse gefühlt. In Clarkham ...«

»Armer Clarkham! Ehrgeizig, unzulänglich, sehr talentiert, aber durch und durch fehlerhaft. Adonna war einst wie Clarkham. Und das führte schließlich zu Clarkhams Niederlage durch jene, die in ihre eigene Vergangenheit zurückgreifen und ihn verstehen konnten. Clarkham ist nur ein paar hundert Jahre alt. Adonna und die Mitglieder des Maln und der Räte von Eleuth und Delf sind Zehntausende von Jahren alt.«

»Aber was haben sie mit ihm angestellt – ihn mit Bosheit angefüllt?«

»Clarkham brachte das selbst auf sich. In seiner Jugend schloß er einen Handel. Magie um den Preis der Entartung. Es war ein Weg, Macht zu erringen – ein kurzsichtiger und törichter Weg. Als er seine Macht hatte, wünschte er, für alle Zeit so zu bleiben, wie er war. Und das bedeutet, daß er nicht wachsen oder lernen kann. Kandidaten werden oft vor solche Versuchungen gestellt. Erliegen sie ihnen, sind sie für immer gezeichnet und leicht zu erkennen.«

»Ich bin dieser Versuchung nicht ausgesetzt worden.«

»Noch nicht«, sagte die Schlange.

»Und selbst wenn ich ein Magier werden sollte, wäre es mir dennoch möglich zu sündigen, nicht wahr?«

Die Schlange wälzte und rieb sich an den Steinen.

»Ich meine«, fuhr Michael fort, »daß auch du sündigtest ... im Krieg.«

»Ich kämpfte. Wir alle sündigten.«

»Aber du nahmst den Sidhe die Seelen.«

»Und das war nicht genug. Ich hätte sie völlig vernichtet, hätte ich es gekonnt.«

»Warum?«

»Weil sie mein Volk zerstören wollten. Ich war ein Magier und verpflichtet, mein Volk zu schützen.«

»Dann kann Böses nur Böses gebären.«

»Um dich her siehst du das Ergebnis. Konflikt. Verwirrung. Schrecken. Und auch ...«

Michael wartete, aber die Schlange war verstummt.

»Schönheit«, beendete Michael für sie den Satz.

Die Schlange grollte wieder. »Ich habe so lange gelauscht und beobachtet, daß ich jenseits von Überdruß oder Erstaunen bin. Ich habe bei weitem zu lange gelebt, aber ich kann nicht sterben. Wenn du erfolgreich bist, dann vielleicht kann ich erlöst werden.«

»Aber du hast mir noch immer nicht alles gesagt, was ein Magier tut.«

»Ein Magier sorgt für sein Volk. Er – oder sie, denn einige Magier sind weiblich gewesen, wenn auch nicht viele – ebnet den Weg. Ein Magier muß sein Volk verstehen. Verstehst du deines?«

Michael schüttelte den Kopf.

»Du mußt tief nachdenken, nicht rasch antworten. Kennst du den menschlichen Charakter?«

»Die Menschen überraschen mich immer wieder. Wie kann ich sie kennen?«

»Dann verstehst du bereits, daß Menschen überraschend sind. Sidhe sind es selten. Sidhe sind überlegt. Wie sonst unterscheiden sich Menschen von Sidhe?«

»Menschen haben keine Magie«, sagte Michael.

»Aber manche können Magie wirken, nicht wahr?«

»Vielleicht solche, die Sidheblut haben.«

»Michael, du bist größtenteils menschlich; was du von den Sidhe in dir hast, ist für sich genommen nicht genug, um Magie zu bewirken, wenn diese allein das Talent der Sidhe wäre.«

»Dann wurde ich belogen.«

»Wenn du nicht glaubst, daß du Magie wirken kannst, dann kannst du keine Magie wirken. Einfach und wirksam; ein weiteres Glied in der Kette, welche die Sidhe vor Jahrtausenden schmiedeten. Adonna lehrte die Menschen, daß Magie, selbst wenn sie gewirkt werden kann, böse sei, eine Sünde. Wie haben die Menschen es ausgeglichen?«

»Indem sie mit Dingen arbeiteten. Durch Wissenschaft und Technik.«

Die Schlange schien tief in der Kehle zu schnurren. »Ja, eine Überraschung. Die Nutzung der Wildfrüchte aus dem ungepflegten Garten. Anpassung an ein Universum, statt ein Universum nach ihren Maßen zu schneidern. Dem Echo des langen und verwickelten Liedes lauschen, das die Welt geworden ist, und es akzeptieren, nicht umgehen. Eine neuartige Idee. Die Sidhe haben es nicht getan. Sie haben ihre Magie gewirkt, aber Magie ist in einer Weise eine Verleugnung der Wirklichkeit, kein Annehmen.

Also sind die Menschen Hersteller von Werkzeugen, Schmiede von Eisen, Erbauer metallener Flügel und Künstler der Veränderung natürlichen Lebens. Solche Arbeit erschien den Sidhe vor Tausenden von Jahren primitiv und nutzlos; sie sorgten sich mehr um eure Künstler und Musiker. Eure Wissenschaftler entmutigten sie nicht; sie konnten sie nicht verstehen. Jetzt ist die menschliche Wissenschaft so erfolgreich geworden, daß sie oftmals mächtiger ist als ihre Herren. Und im zwanzigsten Jahrhundert ist sie mächtiger geworden als die Sidhe.«

»Aber Wissenschaftler können keine Universen erschaffen.«

»Noch nicht«, sagte die Schlange. »Sollten ihnen noch ein paar hundert Jahre beschieden sein – eine sehr kurze Zeitspanne –, so werden sie es tun. Sollte es nötig sein. Es mag nötig sein. Aber sie werden es nicht durch Magie bewirken. Und tatsächlich können nicht einmal mehr die Sidhe erfolgreiche Welten schaffen. Adonna war der Beste, und sein Reich zerfällt, während wir sprechen. Aber wir sind von meiner Frage abgeschweift. Was sind Menschen?«

»Menschen sind Tiere«, sagte Michael. »Sie denken, sie seien es nicht, aber sie sind es.«

»Richtig, aber nicht in dem Sinn, wie du meinst. Menschen sind wie Tiere, weil viele Tiere – sogar Kakerlaken – einst Menschen waren, vor langer Zeit. Die Sidhe zwangen mich, meine eigene Art in Tiere zu verwandeln. Und sie verwandelten alle ihre früheren Feinde. Du weißt von den Cledar und den Spryggla. Ihre Nachkommen sind die Vögel und die Säugetiere des Meeres.«

»Ich meine, so wenige Menschen können über ihre unmittelbaren Sorgen hinausdenken.«

»Das kann zu einer Tragödie führen, aber hätten sie mit einer anderen Einstellung überlebt? Das Universum ist nicht mehr freundlich und nährend.«

»Aber manche von ihnen sind grausam.«

»Und manche Sidhe sind grausam. Wo liegt der Unterschied?«

Michael war verwirrt. »Ich verstehe nicht, was du von mir hören willst.«

»Siehst du Ähnlichkeiten zwischen Menschen und Sidhe, eine gemeinsame Grundlage? Ähnliche Fähigkeiten zum Bösen?«

»Ja.«

»Unsere Art und die Sidhe und die anderen waren einmal alle eins. Hast du über den Ursprung jener nachgedacht, die auf den alten maßgeschneiderten Welten lebten?«

Er hatte nicht nachgedacht. »Woher kamen sie?«

»Sie hatten keinen Anfang. Sie wurden niemals geschaffen.«

Michael rümpfte die Nase. »Das leuchtet mir nicht ein.«

»Wir sind ewig. Wir verändern uns, wir sterben, wir kehren zurück, und die Verbindungen und Mutationen nehmen ihren Fortgang. Und langsam entwickeln wir uns. Höher und höher. Ich stelle mir vor, daß wir in Urzeiten einfache Vibrationen im Nichts waren, kleine Lieder, Individuen, die sich nur in Winzigkeiten voneinander unterschieden. Wer kann sagen, wie lange diese einfachen Lieder dauerten? Aber sie wurden komplizierter und mehr aufeinander bezogen. Sie fügten sich zusammen und zogen sich zurück. Wieder und wieder fanden sie gemeinsame Muster, und die Muster lösten sich auf und bildeten neue. Neue Sammlungen von Liedern, neue Formen, neue Hinzufügungen und Wegnahmen. Zu Zeiten ereigneten sich Rückschläge, sogar Katastrophen, aber über die längsten Zeitspannen hinweg gab es Fortschritt Du mußt zurück, um für den Sprung nach vorn Anlauf zu nehmen.

Und schließlich ist dieser Fortschritt bei uns angelangt. Aber es gab keinen Anfang, wie es auch kein Ende geben wird. Nur Variationen über ein Thema, die sich niemals wiederholen und ständig vervollkommnen.«

»Sidhe und Menschen waren einmal eine Art?« fragte Michael in ungläubigem Ton.

»So muß es einmal gewesen sein. Eines kommt vor vielem. Und es gibt Ähnlichkeiten.«

»Ja ...«

»Tiefe Ähnlichkeiten. Obwohl viele Jahrzehntausende vergangen sind, können die Nachkommen der ursprünglichen Sidhe sich noch immer mit wiederentwickelten Menschen paaren. Noch jetzt sind die Muster, die Glieder einander so ähnlich, daß sie einladen.«

»Wozu dann das ganze Aufheben?« fragte Michael.

Die Schlange grollte vernehmlich und schob sich auf den Steinen hin und her. Michael wich hastig zurück.

»Wozu das ganze Aufheben, wahrhaftig! Glaubst du, ich hätte alle Antworten parat?« fragte sie zuletzt, als sie ihr Gelächter bändigen konnte.

»Du solltest alles wissen«, sagte Michael. »Du bist alt genug.«

»Ich sollte, ja. Aber mein Leben als Schlange ist keine ununterbrochene und vernünftige Abfolge gewesen. Wie ich sagte, habe ich einen guten Teil dieser Zeit in einem Zustand verbracht, in dem ich mich wenig von einem vernunftlosen Seeungeheuer unterschied, das die dunklen Tiefen liebt, und nur selten geriet ich wieder in eine halbwegs vernünftige Verfassung. Glücklicherweise bin ich gegenwärtig einigermaßen klar im Kopf ... aber nicht ganz. Früher einmal wußte ich viel mehr, als ich heute weiß. Vielleicht sogar die Antwort auf die tiefe Frage: ›Wozu das ganze Aufheben?‹«

»Vielleicht sollte ich keine weiteren Fragen stellen«, sagte Michael.

»Keineswegs. Nur zu! Es gibt viel mehr zu besprechen ... aber ich sollte dich warnen. Selbst die Antworten, die ich dir gegeben habe, sind keine Gewißheiten. Sie mögen nicht vollkommen wahr sein. Ich bin viel zu alt, um dessen gewiß zu sein, was die Wahrheit ist. Meine eigenen Phantasien und Träume ... Sie könnten mir wirklicher erscheinen als Erinnerungen.«

Sie setzten ihr Gespräch fort, bis das Morgenlicht den Nebel durchdrang. Die Schlange zog sich für einige Zeit ins Wasser zurück und ließ Michael allein am Ufer zurück, während sie im Loch eine Runde schwamm. Dann forderte sie ihn auf, ins Wasser zu kommen, und Michael entkleidete sich und watete in das trübe Naß. Nicht einmal berührte er die Schlange, sondern blieb wassertretend an einer Stelle, während sie in weiten Kreisen um ihn herum schwamm und hin und wieder den Kopf wie das Ende eines verwitterten Stammes aus dem Wasser hob.

Alle paar Stunden illuminierte die Schlange sich selbst mit einem mythischen Muster – Reihen schimmernder Anschwellungen entlang dem Körper und an den Flossen. Meistens aber war sie schwarz oder lehmfarben, genarbt und häßlich, alterslos.

Gegen Mittag heiterte sich der Himmel auf, und die hochstehende Sonne brannte den Nebel fort und tauchte die einsame und karge Landschaft um das Loch in freundliche Helligkeit. Michael lag im Kies, um sich zu trocknen. Das Wasser hatte einen Geschmack wie schwacher Tee.

Die Schlange schob sich bis zur Hälfte ihrer Länge aus dem Wasser und wälzte sich auf den Rücken, dabei enthüllte sie einen blaßblauen Streifen, der sich auf der Bauchseite entlangzog. In den Streifen war eine Serie runenartiger Zeichen eingeschnitten. Michael kroch näher, sie zu untersuchen. »Was haben diese Zeichen zu bedeuten?«

»Die Bedingungen meiner Einkerkerung. Die Liste meiner Verbrechen.«

»Ich dachte, die Sidhe verabscheuen das Schreiben.«

»Sie verabscheuen den beiläufigen Gebrauch der Schrift. Sie verabscheuen Buchhaltung oder die Niederschrift von geschichtlichen Ereignissen. Für die Poesie oder die Magie ist eine Niederschrift bisweilen erforderlich. Diese Symbole sind mein Gefängnis.«

»Was sagen sie aus?«

»Ich weiß es nicht«, erwiderte die Schlange. »Ich kann sie nicht sehen. Wüßte ich es, könnte ich mich befreien. Und niemand kann sie mir enthüllen.«

Minutenlang lagen sie schweigend in der Sonne.

»Wer war der letzte Mensch, mit dem du sprachst?« fragte Michael nach einer Weile.

Die Anschwellungen am Leib der Schlange glommen rötlich in einer vulkanischen Reihe und wurden wieder dunkel wie Asche. »Ich habe seit bald zweitausend Jahren nicht mehr von Angesicht zu Angesicht mit einem Menschen gesprochen«, sagte er. »Es ist nicht angenehm, davon zu reden.«

»Warum nicht?«

»Weil der letzte menschliche Kandidat sich zu der Meinung verleiten ließ, unser Gespräch als eine Versuchung anzusehen. Er war außerordentlich. Er hätte ein Magier höchsten Ranges werden können, doch hatte er als Jugendlicher Adonnas Aufmerksamkeit gefunden. Er hatte noch etwas in sich ... etwas, das über die Grenzen hinausging, die Adonna ihm gezogen hatte. Etwas, das über all diese Konflikte hinausging, sehr schön, ohne Haß, ohne Gier. Dennoch trug er Adonnas Zeichen ...

Als seine Philosophie weitere Verbreitung unter den Menschen fand, pervertierte und zerstörte sie ebensoviel, wie sie tröstete und aufklärte. Seither hat es andere wie ihn gegeben, aber nicht annähernd so stark. Ich habe mit keinem von ihnen gesprochen.«

Michael war versucht, mehr zu fragen, aber etwas im Tonfall der Schlange brachte ihn davon ab. Nach einiger Zeit, als sein Unterzeug trocken war, stand er auf und streckte sich. »Ich habe nicht viel Zeit«, sagte er. »Ich muß Kristine finden.«

»Wir sind mit Worten weit gewandert, nicht wahr?« sagte die Schlange. »Wieviel hast du gelernt?«

»Einiges. Nicht allzuviel«, antwortete Michael.

»Dann weißt du, daß nicht mit Worten gelehrt werden kann, was gelernt werden muß.«

Michael fühlte ein Frösteln.

»Du mußt dich jetzt opfern.«

»Ich verstehe nicht.«

»Du hältst dir viel auf deine Individualität zugute, deine persönlichen Erinnerungen und Leistungen. Doch wenn du alles, was du gedacht und getan hast und gewesen bist, auf das legen würdest, was ich enthalte, deine bloßen zwei Jahrzehnte auf eine Jahrmillion, wärst du verloren.«

»Ja. Wahrscheinlich.«

Die Schlange grollte leise. »Das ist es, was du tun mußt.«

Michael starrte zurück. »Warum?«

»Wie du jetzt bist, kannst du kein Magier sein. Du mußt Erfahrung haben. Du mußt lernen.«

»Ich will kein Magier sein«, sagte Michael, wieder von einem Frösteln überlaufen.

»Hast du eine Wahl?« fragte die Schlange.

»Ist dies genau dasselbe Angebot, das du auch dem Menschen machtest, mit dem du zuletzt sprachst?«

fragte Michael. Die Schlange antwortete nicht. »Ist es so?«

»Ja.«

»Und er wies es zurück?«

»Er hatte das Zeichen Adonnas.«

»Habe ich das Zeichen Adonnas?«

»Du nicht«, sagte die Schlange. »Du legtest es im Reich ab.«

»Und du wünschst, daß ich dein Zeichen trage?«

Wieder leuchteten die Anschwellungen am Körper der Schlange wie glühende Lava auf, und das Wasser um den untergetauchten Teil des Körpers blubberte und dampfte. »Du mußt Welten vereinen. Du mußt neue Welten schaffen. Du mußt die verschiedenen Arten vereinen.«

»Ja, ich weiß, jemand muß es tun.«

»Und du bist ein Kandidat. Vielleicht der beste Kandidat.«

»Aber warum muß ich in dich eintauchen?«

»Ich habe die Erfahrung. Die Erinnerungen. Ich kann sie nicht gebrauchen. Du kannst es.«

»Du hast noch etwas«, sagte Michael, der selbst kaum glaubte, was er empfand, was zu sagen er im Begriff war. Eine Stimme in ihm schrie, daß er kindisch und einfältig sei. Wer war er, das älteste Lebewesen herauszufordern? Aber eine andere, stärkere Stimme zwang ihn. Beide Stimmen waren seine eigenen. Die Entscheidung war seine eigene. »Du trägst die Schrecken der Vergangenheit. Wenn ich dich aufnehme und mich selbst verliere, werde ich du. Und du warst so böse und eigensinnig wie Adonna.«

»Ich habe über meine Exzesse nachgedacht und sie überwunden«, sagte die Schlange. Ihr Körper war jetzt schwarz wie Obsidian.

»Aber – würdest du diese Exzesse wieder begehen, um dein Volk zu retten?« Michael kleidete sich wieder an.

Die Schlange zog sich einige Meter ins Wasser zurück. »Wenn mir keine Wahl bliebe, täte ich es.«

»Hattest du wirklich keine andere Wahl, als du versuchtest, die Sidhe zu vernichten? Oder haßtest du sie?«

»Ich haßte sie«, gab die Schlange zu.

»Und du würdest es wieder versuchen?«

»Sie sind jetzt schwach.«

»Würdest du versuchen, sie zu vernichten?« Michael verspürte eine Aufwallung von trotzigem Entsetzen. »Du könntest es, nun, da sie schwach sind. Du könntest beenden, was du angefangen hattest.«

Nur die letzten drei Meter vom Rumpf und Kopf der Schlange ragten noch ans Ufer. »Ich hoffe, ich werde es nicht tun.«

»Aber du wärst trotzdem dazu imstande.«

»Womöglich«, räumte die Schlange ein.

»Ich kann nicht du werden«, sagte Michael in gequältem Ton. »Ich kann nicht die Art von Magier sein, die du warst. Wenn ich überhaupt ein Magier irgendwelcher Art sein kann ...«

»Du bist sehr jung.«

»Ich wünsche mir eine Möglichkeit, von dir zu lernen, was notwendig ist, ohne das Risiko. Wenn das möglich ist ...«

Aber die Schlange zog sich ohne ein weiteres Wort in das Loch zurück. Die Wellenriffel verliefen sich am Ufer, und Michael war allein. Er wandte sich dem Baumstumpf zu, wo die Halbblutfrau verschwunden war.

Nun stand sie wieder dort. Ihr weißes Haar schimmerte in der Sonne, ihr schlotternder schwarzer Anzug und das gestärkte weiße Hemd und die schmale schwarze Krawatte waren genauso, wie er sich erinnerte.

»Folge mir!« sagte sie. Sie riß ein Stück aus der Landschaft jenseits des Baumstumpfes und trat in tintige Dunkelheit. Michael kroch ihr nach.

Und kehrte zurück zum elften Stock des Tippett-Hotels. Die Halbblutfrau war ein durchscheinender Schatten vor ihm im Korridor. »Du hast versagt«, sagte sie mit einer Stimme, die so schwach war wie ihr Bild. »Du bist kein Kandidat mehr. Geh heim und weine um dein Volk und deine Welt!«

25

Michael stand im Korridor, allein und zornig und still wie die zernarbten Wände um ihn herum. Warum habe ich das getan? fragte er sich und entspannte die geballten Fäuste und Armmuskeln. Weil ich ein Feigling bin? Angst habe, mich einer höheren Persönlichkeit zu unterwerfen?«

»Nein«, sagte er. Er fühlte seine Kraft zurückkehren, die Kraft, die ohne fremde Hilfe in ihm gewachsen war, seit er aus dem Reich zurückgekehrt war, seit er aus dem vielschichtigen Bild der Intrigen und Machenschaften zwischen den Sidhe und Waltiri und Clarkham getreten war. Die Kraft kehrte zurück, nicht aber sein Selbstvertrauen. Das Gespräch mit dem Schlangenmagier war so interessant gewesen, und daß es wegen seiner eigenen Rebellion zu einem so unerwarteten und schmerzlichen Ende gekommen war, quälte ihn.

In gewisser Weise hatte er monatelang auf solch ein Gespräch gewartet.

»Ich bin ein Abtrünniger«, sagte er. Wenn er als Kandidat durchgefallen und von der Bildfläche verschwunden war, ohne Hoffnung, wieder die ihm zugedachte Rolle zu spielen, dann war er frei, nach eigenem Gutdünken zu handeln ...

Und das schien er ohnedies zu tun.

Er wandte den Kopf dem Rechteck aus Schwärze zu. Als er zuerst durchgegangen war, der Aufforderung der alten Halbblutfrau folgend, hatte er die Natur der Region jenseits des Tores als ein Prickeln an den Handflächen gefühlt. Jetzt konnte er das gleiche Prickeln fühlen. Das unspezifische Tor führte nicht zu einem bestimmten Ort – es war ein offener Ausgang ohne feste Bestimmung. Für jemanden ohne Ausbildung – die Soldaten und Polizisten auf der Straße zum Beispiel – wäre es einfach eine leere Wand, verdunkelt wie durch einen polarisierten Filter. Für jemanden mit unzureichender Ausbildung konnte es sehr gefährlich sein. Es konnte Michael in eine so komplexe und täuschende Zwischenwelt setzen, so daß er sich in einem Alptraum wähnen würde ... Oder es konnte ihn führen, wohin er wollte.

Ins Reich.

Um Tonns Frau, die Schädelschnecke, aufzusuchen, wenn sie noch lebte.

Toh kelik undulya, med nat ondulya trasn spaan nat kod ...

So hatte Eleuth ihm im Reich gesagt, bevor sie einen Käfer von der Erde geholt hatte. ›Alles ist in Wellen, nichts ist entfernt, alles läuft hier zusammen.‹

Und bei der gleichen Gelegenheit hatte sie erklärt: »Der Sidhe-Teil eines Halbbluts weiß instinktiv, daß jede Welt nur eine Sache des Hinzufügens und Wegnehmens ist. Um große Magie zu bewerkstelligen, mußt du in völligem Einklang mit der Welt sein – hinzufügen, wenn sie es tut, wegnehmen, wenn die Welt wegnimmt.«

Fühlte er diesen Instinkt deutlich? Als er letztes Mal auf dem Dach des Tippett-Hotels gestanden und über die Stadt hinweggeblickt hatte, war er im Umkreis von Kilometern mit den Bewohnern der Erde in Verbindung gewesen; und später, als er im Waltiri-Haus im Bett gelegen hatte, war ihm diese Verbindung noch stärker bewußt gewesen. Aber die Bewohner waren nicht die Welt selbst. Er mußte diese letzte Verbindung herstellen.

Es war gewiß, daß kein anderer es für ihn tun würde.

Er arbeitete jetzt allein, ohne Unterstützung von irgendeiner Gruppe oder Seite. Er mußte sich an den eigenen Hosenträgern hochziehen.

Er empfand Verzweiflung und ein Gefühl der Niederlage, das ihn schwindeln ließ. Wie unzulänglich war er, wie schlecht ausgebildet und unwissend ...

Und doch ...

Und doch, er war fähig. Er verfügte über die Mittel zu tun, was getan werden mußte. Clarkham, der Schlangenmagier, Adonna, Tarax, sogar Waltiri traten beiseite, Michael fühlte die Kraft in sich. Das Ergebnis der Disziplin eines langen Jahres.

Der Korridor vor ihm schien augenblicklich zu verschwinden, und er sah nichts als Wellen von Dunkelheit, die schimmernd ineinanderflossen. Hinzufügen und wegnehmen, steigen und fallen. Gipfel und Täler. Er fühlte das Summen in den Handflächen, den Gesang aller Wirklichkeit und schloß die Augen, um sich darauf einzustimmen.

Mit Tarax' Hilfe hatte er sich aus Clarkhams schwacher Fallenwelt befreit.

Jetzt ...

Er wandte sich dem dunklen Rechteck zu. Er rief sich die Melodie und das Timbre des Reiches in Erinnerung. Er machte die Unterscheidung zwischen Erde und dem Reich. Ihre Wellenzüge trennten sich, und er konnte die verschiedenen Einstimmungen fühlen. Er streckte eine Hand aus, fühlte das Summen in der Handfläche und drückte gegen die Dunkelheit.

Hinzufügen.

Wegnehmen.

Die Dunkelheit wurde unwirklich. Vorübergehend fühlte er eine abstoßende Zwischenwelt jenseits der Finger und wollte sich zurückziehen, hielt aber aus und stimmte ein Intervall höher. Näher. Ein weiteres Intervall.

Sein Zeigefinger schnitt einen Schlitz in die Dunkelheit, und Sonne drang herein und schien ihm auf die Füße. Er zog die Öffnung weiter auseinander und spürte den Widerstand, das Bestreben, sich wieder zu schließen.

Jenseits der Dunkelheit war das Reich, deutlich und wirklich, aber kaum beständig. Noch als er durchzubrechen versuchte, fluktuierten Melodie und Timbre. Er improvisierte ein Tremolo zum Lied, und die Dunkelheit verblich.

Er trat durch.

Und stand auf einem grasigen Hügel. Im Hintergrund ragte dichter grüner Wald. Am dämmerigen Himmel des scheidenden Tages kreisten Sterne wie Glühwürmchen an kurzen Leinen, und der Mond schnitt eine Spur von Sicheln in einer Perlenkette durch den Himmel.

Das Reich.

Während der ersten Stunden schwelgte Michael in der reinen kalten Empfindung von Luft, die über verstreute Schneeflecken und stundenweite Wälder geweht war. Er sondierte die Umgebung innerhalb seiner Reichweite und fand nur ein paar einsame Arborale – und eine Andeutung von weiteren in der Richtung der untergehenden Sonne. Dann richtete er sich auf einen kalten Abend ein, gewärmt von seinem *hyloka*.

Wohin er seine Sonde auch ausstreckte, überall stieß sie auf Untertöne von Zersetzung und Brüchigkeit. In einer Richtung erspürte er tatsächlich eine Unterbrechung des Reiches – eine Kante, hinter der etwas lag, das auf unangenehme Weise der Verbrannten Ebene ähnelte, die das Vertragsland umgeben hatte. Als der Abend zur Nacht wurde, spürte er mehr von diesen Rändern. Das Reich war jetzt durchschnitten von Bruchlinien des Zerfalls. Er wußte nicht, ob er solch eine Diskontinuität überqueren konnte, oder ob das Reich lange genug erhalten bleiben würde, damit er Tonns Frau finden konnte, doch spürte er trotzdem eine nervöse Zufriedenheit. Er unternahm tatsächlich etwas, um Kristine ausfindig zu machen. Einstweilen war das alles, was er tun konnte.

Bis Tarax käme, ihm seine Tochter vorzustellen. Wenn das geschähe, würde Michael seine Pläne entsprechend ändern. Aber der Gedanke, auf Tarax' Initiative warten zu müssen, hatte lange genug an ihm gezehrt. Dies war viel besser, wenn auch nicht sicherer.

Michael hatte sich niemals als einen Rebellen gesehen. Seine Ausbildung unter den Kranichfrauen war nahezu ungestört verlaufen, da er die Situation und die Notwendigkeit ihrer Disziplin akzeptiert hatte. Jetzt mißachtete er Tarax, der mit hoher Wahrscheinlichkeit mächtiger war als jene, und er hatte den Schlangenmagier, der unzweifelhaft erfahrener und weiser war, vor den Kopf gestoßen.

Wenn die Weisheit der Vergangenheit aber mit allen Fehlern der Vergangenheit behaftet war, dann mußte es sicherlich einen anderen und besseren Weg geben.

Diesen Gedanken hing er bis zur Morgendämmerung nach, die sich viel früher als erwartet einstellte, selbst unter Berücksichtigung des erratischen Zeitverhältnisses des Reiches. Alles verlagerte, veränderte sich.

Dann brach er auf in die Richtung der murmelnden Menge von Persönlichkeiten, die er erspürt hatte, mit jedem Kilometer, den er lief und ging, sicherer in seiner Vermutung, daß sich Menschen in dieser Gruppe befanden – sehr viele Menschen. Dies machte ihm Hoffnung, daß er die Menschen würde retten können, die er im Reich zurückgelassen hatte. Das war ein Punkt, der ihm immer Gewissensbisse verursacht hatte. So schwach er war, er hätte versuchen sollen, ihnen zu helfen ... Aber er war damals nicht sein eigener Herr gewesen; er hatte nur jemandes Mission ausgeführt.

Wie aber, wenn er auch jetzt nur jemandes Mission erfüllte, ohne es selbst zu wissen? Der Zweifel war sein eigen; er kam von keiner äußeren Quelle. Michael wußte, daß er gegenwärtig von so geringer Bedeutung war, so abgelehnt und mißachtet wurde, daß niemand im ganzen Reich es notwendig finden würde, ihm den Sinn mit Botschaften zu verwirren.

Nicht einmal Adonna, der wahrhaftig tot sein mochte, wenn es auch schwer zu glauben war. Was konnte einen göttergleichen Sidhe töten? Vielleicht nichts als das Ende seiner größten Schöpfung. Wenn Adonna das Reich aus sich selbst geformt hatte, dann mußte der Untergang des Reiches auch der seine sein.

Innerhalb zweier unregelmäßiger Tage und Nächte hatte er den Wald durchschritten und stand an seinem inneren Saum, der früher die Verbrannte Ebene umgeben hatte. Der Fluß strömte noch immer in seinem Bett dahin, und die Verbrannte Ebene lag noch immer wie eine schwärende Wunde unter der Sonne. Aber wo die Vertragsländer gewesen waren, wo die Siedlungen Euterpe und Mischlingsdorf gestanden hatten und das Haus, das einst Clarkham gehört hatte, erstreckte sich jetzt verlassene Leere. Die Verbrannte Ebene hatte sie sich halbherzig einverleibt.

Es gab keine Menschen, keine Mischlinge und ganz gewiß keine Sidhe in der Nähe ... mit einer Ausnahme. Michael sondierte vorsichtig, um nicht das Bewußtsein eines Kindes zu kreuzen, wenn es noch welche gab.

Aber die Kinder waren auch fort, ausgelöscht von den Sidhe, die alle Menschen und Mischlinge fortgetrieben und umgesiedelt hatten, vielleicht in die Richtung, wo Michael eine große Zahl von Menschen erspürte.

Er dachte an Lamia, die letzte Bewohnerin von Clarkhams Haus. Das Haus und dahinter der verdorrte Weingarten am Hang über dem trägen Fluß waren verschwunden.

Michael reinigte alle seine Gedanken von Querverbindungen und Assoziationen und suchte nach der Spur einer Persönlichkeit: Tonns Frau, verwandelt in die Schädelschnecke.

Er fand nichts. Nach einer Pause der Konzentration unternahm er einen neuen Versuch, verfeinerte seine Wahrnehmung. Wieder nichts – und noch immer kein Zeichen von den Kindern oder anderen Lebewesen in der Verbrannten Ebene.

Und dann stieß er auf einen flackernden Punkt von Bewußtsein, beinahe zu schwach, um wahrgenommen zu werden.

Ohne zu zögern, verließ er den Wald und wanderte hinaus in die Verbrannte Ebene. Bei jedem Schritt wirbelten seine Füße kleine Wolken bitteren Staubes auf.

Nach weniger als einer Stunde gelangte er zu der schwerfälligen Masse der Schädelschnecke, deren gräßliches Haus zwischen zwei Felssäulen von der Farbe und Beschaffenheit geronnenen Blutes steckengeblieben war. Im orangefarbenen Licht des staubigen Himmels ging er um die Schnecke herum und untersuchte die ausgetrockneten Überreste des Tieres im Innern des Schädelgehäuses. Die Haut von Rumpf und Fühlern war zu zähem Leder gehärtet; die laternenartigen Augen an den Enden der Fühlhörner waren trübe und milchig.

Dennoch war Tonns Frau nicht tot. Er sandte seine Gedanken tief in ihr Inneres und berührte die geschwächte Persönlichkeit unmittelbar.

– Die Sonne. Sie bringt mich endlich um.

– Ich bin zurückgekehrt.

– Der Junge ... Jetzt suchst du?

– Du sagtest, du wüßtest, wo ich Kristine finden kann.

– Damals wußtest du nicht einmal, wer Kristine war.

– Nein, ich kannte sie noch nicht. Woher wußtest du es?

– Die Frau eines Magiers hat viele Fertigkeiten. Ich lehrte Tonn vieles. Magie wird durch die Frau übertragen.

Michael fragte sich, was es damit auf sich habe, ließ es aber auf sich beruhen. Er hatte den Eindruck, daß Tonns Frau nicht mehr lange leben würde.

– Wo ist sie?

– Damals wußte ich es. Ich wußte, wo sie sein würde ... Aber du hast die Dinge verändert. Die Antwort ist jetzt weniger klar.

– Wie habe ich die Dinge verändert?

– Du konzentriertest dich nicht auf Clarkham. Du glaubtest, er sei für immer besiegt, während er nur aus den unmittelbaren Angelegenheiten der Sidhe entfernt worden war. Ich sah, daß Tarax sie gefangenhielt, um dich zu zwingen, seine Tochter auszubilden, wie die Kranichfrauen es getan hätten. Aber inzwischen mag Clarkham sie genommen haben. Das Bild ist nicht klar.

Das lederige Anhängsel, das aus der ›Nase‹ der Schädelschale hervorsah, zuckte und glitt ein Stück in seine Richtung. Michael wich nicht aus. Sie hatte nicht die Macht, ihm zu schaden.

– Bitte. Du mußt die Arboralen rufen. Ich sterbe.

– Es sind keine in der Nähe. Das Reich wird evakuiert.

– Dann ist es aus. Ich werde selbst aus den Gedächtnissen entlassen.

– Wenn Clarkham sie hat, wo wird er sie gefangenhalten?

– Übungen. Nachahmungen. Träume. Fehlgeschlagene Versuche, ein Magier zu sein.

– Hielte er sie auf einer anderen unvollständigen Welt fest, wie er mich festhielt?

Es gab keine Antwort.

– Auf welcher Welt? Bitte, beschreib das Lied, die Melodie und das Timbre.

– Eine Welt, errichtet, seine Schlechtigkeit zu enthalten. Eine schlüpfrige, doch harte Welt, eine Falle für alle, selbst für ihn. Sie weiß es nicht.

– Wie werde ich sie finden?

– Indem du Tarax' Tochter unterrichtest. Oder indem du ... du bist jetzt stark, viel stärker.

Das Schädelhaus ruckte zwischen den Felsen.

– Wenn die Arboralen nicht kommen können, werde ich nicht warten.

Damit erlosch der letzte Lichtpunkt von Bewußtsein, plötzlich und endgültig. Was übrigblieb, konnte ihm nicht weiterhelfen.

Michael stand eine Weile bei den Überresten, schwankend zwischen Mitleid und Verdrießlichkeit. Nach allem, was er in seiner Sonde gefühlt hatte, konnte er erkennen, daß Tonns Frau – er wußte nicht einmal ihren Namen! – einst eine beinahe so edle Sidhe gewesen war wie die Ban der Stunden. Was hatte sie getan, daß sie so hart bestraft worden war? Was hatten Lamia und Tristesse getan? Er konnte die Aktion gegen den Schlangenmagier verstehen, aber warum soviel ungerichtete und sinnlose Grausamkeit?

Als er die Verbrannte Ebene hinter sich ließ und die Grenze wieder überschritt, sah Michael Himmel und Sonne auf eine Seite sinken und rotieren. Er fiel zu Boden und kroch zu einem Baum. Die Schatten des Waldes schrumpften abenteuerlich, kamen dann zur Ruhe. Er blickte mit aufgerissenen Augen zum Himmel hinauf, erhob sich auf die Knie. Alle Richtungen hatten sich geändert.

Die Haut prickelte ihm, das Haar sträubte sich. Die Grundlagen der Konstruktion des Reiches verfielen, soviel war klar.

Welche Richtung sollte er jetzt nehmen? Er konnte der Sonne nicht folgen – sie schien verschmiert zu einem ständigen glühenden Dunst über dem Land. Er trat auf eine Lichtung und beschattete die Augen gegen die Wärme und blendende Glut des ganzen Himmels. Er mußte schnell reisen. Es blieb ihm nicht mehr viel Zeit.

Unter Aufbietung seiner ganzen Disziplin tat er mehrere tiefe Atemzüge und lief los durch den Wald und über das offene Gelände, immer in die Richtung des nun viel schwächeren und undeutlicheren Signals, das die Menschenmenge kennzeichnete. Er lief nicht weit.

Das Land vor ihm hatte sich plötzlich geteilt und einen mehrere Kilometer breiten Abgrund geschaffen. Michael verlangsamte seinen Lauf und überlegte, enttäuscht und mehr als ein wenig beängstigt. Merkmale dieser Art hatte er früher im Reich nie gesehen; dies war etwas Neues, und es sah sehr gefährlich aus, ohne Hilfe von außen offensichtlich unüberwindbar. Die Ränder des Abgrundes bröckelten, Klumpen von Erde und Gestein brachen ab und fielen mit majestätischer Langsamkeit ins Nichts.

Michael näherte sich dem Rand so weit, wie er es wagte, kroch auf einer massiven Felsbank hinaus, bereit, beim leisesten Anzeichen einer Erschütterung oder Schwankung die Flucht zu ergreifen. Tief unten sah er die Fundamente von Adonnas Schöpfung unter opalisierendem Nebel brodeln. Und nichts sonst.

Der Abgrund schien sich unermeßlich weit in beide Richtungen zu erstrecken. Er schnitt ihn von dem menschlichen Gemurmel ab. Er trennte ihn sogar von der fernen Gegenwart des Irall und Inyas Trai.

Wenn er den Abgrund nicht überqueren konnte, blieb ihm im Reich nichts mehr zu tun. Er verließ den Rand des Abgrunds und ging ein gutes Stück zurück in den Wald, um seine Pläne zu überdenken und zu sehen, welche anderen Möglichkeiten sich boten.

»Warum fühle ich mich so gut?« fragte er sich, als er unter einem gewaltigen Nadelbaum in der Mitte eines Kreises von halb geschmolzenem Schnee stand. »Alles geht schief, und ich ...« Aber er wußte die Antwort bereits. Er fühlte sich gut, weil er wieder im Reich war. Das Reich hatte selbst jetzt eine Schönheit, die er nach seiner Rückkehr zur Erde sehr vermißt hatte. Schönheit – und Schrecken und Traurigkeit, viel stärker konzentriert als auf Erden. Jede Gefühlsregung nahm sich hier zugleich intensiver und anregender aus.

Das unbeschreibliche Grauen des Schicksals von Adonnas Frau; die surrealistische Lebensfeindlichkeit der Verbrannten Ebene; die immer veränderlichen Tage und Jahreszeiten. Die Üppigkeit der Wälder mit ihren wilden Obstgärten. Inyas Trai. Das verwünschte Tal des Lin Piao Tai. Wie mußte den Sidhe zumute sein, wenn sie nach vielen Jahrhunderten hier gezwungen waren, zur Erde zurückzukehren?

Wie konnte ein Magier die große Anforderungen stellende Vielfalt der Erde nehmen und sie mit der Eindringlichkeit des Reiches vermischen?

Er schloß die Augen und breitete die Hände aus. Durch die Haut konnte er alles sehen. Das Reich vibrierte und skizzierte sich selbst vor den Augenlidern. Er konnte beinahe seine Tiefenstruktur fühlen, das Geheimnis von Adonnas Schöpfung aufdecken ...

»Menschenkind.«

Michael schlug die Augen auf und sah ein Sidhepferd näherkommen. Ein Abbild von Tarax – augenscheinlich nicht der Sidhe selbst, sondern ein Schatten – lenkte das Epon durch den Wald, eine Hand unter dem Kinn des Tieres. Der Schatten lächelte. »Eine Schaustellung in Magie?«

Michael wollte etwas erwidern, verhedderte sich in seinen Worten und begnügte sich schließlich errötend mit einem Kopfnicken.

»Wir haben eine Verabredung«, sagte der Schatten. »Es ist klar, daß du dich ohne Hilfe nicht im Reich bewegen kannst. Sogar die meisten Sidhe haben jetzt Schwierigkeiten. Adonna kann eines seiner Epon für deine Reise erübrigen. Wir werden uns unter dem Testament des Irall treffen.«

Der Schatten verblich. Das Pferd stand da, schlug nervös mit dem Schweif, stieß ein langes Vorderbein in Gras und Humus und sah Michael mit geduldigem Ausdruck an.

»Hallo!« sagte Michael.

Das Epon warf den Kopf hoch und drehte sich seitwärts, um ihn aufsitzen zu lassen.

26

Das Sidhepferd, die Augen wie Eis, das perlfarbene Fell schimmernd im diffusen Licht des Himmels, setzte mit weit gestreckten Beinen über den bröckelnden Rand des Abgrundes. Michael, dem das Herz im Hals klopfte, hielt sich an der Mähne fest und rief: *»Abana!«*

Der Abgrund, die getrennten Teile des Reiches, das neblige Chaos von Adonnas zerfallender Schöpfung tief unten, alles verkantete sich und fiel durcheinander. Das Pferd schrie und war umgeben von einem feurigen Kranz, der hinter ihnen wie Glasscherben zerbrach. Die Kälte war so scharf, daß Michael beinahe erfror, bevor er sein *hyloka* verstärken konnte. Das Pferd bleckte die Zähne, und die Muskeln spannten sich steinhart zwischen Michaels Beinen.

Die Reise war eine Qual. Michael war, als müsse ihm der Kopf zerspringen. So war es letztes Mal nicht gewesen. Das Reich ermöglichte solch schnelle Reisen nicht mehr ohne Protest. Sie durchflogen den gezackten blutenden Grenzbereich zwischen Reich und der Erde und tausend Zwischenwelten. Das Reich war eine offene Wunde, und die Erde jenseits davon schnitt tief wie ein Messer, verteidigte sich. Als die Reise endete und das Pferd ihn abwarf und selbst ausschlagend und schreiend auf die Seite fiel, war Michael mehr tot als lebendig.

Er rollte über eine ebene rauhe Oberfläche und sprang instinktiv auf, mit Prellungen und Abschürfungen an Armen, Beinen und Schultern, aber sonst intakt. Das kommt eher hin, dachte er bei sich. Während seines letzten Aufenthaltes im Reich hatte er selten mehr als ein paar Stunden unverletzt verbracht. Das Pferd stand auf und beobachtete Michael mit unfreundlichem Blick.

Sie waren auf einer mit dunklen Steinen gepflasterten und von glänzenden schwarzen Säulen flankierten

Straße. Jede Säule war gefüllt mit winzigen Punkten flackernden Glimmens, wie Augen, die im Widerschein eines Lagerfeuers schimmern. Es war, als beobachteten sie ihn und erfreuten sich seiner mißlichen Lage. Am Ende der Straße, wie eine riesengroße graue Samenkapsel unter dem gleißenden heißen milchweißen Himmel kauernd, war der Irall. Am anderen Ende der Straße, jetzt hinter ihnen und von der Farbe glühenden Marmors, lag Inyas Trai, die Stadt, welche die letzten der Cledar vor Zeiten für die Sidhe erbaut hatten.

Er war allein auf der Straße. Das Pferd beruhigte sich unter seinen liebkosenden Händen und ließ ihn wieder aufsitzen.

Michaels Begeisterung für das Reich hatte erheblich nachgelassen. Der Himmel war hier heißer, in seiner grellen Einförmigkeit kaum zu ertragen. Der Irall stand in scharfem Gegensatz dazu; die einwärts geneigten äußeren Türme erhoben sich kohlschwarz aus dem Mauerring um ein seidiggraues, wie eine Moschee mit Kuppeln bedecktes Gemäuer, dem ein hohes, nadelspitzes schwarzes Minarett entragte, das vor dem blendenden Weiß des Himmels kaum zu sehen war.

Als er zuletzt den Irall betreten hatte, war es unfreiwillig geschehen, umringt von Sidhepferden.

Er war geneigt zu glauben, daß es diesmal nicht viel anders war.

Nach einer Weile hielt er das Pferd an und überblickte das Land um Inyas Trai und den Irall. Die Stadt schien leer, und eine rasche Sondierung fand keine Anzeichen von Sidhe, Mischlingen oder Menschen. Vielleicht waren die meisten durch die Trittsteine, die Nicolai erwähnt hatte, evakuiert worden. Eine weitere Sonde zum Irall selbst, vorsichtig vorfühlend, ergab, daß auch er verlassen war.

Wieder versuchte er die Richtung der gehäuften menschlichen Persönlichkeiten zu ermitteln, und als es ihm gelang, fühlte er Berge und ein Meer zwischen sich selbst und ihnen. Die Menschen befanden sich auf der anderen Seite von *Nebchat Len,* in den Bergen, wo die Sidhe ihre Anfänger auszubilden pflegten. Michael empfing sogar einige Gefühlsregungen der Gefangenen und konnte eine erste Schätzung ihrer Zahl vornehmen.

Es waren weitaus mehr als jemals in Euterpe gelebt hatten; annähernd fünftausend. Manche waren voller Angst, andere ruhig in der Erwartung des Unvermeidlichen. Er hatte keine Zeit, individuelle Persönlichkeiten oder Menschen herauszufinden, die ihm wie Nicolai oder Helena vertraut waren. Vielleicht wartete dort sogar Kristine.

Michael lenkte sein Reittier weiter zum Tor des Irall, das kaum breit genug war, drei Pferde nebeneinander einzulassen. Er erinnerte sich der dunklen Kuppelgewölbe dahinter, die ihn an eine steingewordene Gletscherhöhle erinnert hatten. Diesmal war der Boden nicht mit getrockneten Blumen bestreut, sondern mit den Hinterlassenschaften panischer Flucht – Kleiderfetzen, Abdrücke bloßer Füße im lehmigen Boden, zerbrochenen und machtlosen Amtsstäben; nicht unähnlich den Treppen des Tippett-Hotels.

Der Tunnel erweiterte sich, blieb aber dunkel, ohne seine frühere grünliche Beleuchtung. Die Gehwege zu beiden Seiten waren leer. Es gab keine versklavten Mischlinge mehr im Irall, Adonna oder Tarax und dem Maln zu Diensten.

Die Wände weiteten sich zu einem Saal, dessen Grenzen sich in Dunkelheit verloren. Wo früher einmal Rauch emporgestiegen war und geschäftiges Leben geherrscht hatte, war jetzt stille und unbewegte kalte Luft. Der nächste Raum stand bis zu den Fesseln des Pferdes unter Wasser, das von rostiger Farbe war und das versunkene Amphitheater in der Mitte verbarg. Er ritt außen herum und in einen Tunnel hinein, über dessen Boden Schwaden von elektrisch-blauem Nebel zogen.

Dies wenigstens hatte sich nicht verändert; sie näherten sich dem Testament.

Bisher waren sie nur durch Räume gekommen, die dem Mauerring des Tempels angehörten. Nun aber kamen sie aus dem Tunnel in den zentralen Raum des Tempels. Die Luft roch nach Staub, Moder und säuerlichen giftigen Blüten. Gleichwohl verspürte Michael keine Furcht. Die Begegnung mit dem Schlangenmagier hatte seine Nerven stärker beansprucht.

Lange Minuten vergingen, während sie langsam den Raum durchquerten. Ringsum zog der blaue Nebel, erhob sich wie in belebten Wirbeln und schlangenartigen Ausläufern, winkend zugreifend, und erinnerten Michael an das Blau, das aus einer einzigen Blume gekommen war und Lin Piao Tai vernichtet hatte. (War alle Zauberkraft einfach und miteinander verwandt, wie Kombinationen von Briefen in einem bemerkenswert kleinen Alphabet?)

Schließlich kam vor ihm der von hohen steinernen Sesseln flankierte Steintisch in Sicht. Diesmal erschien aus dem Nebel kein Amphitheater, auf dessen Rängen sich Sidhe drängten und den Tisch umringten, und die Stühle waren leer.

»Wohin soll ich gehen?« fragte er das Pferd und tätschelte ihm die Schulter. Er wandte ihm den Kopf zu, die Augen unergründlich aber ruhig, und blähte die Nüstern. Dann führte es ihn am Tisch vorbei, und Michael wußte, wohin er ging. Das Pferd führte ihn zu dem Loch in der Mitte des Irall.

Ihr Ziel war der rotierende Messingzylinder unter dem eigentlichen Reich.

Und so war es.

Hinab durch den felsigen Schacht, vorbei an den dikken oberen Gesteinsschichten und den tieferen Schichten bläulich schimmernden Eises, jetzt durchzogen von milchigen Brüchen, zu dem Punkt regenbogenfarbenen Lichtes und schließlich zum Boden des Schachtes hinaus, wo die Pferdehufe keinen festen Halt mehr fanden, wo Mähne und Schweif flatterten, die gebleckten Zähne die leere Luft zu beißen schienen ...

Unter dem zerklüfteten Eisbauch des Reiches, über dem Chaos des Nebels ...

Zu dem rotierenden Messingzylinder, der vielleicht drei Kilometer lang und eineinhalb Kilometer breit war ...

Und durch das Loch in der Mitte. Letztes Mal war er vom Huf eines Pferdes bewußtlos geschlagen worden. Jetzt sah er alles. Und noch immer war er ohne Furcht.

Er flog auf dem Pferd vorüber an verbeulten und verbogenen, von Verstrebungen gehaltenen Plattformen, die in staubiger Dunkelheit zurückblieben. Der Zylinder schien nicht für Wohnzwecke gedacht; vielleicht wäre er für eine Gemeinschaft von Anachoreten geeignet gewesen, da jedes Mitglied eine Plattform für sich gehabt hätte, getrennt von den anderen, wo es über Grünspanfraß und endlose Drehung um die hohle Achse hätte meditieren können. Michael sondierte die Reihen der Plattformen, und bald sahen seine der Dunkelheit angepaßten Augen achthundert Meter weit bis zur Wand des Zylinders. Die Plattformen waren leer, Staub sammelte sich auf ihnen. Wozu das alles?

Er dachte an den Friedhof unweit vom anderen Ende des Zylinders, wo Tausende von Skeletten, die einmal Sidhe, Mischlingen und Menschen gehört hatten, an Gitterstangen gekettet waren. Hatte Adonna wirklich so viele Opfer verlangt? Oder waren die Toten Verbrecher gewesen, von Tarax eingefangen und hingerichtet?

Michael lenkte das Pferd fort von der Mitte, als er vor sich den Friedhof sah, noch immer voller Staub und den Resten der angeketteten Toten. Sie flogen in einer Spirale, und er sah die Plattform wieder, von der Tarax das Wort an ihn gerichtet hatte, als Michael zwischen den Toten in Ketten gelegen hatte. Das Pferd streckte sich und flog um die Plattform und dann wieder einwärts zur Achse, und der Friedhof schrumpfte hinter ihnen zu einem schmutzigen braungefleckten Gitter.

Wiederholte Reisen. Variationen über dieselben Themen.

Diesmal wußte Michael jedoch, daß er bis zu einem gewissen Grad Herr seiner Entschlüsse war. Tarax brauchte ihn – oder benahm sich wenigstens so, als ob Michael benötigt würde.

Vor ihm wurde undeutlich das geschlossene Ende des Zylinders sichtbar, gestreift mit schwarzen und grünen Verfärbungen, die vom Mittelpunkt zu den Rändern ausstrahlten. Dann erschien in der Mitte ein stecknadelkopfgroßer Lichtschein, der sich weitete, dessen Ränder funkelten und glänzten. Jenseits davon, in unbekannter Entfernung – wenn Entfernung hier etwas bedeutete – gab es Nebel, Chaos und Potential, ein Wirbel pastellfarbener Regenbogentöne, durchschossen von Dunkelheit. Michael erlaubte sich nicht, den Kopf abzuwenden. Wenn er ein Magier werden wollte, mußte er sich mit derlei auseinandersetzen. Aber wollte er? Welch ein Magier konnte er sein, ohne die Unterstützung der Schlange? Unwissend und schwach, ein abtrünniger Magier. Oder etwas Junges und Mächtiges und Unerwartetes.

Er schüttelte den Kopf und lächelte. Jeder seiner Gedanken verriet, wie töricht er in Wahrheit war.

Das Loch in der Mitte wuchs nicht mehr, und seine Ränder verfestigten sich zu poliertem Messing, als ob ein Riesenbohrer erst kürzlich hindurchgestoßen wäre. Zwei Gestalten schwebten in der Mitte der Öffnung. Michael erkannte Tarax. Neben ihm war eine weibliche Sidhe, groß und schlank. Das Pferd erzitterte und beschleunigte, und die Halsmuskeln krümmten und streckten sich.

Aus hundert Schritten Entfernung konnte Michael Tarax' geduldiges, müdes Gesicht erkennen, umgeben von feinem weißen Haar. Er trug dasselbe Gewand, das er getragen hatte, als er Michael letztes Mal in den Nebel geschickt hatte, damit er vor Adonna träte: graue Streifen, die sich in Abständen zu Knotenmustern verbanden, auf schwarzem Grund.

Du besitzt nicht einmal die nötigen Kleider, um ein Magier zu sein, sagte sich Michael. Tarax sah sein leichtes Lächeln und erwiderte es. Das Pferd verlangsamte und hielt knappe fünf Schritte von den beiden Sidhe entfernt. Sie alle hätten geradesogut im leeren Raum über dem Nebel treiben können; blickte man nicht zurück oder auf die reflektierenden Ränder der Öffnung, blieb das einzige Zeichen von der Gegenwart des Zylinders ein Gefühl ungeheurer lautloser Bewegung.

»Du bist gereift, Menschenkind«, sagte Tarax. »Du bist nicht mehr ein bloßes Werkzeug, eine gezielte Waffe.«

Michael betrachtete die Tochter. Ihr Gesicht war von der strengen Schönheit einer Art, an die er sich unter den Sidhe niemals ganz hatte gewöhnen können: lang, scharfgeschnitten, mit großen blassen Augen und dunkelrotem Haar. Er konnte nicht bestimmen, wie alt sie war; ihre Gestalt verriet einige Reife, war aber keineswegs üppig. Sie trug eine weiße Bluse mit aufgerollten Ärmeln und Reithosen. Ihre Stiefel waren lang und schwarz und reichten über die Mitte der Waden. Sie begegnete seinem Blick ruhig und fest. Über die charakteristischen Eigenheiten ihrer Rasse hinaus konnte Michael weder eine Ähnlichkeit mit Tarax oder irgendein anderes ererbtes Merkmal an ihr entdecken. Sie hätte sogar als Halbblut durchgehen können. Sie überragte Michael um wenigstens einen halben Kopf, wenn Größe sich in der Schwerelosigkeit über dem Nebel beurteilen ließ.

Er stellte sich vor, mit ihr eine belebte Straße entlang zu gehen. Sie würde wohl als menschliche Frau durchgehen – aber knapp.

»Ich bin überrascht«, sagte Michael. »Dies ist deine Tochter?«

Tarax nickte. Er hatte sich nicht einmal die Mühe gemacht, Michael zu sondieren, noch hatte dieser dies bei ihm versucht. Beiderseitiger Respekt. »Sie heißt Shiafa.« Damit war die Vorstellung erledigt. »Was überrascht dich, Menschenkind?«

»Als wir letztes Mal zusammentrafen, wolltest du mich tot sehen. Du warst sehr enttäuscht, als Adonna mich verschonte.«

»Ich war noch mehr enttäuscht, als ich erfuhr, daß du deine Begegnung mit dem Isomagus überlebt hattest.«

»Ja. Gut, du rettetest mir das Leben, und nun hast du mich auf einem von Adonnas Pferden hergebracht – wofür man mich hoffentlich nicht des Diebstahls bezichtigen wird – und behandelst mich mit Höflichkeit und sogar mit Respekt, obwohl du mich noch immer Menschenkind nennst.«

»Ich bitte um Vergebung. Alle Menschen sind für mich Kinder. Shiafa ist ein Kind, und sie ist dreimal so alt wie du, nach Erdenzeit gerechnet.«

Michael zuckte mit der Schulter. »Schön. Aber ich verstehe nicht, warum deine Haltung mir gegenüber sich geändert hat.«

»Sidhe nutzen Glück und Unglück in gleicher Weise zum Vorteil. Mein Unglück – daß du überlebtest und reiftest – ist zugleich meiner Tochter Glück, weil die Kranichfrauen fort sind ...«

»Tot?«

Im langen geduldigen Schweigen des Sidhe war eine Andeutung des alten Tarax. »Sie sind fort«, wiederholte er, »und meine Tochter bedarf der Ausbildung. Nur du kannst die Disziplin der Kranichfrauen weitergeben.«

»Was ist mit Biridashwa? Biri? Auch er wurde von den Kranichfrauen ausgebildet.«

»Er ist ein Sidhe. Du bist ein Halbblut. Es ist notwendig, daß ein Halbblut ausbildet.«

»Warum?« fragte Michael.

Shiafa hatte sich während dieses Wortwechsels kaum bewegt. Nun trat sie auf das Pferd zu und saß wortlos hinter Michael auf.

»In der Disziplin eines Halbbluts ist Subtilität«, sagte Tarax. »Diese Subtilität ist notwendig für Eingeweihte des Maln.«

Michael spürte, daß dies nicht die ganze Wahrheit war.

»Gibt es noch eine Priesterschaft? Ich habe gehört, Adonna sei tot, und die Räte hätten sich aufgelöst.«

»Adonna ist tot«, sagte Tarax. »Die Schöpfung ist geborsten und wird bald untergehen. Dennoch gibt es die Notwendigkeit einer Priesterschaft. Bilde meine Tochter aus, und du wirst erfahren, wo der Isomagus deine Frau verwahrt.«

»Was soll ich sie lehren?« fragte Michael und blickte über die Schulter hinweg Shiafa an.

Aber Tarax verblaßte bereits. Seine schwarzen Gewänder verwischten sich wie Wasserfarbe im Regen. Gesicht, Hände und Füße verlängerten sich zu undeutlichen Flecken. Ein Nebelstreif hüllte ihn ein, und er war fort.

»Ich werde die erste Priesterin des neuen Magiers sein«, sagte Shiafa. Ihre Stimme war kräftig und musikalisch und bezaubernd. »Mein Vater.« Sie umfaßte Michaels Hüften mit den langfingrigen Händen. »Du wirst mich auf der Erde ausbilden ...«

»Ich werde dich ausbilden, wo ich es für richtig halte«, sagte Michael, ärgerlich über die Erregung, die ihre Berührung in ihm auslöste. »Ich werde im Reich mit der Ausbildung beginnen. Wir wollen gleich beginnen.«

Der neue Magier, dachte Michael bei sich, als er das Pferd wendete und durch die Länge des Zylinders zurücktrieb.

»Unsere erste Aufgabe wird es sein, alles aufzuheben, was dein Vater und die Sidhe mit den Menschen im

Reich getan haben«, sagte er. »Solltest du dich weigern, mir dabei zu helfen, werde ich dich entlassen, und du kannst zu deinem Vater zurückkehren.«

»Ich werde helfen«, sagte Shiafa ohne Betonung. Michael blickte mit einiger Überraschung zu ihr zurück. Ihre Augen waren zu Schlitzen geschlossen. »Du bist der Meister der Disziplin. Aber wir werden nicht viel Zeit haben. Mein Vater kann das Reich jetzt jeden Tag auflösen.«

»Der Erbe Adonnas, wie?« sagte Michael, als der staubige Luftzug vom Friedhof sie anwehte. Shiafa schwieg.

Das Eis unter dem Reich war geädert und von Rissen durchzogen und kalbte riesige treibende Eisberge. Mit einiger Mühe fand Michael den Schacht, der zum Irall hinaufführte, und sie stiegen empor zur Oberfläche des Reiches.

27

Die Nacht des untergehenden Reiches war undurchdringlich finster. Das Band des Mondes, das sich einst über den Himmel erstreckt hatte, und alle die kreisenden Sterne, die zu einem fixierten nächtlichen Himmelszelt geronnen waren, waren verschwunden. Es gab nichts als kalten Wind und das Rascheln der Gräser um ihr Lagerfeuer.

Michael hatte das Feuer in Gang gebracht, während er sein *hyloka* auf einen Finger konzentriert und einen kleinen Stoß trockener Reiser und Blätter angezündet hatte. Shiafa beobachtete ihn mit einigem Interesse, dann experimentierte sie mit ihrem eigenen Häuflein Blätter. Auch sie konnte ein kleines Feuer entfachen, das sie dann dem größeren hinzufügte. Sie richtete den

Blick ihrer großen blaßblaugrünen Augen auf Michael und zwinkerte.

»Ich bin nicht sicher, ob es etwas gibt, was ich dich lehren kann«, sagte er. »Meine Fertigkeiten sind grob und ungeschliffen.«

Sie schwieg und ging zum Pferd und nahm einen Kamm aus ihrem Gepäck, dann machte sie sich daran, das kurze dichte Fell des Tieres damit zu striegeln.

»Es gibt Leute hier – Menschen«, sagte Michael. »Ich kenne einige von ihnen. Ich würde sie gern aus dem Reich fortschaffen, bevor es zusammenbricht.«

Shiafa nickte.

»Hast du Vorschläge?«

»Die Ban der Stunde trotzt meinem Vater«, sagte sie. »Du könntest dich mit ihr beraten.«

»Ist sie noch in Inyas Trai?«

»Nein. Die Stadt ist leer.«

Bisher hatte sie die Wahrheit gesagt. »Sie beschützt die Menschen?«

Sie hielt in ihrer Arbeit, die das Tier wohlig erschauern ließ, einen Augenblick inne und schüttelte den Kopf. »Ich weiß es nicht.«

»Du sprichst meine Sprache gut«, sagte Michael. Weder Tarax noch seine Tochter hatten Zuflucht zur In-Sprache genommen. »Wo hast du sie gelernt?«

»Von meiner *Mafoc Mar*«, sagte sie. »Meiner Sack-Mutter. Sie lebte vor der endgültigen Flucht ins Reich auf der Erde und diente den Mab. Die Mab hatten mit Engländern und Schotten zu tun. Und mein Vater ist seither immer wieder auf Erden gewesen.«

»Dein Vater haßt die Menschen noch immer.«

»Ja«, antwortete sie in nüchternem Ton.

Michael blickte seufzend in die knisternden Flammen. »Wenn er Magier wird, kann die neue Welt, die er erschaffen wird, für meine Leute nicht sehr angenehm sein, nicht wahr?«

Sie antwortete nicht. Das verstand sich von selbst.

»Es ist unsinnig«, sagte Michael. »Du bist allein durch den Instinkt wahrscheinlich eine bessere Magierin, als ich es sein kann.«

»Nein, das ist nicht so«, sagte sie. »Du besiegtest den Isomagus. Mein Vater war nicht imstande, das zu tun.«

»Ich hatte einige Anleitung«, sagte Michael. Und den Vorteil der Überraschung, dachte er. »Was beabsichtigt dein Vater mit den Menschen hier?«

»Ich weiß es nicht.«

»Liegt er im Streit mit der Ban der Stunden?«

»Ich weiß es nicht.«

Michael legte die Hände ineinander und drückte sie, bis die Knöchel knackten, etwas, was er seit Jahren nicht getan hatte. Shiafas Stimme übte eine Wirkung auf ihn aus, die ihm nicht gefiel. Er verstärkte seine Disziplin und unterdrückte die Anziehung.

»Du schläfst nicht, ist das richtig?« fragte er.

»Ich schlafe nicht.«

»Ißt du?«

»Ich esse, was der Lehrer an Nahrung für erforderlich hält.«

Nun war es Zeit für die große Frage. »Sollte dein Vater mit der Art und Weise, wie ich dich ausbilde, unzufrieden sein, wird er mir nicht sagen, wie und wo ich die Frau finden kann, die ich suche, nicht wahr?«

»Ich weiß es nicht«, sagte Shiafa.

»Überwachst du mich in seinem Auftrag?«

»Ich werde mit meinem Vater keinen Meinungsaustausch haben, bis die Ausbildung beendet ist.«

»Ist das wahr?«

Shiafa ließ zum ersten Mal leichte Ungeduld erkennen. »Die Menschen mögen uns Sidhe nicht vertrauenswürdig finden«, sagte sie, »aber ich habe in meinem Leben nie gelogen. Mein Vater auch nicht.«

»Manchen Sidhe ist dieser Luxus nicht erlaubt«, erwiderte Michael und dachte an Biri und Mora, Clarkhams Sidhefrau. »Haßt du die Menschen?«

»Du bist der erste, dem ich je begegnet bin.«

»Sympathisierst du mit der Einstellung deines Vaters?«

»Ich habe wenig Verbindung mit meinem Vater gehabt.«

»Und deine Mutter?«

»Ich habe sie seit meiner Geburt nicht gesehen.« Die eigene Mutter nicht zu kennen, war das Gegenteil der üblichen Situation für Sidhe.

»Ich werde die Augen schließen und ruhen«, sagte er nach einer Weile. Er streckte sich auf den Rücken und entfachte sein *hyloka,* bis er in Wärme eingehüllt war. Nachdem einige Stunden vergangen waren, öffnete er die Augen und sah Shiafa beim Feuer sitzen und mit friedvoller Miene in die Dunkelheit starren.

Wachsame Gedanken kitzelten ihn: Magie, so hieß es, wird durch die Frau weitergegeben.

Der Morgen kam als ein jähes stählernes Grau und ein knirschendes Vibrieren, das die langen Grashalme in wogende Bewegung versetzte. Die Vibration verlor sich rasch wieder, aber sie ließ Michael richtungslos und in Ungewißheit zurück, wo er war und was er tat. Auch Shiafa verriet Unbehagen.

»So schlimm ist der Morgen nie gewesen«, sagte sie. »Wir müssen eilen.«

Michael hatte sich eine weitere Reihe von Fragen zurechtgelegt, aber der Gedanke daran, was er am vergangenen Abend gelernt hatte – herzlich wenig Brauchbares –, ließ ihn Stillschweigen bewahren. Sie bestiegen das Pferd. Er breitete seine Sonde über das Land aus und fühlte nach menschlichen Zeichen, doch blieb seine Verwirrung bestehen.

»Alles hat seine Lage verändert«, sagte er. »Nichts ist mehr, wo es gestern war.«

»Tote Götter haben ein schlechtes Gedächtnis«, sagte Shiafa hinter ihm.

»Ich dachte, dein Vater nähme Adonnas Platz ein.«

»Er ist nicht stärker, als Adonna es war«, erwiderte sie. »Und er müßte viel stärker und klüger sein, um das zerfallende Reich zusammenzuhalten.«

Michael konzentrierte seine ganze Kraft und ließ seine Sonde in einem breiten Sektor ausfächern, wie er es auf Erden getan hatte. Das Ergebnis war bemerkenswert. Zum ersten Mal fühlte er im Weiterschwenken des Sektors die Ränder des Reiches – nicht die Abgründe, die es wie einen schlecht geschnittenen Kuchen durchtrennten, sondern die Grenzen, die es mit den Zwischenwelten und der Erde gemeinsam hatte. Es waren keine Grenzlinien, nicht einmal Grenzgebiete – es waren Demarkationsräume, schwierig zu vergegenwärtigen und noch schwieriger in ihrem Wesen zu erkennen. Er konnte daraus lernen, daß er zum Zeugen einer zerfallenden Welt wurde, aber was? Wie man es zum Magier brachte?

Innerhalb der Grenzen, noch immer in ungefähr der gleichen Entfernung, wenngleich in einer neuen Richtung, fand er wieder die zahlreichen menschlichen Persönlichkeiten. Im großen und ganzen schienen sie gegenüber dem Vortag wenig verändert. Er beugte sich über den Pferdehals und flüsterte ihm ins Ohr, dann fuhr er ruckartig hoch.

»Ist dies dein Pferd – dasjenige, das du …«

Shiafa schüttelte den Kopf. »Tarax wird es mir bringen. Ein besonderes Pferd.«

»Dann kann ich mich diesem Pferd einprägen?«

»Du kannst es versuchen«, sagte sie. »Nicht alle von Adonnas Reittieren sind so willig.«

Er runzelte die Stirn und beugte sich wieder über den Pferdehals, bis seine Lippen das warme Innere des Pferdeohres fühlten. »Du bist meine Seele, ich bin dein Körper.« Das Pferd schüttelte die Ohren und wandte den Kopf, ihn anzusehen. Wieder war dieser eisige, übelnehmerische Ausdruck in dem halbgeschlossenen

Auge, erfüllt von Licht wie der Traum eines Erfrierenden von Feuer. »Na schön«, sagte Michael. »Unbeeindruckt.«

Shiafa lächelte, und Michael blickte rasch weg. Sehr gefährlich, ein Lächeln in diesem langen lieblichen Gesicht.

»Also borgen wir dieses Pferd nur«, sagte Michael. Er streichelte ihm den Hals und fühlte dann unter dem Ohr die Linie des Kinnbackens entlang. Durch die Finger teilte er dem Tier eine Art Evisa oder Aus-Sehen mit. Das Pferd schnaubte und trabte in die angegebene Richtung.

Michael hatte sich gegen weitere überstürzte *Abana* entschieden, wenigstens einstweilen. Die letzte derartige Reise war nicht angenehm gewesen; er hielt es für richtiger, sich der höheren Talente des Pferdes nur in einem Notfall zu bedienen. Er hütete sich sogar, das Tier zu dem aufregenden fliegenden Galopp anzutreiben, der diesen Tieren so leichtfiel. Also bewegten sie sich gemessenen Schrittes durch die unbeständige Landschaft und durchzogen innerhalb von Stunden Gebiete, wo abwechselnd Frühling und Winter herrschten.

Sie stießen auf einen weiteren Abgrund, als sie einen Höhenzug überwanden und auf eine spärlich bewaldete weite Baumsavanne hinabblickten. Innerhalb des Abgrundes hatte sich eine etwa zwanzig Kilometer lange Insel, die einen Berg auf ihrem breiten Rücken trug, vom übrigen Land gelöst und schwankte schwerfällig. Brocken von mehreren hundert Metern Durchmesser hingen ohne festen Halt nahe der Insel.

»Bist du im Reich geboren?« fragte Michael.

Shiafa bejahte.

»Aber du warst nie auf der Erde.«

Als er sich nach ihr umsah, schüttelte sie den Kopf. »Mein Vater hat mir kürzlich davon erzählt.«

»Was weißt du über Magie? Über *lengu spu* zum Beispiel – das In-Sprechen.«

›.. kenne nur die Grundlagen«, sagte sie. »Nur von .. zum anderen. Nicht zur weiten Verbreitung.«

»Kannst du es spüren, wenn ich aussende?«

Er gestattete ihr, die Bedeutung des Wortes aus seinem eigenen Gedächtnis zu ziehen.

»Ja«, sagte sie. »Es ist, als stünde ich vor der Sonne.«

»Kennst du die drei Disziplinen des Kampfes? *Isray, vickay, stray?* «

»Ich weiß von ihnen«, sagte sie. »Sidhefrauen werden in diesen Dingen nicht immer ausgebildet. Die *Mafoc Mar* haben andere Abwehrmittel, die sie uns lehren.«

Michael wurde klar, daß er dieses Mädchen nicht so ausbilden konnte, wie die Kranichfrauen ihn ausgebildet hatten. Tatsächlich konnte er sehr wenig von ihren Instruktionen gebrauchen ... weil sie ihn als einen Mann ausgebildet hatten. Er hatte keine Ahnung, wie man eine Sidhefrau ausbildete. Shiara würde ihn anleiten müssen ... die Schülerin den Lehrer.

»Verstehst du einen Schatten zu werfen?«

»Ja. Wir haben viele Arten von Schatten. Es gibt den Schatten zur Vorbereitung der Geburt – geworfen, bevor wir zur Welt kommen, um alle Krankheiten und Mißbildungen fortzutragen. Dieser Schatten wird von den Ban Sidhe aufgenommen und beseitigt. Wir tun das instinktiv. Und es gibt den Schatten vor der Paarung und den Schatten der Mutterschaft ...«

»Das ist alles, was du weißt?« fragte Michael im Scherz.

»Es ist nicht alles«, erwiderte Shiafa ein wenig gekränkt. »Wenn Frauen kämpfen, werfen wir Schatten wie Netze, um unsere Feinde zu verwirren ...«

»Und du kannst das?«

»Nein. Du mußt es mich lehren.«

Großer Gott! dachte Michael. »Mir ist nicht klar, warum dein Vater denkt, ich könne dich ausbilden.«

»Mir auch nicht«, vertraute sie ihm an. »Aber er glaubt es, und du mußt es tun.«

»So sei es.«

Sie ritten bis zum rasch anbrechenden Abend, dann schlugen sie ihr Lager auf. In der Dunkelheit aßen sie ein paar überreife Früchte, die sie in einem herbstlichen Gehölz gefunden hatten.

Als der Abend seinen Fortgang nahm, gab es wieder eine Diskontinuität, und alle Lagen und Richtungen veränderten sich – aber diesmal zu ihrem Vorteil. Michael spürte, daß die Menschen viel näher waren. Am nächsten Morgen gab er dem Pferd wieder die Richtung, und sie ritten über eine noch ausgedehntere Savanne aus smaragdfarbenem Gras.

»Ich glaube, wir sind den *Chebal malen* nahe«, sagte Shiafa. »Kannst du den Schnee riechen?«

Michael schnüffelte die Luft, konnte aber den Schnee nicht riechen. »Es ist ein wenig kälter«, sagte er. »Das könnte einen neuerlichen Wechsel der Jahreszeiten ankündigen.«

»Glaube ich nicht«, sagte sie.

Am Ende dieses Tages stießen sie auf das nahezu leere Becken eines einst großen Sees, dessen Durchmesser an die achtzig Kilometer und dessen Tiefe wohl eintausendfünfhundert Meter betragen haben mußte. In der Tiefe des Beckens lagen Wassertümpel verstreut, Restseen, die grün und abgestanden in der Sonne schillerten.

»*Nebchat Len*«, sagte Shiafa.

»Jemand beschrieb mir dies einmal als einen See«, sagte Michael und rieb sich das Kinn. »Ich frage mich, wie er auslaufen konnte ...« Dann kam ihm eine Erleuchtung, und er lächelte. »Ich glaube, ich weiß es. Hier lebten die Pelagalen, nicht wahr?«

»Hier und im ehernen Ozean am Rand der Welt«, sagte Shiafa.

»Ich glaube, die meisten von ihnen sind jetzt auf Erden. Sie kamen in einem Wassersturz hinüber.«

»Du sahst das?«

Er nickte. »Warum haben die Elfen noch nicht alle das Reich verlassen? Viele sind bereits auf Erden.«

»Du bist der Lehrer«, sagte Shiafa.

»Das bedeutet, daß du es nicht weißt.«

»Es bedeutet, daß ich es nicht weiß.«

»Gut. Wir reiten um den See, durch den Wald, der *Konhem* genannt wird – habe ich recht? –, und jenseits davon werden wir die *Chebal malen* finden, die Schwarzen Berge. Und irgendwo in den *Chebal malen* ist die *Sklassa,* die Festung des Maln.« Wieder konzentrierte er sich angestrengt auf seine Sonde, um die Örtlichkeit festzustellen, wo die Menschen waren. Der Mut verließ ihn. Sie mußten dort festgehalten werden. »Wir werden hingehen müssen«, sagte er.

»Das ist nicht klug. Es mag jetzt nicht die Zeit sein, und es ist sehr schwierig, die *Sklassa* zu erreichen. Überdies ist sie geschützt.« Die Gemütsbewegung war so stark, daß sie in ihrer Stimme mitschwang. Zum ersten Mal bemerkte er Unbehagen in Shiafa.

»Wir werden dennoch dorthin gehen müssen«, sagte Michael. »Es ist der Ort, wo meine Leute festgehalten werden. Bist du einmal dort gewesen?«

»Nein. Ich bin in Inyas Trai und im Irall aufgewachsen.«

»Mit welchen Schwierigkeiten müssen wir dort rechnen?«

»Du bist der Lehrer«, stieß Shiafa hervor.

»Aber du weißt es«, beharrte Michael.

»Es geht mich nichts an.«

»Was soll das heißen?«

Shiafa blickte weg, und ein seltsam trotziger Ausdruck trat in ihre Züge. »Als ich ein Kind war, hörte ich den *Mafoc Mar* zu, obwohl ich es nicht hätte tun sollen. Sie sprachen miteinander über die *Sklassa.* Das ist kein Ort für junge Sidhe.«

»Aber du bist Tarax' Tochter.«

»Auch für mich ist es nicht der rechte Ort.«

»Ich bezweifle das«, sagte Michael. »Welches sind die Schwierigkeiten?«

»Ich kann es dir nicht sagen.«

»Ich bin dein Lehrer.«

Shiafas Augen sahen ihn voll an, und ihr Mund wurde eine feste schmale Linie. »Dann werden wir sie zusammen erfahren«, sagte sie.

Michael schüttelte den Kopf und lächelte. Beginn der Disziplin, dachte er. Die Schülerin verunsichern und vorgefaßte Meinungen zerstören. Sie in Angst und Schrecken versetzen. So hatten die Kranichfrauen es mit ihm getan. Aber wer brachte wen aus der Fassung?

Wenn Tarax' Tochter durch seine Wahl des Reiseziels in Sorge geriet, welches sollte dann seine eigene Haltung sein? Michael setzte das Pferd in Bewegung, und sie traten den langen Ritt um das ausgetrocknete Becken des Sees an, jetzt im Zweifel, ob sie solch ein quälend langsames Tempo beibehalten konnten – oder ob sie besser beraten wären, die besonderen Talente des Pferdes zu nutzen.

»Vielleicht sollten wir eilen«, sagte Shiafa nach einer Stunde.

Er seufzte, blinzelte zum leeren blauen Himmel auf. »Ich stimme dir zu«, sagte er. »Bist du auf *abana* vorbereitet?«

»Alles«, sagte sie nervös. »Du bist der Lehrer.«

»Der Lehrer ersucht dich, das nicht mehr zu sagen«, sagte Michael und beugte sich über den Pferdehals. »Halte dich fest!« Dann flüsterte er dem Pferd ins Ohr: *»Abana!«*

Diesmal war der Ritt viel schlimmer.

Sie rasteten im Schatten eines Felsüberhangs. Das Pferd stand schweratmend und zitternd, die Augen halb geschlossen. Shiafa lag auf der Seite, wie sie vom Pferd gesunken war, und Michael saß neben ihr; in der vergangenen Stunde hatten sie sich nicht vom Fleck bewegt. »Nächstes Mal werden wir es einfach mit dem Galopp versuchen.« Selbst das Sprechen war mühsam. Schließlich stand Michael mit einer Willensanstrengung auf, obwohl alle Muskeln protestierten, und trat hinaus in die Sonnenglut. Er beschattete die Augen mit beiden Händen und spähte zu dem schwarzen Gestein der unteren Hänge eines der Berge, die zum *Chebal malen* gehörten. Hier gab es keine Vorberge, kein allmähliches Ansteigen zu den nächsthöheren Gipfeln; das *Chebal malen* erhob sich unvermittelt als eine gewaltige, zerrissene schwarze Bergkette aus dem ebenen Land, die Flanken schneegefleckt, die Gipfelregion massiv vergletschert, teils in Wolken gehüllt, die sie wie große graue und weiße Vögel umkreisten.

»Die *Sklassa* ist auf der anderen Seite des *Chebal malen,* nicht wahr?« fragte Michael, als er in den Schatten des Überhangs zurücktrat.

Shiafa wälzte sich halb auf den Rücken und nickte. »Ja.«

»Wir sind dem Steinfeld auf dieser Seite näher, ist das richtig? Wo männliche Anfänger ausgebildet werden.«

Sie nickte wieder.

Er hatte dem Pferd befohlen, sie zur *Sklassa* zu bringen; offenbar war es außerstande gewesen, den Befehl auszuführen. Also konnte man nicht einfach duch *abana* in die Festung des Maln gelangen. Und er bezweifelte, daß das Pferd einen derartigen Aufstieg im Galopp hinter sich zu bringen vermochte, so wundersam der Galopp eines Epon auch sein mochte.

Schlimmer war, daß er die Gegenwart der Menschen nicht mehr fühlte; er hatte sie seit dem letzten *abana* völlig verloren. »Wir haben keine Zeit, die Berge zu ersteigen«, sagte er. »Und wir haben nicht genug Zeit, sie zu umgehen, das ist gewiß. Ich glaube nicht, daß wir es noch einmal mit *abana* versuchen sollten.«

Shiafa setzte sich auf und schlug die Beine übereinander. »Nein.«

»Hast du einen Vorschlag?«

Sie begnügte sich damit, ein angewidertes Gesicht zu machen.

Ihre Reaktion setzte Michael in Schrecken. »Ich bin auch noch nie hier gewesen«, verteidigte er sich. »Es ist offensichtlich, daß wir auf eine der Barrieren gestoßen sind, die du erwähntest. Wenn du mir nicht sagen kannst, von welcher Art die Barrieren sind, dann ...« Er brach ab und schüttelte energisch den Kopf. »Diese ganze Sache ist lächerlich. Dein Vater muß ein Dummkopf sein.«

Shiafa fuhr fort, ihn anzustarren.

»Wie kommen die Mitglieder des Maln dorthin? Durch ein Losungswort, eigens gezüchtete Pferde? Einen geheimen Pfad? Einen Trittstein?«

Noch immer keine Antwort. Michael schritt zornig auf und ab, dann kauerte er nieder und schloß die Augen, fühlte, dachte, sondierte ihre Umgebung. Wieder konnte er die Grenzen des Reiches fühlen, die sich unerbittlich einengten. Sie hatten bestenfalls ein paar Tage, und zuletzt würde die Zeit selbst ungewiß sein.

»Nun gut«, sagte er. »Die Zeit ist so geeignet wie jede andere, mit deiner Ausbildung zu beginnen. Komm mit mir!« Shiafa folgte ihm auf einen Schneefleck im Schatten der Felsen. Das schwarze Gestein bildete zu beiden Seiten Wände von mehreren Metern Höhe, die sich etwa hundert Schritte entfernt in einem V trafen.

Michael stellte sich zwei Schritte vor Shiafa auf und verschränkte die Arme auf der Brust. »Was weißt du von Sidhemagie?«

»Wir alle lernen das. Ich versetze mich in Gleichklang mit dem Reich. Wenn meine Gedanken atmen, sollten sie dem Atem der Welt gleichen.«

»Und wenn die Welt nicht zur Mitwirkung geneigt ist?«

»Du meinst, die Erde?«

»Ja.«

»Dann ist Magie schwieriger, aber nicht unmöglich.«
»Ist es Menschen unmöglich, Magie zu wirken?«
»Ich weiß es nicht. Sie sind nicht dafür bekannt, Magier zu sein.«
»Ich bin größtenteils Mensch. Inzwischen wird in allen Menschen etwas Sidheblut sein. Also ist es notwendig, ein Sidhe zu sein?«
Shiafa schüttelte den Kopf, unsicher geworden.
»Offensichtlich nicht. Aber Sidhe und selbst Mischlinge sind bestrebt, die Menschen in ihre Schranken zu weisen. Und die Menschen, die herkommen – oder die hergebracht worden sind –, werden absichtlich im unklaren gelassen. Ich bin zu dem Schluß gelangt, daß es nicht darauf ankommt, was du bist. Konzentration ist der Schlüssel, und vorurteilsfreies Sehen. Hast du Vorurteile?«
»Ich muß«, sagte Shiafa, nur zu vernünftig. Er hatte mit jugendlicher Überheblichkeit und Selbsttäuschung gerechnet, aber dann erinnerte er sich, daß sie dreimal so alt war wie er.
»Ich habe Vorurteile. Ich glaube, daß ich schwach bin. Das macht mich schwach. Ich glaube, daß die Verhältnisse von einer bestimmten Art und Weise sind, und sie sind es. Jedesmal, wenn mir ein Durchbruch gelingt ...« Er lächelte in der Erkenntnis, daß er Gedanken formulierte, die bis dahin zerstreut und unorganisiert gewesen waren. Lehren war auch Lernen, oder wenigstens Erkennen. »Jedesmal, wenn mir ein Durchbruch durch meine Vorurteile gelingt, wage ich etwas Neues. Manchmal mit Erfolg. Ich gewinne eine neue Fähigkeit.« Da keine Blumen in der Nähe waren, bückte er sich und hob einen Stein von der Größe eines Golfballes auf. »Sidhe verabscheuen das Niederschreiben von Worten ohne triftigen Grund. Das Schreiben fixiert Wirklichkeit und schafft stärkere Vorurteile. Es ist gefährlich. Aber jede Sprache enthält Vorurteile. Jede Kommunikation. Darum sind Worte so mächtig – sie

vermitteln die Gedanken anderer. Und die Gedanken anderer können einem in den Weg geraten.« Er öffnete die Hand. »Was ist das?«

»Ein Stein«, sagte sie.

Er schloß die Finger um den Stein, versuchte einen Kniff, den die Kranichfrauen des öfteren bei ihm angewendet hatten, und öffnete sie wieder. Shiafa lächelte über seine Taschenspielerei. Der Stein war ein Schmetterling.

»Und was nun?« Er schloß die Hand wieder. Sein mächtiges Evisa schien sie so wenig zu beeindrucken wie ein Kinderspielzeug.

»Ein Stein«, sagte sie.

»Weißt du, wie man ein Schmetterling sein und ein Stein bleiben kann?«

»Ich werfe einen Schatten.«

»Gut. Sehen wir, was es damit auf sich hat. Ich werde dich jetzt angreifen.« Michael ging ein halbes Dutzend Schritte zurück. Es war an der Zeit, festzustellen, welcher Leistungen sie fähig war. Shiafa begann wesentlich kenntnisreicher, als es ihm einst vergönnt gewesen war. »Keine weitere Warnung. Halt dich bereit!«

Shiafa stand da, ließ die Hände an den Seiten hängen und hatte den Kopf ein wenig gesenkt. Sie war noch immer ein wenig benommen von dem Ritt. Gut so, dachte er. Sie mußte aus ihrer Halbheit und Ungewißheit herausgerissen werden, genauso wie die Kranichfrauen es mit ihm getan hatten.

Plötzlich war sie von fünf Michaels umringt. Sie blickte von einem zum anderen, drehte sich im Kreis, hob die Hände. Ein Michael ging gegen sie vor; der nächste schien im Begriff, eine scharfe Sonde in ihre Richtung zu entsenden; und der nächste begann sie grinsend zu umkreisen. »Menschen sind unberechenbar«, sagten alle fünf. »Sie sind gefährlich.« »Sie kennen die Disziplin nicht.« »Sie verstehen nichts von Magie und sind voll der List und Unberechenbarkeit der

Schwachen und Ängstlichen.« »Sie sind Empfindungen unterworfen, deren sie sich selbst nicht bewußt sind.« »Sie können jähzornig werden. Manche sind schlecht ausgebildet und schlecht erzogen, und deswegen sind sie unterprivilegiert, und das macht sie bösartig.« »Sie können sich ohne Warnung gegen dich wenden. Ich denke mir, daß es selbst unter den Mischlingen viele gibt, die eine Gelegenheit nicht ungenutzt lassen werden, Rache an euch zu nehmen.« »Und viele Mischlinge kennen die Disziplinen. Sie können mit Magie angreifen.« »Menschen und Mischlinge können sich zusammentun, um auf euch Jagd zu machen. Wenn ihr zur Erde geht, könnte es so kommen. Harte und bittere Zeiten.«

»Besonders dann, wenn die Menschen ihre wirkliche und wahre Geschichte erfahren. Keine Gnade. Kein Stil, keine Würde. Nur Rache.« »Bist du dafür bereit?«

»Nein«, sagte Shiafa, die sich bemühte, keinen der Schatten aus den Augen zu lassen. Sie kamen näher.

»Welchen von uns wirst du zuerst bekämpfen?«

»Den wahren«, sagte Shiafa.

»Wie wirst du den wahren Michael bekämpfen?«

Sie schüttelte nervös den Kopf.

»Denk nach!« mahnten die Schatten alle zusammen.

»Welchen Zweck hat dies?« fragte sie. »Ich habe dir geagt, daß ich nicht weiß, wie ich mich zu verteidigen habe.«

»Ich glaube, du weißt es«, sagte Michael.

Sie runzelte die Brauen und konzentrierte eine einzige Sonde mit aller Macht auf einen Schatten. Die Anstrengung schien sie zu erschöpfen. Sie schüttelte den Kopf und unternahm einen schwächeren Versuch, gegen einen weiteren Schatten gerichtet. Sie hatte ihre Energie vergeudet, indem sie die erste Sonde zu stark gemacht hatte. Sie hätte den ganzen Kreis in einem Durchgang federleicht berühren sollen, als ob sie höflich nach etwas fragen wollte, wie alle Sidhe es instinktiv taten. Statt dessen war sie in Panik geraten.

Michael überlegte, ob er sie in diesem schwachen Augenblick sondieren und durchbrechen sollte, was sie an persönlichen Barrieren aufgerichtet haben mochte, um die Information zu gewinnen, die er über die Sklassa brauchte. Es wäre gerechtfertigt gewesen; viele Leben standen auf dem Spiel, und wie Shiafa wiederholt erklärt hatte, blieb ihnen wenig Zeit. Aber er ließ es sein. Die Schatten kamen näher, Schritt für Schritt, und bedrohten sie.

Unter der Oberfläche ihrer Erschöpfung und jugendlichen Unzulänglichkeit gab es etwas Tieferes, Stärkeres, das er ohne Sondierung spüren konnte. Sie war Tarax' Tochter ... Und wenn er sie dazu bringen konnte, diese Reserven zu erschließen, mochte er derjenige sein, der eine Lektion zu lernen hatte.

Sie richtete sich auf. »Du wirst mich nicht verletzen«, sagte sie. »Du bist ein Lehrer, nicht ein Feind.«

Da! Er hatte es. Ein starkes Vorurteil. Einer der Schatten wurde kohlschwarz und schwang ein langes nachtfarbenes Tuch in Schulterhöhe, sie darin zu fangen. Das Tuch wickelte sich ihr um den Kopf. Sie versuchte es wegzureißen. Es nahm ihr den Atem, und Michael spürte die körperliche Beschwerde, die es ihr verursachte. Es war nicht verkehrt, daß ein Lehrer einem Schüler Beschwerlichkeiten zumutete; es war jedoch falsch, nicht daran teilzuhaben. Die Kranichfrauen hatten seine Schmerzen gefühlt, als sie ihn ausgebildet hatten, und seine Verwirrung und Angst. Sie hatten getan, was er jetzt tat, als sie ihn unter dem Luftweg der amorphalen Sidhe zurückgelassen hatten.

Shiafa fürchtete sich. Sie konnte nicht atmen und war einer Ohnmacht nahe. »Vorwärts!« rief Michael mit halblauter Stimme. »Sieh zu, was in dir steckt!«

Sie schrie mit halberstickter Stimme auf. Michael verspürte selbst Übelkeit und den Drang, zu ihr zu springen und sie von dem Stoff zu befreien. Dann geschah etwas in ihr. Es gab keine tierischen Urinstinkte in den Sidhe, die sie hätte mobilisieren können, da sie niemals Tiere gewesen waren, aber es gab tiefere und primitivere Schichten ihres Seins. Dort suchte Shiafa Zuflucht in jener instinktiven Magie, die – und daran zweifelte er längst nicht mehr – früher einmal das gemeinsame Erbe aller Völker gewesen war.

Sie ließ einen Schatten ihrer selbst in die schwarze Stoffbahn eingewickelt zurück und stand außerhalb des Kreises von Michaels Schatten. Rach und leicht sondierte sie die Gestalten und machte ihn aus. Dann kehrte sie das Netz des schwarzen Schattens um und schoß es auf ihn zu, rotgefärbt von ihrem eigenen Zorn.

Michael entging dem Angriff mit knapper Not und löste seine Schatten auf. Sie standen auf dem Schneefleck einander gegenüber. »Deine Füße sind kalt«, sagte er. »Entfalte dein *hyloka.*«

Sie fiel auf die Knie. Wangen und Hals waren errötet. »Warum?« fragte sie mit rauher Stimme.

»Hast du deine Kraft gefühlt?« fragte er und reichte ihr die Hand, um ihr aufzuhelfen.

Sie wich seinem Blick aus. Er hatte ihr Angst eingejagt. »Ich fühlte etwas ...«

»Das ist der Punkt, wo wir beginnen müssen. Du hast es in dir. Es ist näher an der Oberfläche, als es in mir war. Du mußt es finden und dir zu eigen machen. Es ist wie ein Epon. Du mußt ihm deine Persönlichkeit aufprägen.«

Er führte sie zurück unter den Felsüberhang und beobachtete sie aufmerksam, als sie sich setzte und ihre Energieebenen unter Kontrolle brachte. Ihre normale Hautfarbe kehrte zurück.

Es war kaum genug Zeit, ihre Talente zum Vorschein zu bringen und auszubilden, viel weniger Zeit noch, als die Kranichfrauen sich mit ihm genommen hatten. Er mußte mit einem noch feineren Gleichgewichtsgefühl zwischen dem Vertrauen oder wenigstens Respekt, der zwischen Lehrer und Schüler notwendig war, und den harten Methoden vorgehen, welche die Dringlichkeit verlangte.

»Da du mir nicht sagen willst, wie wir zum Sklassa kommen können, werden wir zum Steinfeld gehen. Wir werden versuchen, das Pferd zum Galopp zu bewegen. Wir brechen auf, sobald du dich erholt hast.«

»Ich fühle es jetzt«, sagte Shiafa und sah ihn mit Verwunderung an. »Es ist in mir. Es brennt. Ich wundere mich, daß ich früher nie davon wußte.«

»Gut«, sagte Michael. Aber er verspürte eine leichte Übelkeit.

Im Galopp – wenn man es so nennen konnte – war das Sidhepferd viel langsamer als während eines *abana,* aber die Auswirkungen der Auflösung des Reiches waren viel weniger offensichtlich. Halb ritten, halb flogen sie zu den Pässen des *Chebal malen* hinauf und hielten Ausschau nach dem Weg, der sie zum Steinfeld führen würde. Das Pferd konnte die hohen Berge nicht mit einem einzigen Sprung überwinden; sein Flug war in einer Weise, die Michael sehen, aber noch nicht verstehen konnte, von festem Boden abhängig. Die Sidhepferde waren vom Tippett-Hotel auf Erden fortgeflogen; sie hatten sich vor den Augen des erschrockenen Pferdefängers in die Luft erhoben. Aber sie konnten nicht einfach über Tausende von Metern steiler Felsabstürze und Hängegletscher aufsteigen.

Shiafa wußte nicht, wo der Weg war oder ob überhaupt einer bestand. Michael bemühte sich noch einmal, nach den Menschen zu suchen, doch in diesem Abschnitt schienen die Berge ohne jedes Leben zu sein. Es gab nur zerklüfteten schwarzen Fels und Schnee unter dem blassen Himmel, der in dieser Höhe wenig Wärme hatte.

Während ihrer Ruhepausen unterwies er Shiafa im richtigen Gebrauch ihres *hyloka.* Am Ende des zweiten

Tages, als sie Hunderte von Kilometern durch und um das Gebirge geritten waren und noch immer keine Wegspur gefunden hatten, lenkte er das Pferd neben einen zwischen Eisbänken dahinschießenden Schmelzwasserbach. »Steig ab!« befahl er Shiafa. Seine Geduld war am Ende.

Sie saß ab und stand neben dem Pferd.

»Etwas muß geschehen«, sagte er und blinzelte mit zusammengekniffenen Augen zum Himmel. »Jemand muß nachgeben. Wir treiben Ehre und Aufrichtigkeit alle ein bißchen zu weit. Und wir kommen nicht weiter. Wir können nicht einmal das Steinfeld erreichen. Ich habe die Witterung der Menschen verloren, die ich von fern hatte.«

Shiafa blickte auf den jungfräulichen Schnee um ihre Füße.

»Hast du einen Vorschlag?«

Sie schüttelte den Kopf.

Michael unterdrückte einen Fluch. »Dann sind wir fertig«, sagte er. »Wir kehren zur Erde zurück. Du hast mich besiegt. Wir lassen die Menschen hier; ich bezweifle, daß die Mitglieder des Maln sie mit sich zur Erde bringen werden. Also müssen sie im Reich sterben. Allein der Ehre einer jungen Sidhe wegen.« Er dachte an Nikolai, an Helena und Savarin und alle anderen in Euterpe. Und er dachte an die ungezählten Menschen, die im Lauf von Jahrtausenden auf Erden ausgewählt und ins Reich entführt worden waren – die größten und besten Talente der Menschheit. Nicht einmal seine Disziplin konnte den Ärger und die Enttäuschung unterdrücken, die ihn beherrschten. Er faßte Shiafa ins Auge.

»Seid verdammt, du und dein Vater!« rief er. »Ich war so töricht zu glauben, es gebe eine Möglichkeit ...« Die Verärgerung erstickte seine Worte.

»Du wirst mich nicht unterweisen?« fragte Shiafa in ruhigem Ton.

»Nein. Du kannst hierbleiben und erfrieren. Ich gehe zurück nach Inyas Trai. Vielleicht kann ich dort einen Trittstein finden ... in den wenigen Tagen, die mir noch bleiben.«

»Es gibt einen Trittstein hier«, sagte sie.

Michael starrte sie an.

»Du kannst von den Pässen nicht in die Festung oder zum Steinfeld gelangen. Du mußt durch den Trittstein nach Inyas Trai zurückkehren, und dann kannst du einen Trittstein zur Festung nehmen. Jetzt gibt es keine andere Möglichkeit, Inyas Trai zu betreten. Die Stadt ist verboten.«

»Warum sagst du mir das jetzt? Warum nicht eher?«

»Weil ich ausgebildet werden muß«, sagte Shiafa. »Ob ich sterbe oder nicht, ist unwichtig, aber ich muß von dir ausgebildet werden. Diese Ausbildung ist mir wichtiger als mein Verrat von Wissen, das ich nicht haben sollte.«

Michael schnupfte und rieb sich die juckende Nase. Seine Verärgerung war noch nicht geschwunden; noch immer hatte er gute Lust, sie zu verlassen und auf eigene Faust weiterzuziehen. Aber das wäre ein Schritt der Verzweiflung gewesen. »Wirst du dem Pferd die Richtung zum Trittstein angeben?« Ein weiterer Gedanke nahm Gestalt an; vielleicht brauchten sie nicht nach Inyas Trai zu gehen.

»Ich werde es tun«, sagte sie.

»Dann tu es bitte und steig wieder auf.«

Sie trat zum Kopf des Pferdes und berührte es hinter den Kinnbacken, wie er es getan hatte, zeigte ihm durch Aus-Sehen die Lage des Trittsteines. »Er ist am Rand des *Chebal malen,* unter der Festung«, verriet sie Michael, als sie hinter ihm wieder aufsaß. »Er war lange im Gebrauch, aber nicht in jüngster Zeit.«

Stunden später standen sie auf den Stufen des größten Trittsteines, den Michael je gesehen hatte. Er erhob sich vom Boden eines breiten felsigen Tales, an dessen oberem Ende die hohe Eiswand eines Gletschers schimmerte; er wußte nicht zu sagen, ob es ein gewöhnlicher Gletscher war oder eine andere, dem Reich einzigartige Naturerscheinung. Der Trittstein selbst war ungefähr rund und hatte einen Durchmesser von reichlich hundert Schritten. In seiner Mitte war eine Platte von weißem Marmor eingelassen, deren Durchmesser zwanzig Schritte maß und die von Obelisken flankiert war, verwitterten und uralten Steinmalen, deren zernarbte Oberflächen keine Spuren einstiger Bearbeitung erkennen ließen. Auf der Oberfläche des Trittsteines hatte der Wind sichelförmige Schneewehen zusammengekehrt.

Michael erstieg die Stufen zu der weißen Steinplatte und stand dort mit ausgestreckten Händen, die Haare gezaust vom eiskalten Wind. Er ging langsam vorwärts und fühlte nach dem Tor, kam zwischen den Obelisken durch und wandte sich zu Shiafa um, die noch bei den Stufen stand. »Nichts«, sagte er. »Es ist geschlossen.«

»Das wußte ich nicht«, sagte sie. »Obwohl ich es vielleicht wissen sollte. Wenn die Stadt verboten ist ...« Wäre sie eine Menschenfrau gewesen, hätte Michael vorausgesagt, sie werde in Tränen ausbrechen. Aber sie weinte nicht.

Er ballte die Fäuste und stieß mit dem Fuß in eine Schneewehe. Mehr Zeit vergeudet. In die Tiefe gehen, sagte er sich und entspannte sich. Es hatte keinen Sinn, auch nur daran zu denken. Alles kam darauf an, verborgene Reserven zu mobilisieren und zu tun, was nötig war.

Er starrte auf seine Hände. Die Grenzen des Möglichen, seiner Fähigkeiten ... wo lagen die Grenzen? In seinen Handflächen konnte er die Natur des Reiches als ein feines Prickeln fühlen. Mit Ausnahme seines erfolglosen ersten Versuchs, in das Reich zu greifen, und seines Entkommens aus Clarkhams erdnahem Alptraum hatte er des öfteren von anderen erschlossene

Tore benutzt oder seinen Zwecken angepaßt. Aber nur ... einfach eine Öffnung zwischen einem Punkt einer Welt und einem anderen zu schaffen ... das hatte er nie getan.

Gleichwohl war es nicht die größte Leistung, die je vollbracht wurde. Einfch für einen sehr tüchtigen Sidhe. In einer Weise taten es die Pferde, wenn sie sprangen, und sie waren bloß Tiere. Es war nicht nötig, darüber nachzudenken. Er mußte in die Tiefe gehen und es tun. Es war die letzte Chance.

»Komm hier herauf!« befahl er Shiafa. »Und bring das Pferd mit!«

Sie gehorchte und stand neben Michael zwischen den Obelisken. Er schloß die Augen, lauschte mit den Handflächen, spürte die verschiedenen Teile des Liedes, welches das Reich war, jetzt disharmonisch, mit geschwächter und abschweifender Melodie.

Es war die gleiche Aufgabe, zu der er Shiafa gezwungen hatte. Die Mobilisierung der inneren Reserven.

Aber er hatte nie so tief in sein dunkles unerprobtes Potential gegraben. Er hatte es niemals für erforderlich gehalten; genauer gesagt, er hatte nie gewußt, daß solche Tiefen zu finden waren. »Ich lerne eine Lektion«, sage er zu Shiafa.

»Welche Lektion?«

»Ob du Erfolg hast oder versagst, du bist, was du wagst.«

Und wenn er wagte, ein Magier zu sein, gegen Tarax und Clarkham und alle anderen?

Für die Dauer eines Augenblicks, nicht länger, hatte er nicht den geringsten Zweifel, daß er einen Weg zur Festung Sklassa öffnen konnte, ohne einen Umweg über das Steinfeld, ungeachtet aller möglichen Barrieren und Abwehrmittel. Er brauchte nur das Lied umzukehren, es sich selbst einzuspielen, hinzuzufügen, wo man normalerweise ein Wegnehmen finden würde, um dann während des Hinzufügens den Schritt zu tun ...

Unsinn.

Aber es wirkte. Er riß ein Stück leere Luft und weitete es für das Pferd. Shiafa starrte ihm ins Gesicht, das Hitze und Macht ausstrahlte, dann auf die Hand, die wie ein weißglühendes Eisen leuchtete, und führte das Pferd hindurch. Michael trat in die Öffnung und schloß sie hinter sich.

Wie früher einmal, als er seinem *hyloka* freien Lauf gelassen hatte, geriet er in einen Zustand schwindliger Begeisterung. Am liebsten wäre er herumgesprungen und hätte getanzt und das Haar im Wind geschüttelt. Aber die Umgebung ernüchterte ihn augenblicklich.

»Die Festung«, sagte Shiafa mit einer von Furcht und Staunen gedämpften Stimme.

28

Die Festung des Maln hatte Merkmale, die auf die Spryggla hinwiesen. Michael und Shiafa standen auf einer breiten Mauer aus geglättetem schwarzen Stein. Die geschwungene Mauer war Teil eines Blütenblattes von einer mächtig ausgebreiteten, aber niedrigen schwarzen Blume aus Gestein, die auf einem Berggipfel blühte. Kein Schnee beeinträchtigte die vollkommen geformten Oberflächen. Obwohl ihre Gestalten sich im Stein der Mauerkrone spiegelten, tat es der milchige Himmel nicht, und in den Tiefen der Wand glommen Sterne. Die Blumenfestung sah aus, als wäre sie aus einem Block schwarzen Weltraums gemeißelt.

Zwischen zwei mächtigen Blütenblatt-Wänden hing eine spinnwebfeine Brücke aus silbrigem Geflecht. Sie begann kaum zehn Schritte vor ihrem Standplatz und endete an einer kleinen hölzernen Tür. »Unglaublich«, murmelte Michael. »Von hier sieht es einfach aus.«

»Wir sind noch nicht drinnen«, sagte Shiafa.

Er fühlte die Anwesenheit von Menschen in der Nähe, konnte aber nicht schätzen, wie viele es waren. »Hat Adonna dies gebaut?« fragte er.

»Mein Vater erbaute dies«, sagte Shiafa ohne Stolz oder eine andere gefühlsmäßige Betonung. »Ein Sprygg-gla entwarf es, und Adonna billigte die Pläne, aber Tarax überwachte den Bau.«

»Ein vielseitig talentierter Sidhe, dein Vater«, sagte Michael. »Ich vermute, daß diese Brücke der einzige Zugang ist.«

Shiafa nickte. »Nach allem, was ich hörte, ist selbst dieser Weg unsicher.«

Michael fühlte sich jetzt sehr selbstsicher. Er ging zur Brücke und bedeutete Shiafa, ihm zu folgen. »Wir werden das Pferd hier zurücklassen. Es ist ohnedies geliehen; wahrscheinlich wird jemand sich darum kümmern, wenn ...« Er lächelte ihr zu. »Wenn. Ich gehe voraus. Du folgst mir, sobald ich die Tür geöffnet habe.«

Als er das Halteseil zur Linken berührte, sah Michael, daß es eine straff gespannte und sehr kunstvolle Seilhängebrücke war. Ihre Stränge waren zu komplizierten Mustern verflochten, die Blumen, Blätter und Sterne darstellten. Das Material verband die Qualität von Seide und milchigem Opal. Er stellte einen Fuß auf die Brücke und prüfte die Spannung. Die Brücke gab keinen Zentimeter nach, so straff war sie gespannt; sie hätte geradesogut aus Eisen sein können. Vorsichtig schlug er mit der Hand auf ein Leitseil, um zu sehen, ob es zerspringen würde. Es blieb ganz.

Er verlagerte sein Gewicht auf die Brücke, dann ging er hinüber, zuerst langsam, dann eilig. Als er vor der hölzernen Tür stand, untersuchte er eingehend ihre Oberfläche und fühlte ihr Schnitzwerk mit den Fingerspitzen ab. Das Holz war dunkel und abgenutzt, geglättet von jahrhundertelangem Gebrauch. Die in vier Felder unterteilte Schnitzarbeit bildete ein Malteserkreuz, die vier äußeren Felder zeigten labyrinthische und spiralige Ornamente. In der Mitte jedes Feldes war eine stilisierte Blume, die wahrscheinlich die Festung darstellte. Es gab weder Klinke noch Schloß.

»Sesam öffne dich!« murmelte er, legte beide Hände an ein Feld und versuchte, die Tür an der Schnitzerei nach außen zu ziehen, aber sie gab nicht nach. Seine Handflächen prickelten leise, und unter dem Rhythmus des Atems hörte er eine Melodie. Er brachte sie auf die Lippen und pfiff sie leise, und die Tür gab nach und öffnete sich nach innen. Hinter ihr lag ein Korridor, der vom milchigen Tageslicht draußen erhellt wurde.

Michael trat durch die Öffnung, wandte sich um und rief Shiafa zu sich. Sie überschritt die Seilbrücke ohne Mißgeschick. »Wir brauchen Licht«, sagte er. »Weißt du, wie du dein *hyloka* konzentrieren und deine Hand leuchten lassen kannst?«

Sie schüttelte den Kopf. »Aber ich verstehe im Dunkeln zu sehen.«

»Auch gut«, sagte Michael.

»Kannst du?« fragte sie.

»Ich kann es versuchen.« Er tat es und entdeckte, daß er mit einiger Anstrengung tatsächlich wie durch ein Nachtsichtgerät sehen konnte. Der Durchgang schimmerte grünlich und geisterhaft wie eine Fata Morgana. »Die Wunder hören nicht auf.«

»Du scheinst es nicht ernstzunehmen«, bemerkte Shiafa.

»Mir ist nicht ernst zumute«, sagte Michael. »Ich habe genug von Sidhewundern und Vorbedeutungen. Dieser Ort ist unglaublich. Er ist schön, unheimlich, machtvoll – aber es kümmert mich nicht mehr. Ich möchte meine Leute hier herausholen und zur Erde zurückkehren. Und ich habe Hunger. Ich möchte jetzt eine gewöhnliche Frikadelle.« Er blickte entschuldigend zu ihr hin. »Vergib mir mein barbarisches Erbe!«

»Fleisch von Tieren?« forschte sie.

»Richtig.«

Sie schauderte. »Werden die Menschen aufhören, Fleisch zu essen, wenn die Sidhe unter ihnen leben?«

»Das ist eine gute Frage«, sagte Michael. »Ich weiß die Antwort darauf nicht.«

»Das wird ... Reibungen verursachen.«

Er schnitt ein Gesicht. »Darüber werde ich mir später den Kopf zerbrechen.« Die Nähe der Menschen war deutlich spürbar. Michael versuchte zu bestimmen, wo sie waren. »Ich glaube, wir sind sehr nahe«, sagte er. »Ich kann meine Leute überall fühlen, ringsherum.« Der Durchgang endete an einem runden Schacht von etwa zwanzig Metern Durchmesser, an dessen Wänden sich eine Treppenspirale wand. »Abwärts«, sagte Michael. Bevor sie hinabstiegen, hielt er sie bei der Schulter zurück. »Wenn es darauf ankommt, wirst du nach wie vor deinem Lehrer verpflichtet sein? Selbst gegen Sidhe?«

»Zweifle nicht an mir!« bat Shiafa in der Dunkelheit. »Ohne Disziplin bin ich nichts, und du wirst mich die Disziplin lehren.«

Sie erreichten den Boden des Schachtes. Seit sie in der Festung waren, hatte Michael nicht ein einziges Mal die Anwesenheit von Sidhe gefühlt. Er hütete sich jedoch, voreilige Schlüsse daraus zu ziehen. Die Festung des Maln war ein Ort unbekannter Qualitäten, und die Sidhe, die hier lebten, waren zweifellos geschützt und wachsam. Außerdem hätten sie gute Gründe, die in der Festung gefangengehaltenen Menschen zu schützen und an der Rückkehr zur Erde zu hindern. Hunderte von potentiellen Magiern mochten sich hier befinden, dachte Michael, nicht ohne einen Anflug von Besorgnis. Sein neuerwachtes Verlangen, ein Magier zu sein, breitete sich wie ein fressendes Gift in ihm aus. Warum ein Magier? fragte er sich. Wegen der Herausforderung und weil die anderen Kandidaten so wenig wünschenswert waren. Aber war das alles?

Wegen der Macht. Wäre es nicht etwas?

Der Durchgang, den er genommen hatte, endete plötzlich. Was gerade noch wie eine Biegung ausgesehen hatte, erwies sich als eine leere Wand. Er tastete sie behutsam ab – kalter Stein. Nichts weiter. Er wandte sich um. Hinter Shiafa war eine weitere Wand.

»Nein«, sagte er, »so geht es nicht.« Er streckte die Hände aus und zwängte sich in dem beengten Raum an ihr vorbei. »Wußtest du nichts von dieser Falle?«

Sie schüttelte den Kopf. Ihr Atem ging schneller.

»Beherrsch dich!« sagte er. »Die Luft könnte uns ausgehen.« Oder auch nicht. Alles ... vibrierte verdächtig. Er lächelte und fühlte wieder seine Macht, wie das Schnurren eines inneren Dynamos. Es schien in ihm anzuschwellen und den eigenen Atem anzunehmen.

»Wenn ich eine uneinnehmbare Festung entwerfen sollte«, sagte er, sich wieder der anderen Wand zuwendend, »wie finge ich es an, wenn mir dabei die Macht der Sidhe zu Gebote stünde? Würde ich physikalische Fallen bauen? Das erscheint mir allzu offensichtlich. Nein, ich entschiede mich wahrscheinlich für etwas Raffinierteres. Etwas, das dem Stil und dem Einfallsreichtum des Erfinders mehr zum Ruhme gereichte.« Konzentration war der Schlüssel zu diesem Gefängnis. Schatten konnten vielerlei Gestalt annehmen.

Blaue Blume, gelbe Blume, schwarze Blume.

Die Blumenfestung war nicht real. »Wir müssen die Augen schließen und unsere Gedanken klären«, sagte Michael. Das taten sie. Nach einer kleinen Weile öffnete Michael die Augen und berührte Shiafas Arm.

Sie standen vor der Seilhängebrücke auf der wie ein Blütenblatt geformten Brustwehr. Das Pferd schaute neugierig zu ihnen herüber. Die wie eine schwarze Blume angelegte Festung verlor die klaren Umrisse, pulverisierte sich in der Luft, und das wirbelnde Pulver nahm neue Gestalt an.

Diese neue Gestalt war weniger künstlerisch, aber sehr viel düsterer und unheilvoller. Sie standen jetzt am

Rand einer Felskante und hatten dieselbe Brücke vor sich, doch war die Festung zu einer breit hingelagerten Burg mit mehreren Ebenen geworden. Die Mauern waren gerundet wie vom Wasser geglätteter Fels, und ihre Türme waren niedrig, breit und ohne besondere Merkmale. Die Oberflächen waren metallgrau, die senkrechten Wände rostig braun und schwarz gestreift.

Die Brücke führte zu derselben hölzernen Tür, die jetzt neben einem der gesichtslosen Türme in die Wand eingebettet war. Michael blinzelte. Die Handflächen prickelten ihm noch immer. Shiafa schwieg und beobachtete ihn mit einer einstudierten Geduld, die er etwas beunruhigend fand.

»Warum ist die Tür aus Holz gemacht?« fragte Michael.

»Ich weiß es nicht«, sagte Shiafa.

Er warf ihr einen stirnrunzelnden Blick zu. »Glaubst du an diese Form?« fragte er und wies zur Festung.

»Ich habe meine Zweifel«, sagte sie.

»Ich auch.« Konzentration. Die Handflächen ausgestreckt. Die Anlage konnte jede Form haben. Ohne sichere Anhaltspunkte eine zu wählen, die nicht real war, konnte dazu führen, daß sie in einen Traum von Gefangenschaft und sogar Tod gelockt wurden. Und es war nicht sicher, ob sie aus der Falle eines falschen Entwurfs würden entkommen können.

Freilich bestand ebenso die Möglichkeit, daß die wirkliche Festung eigene Fallen hatte.

»Abenteuer«, murmelte Michael. »Dieser Teil ist wie ein Abenteuerspiel. So etwas hat mir noch nie gefallen.«

Er mußte es durchdenken.

»Hier ist eine Aufgabe für dich«, sagte er. »Ich nehme an, du weißt so wenig wie ich, welche Anlage die wirkliche ist.«

Shiafa nickte. »Ich habe jetzt nichts zu verbergen.«

»Wenn du eine Festung bauen würdest, die auf verschiedene Weise angegriffen werden könnte, welchen

Entwurf würdest du für die tatsächliche Anlage wählen? Wir müssen versuchen, wie ein Spryggla zu denken – oder wie ein Sidhe, der einen Spryggla beaufsichtigt.«

Shiafa starrte die bunkerartige graue Festung an. »Im Reich können Befestigungen nur den Zweck der Verteidigung gegen einen Magier haben. Kein Sidhe oder Halbblut – geschweige denn ein Mensch – würde daran denken, gegen Adonna zu handeln.«

»Das ist ...« Michael brach ab. »Hm. Hier sind keine Magier bis auf Adonna und vielleicht Clarkham. Fürchteten sie Clarkham? Ich kann es mir nicht denken. Aber sie müssen jemand gefürchtet haben. Wen? Waltiri? Den Schlangenmagier? Dachten sie, ihre Magie verfiele?«

»So ist es«, sagte Shiafa. »Das Reich versagt.«

Michael war verwirrt. In der Zeit, die ihnen blieb, konnten sie sich keine endlosen Spekulationen leisten. »Keine physikalischen Schranken würden einen Magier am Eindringen in eine Festung hindern. Diese Mauern und Türme sind lächerlich. Jeder andere Festungsentwurf ist ebenso lächerlich. Ich glaube nicht, daß es hier überhaupt eine Festung gibt. Ich glaube vielmehr, daß es ein Ort ist, der den Sidhe des Maln angenehm ist, das Gegenteil des Irall, das Gegenteil von Kälte und Feuchtigkeit und Härte.«

Er hob die Hand und hielt sie mit gespreizten Fingern gegen das Bild der Festung, und dann wischte er dieses Bild mit beträchtlicher geistiger Anstrengung fort, als wäre es Staub auf einer Glasscheibe. Shiafa trat näher zu ihm, und er gab an sie weiter, was er durch vorsichtige *evisa* sah.

Die Seilhängebrücke querte jetzt einen rauschenden Gebirgsbach mit klarem Wasser, gesäumt von grünem Schilf. Auf der anderen Seite der Brücke breitete sich eine Wiese aus hohem blaugrünen Gras und Blumen aus. In der Mitte dieser Wiese erhob sich ein Turm wie aus einem Gemälde von Hieronymus Bosch, wie aus roten Korallen gemeißelt. Der Turm war wenigstens so hoch wie ein stattliches Hochhaus und in einem Stil mit Verzierungen verschönert, den Michael leicht erkennen konnte. Ein Spryggla hatte diesen Turm geplant; es war offensichtlich, daß ein Spryggla auch alle illusorischen Formen der Festung entworfen hatte.

Er ging über die Brücke, und Shiafa folgte. Auch diesmal blieb das Pferd zurück, aber jetzt gab es Gras an den Ufern, das es abweiden konnte.

An der breit hingelagerten Basis des Korallenturmes, die mit Rankengewächsen bedeckt war, welche große rote Beeren trugen, fanden sie eine geräumige Toreinfahrt, die von schwarzen Pfosten wie aus Ebenholz flankiert waren. Michael drückte gegen einen Torflügel, und er öffnete sich nach innen. Kaum war das Tor geöffnet, als er auch schon die unmittelbare Nähe vieler Menschen spürte; es mußten Tausende sein, und nur einige wenige Sidhe.

Aber unter diesen Sidhe war unverkennbar die Aura der Ban der Stunden. Er begann zu verstehen; die Opposition der Ban gegen die Mitglieder des Maln dauerte an, selbst nach des letzteren Auflösung. Wie Shiafa gesagt hatte, mußte sie in der Festung sein, um die Menschen zu beschützen, die der Maln im Lauf der Jahrhunderte gesammelt hatte, vielleicht auch die Menschen von Euterpe und die Mischlinge. Aber wo waren die anderen Sidhe es Maln? Sicherlich gab es mehr als eine Handvoll ...

Der Himmel nahm plötzlich eine anthrazitfarbene Schwärze ein, überlagert von einem öligen Schmierer roter, grüner und blauer Spektralfarben. Es war mehr als ein vorzeitiger Einbruch der Nacht; es war das Ende des Himmels über dem Reich.

Wiese und Turm lagen in düsteren Halbschatten. Ringsum schlossen die Blumen ihre Blütenkelche, und das Gras welkte. Dann, gerade als die Dunkelheit bedrückend wurde, begann der Turm von innen heraus zu leuchten; es war ein warmes und einladendes Licht, das alles Lügen strafte, was Michael über den Maln gehört hatte, und er fragte sich, ob er in eine weitere Illusion hineingestolpert war.

Selbst Bösewichte, sagte er sich, würden sich des Paradieses erfreuen.

»Ich wußte nie von diesem«, sagte Shiafa. Sie traten durch das Tor zwischen den Ebenholzpfosten und standen auf einem weiß gefliesten Boden unter einem Kuppelgewölbe, das den Nachthimmel auf Erde nachahmte. Jeder Stern war ein glitzernder Edelstein oder Kristall, und so waren Tausende von Sternen über das Gewölbe verteilt.

Ein junger männlicher Sidhe erschien, gekleidet in die schwarzen und grauen Gewänder der Mitglieder des Maln, mit einem roten Untergewand. Das Gesicht war eine Maske starrer Disziplin. Michael erkannte ihn nicht gleich.

»Du bist nicht erwartet, Menschenkind«, sagte der Sidhe mit einem leisen Lächeln. »Wir dachten, deine Arbeit hier sei getan.«

»Biri!« rief Michael verblüfft. Biridashwa, mit dem er die Ausbildung der Kranichfrauen geteilt, der versucht hatte, ihm die giftige Sidhephilosophioe nahezubringen, und der dann, nach der Zerstörung des Vergnügungspavillons, geringschätzig zugesehen hatte, wie Michael zur Erde zurückgerissen worden war. Das rote Haar des einstmaligen Kandidaten war nahe am Schädel rasiert, und die Augen lagen tief in den Höhlen und trugen einen gequälten Ausdruck.

»Wir haben hier keinen Bedarf für dich«, sagte Biri und trat einen Schritt näher. Er streckte den rechten Arm aus, und ein Stab wuchs hinein, der an einem Ende als grüner Zweig begann und am anderen in einer scharfen Spitze endete.

Michael betrachtete den ausgemergelten Sidhe mit

einem Anflug von Traurigkeit. »Ich bringe Tarax' Tochter ...«

»Tarax gehört nicht mehr dem Maln an«, sagte Biri. »Er ist in der Abgeschiedenheit, um ein Magier zu werden. Seine Tochter ist nicht unsere Sorge.«

Michael blickte zu den hölzernen Türen in den Wänden des Gewölbezimmers. »Die Ban der Stunden ist hier. Sie beschützt einige meiner Leute.«

»Du bist ein Halbblut. Du hast keine Leute außer deinesgleichen«, sagte Biri. Michael konnt seine Verzweiflung beinahe riechen – und seine Furcht. Stärker als beide war jedoch der bittere Haß, der in den Tiefen hinter den blauen Augen wohnte.

»Unsinn!« sagte Michael in wegwerfendem Ton. Seine Selbstsicherheit war nahtlos; sie überschritt bereits die Grenze zur Arroganz. Er fing sich, wich dieser Gefahr aus und lächelte höflich. »Ich bin hier, meine Leute heimzubringen.«

»Ihr Urteil ist absolut«, sagte Biri. »Wir werden dir nicht erlauben, sie zur Erde zurückzubringen.«

»Warum nicht?«

»Du bist noch immer ein Menschenkind, wenn du es nicht siehst.«

Michael kreuzte die Arme vor der Brust. Arrogante Geste, warnte er sich selbst. Unterschätz diesen Sidhe nicht! Er hat dich schon einmal getäuscht.

»Ich bin überzeugt, daß die Ban der Stunden den Wunsch haben wird, mit mir zu sprechen«, sagte Michael. »Sicherlich würdest du ihr das nicht verweigern.«

»Sie ist hier, weil der Vertrag es so vorsieht. Sie bleibt bei den Menschen, bis wir alle sterben.«

»Wer verordnet dies?«

»Ich. Ich habe Tarax als Oberhaupt des Maln abgelöst.«

»Ich wußte nicht, daß der Maln noch existiert.«

Biris Gesicht schien um ein geringes bleicher zu werden, was seiner Haut ein perlmuttfarbenes Schimmern verlieh, das durchaus schön zu nennen war. »Er existiert in mir«, sagte er. »Die Räte sind aufgelöst. Ihre Arbeit ist getan.«

»Nun, da Tarax Magier wird.«

»Nun, da die Nachfolge gesichert ist.«

»Sie stellten sich gegen Adonna?«

»Am Ende stellte sich Tarax gegen Adonna. Die Räte stimmten seinem Urteil zu, daß Adonna versagte.«

»Also für wen opferst du dich auf?« fragte Michael.

»Für *mein* Volk«, antwortete Biri.

»Indem du all diese Menschen – und Mischlinge, und deinesgleichen – sterben läßt, meinst du die Erde für Sidhe sicherer zu machen?«

Biri biß die Zähne zusammen, bis die Backenmuskeln hervortraten.

»Also ist es eine nutzlose Geste«, fuhr Michael fort. »Die Sidhe werden auf Erden überwältigt. Ihre Magie kann ihnen nicht die Herrschaft gewinnen. Sie werden verhandeln müssen. Die Tötung dieser Menschen wird an dem Ausgang nichts ändern – weil meine Leute bereits gewonnen haben.«

Shiafa stand einen Schritt hinter Michael, steif und stumm. Er konnte ihre Gefühle nicht ausmachen, ohne seine Konzentration von Biri zu nehmen, was er nicht wagte. Die Wand der Disziplin, hinter der Biri stand, war stark und wurde unter Michaels Druck nur noch fester. Er wollte Biri nicht bekämpfen – noch nicht. Aber er wußte, daß er schließlich gegen Tarax antreten und ihn besiegen, den Schlangenmagier bezwingen, Clarkham überwältigen mußte ...

»Ist das wahr?« fragte Biri Shiafa.

»Soviel ich weiß, ja«, sagte sie.

»Gibt es keine Bollwerke auf Erden?«

»Wissenschaft schlägt Magie«, sagte Michael. »Nicht darin, was Subtilität betrifft, und nicht auf den höchsten Ebenen der Magie – aber langfristig, und so wie meine

Welt jetzt ist ... Darum zogen die Sidhe sich schließlich von der Erde zurück.«

»Herrscht Krieg auf Erden?« Biris würdevolle Haltung ließ ein wenig nach. Offensichtlich hatte er keine Freude an der Vorstellung zu sterben – um so weniger, als es keinen guten Grund dafür gab.

»Ich weiß nicht, was jetzt auf Erden geschieht, aber ja, sehr wahrscheinlich sterben Sidhe und Menschen. Ich würde gern verhindern, daß es noch mehr Tote gibt. Das kann ich nicht, wenn ich hier aufgehalten bin.«

Biri dachte eine Weile darüber nach. »Du mußt gehen«, beschloß er dann. »Es ist nicht an mir, die Entscheidung zu treffen.«

Vom Augenblick seines Auftretens an waren Biris Abwehrmittel auf Michael konzentriert. In Shiafas Richtung waren sie schwach. Michael nahm seine eigene Arroganz und Enttäuschung und zog aus dem Mittelpunkt seines *hyloka* so viel Kraft, wie er erübrigen konnte, ohne sich zu gefährden. Er hielt diese Mischung so lange wie möglich und ließ den giftigen Schatten dann von Shiafa abprallen. Sie taumelte und konnte sich kaum auf den Füßen halten. Biris Augen weiteten sich, als die Dunkelheit durch seine Abwehr sickerte und ihn einhüllte. Er wehrte sich, aber Michaels Stärke schien ihn vibrierend zu durchdringen; je mehr Zorn und Enttäuschung Michael empfand und je ungeduldiger er wurde, desto mehr wurde der Schatten gekräftigt. Innerhalb von Sekunden brach Biri zusammen.

Michael sondierte den Sidhe, ohne genau zu wissen, wonach er Ausschau halten sollte, aber in der Erkenntnis, daß es da sein mußte. Ein leuchtendes Band, das Biris Disziplin zusammenhielt.

Eine Stimme tief in Michaels Innerem war beinahe hysterisch. Mein Gott, hör auf damit! Hör jetzt auf, bevor du dich selbst lebendig auffrißt! Aber er hörte nicht darauf. Er durchschnitt das Band von Biris Disziplin. Er blickte zu Shiafa, die in die Knie gesunken war, und dann zu Biri, der schwach wie eine von ihren Fäden geschnittene Marionette auf den weißen Fliesen lag.

»Ich bitte um Verzeihung«, sagte er zu Shiafa.

»*Yassira bette striks*«, zischte sie. »Du kämpfst unfair.«

»Ist es fair, Tausende von unschuldigen Leben zu ersticken?« erwiderte Michael. »Zum Henker mit der Sidhe-Ehre! Ich habe mich entschuldigt, daß ich dich benutzte, ohne zu fragen. Die Zeit reichte nicht.«

Sie stand auf und blickte mit großen Augen auf Biri nieder. »Er war Oberhaupt des Maln. Er hatte große Macht ... Verborgene Wege der Disziplin stehen dem Oberhaupt offen.«

Ich bin wieder eine Bombe, dachte Michael. Mit jeder Minute mächtiger, eine Trumpfkarte. Jemand wird mir Einhalt gebieten müssen, bevor diese Sache ausgestanden ist, sonst werde ich ...

Er schüttelte den Kopf und sondierte die Umgebung nach weiteren Sidhe. Es gab zwei andere, und einer von ihnen war die Ban. Er rechnete nicht mit erneuerter Gegnerschaft. Die Sidhe des Maln hatten ihre eigene Festung verlassen, vermutlich um zur Erde zurückzukehren, und nur Biri zurückgelassen. Sie hatten nicht erwartet, daß jemand so weit in ihre Abwehr hineinstoßen würde.

Er sondierte Biris Persönlichkeit, um sich der Örtlichkeit zu vergewissern. Der Sidhe wälzte sich auf den Fliesen und keuchte, noch immer im Griff des Schattens. Michael dachte daran, den Schatten von ihm zu nehmen, entschied sich aber dagegen. Es konnte nur Unheil bringen, wenn er sein Glück strapazierte.

Er verließ Biri und durchquerte den Raum zu der Tür, die er nehmen mußte. Shiafa eilte ihm nach.

»Ich fürchte mich vor dir, Lehrer«, sagte sie in rauhem Flüsterton. »Du weißt nicht alles, was du tust.«

»Amen«, sagte Michael. Nach so vielen Monaten, die er als hilflose Schachfigur im Reich verbracht hatte, empfand er eine wilde Freude, in der Lage zu sein, seine

Ungewißheit und sogar seine Furcht in Waffen umzuwandeln. Wie weit konnte er es so treiben, einen Sieg auf den anderen häufen? »Es ist an der Zeit, daß die Sidhe sich auf ihrem eigenen Gebiet einer wirklichen Herausforderung stellen. Ich habe es satt, mich mit Sidhe-Begriffen von Ehre, Pflicht und Reinheit herumzuschlagen, hinter denen sich Grausamkeit und Haß verbergen. Zum Teufel mit euch allen!«

Er fühlte etwas von dem tiefen Zorn der Schlange, und um dem entgegenzuwirken, berührte er die Tür mit unnötiger Sanftheit, als ob er Kristine liebkoste. Das Holz war rauh und unlackiert. Wie er fast erwartet hatte, sprach es zu ihm. »Willkommen, Menschenkind.« Die Stimme kam ihm vertraut vor. Das hatte er nicht erwartet. Sie gehörte der Dienerin, die Michael auf seiner Wanderschaft mit Nikolai in Inyas Trai getroffen hatte.

»Ulath?«

»Ich bin geehrt, daß du dich erinnerst. Die Ban erwartet dich. Sie ist in ihrem Gemach.«

»Bist du tot?« In seiner Erfahrung hatten nur sterbende Sidhe ihre Gedanken in Holz geprägt.

Die Stimme lachte. »Nein! Diese Tür trägt nur einen Schatten. Wir sind hier so wenige, und es gibt vieles, vor dem wir auf der Hut sein müssen. Tritt ein, Menschenkind!«

29

Die Tür schwang auf, und Michael trat ein. Shiafa folgte ihm nicht. »Sie bleibt draußen«, erklärte Ulath.

»Warum?« fragte Michael, obwohl er erleichtert war, sie nicht als Anhängsel dabei zu haben.

»Bitte keine Fragen! Du mußt dich beeilen.«

Der Grundriß der dunklen stillen Räume jenseits des

Gewölbezimmers glich einem Querschnitt durch ein Stück Bimsstein. Ulaths Stimme führte ihn von einem runden Blasen-Raum zum nächsten, und es forderte ihm einige Anstrengung ab, sich den Weg einzuprägen. Die Böden waren mit elastischen Teppichen in Mosaikmustern ausgelegt, leuchtend in Sonnengelb und Korallenrot. In allen Räumen hingen durchscheinende Seidenvorhänge mit Blumen- und Blattmustern von Stangen, die von Wand zu Wand reichten.

Michael hatte sich die Festung des Maln ganz und gar nicht so vorgestellt. Den Ort prägte eine weibliche Empfindsamkeit und Eleganz, die in krassem Gegensatz zu den Aktivitäten des Maln über die Jahrhunderte stand.

»Halt!« befahl Ulaths freundliche Stimme, als er die Mitte eines weiteren geräumigen Gewölbezimmers erreicht hatte, das dem ersten sehr ähnlich war. Hier zeigte das Gewölbe jedoch eine künstlerisch hochwertige Illusionsmalerei vom Tageshimmel, mit tief in die Ferne gestaffelten Wolkenbänken, einer Sonne im Zenit, deren Strahlen die Äste und Zweige eines Baumes durchdrangen und erglühen ließen.

Durch eine Tür auf der gegenüberliegenden Seite trat eine Sidhefrau in cremefarbenem Gewand mit rotem Saum ein. Michael erkannte die warme bräunliche Haut und das schwarze Haar, die vollen Lippen und die leicht gehobenen Brauen: Mora, einst Clarkhams Begleiterin. Sie lächelte mit Wärme, aber auch mit einer Spur von Schuldbewußtsein und innerer Spannung, und trat zögernd auf Michael zu.

»Du überraschst uns alle«, sagte sie. »Die Sidhe dachten, sie seien fertig mit dir. Sogar die Ban der Stunden.«

Michael nickte. »Ich mußte Biri ... bekämpfen, um hereinzukommen. Ihn niederringen.«

Es schien sie nicht zu bekümmern. »Dann bist du bemerkenswert stark geworden. Biri ist nicht leicht zu überwinden.« Sie spürte Michaels Unbehagen über ihr fehlendes Mitgefühl. Biri, das hatte er während seiner letzten Minuten in Clarkhams Xanadu erfahren, war ihr Liebhaber gewesen, und sie hatte Clarkham nur gedient, um die Interessen der Sidhe zu fördern. »Ich bin hier abgesondert, fern von Biri, damit ich seinen Aufstieg nicht gefährde.« Ihre Augen musterten ihn erwartungsvoll, aber er hielt seine Reaktionen unter Kontrolle. »Warum bist du zurückgekehrt?«

»Ich bin hier, die Menschen im Reich zur Erde zurückzubringen.«

»Wenn du das kannst, sollst du unsere Hilfe haben. Die Trittsteintore zur Erde sind geschlossen worden; wir wissen nicht genau, von wem.«

»Vielleicht von Tarax«, meinte Michael.

»Vielleicht. Jedenfalls sagt mir Ulath, daß wir eine Zusammenkunft mit der Ban vorbereiten sollten, und mit Mahler, mit dem du, wie ich glaube, gut vertraut bist.«

»Ich habe etwas von seiner Musik gehört, das ist alles«, sagte Michael. »Waltiri kannte ihn, früher einmal. Sie korrespondierten miteinander.« Er blickte sie fragend an. »Er ist hier? Lebendig?«

»Ja. Wir haben auch einen Menschen namens Mozart ... Er und Mahler haben in der Vergangenheit miteinander gestritten. Debattiert ist vielleicht ein besseres Wort. Mozart war sehr erstaunt, als die Ban Mahler erlaubte, mit einem Menschen auf Erden zu sprechen.«

»Wann war das?«

»Vor kurzem. Auf Erden mag es Tage oder Wochen oder Monate her sein. Die Verschwörungen haben noch nicht einmal angefangen, sich auszuspinnen, Michael. Machtspiele und Intrigen. Mahler kann deine Pläne den anderen, die hier festgehalten werden, übermitteln.«

»Wie viele sind hier?«

»Fünftausendundeinundzwanzig. Künstler, Schriftsteller, Märchenerzähler, Komponisten, Töpfer, Tänzer, Träumer ...«

»Alle aus der jüngsten Vergangenheit?«

»Lieber Himmel, nein!« rief Mora und lachte heiter.

»Der Maln hat sie seit zehntausend Jahren gesammelt, seit dem Ende des Paradieses. Die Ban wurde von Adonna beauftragt, über sie zu wachen.«

»Dann war Emma Livry nicht die einzige, die hergebracht wurde.«

»Nein, ganz und gar nicht. Sie war ein Sonderfall, wegen ihres Leidens. Der Maln gestattete der Ban, sie hierher ins Reich zu bringen, obwohl sie keine Gefahr mehr war – und ohne Nutzen für den Erzrivalen des Maln, Clarkham. Andere Menschen, die der Maln unbeachtet ließ, bis sie sich als eine Bedrohung erwiesen, hatten größeres Unglück ... Mahler und Mozart zum Beispiel.«

Michael schüttelte verwundert den Kopf. »Und die Gefangenen von Euterpe?«

»Sie sind hier.«

»Nikolai?«

»Auch er, nach seinem kurzen Besuch auf Erden. Seine Reise schreckte Biri auf, der möglicherweise auf Tarax' Befehl die für Menschen reservierten Trittsteine in Inyas Trai schließen ließ.«

»Dann wollte die Ban sie zur Erde zurückkehren lassen?«

»Selbstverständlich. Sie können nicht hierbleiben.«

»Also seid ihr alle Gefangene ... und Biri ist euer Bewacher?«

»Es gibt andere Wächter«, sagte Mora mit zartem Schaudern. »Das Reich ist seit Adonnas Hinscheiden sehr viel ... sagen wir, kreativer geworden. Der Maln hat dies ausgenützt. Das Fortgehen wird sehr viel schwieriger sein als das Hereinkommen.«

Das hätte er sich denken sollen. »Ich möchte jetzt die Ban sprechen«, sagte Michael.

Mora nickte und zog sich zurück. Michael holte tief Atem und bereitete sich vor; bei ihrer letzten Zusammenkunft war die Ban der absolut dominierende Teil gewesen – für ihn hatte es den Anschein gehabt, als stünde die Zeit still, und seine Erinnerung an sie war erst nach Stunden der Meditation hervorgekommen, in genau der Reihenfolge, daß klar geworden war, was die Ban ihm hatte zu verstehen geben wollen: daß er eine Schachfigur war.

Ihre Magie war von besonderer Art, das konnte er jetzt aus seiner erfahreneren Perspektive sehen. Es war keine aktive Magie; sie war passiv. Sie erhob keine Ansprüche, wollte nicht schaffen und zerstören; sie nährte und beschützte und erlaubte Entwicklung. Darum war sie nicht weniger mächtig.

Und sie war nicht ihrer Schwester Elme gefolgt, die ihrem Vater Tonn, dem Magier der Sidhe, getrotzt hatte. Sie war Tonn, dem späteren Adonna, Gott des Reiches, treu geblieben. Im Gegenzug hatte Adonna ihr in Inyas Trai einen Ort und eine Position zugebilligt und wenigstens einige ihrer Bemühungen unterstützt, den Menschen im Reich zu helfen. Hatte sie sich wirklich von Elme unterschieden? Nicht nur in der Taktik, sondern auch in der Absicht?

Er hörte und fühlte ihre Annäherung. Ihre Persönlichkeit war stark und tröstlich – aber auch irreführend. Er drang tiefer und fand Wärme. Er fand auch etwas, was ihm Tränen in die Augen trieb und die Kehle beengte.

Die Ban der Stunde trat ein, gefolgt von Ulath. Das Tageslichtgewölbe schien sich mit der Wärme eines Gewächshauses zu füllen. Sie war groß, gekleidet in ein Gewand von der Farbe einer Wolke, die die Sonne verdeckt. Ärmel und Saum waren mit silbernen und goldenen Litzen besetzt. Sie bewegte sich leise und gleitend mit der Leichtigkeit einer Tänzerin, und lächelte ihm zu. Nur die Augen wirkten kalt an ihr, so dunkel und intensiv blaugrün wie das Eis unter dem Reich; aber die Kälte wurde durch den Kontrast eher verstärkt als vermindert. Sie war eine Ernährerin und Beschützerin, sagten ihre Augen, aber sie ließ nicht mit sich spaßen.

Und sie gebrauchte keine der Taktiken, die sie während ihrer letzten Zusammenkunft angewendet hatte. Sie begrüßte ihn nicht als eine schwache Schachfigur oder einen schwachen Bittsteller.

Ein weißer Schal, der ihr über den Rücken fiel, hielt das rotgoldene Haar zusammen. Sie gab Michael die Hand, und er nahm sie und beugte sich instinktiv darüber, sie zu küssen.

»Willkommen«, sagte sie, »Freund von Nikolai und ehemalige Waffe der Räte, inzwischen aus den Fesseln geplatzt und zum Landstreicher geworden.« Ihr Lächeln war blendend, drückte freundlichen Humor und keine Spur von Überlegenheit aus.

Sie behandelte ihn als einen Ebenbürtigen oder einen Verbündeten, obwohl er es noch nicht verdiente. Sie nährte, was in ihm war.

»Danke«, sagte Michael still. »Ich bin geehrt, wieder in deiner Gegenwart zu sein, Mutter.« Die Ehrenbezeigung überraschte ihn selbst ein wenig, aber sie erschien ihm völlig angemessen.

»Unglücklicherweise ist wenig Zeit, die Dinge zu besprechen, und nicht einmal wir können den Tod der Schöpfung meines Vaters aufhalten. Nicht einmal dann, wenn wir uns die Hände reichen und unsere vereinten Kräfte konzentrieren.«

Sie streckte ihm die Hände hin, und er nahm sie. Das Gefühl, das ihn durchdrang, war verblüffend, ein Echo von einigen der Fähigkeiten, die er ungewollt und unbewußt seinem Innern hatte entspringen lassen. In der Ban waren diese Fähigkeiten, obschon schwächer, jedoch beherrscht und voll erkannt. »Nicht einmal dann«, fügte sie mit leiser Stimme hinzu. »Wie willst du unsere Schützlinge retten?«

»Ich bin mir darüber noch nicht im klaren«, sagte Michael. »Ich muß wissen, was die Festung Sklassa bewacht und ob ich einen Weg zur Erde öffnen kann, der breit genug ist, oder für eine ausreichende Zeitspanne.«

»Du bist mir bereits voraus, wenn du an solche Dinge denkst«, sagte die Ban. »Nur die Stammeszauberer – und mein Vater, natürlich – vermochten so etwas, und sie sind jetzt nahezu alle auf der Erde, bei ihrem Volk.«

»Was ich habe ... was ich bin ... ist nicht entwickelt, Mutter«, bekannte er. »Ich kenne meine Grenzen nicht. Ich könnte gefährlich sein.«

»O ja, das bist du. Aber du bist die letzte Möglichkeit, die wir haben. Du hast Sklassa in der wahren Gestalt gesehen, nehme ich an.«

Er nickte. »Es ist anders, als ich erwartet hatte.«

»Die Illusionen von Festungen und Schrecken ... das war für meinen Vater eine Art Scherz, fürchte ich. Er befahl Tarax, dieses Refugium zu schaffen, denn hier wollte er die Männer und Frauen der Sidhe in Harmonie zusammenbringen. Der Maln verwaltete es. Er brachte Sidhe aller Rassen aus allen Teilen des Reiches hierher, um versöhnend zu wirken ...« Sie wurde unvermittelt traurig. »Wir sind seit Jahrmillionen im Niedergang begriffen. Dieser Ort, Festung Sklassa genannt, wurde geheimgehalten, weil er kein Zentrum der Macht war, sondern nur der Hoffnung. Und die Hoffnung erfüllte sich nicht. Wenige Kinder wurden hier geboren. Nicht einmal Tarax' Tochter, obwohl er hier eine Frau nahm. Die Frau ist jetzt tot. Die meisten der Frauen, die herkamen, überlebten nicht oder wünschten, sie hätten nicht überlebt ...«

Ein Schatten lag bei diesen Worten auf dem Antlitz der Ban, ein Ausdruck wehmütiger Trauer, der Michael tief berührte. Die Sidhe waren eine sterbende Rasse. Selbst die Ban hatte alle Hoffnung für sie aufgegeben.

»Du hast sie mitgebracht, nicht wahr?« fragte sie. »Tarax' Tochter Shiafa?«

»Ja.«

»Und sie wird mit uns zur Erde kommen, solltest du Erfolg haben?«

Er nickte. »Ich bin ihr Lehrer, einstweilen.«

»Ja. Sie wird dich vieles lehren«, sagte die Ban. »Jetzt würde es dir helfen, denke ich, die Quartiere deiner Brüder und Schwestern zu sehen, unsere Vorbereitungen zu begutachten und unseren Mahler zu treffen. Er kann dir mehr sagen, was nützlich sein würde.«

Die Ban entließ ihn mit einem abwesenden Lächeln. Ulath nahm ihn bei der Hand und führte ihn zu einer anderen Tür hinaus. »Die Ban ist sehr müde«, erläuterte sie. »Adonnas Tod und die seither aufgetretenen Schwierigkeiten haben mehr genommen, als sie selbst geben kann.«

»Wie seid ihr hierher gekommen?« fragte Michael. »Und wo sind die restlichen Mitglieder des Maln?«

»Die Ban bestand darauf, daß sie bei den Menschen bleibe, als Tarax sie von Inyas Trai und anderen Zufluchtsorten im Reich hierher bringen ließ. Adonna war damals noch am Leben und hatte einigen Einfluß, wenn er auch nachließ. Der Maln ging kurz danach auseinander, damit die Stammes- und Rassenzauberer sich auf das Problem der Umsiedlung und Verteilung konzentrieren konnten.«

Sie durchschritten einen gewundenen Korridor und passierten viele hölzerne Türen mit eingeritzten Namen in lateinischen und anderen Alphabeten.

»Auch sollten sie sich mit dem Problem der Auflösung beschäftigen. Da das Reich nicht weit von der Erde ist, wird sein Ende Auswirkungen haben.«

»Darüber habe ich noch nicht viel nachgedacht.«

»Wenn das Reich schließlich zerbricht, muß es sich auflösen. Es wird die Wirklichkeit der Erde verändern, und viel Zeit wird vergehen, bevor der Einfluß der umgebenden Wirklichkeit der Erde die Verhältnisse stabilisieren wird.«

Am Ende des Korridors hielt Ulath ihm eine weitere Tür aus massivem Holz auf. Sie führte in einen weitläufigen verwahrlosten Garten, der zu einem mit zerklüftetem schwarzen Fels und absterbenden Bäumen bekrönten Hügelkamm anstieg. Michael fühlte sich orientierungslos; wo war der Turm? Hinter ihm gab es nur die Tür in einem niedrigen zylindrischen Ziegelbau wie einem gedrungenen Silo. Und der Himmel war von einem staubigen dunklen Graublau, wie das Zwielicht der Zwischenwelten.

Über den Garten verstreut, wo sie einzeln und in Gruppen umherschlenderten, waren menschliche Männer und Frauen in der Kleidung von Sidhe, weißen *seplas* und langen grauen Gewändern. Der ihnen nächste, ein orientalisch aussehender Mann mittleren Alters, blickte mit einigem Interesse zu Ulath und Michael herüber, kam aber nicht näher.

»Unsere Menschen«, sagte Ulath lächelnd. »Die Ban hat sich angewöhnt, sie als ihre Kinder anzusehen – und tatsächlich ist sie in einer Weise ihre Tante.«

»Wo sind wir?« fragte Michael.

»Wir sind noch im Turm. Die Wände selbst sind imprägniert mit Aus-Sehen. Die Ban und Adonna entwarfen dies vor Jahrtausenden, daß Sidhe hier zusammenkommen und Frieden finden könnten. Es ist in letzter Zeit nicht mehr gepflegt worden.«

»Das sehe ich. Es ist traurig.«

»Wir sind eine traurige Rasse«, sagte Ulath. Sie folgten einem gepflasterten Weg, der in Windungen durch den ansteigenden Garten führte. Da und dort standen Hütten wie jene der Kranichfrauen unter Gruppen abgestorbener Bäume. »Manche ziehen es vor, hier zu leben, andere im Turm.«

»Und außerhalb des Turmes?«

»Biri sammelte Adonnas mißglückte Schöpfungen und verteilte sie im Umkreis des Turmes über das Gelände. Niemand geht dorthin.«

Auf einer Anhöhe vor ihnen, die den Blick auf einen bleifarbenen See freigab, stand ein kleines Haus, das den anderen unähnlich war, umgeben von einer baufälligen überdachten Veranda. Das Haus war offensichtlich in einiger Hast errichtet worden und unterschied sich deutlich von der massiven Bauweise der alten Gebäude.

Auf der dem See abgewandten Seite stand eine Tür halb offen. Ulath klopfte leicht an den Rahmen.

Ein kleiner Mann, mager und etwas gebeugt, öffnete die Tür und musterte Michael und Ulath über die Gläser eines Zwickers hinweg, der auf einer scharfen Adlernase saß. Sein grauweißes Haar war in Wellen aus der hohen Stirn zurückgekämmt und umgab ein abgezehrtes schmales Gesicht; er strahlte eine nervöse Energie aus, die Michael faszinierend fand.

»Das ist unser Retter?« fragte der Mann mit einem weichen Wiener Akzent.

»Das ist Michael Perrin«, sagte Ulath. »Ich glaube, du bist mit Gustav Mahler bekannt.«

Michael streckte zögernd die Hand aus, und Mahler blickte mit einem Stirnrunzeln darauf, bevor er sie mit beiden Händen ergriff und kräftig schüttelte.

»Bitte kommen S' herein!« sagte Mahler. Der Innenraum war sehr bescheiden eingerichtet. Es gab einen kleinen Schreibtisch und einen Stuhl unter einer fadenscheinigen Wandbespannung mit grauem und schwarzem Blumenmuster. Auf dem Tisch lagen Dutzende von Blättern eines handgeschöpften Papiers, cremefarben und mit unregelmäßigen Rändern bedeckt, bedeckt mit hastig gekritzelten Noten und wäßrigen Tintenflecken. Neben einem der frischeren Flecken lag ein Gänsekiel. Auf der anderen Seite des Raumes stand ein schmales Feldbett aus Korbgeflecht unter einer grob gewebten roten Decke. In den vier Winkeln des Raumes waren abgestorbene Äste befestigt, die wie verwitterte welke Hände zur Mitte hin die Finger spreizten.

Michael wußte kaum, was er sagen sollte. Mahler war nach allem, was er wußte, seit achtzig Jahren tot, doch glich dieser Mann den Bildern, die Kristine ihm gezeigt hatte, wenngleich er einige Jahre älter wirkte. Die Erinnerung an die außerordentliche Musik in der Royce Hall verstärkte Michaels ehrfürchtige Verlegenheit.

Im Falle der Ban der Stunden hatte er vor einer magischen Persönlichkeit gestanden, überhöht durch transzendentale Kräfte und die Mystik der Sidhe. Mahler war ein Mensch – nicht einmal entfernt ein Halbblut wie Michael –, und seine schöpferischen Leistungen waren rein menschlich, und sterblich.

»War es ein Erfolg? Waren Sie dort?« fragte Mahler.

»Wie bitte?«

»Ich spreche von der Aufführung. Der Neuinstrumentierung und Bearbeitung meiner Sinfonie, meiner Zehnten.«

»Ja. Es war ein sehr großer Erfolg«, sagte Michael.

Mahler rieb sich die knochigen Hände. »Ah! Gut«, sagte er. »Ach ja, sehr gut. Ein einfühlsamer junger Mann, dieser Berthold Crooke. Ich kam in seine Träume. Ich machte Andeutungen, wies ihm Wege, und er war aufmerksam genug, sich danach zu richten. Es war einigermaßen enttäuschend, nicht selbst schaffen zu können, aber schließlich bin ich ein Geist, nicht wahr? Der Geist eines Toten. Meine eigene Muse sozusagen.

Ich weiß nicht viel von der Erde, wie sie jetzt ist. Was mir in der Vergangenheit gezeigt wurde, entmutigte mich. Aber wenn es auch zu einem barbarischen Niedergang der bildenden Künste und der Musik gekommen ist, so kommt es doch immer zu Aufführungen guter Musik. Man lauscht noch immer meinen Werken. Sie sind sogar beliebter als zu meinen Lebzeiten, meine ich.« Sein Gesichtsausdruck veränderte sich von seliger Entrücktheit plötzlich zu einer blassen starren Maske. Er sah Michael an, als bemerke er ihn erst jetzt, und lud ihn ein, in einem zweiten Korbsessel Platz zu nehmen. Dann zog er einen Stuhl unter dem Arbeitstisch heraus und setzte sich, vorgebeugt, die Ellbogen auf den Knien, die langen Finger ineinandergelegt. »Können Sie uns zur Erde zurückbringen? Uns alle wieder zum Leben erwecken?«

»Ich kam hierher, um es zu versuchen.«

»Ich meine ... ist meine Tochter noch am Leben? Anna?«

Michael blickte zu Ulath. »Ich weiß es nicht.«

»Nachdem ich genommen wurde, nach meinem Tod also, hatte sie es schwer.« Mahler schüttelte bekümmert den Kopf. »Nachdem der Maln, nachdem Tarax, der verdammte alte Teufel, mir gezeigt hatte, was nach meinem Tode auf Erden sich ereignete, gelobte ich, daß ich nie wieder etwas mit der Erde zu tun haben wollte.«

»Ich verstehe nicht«, sagte Michael.

»Sie überredeten mich, für sie zu arbeiten«, sagte Mahler. »Der Maln ließ mich sehen, was auf Erden geschah. Alma! Also, sie konnte ich noch verstehen und ihr vergeben, obwohl dieser Kerl, dieser Werfel ...« Wieder schüttelte er traurig den Kopf. »Dann der Weltkrieg, der Zusammenbruch meines Heimatlandes, der Zerfall der alten Ordnung! Und meine Tochter! Schlecht erging es ihr!«

Michael war noch immer verwundert.

»Sie wissen vielleicht nicht von der Judenverfolgung in meiner Heimat? Als Jüdin wurde meine Tochter auch für einige Zeit in ein Konzentrationslager gesteckt. Dort mußte sie zur Unterhaltung der Wachmannschaften Musik dirigieren und spielen. Ich sah dies, und ich haßte meine eigenen Landsleute. Ich schwor, daß ich niemals ...« Er stand auf und stützte sich mit einer Hand auf den Schreibtisch. Seine Gesten waren von bühnenwirksamer Dramatik, aber seine Gefühlsbewegung schien echt.

Michael sondierte ihn vorsichtig und fand ein verworrenes Durcheinander von Schreckensbildern: Weltkriege, Zerstörungen, Konzentrationslager aus der Zeit des Dritten Reiches. »Der Maln zeigte Ihnen diese Bilder?« fragte Michael ungläubig.

»Ja. Juden, Zigeuner, katholische Priester zusammen mit gemeinen Verbrechern. Homosexuelle. Alte und Junge, Männer und Frauen. Meine ganze Welt, von Kriegen verheert, auseinandergerissen und durch willkürliche Grenzen zertrennt! Ich segnete den Tag, an dem ich von der Erde genommen wurde.«

Mahlers Wangen waren naß. Er richtete sich plötzlich auf, drückte sich die Hände ins Kreuz und starrte Michael mit einem traurigen und verträumten Ausdruck an. »Sie wollten Lieder von mir. Ich schrieb Lieder für sie. Aber nichts von der Art meiner Sinfonien. Ich bin nicht mehr von der Erde, und meine Stärke war immer in der Erde, wo ich verwurzelt war. Mutter Erde, Mutter des Himmels und der Felder und Wälder.« Er hob die Hände und nickte angestrengt, schob das lange Kinn vor.

»Sie sagten, meine Musik, meine Zehnte, sei ein Lied der Macht. Sie sagten, wenn sie richtig aufgeführt würde, könne sie dieses Reich sanft sterben und in die Erde eingehen lassen, ohne sie zu zerstören. Es könne die beiden Welten harmonisieren. Also arbeitete ich in den Träumen dieses jungen Mannes, dieses Vollenders einer Sinfonie, die zu vollenden mir nicht erlaubt worden war, weil die Sidhe mich daran gehindert hatten!« Er lächelte ironisch, und Michael lächelte unwillkürlich mit ihm. »Sie werden Ihnen alle erzählen, daß ich ein ekelhafter Mensch bin, mit dem man nicht zusammenarbeiten könne. Ein Pedant. Ein Perfektionist. Nicht unvernünftig, aber besessen von einem Vollkommenheitswahn, der unerfüllbar sei. Nun, von der Aufführung in Los Angeles konnte ich keine Vollkommenheit erwarten. Mein Einfluß war begrenzt, und ich lenkte den jungen Mann wie ein Puppenspieler eine Marionette, von der die Hälfte der Fäden gerissen ist. Aber ich konnte Macht erwarten, und anscheinend habe ich die bewirkt. Ohne meine Musik ...« Er breitete die Hände mit theatralischer Gebärde aus. »Ohne das würden die Sidhe zu unserer Welt zurückkehren und sich bald nach dem Tode des Reiches zerschmettert sehen.«

»Dies alles erklärten Ihnen Mitglieder des Maln?« fragte Michael. Er gewann allmählich einen Eindruck vom Maln, der sich sehr von demjenigen unterschied, den er bei seinem ersten Besuch gewonnen hatte.

»Sie belogen mich nie«, sagte Mahler. »Sie haben uns alle gut behandelt, sobald wir hier untergebracht waren. Ihre einzige Quälerei war, daß sie uns zeigten, was auf Erden geschah. Das mehr oder weniger unglückliche Schicksal unserer Kinder und Enkel, ihre Krankheiten, ihre Leiden durch Not und Krieg, ihre Krankheiten, ihr Sterben, brennende Städte, Wahnsinn und Wahnsinnige. ›Das ist eure Menschheit‹, sagten sie.«

Michael wurde ärgerlich. »Zeigten sie Ihnen auch andere Dinge? Der Kampf der Wissenschaft gegen Krankheit, Bemühungen um soziale Gerechtigkeit, Kampf gegen Seuchen und Hungersnöte? Vom Flug zum Mond nicht zu reden.«

Mahler schüttelte den Kopf, als käme es darauf nicht an. »Was sie uns zeigten, war die Wahrheit.« Er faßte Michael scharf ins Auge. »Flug zum Mond?«

Michael nickte. »Und Landung auf dem Mond.«

»Deine Leute«, sagte Ulath, »bekamen nur zu sehen, was der Maln für zweckmäßig und geeignet hielt, und nur in besonderen Fällen.«

»Sie behaupteten, Sidhe seien zum Mond und weiter hinaus gekommen, durch Magie«, sagte Mahler mit träumerischer Miene. Er setzte sich wieder. »Sie zeigten mir Maschinen, die Musik spielen, die sie niederschreiben und aufzeichnen. Die Sidhe können das auch. Sie können ein ganzes Orchester aus der Luft herbeizaubern ...« Er schnippte mit den Fingern. »Sie wollten mir klarmachen, daß sie schon lange vermöchten, was die Menschen auf der Erde zuwege brächten. Sehr verwirrend.«

Michael unterdrückte seinen Verdruß und wandte

sich einem inneren Gedankengang zu, der so rasch ablief, daß er selbst kaum Schritt halten konnte. Er sah die Dinge, statt ihrer logischen Abfolge nachzugehen: die Ränder des Reiches, wie sie mit den Grenzen der Erde zusammenkamen und sich glättend auf die Landschaft legten – die geistige Landschaft wie die physikalische.

Trotz Mahlers Lied der Macht und seiner Wirksamkeit würde der Tod des Reiches die Wirklichkeit der Erde verändern. Alles, was im Reich bliebe, würde zerstört. Aber es gab keine Möglichkeit, ein Tor für fünftausend Menschen zu öffnen. Das mochte ohnehin nicht die beste Methode sein.

Wieder fühlte Michael den kalten Stich der Ungewißheit. Er schloß sekundenlang die Augen und unterdrückte seine Furcht. Was er auch tat ... sich selbst tun sah ... er war nur so viel, wie er wagte. Erfolg oder Versagen, einen dritten Weg gab es nicht.

Er stand auf und ergriff Mahlers im deklamatorischen Monolog erhobene Hände. »Können Sie eine Komposition improvisieren?«

Ein großer schwarzer Mann betrat die Hütte, sah Ulath und Michael und verbeugte sich tief vor der Assistentin der Ban, die Hände auf der Brust gefaltet. »Verzeihung«, sagte er mit einer Stimme, die tief wie eine Trommel war. »Gustav, der Ausschuß versammelt sich zur Sitzung im Turm. Bes Amato und Hillel bitten um Ihre Anwesenheit. Es geht um die Inszenierung der ›Zauberflöte‹.«

Michael las mit Leichtigkeit die Persönlichkeit des Mannes. Er war vor mehr als zweitausend Jahren Soldat in der Armee des mauretanischen Königs Bocchus gewesen. Michael wußte nicht genug über diese Zeit, um aus den Erinnerungsbildern des Mannes schlau zu werden. Er schien ein Geschichtenerzähler, Sänger und Bogenschütze gewesen zu sein.

»Das ist Uffas«, erläuterte Mahler. »Er ist der Intendant unserer Festspiele.«

»Welcher Festspiele?« fragte Michael.

»Musik, Theater, Tanz«, sagte Mahler. »Um unsere Erlösung vom Tod durch die Gefangenschaft zu feiern. Uffas, der Ausschuß sollte wissen, daß wir vielleicht keine Zeit mehr haben, die Festspiele zu organisieren. Dieser Mann ist hier, um uns zu retten.«

Uffas betrachtete Michael mit einem milden, fast nachsichtigen Mißtrauen. »Wir haben seit vielen Monaten geplant«, sagte er.

Mahler legte die Hand an den Oberarm des großen Schwarzen. »Uffas, wie lange sind Sie schon hier, mein Freund?«

»Jahrhunderte. Ich weiß es nicht.«

»Und was haben Sie getan?«

»Ich sang und erzählte Geschichten für die Sidhe.«

»Wie meine Tochter«, sagte Mahler mit einem Seitenblick zu Michael. »Wie Anna, die für ihre Gefangenenwärter spielte. Uffas, sagen Sie dem Ausschuß nichts. Lassen Sie ihn weiterplanen. Vielleicht wird die Zeit reichen, vielleicht werden wir anderswo feiern. Überleben.«

Uffas ging, und Mahler schloß die Tür hinter ihm. »Entschuldigen Sie. Was fragten Sie, bevor Uffas dazwischen kam?«

»Können Sie auf einem Klavier Musik spielen, neue Musik, ohne eine Partitur, ohne vorher zu komponieren?«

Ein mutloser Ausdruck kam in Mahlers Augen. »Nicht gut«, sagte er. »Aber ich kenne einen, der es kann.«

»Wer?«

»Wolferl«, sagte Mahler. »Mozart. Seine Improvisationen sind unübertroffen. Warum ist dieses Talent erforderlich?«

»Ich werde Musik brauchen, um uns zu retten«, sagte Michael. »Ein improvisiertes Lied der Macht.«

Mahler lächelte. »Mozart hat sich sehr gelangweilt,

wissen Sie. Wie ich, wie die meisten von uns, zieht er die Dramatik und den Schmerz der Erde diesem Zwischenreich vor, dieser Vorhölle. Ich hoffe, die Ban wird uns darum nicht für undankbar halten, aber so ist es halt. Mozart und ich haben in der Vergangenheit viel gestritten. Aber ich glaube, er wird einwilligen.«

Michael sagte Ulath, was erforderlich sein würde. »Und bring Shiafa her«, fügte er hinzu.

»Die Ban wünscht sie nicht im Sklassa«, sagte Ulath.

»Sag der Ban, daß ich sie brauchen werde«, versetzte Michael mit Festigkeit. In seiner Entschlossenheit war er sogar bereit, der Ban der Stunden zu trotzen. Er wandte sich wieder zu Mahler. »Wo ist Mozart?« fragte er, und erst als er die Frage ausgesprochen hatte, erwärmte sich sein Inneres in einer unaussprechlichen Verwunderung. *Mozart!*

»Folgen Sie mir!« sagte Mahler. »Wenn er sich nicht im Gespräch oder beim Billard unterhält oder Musik spielt, wird er in seinem Zimmer im Turm sein.«

30

Wolfgang Amadeus Mozart, der angeblich im Alter von fünfunddreißig Jahren an Typhus gestorben war, hatte den Vorhang seines Zimmers offengelassen. Mahler klopfte leicht an den Rahmen, dann hob er den Finger an die Lippen und wandte sich zu Michael um. »Er schläft«, sagte er ehrerbietig. »Wir wollen ihn nicht ...«

»Wir haben keine Wahl«, unterbrach ihn Michael. Sie traten ein. Mozart lag auf einem Sofa aus Korbgeflecht, auf dem eine einzige braune Decke lag. Er trug ein graues, mit schwarzen Blattmustern besticktes Gewand, das offensichtlich für einen Sidhe gemacht war und ihm über die Füße reichte. Sein kleiner Bauch zeichnete sich deutlich unter dem Stoff ab. Michael beugte sich über ihn, um ihn zu wecken.

Mozart schlug die Augen auf und blickte zu Michael auf, wandte den Kopf und sah Mahler in der Tür stehen. »Ach, du lieber Gott, Gustav, nicht jetzt!« maulte er. »Ich schlafe. Wir werden später über die Festspielangelegenheit sprechen.« Dann ging sein Blick zurück zu Michael, und er setzte sich auf. »Was haben Sie zu gaffen, mein Herr? Dies ist mein Privatzimmer und keine Menagerie«, sagte er in ungeduldigem Ton.

Mozart gemahnte an ein sehr weises trauriges Kind. Er hätte dreißig oder auch vierzig sein können – sein scheinbares Alter war an einem unbestimmten Punkt zur Ruhe gekommen und ließ ihn in einem Schwebezustand zwischen später Jugendlichkeit und mittlerem Alter. Seine etwas vorquellenden großen Augen schienen wohlwollend zu blicken, selbst wenn er gereizt war. Sein schütteres braunes Haar war kurzgeschnitten und zurückgekämmt.

Keine Zopfperücke, dachte Michael. »Verzeihen Sie die Störung, aber wir brauchen Sie«, sagte er. »Wir kehren zurück zur Erde.«

Mozart zwinkerte und lächelte. »Mahler auch?«

»Wir alle.«

»Wenn Mahler zurückgeht, will ich nichts damit zu schaffen haben.«

»Wolferl!« sagte Mahler in beschwörendem Ton. »Wir streiten«, sagte er zu Michael gewandt, »aber wir sind Freunde.«

»Was du nicht sagst.« Mozart faßte Michael ins Auge und durchforschte sein Gesicht wie eine Landschaft. »Wer sind Sie?«

»Ich bin von der Erde«, sagte Michael. »Erst vor kurzem eingetroffen.«

»Ja, aber *wer* sind Sie?«

»Mein Name ist Michael Perrin«, erwiderte er. »Wenn Ihnen das etwas nützt.«

»Schwerlich«, murmelte Mozart.

»Wir müssen eilen.«

»Ist das richtig?« fragte Mozart Ulath, die einmal nickte. »So soll es mir recht sein«, sagte er widerwillig, ließ die Beine auf den Boden und setzte sich auf die Sofakante. »Ein Glück, daß wir von diesem Ort fortkommen. Egal, wohin. Es ist alles sehr lästig und unerfreulich gewesen.«

Michael wandte sich zu Ulath. »Gibt es eine große Halle hier, wo alle versammelt sein können?«

»Ja, oben im Turm. Die Himmelsarena.«

»Sie ist für die Festspiele reserviert«, sagte Mozart. »Ist das diesjährige Festspiel abgesagt?«

»Bitte sag der Ban, daß alle im Sklassa, die zur Erde zurückkehren möchten – die überleben möchten –, sich bald in der Arena versammeln müssen. Es gibt dort ein Klavier, hoffe ich?«

»Ja«, sagte Ulath. »Und andere Menscheninstrumente. Wir brachten sie mit uns. Dank der Erlaubnis des Maln ...«

»Für das Festspiel. Welche Sänger haben sich für meine Oper gefunden! Die Ban selbst will die Königin der Nacht spielen, und Uffas – haben Sie Uffas getroffen? Als Monostatos ...«

»Nur ein Klavier«, sagte Michael zu Ulath. »Bitte sieh zu, daß es in der Arena aufgestellt wird!«

»Was hat dies alles zu bedeuten?« fragte Mozart indigniert.

»Sie wissen sicherlich, daß Musik imstande ist, Menschen ins Reich zu senden«, sagte Michael.

»Ja.« Mozart lächelte und zeigte unregelmäßige Zähne. »Ich habe nicht eben wenig von dieser Art Musik geschrieben. Sagt man mir.« Er begünstigte Ulath mit einem Zwinkern.

»Wir werden versuchen, den umgekehrten Weg zu gehen. Ich bitte Sie, Musik zu spielen, die uns zur Erde transportieren wird. Dazu müssen Sie die schönste und bezauberndste Musik spielen, die Sie je erdacht haben.«

Mozart starrte ihn an. »Du hast ihn dazu angestiftet!« beschuldigte er Mahler.

»Kannst du es?« fragte Mahler.

Mozart zuckte die Achseln. »Ich muß mich ankleiden. Keine Proben?«

»Es ist nicht genug Zeit«, sagte Michael.

»Natürlich kann ich es«, murrte Mozart. »Ich wundere mich, daß niemand mich eher gefragt hat. ›Wir wandeln durch des Tones Macht/Froh durch des Todes düstre Nacht.‹ Kennen Sie das?«

Michael verneinte.

»Schade, wenn das Festspiel abgesagt wird, werden Sie dieses Lied nicht gesungen hören. Wir haben hier die am ehesten engelsgleichen Stimmen, die man sich denken kann. Aber trotzdem habe ich in der Gesellschaft von nichts als Feen und arschgesichtigen Genies einige sehr langweilige Jahrzehnte verbracht. Sehr ermüdend.« Er stand auf, reckte die Arme und drehte sich um. »Was soll ich tragen?«

»Festtagskleidung, schlage ich vor«, sagte Mahler.

»Meine beste. Nun gehen Sie bitte, alle miteinander!«

Michael kehrte zurück in den äußeren Hof und das erste Gewölbezimmer, um Biris Zustand zu überprüfen. Er fand ihn, wie er ihn verlassen hatte, noch immer in hilflosem Ringen mit dem Schatten. Durch die dunklen Strähnen des Schattens sah Biri ihn mit der Schicksalsergebenheit eines zusammengeschnürten Schweines an, das dem Schlachtermesser ausgeliefert ist.

»Was sollen wir tun?« fragte Michael ihn. »Stellst du dich noch immer gegen mich?«

Biri schwieg.

»Du rietest mir einmal, niemals einem Sidhe zu trauen. Aber ich habe von den Leuten hier gehört, daß die Sidhe sie niemals belogen hätten. Ich denke ...« Er kniete nieder, um Biris Gesicht näher zu sein. »Ich denke, du bist genauso benutzt worden, wie ich benutzt worden bin, vom Maln und allen anderen. Auch Mora wurde benutzt. Du wurdest geopfert. Soviel sollte dir unterdessen klargeworden sein. Sie überließen dich hier dem Tod.«

Biri wandte das Gesicht von ihm und starrte auf die Fliesen.

»Ich weiß, du hast deinen Auftrag nicht erfüllt. Doch darum solltest du nicht sterben müssen. Sollten wir Erfolg haben, wirst du mit uns gehen, so oder so. Ich werde die Ban bitten, über dich zu wachen. Es mag sein, daß ich dich in der Gefangenschaft dieses Schattens halte, aber du wirst mit uns zur Erde gehen.«

»Ich bin entehrt«, sagte Biri. »Es ist weit besser, mich zu töten.«

»Unsinn«, sagte Michael. »Es gibt zuviel Arbeit zu tun. Wir müssen deinen Leuten auf Erden helfen. Ich werde sicherlich Hilfe brauchen. Und ich glaube, die Zeit für Lügen ist vorbei. Wirst du helfen?«

Biris Gesicht war aschfahl. »Du sagst, wir alle seien Schachfiguren.«

»Und wir gehen in das Endspiel. Die meisten der mächtigen Figuren sind fort. Selbst der Bauer ist sehr wichtig geworden. Wir werden über das Brett marschieren. Spielst du Schach?«

»Die Sidhe spielen keine menschlichen Spiele. Aber die Regeln sind mir bekannt.«

»Dann weißt du, daß ein Bauer eine sehr wichtige Figur werden kann, wenn er das Brett überquert.«

»Ja, aber er kann nicht König werden.«

Michael hob die Schultern. »Regeln verändern sich. Wäre es einfältig von mir, dir jetzt zu vertrauen?«

Biri blickte ihm in die Augen.

Der Schatten löste sich unter Michaels Berührung auf. »Wir versammeln uns in der Arena«, sagte er.

Von der Höhe des Turmes konnten sie einen guten Teil dessen überblicken, was vom Reich geblieben war. Spalten und Abgründe hatten große Stücke abgetrennt und verschlungen; die Gebiete um das *Chebal malen* waren von aufwärtsdringendem Eis begraben worden. Überall schien das Land sich in ständiger Bewegung zu befinden, hob und senkte sich in langsamem krampfhaften Atem. Michael stand am Rand der Arena unter dem schimmernden schwarzen Himmel und sah die fünftausend Menschen durch die zentralen Türen um die Bühne hereinströmen. Die Arena war für ungefähr viertausend Besucher gedacht; die Aufführung würde unter etwas beengten Bedingungen stattfinden, aber alle würden Platz finden, um sie zu hören.

Shiafa kam zu ihm. Ihr Haar war strähnig und ungekämmt, und Michael fand, daß sie wie eine vernachlässigte Halbwüchsige aussah. Aber es war verständlich, daß sie aufgehört hatte, sich um Äußerlichkeiten zu kümmern; sie war ebenso ängstlich und unglücklich wie alle anderen Sidhe. Sie glaubte, daß sie alle bald sterben würden, und vertraute ihrem Lehrer nicht mehr. »Warum brauchst du mich hier?« fragte sie. »Ich bin nicht willkommen. Sie denken, mein Vater habe mich angesteckt.«

»Magie wird durch die Frau weitergegeben«, sagte Michael. »Ich will deine Magie nicht für mich selbst, sondern daß sie uns auf Erden helfe. Wir haben nicht genug Zeit, es auf eine subtilere Weise zu tun, also werde ich ...« Er brach ab. »Ich kann es nicht einmal beschreiben. Wenn wir fertig sind, wirst du dein Potential kennen, und deine Ausbildung wird viel kürzer sein.«

»Weißt du, was du tust?« fragte sie.

»Nein«, sagte Michael. »Nicht genau.« Es mochte sie alle umbringen.

Sie blickte hinaus zu den Bergen. Von ihrem Aussichtspunkt konnten sie das verlassene Steinfeld und

Teile des ausgetrockneten Sees *Nebchat Len* sehen. »Mein Vater kennt dich nicht«, sagte sie. »Du denkst nicht wie ein Sidhe. Und du denkst auch nicht wie ein Mensch.«

Michael nickte, ohne ihr zuzuhören. Er war in einem inneren Dialog begriffen, dem er nur bruchstückhaft zu folgen vermochte; einem Dialog zwischen den verschiedenen Teilen seiner selbst, und alle inneren Stimmen meldeten sich gleichzeitig zu Wort. Sie konnten jetzt nicht voneinander getrennt bleiben. Wenn dies getan wäre, könnte er nicht mehr einen Teil seiner Selbst isolieren und als einen Schatten opfern; der einzige Schatten, den er würfe, bliebe der seinem Tod zugehörige. Er verlöre die Fähigkeit, die er als Novize besaß. Er hatte Michael Perrin bereits verloren. Wo war er, unter allen diesen Stimmen?

»Ich glaube nicht, daß dem Reich mehr als eine Stunde bleiben wird«, sagte Michael. Seine Handflächen spürten es als eine nahezu übelkeiterregende Vibration.

Drei Gestalten drängten sich durch die Ränge im oberen Teil der Arena. Sie kamen ins Freie und erstiegen die Stufen zum umlaufenden Verbindungsweg, kamen auf Michael und Shiafa zu. Als ersten erkannte Michael seinen alten Gefährten Nikolai, und er lächelte breit, dann zögerte er, als er Savarin und Helena hinter ihm kommen sah. Aber es war keine Bitterkeit in ihm geblieben. Er hatte diese Schatten längst geopfert.

Nikolai eilte auf ihn zu und umarmte ihn freudig. »Wir sind alle hier!« rief er aus, von der Anstrengung des Steigens rot im Gesicht. »Ach, was ist nicht alles geschehen, seit ich meinen Fluchtversuch unternahm! Aber wir sind alle hier, von Euterpe, Emma Livry und die anderen ...«

Helena hielt sich zurück. Sie lächelte nervös. Als Nikolai beiseite trat, streckte Michael die Hände aus. »Freunde«, sagte er. Helena schluckte und ergriff seine

Hand. Savarin nickte feierlich und nahm die andere. Nikolai zog ein Taschentuch hervor und schneuzte sich vernehmlich. Tränen standen ihm in den Augen. Michael sah es mit Betroffenheit. Inmitten seiner innerlichen Vorbereitungen war er solch starker Gefühlsregungen nicht fähig.

»Wie schön«, fuhr Nikolai fort. »Wir werden alle beisammen sein, wenn es zu Ende geht.«

»Es geht nicht zu Ende«, sagte Michael. »Wir kehren zurück zur Erde. Wir werden denselben Weg gehen, den du gekommen bist.«

»Es ging ein Gerücht«, sagte Savarin. »Mozart wird spielen ... Und das Festspiel ist abgesagt. Ist das wahr?«

Michael nickte.

Helena blickte über Michaels Schulter zu Shiafa, und ihre Augen wurden schmal. Sie war merklich gealtert, schien jetzt dreißig oder älter zu sein. Michael bezweifelte, daß im Reich so viele Jahre vergangen waren.

»Ihr solltet jetzt eure Plätze aufsuchen«, sagte er.

Die Gesichter der die Arena füllenden Menge waren so verschieden wie die Blätter in einem Herbstwald. Michael sah alle Rassen vertreten, und mit einiger Überraschung bemerkte er, daß mehr als die Hälfte der versammelten Menschen Frauen waren.

Sie waren eine Elite, diejenigen, in denen die Sidhe eine Gefahr für ihre beherrschende Position gesehen hatten. Sie waren im Lauf von Jahrtausenden von den Mitgliedern des Maln gefangen und ins Reich gebracht worden ... und tatsächlich war die Mehrzahl von ihnen Frauen.

Magie wird durch die Frau weitergegeben. Besaß dieses Sprichwort nicht nur für Sidhe, sondern auch für Menschen Gültigkeit? Und erklärte die Verteilung der Geschlechter innerhalb der Menge in dieser Arena eine Eigentümlichkeit innerhalb der bildenden Künste auf Erden – das Vorherrschen von Männern?

Ein einziger breiter Durchgang ohne Sitze war größtenteils frei geblieben. Michael und Shiafa schritten zwischen stehenden Besuchern in Sidhekleidern und behelfsmäßig geschneiderten Moden ihrer jeweiligen Zeit die Stufen hinab. Ohne ein Wort ließen sie Michael und Shiafa passieren, und bestätigten damit, was Michael immer schon als den Unterschied zwischen Menschen und Side angesehen hatte: ein starkes Empfinden für Zurückhaltung und Stil, für Diskretion. Er spürte auch die Stärke ihrer Persönlichkeiten und sah die Klarheit ihrer Augen, ganz gleich, in welchem Alter sie schließlich auf der seltsamen Zeitskala des Reiches zur Ruhe gekommen waren, und die Mienen ruhiger Erwartung. Es gab Furcht, aber keine Panik; Sorge, aber keine Hysterie. Sie alle rechneten mit ihrem baldigen Ende, aber sie waren innerlich vorbereitet und beherrscht.

Michael und Shiafa kamen zum Mittelpunkt der Arena, einer elliptischen Bühne von ungefähr zwanzig Metern Länge und zehn Metern Breite. Der mächtige schwarze Konzertflügel stand bereits dort, der Schalldeckel war geöffnet.

Konnte das Lied der Macht mit nur einem Flügel gespielt werden? Waltiris Konzert und Mahlers Sinfonie bedurften kompletter Orchester ... aber schließlich waren sie auch für viele Instrumente geschrieben worden. Mozarts Spiel folgte keinem vorgeprägten Schema. Der Maßstab war nicht das Geheimnis – es war die Kunst des Entwurfs. Und wenn die Musik allein nicht hinreichte, wollte Michael seine und Shiafas Macht mit in die Waagschale werfen.

Aber in Mozarts hervortretenden Augen war ein Ausdruck gewesen ... Es steckte mehr hinter der Magie, als sich in Sidhe-Disziplinen fassen ließ.

Michael überblickte die inneren Sitzreihen und sah Ulath und die Ban der Stunden. Ulath betrachtete ihn mit einem Ausdruck ruhiger Erwartung. Neben der Ban saß die zierliche schöne Tänzerin Emma Livry und ihre hagere Begleiterin. Emma schaute nicht in Michaels Richtung; sie wartete auf Mozart, und ihre ganze Aufmerksamkeit war mit einem Ausdruck hingerissener Andächtigkeit auf die Bühne fixiert.

Mahler war nirgends zu sehen.

Michaels Ungeduld wuchs. Er sondierte nach Mozart und fand den Komponisten in einem kleinen dunklen Raum unter der Bühnenplattform, wo er wartete und sich mit Mahler unterhielt. Mozarts Geisteszustand war nicht beunruhigt, beinahe gelassen, aber die Energie in ihm war ungeheuer, und seine Zuversicht zu fühlen, kam einer Offenbarung gleich. Er zweifelte nicht an seinem Erfolg. Du bist, was du wagst, dachte Michael.

Die Zeit wurde bereits unberechenbar. Als das Reich zerbrach und kollabierte, Bruchstücke zerfetzt und zerrieben wurden, konnte er selbst im *Sklassa* die tiefen Erschütterungen jedes Augenblicks spüren, der wie unter Schmerzen bebend zu vergehen sich mühte.

Mozart verließ den kleinen Raum und erstieg eine kurze Treppe zur Bühnenplattform. Er trug einen himmelblauen Rock, weiße Kniehosen und Strümpfe, und eine gepuderte weiße Zopfperücke. Die Ban lächelte bei seinem Anblick, und Michael spürte, daß Mozart, wie die Livry, einer der Lieblinge der Ban gewesen war.

Michael sondierte seine Erinnerungen, sah eine geisterhafte Gestalt in Grau, die Mozart beauftragte, ein Requiem zu schreiben ... und wie der Maln eingriff, seine Laufbahn auf Erden zu beenden, ehe er das Requiem vollenden konnte ...

Clarkham! Wie schon Moffat gehört hatte, konnte die Gestalt in Grau kein anderer gewesen sein. Mozart war mit hoher Wahrscheinlichkeit Clarkhams erstes Opfer gewesen, noch vor Coleridge.

Wieder lag die Empfindung, die Clarkham in ihm weckte, schwer in ihm, nicht eigentlich Zorn, sondern vielmehr eine Art Notwendigkeit. Michaels Gedanken kamen zu einer Trennungslinie. Er blickte über die Plattform, wo Mozart gerade am Flügel Platz nahm, so selbstverständlich, als wäre er allein.

Unter dem öligen schwarzgrauen Himmel, während der Herzschlag der Zeit wie eine verwundete Taube in seinen Händen flatterte, fühlte Michael Tränen über seine Wangen rinnen.

Du wirst dich selbst umbringen, sagte eine Stimme in ihm.

Sag Lebewohl zu allem, was du jemals gewesen bist. In dir ist ein sechzehnjähriger Junge begraben, der nichts weiter wünscht als eine normale Jugend. Du wirst ihn umbringen; er ist du. Eine neue Person beginnt hier, nicht normal, beschwert von unmöglichen Verantwortlichkeiten ... Er dachte an den Schlüssel und Waltiris Notiz und das Tor durch Clarkhams Haus. Wäre etwas von alledem geschehen, wenn er diesen Weg einfach unbenutzt gelassen hätte? Hätte er sich in diesen unglaublich verwickelten, schönen, schrecklichen Alptraum verstrickt? Es schien im Rückblick, als hätte die gesamte Wirklichkeit eine Veränderung erfahren, als er durch jenes Tor gegangen war.

Die Zeugen Jehovas mit ihren verrückten und unerschütterlichen Überzeugungen von Geschichte und Prophezeiung, von der Beschaffenheit des Universums ... Waren sie verrückter als er, mit seinem neuen Wissen? Vielleicht nicht.

Aber sie waren schwächer.

Die am meisten beängstigende Erkenntnis war, daß er Herr dieses Alptraums sein konnte. Er konnte den Lauf von Welten so oder so beeinflussen, Paradies oder Hölle erschaffen oder einfach den ungeheuerlichen Fortschritt der Vergangenheit fortsetzen.

Mozart legte ohne Zögern die Finger auf die Klaviatur.

Ich bin der Schlüssel, dachte Michael. Einige wenige erkennen das jetzt. Aber ich bin nicht einmal sicher, wer ich bin oder was ich tun werde ... Er versuchte das Selbstvertrauen zurückzurufen, das er zuvor gefühlt hatte, die zweifelsfreie Gewißheit dessen, was zu tun war. Er konnte es nicht. Etwas wie diese Gewißheit war notwendig, aber er hatte über diesem Gefühl eine Abneigung gegen sich selbst verspürt.

Der Luxus längerer Selbstbetrachtung blieb ihm jedoch verwehrt.

Mozart saß am Flügel, den Kopf auf eine Seite gelegt, und lauschte der Musik, bevor seine Finger sie der Klaviatur entlockten. Er begann zu spielen, langsam zuerst, wundervolle Harmonien mit Anklängen von Unbehagen und Furcht in g-Moll. Dann ging er rasch in G-Dur über, und die Musik schwang sich empor.

Michael versuchte diese Musik zu analysieren, doch schon nach wenigen Augenblicken schloß er einfach die Augen und ließ sich von der Melodie durchdringen. Ohne Analyse, ohne das Gefühl, daß es hinter den Klängen eine Partitur gab – es gab natürlich keine –, vermochte die Musik, was sie bewirken sollte. Sie konnte eine Sprache der Welten erschaffen, nicht der Worte oder Gedanken, und Michael Anleitung geben, während sie das Publikum in ihren Bann zog. Sie würden die Unterschiede zwischen Welten erfahren und entdecken, daß sie eine Wahl hatten ...

Denn Mozarts Spiel war praktisch eine Definition von Vernunft und Frieden und Ordnung. Es fehlte ihr nicht an Konflikten, sie war kein Zuckerguß. Ruhig und zuversichtlich umriß sie einen Ort, wo zu leben wundervoll sein würde. Nach allem, woran sich Michael bezüglich Mozarts Musik aus Waltiris Plattensammlung erinnerte, war dies eine charakteristische Eigenschaft aller seiner Musikschöpfungen gewesen. In einer Welt harter Lebensbedingungen, sozialer Kämpfe und ungastlicher Realitäten hatte sie anmutig eine Alternative aufgezeigt.

Das Beste, was wir sein können.

Michael schaute auf seine Hände. Etwas glomm zwischen den ineinandergesteckten Fingern. Ulath beobachtete ihn mit einem Ausdruck ängstlicher Spannung. Die Ban der Stunden hatte die Hände vor der Brust gefaltet und den Kopf wie im Gebet gesenkt, während sie Mozarts Musik lauschte.

»Shiafa«, sagte er leise und hob die Hände, »kannst du mir helfen, dieses eine Mal?«

Sie zitterte. »Wir werden sterben«, murmelte sie. Er dachte an Eleuth, die starke Magie hatte wirken wollen, bevor sie dazu bereit gewesen war.

»Ich denke nicht so. Aber wenn wir es nicht versuchen, werden wir in jedem Fall sterben, und alle anderen mit uns.«

»Mein Vater wird mich schützen«, sagte sie. »Er ist der Gott des Reiches.«

»Er hat dich mir überlassen«, erinnerte er sie. Würde Tarax sich einmischen?

»Was willst du von mir? Das was ich nur in der Paarung geben werde? Ich weiß nicht einmal, was das ist.«

»Nichts dergleichen«, sagte Michael. »Keinen Verlust. Ich brauche, was du in dir hast, aber ich kann es nicht nehmen. Du kannst es mir – uns – nur geben, und ich werde es nicht behalten.«

Shiafa hob den Blick zum Himmel. Die Musik wurde jetzt weniger gehört als gelebt. Es gelang. »Ich habe Angst«, sagte sie schaudernd.

»Ich auch.« Michael nahm seine Hände auseinander, und das Licht zwischen ihnen erlosch. Er hielt Shiafa seine Rechte hin. Niemand im Publikum beachtete sie, ausgenommen Ulath; alles war von der Musik bezaubert. »Es ist nicht genug Zeit, dich auszubilden und dir alle Disziplinen zu geben. Ich kann nichts aus dir machen, was dein Vater dir zugedacht hat. Die alten Traditionen sind unzureichend. Hilf mir neue zu schmieden.«

Shiafa nahm seine Hand mit festem Griff. Weißes Licht drang zwischen ihren Fingern hinaus.

In der Handfläche seiner Linken fühlte Michael die Zeit wie einen zerquetschten Lehmklumpen auseinandergehen. Der Himmel wandelte sich von ungewisser Schwärze zur Nichtexistenz und Nichtqualität des Todes. Die Arena kippte seitwärts und schien aufwärts auszufließen, so daß ihre Korallenröte sich auflöste und verschmierte.

– Jetzt beginnen wir, sagte Michael durch die zusammengefügten Hände zu Shiafa. Die Menschen in der Arena waren von Mozarts Musik bezaubert, aber sie hatten keine Zeit für die Überführung gehabt. Es war notwendig, daß Michael seine erste kleine Welt machte und sie darin barg.

– Wo sind wir? fragte Shiafa.

– Wir sind tot, denke ich, sagte Michael. Es gab keine Sicht, kein Gefühl, nur ihre Gedanken und vereinte Energie. Um sie herum – wenn dies zur Beschreibung der Beziehungen ohne Raum oder zusammenhängende Zeit möglich ist – waren die Menschen, die in der Arena gewesen waren, und Mozarts Musik als reines Muster ohne Klang. Michael benutzte das Muster als Modell.

Es war keine Zeit, die Welt solide zu untermauern. Statt dessen begann er mit Wärme, Entfernung, einem Anschein von Zeitablauf. Was benötigte eine Welt noch? Grenzen. Er bestimmte eine Größe.

Und sah drei Hände. Seine Hand und Shiafas vereint, und seine andere Hand. In dieser freien Hand sah er eine Perle von der Größe einer Walnuß. Sie erblühte und wurde eine korallenrote Rose. Die Ränder ihrer Blütenblätter breiteten sich als rote Linien aus, die zu Mozarts Improvisationsmuster vibrierten. Die roten Linien markierten einen Raum, bogen sich zusammen und schlossen den Raum ein. Dann verschwanden sie. Wieder lag eine Perle in seiner freien Hand, diesmal von der Größe eines Schlagballs. Er schloß die Finger darum und stieß sie zurück – nicht erforderlich. Er konnte sie für späteren Bedarf aufsparen.

Raum und Wärme umgaben die fünftausend Menschen. Michael lauschte nach der Erde. Sie war natürlich ganz nahe, sang ihre Komplexe, gleichmäßige, aber etwas verstimmte Melodie.

– Fühlst du die Erde? fragte er Shiafa.

– Ja.

– Dies ist, was der Krieg zwischen Menschen und Sidhe zurückließ – ein verwilderter Garten. Haß und Schmerz und Täuschung.

– Ja.

– Unsere Völker gleichen einander mehr, als beide vermuten.

– Ja.

– Ich brauche dich, damit du mir hilfst, uns alle zur Erde zu bringen. Fühlst du, wie es getan werden muß? Ausbildung durch Notwendigkeit ...

Sie erwiderte, daß sie die Notwendigkeit fühlen könne, aber noch nicht die Methode.

– Paß auf ... Wir müssen das Hinzufügen und Wegnehmen erspüren, denn wir müssen zur Erde kommen, wenn sie weder hinzufügt noch wegnimmt, und dann müssen wir Übereinstimmung erzielen.

Sie fürchtete sich nicht mehr. Er spürte in ihr etwas von der Zuversicht, die ihm vorher zuteil geworden war.

– Wage! sagte er.

Zusammen wagten sie.

Er sah die Zwischenwelten unter ihnen angeordnet wie Reliefkarten von Alpträumen, alle Schatten und verworfenen Möglichkeiten. Er schwenkte von ihnen ab, zum Lied der wahren und vollendeten Erde.

Die Grenzen seiner kleinen Welt lösten sich auf. Seine erste Schöpfung konnte nur kurz zusammenhalten.

Die Erde entfaltete sich, und um sie alle möglichen Punkte von Raum und Zeit. Er ließ diese möglichen Punkte außer Betracht – wie die Sidhe sich damals, als die Welt sich nicht mit so vielen anderen Welten vereint hatte und so viel kleiner war, den Weg zwischen den Sternen gesucht hatten – und konzentrierte sich auf das Vertraute.

Der junge heimwehgeplagte Michael Perrin erhob sich und setzte sich durch. Shiafa erhob keine Einwände. Auch der neuere, mächtigere Michael unterließ es. Unter ihnen breitete Los Angeles seinen nächtlichen Lichterteppich aus.

Sie benötigten einen Ort, um die Blase platzen zu lassen, einen Ort, der alle aufnehmen konnte, einen leeren Ort ...

Das Dodger-Stadion, dunkel und verlassen unter dem warmen Nachthimmel.

Es nahm sie auf, und Michaels erste Welt starb.

31

Fünftausend Menschen, von denen manche die Erde seit Jahrtausenden nicht gesehen hatten, standen auf dem Rasen des Spielfelds bis zur Einzäunung vor den Tribünen.

Mond und Sonne schienen für kurze Zeit von feurigen Lichthöfen umgeben, als das tote Reich sich über und durch die Erde ausbreitete. Alle fielen zu Boden, als die Erde erschüttert wurde. Die von polternden und grollenden Geräuschen begleiteten Erdstöße dauerten lange an; Michael fragte sich, ob Mahlers Sinfonie ausgereicht habe, den Sturz abzufangen. Dann legten sich die Geräusche, und der Erdboden kam zur Ruhe. In der darauffolgenden Stille ließ Michael Shiafas Hand los.

»Danke«, sagte er.

Shiafa sezte sich aufrecht und kreuzte die Beine unter sich. »Das ist die Erde?« fragte sie und starrte zu den dunklen Sitzreihen auf, die in konzentrisch ansteigenden Ringen die Tribünen hinaufgestaffelt waren und im Licht der wenigen Notbeleuchtungen düster und kalt das Spielfeld überragten.

»Sie ist es«, sagte Michael.

»Sie fühlt sich nicht richtig an«, sagte sie. »Sie fühlt sich rauh an, und streng.«

Er konnte ihr nicht widersprechen.

32

Die Morgensonne berührte schon die hohen Zirruswolken über Los Angeles. Michael, Shiafa, Nikolai und Ulath gingen zwischen den Menschen dahin, die auf dem kurzgeschnittenen Rasen saßen, standen, sich unterhielten oder bloß starrten – zum Himmel, den Maschendrahtzäunen, den Tribünen –, während Michael sich bemühte, den Umfang ihres Problems einzuschätzen.

Fünftausend Menschen. Verängstigt, die meisten unvertraut mit der Erde dieser Zeit. Bald mußten sie Hunger und Durst verspüren. Plötzlich in eine Welt gebracht, die bereits aufgeregt und verwirrt war. Die Behörden würden die meisten von ihnen als illegal eingewanderte Ausländer ohne Papiere behandeln.

»Ich brauche Organisation«, sagte er. »Wie wurden sie alle von der Ban versorgt?«

»Sie haben Sprecher – jeweils fünfzig haben einen – und einen Knotenmacher für jeweils zehn Sprecher. Die Knotenmacher wenden sich an die Assistenten der Ban«, erklärte Ulath.

Michael schürzte die Lippen, überlegte hastig. »Wo ist Biri? Wo sind die anderen Assistenten?«

»Biri sah ich den Drahtzaun untersuchen«, sagte Nikolai. Michael sondierte, fand Biri und schickte Nikolai zu ihm, daß er ihn zur Gruppe bringe.

»Niemand sollte das Stadion verlassen, bis ich erfahren habe, wie die Verhältnisse draußen sind. Ich denke, daß Biri mit uns zusammenarbeiten wird.« Er wußte es sogar, aber das Gefühl war unvertraut. »Gemeinsam können wir Ordnung halten. Wo ist die Ban?« Er konnte ihre Gegenwart fühlen, aber nicht ihren genauen Aufenthalt feststellen.

»Sie hat sich unter ihre Kinder ausgebreitet«, sagte Ulath.

»Was bedeutet das?«

»Sie ist jetzt diffus. Sie kümmert sich um uns alle und um die Sidhe auf Erden.«

»Wie können wir uns mit ihr verständigen?«

»Ich spreche mit ihr«, sagte Ulath.

»Ja, aber warum hat sie das jetzt getan, wenn wir sie brauchen?«

»Weil Tarax hier ist. Er hat das Reich zu seinem Ende gebracht und beginnt jetzt seine Herrschaft auf Erden. Sie beschützt uns am besten, indem sie sich ausbreitet.«

Michael schloß die Augen, um nach ihr zu fühlen. Was war mit ihr geschehen? War sie tot?

»Die Ban ist nicht tot.«

»Ich muß noch viel über die Sidhe lernen«, sagte er.

»Vielleicht nur über die Ban«, erwiderte Ulath lächelnd.

Nikolai und Biri kamen, Biri mehrere Schritte hinter dem Russen. »Das ist ein widerwärtiger Ort«, sagte Biri. »Er ist schmutzig und schmerzhaft.«

»Nichts geht über die Heimat«, versetzte Michael. Dann sagte er ihm, daß sie einen Schutz benötigten, der Menschen von draußen daran hindere, das Stadion zu betreten, und die Gefangenen einstweilen vom eigenmächtigen Verlassen des Geländes zurückhalten würde.

»Das ist einfach genug«, sagte Biri.

»Ulath und die anderen Assistenten der Ban werden dir helfen.«

»Ich kann das allein tun.«

»Fein. Ich muß gehen, um draußen Vorbereitungen zu treffen. Sind mit Ausnahme der Ban alle hier?«

»Die Ban ist hier«, wiederholte Ulath.

»Ja. Nun?«

»Ich denke schon«, sagte Nikolai.

»Wo sind Mozart und Mahler?«

»Ich werde sie suchen«, antwortete Nikolai und eilte fort in die Menge.

Die Leute verhielten sich noch immer bemerkenswert ruhig, dachte Michael. Kein Lärmen, kein Durcheinander. Und es lag nicht daran, daß sie benommen gewesen wären. Vielleicht würde es weniger Probleme geben, als er befürchtet hatte, zumindest unter den fünftausend im Stadion.

Savarin kam auf Michael zu. Er war allein, seine Kleidung grasfleckig und beschmutzt mit Erde. »Das ist wirklich die Erde?« fragte er.

»Ja«, sagte Michael. »Sie sind nicht zufällig ein Sprecher oder Knotenmacher?«

»Henrik ist ein Knotenmacher«, sagte Ulath.

Savarin grinste verlegen. »Ich bin immer der Organisator«, sagte er. »Gut, dann werden Sie uns helfen ...« Er sah Nikolai mit Mahler und Mozart zurückkehren. »Entschuldigen Sie mich!«

Michael umarmte Mozart und schüttelte Mahler die Hand. »Sie haben es geschafft!« sagte er zu ihnen.

»Wolferl spielte himmlisch«, sagte Mahler.

»Ja, nun, vor solch einem Publikum, nicht wahr?«

»Fühlen Sie sich der Belastung gewachsen, mich zu begleiten?« fragte Michael. »Ich werde draußen Hilfe brauchen. Nikolai, auch deine ...«

»Mit Vergnügen«, sagte Nikolai. Mahler inhalierte tief und schüttelte den Kopf. »Die Luft ist hier sehr schlecht.«

»Sie werden sich an vieles gewöhnen müssen. Aber es gibt einige Leute – Freunde von mir –, die sich sehr freuen würden, Sie kennenzulernen. Ich muß verschiedene Anrufe machen – mit ihnen sprechen.« Wenn das Telefonnetz noch funktionierte.

»Ich gehe mit«, sagte Mozart. »Wirklich, das ist aufregend.« Er klang bereitwilliger, als er aussah. Mahler strich sich mit der Hand über die hohe Stirn und das graue Haar.

»Ja«, sagte auch er. »Aber seien Sie vorsichtig mit uns. Wir sind keine jungen Männer, wissen Sie.«

»Er spricht für sich selbst«, sagte Mozart.

Gemeinsam verließen sie das Spielfeld und gingen eine Rampe hinab unter den Tribünen durch. Michael hielt Ausschau nach einer Telefonzelle, obwohl er kein Geld in seinen zerlumpten Kleidern hatte.

»Weiter vorn ist ein ängstlicher Mann«, sagte Shiafa, als sie die Tür eines Umkleideraumes passierten. Michael hatte ihn auch gefühlt – und er war bewaffnet.

»Ein Wachmann wahrscheinlich«, sagte Michael. »Offenheit ist am besten.« Er legte die Hände um den Mund. »Hallo! Wir brauchen Hilfe.«

Aus den Schatten der mächtigen Betonpfeiler kam ein dicklicher Mann mittleren Alters in grauer Uniform, die gezogene Pistole in der Hand. »Wer zum Teufel sind Sie?«

»Wir brauchen Hilfe«, sagte Michael, hielt die Hände hoch und bedeutete den anderen, es ihm gleichzutun. »Ich muß einen Anruf machen. Auf dem Spielfeld sind eine Menge Leute ...«

»Ich hab sie gesehen. Sie sind wie diese Monster, die überall auftauchen.«

»Nein, nein, Sie irren sich«, sagte Michael. »Es sind Leute wie Sie und ich, die meisten von ihnen. Aber sie brauchen Hilfe. Wir müssen die Polizei anrufen, die Stadtverwaltung. Sie brauchen Unterkünfte, Nahrung, Kleidung.«

»Was in aller Welt hat das zu bedeuten?« fragte der Wachmann in offensichtlicher Ratlosigkeit. Er war jetzt so nahe, daß Michael sein schwitzendes Gesicht sehen konnte, aber auch den Lichtschimmer auf dem schwarzen Lauf der Dienstpistole.

»Ich muß telefonieren«, sagte Michael.

»Das Netz arbeitet nicht. Das heißt, nur zeitweise. Wer sind Sie?«

Michael ging langsam auf den Mann zu, die Hände erhoben, und nannte ihm seinen Namen und die Anschrift. Der Wachmann beruhigte sich endlich ein wenig und führte sie zu einer Telefonzelle am Ende eines Seitenkorridors. Aber er steckte die Waffe nicht wieder ein und blieb auf Distanz.

Michael lächelte ihm dankbar zu und wählte die Zentralvermittlung. Er bekam ein Freisignal und dann eine Bandaufnahme: »Alle Fernsprechanschlüsse können nur noch in Notfällen benutzt werden. Warten Sie auf die Vermittlung. Wenn es sich nicht um einen Notfall handelt, legen Sie bitte auf. Für die mißbräuchliche Benutzung von Notdiensten kann eine Geldstrafe verhängt werden.«

Eine halbe Minute verging, dann meldete sich eine müde klingende männliche Stimme. »Fernsprechvermittlung Notdienst. Kann ich Ihnen helfen?«

»Ja. Ich brauche das Büro des Bürgermeisters.«

»Sie pfeifen in den Wind, guter Mann«, sagte der Vermittler. »Sie sind in einer öffentlichen Fernsprechzelle. Anrufe von öffentlichen Fernsprechanschlüssen werden nicht vermittelt, es sei denn, Sie brauchen die Polizei oder melden einen Unfall mit Verletzten.«

»Fein«, sagte Michael geduldig. »Verbinden Sie mich mit dem Polizeipräsidium.«

»Es ist Ihr Kopf.«

Mehrere Minuten vergingen, bis ein Anschluß hergestellt war, und dann meldete sich eine noch müdere weibliche Stimme.

»Ich möchte Leutnant Harvey vom Morddezernat sprechen«, sagte Michael.

»Leutnant Harvey ist nicht mehr im Morddezernat. Er ist in der Sondereinsatzgruppe Invasion.«

»Wo er auch ist, ich muß ihn sprechen.«

»Ist es ein Notfall?«

»Ja«, sagte Michael. Er blickte zum Wachmann. »Ich spreche jetzt mit der Polizei«, sagte er, die Hand über dem Mundstück des Hörers.

»Sondereinsatz, Sergeant Dinato.«

»Mein Name ist Michael Perrin.«

Vom anderen Ende war ein scharfes Einatmen zu hören, und dann ein hastig gestottertes: »Bleiben Sie dran! Ich stelle Sie zu Leutnant Harveys Büro durch.«

»Danke«, sagte Michael. Er spürte jetzt, wie müde er war, und dämmte sein *hyloka* ein. Der Wachmann blieb an Ort und Stelle, hatte die Pistole aber ein wenig gesenkt und wischte sich die Stirn mit einem Taschentuch. Er musterte sie mißtrauisch, und sein Blick ging immer wieder von Mozarts blauem Seidenrock, der weißen Kniehose und den Strümpfen zu Mahlers dunklem Gewand und Shiafas zerlumpter Hose und lose hängender Bluse. »Woher sind Sie gekommen?« fragte er nervös.

»Aus dem Traumland«, sagte Mozart. »Wir sind gerade erwacht.«

»Sind Sie alle Deutsche?«

»Ich bin Russe«, sagte Nikolai.

Michael erkannte sofort Leutnant Harveys dröhnendes »Hallo! Wo zum Teufel sind Sie gewesen?« Der Leutnant hörte sich erschöpft an.

»Nicht weit. Ich rufe vom Dodger-Stadion aus an. Ich habe hier eine Art Notfall.«

»Ja?« fragte Harvey vorsichtig.

»Ich brauche Nahrung, Kleidung und Unterkunft für ungefähr fünftausend Leute. Menschen. Es sind auch ein paar Sidhe hier.«

Harvey blieb eine Weile stumm. »Das wird unsere Möglichkeiten ein wenig strapazieren«, sagte er. »Im Dodger-Stadion? Wo dort?«

»Auf dem Spielfeld.«

»Ich meine, woher sind sie alle gekommen?«

»Aus dem Reich.«

»Alle auf einmal?«

»Alle auf einmal.«

Harveys Lachen hatte eine überreizte Schärfe. »Wissen Sie«, sagte er, »ich habe mich inzwischen beinahe an diesen Scheiß gewöhnt. Sie gaben mir die Grundlagen, es zu akzeptieren. Daher glaube ich, daß ich Ihnen etwas schulde. Sind diese Leute gefährlich?«

»Nein«, sagte Michael. »Die meisten sind ängstlich. Manche sind lange fort gewesen.«

»In Ordnung. Ich werde sehen, was ich tun kann. Werden Sie dort bleiben?«

»Ich glaube nicht«, sagte Michael und überlegte eilig. »Ich habe eine Menge andere Arbeit nachzuholen. Aber wir werden hier einen Ausschuß haben, der Ihre Leute empfängt und mit Ihnen zusammenarbeitet.«

»Ich werde eine Gruppe zusammenstellen. Es klingt vielleicht albern, wenn ich Sie frage, aber wann werde ich wieder von Ihnen hören?«

»Ich weiß es nicht«, sagte Michael. Es gab einfach keine Möglichkeit, vorauszusagen, wieviel Zeit die nächsten Herausforderungen, denen er sich gegenübersah, in Anspruch nehmen würden. »Können Sie mir eine offene Leitung geben? Ich muß meine Eltern anrufen.«

»Klar«, sagte Harvey. »Warten Sie einen Augenblick!«

»Danke«, sagte Michael.

33

Der Taxifahrer – ein dicklicher Libanese mit sauber gestutztem Schnurrbart und neugierigen wieselflinken Augen – brachte Michael, Shiafa, Mahler und Mozart vom Parkplatz des Stadions in Rekordzeit zu Waltiris Haus. Die Straßen lagen fast verlassen. »Ich bin der einzige, der um diese Zeit unterwegs ist. Alle anderen bleiben zu Hause«, sagte er. »Ich fürchte diese Spukerscheinungen nicht. Das Schlimmste ist die Angst. Sie schadet den Leuten mehr als alles andere.« Gleichwohl blickte er immer wieder nervös in den Innenspiegel, wo er Shiafa sehen konnte. »Glauben Sie nicht, daß es die Angst ist, die den Leuten am meisten schadet?«

Niemand antwortete. Mahler und Mozart schienen sich in einem Schockzustand zu befinden. Die modernen Gebäude, die breiten leeren Straßen und das breit hingelagerte Durcheinander von Los Angeles widersprach vollkommen ihren Erfahrungen mit Städtebildern. »Häßlich«, sagte Mahler wieder und wieder, aber er wandte sich nicht weg. Mozart, der zwischen Shiafa und Mahler auf dem Rücksitz saß, war wie erstarrt, hatte die gefalteten Hände zwischen die Knie geklemmt, und nur seine Augen wichen von der Fahrtrichtung des Taxis ab.

Michael war zu müde, um mehr zu tun, als einen leichten Bewußtseinskreis auszusenden, der auf Tarax und Clarkham eingestimmt war. Sein erfahrenerer Blick – unterstützt durch gelegentliche Bemerkungen des Fahrers – machte bereits die neuen Ungereimtheiten der Stadt aus.

Der Morgenhimmel über der Stadt war auf mehreren Ebenen von wild verwehten Wolkenmassen durchzogen. Michael hatte Wolkenbildungen wie diese noch nie gesehen. Die Luft roch elektrisch, und seine Handflächen prickelten unaufhörlich und verrieten ihm, daß das Lied der Erde vom Tod des Reiches gestört worden war. Einige Qualitäten des Reiches waren auf die Erde übergegangen, vielleicht durch Tarax' Plan. Michael begriff in seiner Erschöpfung, daß Magie auf Erden jetzt nicht mehr so schwierig sein würde.

»Kein Mensch auf dem Wilshire Boulevard. An einem Mittwoch!« sagte der Taxifahrer und winkte mit der freien Hand zum Fenster hinaus. »Sie sind heute meine erste Fahrt. Gott allein weiß, warum ich überhaupt noch arbeite, aber ich habe keine Frau, keine Kinder. Das Taxi ist mein Leben.«

»Wir wissen Ihre Dienstbereitschaft zu schätzen«, sagte Michael.

»Nehmen Sie einen Rat von mir an. Sie sehen alle ziemlich erledigt aus. Gehören Sie vielleicht zu einer Rockgruppe? Ihre Kleidung ist mir aufgefallen. Das ist eine feine Perücke, aber Sie sehen zerknittert aus, als hätten Sie die ganze Nacht ein Konzert gegeben ... Komisch.« Er schüttelte den Kopf.

»Wir sind Musiker«, sagte Michael. Er merkte, daß sein Kopf wie zu einem inneren Takt nickte, und mußte ihn mit einer Willensanstrengung daran hindern. »Ein paar harte Tage.«

Mozart lachte unvermittelt und ohne Erklärung, dann faßte er an die Sitzlehne und beugte sich vorwärts. »Ist es alles so schlimm?« fragte er mit klagender Stimme. »Gibt es keine Schönheit mehr, keinen Ort, wo das Auge Ruhe finden kann?«

»Tut mir leid«, sagte Michael. »Wir werden bald zu Hause sein.« Er blickte zu Mahler. »In Arno Waltiris Haus.«

Mahlers Augenlider nahmen den trägen, halb geschlossenen Ausdruck an, den Michael von Aufnahmen kannte. »Waltiri. Talentierter Junge. Inzwischen muß er sehr alt sein.«

»Er ist tot«, sagte Michael. Um Einzelheiten zu erklären, blieb noch genug Zeit.

John und Ruth saßen auf den Eingangsstufen von Waltiris Haus, als das Taxi hielt und seine vier Insassen auf den Gehsteig entließ. John bezahlte den Chauffeur, und Ruth umarmte Michael, während die anderen auf dem Beton und im Gras daneben standen und in die helle Sonne blinzelten.

»Jeder hat hier sein eigenes winziges Anwesen«, sagte Mozart mit einem Blick in die Nachbarschaft.

Michael und John umarmten einander flüchtig. »Willkommen daheim«, sagte John. »Du bist während der schlimmsten Zeit fort gewesen. Ruth und ich dachten, daß du diesen Morgen für die Rückkehr wählen würdest. Es ... es schien passend.«

»Nach dem Erdbeben«, sagte Ruth. »Nach dem falschen Sonnenaufgang.«

Michael machte sie mit seinen Begleitern bekannt, als sie zum Haus gingen. Er nahm den Schlüssel aus der Hosentasche, wo er alles überdauert hatte, und öffnete die Tür.

Ein warmer Wind blies aus dem Haus, duftete nach Jasmin, Geißblatt und Teerosen. Das Innere von Waltiris Haus war durchwachsen von blühenden Pflanzen und Ranken. Sie kletterten an den Wänden zur Decke empor, bildeten Bogen über den Türen und bedeckten alles Mobiliar. Nur den Boden und einen schmalen Durchgang hatten sie freigelassen. Auf jedem Zweig saßen Vögel und spähten durch das Laub zu ihm her. Tauben und Sperlinge raschelten und hüpften am Boden davon, als die Tür weiter geöffnet wurde; andere betrachteten die Eindringlinge ohne Furcht in den schwarzen Augen.

»Siehe da!« sagte Michael, blieb in der Diele stehen und breitete die Hände aus.

»Ich fühle eine Macht«, sagte Shiafa. Ruth beobachtete sie mit nervöser Sorge, offensichtlich dachte sie an die Frau aus den Bergen, die ihr Urgroßvater genommen hatte.

Mozart setzte sich auf die Eingangsstufe, stützte den Kopf in eine Hand und starrte auf die Straße, zu erschlagen von den Wundern des Fortschritts, um sich sonderlich um ein Haus voll Wald und Vögel zu kümmern. »Wo sollen wir schlafen? Dort drinnen?« fragte er mit einer Kopfbewegung hinter sich.

Michael, Shiafa und Mahler schritten durch den Laubengang zur Treppe und erstiegen diese zum Obergeschoß. Die Vögel machten ihnen Platz und schienen nicht übermäßig beunruhigt. »Das ist sicherlich Magie«, bemerkte Mahler. »All diese Vögel, und doch ist das Haus so sauber.«

»Fühlst du etwas?« fragte Michael Shiafa.

»Ja. Es fühlt sich mächtig an. Eine wichtige Person ist hier.«

Eine große schwarze Krähe mit roten Brustfedern und weißer Zeichnung um die Augen hüpfte die Stufen herab, ohne sie zu beachten, nur auf ihren Abstieg bedacht, bis sie den Boden erreichte. Dann wandte sie den Kopf Michael zu, öffnete den Schnabel, so daß die dünne schwarze Zunge zu sehen war, und legte den Kopf bald auf die eine, bald auf die andere Seite.

»Arno?« fragte Michael mit halblauter Stimme.

Die Krähe hob den Kopf. »Arno ist tot«, krächzte sie. »Jetzt ist die Zeit der Wunder. Junge wird Mann. Tod der Welten. Auch Götter sterben.«

Michael kniete nieder, um der Ebene des Vogels näher zu sein. »Warst du Arno?«

»Half ihm sein. Arno war Mann. Gegangen, wo Tote gehen.«

»Bist du ...«

»Bin gefiederter Magier«, sagte die Krähe und stolzierte auf und ab. Sie breitete die Flügel aus und zeigte schillerndes schwarzes Gefieder und, unter beiden Flügeln, die Bezeichnung seiner Knechtschaft.

Mahler schrak zurück. Ein Sperling landete auf seiner Schulter und zirpte; es war der erste wirkliche Vogellaut, den sie seit ihrem Eintreten vernommen hatten. Mahler versuchte nicht, das Tier zu verscheuchen, aber er war unglücklich und bezaubert zugleich. »Was hat dies zu bedeuten?« fragte er.

»Es bedeutet, daß wir im Haus meiner Eltern schlafen werden«, sagte Michael. »Nicht wahr?« fragte er die Krähe.

»Komm zurück! Zeit zu beraten. Die Knechtschaft wird bald enden. Wir wählen dich. Komm zurück!«

»In Ordnung«, sagte Michael und stand auf. »Ich werde wiederkommen.«

Als sie die wenigen Blocks zu seinem Elternhaus gingen, fragte sein Vater: »Verzeih die Wiederholung, Michael, aber was hat das alles zu bedeuten?«

»Auf Erden gibt es wieder Magie, und die Sidhe sind nicht mehr ihre alleinigen Meister«, sagte er.

»Das klingt angemessen verhängnisvoll, Junge«, bemerkte John trocken. »Kannst du es auf mein Niveau herunterbringen?«

»Ich glaube, ich verstehe es«, sagte Ruth. »Wir sind alle wieder zusammen. Es gibt keinen anderen Ort mehr, wohin wir gehen könnten. Das Märchenland ist tot. Wir müssen zusammenleben.«

»Wir werden uns die Miete teilen«, sagte Mozart verwirrt. »Haben wir noch weit zu gehen?«

Sie hatten nicht.

34

Michaels Vater folgte Mozart, Mahler und seinem Sohn wie im Dämmerzustand ins Haus und die Treppe hinauf. Mozart blickte ins Badezimmer, während Michael Handtücher aus dem Wäscheschrank zog.

»Es ist genug Platz«, sagte Michael. Mahler nahm die hängenden Schultern zurück und gähnte. Auf einmal schien John sich auf die beiden Männer einzustellen, und er starrte sie mit großen Augen an. Michael ging mit den Handtüchern an ihm vorbei. »Sie können im Gästezimmer bleiben; da sind zwei Betten«, sagte John.

»Einer kann in meinem Zimmer wohnen«, sagte Michael. »Ich glaube nicht, daß ich schlafen werde.«

»Wie du willst. Also Michaels Zimmer.«

Mozart wollte wissen, wo das sei, und John öffnete ihm die Tür.

»Gut. Ein Ort der Enge und Emsigkeit. Hier werde ich bleiben.« Er dankte John und schloß die Tür hinter sich. John stand im Korridor, die Hände in den Taschen und machte ein ratloses Gesicht.

»Wir wissen Ihre Gastfreundschaft sehr zu schätzen«, sagte Mahler. »Ich weiß nicht, warum Ihr Sohn uns herbrachte.«

»Ich auch nicht«, sagte John. »Aber wir freuen uns ... Sie bei uns zu haben.« Michael kam aus dem Badezimmer. »So, alles fertig. Möchten Sie schlafen?« fragte er Mahler.

»Ich habe seit vielen Jahren nicht geschlafen, aber heute ... ja. Ich werde schlafen.« Er betrat das Gästezimmer und schloß die Tür. Nachdem er John und Michael kurz durch den Türspalt zugelächelt hatte, schnappte das Schloß ein.

Michael legte seinem Vater den Arm um die Schulter. »Es tut mir leid, daß ich euch ohne Voranmeldung solche Scherereien bereite.«

»Kümmere dich nicht um mich!« sagte John. »Ich kann einfach nicht akezptieren, was passiert. Diese zwei – sind sie *wirklich* Mahler, Gustav Mahler und Wolfgang Amadeus Mozart?«

»Sie sind es«, sagte Michael.

»Sie wurden die ganzen Jahre über von den Sidhe festgehalten?«

»Ich weiß nicht, wie lang es für sie war«, sagte Michael. Am Kopf der Treppe hielt er inne. Ruth war im

Wohnzimmer, wo sie die Couch herrichtete, offenbar als Bett für Shiafa, die bei der Tür stand und ihr zusah. »Ich glaube, Shiafa wird auch nicht schlafen«, sagte Michael.

»Wer ist sie?« flüsterte John.

»Woher sind Sie?« fragte Ruth in ihrer etwas schrillen nervösen Stimme, die im Treppenhaus deutlich hörbar war.

»Sie ist die Tochter eines Sidhe namens Tarax«, sagte Michael so leise zu seinem Vater, daß seine Mutter es nicht hören konnte.

»Ich bin im Reich geboren«, sagte Shiafa zu Ruth.

John blickte zu Michael. Sie waren mitten auf der Treppe stehengeblieben und belauschten in stillschweigender Übereinkunft das Gespräch der beiden Frauen.

»So? Das ist das gleiche, was wir bisher Feenland nannten, nicht wahr?«

»Das weiß ich nicht.«

»Ja, ich glaube, das ist es. Wissen Sie. Sie erinnern mich an ... na, lassen wir das. Kennen Sie meinen Sohn schon länger?«

»Nicht lang«, sagte Shiafa.

»Ist er Ihnen wichtig?«

»Ja.«

»Oh«, sagte Ruth außer Atem. Sie zog Einschlaglaken und Decke über die Couch, beobachtete Shiafa aber ununterbrochen aus den Augenwinkeln. »Werden Sie länger bei uns bleiben? Entschuldigen Sie, das ist unhöflich.« Sie richtete sich auf, strich sich das Kleid glatt und eine Haarsträhne aus der Stirn. »Es ist für mich nicht leicht, das hinzunehmen. Sind Sie und Michael, mein Sohn ... ein Liebespaar?«

»Mein Gott!« schnaufte Michael und setzte sogleich den Abstieg fort.

»Nein«, sagte Shiafa. »Er ist mein Lehrer.«

»Mutter, dafür ist jetzt keine Zeit«, unterbrach Michael das Gespräch. »Shiafa wird wahrscheinlich nicht schlafen. Aber sie möchte sich vielleicht waschen ...«

»Großer Gott«, sagte Ruth und starrte Michael mit grimmigem Ausdruck an. »John, ist das alles wirklich wahr?«

»Du weißt es«, sagte John.

»Sie sieht genau wie meine Urgroßmutter aus. Sie könnte meine Urgroßmutter sein!«

»Nein, sie könnte nicht«, widersprach Michael.

»Sie sind jetzt überall auf der Erde, nicht? Genau wie sie?«

»Und wie wir, Mutter«, sagte Michael. Er legte ihr beide Hände auf die Schultern und hielt sie fest, damit sie sich ihm nicht entwinden konnte. »Hör zu! Du bist besser als die meisten Menschen vorbereitet, das Geschehen zu akzeptieren. Shiafa ist eine reinrassige Sidhe. Ich bilde sie aus oder tue wenigstens so. Die Männer oben ...«

Ihr Ausdruck wandelte sich von Zorn zu Schmerz. »Michael«, unterbrach sie ihn, »was können wir zu diesen Männern *sagen*? John, was können wir zu ihnen sagen? Zu einem Mozart!«

John zuckte mit der Schulter.

»Was können wir zu Leuten sagen, die Jahrhunderte alt sind, zu Geistern? Toten Menschen? Toten Berühmtheiten?«

Michael mußte lächeln. »Entschuldige«, sagte er. »Ich hätte vorher anrufen sollen.«

»Hol dich der Teufel!« sagte Ruth, aber sie begann gleichzeitig zu lachen und zu weinen. »Hol alles der Teufel!« Sie wandte sich zu Shiafa. »Verzeihen Sie! Wir wissen nicht, wie wir auf dies alles reagieren sollen.«

Michael spürte, daß von Shiafa eine Spannung ausstrahlte. Wenn er sie nicht bald isolierte, war nicht vorauszusehen, was geschehen würde.

»Wir müssen jetzt gehen. Ich werde in ein paar Stunden wiederkommen. Es gibt Leute, die ich anrufen muß – aber der Fernsprechverkehr ist eingeschränkt. Also werde ich sie aufsuchen müssen. Mahler und Mozart sind nur der Anfang. Ich bin mit vielen anderen zurückgekommen – ungefähr fünftausend.«

Ruths Gesicht erbleichte. »Hier?«

»Sie sind im Dodger-Stadion. Von dort rief ich euch an. Ich muß Vorbereitungen für sie treffen. Sie sind lange im Reich gewesen, einige von ihnen Jahrtausende. Sie brauchen Unterkunft, Kleidung, Verpflegung ...«

»Schon recht«, sagte Ruth und wies mit einer Kopfbewegung zu Shiafa. »Wird sie mit dir gehen?«

»Ja«, antwortete er. »Es ist schwierig für sie. Sie kann nicht heimgehen.«

»Es gibt kein Heim«, sagte Shiafa in abwesendem Ton.

»Also bitte habt Geduld mit mir, mit uns!« sagte Michael. »Wenn ich mich nicht getäuscht habe, werden Mahler und Mozart die nächsten Stunden schlafen. Ich hoffe zurück zu sein, bevor sie aufwachen. Ich habe nicht viel Zeit.«

»Wir werden es schon schaffen«, sagte John und legte einen Arm um seine Frau. »Nicht wahr?«

»Wir werden müssen«, sagte Ruth. »Was werden sie essen?«

»Haltet euch mit Fleisch zurück!« riet Michael. »Wo sie gewesen sind, hat es davon nicht viel gegeben.« Shiafa verfärbt sich merklich bei der Erwähnung von Fleisch.

»Du siehst sehr müde aus«, sagte Ruth. »Sie auch. Entschuldige, daß ich schlecht reagiert habe ...«

»Keine Zeit zum Ausruhen. Und keine Selbstvorwürfe bitte! Wir werden bald zurückkommen.«

»Warum war Waltiris Haus voll von Pflanzen und Vögeln?« fragte Ruth.

»Bitte, Mutter.«

»Also gut. Geht!«

Zwischendurch: [redacted] Fünftausend Menschen aus den verschiedensten Zeitaltern warten im Dodger-Stadion. Das erfordert umfangreiche Vorbereitungen: sie benötigen Unterkunft, Kleidung, Verpflegung... Doch was werden sie essen? „Haltet euch mit Fleisch zurück", meint Michael. [redacted] Im Alltag unseres 20. Jahrhunderts brauchen wir keine Rücksicht auf die Vorlieben oder Abneigungen von Gustav Mahler, Wolfgang Amadeus Mozart oder anderen Menschen aus anderen Epochen zu nehmen. Wenn wir daran gehen, unsere Vorräte aufzustocken, müssen wir nur daran denken, auch genügend praktische Mahlzeiten für den kleinen Appetit zwischendurch einzukaufen. Die Auswahl ist schließlich groß genug und die Zubereitung denkbar einfach... [redacted]

Michael sondierte nach Edgar Moffat und fand ihn im Aufnahmeraum des Filmstudios, wo sie sich kennengelernt hatten. Seine Sonde schien von Rasiermessern umringt zu sein: die harte Realität, nachdem das Reich an den Ufern der Erde gestrandet war.

»Werden wir wieder die Maschine nehmen?« fragte Shiafa.

»Es ist die einfachste Möglichkeit«, sagte Michael. »Ich glaube, mein Wagen ist noch vollgetankt.«

Unter dem bedeckten grauen Nachmittagshimmel wanderten sie zurück zu Waltiris Haus. »Du verschwendest Energie«, sagte er, als sie die Zufahrt hinaufgingen.

»Es riecht hier fürchterlich«, sagte Shiafa. »Es riecht wie tot.«

Er kam zu der Stelle, wo Tommy sich erschossen hatte und zu Staub und Lumpen geworden war. »Gerade hier?«

»Überall. Die ganze Stadt.«

Michael zuckte die Achseln. »Ich habe mich daran gewöhnt. Ich merke es nicht.«

»Es riecht wie tote Wälder«, sagte Shiafa. »Wie eine von Adonnas Fehlgeburten.«

Er begriff, daß ihre Einwände nicht bloß dem Geruch von Smog galten, der ihm gerade an diesem Tag sehr leicht erschien, sondern der Technologie und menschlichen Wohnungen im allgemeinen. Die Häuser ringsum, sofern sie nicht aus Stein gemauert waren, bestanden aus ungeweihtem Holz. Die oberirdisch geführten Starkstromleitungen mit ihren elektromagnetischen Feldern konnten einen Sidhe aus der Fassung bringen. Wenn andere menschliche Technologien noch arbeiteten, mußte die Luft voll von ausgestrahlter Energie sein – Radar und Radio und Fernsehen. Wie reagierten die Zehntausende von anderen Sidhe auf diesen jähen Wechsel der Umgebung?

Shiafas Stimmung ging auf ihn über. Er schüttelte sie

mit leisem Schaudern ab und forderte sie auf, sich nicht in die Einfahrt zu stellen. Dann ging er zum Saab und sperrte ihn auf. Der Motor sprang rasch an und brummte kehlig aus seinem Doppelauspuff.

Als er rückwärts aus der Garage fuhr, blickte er aus dem Fenster zur Hauswand und der Öffnung des Kriechganges unter dem Erdgeschoß.

Die Weinflaschen im Keller. Während der ersten Minuten seines ersten Besuches im Reich hatte Michael einen absterbenden Weinberg hinter dem ruinierten Herrenhaus Clarkhams durchquert. Der Weinberghang war von den knorrigen, geschwärzten und dickstämmigen Stümpfen Tausender toter Weinstöcke bedeckt gewesen. Welches war ihr Zweck gewesen? Nichts, was Clarkham tat, war unkalkuliert.

Clarkham hatte Waltiri Weinflaschen als Geschenk gebracht. Waltiri hatte einige davon an seine Nachbarn weitergegeben.

Beinahe hätte er den Motor abgewürgt. Eins nach dem anderen, sagte er sich. Prioritäten. Er beugte sich über den Beifahrersitz, um die Tür für Shiafa zu öffnen, und im selben Augenblick kam ihm ein erregender Gedanke. Clarkham hatte kein persönliches Machtlied schaffen können; stets hatte er sich auf den Genius anderer verlassen, selbst auf dem Höhepunkt seiner Zauberei. Er hatte auf Dichter, Komponisten, Tänzer eingewirkt ... Er hatte auf dem Gebiet der Architektur versagt. Hatte er die Rebkulturen nur zu seinem Vergnügen angelegt – und vielleicht um die mehr abstinenten Sidhe zu ärgern? Oder hatte er Hintergedanken gehabt?

Shiafa setzte sich widerwillig auf den Beifahrersitz. »Schließe die Tür!« bat Michael. Sie starrte ihn mit brennenden Augen an. Er seufzte und streckte den Arm an ihr vorbei. »So«, sagte er und faßte nach dem Griff, um sie zuzuziehen.

»Es gibt zu viel Eisen«, sagte sie still. »Es tötet.«

»Du kannst es aushalten. Die Sidhe verwenden Eisen für ihre eigenen Zwecke.«

»Nicht wie dies.«

Er fuhr hinaus auf die Straße. Die Bäume warfen lange Schatten. Die Zeit verging allzu rasch; die Chronometrie des Reiches war jetzt auf Erden offenbar. Was das letztendlich bedeutete, entzog sich jeder Voraussagen. War es eine vorübergehende Nebenerscheinung oder eine bleibende Verzerrung?

Er runzelte die Brauen, als er den Saab durch die weithin leeren Straßen der Stadt steuerte. Auch andere Dinge veränderten sich. Die Blätter an den Bäumen schienen dunkler zu sein und die Straßen und Gebäude weniger scharfkantig und ausgeprägt, als sähe man sie durch einen Dunst.

»Deine Welt ist krank«, sagte Shiafa, als er in die Melrose Avenue bog.

»Wie meinst du das?«

»Sie leidet.«

»Wegen des Reiches?«

Sie nickte und starrte ihn mit einem Ausdruck an, den er bis dahin nie gesehen hatte – einer Mischung von kaum unterdrückter Habgier und tiefer Sorge. Es erschütterte ihn.

»Woher weißt du das?« fragte er, mehr aus Gereiztheit als aus Widerspruch.

»Sie ist noch über den toten Geruch hinaus betroffen.«

Er kniff die Lippen ein und hob die Schultern. Aber jetzt machte er sich wirklich Sorgen. Wer arbeitete daran, die Dinge wieder zurechtzusetzen – Tarax, der das Reich auf ein Riff gesteuert und vielleicht den Zerfall des Riffes in Gang gesetzt hatte? Clarkham, der etwas verbarg ...

... in einer Flasche Wein?

»Gott«, murmelte er. Ein Wein der Macht. Verführerisches Aroma, immerwährende Vollendung. Es schien durchaus möglich, daß Clarkham diese Kunst als Unterstützung eingesetzt hatte, fast unerkennbar für die Sidhe, die – wie Clarkham erklärt hatte – menschlichem Schnaps allzusehr zugetan waren. Was sie daran liebten, war offensichtlich nicht Geschmack noch Aroma, sondern die betäubende Wirkung. Deshalb gingen die Besten der Sidhe – jene, die an Machtliedern interessiert sein konnten – alkoholischen Getränken sehr bewußt aus dem Wege.

Wie lautete die Bezeichnung für die Kunst der Weinbereitung? Oenologie. Nachdem er mit allem anderen gescheitert war, könnte Clarkham sich verborgen haben, um auf den geeigneten Augenblick zu warten und dann mit einer Überraschung herauszukommen.

Im Reich hatte Clarkham nicht Wein serviert, sondern Branntwein ... hatte seine Kunst jahrzehntelang in Waltiris Keller versteckt, wo nicht einmal der Magier des Cledar Spitzfindigkeiten vermuten würde.

Michael war so aufgeregt, daß er sein *hyloka* eindämmen mußte, um zu verhindern, daß seine Kleider und der Fahrersitz in Flammen aufgingen. Shiafa beobachtete ihn mit diesem neuen hungrigen, gierigen Ausdruck ... und er merkte, daß er reagierte. Er hatte ihre Magie gebraucht. Das hatte sie irgendwie verbunden und konnte sie zusammenführen ...

Bestürzt wich er Shiafas Blick aus und konzentrierte seine Aufmerksamkeit auf die Straße.

Das Tor zu den Filmstudios stand offen. Der Pförtner glotzte Michael und Shiafa passiv an, als sie durch das Tor gingen, dann beugte er sich verspätet aus seinem Häuschen und sagte: »Hallo! Es ist niemand da. Alle sind zu Hause geblieben.«

Michael lächelte ihm zu und nickte. »Edgar Moffat ist da.«

»Ja«, sagte der Pförtner, »richtig, Mister Moffat ist hier. Erwartet er Sie?«

Michael verneinte.

»Aber er kennt Sie.«

Michael nickte.

»An Sie erinnere ich mich, aber nicht an sie. Wo ist Kristine Pendeers?«

»Weiß ich nicht«, sagte Michael. »Ich suche sie und dachte, Edgar Moffat könnte mir einen Hinweis geben.« Das war zwar ein kleiner Schwindel, aber er wirkte. Der Portier hob die Schultern und ließ sie weitergehen.

Im Korridor der Tonmeisterei angelangt, klopfte Michael an die Tür des Aufnahmestudios. Diesmal öffnete Moffat selbst. Er trug eine graue Hose und ein arg zerknittertes weißes Hemd. Sein Haar sah aus, als hätte er es die ganze Nacht mit beiden Händen gerauft, steif und dunkel von Schweiß. Er reagierte kaum, als er Michael sah, doch als Shiafa hinter diesem hervorkam, wandelte sich sein Ausdruck zu nervöser Besorgnis.

»Wir brauchen Ihre Hilfe«, sagte Michael, nachdem sie einander begrüßt hatten.

»Ich bin der einzige, der hier noch arbeitet. Ich glaube, ganz Hollywood hat die Koffer gepackt und ist in die Hügel gezogen um sich zu verstecken. Haben Sie das Erdbeben miterlebt?«

»Ja. Wir brauchen Sie, um einiges für uns zu organisieren. Sie und Crooke.«

»Ich habe Crooke seit Tagen nicht gesehen. Ich weiß nicht mal, wo er ist.«

»Es ist wichtig. Hat Kristine Ihnen je gesagt, was sie wußte?«

»Sie meinen, von Ihnen und dem Mann, der vor ihren Augen verschwand?«

»Ja.«

»Sie hat mir ein wenig erzählt. Genug, um den Rest von alledem zu einem richtigen Alptraum zu machen. Etwas Wissen ist schlimmer als gar keins.«

»Ich habe da ein paar Männer, mit denen ich Sie bekannt machen möchte«, sagte Michael.

Edgar Moffat öffnete die Tür weiter und forderte sie zum Eintreten auf.

»Wer ist Ihr Maskenbildner?« fragte er Shiafa. »Sie könnten die Königin der Modebranche werden.«

»Und nachdem Sie diese Männer kennengelernt haben, brauche ich Sie zur Organisation eines Rettungsunternehmens. Alle Künstler und Musiker und Schreiber, die Sie kennen. Wir werden Häuser brauchen – Hunderte von Häusern –, und wir brauchen sie in ein paar Tagen, vielleicht eher.«

»Wozu?«

»Flüchtlinge«, sagte Michael.

»Wen soll ich kennenlernen?«

»Gustav Mahler und Wolfgang Amadeus Mozart«, antwortete Michael.

Moffat lächelte schlau. »Nicht auch Napoleon? Vielleicht Christus?«

Michael schüttelte den Kopf. Moffats Lächeln verlor sich. »Gnädiger Gott. Crooke sagte, er habe von Mahler geträumt, geradeso, als ob er noch lebte.« Er schluckte krampfhaft, und seine Hände zitterten. »Die Originale?«

»Und fünftausend andere.«

»Zurückgebracht von dem Konzert und der Sinfonie?«

»Gewissermaßen. Fühlen Sie sich der Sache gewachsen?«

Edgar Moffat blickte auf das Mischpult und fuhr sich wieder mit den Fingern durchs Haar. »Ich möchte nur eine Frage beantwortet haben, wenn Sie es nicht bereits getan haben. Gehört das, was wir taten, jetzt zum Weltuntergang?«

»Nein.«

»Gut. Ich vergeude hier sowieso nur meine Zeit. In der nächsten Zeit wird niemand Filme machen. Wer braucht jetzt noch Fantasy? Die Welt ist voll vom echten Artikel.«

35

Eins nach dem anderen ... Michael hatte Crooke auf einer Bank im Griffith Park ausfindig gemacht, wo er saß und über die Stadt hinausblickte. Michael spürte, daß der Griffith Park voll von versteckten Sidhe war, und Polizei und Nationalgarde hatten das Gebiet inoffiziell abgesperrt. Michael und Shiafa hatten durch gemeinsames Wirken ihrer Disziplin provisorische Barrikaden überwunden und waren die kurvenreiche Straße zum Observatorium hinaufgefahren, um mit Crooke zu sprechen und ihn zum Mitkommen zu bewegen.

Moffat wartete vor Michaels Elternhaus in seinem Wagen. Moffat und Crooke folgten Michael die Stufen hinauf und zur Haustür hinein, die von seinem Vater aufgehalten wurde. Darauf stellte Michael sie Mahler und Mozart vor. Crooke war sprachlos.

»Das war kein schlechtes Stück Arbeit, was Sie da geleistet haben«, sagte Mahler zu ihm. Mozart hielt sich stirnrunzelnd im Hintergrund, und seine Miene wandelte sich in Verblüffung, als Moffat in ehrerbietiger Haltung näher trat.

»Sie sind wirklich Mozart«, sagte er. »Mein Gott! Jeder sagt, die bekannten Porträts seien schlecht, aber ich erkenne Sie. Ich kenne Sie durch Ihre Musik.«

»Nun, freilich«, sagte Mozart, schüttelte eilig Moffats Hand, während er vor ihm zurückwich. »Dies alles ... Wozu soll es dienen?«

»Wie viele haben Sie mitgebracht?« fragte Crooke. Michael hatte ihm während der Fahrt eine kurze Übersicht gegeben.

»Ungefähr fünftausend.«

Crooke nahm Moffat beiseite, und sie besprachen sich eine Weile. Als sie zurückkamen, sagte Moffat: »Ich glaube, das ist eine Aufgabe für Mrs. Pierce-Fennady.«

Crooke nickte. »Sie organisiert Wohltätigkeitsveranstaltungen und Geldsammlungen für humanitäre Zwecke. Sie kennt viele Leute.«

»Wir werden sie mit Mahler und Mozart bekannt machen.«

»Mein Gott!« stöhnte Mozart. »Damen der Gesellschaft!«

»Sie ist mehr als das«, sagte Crooke. »Sie ist eine Frau, die wirklich etwas auf die Beine stellen kann.«

»Hält sie ihre Zimmer warm?« fragte Mozart, ohne zu erklären, was er damit meinte.

Eins nach dem anderen.

»Ich muß jetzt gehen«, sagte Michael. »Shiafa kommt mit mir. Wir werden vielleicht bald zurück sein, es kann aber auch länger dauern.«

»Was hast du vor?« fragte Ruth mit erbleichendem Gesicht. Sie blickte immer wieder zu Shiafa, und die Mißbilligung war nicht zu übersehen.

»Ich bin nicht sicher«, sagte Michael.

Du bist, was du wagst.

36

Der Sonnenuntergang war eine feurige Wand über den Baumwipfeln. Die Luft war kühl und scharf, leicht elektrisierend. Als Michael und Shiafa auf Clarkhams Haus zugingen, sah er kleine Streifen von Dunkelheit Zentimeter über dem schwarzen Gras der benachbarten Rasenflächen dahinschießen. Rosen in einem gepflegten Garten leuchteten in unnatürlich hellen rosafarbenen und blutroten Tönen.

Clarkhams zweigeschossiges Haus lag unter einem Schatten, der dunkler war als der Abend ringsum. Michael drückte die Tür langsam auf. Shiafa hielt den Blick auf seinen Rücken gerichtet, als versuche sie, ihn durch

Willenskraft zu etwas zu bewegen. Er spürte ihre Aufmerksamkeit, konnte ihre Gedanken aber nicht enträtseln. Dennoch würde er ihre Hilfe vielleicht benötigen; seine eigene Magie mochte für die vor ihm liegende Aufgabe nicht stark genug sein.

Und wenn er ihre verborgene Macht noch einmal gebrauchte … was dann? Welche Verpflichtung würde er ihr gegenüber empfinden, und was würde sie als Gegenleistung verlangen?

Sie erhielt wenig formale Ausbildung von ihm. Die Zeit reichte nicht aus, und er hatte das Gefühl, daß er ihr nur schlechte Gewohnheiten beibrachte.

Er ließ die Treppe unbeachtet und durchsuchte Küche und Vorratsraum nach der Tür, die es dort geben mußte. Shiafa schien den unerwähnten Gegenstand seiner Suche zu kennen; sie winkte ihn zur Rückseite eines kleinen Abstellraumes und zeigte auf eine kleine Tür. Sie war mit einem alten Vorhangschloß aus Messing gesichert. Michael zog einen kleinen Prozentsatz seiner Kraft aus seinem Mittelpunkt und brachte die Haspe zum Schmelzen, wobei das Holz dahinter versengt wurde. Ein geisterhafter feiner Rauch kräuselte sich aufsteigend und verbreitete sich unter der niedrigen Decke. Shiafa atmete tief. Er blickte über die Schulter zu ihr und wandte sich rasch ab. Ihr Gesicht war in der dunklen Enge der Kammer von der Farbe des Mondes.

Die Tür öffnete sich leicht und geräuschlos. Er stieg die schmalen Stufen hinab, nachdem er Shiafa angewiesen hatte, oben zu bleiben. Der Keller war größer, als er vermutet hatte; er nahm die ganze Länge und Breite des Hauses ein und bildete einen großen Raum, unterbrochen nur von den dunklen Umrissen von Bottichen und Regalen und großen massiven Betonstützen.

In einer Ecke ruhte eine große archimedische Schraube am Boden eines Metalltrogs – eine Traubenpresse. Hölzerne Kästen in dem gegenüberliegenden Winkel enthielten die getrockneten und staubigen Reste zerdrückter Trauben und ihrer Stengel. Sie sahen nicht viel anders aus als der zerfallende Tommy. Michael beugte sich über den Fund und sah einen schwachen regenbogenfarbenen Ölfilm über ihnen schweben.

»Weingeist«, murmelte er. Der Geruch der Trauben war süßer, als er ihn von anderen Trauben in Erinnerung hatte, süß wie der Duft, den er im Reich verströmt hatte, wann immer er mit Wasser in Berührung gekommen war; süßer auch als der Duft der Partitur Opus 45.

Die Regale waren leer. Er durchsuchte systematisch den ganzen Keller und fand keinen Hinweis auf verborgene Weinvorräte. Der Keller war seit längerer Zeit nicht benutzt worden – vielleicht seit fünfzig Jahren.

Es blieb ihm keine andere Wahl als zu Waltiris Haus zurückzukehren und die Vögel – die Cledar – wieder zu stören.

Shiafa versperrte ihm am oberen Ende der Treppe den Weg. Ihr Gesicht war ein kühles weiches Leuchtfeuer, lieblich in der Dunkelheit. Ihre Lippen waren erwartungsvoll geöffnet, und die Zähne hinter ihnen waren von einer schönen Färbung grauen Perlmutts. Ihr rotes Haar umstand den Kopf wie Gefieder, locker und duftig. »Nichts?« fragte sie.

Er schüttelte den Kopf, begegnete ihrem Blick.

»Wir können gemeinsam ausfindig machen, was du suchst«, schlug sie vor.

»Ich halte das für keine gute Idee.«

»Du hast mir schon einmal meine Macht genommen«, sagte sie. »Es wird also nicht allzu ungewohnt sein. Hast du mich deshalb mitgenommen?«

Er nickte. »So ist es. Aber ich brauche im Moment keine Hilfe.«

»Vielleicht brauche ich deine«, sagte sie.

Kristine schien auf einmal weit entfernt und nicht sehr geeignet, Partnerin eines Magiers zu sein. Wie konnte er mit einer rein menschlichen Frau leben, die keine Ahnung von seinen Problemen und Fähigkeiten hatte?

Michael tat einen weiteren Schritt auf sie zu, und Shiafa machte ihm widerwillig Platz. »Ich weiß, wo wir – wo ich hingehen muß«, sagte sie, als sie das Haus verließen.

Das Laub der Bäume in der Nachbarschaft funkelte in der Dunkelheit wie Kristalle. Die Sterne am Himmel wackelten kaum wahrnehmbar. Die Kälte hatte zugenommen und durchkühlte ihn trotz seines *hyloka*. Die Realität wurde höchst unwirtlich – warum? Durch die Last des abgestorbenen Reiches? Oder planmäßig ... weil Tarax oder Clarkham es so wollten?

Aus einer Entfernung von einem halben Block strahlte Waltiris Haus ein Fluidum von Leben und Energie aus. Es schien gefüllt mit freudiger Erwartung. Michaels Lebensgeister nahmen einen deutlichen Aufschwung, als er näher kam, und Shiafa schien weniger bezaubernd und bedrohlich. Er zog den Schlüssel aus der Tasche und öffnete die Tür.

»Das Öffnen von Türen ist für dich Leben«, sagte der Magier der Cledar, der zwischen Tauben und Sperlingen in der Diele stand. Seine weiß umrandeten Augen blitzten Michael mit einem nichtmenschlichen, aber nicht unwillkommenen (und nicht ungewohnten) Humor an. Michael konnte die Verbindung jetzt ganz deutlich wahrnehmen. Dieses Geschöpf war einst ein Teil Arno Waltiris gewesen, ein verborgener, aber beträchtlicher Teil.

Shiafa zog es vor, draußen zu bleiben und in der scharfen Kälte am Ende der Zufahrt zu stehen. Michael dachte jetzt nicht an sie. Er ging durch die Vögel hindurch, die ihm klaglos Platz machten, zur freigelegten Kellertür.

Die Vögel hatten den Keller nicht besetzt. Der Schrank war offensichtlich nicht mehr berührt worden, seit die darin lagernden Papiere vor Monaten herausgenommen worden waren. Was blieb, waren ein paar Reste und Kleinigkeiten – steinerne Briefbeschwerer, ein Feuerbock in einer Ecke, und am Boden des Schrankes das kleine Gestell mit drei Weinflaschen, alle mit dem identischen Etikett: »Doppelsonnenuhr, feinste Geisterbeerenauslese, 1921.«

Trink mich, Alice!

Er fühlte die Anwesenheit des Cledarmagiers über ihm, der geduldig auf seine Entscheidung wartete und weder Urteil noch Rat darbot. Voller Leben, voller Freude. Sie fühlten etwas jenseits der widerwärtigen rauhen Realität, jenseits der scharfen Kälte und der Nacht.

Sie fühlten ihn. Sie vertrauten ihm. Wenn dieser Wein ihn tatsächlich zu Clarkhams versteckter experimenteller Realität führte, zu seinem embryonischen Versuch, diese Welt durch eine andere zu ersetzen, dann sprach vieles dafür, daß Kristine dort oder jedenfalls erreichbar sein würde, sobald er hinkäme.

Dann wäre seine Übereinkunft mit Tarax überflüssig. Er hatte sich mit Shiafa niemals behaglich gefühlt; jetzt verspürte er bei dem Gedanken an sie eine Art Grauen. Sie konnte so viel von ihm verlangen, und er wußte nicht, ob er widerstehen konnte. Ein leichter Weg ...

... aber wohin?

Jedenfalls fort von Kristine.

Fort von Ehre und Selbstachtung. Michael spürte, wie der winzige Sidheteil in ihm zu Shiafa und der Vereinigung mit ihr drängte. Der Zwang war kaum beherrschbar.

Der leichte Weg, der ihm endlich geboten wurde – ähnlich dem Weg, den Clarkham eingeschlagen haben mochte. Und Clarkham war erfüllt von stets sich erneuerndem Übel. Es gab so vieles, was Michael nicht wußte, so viele Probleme, die er allein zu lösen hatte ...

Und doch hatte er es bis hierher geschafft.

Er nahm eine Flasche Wein aus dem Gestell und betrachtete sie im schwachen Licht des Kellers. Der Korken war unter der Stanniolkappe zerfallen, der Wein längst zu schwärzlicher Paste eingetrocknet. Er legte die erste Flasche beiseite und nahm die zweite heraus; in ihr war noch Flüssigkeit.

Sein Vater hatte ihn einiges über Weine gelehrt; er schüttelte die Flasche nicht und brachte sie auch nicht in eine andere Lage, um das abgesetzte Sediment auf der Seite der liegend gelagerten Flasche nicht aufzurühren. Sediment konnte Jahre benötigen, um sich wieder zu setzen. Die Reinheit wäre verdorben.

Der Inhalt war, durch das grüne Glas gesehen, von einem tiefen Grünlichbraun, so klar und vielsagend wie die Tiefen eines Edelsteins. Sommer und Winter eingefangen in einem Schluck, Nebel und Erde, Himmel und Sonne, Destillation von Zeit und Wirklichkeit. Eine Bohrkernprobe von einem Universum, nicht vom kulturellen Universum der Bücher, der Musik und der Künste, sondern von der von Menschen geformten Welt selbst.

Die Kunst der Weinbereitung. Die einzige Kunst, welche die Sidhe mit größter Wahrscheinlichkeit unbeachtet lassen würden. Die sie nicht an die wiederentwickelten Menschen weitergegeben hatten.

Sein Respekt vor Clarkham wuchs. Man sollte seine Feinde niemals unterschätzen. Er zog sein Taschenmesser hervor und dachte daran, den Stanniolverschluß aufzuschneiden, fand sich aber gelähmt von Unschlüssigkeit. Sollte er ihn hier trinken oder anderswo? Mit Shiafa teilen? Dieser Gedanke beunruhigte ihn besonders.

Dieser Trunk mochte mehr bewirken, als er ahnte. Er mochte Hinweise geben. Er wollte nicht, daß Tarax' Tochter mächtiger würde als er selbst.

Er stieß die Messerklinge in die Stanniolkappe, wo der Flaschenhals endete, schnitt sie über dem Korken ab, klappte den Korkenzieher aus dem Taschenmesser und drehte die Spitze in den dunklen Korken. Der Korken schien spröde, aber endlich fand der Korkenzieher Widerstand, und er drehte vorsichtig den Messergriff. Mit weniger Geschicklichkeit, als ihm lieb gewesen wäre, die Flasche halb waagerecht zwischen den Knien und immer wieder zur Treppe hinaufblickend, um zu sehen, ob jemand ihn beobachtete, zog er den Korken aus dem Flaschenhals.

Das untere Ende des Korkens war dunkel rötlichpurpurn verfärbt und wie glasiert. Er schnüffelte am Korken und lächelte – seines Vaters Ritual –, dann roch er die offene Flasche. Das Aroma war nicht stark; es erinnerte ihn mehr an Staub als an Blumen oder Früchte. Sollte er den Wein eine Weile atmen lassen, um die Wirkung zu verbessern? Wie anspruchsvoll sollte man sein, wenn man zwischen den Welten eine Flasche Wein entkorkte?

Vorsichtig hob er die Flasche an die Lippen. Unter anderen Umständen hätte er vielleicht Tage gebraucht, um diese Entscheidung zu treffen, und jede kleine Vorsichtsmaßregel beachtet – einschließlich des väterlichen Weinrituals.

Die Flüssigkeit begegnete kühl und glatt der Unterlippe. Sie ergoß sich in einem dünnen Tröpfeln über die Zunge, und er spülte sie über die ganze Oberfläche der Zunge.

Seine Augen wurden groß.

Mit einem kaum beherrschten Würgen spie er den Wein auf den staubigen Boden und wischte sich hastig die Lippen. Sauer und bitter. Der Wein war umgekippt. Er hielt den Korken ins Licht; er war spröde und bröcklig. Zuviel Sauerstoff war in die Flasche gelangt.

Aber trotzdem ...

Einen Augenblick lang fühlte er eine eigentümliche Wärme auf der Haut, und die Umrisse des Kellerraumes schienen sich zu verändern. Mit einem Augenzwinkern verschwand die Wirkung. Vielleicht hatte er sich alles nur eingebildet.

Er verkorkte die schlechte Flasche wieder. Der Wein, den die Dopsos serviert hatten, war sehr gut gewesen, aber ganz sicher kein Wein von besonderer Macht. Vielleicht war er doch auf der falschen Fährte. Oder Clarkham hatte die besten Flaschen für den eigenen Verbrauch reserviert und den Waltiris nur *vin ordinaire* gegeben.

Er legte die verkorkte Flasche an ihren Platz zurück und nahm die letzte heraus. Diese schien staubiger, weniger klar hinter dem Glas. Das Sediment lag in einer dicken Schicht abgesetzt und nahm beinahe ein Viertel des Umfanges der Flasche ein.

Er schnitt den Stanniolverschluß auf, zog behutsam den Korken und hob die Flasche an die Nase. Mit geschlossenen Augen inhalierte er das Aroma.

Als er die Augen wieder öffnete, sang die Glühbirne wie ein Insekt. Die Wände bogen sich auswärts. Er roch die Süßigkeit tief in der Nase und den Rachen hinab bis in den Magen. Er glaubte, Regenbogen zu sehen. Neugierig untersuchte er die Unterseite des Korkens und sah, daß sie ganz dunkel und wie gefirnist war.

Er nahm einen Schluck aus der Flasche.

Die Süßigkeit war die einer Jahreszeit – Spätsommer.

Das Kitzeln in der Nase war wie Sonnenschein im Gesicht und reizte zum Niesen. Der gerundete, beinahe ölige Geschmack war ein entfernter See, unter dunstiger Sonne vom leichten Wind geriffelt. In dem See lebte die Schlange, und in ihren Erinnerungen waren Gefahren und Gelegenheiten.

Ein Duft von entfernten Himbeeren; eine Weinranke an einem Spalier in einem Garten ohne Wächter, keine Tristesse, die Besucher bedroht und geängstigt. Der Weg ist offen.

Wähle.

Unter einer Vielzahl von möglichen Orten.

Der Wein war nicht ein Losungswort für eine bestimmte Welt. Er war, was er kaum vermutet hatte, ein Dietrich.

Clarkham war bei weitem mächtiger als Waltiri und sogar der Magier der Cledar und in seiner eigenen Art viel subtiler, ein Anstifter von Unruhe und Schwierigkeiten, ein Anreger von Handlungen.

Und dieser Wein war ein Dietrich zu den Dutzenden von Welten, die Clarkham geschaffen hatte; eine offene Einladung, denn der Wein wäre nicht hier zurückgeblieben, hätte Clarkham es anders gewünscht. Es war eine Herausforderung – komm und such mich in der Vielfalt meiner Schöpfungen.

Michael sah das Haus des Isomagus als eine Art Skelett vor einem Hintergrund von der Farbe des Korkenbodens. Er sah auch den Vergnügungspavillon und das Haus in Los Angeles. Diese waren die Schatten von Clarkhams Schöpfungen, nicht mehr zugänglich. Der Geschmack des Weines fuhr fort, ihm die Zunge zu massieren, und legte eine Schicht von Vollendung um die andere frei.

Hier war die primitive, holzschnittartige Welt, in der Michael gefangen gewesen war. Jenseits von ihr war etwas Komplexeres, aber schwierig zu unterscheiden; der Geschmack schien schlammig. Auf einer anderen Ebene sah Michael eine Stadt, die sich durch ein Tal erstreckte, einen weitläufigen und sonnigen Ort ... nicht unähnlich dem Los Angeles der 30er und 40er Jahre. Die Hügel von Hollywood und Griffith Park schienen hervorgehoben, ebenso die scheunenartigen großen Bauten der Filmstudios und die weiten leeren Flächen, die in Michaels Zeit längst zu Stadtteilen geworden waren. Eine abgeleitete Schöpfung.

Er sondierte diese Welt und sah seine Energien sich von einem Ende der winzigen, kaum dreißig Kilometer messenden Schöpfung ausbreiten. Sie war leer; wie Michaels früheres Gefängnis enthielt sie nur gleiche Schatten, architektonische Mannequins, die andeuteten, wo Menschen sein könnten.

Die nächste Geschmacksschicht entfaltete sich auf

seiner Zunge. Er sah ein Feld von gelbem Gras unter einem tiefblauen, fast purpurnen Himmel, und im Hintergrund niedrige, in der Sonne golden leuchtende Hügel.

David Clarkham stand unter der heißen Sonne auf dem Feld. Er wirkte jünger – in den Dreißigern, vielleicht –, mit dichtem braunen Haar und einem breiten Schnurrbart. Das Gesicht war schmal, mit einer Hakennase und hohen Wangenknochen, und der Blick war träge und entspannt. Ein Lächeln leiser Erheiterung kräuselte ihm die Lippen. Michael schluckte den Wein und fühlte, wie das Gras unter seinem sich verfestigenden Körper nachgab. Die Schuhe berührten den ausgetrockneten Erdboden, als er Substanz annahm.

»Hallo!« sagte der junge Clarkham.

Michael beschirmte die Augen gegen die Sonnenglut und baute sein *hyloka* als Abwehrmittel auf. Aber Clarkhams Angriff blieb aus. Michael sondierte rasch, und Clarkham ließ ihm die Wahrnehmung seiner Wirklichkeit und seines Charakters, bevor er blockierte.

Es war tatsächlich Clarkham, aber nicht ganz wirklich und nicht ganz ein Schatten; dieser Clarkham war beinahe ebensosehr eine Schöpfung wie das Grasland ringsum. Gleichwohl lag hinter dem Bild schon die Andeutung von Clarkhams unausweichlicher Verderbtheit.

»Hallo!« erwiderte Michael, dem der Schweiß auf die Stirn trat. Die Sonne war fast unerträglich heiß. Clarkham, in einen dunklen Cordanzug mit weißem Leinenhemd gekleidet, schien einen Typ aus der Pionierzeit zu imitieren. Michael konnte sehen, daß er unter der langen Hose Lederstiefel mit Schäften trug.

»Ich bin überrascht«, sagte Clarkham und hakte die Daumen in die Jackentaschen. »Sie sind sehr viel findiger, als ich dachte. Auch mächtiger.«

»Ich suchte Kristine«, sagte Michael.

»Sie ist nicht hier. Ich kann sie Ihnen nicht zurückgeben, schon gar nicht jetzt. Ich nahm sie für gerade solch eine Eventualität in Gewahrsam.«

»Warum? Das ist der einzige Grund meines Hierseins.« Michael erkannte die leichte Durchschaubarkeit dieser Lüge; und doch glaubte er sie, als er sie aussprach. Ein Teil von ihm hätte alles vergeben, nur um Kristine zurückzugewinnen und auf Erden normale Verhältnisse zu bekommen.

Clarkhams Lächeln wurde breiter. »Sie haben keinen anderen Ehrgeiz, nachdem Sie es so weit gebracht haben? Sicherlich haben Sie – sagen wir, günstige Gelegenheit gehabt, wenn nicht Versuchungen.«

Normalität war zwischen ihnen ebenso unmöglich wie eine friedliche Beilegung der Streitigkeiten. Michael konnte kein normales Leben haben; Clarkham hatte nie eins gehabt. Michael warf den Wunsch dieses besonders spärlichen Schattenselbst beiseite und trat Clarkham zu dessen eigenen Bedingungen gegenüber. Nichts Sichtbares veränderte sich zwischen ihnen, aber Clarkham erkannte augenblicklich Michaels neue Haltung.

»Das ist besser«, sagte der Ex-Isomagus. »Aufrichtiger.«

»Ich wollte kein Magier werden«, sagte Michael.

»Ich schon. Ich habe während meiner Lehrzeit – oder wie man sie nennen will – Jahrhunderte länger daran gearbeitet, als Sie am Leben sind. Ihre Einmischung ist störend und unwillkommen. Sie haben mir viel Kummer verursacht.«

»Dieser ganze Streit ...« Die Größenordnung des Kummers, der zwischen Konflikte zwischen Sidhe und Menschen verursacht worden war, lag außerhalb von Michaels Einschätzungsvermögen. Die ganze Menschheitsgeschichte ... Er verstummte achselzuckend.

»Ihre Reife ist eine Gelegenheitssache und ziemlich schwachbrüstig, gelinde ausgedrückt«, sagte Clarkham. »Doch scheinen Sie nicht unvernünftig zu sein. Und Ihr Ehrgeiz ist nicht annähernd so ausgeprägt wie meiner.

Vielleicht können wir die Lage diskutieren, und Sie können erkennen, wie hoffnungslos Ihre Aussichten tatsächlich sind und wieviel Schaden Sie verursachen können, wenn Sie versuchen, Tarax und mich zu bekämpfen.«

»Einverstanden«, sagte Michael.

»Wir befinden uns in einer meiner Versuchsumgebungen«, erläuterte Clarkham. »Vergleichbar der Skizze eines Künstlers. Sie ist Teil meiner größeren Welt, die durchaus vollendet ist, wie ich meine. Sie ist fest verwurzelt und imitiert zufriedenstellend die Komplexität des Universums unserer Geburt. Natürlich ist sie nicht annähernd so groß.«

»Ist sie vollständig?« fragte Michael.

»Nein«, räumte Clarkham ein. »Kommen Sie mit! Wir suchen uns einen kühlen Ort.«

Sie gingen über die Felder. Michael fühlte die Qualität und Dichte dieser Versuchswelt mit den Handflächen. Sie war tatsächlich fein ausgearbeitet, kaum von der Erde zu unterscheiden. Er vermochte nicht etwas so Mächtiges und Wirkliches – noch nicht, vielleicht niemals.

Dennoch juckte es ihn, einen Versuch zu wagen. Der Teil seiner selbst, der ein Magier sein wollte – der größte aller Dichter, Schöpfer von Welten –, war beeindruckt, aber nicht eingeschüchtert.

In einer Senke mitten im Grasland lag eine kleine Siedlung, zusammengenagelt aus grauen Planken und splitternden Pfosten. Auf einer Seite der einzigen ungepflasterten Straße waren ein Barbiergeschäft, ein Saloon und ein Hotel, auf der anderen ein Waffengeschäft und ein Krämerladen, der auch Futtermittel und Eisenwaren verkaufte, alle jedoch verlassen. Michael streckte seine geistigen Fühler aus und suchte nach Fakten, die er in dieser Welt vielleicht würde wissen müssen, aber das Ergebnis war gleich null. Diese Welt war ein Testfall, fein gearbeitet, aber ohne Tiefe.

Abgeleitet. Zum ersten Mal seit er den Wein getrunken hatte, lächelte Michael. Clarkham sah die Schärfe dieses Lächelns, und sein Gesicht wurde dünner, die Nase spitzer, die Wangen blasser.

Sie gingen die einzige Straße entlang, und Clarkham hielt ihm die Klapptüren des Saloons auf. Michael trat in willkommenen kühlen Schatten. Clarkham zog einen Stuhl unter einem wackligen runden Tisch heraus, und Michael setzte sich.

»Das ist alles, was ich habe«, sagte Clarkham und machte eine umfassende Armbewegung, der den Raum und die Welt außerhalb davon mit einschloß und nicht bloß eine Welt, sondern auch die anderen, deren Geschmack sein Gaumen bewahrt hatte. »Sie haben geholfen, mir den Rest zu nehmen. Ich kann jetzt nicht zur Erde zurückkehren. Nicht persönlich, nicht physisch.«

Michael dachte an die Fußabdrücke am staubigen Boden. Wessen waren sie dann? Hatten sie einem Sidhe gehört – vielleicht Tarax selbst, oder Biri –, der Clarkhams Tor zum Reich benutzt hatte, vielleicht im Zusammenhang mit der Beseitigung Lamias und Tristesses ... Vielleicht als eine Warnung an die Adresse der Ban, daß Menschen dort im Tippett-Hotel nicht übertreten durften ...

Würde er es je wissen? Wahrscheinlich nicht.

»Ich konnte nicht ins Reich gehen, aber nun ist auch dieses tot, und bald wird die Erde mit ihm zugrunde gehen, nicht wahr? Also kein Bedauern. Sie haben mir nichts genommen, was zu verlieren ich nicht verdient hätte. Selbstzufriedenheit ist der schlimmste Feind eines Magiers. Selbstzufriedenheit und mangelnde Wachsamkeit.«

»Die Erde geht zugrunde?« fragte Michael. Er kam sich wieder wie ein Kind vor, das einem Lehrer Fragen stellt. Die Rolle, die er mir zugedacht hat, sagte er sich. Macht liegt darin, daß andere in ihre schwächste Position manövriert werden.

»Tarax vollbrachte keine großartige Leistung, als er sein Schiff auf das Riff laufen ließ, nicht wahr? Stieß den Kapitän hinaus und konnte dann nicht navigieren. Er vergaß, die unnötige, die tödliche Ladung über Bord zu werfen – den Unterbau des Reiches. Chaos, die Nebel der Schöpfung. Jetzt verseuchen sie die Erde. Bald wird alles möglich sein. Wo alles möglich ist, ist nichts wirklich. Genausogut könnte man Terpentin auf ein frisches Ölgemälde gießen.« Clarkham setzte sich Michael gegenüber an den Tisch und kreuzte die Arme vor der Brust. Er sah stark und jung und zufrieden aus, das Gesicht dunkel im kühlen Dämmerlicht des Saloons. »Seine Qualifikation, der Magier der neuen Erde zu sein, erscheint uns allen mit jedem Tag geringer. Vielleicht sogar ihm selbst.«

»Uns allen?«

»Die Schlange träumt noch immer. Und wer kann sagen, daß es nicht andere gibt? Sie könnten in dieser Realität noch weniger offensichtlich sein als Sie. Und Sie haben Augenblicke, in denen Sie nicht einmal ein Magier sein möchten.« Sein Lächeln war offen und freundlich. »Der Wettbewerb muß bald entschieden werden. Wir alle sind unserem Volk verpflichtet, und was nützt eine Welt ohne das Volk? Wie Adonna dachte ich einmal daran, meine eigenen Welten zu bevölkern, aber ...« Er seufzte. »Sie haben die Ergebnisse gesehen. Übrigens, wie sind Sie entkommen? Meine Falle war besonders boshaft gelegt.«

Michael sah keinen Grund zu lügen. »Tarax ließ mich frei.«

»Unter welcher Bedingung?«

»Als Teil eines Vertrages. Ich sollte seine Tochter ausbilden, und er wollte mir sagen, wo Sie Kristine versteckt haben.«

Clarkhams Lächeln wurde wieder breit. »Interessant. Das Gesetz der Magier. Kein Kandidat soll einem Mitkandidaten Schaden zufügen oder seine Aussichten schmälern. Aber wie Sie sehen, folge ich diesen Regeln nicht unbedingt. Tarax' Tochter – eine Sidhe? Ich scheine mich zu erinnern, daß seine Frau eine reinrassige Sidhe war. Adonna beging den gleichen Fehler.« Er beugte sich vor und stützte die Ellbogen auf den Tisch. »Möchten Sie etwas trinken?«

Michael schüttelte den Kopf. Er wollte den Geschmack des Weines nicht verdünnen oder fortspülen. »Warum ist es ein Fehler?«

»Es *kann* für einen Magier ein schwerwiegender Fehler sein. Wenn Sie sich entscheiden, kein Magier zu sein – wenn Sie so vernünftig sind, diese Position abzulehnen, in die Sie sich halb unwissentlich gebracht haben –, dann gibt es keine Gefahr. Aber ich erzähle zuviel. Sie sind noch immer mein Feind.«

Michael nickte. »Ja«, sagte er. »Sie töteten Tommy.«

»Sein Tod war ein leichter. Er tötete sich selbst. Kennen Sie die Menschen, Michael? Sie glauben, Sie seien einer von ihnen. Das sind Sie auch, größtenteils. Aber Sie kennen die Menschen nicht. Haben Sie Ihre Geschichtsstunden durch weiterführende Studien ergänzt, die Zeitungen gelesen? Wir bekämpfen einander nicht, um einer erhabenen Rasse zu dienen, Michael. Wir bemühen uns, Tieren zu dienen ... prinzipienlosen, grausamen, blinden und willkürlichen Tieren. Als die Sidhe letztes Mal die Erde verließen, um das Reich zu bewohnen, waren die Menschen bereits fröhlich dabei, sie sogar für sich selbst unbewohnbar zu machen. Jetzt haben sie die Macht, alle zu vernichten.

Menschen sind eigensinnig und blind. Sie können nicht anerkennen. Sie blicken auf die, welche vom Genius besessen sind, und machen sie herunter, kauen sie durch und spucken sie aus. Künstler und Dichter sind ihnen bloß ein unnützer Luxus ...« Er lächelte wieder. »Ihre Wissenschaftler haben die Oberhand. Sie wollen einem verwilderten Garten mit der chemischen Keule beikommen.«

»Die Sidhe versuchten, uns die Magie wegzunehmen«, sagte Michael. »Ohne Magie konnten wir nur lernen, die Technik zu entwickeln. Die Wissenschaften haben uns stark gemacht.«

»Uns?« versetzte Clarkham. »Sie reihen sich unter die Wissenschaftler ein?«

»Ich würde es nicht als ehrenrührig betrachten«, sagte Michael.

»Ein Kandidat, der die Verehrung einer korrupten und selbstmörderischen Zivilisation billigt. Erstaunlich, wie tief ein Mensch sinken kann!«

Michael fühlte plötzlich eine Anwandlung von Langeweile. Er unterdrückte sie, damit sie nicht seine Wachsamkeit und das Bewußtsein der Gefahr vernebele. »Sie sind im Begriff, mir einen Handel vorzuschlagen«, sagte er.

»Ich? Einen Handel?« Clarkham tat überrascht.

»So ist es«, sagte Michael, dessen gefährliche Selbstgewißheit wieder in den Vordergrund trat. Es war schwierig, alles im Gleichgewicht zu halten.

»Nun gut. Aber es könnte nicht der Handel sein, der Ihnen vorschwebt. Ihr Talent ist stark, aber unentwikkelt. Wir könnten einander helfen. Allein kann ich eine geeignete Welt erschaffen ... Aber gemeinsam können wir drei Tarax' Ehrgeiz kontrollieren und eine neue Erde für alle Rassen schaffen.«

»Wir drei?«

»Sie üben eine gewisse Anziehung auf Tarax' Tochter aus. Ihre Macht kann äußerst nutzbringend sein, wenn sie richtig gehandhabt wird. Und ich kann verhindern, daß es zwischen Ihnen beiden zum Schlimmsten kommt, sobald Sie sich vereinigen.« Sein Blick umwölkte sich. »Euphemismen. Sobald das Mädchen Sie verführt oder umgekehrt.«

Michael tat, als dächte er darüber nach, aber in seinem Kopf schrillten Alarmklingeln. Was er in Shiafa gefühlt hatte ... Tonns Frau in der Verbrannten Ebene. Ein Zusammenhang. Ein schrecklicher Zusammenhang. Wer danach strebt, Magier zu werden ...

»Was ist mit ihrer Ergebenheit Tarax gegenüber?«

»Ich bezweifle, daß sie irgendeine Ergebenheit empfindet.«

Michael blickte auf die abgenutzte Tischplatte. »Welche Art von Welt würden Sie für alle Rassen erschaffen?«

»Das Welterschaffen ist relativ einfach«, sagte Clarkham. »Was Schwierigkeiten bereitet, ist die Herrschaft über die Bewohner der Welt. Menschen sind besonders schwierig. Sie würden wahrscheinlich anfangen, mit den Grundlagen herumzupfuschen, wenn man sie nicht im Zaum hält. Sidhe könnten lenksamer sein. Wenigstens haben die Sidhe ein Gefühl für ihre Grenzen.«

»Wie würden Sie sie beherrschen?«

»Streng«, sagte Clarkham, und seine Augen verengten sich. »Sie haben sich mir entgegengestellt. Sie dürfen nie wieder so stark und eigensinnig sein.«

»Gibt es einen anderen Weg?«

Clarkham schüttelte bedächtig den Kopf. »Wenn Sie anders denken, sind Sie töricht. Die Menschheitsgeschichte, Michael. Kriege und Ausrottungen und Verbrechen und Grausamkeit. Deformiertes Denken und deformierte Gesellschaften. Ich bezweifle, daß Sie eine Vorstellung von der tiefen Verworfenheit haben, deren Menschen fähig sind.«

»Die Sidhe sind für viele unserer Probleme verantwortlich.«

»Wahrscheinlich«, räumte Clarkham ein. »Aber die Wurzeln sind noch da. Die Sidhe versuchten lediglich, die Zweige zu beschneiden. Und wer immer die Probleme verursachte, als Magier habe ich sie zu lösen. Rigoroses Ausjäten und Beschneiden. Könnten Sie sich dem stellen?« Michael antwortete nicht. Er schob seinen Stuhl vom Tisch zurück. Die Vollendung des Weines verlor an Deutlichkeit. »Werden Sie Kristine freigeben, wenn ich mitmache und Ihnen Shiafas Potential zuführe?«

Clarkham machte eine großmütige Handbewegung. »Sie ist von keinem Nutzen für mich, außer als Mittel, um Sie zu beherrschen. Mich gelüstet ganz gewiß nicht nach ihr.«

»Niemand deutete dergleichen an«, sagte Michael errötend.

Clarkham stand auf und beugte sich auf den ausgestreckten Armen über den Tisch, die Finger auf dem dunklen Holz gespreizt. »Versuchen Sie nicht, sich an diesem Konflikt zu beteiligen, es sei denn, Sie treten auf meine Seite. Sie haben gewisse Fähigkeiten, aber keine Verfeinerung. Sie kennen die Potentiale nicht. Was immer Sie tun, Sie sollten sich nicht gegen mich stellen. Ich habe Ihr Maß genommen, Michael Perrin. Ich kenne Ihre Schwächen.«

Michael nickte gefällig.

»Wir können uns die Tugenden der Geduld und Güte und Ehre nicht leisten«, fuhr Clarkham fort, den Blick in ein fernes Jenseits gerichtet. »Nicht, wenn wir Magier sein wollen.«

Michaels Handflächen prickelten. Er hob eine Hand, wie um sich die Nase zu reiben, und sah dort einen perligen Auswuchs entstehen. »Sie haben immer ein Magier sein wollen, nicht wahr?« fragte er.

»Ja.«

»Ich nicht«, sagte Michael. »Tatsächlich hatte ich niemals eine Wahl.« Soviel war ihm klar geworden. Er rieb die Zunge am Gaumen und brachte Speichel hervor, um den Geschmack des Weines weiter zu verdünnen.

»Überlegen Sie sich mein Angebot ernsthaft. Die Alternativen sind nicht erfreulich«, sagte Clarkham.

Der Saloon verdunkelte sich, und die Wände des Kellerraumes kehrten zurück. Die Flasche lag am Boden, wo sie seinen Händen entglitten war, und hatte ihren Inhalt vergossen. Michael bückte sich, den Korken aufzuheben und wieder hineinzudrücken, aber es war keine Flüssigkeit übrig.

Als er sich aufrichtete, sah er einen Farbfleck an der Wand gegenüber. Die Wand selbst schien überdeutlich: körnig, mit kleinen Unebenheiten, jeder Fleck und Schatten darauf klar abgezeichnet. Michael kniff die Augen zusammen, und der Farbfleck wurde zu einem Arm und einer Hand, die in einem Ärmel steckten. Sein Blick wanderte den Arm aufwärts und schien ganz ohne sein bewußtes Zutun eine zweidimensionale Gestalt auf die Wand zu malen, gekleidet in weiße Gewänder, die in ihrer durchscheinenden Qualität etwas vom Betongrau der Wand enthielten. Noch immer flach, aber nun vollständig, nahm das Gesicht der Gestalt Leben an. Michael wich zurück; undeutlich erkannte er den Sidhe.

»Du mußt dein Haus sehr voll wähnen«, flüsterte der Sidhe mit einer Stimme, die einer bloßen Vibration der Wand glich.

»Tonn«, hauchte Michael.

»Ich hatte gehofft, dir mehr zu bringen, aber selbst ein Magier kann die Kräfte nicht überleben, denen ich gegenüberstand. Dies ist ein sehr schwacher Schatten, ein sehr schwaches Vermächtnis ...« Die Figur lächelte und schien sich mit diesem Ausdruck beinahe vom Beton zu lösen. Michael fühlte das Treppengeländer im Rücken.

»Du kannst den Isomagus nicht bezwingen ohne ein weit größeres Wissen, als du es gegenwärtig besitzt. Es gibt nur einen Ort, wo du dieses Wissen erlangen kannst ... bei der Schlange. Dieser Schatten kann dich nicht zu ihr senden. Adonna begünstigte dich für einige Zeit; du spürtest das? Du bist ein vielversprechender junger Mann, und die anderen ... nun, Adonna hatte Gründe, sie weniger gern zu haben. Du mußt nehmen, was der Schlangenmagier hat; er wird es dir nicht ohne seine eigene Last alten Übels geben. Aber nimm es, wenn du kannst, wenn du vorsichtig bist, ohne Gesetze der Magier zu brechen. Du mußt bald handeln ... Dies ist der letzte Schatten, den das Reich beschwören kann. Es gibt keinen Wald mit Holz genug, einen Magier zu enthalten.«

Der Schatten Tonns verblich, als verzehre ihn die Dunkelheit des Kellers und nicht das Licht, bis nur noch die getünchte Wand blieb und selbst die Schärfe des Details verschwamm.

Michael schluckte. Würde er jemals so substanzlos wie diese Erscheinung werden?

37

Im Erdgeschoß kniete Michael vor dem Magier der Cledar nieder. Der Vogel betrachtete ihn unverwandt; alle paar Sekunden blinzelte er mit der Nickhaut. »Du hast mir das eingebrockt«, sagte Michael halb anklagend.

– Es ist besser, Teil der Veränderung zu sein, als einfach abseits zu stehen und zu reagieren. Der Vogel hatte die gesprochenen Worte aufgegeben und verständigte sich mit Michael durch *evisa*.

»Wieviel von Waltiri warst du?«

– Genug, um Golda zu lieben. Dieser Krieg hat an uns alle seltsame Anforderungen gestellt.

»Wußtest du, daß Tonns Schatten hier war?«

– Ja.

»Hattest du die ganze Zeit über mit ihm zusammengearbeitet?«

– Unsere Ziele entwickelten sich unabhängig voneinander in dieselbe Richtung.

»Und warum wartest du hier?«

– Auf das Ende oder daß du dein Versprechen erfüllst.

Michael stand auf und schüttelte langsam den Kopf. »Ich bin nicht der Junge, den du in Clarkhams Haus locktest. Seither habe ich so viele Selbste verloren, daß ich kaum weiß, wer ich bin.«

– Das ist der Fluch, ein Führer zu sein.

»Ich bin nie ein Führer gewesen«, murmelte Michael. Seine Augen trübten sich, und er trat zur Wohnzimmertür und blickte hinein. Der Raum war voller Vögel aller Arten, von großen Schneeulen und Rotmilanen bis zu Tauben und zu Spatzen. Von den rotbrüstigen krähengroßen Vögeln, die die Dopsos an einem diesigen Morgen einmal auf dem ganzen Haus gesehen hatten, waren nur wenige darunter. »Du bist viel jünger als die Schlange«, sagte Michael. »Bist du so alt wie Tonn?«

– Älter, jetzt.

»Die Schriftzeichen ... sie enthalten die Bedingungen deines Fluches?«

– Der Magier einer Rasse muß seine Fesseln tragen.

Michael nickte mit eingekniffenen Lippen. »Wie lange wird dein Fluch dauern?«

– Bis wir wieder Gesichter haben. Der Schlangenmagier wird bald freigelassen. Tonns Tod und das Ende der Kontinuität unter den Sidhemagiern werden seine Fesseln zerbrechen. Jene aber, die in ihrer gegenwärtigen Form geboren wurden, werden nicht erlöst. Keiner von meinen Leuten wird erlöst.

»Die Kakerlaken werden nicht zu Zauberern aufsteigen, und die Spryggla werden nicht im Meer ertrinken«, sagte Michael lächelnd.

– Sei gewarnt vor der Schlange!

»Ich bin gewarnt.«

– Und nimm meine Entschuldigung an!

»Ich werde es mir überlegen«, sagte Michael. »Eine letzte Frage. Ist Shiafa eine Gefahr für mich?«

– Entweder tödliche Gefahr, fatale Ablenkung oder schließlich segensreiche Wohltat. Ihr Schicksal liegt in deiner Hand.

»Ich bin zu dem Glauben gelangt, daß es andersherum ist.«

– Du kannst dich ändern. Sie kann es nicht. Du bestimmst.

»Tonns Frau ...«

– Adonna war ein Versager.

Michael konnte sich nicht schlüssig werden, wie er dem Magier der Vögel Lebewohl sagen sollte, also nickte er ihm einfach zu, drehte sich um und ging zur Tür hinaus. Shiafa saß mit untergeschlagenen Beinen auf dem Rasen unter der grellen perlmuttfarbenen Sonne. Sie beobachtete ihn aufmerksam, als er die Tür absperrte.

»Wie lange war ich drinnen?« fragte er.

»Ich bin mit der Zeit nicht gut bekannt«, erwiderte Shiafa.

»Wir zwei werden miteinander sprechen müssen«, sagte Michael. »Aber zuerst gehen wir auf Reisen.«

»Wohin?«

»Zum Schlangenmagier.«

Zum ersten Mal sah er einen Ausdruck tiefen Erschreckens in ihrem Gesicht. Aber sie protestierte nicht.

Ohne Rücksicht auf irgendwelche Beobachter in der Nachbarschaft – zu sehen waren keine – riß Michael die Luft auf, enthüllte Dunkelheit und einen Flecken Grün und winkte Shiafa, hindurchzugehen. Sie tat es, und er folgte und schloß den Riß hinter ihnen.

Die Nacht lag wie eine warme schwarze Glocke über den Wiesen, die den See umgaben. Das Wasser war still und so gut wie unsichtbar; ohne eine Sondierung seiner Umgebung hätte er schwerlich gewußt, wo das Ufer verlief. Tief im See, hundert Meter unter der Oberfläche, schlief die Schlange unter einem felsigen Überhang. Michael konnte seine Halbblut-Helferin nirgends ausmachen.

»Fühlst du ihn?« fragte er Shiafa, die in der Finsternis ein länglicher dunkelgrauer Fleck war.

»Ja«, sagte sie mit unsicherer Stimme. »Er stahl unsere Seelen ...«

»Wie du mir, so ich dir«, sagte Michael, ohne die Aufwallung krasser Leichtfertigkeit, die ihn wieder plagte, völlig zu unterdrücken. Du kennst die Gefahren nicht, sagte ihm seine innere Stimme. Du fühlst nicht die wahre Bedrohung. Die Stimme gehörte einem Teil seiner selbst, das die Rolle Clarkhams, des Schlangenmagiers und des Magiers der Cledar alle zusammen übernommen hatte. »Er wird jetzt niemandem etwas zuleide tun, am allerwenigsten dir.«

»Er machte, daß ich mir selbst schade«, sagte Shiafa. »Was mein Volk fühlt ... Zorn und Schrecken schwächen uns. Wir können keine Kraft aus der Mitte ziehen. In unserem Denken werden wir wie gejagte Tiere.«

Michael ging hinab zum Ufer und streckte die Hände aus. Der perlartige Auswuchs bedeckte noch immer eine Handfläche; es hatte ihn nicht wenig Mühe gekostet, ihn vor Shiafa und dem Vogelmagier zu verbergen. Er wußte nicht genau, welche Bedeutung er jetzt hatte, und die wenigen Hinweise, die er besaß, trösteten ihn nicht.

Seine Funktion, dachte er, ähnelte der eines Organs, das während eines Traumas im Körper aktiviert wird. Das würde auf eine Verbindung zwischen den Welten und ihren Bewohnern hindeuten, die über alles hinausging, was er bisher erfahren hatte, aber es leuchtete ein. Vielleicht kannte sogar Clarkham solch eine ›Wahrheit‹, wenn es so genannt werden konnte.

Jedenfalls konnten alle Fragen seiner eigenen Bedürfnisse und Entscheidungen bald hinweggefegt werden. In einer Notsituation mochte sein Auftrag vorbestimmt sein, und wenn es sich so verhielt, dann würde alles, was von seiner Individualität blieb – alles, was er noch als Halt hatte – wie ein störendes Anhängsel abfallen.

Er hoffte, Mittel und Wege zu finden, das zu vermeiden.

– Ich kenne deine Pläne, Michael. Die Stimme der

Schlange drang so klar aus den Tiefen des Lochs, als wären sie Seite an Seite. – Du bist Tonns letzte Vergeltung für sein Volk.

Shiafa, die die Worte in ihrem eigenen Kopf hörte, stöhnte leise. Ihr Abscheu war fühlbar.

»Ich habe zweimal gehört, daß ich brauche, was du hast«, sagte Michael. »Du selbst sagtest es mir.«

– Und es kann dir gehören.

»Ich glaube nicht, daß du jemals ernsthaft daran dachtest, es mir zu überlassen. Lieber hättest du mich zu einer Waffe gemacht. Das zeigt, wie wenig du schließlich verstehst.«

– Du hättest mein Erbe haben können.

»Ich glaube nicht, daß du mir alles davon gegeben hättest. Du sagtest mir nicht, daß dein Fluch bald von dir genommen wird.«

Die Schlange begann einen langen wellenförmigen Aufstieg zur Oberfläche.

– Du suchst deinen Weg zwischen den Welten und auf dieser, als ob du ein Magier wärst. Deine Kandidatur stand nur in Zweifel, weil du verschmähtest, was du am meisten brauchst.

»Ich bin eine Blume«, sagte Michael. »Ich hatte die Beziehung ganz falsch verstanden. Wir machen keine Welten. Welten machen uns. Oder beides. Oder keines von beidem. Es gibt keine Priorität. Ich bin eine Rose, hervorgebracht von einem Strauch, der auf einer Welt gewachsen ist. So war es auch bei dir. Aber du verfaultest. Deine ganze Generation, alle Sidhe und Menschen deiner Zeit verfaulten einfach.«

– Wenn du willst, was ich habe, solltest du kommen und mit mir schwimmen ...

Michael zog sich Schuhe und Hemd aus. Er tappte in der pechschwarzen Dunkelheit zum Waser und zögerte. Der See roch nach Torf und Alter. Als er bis an die Knöchel ins Wasser gestiegen war, dachte er an die Tiefe des Sees und wie leicht ein Mensch hier untergehen und für immer verschwinden konnte – angefressen von den Lachsen, die der Schlange Nahrung waren, bis die vom Moorwasser teefarbenen Knochen wie Stücke zerbrochenen Geschirrs am schlammigen Grund verstreut lagen.

– Komm und lebe das Leben, das ich gelebt habe! Vielleicht wirst du dann verdienen, an meinen Erinnerungen teilzuhaben.

Die Schlange schwamm siebzig oder achtzig Meter unter der Oberfläche, in einer wäßrigen Dunkelheit, die nicht tiefer sein konnte als die bewölkte Nacht über dem Loch. Michael ging tiefer ins Wasser, stieß sich ab und schwamm auf die Mitte des Sees zu. Das Wasser schmeckte bitter und war sehr kalt. Er zog mehr Wärme aus seinem Inneren und schwamm weiter, bis er sich über der Schlange wußte.

– Mein Fluch wird bald ein Ende haben. Adonnas letzte Macht schwindet, und die Worte, die er mir auf den Leib schrieb, werden auch schwinden. Dann werde ich meinen Platz unter den anderen Kandidaten einnehmen. Nicht nötig, daß ein schwächlicher Junge an meiner Stelle weitermacht.

Michael spürte den Druck der Wasserverdrängung, als die Schlange unter ihm aufstieg. Ein metallischer Mond warf schwachen grauen Schein durch eine Lücke in der Wolkendecke und färbte die Oberfläche um ihn wie Quecksilber. Michael schwamm langsam im Kreis, spuckte von Zeit zu Zeit Wasser aus und fragte sich, was er hier tat. Die Schlange war jetzt knappe dreißig Meter unter ihm und schlängelte sich empor. Zwanzig Meter. Zehn. Sieben.

Michael holte tief Atem und tauchte. Das Wasser brannte ihm in den Augen, aber er zwang sie auf und starrte in die Tiefe. Fünf Meter. Drei Meter. Mit Hilfe der wenigen verstreuten Photonen gefilterten Mondscheins machte er einen länglichen Umriß aus, der jetzt unter ihm stationär war.

– Meine Welt, sagte die Schlange. Hast du verdient, was du zu nehmen wünschst?

– Nein, antwortete Michael. Aber ich werde es trotzdem versuchen. Und wenn es ihm gelänge, würde nicht auch er das Gesetz der Magier brechen? Adonnas Schatten hatte angedeutet, daß er es nicht tun würde, aber das mochte bloße Zweckdienlichkeit gewesen sein.

Er befreite sich von der Verwirrung. Jenes Gesetz war unzweifelhaft in Zeiten der Ruhe und des Wohlstands erfunden worden, als Übergänge von Magiern gemächlich und ehrenhaft vollzogen werden konnten. Jedenfalls stellte sich diese Entschuldigung bereitwillig ein. Dennoch war er ein Dieb. Und wenn am Ende alles gut ausging – würde es rechtfertigen, was zu tun er im Begriff war?

– Starke Motivationen. Sogar Mut.

Der Kopf der Schlange strahlte jetzt eigenes Licht aus. Die kleinen trüben Augen und das zurückgesetzte sichelförmige Maul mit zwei Bogenreihen winziger weißer Zähne waren deutlich sichtbar. Michael glaubte, das Herz müsse ihm stillstehen. Die Schlange konnte ihn mit ein paar Bissen verschlingen, in einem Akt von auf den Kopf gestelltem Kannibalismus ... oder einfachem Überleben.

– Dann ist es ein Wettkampf, sagte die Schlange. Du bist eines Wettkampfes würdig. Sieh zu, ob du nehmen kannst, was du brauchst!

Die Schlange durchbrach die Oberfläche, und auch Michael kam wieder hoch. Im selben Augenblick warf der Mond sein volles kaltes Platinlicht über das glatte Wasser des Lochs. Michael sah die Haut der Schlange wie von Edelsteinen glitzern, als das Wasser ablief.

»Du bist wirklich ein Teil der Erbsünde, nicht wahr?« fragte Michael in anklagendem Ton. Trotz allem war er von seiner ersten Begegnung mit der Schlange tief beeindruckt gewesen. Jetzt warf er die letzten Reste von Achtung ab; was er versuchen mußte, konnte er nicht guten Gewissens jemandem antun, den er wirklich respektierte.

Er schwamm zum Ufer, und die Schlange folgte ihm in gleichbleibendem Abstand; der stumpfe Aalkopf blieb nicht weiter als drei Schritte hinter ihm.

Als Michael Grund unter sich fühlte, stand er auf und watete durch das flache Wasser. Die Schlange war still. Sie war nur noch wenige Schritte vom Ufer entfernt, und das Mondlicht wurde von Wolken getrübt. Michael bemühte sich nicht, die Gedanken der Schlange zu sondieren; was sich in ihm spannte, hätte dadurch verraten werden können.

– Meine Zeit ist wieder gekommen, Michael Perrin. Mein Gesicht kehrt zurück.

Die Schlange schob sich auf die schlüpfrigen Steine und den Kies am Ufer, und der Mond glänzte durch die immer wieder aufreißenden schwarzen Wolken. Michaels Handflächen prickelten kräftig, daß es ihm in den Armen schmerzte. Shiafa –

Leicht berührte er ihr Bewußtsein. Noch immer hatte er nicht genug Kraft in sich gefunden, um zu bewerkstelligen, was er tun mußte. Beschämt bat er um ihre Hilfe – wieder – und fühlte ein Aufbranden sexueller Reaktion, magischer Kraft, beides in unauflöslicher Verflechtung. Sie wußte nicht, was sie mit ihrer Macht tun sollte, aber was sein ›Borgen‹ bedeutete, war ihr klar. Er konnte jetzt kaum noch der Verstrickung entgehen.

Beinahe hatte sie ihn.

Die Traurigkeit, die in Michael aufwallte, war so schmerzhaft wie das Gefühl in seinen Händen. Kristine ...

Sechzig Millionen Jahre Vernunft und Wahnsinn, Träumen und Pläneschmieden. Was immer der Schlangenmagier getan hatte, er verdiente die bevorstehende Freiheit vom Fluch der Sidhe ...

Michael erkannte die subtile Überredung und blokkierte sie. Es wurde auf mehr Ebenen mit seinen Empfindungen gespielt, als er beobachten konnte. Die Sondierungen der Schlange waren unglaublich behutsam, unbemerkt bis zu diesem Augenblick ...

Was bedeutete, daß der Schlangenmagier die Gefahr erkannte, die Michael darstellte. Was war er, in Gottes Namen?

Der Uferstreifen des Lochs schien zu explodieren, Sträucher und Gras flammten einen Augenblick lang taghell auf, verbrannten mit einem schrecklichen keuchenden Luftzug, der die Wasseroberfläche erschütterte.

Wer war das?

Und die Schlange wand sich am Ufer, und ein Gesicht entstand aus ihren Karpfenaugen und dem halbmondförmigen zurückgesetzten Maul. Sie veränderte sich, bekam wieder ein Gesicht, wer ...

– Der Schrecken meines Volkes, kam Shiafas Gedanke.

Die Glut erlosch nach ihrem wütenden Ausbruch, der Mond verschwand, und der Himmel war schwarz wie das Innere eines Helmes.

Losschnellen wie eine Stahlfeder. Springen. Wer ...

Michael, nicht die Schlange, die benommen scheint. Michael steht über ihr, der mächtige Leib der Schlange reicht ihm über die Gürtellinie, das Gesicht bildet sich heraus, ein hübsches Gesicht, nicht sehr unähnlich dem eines Sidhe, das erste Gesicht eines Urmenschen, das seit sechzig Millionen Jahren auf Erden gesehen wurde, Bruder der Sidhe, könnte man denken.

Und in seinem Denken arbeitet Michael sich rasch voran, setzt nützliche Hilfsmittel ein, zieht die Persönlichkeit der Schlange hervor und stiehlt aus den Reserven des Wissens, was er brauchen würde. Außerstande zu vermeiden, daß er in einigen Aspekten die Schlange wird, denn Wissen macht den Menschen (und mit jedem Augenblick des Gebrauchs ihrer Kräfte mehr mit Shiafa verflochten), atemlos über der Schlange stehend, beobachtend ...

Wer entflammte die Sträucher – Ablenkung, aber von wem?

Wie viele Persönlichkeiten habe ich?

Der sechzehnjährige Junge ist geschrumpft, zu Nichts geworden, nur eine Erinnerungsspur hinterlassend

An seiner Stelle ist Shiafa

Herr, Gott meiner Jugend, wohin du auch gegangen bist, wer immer du sein magst, es sei denn, du bist bloß ein weiterer, Stärkerer von uns, die wir danach streben, Welten zu machen, ich kann deine Hilfe nicht erbitten, es ist nicht recht, aber ich brauche deine Hilfe ...

Plötzlich leistete die Schlange Widerstand, und Michaels Kopf schien in Feuer zu explodieren, wie die Sträucher am Ufer es getan hatten. Die Flammen brannten die Buchstaben des Fluches, der die Schlange gebannt hatte, in Michaels Seele.

– Du hast dir nicht das Recht verdient, mir dies anzutun.

»Dann gib mir, was ich brauche!« rief Michael in die Nacht hinaus. Shiafa rief einige Worte mit ihm, eine armselige, sklavische Erweiterung.

– Du willst, daß wir mit ihnen leben, nach allem, was sie uns angetan haben ...

»Und keine Vergeltung! Ein Ende des Krieges!«

– Niemals.

Aber Michael lernte bereits von der Schlange, nahm, was er brauchte. Er sah die Bedeutung des Auswuchses in seiner Handfläche und wußte, was er war. Einst, vor sechzig Millionen Jahren hatte es viele wie ihn gegeben; mit ihrem Verschwinden war die Unregierbarkeit der Welt garantiert gewesen.

Sie waren keine Magier gewesen. Sie hatten den Magiern gedient, welche diese Welt und vieles andere wie sie geschaffen hatten. Man hatte sie Macher genannt. Ohne die komplizierte Organisation, die im Gedächtnis der Schlange war, würde Michael sowohl Macher wie auch Magier sein müssen, Handwerker und Schöpfer.

Die Schlange wehrte sich gegen ihre Beraubung, schleuderte Kies und Geröll hoch, und mehrere größere Steine trafen Michael und Shiafa, bis ihm Hände und Stirn bluteten und Shiafa sich keuchend vor Schmerz krümmte; aber er wich und wankte nicht.

Selbst als die Umwandlung ihren Fortgang nahm, verblaßten die Zeichen am Bauch der Schlange nicht. Statt dessen erglühten sie mit neuem Leben und neuer Bosheit. Ihre Geräusche, als sie sich am Ufer wälzte und um sich schlug, bis einige ihrer blitzenden Schuppen losgerissen wurden, waren qualvoll über jeden Schmerz hinaus, der von Michael verursacht sein mochte.

Mehr und mehr veränderte sich die Gestalt der Schlange zu jener des Manus – wie der Name des Magiers vor sechzig Millionen Jahren gewesen war, ehe die Menschen der Vorzeit ihren Endkampf mit den Sidhe verloren hatten und er gezwungen worden war, die ewige Bürde der Niederlage zu tragen.

Michael nahm dies alles auf, so rasch er konnte, aber die Erinnerungen verblaßten und verzerrten sich unter seiner verankerten Sonde. Manus wälzte sich am Ufer, und von den Schriftzeichen auf seiner dunklen goldfarbenen Haut stieg Dampf empor. Die glitzernden Schuppen waren alle abgefallen und lagen verstreut wie der Inhalt einer ausgeschütteten Schatztruhe.

Der Magier hatte jetzt zwei Arme und zwei Beine. Der Schwanz war zu einem schwarzen Stummel am Ende des Rückgrates geworden. Ächzend wälzte er sich auf den Rücken. Das Gesicht war wieder vollkommen menschlich – aber es war leer.

Michaels Sonde tastete in einer ungeheuren Höhle umher.

»Da ist nichts«, sagte er und erhob sich. Er fühlte aufsteigende Übelkeit; seine Erschöpfung grenzte an Fühllosigkeit. »Wohin ist er gegangen?«

Shiafa zog sich auf allen vieren vom Ufer zurück. Michael hatte sie aus dem Konflikt freigegeben. »Wohin ist er gegangen? Er ist da.« Sie zeigte mit einem langen Finger auf den Körper, der neben der zitternden Wasserfläche kaum sichtbar war.

»Er ist leer. In seinem Gedächtnis ist nichts.«

Der einstige Schlangenmagier starrte zum Himmel auf, und sein Gesicht war leer wie das eines Leichnams. Die Brust hob und senkte sich angestrengt atmend, die Hände öffneten und schlossen sich. Er machte leise wimmernde Geräusche und bewegte sich schwächlich auf dem schlüpfrigen Geröll. Der Mond spiegelte sich in des Magiers Augen, die leblos und stumpf wie die Augen eines toten alten Fisches waren. Die Zeichen, mit denen die Sidhe ihn vor Millionen Jahren gebannt hatten, waren wie Schwielen auf seinem Bauch.

Mit Hilfe des gestohlenen Wissens konnte Michael sie jetzt lesen und konnte sehen, wie sie sich mit dem Schlangenleib verändert hatten.

Solange die Sidhe Dunkelheit kennen, was innerhalb, ist außerhalb. Das war der Fluch, mit dem die Sidhemagier ihn vor sechzig Millionen Jahren gezeichnet hatten. Aber nun war eine neue Zeile erschienen.

Was außerhalb, ist innerhalb.

Michael näherte sich dem Magier, streckte die Hand aus und berührte ihn. Die Haut war warm. Er schien in gesundem mittleren Alter zu sein, obwohl gewisse Unterschiede in Körperbau und Gesichtsbildung ein genaues Urteil ausschlossen.

Michael fühlte die Nähe eines sich öffnenden Tores und sah die Helferin des Magiers herbeilaufen. Die Morgendämmerung war ein verwaschener blauer Fleck im Osten. Die Halbblutfrau stand in unbestimmter Silhouette vor diesem Flecken, zwischen ihrem Meister und dem unbewegten Wasser des Lochs, kam näher und kniete auf den Steinen nieder. Sie berührte ihn. Ihre Hand war nur wenige Zentimeter von Michaels entfernt.

Dann richtete sie den Blick auf Michael und kniff die

Augen zusammen, um ihn im Halbdunkel des eben anbrechenden Tages genauer zu sehen. »Du bist nicht er«, sagte sie mit tonloser Stimme. »Du bist zurückgekehrt, aber du bist nicht er.«

Michael fühlte sich zu unwohl und erschöpft, um zu antworten. Er zog sich von dem nackten Mann zurück und legte sich neben Shiafa nieder, mit der er eine tiefe und enge Verbundenheit fühlte, nicht Liebe oder Lust oder auch nur Bedürfnis, sondern etwas von Anfang an Selbstverständliches. Sie lagen aneinandergeschmiegt am steinigen Strand und warteten, daß die Sonne käme und sie wärmte. Die Helferin des Magiers hätte zu diesem Zeitpunkt nach Belieben mit ihnen verfahren können; sie waren hilflos wie angeschwemmte Quallen. Aber sie kauerte, eine Hand auf dem Bauch des Magiers, wo die Schriftzeichen mit einem inneren Licht schimmerten, als hielte sie Wache bei einem Todkranken. Zuletzt nahm sie die Hand von ihm, ballte die Finger zur Faust und hob diese, als wollte sie auf etwas einschlagen, und stand dann auf. Michael fragte sich unbestimmt, ob sie gehen wolle.

»Ich bin seit tausend Jahren hin und wieder bei ihm gewesen«, sagte sie. »Er wartete auf diesen Tag, wenn Tonns Tod und die Verwirrung ihn erlösen würden.«

»Was fehlt ihm?« krächzte Michael. »Ich tat nichts, was diesen Zustand herbeigeführt hätte.«

»›Was außerhalb, ist innerhalb‹«, zitierte sie. »Sechzig Millionen Jahre lang war er mit dem Geist und dem Bewußtsein eines Menschen im Körper einer Seeschlange gefangen. Adonna sei Dank«, sagte sie in einem von Sarkasmus triefenden Ton. »Der gesegnete, vergebende Magier der Sidhe. Ein Fluch war ihm nicht genug. Nun, da der erste geendet hatte, hat er einen zweiten gemacht, indem er die Worte umdrehte. Der Magier hat den Körper eines Menschen ...«

Manus wälzte sich herum und starrte leer zu Michael und dann zu seiner Helferin. Seine Augen waren leblos wie Straßenstaub nach einem leichten Regen. Er öffnete den Mund und machte ein Geräusch wie aus einem Ballon entweichende Luft.

»... und nun den Geist einer Schlange«, endete sie und stieß den Liegenden leicht mit einem Zeh an. Manus schrak zurück. »Adonna hat ihn erledigt. Was hast du?«

»Verzeihung«, sagte Michael, während Entsetzen durch die Benommenheit seiner Erschöpfung sickerte, »ich verstehe nicht.«

»Hat er also alles verloren?« fragte das Halbblut. »All sein Wissen, alle seine Gedanken?«

Michael schloß die Augen und folgte einer Lichtspur durch die Dunkelheit hinter seinen Augen. Einst war er ein Junge gewesen und hatte im Körper eines Jungen gelebt, mit dem Geist eines Jungen, wie eine sehr kleine, aber gut geordnete Hütte.

Nun war der Junge fort, und der Mann, der ihn verdrängt hatte, lebte in einem bröckelnden und verwachsenen Palast, aber unbeschreiblich prächtig und angefüllt mit Geheimnissen. Es würde Jahre erfordern, diesen Palast zu erforschen und alle seine Räume, Wege und Gefahren kennenzulernen.

»Nein«, sagte das Halbblut, über ihm stehend. »Du hast dem Magier einen Gefallen erwiesen. Er wußte es nicht einmal. Du hast von ihm genommen und bewahrt. Nun, was wirst du mit dem Gestohlenen tun?« Sie wandte sich an Shiafa. »Also fängt es wieder von vorn an. Die ganze traurige Geschichte beginnt von neuem.« Sie schüttelte energisch den Kopf, bis ihr das Haar von dem grauen Himmel um den Kopf flog, und schritt zurück zu dem Riß in der Luft, hob das Bein und sprang durch, zog die aufgerissenen Ränder hinter sich zu.

Manus drehte den Kopf, um zu dem steinernen grauen Himmel über ihnen aufzublicken. Sein menschlicher Kiefer öffnete und schloß sich rhythmisch, seine menschlichen Beine zuckten.

Michael gewann ein wenig Kraft aus seinem *hyloka* und stand auf, dann half er Shiafa auf die Beine.

»Du hast sein Wissen?« fragte sie. Sie beobachtete ihn mit einem fiebrigen Licht in den Augen.

Michael nickte. »Etwas davon.« Er fühlte ein Schluchzen hochkommen und konnte es nicht unterdrücken; es schüttelte ihn einmal heftig, und er schluckte es hinunter, bedeckte die untere Gesichtshälfte mit einer Hand. Sobald er die Selbstbeherrschung zurückgewonnen hatte, nahm er die Hand vom Mund und sagte: »Ich weiß nicht einmal, wie ich es an mich brachte.«

Sein Kopf war voll von Stimmen, alle unvertraut. Er stieß auf ein Bild aus der Jugend des Magiers, als das Kind Manus durch einen Wald der alten Erde des Tertiär gewandert war, umgeben von gewaltigen Bäumen, neben denen sich sogar Sequoias kümmerlich ausnahmen – Bäumen mit Stämmen wie schwarz glänzende Kirchtürme und lichten Kronen, deren Laub im Sonnenlicht wie grün durchscheinendes Glas schimmerten.

Nach diesem Bild kamen Erinnerungen an das Zusammentreffen mit dem letzten ernsthaften menschlichen Kandidaten. Manus hatte alle verbliebenen Kräfte gesammelt und einen Schatten geworfen, um dem Nazarener auf einem steinigen Hügel in Judäa zu erscheinen.

Michael sah das Gesicht Jesu, kräftig und fein geschnitten, mit dunklen Augen aber beinahe ins Rötliche gehendem braunen Haar, und diese Augen zogen alle Aufmerksamkeit vom Körper, der breitschultrig und mittelgroß war, auf sich.

Michael schlug die Hände vors Gesicht und drückte gegen die Schläfen und sah Elme und Aske und den Garten, wo ihre Kinder gespielt hatten – und die kindlichen Kranichfrauen, Enkelkinder Adonnas, wie sie um die juwelenbesetzte Schlange tanzten, während Adonna selbst das größere Spiel der Gottheit um den

Berg Ararat und über den Flußebenen von Euphrat und Tigris spielte.

Und dann sah Michael die Position über allen Welten, wo jene, die ernsthaft Welten machen wollten, stehen mußten. Den Ort namens Null.

Wieder traten ihm Tränen in die Augen. Nun, da er einen Teil des Magiers in sich trug, konnte er die Wahrheit von Manus' langem gequälten Leben einschätzen ...

Und er konnte die Gemütsbewegungen fühlen, die in dem Magier sechzig Millionen Jahre lang lebendig geblieben waren – Wut und Entsetzen über das Schicksal seiner Rasse, Schrecken angesichts des Niederganges des einstigen Paradieses in Fraktionskämpfen und Selbstzerstörung.

Niemand von ihnen hatte verdient, was über sie gekommen war.

Selbst die Riesen jener vergangenen Zeitalter waren den Umständen gegenüber so machtlos wie Kinder gewesen.

Michaels Anmaßung lag jenseits aller Vernunft. Aber es war zu spät, um einen anderen Kurs einzuschlagen. Adonna hatte einen möglichen Rivalen aus dem Wettbewerb entfernt; Michael hatte das Gesetz der Magier nicht gebrochen, denn Manus war in Wahrheit niemals ein Kandidat gewesen; der Fluch hätte das offensichtlich verhindert.

Nun gab es nur noch Tarax, Clarkham und Michael. Und endlich besaß Michael die meisten der Kenntnisse und Fähigkeiten, die er benötigte, wenn er sein Talent mit einiger Hoffnung auf Erfolg einsetzen wollte.

»Ich weiß, wohin wir als nächstes gehen sollten«, sagte er. Schon dachte er an Shiafa als einen Teil seiner selbst, der praktisch untrennbar mit ihm verbunden war.

»Meinen Vater zu bekämpfen«, sagte Shiafa.

Der verstandlose Manus schob sich am Boden hin

und her, als ob er versuchte, sich wie eine Schlange fortzubewegen. Michael drückte ihm die Hand an die Stirn, und indem er Manus' eigenes Wissen anwandte, beendete er das Leben des ältesten Lebewesens der Erde, des letzten der ersten Menschenrasse. Die Augen des vormaligen Magiers wurden lebloser, und endlich verließ sie der letzte schwache Schimmer von Bewußtsein. Michael drückte dem Toten mit zwei Fingern die Augen zu.

»Nein«, sagte er, »nicht gegen Tarax zu kämpfen.«

Shiafa schien beinahe enttäuscht. »Kristine zu finden?« fragte sie zögernd.

Kristine ...

Er schüttelte den Kopf. Eine ferne Stimme sagte: Eines nach dem anderen, aber er erkannte sie kaum.

Michael streckte ihr die Hand hin, und sie ergriff sie. Etwas nicht durchaus Angenehmes ging zwischen ihnen hin und her. Manus' Erinnerungen sagten ihm jetzt ziemlich genau, was geschähe, wenn er länger mit Shiafa zusammenbliebe, aber einstweilen konnte er sich nicht daran halten. Er brauchte ihre Kraft noch.

38

Es bestand keine Notwendigkeit, nach Los Angeles zurückzukehren. Für Michael waren alle Orte auf Erden jetzt ziemlich gleich; alle Orte boten gleiche Möglichkeiten des Übertritts nach Null, und das war der nächste Schritt, den er tun mußte.

Ein Magier oder Macher konnte innerhalb bereits etablierter Welten keine reifen Welten schaffen. Michael wunderte sich, daß ihm dies nicht schon früher offensichtlich gewesen war; junge Welten standen in einem fundamentalen Widerspruch zu alten und konnten nicht gedeihen, wenn sie in vorher bestehende Regeln eingebunden wurden. Die perlartigen Auswüchse seiner Handflächen waren durch seinen Aufenthaltsort an der Entwicklung gehindert worden, nicht durch seine Unerfahrenheit. Wie war es dann aber möglich, daß Clarkham so große Fortschritte hatte machen können? Denn er war überzeugt, daß Isomagus niemals in Null gewesen war.

Wäre ihm die Möglichkeit klargemacht worden, so hätte Michael – das erkannte er jetzt durch Manus' Wissen – schon im Alter vor zwei oder drei Jahren als Macher funktionieren und winzige Kinderwelten schaffen können, Spielzeugwelten. Welche Potentiale lagen in der Menschheit verborgen; welche Potentiale mochten jetzt, da die veränderte Erde so viele Möglichkeiten andeutete, freigesetzt werden?

Sie begruben den Magier Manus in den Hügeln über dem Seeufer, unter einem spröden kupfergrünen, mit Wolkenstreifen durchschossenen Himmel. Shiafa half ihm den Leichnam tragen, ohne ihre frühere Furcht und Abneigung zu zeigen.

Als das getan war, stand Michael am Hang des Hügels und überblickte den See. Shiafa stand neben ihm und warf ihm ungewisse, hoffnungsvolle Seitenblicke zu.

»Du gehörst nicht mehr deinem Vater«, sagte Michael endlich.

»Nein«, gab sie zu.

»Du kannst ihm jetzt nicht dienen.«

Sie schüttelte den Kopf.

»Weißt du, warum er dich zu mir schickte?«

»Um eine Falle zu sein«, erwiderte sie, die Augen wie in Erwartung eines Schlages ins Gesicht halb zugekniffen.

»Wie viele Flüche wurden während des Krieges ausgetauscht!« sann Michael. »Offene Flüche, versteckte Flüche, Flüche, die zum Gegenteil ausschlugen. Wie schlau waren unsere Vorfahren in ihren Grausamkeiten. Aber dieser Fluch ... Daß Sidhemänner und Sidhefrauen einander zur Vernichtung gereichen können. Wußtest du davon?«

»Nein.«

»Wenn ich ein Magier werde, nachdem ich eine Sidhe zur Frau genommen habe«, sagte Michael, »wird der Sidheteil in mir, so unbedeutend er auch sein mag, die Oberhand gewinnen. Ich werde von meiner Partnerin besessen sein, mich in ihr vergraben, sie anhimmeln, bis all meine Macht dahin ist. Wir werden einander lebendig aufessen. Und doch bin ich auf die Kräfte einer Frau angewiesen, wenn ich die Macht haben will, die für Zaubereien des höchsten Grades erforderlich ist. Sidhefrauen sind Trägerinnen der Magie. Und weil ich Sidheblut in mir habe, kann ich nicht ein Magier der Menschen allein werden ...

Ich muß lieben und stehlen, und dann ... muß ich entkommen. Und ich werde nicht entkommen, es sei denn, meine Partnerin wird verwandelt, da ich andernfalls weiterhin von ihr festgehalten werde. Der zweite Teil des Einweihungsrituals. Zuerst tötest du dein Lieblingspferd ... und dann tötest oder verwandelst du deine Partnerin.« Michael schauderte. »Die Frauen wissen das nicht?«

»Ich wußte es nicht.«

»Aber die Ban der Stunde wußte es. Das sind die Voraussetzungen, um es unter den Sidhe zum Magier zu bringen. Da ich Sidheblut habe, konnte ich in eine Falle gelockt werden. Tarax versuchte es. Dein Vater.«

Shiafa fröstelte. »Du hast nicht alle meine Macht«, sagte sie.

»Ich habe nicht versucht, sie auf einmal zu nehmen, sondern sie nur geborgt. Je mehr ich borge, desto mehr brauche ich. Aber ich kann nicht mehr nehmen, ohne zu heiraten.«

»Laß mich hier und benutze die Macht der Schlange!«

»Ich nahm keine Macht vom Magier. Das wenige, was ihm geblieben war, habe ich bereits übertroffen. Seine anderen Kräfte wurden schon am Ende des Krieges abgestumpft, als er verflucht wurde.«

»Aber du mußt mich verlassen ...«

»Ich kann nicht«, sagte Michael. »Wenn ich Tarax in Null gegenübertrete, so wie ich bin, werde ich verlieren, und alle Menschen werden leiden. Ich kann wahrscheinlich Clarkham bezwingen, der seine Magie auf andere Weise erwarb. Aber nicht Tarax.«

Shiafa setzte sich ins Gras. Ihr Zittern hatte sich so verstärkt, daß es an Zuckungen gemahnte. Michael berührte ihren Scheitel. »Was fühlst du?« fragte er.

»Verlust«, sagte sie. »Haß.«

»Haßt du mich?«

Sie schüttelte den Kopf; eine Bewegung, die sich kaum von ihrem Zittern unterschied.

»Zieh aus der Mitte!« schlug Michael vor.

»In meiner Mitte ist nichts«, versetzte sie. »Ich bin leer wie ein Flaschenkürbis. Ich bin niemals etwas gewesen. Nicht für mich selbst.«

»Was möchtest du sein?«

Die Frage schien sie zu beruhigen. »Eine feine Dame der Sidhe. Ich will weder Macht noch Bedeutung. Die Höfe und Räte sind mir zuwider, ebenso wie die Ziele meines Vaters. Ich würde das alles nehmen und weggeben ... dir, wenn du es brauchst ... Aber es wird nicht weggehen. Es hängt an mir. Ich kann nicht geben, und in mir ist es nutzlos, und wenn du es nimmst, zerstört es uns beide.«

Michael setzte sich neben sie. Alle Ungeduld und Eile waren vergangen. Er wußte genau, wieviel Zeit die Welt noch hatte – drei Tage und einige Stunden, bevor die Zeit selbst völlig unverläßlich würde. Genug Zeit, um zu erreichen, was er erreichen wollte. »Was tut eine feine Dame der Sidhe?« fragte er.

»Ich denke mir, daß meine Mutter eine feine Dame

war. Sie arbeitete Hand in Hand mit ihrem Partner und – sie war fort. Ich wußte nie, was aus ihr wurde. Im Idealfall sollte eine Sidhefrau nach den einfachen Freuden des Lebens in einer wohlgepflegten Welt streben, unter anderen Sidhe ...«

»Und Menschen?«

Shiafa schien die Anregung nicht diskussionswürdig zu finden. Michael seufzte. »Immer noch deines Vaters Tochter.«

»Dann schick mich fort!« fauchte sie und rückte von ihm weg. »Such anderswo, was du brauchst!«

»Wenn ich nur könnte«, sagte er. Er fragte sich, wie nahe er Tarax' Falle schon gekommen war. Der leichte Weg, der offensichtliche Weg – borgen, was man braucht, statt sich der Ungewißheit zu stellen. Er versuchte, in Manus' Erinnerungen eine Lösung zu finden, aber es gab keine. Wie Manus sich nicht auf Seelen verstanden und sie den Sidhe nur genommen hatte, so hatte er den Sidhemagiern die Liebe genommen.

Niemandes Lösungen waren für Michael ideal.

– Wenn du alles in deinen Kräften Stehende tätest, um die Niederlage zu vermeiden, und deine ganzen Energien vergeuden würdest, bevor der eigentliche Kampf beginnt, immer auf der Suche nach größtmöglicher Gewißheit und Sicherheit, würdest du nur dich selbst zerstören.

Und woher kam diese Weisheit? Nicht von Manus. Nicht von Adonna. Nicht einmal von den Kranichfrauen oder dem Magier der Cledar.

Sie kam vom jungen, ungehobelten, unsicheren Michael Perrin.

»Gut, ich werde deine Kräfte nicht mehr benutzen«, sagte er.

»Wer wird es dann tun?« fragte Shiafa ungläubig.

»Ich weiß es nicht. Vielleicht du.«

»Um was zu tun? Für meines Vaters Sache zu arbeiten?«

»Ich weiß es nicht.« Er fühlte sich noch immer zu ihr hingezogen. Dagegen mußte er ankämpfen; im Augenblick erschien ihm Kristine, verglichen mit Shiafa, ein blasses und nahezu lebloses Objekt der Leidenschaft.

Was konnte Kristine einem Magier bieten? Sie war sterblich, menschlich, nicht einmal besonders schön, verglichen mit einigen von den Schönheiten, die er gesehen hatte – mit der Ban der Stunden zum Beispiel. Was konnte sie einem jungen Magier nützen, was konnte sie ihn lehren oder ihm geben?

Nichts. Sie war eine völlig unpraktische Liebe. Er wußte nicht einmal, ob das, was sie hatten, wahrhaft Liebe war. Es mochte eine flüchtige Neigung sein. Es war möglich, daß er sie rettete und dann entdeckte, daß sie sich im Laufe von Wochen oder Monaten von ihm entfernte und ihn allein ließ. Täte er sich hingegen mit Shiafa zusammen, so wären sie niemals fähig, einander zu verlassen ...

Er könnte – er würde einen Weg finden, die beiderseitige Zerstörung zu verhindern. Du bist, was du wagst ...

Aber das war nicht etwas, was er wagen würde. Er konnte das warnende Bild von Adonnas Frau nicht übersehen: namenlos, verwandelt in ein Ungeheuer und verdammt, über die Verbrannte Ebene zu kriechen.

Kein Wunder, daß der Sidhemagier seine letzte Rache verborgen hatte.

Kein Wunder, daß die ganze Geschichte grausam war, Rache auf Rache getürmt, Bestrafung auf Bestrafung.

Der Teufelskreis mußte durchbrochen werden.

»Ich bringe dich zurück zu Tarax«, sagte Michael.

»Ich weiß nicht einmal, wo er ist«, erwiderte Shiafa.

»Ich denke, ich weiß es. Er ist, wo ich jetzt sein sollte. Also werden wir zusammen zu ihm gehen.«

39

Gestohlene Erinnerungen:

An eine Zeit, als die Erde die Mitte aller Raumzeit einnahm und der Himmel nicht voller Sterne war, sondern voller blitzender Juwelen, anderen Welten, die nicht weit entfernt waren und die man auf einem Epon in wenigen Tagen erreichen konnte ...

Als Tage nicht vom Aufgang und Untergang einer Sonne bestimmt wurden, sondern von der Dauer eines lichterfüllten Dunstes, der die gesamte Schöpfung durchdrang.

Manus, Eingeweihter und Kandidat für die Position eines Magiers der Menschen – ein Kandidat unter Zehntausenden –, der seine Disziplin in den Wäldern und Gebirgen übte, unter immergrünen Bäumen und nach Schnee riechenden Gipfeln, die niemals aufbegehrten, um zu töten, aber bisweilen ein wenig Trotz zeigten, nur um herauszufordern ...

Frauen teilte Manus mit anderen Kandidaten ... einige der Frauen waren selbst Kandidaten für die Position des obersten Schöpfers, Erhalters, Meisters der Handwerker, Macher, Pfleger und Entwerfer, die den Ehrentitel *Gärtner* trugen, Bewahrer des Paradieses, wo tausend verschiedene Arten von Lebewesen gediehen, unter denen Sidhe, Menschen, Spryggla, Cledar und Urges dominierten (nur in der Zahl), aus deren Reihen die meisten, aber nicht alle Macher erwählt wurden. Von daher rührte die Legende von den Demiurgen, den Weltbaumeistern der Götter.

Erinnerungen an einen Himmel so rein und bezaubernd wie Saphir oder Lapislazuli, erfüllt mit den fliegenden Amorphalen der Sidhe und den Cledar, Meistersängern und Erfindern der nichtvokalen Musik; und die Ozeane so klar, daß Schwimmer und Seeleute dreihundert Meter tief unter die Oberfläche sehen und die

Vergnügungen der pelagischen Sidhe beobachten konnten.

In jenen Zeiten war Manus jung. Durch seine Reife war das goldene Zeitalter getrübt und die Harmonie zwischen den Arten gestört worden. Durch seinen Aufstieg zum Magier wurde sein ererbtes Reich zu einem Wirrwarr von Scharmützeln und Einzelkämpfen geworden, die zu offenem Krieg auszuarten drohten.

Gewohnt an die Reinheit der süßen Vernunft und der geordneten Debatte, waren seinerzeit sehr wenige darauf vorbereitet, den Aufwallungen von Haß und Mißtrauen zu begegnen. Kaum einer war immun gegen die Krankheit, die vor keiner Art haltmachte. Man stellte sich auf die eine oder die andere Seite, und jene, welche die Menschen unterstützten – fast alle Arten bis auf die Sidhe –, teilten die Schöpfung auf und gaben den Sidhe den am wenigsten begehrten Sektor.

Das war der eigentliche Beginn des Krieges ...

Und Manus war machtlos gewesen, ihn zu verhindern. Tatsächlich war er von der Krankheit erfaßt und mitgerissen worden, ebenso wie die damaligen Magier der Sidhe und der anderen Arten.

Den Ausgang hatte Michael bereits gewußt, aber Manus' Erinnerungen fügten grauenhafte Einzelheiten hinzu. Der wahre Sündenfall ...

Was viele als den menschlichen Sündenfall ansahen, verzerrt im Mythos von Adam und Eva und der Schlange, war in Wirklichkeit der Beginn eines Aufstiegs zu neuer Reife in einer Schöpfung gewesen, die, sich selbst überlassen, völlig außer Kontrolle geraten war.

Der Raum hatte sich beinahe grenzenlos ausgedehnt. Die Schöpfung hatte sich mit willkürlichen und verworfenen Kontinuen vermengt, und in der notwendigen Entstehung von Lebensgesetzen war die feine Abstimmung der Magier und Macher aufgehoben. Unvertraute und fremde Intelligenzen waren an den fernen Grenzen erschienen. Die triumphierenden Sidhe, besorgt, daß sie in ihrem Sieg zu bequemer Lebensart absinken könnten, hatten sich in die Große Entfernung aufgemacht, wie diese neuerdings zugänglichen Regionen genannt wurden. Es folgte der Schwierige Krieg, der Millionen Jahre dauerte und von dem Manus sehr wenig wußte, da er auf Erden gefangen war.

Dann waren die Sidhe zurückgekehrt, weder siegreich noch besiegt, aber durch ihre Reisen und Kriege verringert ... Und nur einer von ihnen hatte danach gestrebt, Macher und Magier zu sein: Tonn. Tonn war der letzte gewesen, der nach Null gegangen war, wo Schöpfungen vorbereitet wurden und wahre Magie zur Formung des Reiches wirkte.

In den seither vergangenen zehntausend Jahren war Null unbesetzt geblieben.

Michael kannte die Kombinationen der Disziplin, die notwendig waren, das Tor eines Magiers zu öffnen. Vom Hang des Hügels über dem schottischen Loch gebrauchte er Manus' Erinnerungen und öffnete eine schwarze Kluft in Fels und Erde, anders als die Tore in der Luft, die er vordem gemacht. Diese Kluft führte in ein nahezu vollkommenes qualitatives Vakuum, das nur ein Minimum von unumstößlichen Gesetzen kannte.

Michael und Shiafa traten in Null ein.

›Unter‹ Null war der Nebel, den Michael unter dem Reich gesehen hatte, aber noch weniger strukturiert und schmerzhaft zu sehen. ›Über‹ Null war eine negative Auflösungsebene, wo mißlungene Schöpfungen wiederaufbereitet werden konnten und in den Nebel zurückfielen. Null konnte als ein Auslöscher benutzt werden, falls ein Macher oder ein Magier zu dem Schluß gelangte, daß eine neue Schöpfung wegen bestimmter Mängel eliminiert werden müsse.

Die zwei, Nebel und Negativebene, breiteten sich über alle Arten von Entfernungen und Dimensionen aus; und ›zwischen‹ ihnen, wo kein ungeübtes menschliches Auge etwas finden oder entziffern konnte, lag Null selbst, eine einfache Struktur von schwarzen Würfeln, die einer enormen mineralischen Kristallbildung ähnelte. Aber Null war weder aus Stein noch aus etwas anderem gemacht.

Es war eine Markierung, ein Ausgangspunkt.

Es war nie von jemandem ›gemacht‹ worden. Älter als alle Schöpfungen, alle Lebewesen, hatte Null eine zeitlose und *Apriori*-Realität, die Michaels Begriffsvermögen auf eine harte Probe stellte, selbst mit Manus' Erinnerungen.

Tarax stand bereits auf dem obersten Würfel, versunken in Konzentration. In den Händen hielt er einen Tastzirkel, dessen zwei Spitzen eine merkmalslose elfenbeinfarbene Kugel umspannten, die vor ihm schwebte.

Michael betrat Null auf dem nächsttieferen Würfel. Shiafa schloß die Augen und stöhnte, als sie auf der Oberfläche eines dritten, ein kurzes Stück entfernten Würfels erschien – wenn Entfernung hier etwas bedeuten konnte.

Tarax wandte den Blick von seinen Messungen und lächelte Michael als einem Ebenbürtigen zu. – Willkommen, Kandidat, sagte er. Es gab kein Geräusch in Null und daher keine Stimmen außer jenen, die durch den Geist übermittelt wurden. Selbst diese Kommunikation schien blechern und schwach. Es war offensichtlich, daß niemand längere Zeit in Null bleiben konnte, ohne alle materielle Form zu verlieren, und vielleicht auch alle geistige Ordnung. Es war kein Ort zum Wohnen; er war bestimmt für die höchste Form von Schöpfung.

– Danke. Die Höflichkeit schien hier nicht fehl am Platz. Das bedrückende Fehlen jeglicher Ordnung mußte kompensiert werden.

– Meine Tochter sollte nicht hier sein. Sie ist für diese Bereiche nicht gewappnet.

– Ich habe ihr einen Teil meiner selbst gegeben, daß sie kommen und bezeugen möge.

– Was bezeugen, unseren Kampf?

– Vielleicht.

Tarax zeigte auf die Kugel zwischen dem Tastzirkel. – Dies ist beinahe vollendet. Es kann all jene erhalten, die jetzt auf Erden leben. Würdest du unsere Völker und Arten zum Untergang verurteilen, um deine eigene kleinliche Bedeutung zu erringen?

Michael war fasziniert von dem Unterschied zwischen Tarax' angehender Schöpfung und den kleinen Perlen, die er hervorgebracht hatte.

– Du würdest die alte Welt vollständig aufgeben?

– Welchen Nutzen hat sie? Sie ist rauh und unbeherrscht. Mein Volk lebt dort nur mit Schwierigkeit. So fehlerhaft das Reich war, es erhielt uns in Behaglichkeit.

– Hast du Raum für alle Rassen?

Tarax breitete die Arme aus. – Alle sind willkommen.

– Ich glaube nicht, daß die Menschen in einer von der Erde so isolierten Schöpfung zu leben wüßten.

– Sie würden es lernen.

Michael kannte jetzt das ganze Ausmaß des Gesetzes der Magier. Kandidaten konnten es in Null nicht einfach ›miteinander ausmachen‹; sie waren hier nur geduldet. Was das genau bedeutete (wer duldete ihre Anwesenheit?) konnte Michael in Manus' Erinnerungen nicht finden. Solange sie hier waren, konnten sie die Angelegenheit jedenfalls nicht durch irgendeine Form des Kampfes regeln ...

Ausgenommen eine.

Michael fühlte die perligen Geschwülste über beide Handflächen wachsen. Er hatte einen Vorteil gegenüber Tarax ...

Seine Schöpfung würde nicht von vorn anfangen. Das Beispiel eines ungeordneten, unberechenbar verwilderten Gartens, Treibhausgewächse mit einbegriffen, beherrscht von wilden und selbstgenügsamen Gewächsen – das Beispiel der Erde und der sie umgebenden Raumzeit lag in Michael verborgen, angeboren, gefühlt, wenn nicht verstanden. Und der Macherteil von ihm konnte das als Ausgangspunkt verwenden.

Tarax würde eine reine Schöpfung versuchen, außerhalb und jenseits der verabscheuten Erde. Er würde versuchen, woran Adonna schließlich gescheitert war: eine Schöpfung *ex nihilo.* Das entsprach sehr dem Selbstverständnis und Stil eines Sidhe. Michael bewunderte das.

Doch selbst mit Manus' Erinnerungen konnte er auf dieser Ebene nicht konkurrieren, es sei denn, er vermengte seine Anstrengungen mit denen Shiafas ...

Er verwarf diesen Gedanken und blickte Tarax' Tochter an.

Sie stand tapfer auf der schwarzen Oberfläche.

– Ich habe dir deine Tochter gebracht.

– Ist ihre Ausbildung beendet?

– So ist es. Shiafa weiß so viel, wie ich wußte, als du sie zu mir brachtest. Ich bildete sie aus, wie die Kranichfrauen es getan hätten.

Tarax' Schöpfung wuchs im Durchmesser. Er öffnete die Schenkel seines Zirkels und maß wieder nach, nickte.

– Dann wirst du erfahren, wo deine Menschenfrau ist.

– Schicktest du Shiafa als eine Falle zu mir?

– Ist das wichtig? Wenn ich es tat, bist du der Falle ausgewichen.

– Es gibt Leute auf Erden, die solch eine Falle als schurkisch ansähen, als die Taktik eines verzweifelten Feiglings.

Tarax schien unerschütterlich. – Ich wundere mich, daß du glauben kannst, mich kümmerten die Meinungen von Menschen.

– Wo ist Kristine?

– Ich kann dir sagen, wo sie ist, aber nicht, wie du

dorthin gelangst. Clarkham hat sie in einer seiner endlosen Versuchsschöpfungen.

– Soviel weiß ich bereits. Ich habe meinen Teil des Handels erfüllt. Sag mir, was du zu sagen mir versprachst.

– Der Zahl nach ist es Clarkhams vierzigste Schöpfung, und du magst sie zwischen den Flaschen Wein finden, die er im Reich machte ... oder in dem Wein, den er von Adonna stahl, dem Feiertagsnektar der Sidhemagier.

Wein für die Sidhe. – Wo verwahrt er diese Weine?

– Du hast von einigen bereits gekostet. Er verbarg sie an verschiedenen Stellen.

Michael unterdrückte den aufkommenden Ärger. – Das ist nicht unser Handel. Er führte die Hände zusammen, und die perlmuttartigen Anschwellungen breiteten sich aus. Shiafa sah zu, blinzelte in die ungewohnte Nichtqualität der Raumzeiterweiterung von Null.

– Trau nie einem Sidhe! Du hast dieses Sprichwort sicherlich gehört.

Michael lächelte und wandte sich an Shiafa. – Du bist frei zu wählen. Ich brauche deine Kraft jetzt nicht. Sein Selbstvertrauen hatte mit Tarax' Erklärung einen Sprung getan. Was immer in Null an Etikette existierte, welche Regeln durch das Gesetz der Magier angedeutet wurden, dies alles maskierte bloß das Gesetz des Dschungels ...

Überleben der Tüchtigsten. Oder, bündiger ausgedrückt, der Besten.

Und Michael war in einer Schöpfung aufgewachsen, in der das Gesetz des Dschungels weithin Gültigkeit besaß, nicht in dem Treibhaus-Reich, das Tarax in seinen Instinkten mit sich trug.

Michael zog sein ausgleichendes Urteil und seine Selbstbeschränkung zurück; alle Kontrollen zog er zurück, die bekannten und die unbewußten.

– Ein Macher hat kein Gewissen, sagte er zu Tarax.
– Wo ist dein Macher, Priester?

– Ich bin mein eigener Macher.

Michaels Lächeln weitete sich zu einem wölfischen Grinsen. – Entdecktest du dieses Talent in dir, oder erlerntest du es?

Tarax antwortete nicht. Seine Elfenbeinkugel war nun annähernd so breit wie er selbst. Der Zirkel verschwand aus seinen Händen. – Wir können hier nicht wetteifern, Menschenkind.

– Aber dies ist der einzige Wettstreit, auf den es ankommt, erwiderte Michael.

Er rieb die perlmuttfarbenen Auswüchse zwischen den Handgelenken zu einer Perle von der Größe eines Schlagballes. Rosafarbene Linien schlangen sich um die kleine Kugel. Manus' Erinnerungen billigten es – dies war eine kraftvolle Schöpfung. Sie trug das innere Licht eigener Zuversicht. Tarax' knochenfarbige große Kugel war ein Flickwerk, praktisch eine totgeborene Anstrengung. Sie würde wachsen, vielleicht sogar eine zusammenhängende Schöpfung werden, aber sie würde nicht besser sein als Adonnas Reich, wahrscheinlich schlechter. Michael vermutete, daß Tarax sich dessen bewußt war.

Im Inneren seiner eigenen Perle fühlte Michael alle Widersprüche und Schwierigkeiten der ungebärdigen Erde. Gewürz in der Mischung. Man mußte der Schöpfung ein wenig Autonomie lassen, ihr erlauben, den Schöpfer zu überraschen. Man mußte der Biene den Stachel lassen, der Rose den Dorn und dem Garten die Spinne. Diese Dinge sollten die Bewohner an die Dornen in ihnen selbst erinnern, die Übel, die nicht aus Welten entspringen, sondern aus Individuen, und vielleicht würden sie nicht so bald vergessen und nicht so bald dem Verhängnis erliegen, das alle Rassen und Arten vor sechzig Millionen Jahren befallen hatte.

Michaels kleine Perlenschöpfung pulsierte geradezu

von eigener Zuversicht und eigenem Eifer. Diese Welt lebt bereits, dachte er bei sich. Ich brauche ihr bloß ihre Freiheit zu geben. Sie erfordert sehr wenig Kraft von mir, bloß Ermutigung.

Diese Welt, dachte er, ist wie ein Kind.

Michael erlebte einen Freudenausbruch, der jene Gemütsbewegung überstieg, die er bisher gekannt hatte. Er war wieder ein Kind, das Lehm zu einem Ball rollte. Die größte Kunst aller Zeiten – Schöpfung einer Welt – war tatsächlich ein Kinderspiel.

Und in die Perle ging dieser Aspekt unschuldiger Begeisterung ein, als Gegengewicht gegen die Weisheit vom Bienenstachel und den Rosendornen. Die Perle drohte in Licht auszubrechen.

Tarax hielt seine geschwollene Knochenkugel nahe bei sich, anscheinend besorgt, daß sie zu früh freigelassen werden könnte.

Michael legte die Finger an die Oberfläche seiner Perle, hob sie über die schwarze Oberfläche von Null und stieß sie von sich über die dazwischenliegende ›Entfernung‹ zum Nebel. Shiafas Gedanken, als sie zusah, waren wie ein Lied.

– Du brauchst mich nicht, sage sie. – Ich bin frei.

Michael wandte sich mit Tränen in den Augen, das Gesicht voll freudiger Röte. – Ich weiß nicht, was ich getan habe. Du halfst mir, hierher zu kommen. Aber du hast recht. Ich brauche dich nicht.

Mit diesen Gedanken strömte ein Rest der Energie, die er in die Perle gelegt hatte, aus ihm hervor. Shiafa fügte einen Teil ihres eigenen Selbst, ihre eigenen Gedanken hinzu. Und in diesen Gedanken lebte eine selbstgenügsame kleine Welt, die sich für einen kurzen Augenblick ihnen beiden einprägte.

Und auf dieser winzigen Welt ...

... lagen Michael und Shiafa unter den ausladenden Zweigen eines Baumes mit elfenbeinfarbenem Stamm in der verlorenen Schöpfung ihrer Urahnen. Sie legten ihre einfachen handgewebten und handgenähten Kleider ab und schwelgten in ihren Schönheiten und Fehlern, die ihnen ebensoviel Vergnügen bereiteten wie die ersteren. Sie zählten ihre Unterschiede auf, Sidhe und überwiegend Mensch. Sie ersetzten die Spannungen, die sie einst geplagt hatten, und genossen ihr Aroma wie bittere Kräuter in einem üppigen Gericht.

Sie hielten einander im Licht der alten Welt umfangen, bewegten sich gegeneinander, und ihre Reibung brachte eine köstliche Leidenschaft hervor, losgelöst von aller Schuld und Notwendigkeit.

Sie liebten. Michael war nicht mehr Lehrer, Shiafa nicht mehr Schülerin. Für einen gefährlichen Augenblick waren sie vollkommen verbunden; aber dieser Augenblick existierte nur in einer gemeinsamen Phantasie, und die Verbindung war frei von all ihren schrecklichen Konsequenzen.

Sie trennten sich.

Die kleine Welt löste sich auf.

Shiafa schwankte in der ungewissen Wirklichkeit von Null. Ihr Gesicht war hell wie der Mond, die Augen geschlossen; so genoß sie noch immer die Traumwelt, die sie füreinander gemacht hatten. Dann tat sie etwas, was sie niemals in ihrem Leben getan hatte, weder für Michael noch für sonst jemand. Sie öffnete die Augen und lächelte ihn an, direkt und ohne Vorbehalte.

Michael nickte ihr zu – Achtung, Erleichterung, seine besten Wünsche.

Shiafa zog einen Vorhang beiseite, der Sonnenschein und steinige Wüstenhügel erkennen ließ, und verschwand von Null. Sie war von Michael wie von ihrem Vater entlassen worden.

Michaels Perle hatte Null mehrere Male umkreist und war dann plötzlich zum Nebel hinabgestürzt, wo sie wie ein Samenkorn in der Erde auf den geeigneten Augenblick wartete, wo sie sich über die kranke Erde legen konnte. Tarax hielt noch an seinem Knochenei fest, dessen Durchmesser nun annähernd so groß wie Null selbst war, wenn Null einen Durchmesser hatte.

– Es besteht kein Streit zwischen uns, sagte Michael. – Ich wünsche dir Glück.

Die Verzweiflung in Tarax' Zügen war schrecklich anzusehen. Der Sidhe versagte als Macher, aber es waren keine anderen da.

Der Maln hatte die letzten der Urge in ferner Vergangenheit vernichtet.

Michael trat näher, um zu helfen. Die beinfarbene Kugel blähte sich, dehnte sich übermäßig aus, entwikkelte viel zu viele Qualitäten für eine einzige Schöpfung. Für Michael war es offensichtlich, daß Tarax übervorsichtig gewesen war, daß er sein Werk übermäßig ausgeklügelt hatte.

– Es ist gefährlich, sagte er dem Oberhaupt des Maln. – Sende diese Welt aus, damit sie sich auflöse. Fang von neuem an.

– Nein. Es ist das Beste, was ich vermag ...

– Es ist fehlerhaft.

– Geh!

Michael sah die Kugel zwischen dem Nebel und dem furchtbar auflösenden ›Himmel‹ anschwellen, während Tarax neben ihr arbeitete wie eine Ameise mit einem Felsblock. Er fragte sich, ob Tarax' weltgroße Fehlgeburt der Erde und seiner eigenen in Entstehung begriffenen Schöpfung schaden würde.

Doch sagten ihm Manus' Erinnerungen, daß Null dazu da war. Nichts, was hier mißlang, konnte die Welten jenseits beeinträchtigen. Nur wenn Tarax versuchte, seine Fehlgeburt außerhalb von Null anzuwenden – etwas, wozu ihm nach Michaels Urteil die Kraft fehlte –, bestand Gefahr. Jedenfalls konnte Michael nichts tun, ihm Einhalt zu gebieten.

Bevor er Null verließ, erlaubte er sich noch eine letzte Bemerkung zu Adonnas selbsternanntem Nachfolger.

– Für Talent gibt es keinen Ersatz.

Tarax antwortete nicht. Das weiße Haar stand von der Anstrengung, die beinerne Kugel zu beherrschen, wirr um den Kopf, und er blickte Michael mit einem mitleiderregenden Ausdruck von sehnsüchtigem Verlangen nach, der für den Sidhepriester völlig uncharakteristisch war.

Wir alle sind Opfer der Vergangenheit, dachte Michael. Der letzte Rest seiner Feindseligkeit verflog.

Er zog die Öffnung hinter sich zu und stand im Schein einer summenden Straßenlaterne auf dem Gehsteig vor seinem Elternhaus. Die Nachtluft war stickig und warm, als hätte jemand die Stadt und das Talbekken mit einem dunklen Blech abgedeckt.

Die Verschmelzung der Perle mit der Erde hatte noch nicht begonnen. Was geschehen sollte, würde zur rechten Zeit geschehen.

Er öffnete die Tür. Im Wohnzimmer hielt sein Vater den Vorsitz über eine Versammlung von Nachbarn. Der Strom war abgeschaltet, und auf dem Kaminsims, dem Tisch und der Kommode in der Diele brannten Kerzen. Als Michael eintrat, hielt ein dicker Mann mittleren Alters im Pullover und weiter ausgebeulter Hose gerade eine vehemente Rede gegen das Versagen der städtischen Dienste. Michael blickte umher. Die meisten der Anwesenden waren ihm bekannt: Mister Boggin, der Sprecher, und seine Frau Muriel; die Familie Wilberforce, deren sechs- und siebenjährige Töchter vor dem toten Fernseher saßen; die großmütterliche Mrs. Miller, verwitwet vor Michaels Rückkehr aus dem Reich; die Dopsos; und Warren Verde, ein mit John befreundeter Verkäufer in einer Buchhandlung.

»Irgendwelche Neuigkeiten?« fragte John in ruhigem Ton.

»Ihr Sohn ist in diese ganze Sache verstrickt, das haben Ruth und Mrs. Dopso schon lange gesagt, nicht wahr?« sagte Mister Boggin. John antwortete nicht.

»Nun«, drängte Boggin und wandte sich Michael zu. »Was wissen Sie? Was können wir erwarten?«

Michael runzelte die Stirn. Er konnte den Geisteszustand des Mannes nur zu deutlich mitempfinden; seine Gedanken rochen nach Furcht vor Umwälzungen und dem Bewußtsein der eigenen Unzulänglichkeit. Mister Boggin wußte, daß er nicht der Mann war, der durch Ausdauer oder Intelligenz eine größere Krise überleben würde. Clarkhams Worte, für wen die Kandidaten Welten schaffen würden, kamen Michael wieder zu Bewußtsein.

»Es hat eine Art Kampf gegeben«, sagte er.

»Diese Eindringlinge!« warf Warren Verde ein. »Haben Sie mit ihnen gesprochen?«

Michael nickte. »Mehr als das.«

Mrs. Miller stöhnte und rang die Hände im Schoß.

»Ich habe gearbeitet, um zu sehen, was getan werden kann, um die Dinge wieder ins Lot zu bringen.« Das war ungefähr so viel, wie er ihnen jetzt zumuten konnte. »Wo sind die Gäste?« fragte er seinen Vater.

»Moffat und Crooke und mehrere andere Leute nahmen sie mit. Sie haben Zimmer in einem Hotel im Stadtzentrum besorgt.«

Eins nach dem anderen. Und die Zeit war gekommen.

»Vater, hat Mister Waltiri dir jemals Weinflaschen gegeben?«

John lächelte. »Zwei«, sagte er. »Wir haben sie nie getrunken. Warteten auf einen besonderen Anlaß.«

»Sind sie im Weinregal?« John verwahrte eine ansehnliche Sammlung von Weinen in einem Regal in der kühlen Vorratskammer.

»Ich glaube es. Ruth?«

»Ich habe sie nicht angerührt«, sagte Ruth. Ihr Blick hatte Michael seit seinem Eintreten nicht verlassen.

»Dann müßten sie noch da sein. Brauchst du sie?«

»Wer ist Waltiri?« fragte Mister Boggin.

»Der Komponist«, sagte Verde. »John kannte ihn, nicht wahr?«

John hatte den Gästen sehr wenig gesagt, vielleicht aus den gleichen Gründen, die Michael bewogen hatten, seine Erklärung kurz zu fassen. Menschen, die rigoros ihr normales Leben führten, ohne weiterzublicken, konnten ihre Phantasie nicht so weit strecken, daß sie umfassen würde, was er jetzt wußte.

»Ich kann sie dir holen«, sagte John.

»Dann komme ich mit dir.« Michael folgte seinem Vater in die Diele. John ging voraus, öffnete die Speisekammertür, dann schüttelte er den Kopf. »Stockdunkel hier drinnen. Ich hole eine Taschenlampe oder eine Kerze.« Er kam mit einer Kerze wieder, aber Michael hatte die beiden Flaschen in der untersten Reihe des Regals bereits ausgemacht, überwiegend durch seinen Geruchssinn. Eine Flasche trug die doppelte Sonnenuhr von Clarkhams Weinanbau, die zweite war ohne Etikett; diese dunkle, im Kerzenschein fast schwarz aussehende Flasche war seltsam geformt, in der Mitte leicht eingedrückt. Das Glas hatte einen metallischen Glanz.

»Arno hatte keine Ahnung, was in dieser war«, sagte John. »Er sagte, ich könnte ihn für einen ganz besonderen Anlaß aufbewahren. Ich nehme an, dies ist der Anlaß?«

»Vielleicht noch nicht«, antwortete Michael. »Darf ich sie nehmen?«

»Sie sind dein. Arno ... war nicht richtig menschlich, nicht wahr?«

»Ein Teil von ihm war menschlich«, sagte Michael.

»Der Teil, der starb.«

»Ja.«

»Du bist geistesabwesend«, bemerkte John. »Große Dinge sind geschehen, nicht wahr?«

»Ja.«

»Deine Mutter ist krank vor Sorge, mehr um dich als

um den Gang der Welt, glaube ich. Kannst du uns Mut machen?«

Michael umarmte seinen Vater fest. »Ich bin immer noch meines Vaters und meiner Mutter Sohn. Es wird mich einige Zeit kosten, euch zu erzählen, was geschehen ist. Jetzt habe ich aber noch etwas zu tun.«

»Hängt es mit den Sidhe zusammen?« fragte John. Ruth kam in die Diele und lehnte sich an die Wand, die Arme verschränkt. Michael ging zu ihr und umarmte auch sie.

»Es hat nichts mit den Sidhe zu schaffen«, sagte er.

»Wo ist Shiafa?« fragte seine Mutter.

Michael lachte. »Nicht bei mir. Ich weiß nicht, wo sie ist. Aber es geht ihr gut.«

»Nicht, daß ich voreingenommen wäre ...«, sagte Ruth.

»Ich werde Kristine suchen«, erläuterte Michael.

»In einer Flasche Wein?« fragte John.

Michael hob die Flasche ohne Etikett. »Es ist wahrscheinlich gut, daß du davon nicht gekostet hast«, sagte er. »Er ist sehr alt.«

»Wie alt?«

»Vielleicht sechzig Millionen Jahre.«

»Das ist unmöglich«, sagte John, dann mußte er lachen. »Aber andererseits vielleicht nicht. Wirst du mich wissen lassen, wie er geschmeckt hat?«

Michael nickte. »Was sagten die Leute von Moffat und Crooke über Mahler und Mozart?«

»Ich glaube, zuerst waren sie nicht überzeugt«, sagte John. »Heutzutage sind alle ein bißchen übergeschnappt. Niemand weiß, was er tun oder wohin er sich wenden soll. Aber Moffat schien die Dinge in der Hand zu haben.«

»Ich werde durch die Küche hinausgehen«, sagte Michael. »Versucht die Leute zu beruhigen. Ich glaube, alles wird gelöst werden.«

»Aber du bist nicht sicher?« fragte Ruth.

»Nein. Ich bin nicht sicher.«

Sie schenkte ihm einen traurigen und forschenden Blick. Ihr Gesicht sah im Kerzenschein blaß und schmal aus. »Ich kann nicht glauben, daß du immer noch mein Sohn bist«, sagte sie. »Hast du deine Ururgroßmutter schon getroffen?« Ihre Augen verengten sich zu Schlitzen.

»Nein«, sagte Michael lächelnd, da er wußte, worauf sie hinaus wollte. »Ururgroßvater Hills Frau ist mir nicht über den Weg gelaufen.«

»Wenn sie es tut«, sagte Ruth, »vergiß nicht, ihr etwas von mir zu sagen.«

»Und was ist das?«

»Sag ihr: ›Buh!‹« sagte Ruth. John nahm ihre ausgestreckte Hand, und sie reichte die andere Hand Michael. Er ergriff sie fest.

40

Michael war überzeugt, daß es mit Clarkham mehr auf sich hatte, als ihm bisher aufgefallen war. Daß Clarkham die Tore zu seinen Schöpfungen in Weinflaschen versteckt hatte, war ein Meisterstreich. Daß Clarkhams Welten allesamt abgeleitet waren, mochte von Bedeutung sein oder nicht; sicherlich waren sie kein Anlaß, den Isomagus zu unterschätzen.

Schließlich war Clarkham den Komplotten der Sidheräte entkommen – die Michael als den Widerhaken am Ende eines Jahrhunderte langen Speerschaftes benutzt hatten. Und Clarkham war viel älter als Michael.

Dies war jetzt ausgeglichen durch die Millionen von Jahren der Erinnerung, die Manus ihm hinterlassen hatte. Aber Michael hatte kaum Zeit gehabt, diese Erinnerungen in großen Zügen durchzusehen, geschweige denn seinen Nutzen aus ihnen zu ziehen. (Was würde er sein, wenn er den gesamten Schatz in sich aufgenommen hätte?)

Er trug die Flaschen die dunkle Straße hinunter und orientierte sich an den vom Kerzenschein erhellten Fenstern der Häuser. Den wenigen Passanten, die er sah, ging er aus dem Weg – Betrunkenen, jungen Strolchen, verstohlenen und furchtsamen Gestalten. Wer unterwegs war, trug Taschenlampen oder Petroleumlaternen, und manche lärmten, daß man es straßenweit hören konnte. Ihre Welt ging in Stücke. Er mochte nicht über sie oder über die Verantwortlichkeiten eines Machers oder eines Magiers nachdenken ...

Er konzentrierte sich auf Kristine. Wieviel Zeit war seit ihrer Entführung vergangen? Wochen? Monate? Was war ihr in dieser Zeit widerfahren?

Woran erinnerte sie sich? Hatte Clarkham sie in eine traurige Traumwelt entführt, wie er es mit Michael getan hatte? Hielt sie Michael für tot?

Er ging zurück zum Ausgangspunkt seiner ersten Reise, Clarkhams immer leerem, immer vollem Haus. Drinnen wollte er einen Toast ausbringen.

Aber aus welcher Flasche?

Die gestohlene Flasche vom Nektar des Magiers, wie alt sie auch sein mochte, schien nicht sonderlich vielversprechend. Clarkham hatte sie nicht für wichtig genug gehalten, um sie mitzunehmen. Oder vielleicht hatte Waltiri sie vor ihm versteckt. Und Clarkham hatte die anderen Weine einfach weggegeben oder aufgegeben, vielleicht mit der Überlegung, daß es so gut wie unmöglich sei, daß jemand auf diesem Wege das Geheimnis der Tore zu seinen Welten ergründen würde.

Aber Clarkham wußte, daß das Geheimnis aufgedeckt war. Michael war bereits einmal eingedrungen. Der Isomagus – oder was von ihm übrig war – würde ohne Zweifel auf der Hut sein.

Michael stand auf der Eingangsstufe vor Clarkhams

Haus. Trotz allem, was geschehen war, schien das Haus noch immer nichts weiter zu sein als ein etwas verwahrlostes, lange Zeit leerstehendes Einfamilienhaus in einer mäßig vornehmen Gegend.

Im eingestaubten Gästezimmer des Obergeschosses zog Michael sein Schweizer Armeemesser aus der Tasche und schnitt die Stanniolkappe von Clarkhams Flasche auf und drehte den Korkenzieher hinein. Mit einem Plopp kam der Korken sauber und in einem Stück heraus. Michael beschnüffelte die firnisartige Verfärbung am unteren Ende des Korkens, dann den Flaschenhals selbst.

Dieser Wein war nicht verdorben.

Das Tor lud ihn offensichtlich ein.

Er nahm einen kleinen Schluck und verteilte ihn über die Zunge, wie sein Vater es ihn gelehrt hatte. Er schloß die Augen.

Das vielschichtige Aroma entfaltete sich, und wieder kostete er die klar unterscheidbaren Ebenen, die sich eine nach der anderen entfalteten. Er zählte sorgfältig und bediente sich der ganzen Fähigkeit seiner erhöhten Sinneswahrnehmung, um die Grenzen jedes Geschmacksbereiches zu markieren.

Fünfunddreißig, sechsunddreißig verschiedene Aromen – eines staubig und grasig, die Welt, wo Clarkham zuletzt mit ihm gesprochen hatte –, und dann siebenunddreißig, bei weitem reichhaltiger, achtunddreißig, neununddreißig ...

Wie das Zählen der eisernen Tore in der Allee zwischen den Welten.

Und vierzig. Er prüfte dieses Aroma mit seiner ganzen Disziplin. Es war herb, metallisch und steinig, und doch lauerten dahinter die komplizierten Feinheiten der ganzen Folge. Als er hinüberging, dachte er einen Augenblick, daß dieses vierzigste Aroma einmal das feinste gewesen sein mochte, aber irgendwie am Umkippen war, verschieden von allen anderen.

Michael wurde um ein Haar von einem Wagen erfaßt, als seine Füße den heißen Asphalt berührten. Der Wagen kam kreischend zum Stillstand, der Fahrer rief ihm Flüche zu, dann wechselte er die Fahrbahn.

Wie betäubt verließ Michael die Kreuzung und erreichte den Gehsteig. Dort blickte er zum Straßenschild auf. Die Anzeigeschilder in beide Richtungen waren leer.

Eine heiße gelbe Sonne schien auf die pastellfarben verputzten Wände der Gebäude, die mit ihren Markisen die halbe Breite des Gehsteigs überdeckten. Alte stromlinienförmige Wagen – Buicks, Fords, Chevrolets und ein einziger weißer Packard – mit schimmerndem Lack und glitzerndem Chrom und Weißwandreifen befuhren die Straßen. Männer und Frauen in Sommerkleidung gingen vorbei – Bermudashorts, Sonnenbrillen, Hawaiihemden, bedruckte Kleider mit Spaghettiträgern und kurzärmeligen Jacken.

Michael stand abseits unter einer schwarzweißgestreiften Markise. So viele Leute ... Woher waren sie gekommen? Und was das anging, wo war er? Er hatte nie geahnt, daß Clarkham fähig sein würde, eine derart komplexe Welt zu schaffen, mit einem so entschiedenen Gefühl von Wirklichkeit.

Michael betrat ein Herrenkleidergeschäft, um zu sich zu kommen. Durch die Fenster fiel blendendes Sonnenlicht. Beinlose und kopflose Schaufensterpuppen zeigten Sportmäntel mit breiten Revers und Hemden mit Spreizkragen im Schaufenster, umgeben von einem imitierten kleinen Hanickelzaun. Neben einem Stuhl stand ein lächelnder gußeiserner Neger in roter und weißer Livrée und offerierte eine kleine silberne Glocke. Michael setzte sich und rieb sich die Augen. Der Geschmack auf der Zunge verging allmählich, aber die Welt war noch immer da, detailliert und unleugbar. Sie hatte das Gefühl von Realität.

Bis auf die leeren Straßenschilder.

»Darf ich Ihnen helfen, Sir?« fragte ein salbungsvoller Verkäufer in einem Nadelstreifenanzug. Michael blickte auf. Das Gesicht des Mannes war rund, das schwarze Haar glänzte von Brillantine, ein schmaler Schnurrbart zierte die Oberlippe unter der spitzen Nase. Der Mann lächelte und zeigte glänzende weiße Zähne.

Michael sondierte rasch seine Persönlichkeit. Er hatte keine. Er war so lebendig wie die Schaufensterpuppen.

Michael stand auf, ohne zu antworten. Der Verkäufer blickte über die Schulter zu zwei anderen Verkäufern im rückwärtigen Teil des Geschäfts. »Sir?«

»Es ist gut, danke«, sagte Michael.

»Das hoffe ich, Sir. Darf ich Ihnen helfen, passende Kleidung zu finden?«

»Nein danke.«

»Sehr gut.«

»Was für ein Datum haben wir?« fragte Michael plötzlich.

»Den neunzehnten September, Sir. Wir haben Sommerschlußverkauf. Sie wissen, daß Sommerkleidung in Los Angeles niemals wirklich unpassend ist. Einige sehr gute Gelegenheiten.«

»Das Jahr, meine ich.«

Der Verkäufer lächelte breit. »Der Herr hat vielleicht zu viel John Collier gelesen?«

»Im Ernst.«

»Neunzehnhundertsiebenunddreißig, ein paar Minuten hin oder her.«

»Danke.«

»Nicht der Rede wert.«

Michael verließ das Geschäft und schlenderte die Straße entlang. Unterwegs sondierte er die Passanten, an denen er vorbeiging. Keiner war mehr als eine belebte Figur – genial belebt, aber deswegen nicht wirklicher.

Er passierte den zurückgesetzten Eingang eines Bürohauses. In einem Winkel betrieb ein älterer weißhaariger Schwarzer (Neger, hätte er beinahe gesagt) in blauer Schürze einen Schuhputzstand. Der Schwarze lächelte den vorbeigehenden Passanten zu. »Einmal Schuheputzen? Feinster Hochglanz.« Er konzentrierte seine Aufmerksamkeit auf Michael, fing bei seinen Schuhen an und blickte aufwärts. Michaels wildlederne Slipper luden nicht zu einer Frage ein.

Auch der Schuhputzer war leer.

Clarkham hatte seine Welt mit hohlen Geistern bevölkert. In gewisser Weise waren diese Bewohner schlimmer als die dunklen Gestalten, denen Michael in Clarkhams Traumgefängnis ausgewichen war. Ohne die Disziplin würde man diese Figuren wahrscheinlich als Menschen akzeptieren.

Er drehte unvermittelt um und betrat den Eingang des Geschäftshauses, ging durch die verglaste Drehtür. In der Eingangshalle gab es einen Zeitungsstand, angefüllt mit Ausgaben der Illustrierten *Life,* Stapeln von Zeitungen und Schundromanen. Die Verkäuferin, eine magere junge Frau mit aufgestecktem Haar, rauchte eine Camel und schien in leere Tagträumerei versunken. Wahrhaftig leer, dachte Michael. Leere, die Leere imitiert.

Seine Achtung vor Clarkham wuchs, und sie war eingefärbt mit Schrecken. Warum wünschte Clarkham, Welten mit Nachahmungen zu bevölkern? Das schien eine Perversion dessen zu sein, was es damit auf sich hatte, ein Macher oder ein Magier zu sein – Lebensraum für wirkliche Menschen zu schaffen.

Aber vielleicht entging ihm das Gesamtbild, dachte Michael. Vielleicht waren diese Figuren lediglich Versuchsobjekte, Spielfiguren eines Architekten. Er betrat einen holzgetäfelten Aufzug mit drei Nachahmungen, von denen eine – eine grauhaarige Frau in schwarzem Seidenkleid – ihn mit matronenhaftem Wohlwollen anlächelte. Er erwiderte das Lächeln. Der Aufzugführer, ein Latino mit tiefliegenden schwarzen Augen, fragte ihn, in welches Sockwerk er wolle. Michael sagte: »Viertes, bitte.«

Er suchte irgendeinen Ort, wo er zur Ruhe kommen konnte, unbehelligt von den Nachahmungen. Wo er eine Sonde von großem Maßstab über diese Welt breiten und ihre Ausmaße feststellen konnte ... wo er nach Kristine fühlen wollte.

Die Tür öffnete sich im vierten Stock, und Michael trat hinaus in einen kühlen schattigen Korridor. Ziemlich am Ende des verlassenen Korridors, neben einer geätzten Milchglastür mit der Aufschrift ›Pellegrine & Shaefer, Neuheiten und Partygeschenke‹ in Goldlettern, blieb er bei einem weißen Keramikwaschbecken stehen und breitete seine Sonde aus.

Und zog sie sofort schreiend zurück.

Den Kopf kribbelnd von Feuer, sackte er zu Boden. Sein Mund schien sich augenblicklich mit dem Geschmack fauligen Fleisches zu füllen. Falle, dachte er, zog alle seine Sinne ein und erweckte einen verjüngenden Impuls von *hyloka*.

Aber nach einigen Minuten stiller Erholung wurde ihm klar, daß diese Welt keine Falle war. Was er gefühlt hatte, war nicht auf ihn gemünzt gewesen. Die Grenzen dieser Welt – auf keiner Seite weiter entfernt als acht oder zehn Kilometer – waren zersetzt.

Er verringerte die Reichweite seiner Sonde, machte sich auf alles gefaßt und holte tief Atem. Kristine.

Punkt für Punkt suchte er die Straßen und Gebäude ab, berührte flüchtig Hunderte von leeren Karikaturen, die die Scheinstadt bevölkerten. Es ist eine Filmkulisse, dachte er. Nicht so hohl wie die Kulissen, die er auf dem Weg zu Moffat auf dem Studiogelände gesehen hatte, aber annähernd so.

Es war ein Trug.

Das Ganze konnte nicht als eine ernste Konkurrenz für die Welten gedacht gewesen sein, die von den anderen Kandidaten konstruiert worden waren. Und sie war offensichtlich nicht der letzte von Clarkhams Versuchen. Wie viele Scheinwelten hatte der Mann geschaffen? Und wie sehr hatte er sich dabei vervollkommnet?

Kristine.

Während er sondierte, tastete er die kleinen Fundamente der kleinen Welt ab, durchlöcherte ihre Geheimnisse, verglich die Gesetze und Qualitäten mit der Überlagerung, die er vor kurzem auf die Erde losgelassen hatte. Der Unterbau hier war glatt strukturiert, schwierig zu analysieren und noch schwieriger in den Griff zu bekommen. Was hatte Tonns Frau gesagt?

Einen Augenblick lang fühlte er eine Spur von Clarkham, aber sie verlor sich, und er konnte sie nicht wiederfinden. Und gleich darauf vergaß er diese flüchtige Berührung, denn er fand *sie.*

Das Ausstoßen seines Atems war in der ganzen Länge des stillen Korridors deutlich hörbar. Sie war am Leben, sie war einigermaßen wohlauf – und sie erinnerte sich nicht, wer sie war.

Kristine war eingewickelt in Clarkhams Welt und glaubte hineinzugehören, genauso wie es Michael ergangen war.

Erf drückte den Knopf für den Aufzug und beobachtete in banger Sorge den Messingpfeil auf die erhabenen Stockwerknummern zeigen. Der Pfeil passierte die 4, und die Türen öffneten sich nicht. Am Ende des Korridors hörte er schwerfällig schlurfende Schritte. Aber er konnte nichts fühlen.

Der Sessel. Der Drehsessel ...

Im Nachbarhaus von Clarkhams hatte Michael auf seiner ersten Durchreise zum Reich haltgemacht, um ins Wohnzimmer zu schauen, und hatte einen dick gepolsterten Drehsessel gesehen, dessen Rückenlehne ihm zugekehrt war. Der Sessel hatte geschaukelt, und während Michael noch in den Anblick versunken gewesen war, hatte er angefangen, sich zu drehen ...

Schaudernd hatte er das Wohnzimmer, den Sessel und seinen ungesehenen Insassen geflohen.

Clarkhams Tor konnte von mehr als zwei Wächtern bewacht gewesen sein. Tristesse war von den Sidhe stationiert worden, Lamia hatte als eine Beobachterin sowohl für Clarkham als auch für die Sidhe fungiert. Aber der dritte ...

Wer oder was immer in dem Drehsessel gesessen hatte, mochte allein von Clarkham kontrolliert worden sein.

Michael verspürte die eigentümliche Gewißheit, daß die schlurfenden Schritte, die er am Ende des Korridors hörte, und der Insasse des Drehsessels ein und dieselbe Person waren.

Er unterdrückte einen Fluch und versuchte ein Tor zu öffnen. Aber er konnte keinen Ansatzpunkt finden; die nahtlose glasglatte Schöpfung sah keine Ausgänge vor. Er schluckte, hoffte, den Weingeschmack von der Zunge zu bringen, aber er blieb haften. Er dachte an den Wasserhahn, ging rasch zu dem Becken und drehte den Griff. Das kühle Wasser löschte den Geschmack nicht aus.

Für einen Augenblick kam er sich sehr töricht vor. Gerade hatte er eine Tat von unglaublicher Komplexität und Macht vollbracht, eine heilende und verbessernde Überlagerung für die kranke und verletzte Erde; er hatte das Wissen des ältesten Lebewesens der Erde in sich aufgenommen ...

Und doch fürchtete er sich noch immer. Rasch unterdrückte er die Furcht und nahm in der Mitte des Korridors Aufstellung, eingehüllt in grimmige Ruhe. Bloß ein Mensch zu sein, konnte ihn das Leben kosten. Er erforschte Manus' Kenntnisse von Wächtern und anderen künstlichen und veränderten Wesen. Die kurzen Kostproben der Erinnerung – Wechselbälge, heraufbeschworene Teufel, Hexenkinder, Mißgeburten wie Ismael und verwandelte Ungeheuer wie die vampirische

Tristesse – reichten nicht an das heran, was er nahen hörte.

Eine Tür um die Ecke des Korridors öffnete und schloß sich. Jemand schnupfte leise. »Hallo!« sagte eine gedämpfte Stimme. »Ich sehe, Sie sind so weit gekommen.«

Die Stimme war kaum kenntlich.

»Clarkham?« fragte Michael.

Wieder das feine Schnupfen. »Ja. Haben Sie sie schon gefunden?«

»Ich habe Kristine gefunden.«

»Das ist gut. Sie werden mir vergeben, wenn ich mich nicht zeige. Ich habe noch immer etwas Stolz. Wir sind einander nie begegnet, wissen Sie.«

Michael zog die Brauen hoch. »Wie bitte?«

»Nein, wir sind einander nie begegnet. Knobeln Sie es aus. Gerüchte von fernen Gestaden. Korruption und schlechte Entscheidungen. Stellvertretende Freuden.«

»Ich verstehe nicht.«

»Ich werde Ihnen nicht im Weg stehen. Meine Ambitionen sind heutzutage gering an Zahl. Und verwechseln Sie nicht den anderen mit mir, obwohl wir beide Versager sind. Der andere brachte Ihre Frau her. Sie werden sich mit ihm begnügen, nicht mit mir. Ich bedaure vieles, nicht zuletzt ihn. Sie können jetzt gehen.«

»Wer sind Sie?« fragte Michael verwirrt.

»Ich habe mich identifiziert. Das mag genügen. Alles zu sagen, wäre äußerst schmerzlich. Bringen Sie es selbst heraus. Verdienen Sie die Fakten.«

Michael dachte an den Drehsessel. »Sie waren in Clarkhams Nachbarhaus?«

»Ja.«

»Auf wen warteten Sie?«

»Auf Arno. Um mich zu entschuldigen. Ich hatte ihm gesagt, daß ich warten würde, als ich ihm den Schlüssel überließ.«

»Erwarteten Sie mich?«

Das Schnupfen war diesmal weniger gedämpft und viel weniger angenehm zu hören. »Sie können gehen.«

Die Aufzugtür öffnete sich mit einem Klingelton. Michael zögerte, dann ging er hinein. Die Nachahmung des Aufzugführers zahnte ihn an. »Abwärts?«

Michael nickte.

»Nichts im vierten Stock«, sagte der Aufzugführer grinsend.

Die Tür schloß sich mit einem Quietschen, aber hinter diesem Quietschen glaubte Michael ein fernes ächzendes und qualvolles Winseln zu hören. Trotz seiner beherrschenden Disziplin fühlte er ein Prickeln von der Kopfhaut bis über den Rücken.

Die Helligkeit des Sonnenscheins hatte ein wenig nachgelassen. Er passierte den Stand des Schuhputzers und bog nach links in die Straße, die in Kristines Richtung führte. Als er sie zuerst ausgemacht hatte, hatte er ein schmalbrüstiges dreistöckiges weißes Holzhaus gesehen, eingekeilt zwischen zwei gemauerten Gebäuden. In Anbetracht der begrenzten Größe von Clarkhams Schöpfung war Michael überzeugt, daß er bald an Ort und Stelle sein würde.

Nach einigen hundert Schritten veränderte sich das Aussehen der Straße. Die Häuser zu beiden Seiten wurden dunkler und älter; Ziegelmauerwerk verdrängte Stuckverzierungen, und der Stil deutete auf die Jahre vor dem Ersten Weltkrieg und die 20er Jahre hin. Die Luft war kühler, staubiger.

Auch die Leute waren anders. Viel weniger Sorgfalt wurde auf die Einzelheiten der Nachahmung verwendet. Ihre Gesichter waren sanfter, gleichförmiger; die schlimmsten von ihnen waren bloße leeräugige Schaufensterpuppen.

Nachdem er mehr als zwei Kilometer gegangen war, wurde ihm bewußt, daß er dem Zerfallsrand viel näher war. Sorgsam begrenzte er die Reichweite seiner Sonde in dieser Richtung.

Trotz seiner Disziplin konnte er ein Herzklopfen nicht unterdrücken, als er Kristine näher kam. Die Unterströmung seiner bangen Sorge war quälend. Soviel war geschehen, seit sie einander zuletzt gesehen hatten; selbst wenn er sie aus dieser Schöpfung zur Erde zurückbringen konnte – selbst wenn die Erde sich durch den Einfluß seiner Überlagerung erholte –, würden ihre Empfindungen füreinander noch die gleiche Kraft und Tiefe haben?

So wenig Zeit zusammen, und die Zeit so seltsam ...

Erinnerungen an Manus' vorzeitliche Liebesabenteuer stellten sich ungebeten ein, eingefärbt von starken Empfindungen und Begleitumständen, die er nicht annähernd interpretieren konnte. Sein Englisch hatte kaum Worte, die hätten beschreiben können, was die Erinnerungen übermittelten.

Inzwischen waren die Gestalten um ihn her wenig mehr als Platzmarkierungen, die in kaum skizzierten Kleidern einhergingen. Michael konnte die veränderlichen Qualitäten ihrer Gegenwart sehen und fühlen, die sie hier am Rande der Zersetzung kaum noch zusammenhielt.

Er sah das schmale weiße Gebäude, eingezwängt zwischen zwei fünfstöckigen Wohngebäuden aus Ziegelmauerwerk. Eine Feuerleiter führte im Zickzack über die Fassade und endete einen Meter über der Reichweite seiner Arme über dem Gehsteig. Unter der Klappleiter beschattete ein schmales hölzernes Vordach die zweiflügelige Eingangstür aus Holz und Glas.

Michael sondierte nach Clarkhams Anwesenheit, wobei er behutsam die schmerzhaften Grenzbereiche der Schöpfung umging. Es gab nichts Bestimmtes; seine Sonde wurde immer wieder zu dem Bürohaus zurückgelenkt, wo die ungesehene Gestalt ihn angesprochen hatte, und Michael zog sie immer wieder fort von diesem Gefühl des Verlorenseins und der Resignation.

Er drückte auf die Messingklinke des rechten Türflügels, öffnete ihn langsam und trat ein. Zur Linken warteten Reihen schmutziger Briefkästen in zeitloser Geduld neben einer geschlossenen und mit Vorhangschloß gesicherten Hausmeistertür. Zur Rechten hing ein alter Stadtplan von Los Angeles hinter staubigem und von Sprüngen durchzogenem Glas.

So viele Einzelheiten ...

Jenseits der Briefkästen war eine Treppe mit einem zerschlissenen Läufer im Orientstil. Er stieg sie hinauf, ohne sich mit dem Hinweisschild aufzuhalten; er wußte, welches Stockwerk er aufsuchen mußte. Er war hier.

Kristine saß in diesem selben Augenblick in einem riesigen Ledersessel hinter einem Schreibtisch mit Glasplatte in einem kleinen Büro des obersten, dritten Stockwerks.

Er nahm die nächste Treppenflucht, erreichte den Treppenabsatz des zweiten Stockwerks und sah eine Tür mit dem schwarzen, handbeschrifteten Schild: ›Pascal, Neuheiten und Partygeschenke‹. Nicht und – umd. Die Details wiederholten sich, und noch dazu ungenau.

Clarkham hatte vieles von seiner Schöpfung aus Gummistempel-Kombinationen gemacht, vorgefertigten Einheiten. Michael dachte an die großen Zähne des Verkäufers im Kleidergeschäft und des Aufzugwärters. Identisch.

Im dritten Stock las er in Goldbuchstaben auf dem Glaseinsatz der Tür:

OBERSTOCK-DETEKTIVE
Ernest Brawley Rachel Taylor
Scheidungen Nachforschungen

Hinter der Tür, am Ende des sehr schmalen Korridors, der an der rechten Wand durch die Länge des Gebäudes führte, hörte er Kristine mit halblauter Stimme zu jemandem sprechen.

Er ging mit gemessenem Schritt durch den Korridor, unterdrückte einen Impuls, zu laufen und sie sofort zu sehen, nur um durch eigenen Augenschein zu wissen, daß sie lebendig und wohlauf sei. Der Zerfallsrand war so nahe, kaum einige hundert Schritte entfernt, daß die Straßen und Gebäude in Stein und Holz vibrierten, als kündigte sich ein Erdbeben an. Wie hatte sie es so lange ausgehalten?

Die Tür zum letzten Büro stand halb offen. Michael stieß sie ganz auf. Kristine saß der Tür gegenüber, vor sich auf der Glasplatte des hölzernen Schreibtisches ein Tischtelefon aus schwarzem Bakelit. Sie hatte den Hörer am Ohr und etwas unter dem dick mit Lippenstift bemalten Mund.

Ihr Haar war zu einer Art Hochfrisur gekämmt, mit einer aufgesteckten Rolle über der Stirn und einem volleren Haarknoten weiter hinten. Die Frisur war nicht besonders anziehend. Sie sah hart und müde aus. Ihre Augen reagierten kaum, als sie ihn sah.

»Ja«, sagte sie ins Telefon. »Bring mir die Karten von der Stechuhr, und ich will glauben, daß Jimmy dort war, wie du sagst. Hör zu, ich habe Besuch, ich muß aufhören.« Sie legte entschlossen auf. »Draußen ist eine Türglocke. Wir kommen hinaus in die Diele, um Sie zu empfangen. Was kann ich für Sie tun?« Sie musterte ihn kühl.

Er lächelte. »Es ist Zeit zu gehen«, sagte er. Ihre Haltung versteifte sich, eine Hand sank unter die Ebene der Tischplatte. »Wohin wollen Sie gehen?« fragte sie.

Was nun kam, war reine Inspiration. Er erinnerte sich an Humphrey Bogart und Barbara Stanwyck in ihrer zeitlosen Szene auf dem Fernsehschirm, damals als sein Vater ihn mit Waltiri bekannt gemacht hatte.

»Du meinst, wohin *wir* gehen?« fragte Michael in beiläufigem Ton.

»Sie sind der überredende Typ, wie?« sagte Kristine. Ihr Blick musterte ihn wieder mit einem Ausdruck leichter Erheiterung. »Für die Rolle sind Sie nicht angezogen. Ernie hat einen guten Schneider ...«

»Es kommt nicht darauf an, was ich trage«, sagte Michael, »sondern darauf, was ich denke.«

»Ist ein Penny für Ihre Gedanken genug?« Sie hatte die Hand immer noch unter der Schreibtischplatte, und Michael spürte, daß sie in Griffweite einer Pistole war. Kristine wußte sie auch zu gebrauchen.

»Mehr als genug. Für dich sind sie kostenlos.« Ein übermütiges Gefühl ergriff Besitz von ihm. »Ich denke, du gehörst nicht hierher. Du gibst dich abgebrüht, aber ich kenne dich besser.«

»Wir sind uns nie begegnet, Mister.«

»Denk zurück. Denk an die Zeit, bevor du hierher kamst. Erinnerst du dich an einen Kuß?«

Sie lächelte mit herabgezogenen Mundwinkeln. »Also singen Sie mir das Lied vor, das das Radio spielt. Vielleicht wird das meine Erinnerung auffrischen.«

Genau die Worte, dachte er, die Barbara Stanwyck gebraucht hatte.

Michael befeuchtete sich die Lippen, setzte sich halb auf die Ecke ihres Schreibtisches und beobachtete aufmerksam ihren verborgenen Arm. Bemüht um eine halbwegs richtige Wiedergabe, begann er ein Thema zu pfeifen.

Sie hörte auf, ihn zu taxieren. Ihre großen grüngrauen Augen öffneten sich weit. Das Gesicht unter dem Make-up wurde merklich sanfter.

»Ich kenne das ...«, sagte sie.

»Du solltest es kennen. Es ist unsere Melodie.«

»Wie heißt es?« fragte sie, beide Hände auf dem Schreibtisch. Sie schien drauf und dran, aufzuspringen, vielleicht wegzulaufen.

»Opus 45«, sagte Michael. »Unendlichkeit. Konzert für Klavier und Orchester.«

Kristine schob ihren Stuhl zurück. »Solche Musik gibt es hier nicht«, sagte sie.

»Es ist ein einfacher Fall von Entführung.«

»Wer?«

»Du«, zeigte Michael und zeigte auf sie. »Jetzt müssen wir gehen.«

Ihre Verwirrung machte seinem Vergnügen ein Ende. Michael streckte ihr die Hand hin, und nach kurzem Zögern nahm sie sie mit festem Griff. Die Berührung ihrer warmen Haut verschaffte ihm ein Glücksgefühl.

»Du heißt Kristine«, sagte er.

»Ja, natürlich. Das weiß ich – Kristine Taylor. Ich meine ... Kristine Pendeers.«

»Und wer bin ich?«

Sie lächelte, und eine Träne rann ihr über die Wange und machte einen Streifen ins Make-up. »Du bist *Michael*«, sagte sie mit einem tiefen bebenden Atemzug. »O Gott, Michael! Wo zur Hölle sind wir?«

»Gar nicht weit von der Hölle«, sagte er. »Komm mit!«

Aber zuerst kam sie hinter dem Schreibtisch hervorgelaufen und warf ihm die Arme um den Hals. Allzuviel war tatsächlich nicht geschehen – nicht genug, daß es wichtig gewesen wäre. Aber er weinte auch.

41

Nun begann der schwierige Teil: heimzukommen. Michael führte Kristine auf die Straße hinaus. »Etwas schmerzt mir hier im Kopf«, sagte sie. »Ich habe bis jetzt nicht darüber nachdenken können, aber es schmerzt schon lange.«

»Dieser ganze Ort zersetzt sich an den Rändern«, sagte Michael.

Kristine zog ein Gesicht. »So fühlt es sich auch an. Können wir weg?«

»Ich versuche es.«

»Was ist mit dir geschehen? Wie lange ist es her?«

Michael schüttelte den Kopf und hielt den Zeigefinger an die Lippen. »Ich muß überlegen.« Er zog sie an sich und küßte sie auf die Wange, dann ließ er sie los und legte die Handflächen zusammen, um nach einem Ausweg zu fühlen.

»Gott, diese ganze Schmiere!« seufzte sie und wischte sich mit dem Finger über die Lippen.

Wieder versuchte Michael eine Naht in der scheinbar nahtlosen Matrize von Clarkhams Welt zu finden. Die Grundlage unter den Einzelheiten und der greifbaren Welt war meisterhaft glatt, glatter, als es erforderlich gewesen wäre – als hätte Michaels Vater Wochen damit verbracht, die Unterseite eines Tisches zu polieren. Es gab auf dieser Welt mehr handwerkliche Meisterschaft als Tunlichkeit oder tatsächliche Leistung.

»Es wird schwierig sein«, sagte er schließlich und ließ die Hände sinken.

»Wir können nicht fort?«

»Es muß einen Weg geben.« Er vergegenwärtigte sich Tatsachen aus den Erinnerungen des Schlangenmagiers, aber in allem, was Manus über die Macher und Erschaffung von Welten gewußt hatte, gab es wenig über Einbahnzugänge. Einzelheiten, dachte er. Wie nutze ich Clarkhams Kunstfertigkeit, um herauszukommen?

»Wir werden zum Zentrum gehen. Dort ist die Realität am vollständigsten«, sagte er.

»Ich bin bereit. Aber ich habe ein paar Fragen. Wie lange bin ich schon hier? Monate? Jahre?«

»Monate, vielleicht. Nicht mehr.«

»Bin ich älter? Ich fühle mich älter.«

»Du siehst nicht älter aus.«

»Ist dieser Ort wie das Reich, von dem du sprachst?«

»Ein wenig«, sagte Michael. »Diese Welt hier ist viel kleiner, und sie ist nicht ... genauso gemacht.« Sie sahen einander aufmerksam an. »Ich liebe dich«, sagte Michael. »Es war furchtbar, dich nicht finden zu können.«

Kristines Gesicht war von einem beinahe komischen Ernst. »Ich habe den Zeitablauf nicht gefühlt, wie lange es auch gewesen ist. Er machte mich zu einer anderen. Und das Seltsame daran ist, daß nichts geschah und daß ich wirklich nichts davon bemerkte. Ich war nicht gelangweilt, aber die meiste Zeit saß ich bloß hinter dem Schreibtisch oder ging in der Stadt herum und dachte, ich sei auf einen Fall angesetzt ... Ich nahm Anrufe entgegen. Gott, ich kann mich nicht erinnern, was die Leute zu mir sagten. Es ist jetzt alles ein Durcheinander, aber als ich darin steckte, kam es mir nicht so vor. Wie ein schlechter Traum. Nicht wie ein Alptraum, meine ich, aber schlecht ausgedacht, künstlerisch schlecht.«

Sie kamen an Gestalten vorbei, die immer überzeugender wurden und mehr und mehr Einzelheiten zeigten, als sie sich der Mitte von Clarkhams Schöpfung näherten. »Ich habe eine Idee«, sagte Michael. »Es ist verrückt, aber nicht verrückter als alles andere ... Kennst du hier ein Spirituosengeschäft oder ein gutes Restaurant?«

»Natürlich«, sagte Kristine. »Es gibt da ein feines französisches Lokal, *La Bretonne.* Wer in dieser Stadt auf sich hält, geht dann und wann hin.«

»Zeig mir den Weg!« bat Michael.

»Warum?«

»Wir müssen eine gute Flasche Wein bestellen.«

La Bretonne lag im Erdgeschoß eines stattlichen Gebäudes im Herzen von Clarkhams Schöpfung. Um vier oder fünf Uhr nachmittags – das schien die Tageszeit zu sein – öffnete es gerade für die Abendgäste. Weder Michael noch Kristine waren für ein feines Restaurant angezogen, und ein hochmütiger Oberkellner mit pomadisiertem Haar und vorstehenden Zähnen verweigerte ihnen unerbittlich die Bedienung.

Das hielt Michael nicht auf. Er ließ Kristine beim Eingang stehen und ging zu dem auffallenden Eichenregeal mit Weinflaschen und schritt davor auf und ab, den Finger an den Lippen. Der Oberkellner folgte ihm und schimpfte über Straßenlümmel mit schlechten Manieren, die ihm die Gäste vergraulten.

»Ich werde die Polizei rufen, M'sieur«, drohte er mit einem schrecklichen französischen Akzent.

Michael wählte einen Sauternes – Chateau d'Yquem 1929 – und ließ den Mann stehen. Als er wieder zu Kristine kam, war er bereits dabei, die Flasche zu entkorken.

Der Oberkellner, rotgesichtig und aufgeblasen wie ein balzender Täuberich, schritt mit lauten Drohungen zum Telefon, die Polizei anzurufen. Andere Angestellte – pinguinähnliche Kellner, Barmänner und Hausdiener – standen in vorsichtiger Distanz und beobachteten die Szene mit einer Mischung von leerer Erheiterung und leerer Empörung.

Michael bot die Flasche Kristine an, mehr aus Höflichkeit als in der Erwartung, daß sie imstande wäre, den Geschmack zu gebrauchen, wie er es vorhatte. Sie nahm einen Schluck und nickte. »Guter Wein«, sagte sie und gab ihm die Flasche zurück.

»Clarkham ist Weinkenner. Ich dachte mir, daß er seine Welt mit einem guten Weinkeller versehen würde.« Er setzte die Flasche an die Lippen und tat einen herzhaften Zug. Es war wirklich ein guter Sauternes, blutiggold von Farbe, und er enthielt eine bestimmte Botschaft – eine süße Botschaft von warmen übersonnten Feldern und Abendnebeln, von einem bestimmten Ort auf Erden. Michael nahm Kristine bei der Hand, als der Oberkellner zurückkehrte, immer noch zornentbrannt und wortreich.

Ein Schatten fiel über das Innere des Restaurants. Kristine erbleichte und hielt Michaels Hand mit schmerzhaftem Druck. »Ich weiß, wer das ...«, fing sie an, aber der Rest erübrigte sich. Michael erkannte ihn auch.

Draußen vor dem Restaurant, hinter einer Steinsäule versteckt, war die Gegenwart, der er im vierten Stock begegnet war. Die Nachahmungen im Restaurant erstarrten und büßten ihre Konturen ein.

Michael versuchte sich in die Mitte der Aromen des Weines zu stellen und Kristine mitzunehmen, aber der Wein wurde ihm auf der Zunge sauer. Die rotgoldene Flüssigkeit in der Flasche schäumte schwarz, und er stellte sie hastig auf eine Tischplatte.

»Es kam manchmal zur Agentur«, sagte Kristine mit halblauter Stimme, das Gesicht starr von Faszination und Furcht. »Ich wußte nicht, was es war – es paßte nicht hinein. Ich sah es nie, aber ich wußte immer, wenn es da war.«

»Mister Perrin!« rief eine Stimme hinter ihnen. Sie wandten sich um. Zwischen den dunklen körnigen schwarzen Umrissen des Oberkellners und eines seiner Untergebenen stand David Clarkham. Er wirkte viel älter, als Michael ihn zuletzt gesehen hatte, von bleicher Gesichtsfarbe und mit langen Armen, mager wie eine Vogelscheuche. »Sie reißen alles auseinander. Das ist für Sie nicht ungewöhnlich, nicht wahr?«

Michael lächelte zuversichtlich, obwohl ihm nicht sehr danach zumute war. Er hatte sich einmal für einen ebenbürtigen Gegner Clarkhams gehalten ... Geglaubt, der Isomagus sei keine große Gefahr für ihn.

Jetzt war er dessen nicht so sicher. Die Gegenwart außerhalb des Restaurants war seltsamer und beängstigender als Tristesse oder Lamia, bei all ihrem scheinbaren Zusammenhang und Mangel an Aggression.

»Wie schlau, daß Sie zu meiner Weinsammlung greifen. Das hätte ich nicht gedacht. Ein kluger Gedanke, aber er wird Ihnen nicht helfen. Sie glauben der Kampf – der Wettbewerb – sei zu Ende, nicht wahr? Ich nehme an, Sie glauben auch, daß Sie gewonnen haben.«

»Das weiß ich nicht«, sagte Michael. Kristine starrte Clarkham an. Allmählich kam Farbe in ihr Gesicht, und ihr Ausdruck war grimmig.

»Ich kenne Sie auch«, sagte sie. »Sie sind der Mann, der mich am Telefon bedrohte und zu diesem widerwärtigen Ort brachte.«

Clarkham seufzte tief. »Ich wäre durchaus stolz auf diese Welt, bis auf ein paar größere Schwierigkeiten, die nicht allein meine Schuld sind«, sagte er. »Eine der Schwierigkeiten ist, daß Geschöpfe von echtem, wirklichem Fleisch und Blut nicht entkommen können. Wie Sie unzweifelhaft festgestellt haben werden, hat diese Welt eine glatte und fehlerlose Grundlage. Für jeden angeblichen Magier ist sie das Äquivalent einer tiefen Grube mit glatten Eiswänden. Das war nicht meine ursprüngliche Absicht, glauben Sie mir. Sie können nicht fort.«

»Und Sie?« fragte Michael.

»Was immer der Vorteil sein mag, ich kann nach Belieben kommen und gehen. Wie ging es mit Ihrem Eintritt in den Wettbewerb?«

Michael schüttelte den Kopf. »Ich bin noch nicht wieder dort gewesen, um nachzusehen.«

»Sie waren begierig, Ihre Frau zu retten. Sehr lobenswert – wenn Ihr Ehrgeiz rein menschlicher Natur ist. Ein Magier muß vorsätzlicher und disziplinierter handeln. Was werden Sie tun, wenn es auf Erden schiefgeht? Sie sind nicht dort, Ihr Volk zu schützen.«

Das war unleugbar richtig. Michael empfand Schuldgefühl – und Zorn darüber, daß ausgerechnet Clarkham ihm Versäumnisse vorwerfen konnte. Rasch sondierte er Clarkham und schirmte seine Reaktionen gegen den erwarteten Schwall von Schlechtigkeit ab. Aber der Isomagus war beinahe frei von Verdorbenheit.

»Ich habe meine letzte Ansammlung von Schlacke abgestreift«, sagte Clarkham. Die ungesehene Gegenwart draußen machte ein tiefes unerfreuliches Geräusch wie Husten. Clarkham schien momentan irritiert. »Diese Welt akzeptiert meine Schwierigkeiten ... es fehlt nicht an sanitären Einrichtungen, könnte man sagen.« Er legte einen Arm um eine der körnigen Nachahmungen. »Besser als Menschen zu suchen, auf die ich meine Krankheit ablade, nicht wahr?«

Kristine sah aus, als kämpfe sie mit Übelkeit. Ihr Griff um Michaels Hand festigte sich, und sein Zorn wuchs. Er brachte ihn augenblicklich unter Kontrolle. Null, empfahlen Manus' Erinnerungen. Eine schlecht erfundene Welt kann aufgelöst werden ... in Null.

Und wenn die Welt den Macher einhüllte?

Keine Schöpfung ist absolut nahtlos, war die Antwort aus Manus' Erinnerungen. Das erschien Michael beinahe wie eine Binsenweisheit, zusammengemischt aus Manus' Wissen und seinen eigenen Erfahrungen in Null.

Die Gegenwart näherte sich langsam dem Eingang des Restaurants. Michael gewann einen flüchtigen Blick durch das Fenster, bevor sie wieder hinter einer Wand verschwand; sie war groß, dunkel und von unbestimmter Farbe.

»Wenn Sie diesen Ort verlassen können«, sagte Michael, rasche Schlüsse ziehend, »dann können Sie nicht von Fleisch und Blut sein.«

»Das hätte Ihnen längst offensichtlich sein sollen«, erwiderte Clarkham. Er ging zu einem Tisch und zog vier Stühle heraus. »Lassen Sie uns ein leichtes Abendessen einnehmen und miteinander reden. Das Essen hier ist vorzüglich. Sie können diesen herrlichen Sauternes sogar in einem Glas serviert bekommen, was passender wäre, meinen Sie nicht?«

Michael schob Kristine sanft vorwärts. Sie blickte ihn widerwillig an, und er las, auch ohne zu sondieren, daß sie müde und ängstlich war und Clarkham haßte. Sie war am Rand eines Nervenzusammenbruchs. Sie wußte nicht, was Michael geworden war; sie wußte nur, daß er längere Zeit verhindert gewesen war, sie zu retten, was nahelegte, daß er nicht unbedingt geschickter oder mächtiger als Clarkham war.

»Wir haben noch einen Gast«, sagte Clarkham. »Mister Perrin hat ihn bereits kennengelernt. Meine Liebe«, sagte er in halblautem Ton zu Kristine, »haben Sie keine Angst vor ihm. Er ist in mancher Weise meine bessere Hälfte, wenn auch sehr leidend. Er machte diese Welt. Er machte mich.«

Clarkham wies zum Eingang. Vor dem Spätnachmittagslicht betrat die Silhouette eines kleinen korpulenten Mannes das Restaurant. Dunkelheit löste sich von ihm ab wie Staub. Seine Haut war pockennarbig und übersät mit Verletzungen, was ihr das Aussehen von faulendem Holz gab. Er trug einen wollenen Anzug, der so gut geschneidert war, wie es angesichts seiner Gestalt und seines Zustands möglich sein mochte.

»Verzeihen Sie«, sagte er.

Seine Stimme war dieselbe wie Clarkhams.

»Mein Original«, sagte Clarkham. »Für mich mehr als ein Vater.«

»Und du bist etwas weniger als ein Sohn«, sagte die Gegenwart und watschelte langsam auf den Tisch zu.

Nach Kristines Ausdruck zu urteilen, kam es für sie nicht in Frage, sich mit den beiden an einen Tisch zu setzen. Sie war nicht im geringsten an ihrer beiderseitigen Beziehung interessiert; sie sah nichts als eine wandelnde Schreckensgestalt und die geisterhafte Vogelscheuche ihres lächelnden Entführers. Michael gab ihr trotz seiner plötzlichen und beinahe distanzierten Neugierde nach.

»Wir werden nicht mit Ihnen essen«, sagte er.

Die korpulente Gegenwart blieb einige Schritte vor dem Tisch stehen, scharrte unschlüssig mit den Füßen und sagte dann: »Ich verstehe.«

»Wie enttäuschend«, sagte die andere.

»Michael«, stöhnte Kristine.

»Es ist schon gut«, sagte Michael.

Sie glaubte ihm nicht. »Es kann nicht sein. Das ist fürchterlich. Lieber würde ich wieder im Büro sein und telefonieren, ohne zu wissen ... Was hast du vor?«

Er nahm ihre Hand und fühlte, wieviel Kraft ihr noch geblieben war. Sehr wenig. Er legte ihr beide Hände auf die Schultern und sah ihr in die Augen. »Ich werde dir dies nie wieder antun«, sagte er.

»Was antun?«

Er hielt ihr eine Handfläche vor die Augen und spann einen kurzen besänftigenden Traum von den Rasenflächen und Neorenaissancegebäuden der Universität. Dann zog er einen Stuhl unter einem benachbarten Tisch heraus und setzte sie darauf. Sie sank entspannt darauf zusammen, das Gesicht leer.

»Meine Herren«, sagte Michael und deutete auf den Tisch, wo der eher vorzeigbare Clarkham stand, die Hände noch auf einer Stuhllehne ruhend, »lassen Sie uns reden.«

»Ich dachte mir, daß Sie daran interessiert sind.«

»Ich entschuldige mich bei ihr«, sagte die Gegenwart. Eine kleine rußige Schicht sammelte sich um ihre Füße.

»Sie sind beide David Clarkham«, sagte Michael in munterem Ton, als er sich gesetzt hatte. Auch die anderen saßen, der magere Clarkham neben Michael, der Dunkle, Zerfressene ihm gegenüber.

»Ja«, sagte der Dunkle. Der Dünne lächelte und hob eine Hand in hinhaltender Gebärde.

»Und Sie sind der einzige Clarkham, den ich bis heute kennengelernt habe«, sagte Michael zu dem Dünnen.

»Er ist der einzige«, sagte der andere.

»Sie machten ihn?«

Ein Nicken.

»Ist er ein Schatten? Oder eine Nachahmung?«

»Er *ist* ich. Wie Sie hatte ich einige der Talente, die ein Macher haben muß. Seltsam, daß zwei solche Raritäten wie Sie und ich innerhalb eines Jahrtausends vorkommen, beide Abkömmlinge von Sidhe und Menschen – Sie menschlicher als ich, und ich dafür seltener.«

»Macher erschaffen Welten, nicht Personen.«

»Welten sind Erweiterungen des Selbst. Sie sind festgefügte Träume. Seit ich ...« Der dunkle Clarkham machte ein halb schluckendes, halb würgendes Geräusch und verlangte Wasser. Ein mangelhaft konturierter Kellner, dessen Weiß schmutzig ins Schwarz überging, brachte ihm ein Glas Wasser, welches er rasch leerte. »Sie kennen die Fehler, die ich vor langer Zeit machte.«

Michael hob die Brauen. »Nicht im Detail.«

»Die Einzelheiten sind unwichtig. Es genüge zu sagen, daß ich einen weniger gewundenen Pfad wählte, meine Talente auszudrücken und Disziplin um mich zu sammeln. Ich hatte nicht den Vorzug der Ausbildung durch die Kranichfrauen ... Diese ist jenen vorbehalten, die von den Räten begünstigt werden. Und ich bin niemals ihr Günstling gewesen. Die ›Kehrseite‹ dieses Weges war eine zehrende geistige Krankheit. Ich fand, daß ich mich nicht angemessen vorbereitet hatte. Ich gewann genug Macht, konnte aber die Zersetzung nicht verhindern. Es ist eine grausame Krankheit, denn ich konnte mich von ihren Auswirkungen nur befreien, indem ich sie an andere weitergab. Eine Zeitlang gelang es mir, die schlimmsten Auswirkungen unter Kontrolle zu halten ...«

»Schapur, zum Beispiel.«

»Ja, Schapur. Die Sidhe vereinten die Auswirkungen meiner Krankheit, als ich im Reich besiegt und die Verbrannte Ebene um das Vertragsland versengt wurde. Ich konnte weder auf Erden noch im Reich bleiben. Meine Krankheit war damals so gräßlich, daß ich binnen kurzem Tausende, vielleicht Millionen angesteckt und verseucht hätte. Ich konnte mir nicht selbst das Leben nehmen; ich hätte es getan, wäre es möglich gewesen. Ich hätte das sogar getan, um einfach dafür zu büßen, was meinen ... Frauen geschehen ist. Geliebten. Aber der Tod ist keine Option und wird es nie sein.«

»Hatten Sie damals diese Welt geschaffen?«

»Ich arbeitete daran, als die Sidhe mich besiegten. Sie sind sich bewußt, daß die Zeit im Reich während seiner späten Tage äußerst unzuverlässig war, verglichen mit der Zeit auf der Erde? Gelegentlich beschleunigte sie, bisweilen verlangsamte sie. Aber das hat hier nicht viel zu sagen. Ich hatte eine lange und friedliche Zeit, diese Welt zu ›spinnen‹, wie Sie sagen. Ich steckte alles hinein, dessen ich fähig war. Und später ... zog ich mich hierher zurück.«

»Am Ende gerät uns alles zu einer zivilisierten Diskussion, nicht wahr?« bemerkte der vorzeigbare Clarkham. Michael beachtete ihn nicht.

»Ich mußte hierher kommen. Ich steckte alles um mich an. Hier konnte ich meine Krankheit wenigstens auf die Peripherie abstreifen.«

»Ein ernstes Problem«, sagte der andere. »Wenn die Erzeugung von Bosheit über die Kapazität ganzer Bevölkerungen von Opfergestalten hinausgeht. Wenn nur eine Welt sie fassen kann.«

»Ja«, pflichtete ihm sein Original bei, »ich hatte genug vom Weltenerschaffen. Ich gelangte zu der Überzeugung, daß ich nicht gut darin war, und meine Behinderungen waren schrecklich störend. Also schuf ich etwas anderes als eine Welt. Ich machte mich selbst neu. Etwas von einem Schatten, etwas von mir ... fein abgestimmt, fein gearbeitet. Gegen das Ergebnis haben die Räte der Sidhe Sie ins Feld geschickt.« Er zeigte auf den ansehnlichen Clarkham, der nickte und lächelte.

»Er ist mein Gegenspieler gewesen ... und Sie beherrschen ihn?«

»Keineswegs. Er ist wie mein jüngeres Selbst. Wie ich vor Jahrhunderten war. Eigensinnig. Er machte eigene Pläne. Er entdeckte, daß er auch einige Fähigkeit besaß, Welten zu machen. Er versuchte ein paar – von geringer

Qualität, ganz abgeleitet, schlechter als meine eigenen. Sie haben mindestens eine kennengelernt, glaube ich.

Als Sie ihn im Reich konfrontierten, nahmen Sie ihm den größten Teil der Realität, die ich ihm verliehen hatte. Sie waren nahe daran, ihn zu zerstören.«

Das Lächeln des Faksimiles verging. »Sie machten mich zu einem Geist meiner selbst. Darum lockte ich Sie her. Ich will nicht, daß Sie mir in das wenige hineinpfuschen, das ich draußen wirken kann. Und das wenige, das ich vermag, ist mehr als das, was Tarax kann, nun, da er gescheitert ist.«

»Wie Sie hatte ich wirklich Talent«, erklärte das Original, an Michael gewandt. »Soviel muß offensichtlich sein.« Ein rußverstreuender Atem machte eine ausholende Bewegung in die Umgebung. »Nicht einmal Adonna konnte eine so fundierte, detaillierte und sorgfältig arrangierte Schöpfung spinnen.«

»Ich glaube noch immer nicht, daß Sie wirklich erfassen, welche Probleme es mit sich bringt, ein Magier zu sein«, sagte das Faksimile, beugte sich vor und stützte einen Ellbogen auf den Tisch. »Insbesondere ein Magier von und für Menschen. Ich kann mir kein uneinigeres und geteilteres Publikum vorstellen. Gespalten durch Religionen und Philosophien, die von den Sidhe so verzerrt wurden, daß manche unrettbar sind ... Und wir können die Sidhe nicht für alle unsere Sünden verantwortlich machen. Haben Sie sich einmal überlegt, welche polizeilichen Aufgaben ein Magier würde erfüllen müssen? Welche Strafen er verhängen müßte? Ein Magier ist mehr als ein Schöpfer; er muß auch herrschen und lenken.«

Michael schwieg. Er konzentrierte sich darauf, eine Naht in den vorhandenen Fundamenten zu finden. Sollten sie reden.

»Mein Leben ist voll Bitterkeit gewesen«, sagte das Original. »Es ist nur recht und billig, daß mein anderes

Selbst eine Gelegenheit erhalten sollte, frei von Störungen.«

»Er ist Ihrer Krankheit nicht entgangen«, sagte Michael.

Da war etwas – zu klein, um Reisende durchzuzwängen, aber groß genug für ein auflösendes Band ...

»Nein«, sagte das Faksimile, »sie frißt auch an mir. Und von Zeit zu Zeit muß ich mich von den Resultaten reinigen. Andere Möglichkeiten habe ich nicht. Wie meinem Original, steht auch mir die Option des Selbstmordes nicht zur Verfügung.«

»Welch ein Magier würden Sie sein, wenn Sie Ihre Fäulnis über Unschuldige bringen?« fragte Michael. »Sie haben schon genug Schaden angerichtet.«

»Wie steht es mit dem Schaden, der uns zugefügt wurde?« fragte das Original in winselndem Ton. Er stand plötzlich auf, die Stuhlbeine verfingen sich im Plüschteppich, und der Stuhl fiel hintenüber und traf eine dunstige Nachahmung, als sie eine frische Flasche Wein brachte. Der Wein ergoß sich auf den Boden, etwas davon über den dunklen Clarkham. Die Flüssigkeit zischte und wurde schwarz. »Nicht einmal am Wein kann ich mich erfreuen! Ehe er meine Lippen berührt, wird er sauer.«

»Ich genieße ihn stellvertretend für ihn«, sagte der andere. Er sah Michael aufmerksam an. »Was tun Sie?«

Michael antwortete nicht.

»Er tut etwas.«

»Was haben Sie vor?« fragte das Original und zog sich vom Tisch und Michael zurück, den umgestürzten Stuhl umgehend.

»Es gibt wirklich nichts, was Sie tun können«, sagte das Faksimilie, aber im Ton klangen leise Zweifel an. »Immerhin ...«

»Nimm seine Frau!« befahl das Original.

Michael schob seinen Stuhl zurück und stellte sich zwischen das Faksimile und Kristine.

»Etwas ist falsch«, sagte das Original, hob die dunklen holzartigen Handflächen und fühlte den Raum ringsum.

»Sie können nicht entkommen«, sagte der andere und fuhr sich mit einer Hand durchs Haar. In den letzten paar Minuten war er sichtlich gealtert und entsprach nun in seiner Erscheinung dem Clarkham, welchen Michael bei ihrer ersten Begegnung im Reich kennengelernt hatte.

»Du mußt fliehen!« sagte das Original.

»Sie bleiben«, sagte Michael. Seine Schatten fielen über das Faksimile her und fesselten es mit einer haftenden geschmeidigen Schattenkordel an den Boden.

»Sie sind ein Ungeheuer«, sagte das Faksimile, zappelte aber nur einen Augenblick lang. »Sie sind noch immer eine Waffe der Sidhe. Gezielt und abgefeuert von Tarax!«

Michael beachtete ihn nicht; seine Beschuldigungen waren keines Kommentars würdig. Er hatte ihnen nichts zu sagen. Er bemitleidete beide, ein wenig – aber seine Gedanken waren bei Schapur, gefesselt in weiße Laken und gefüllt mit Clarkhams Fäulnis; bei Tommy, der sich auf der Zufahrt vor Waltiris Haus aufgelöst hatte; bei Emma Livry, die verbrannt in Todesqualen gelegen hatte, bis die Ban der Stunden sie gerettet hatte; bei Coleridge und Mozart und den vielen anderen genialen Persönlichkeiten, die gequält waren von Clarkhams Ringen, jemanden zu finden, der fähig wäre, seine Wünsche stark genug auszudrücken, um sie Wirklichkeit werden zu lassen.

Michael mit eingeschlossen.

Er umging den originalen Clarkham und hob die Flasche auf, nachdem er das Bein der Kellner-Nachahmung behutsam aus dem Weg geschoben hatte. Die Flasche lag auf dem Teppich und enthielt noch etwas Wein. Michael hatte geglaubt, das Etikett zu erkennen – Doppelsonnenuhr. Es war einleuchtend, daß Clarkham einige seiner Weine mitgebracht hatte. Er würde ihnen wahrscheinlich keinen Ausweg bieten; er war schließlich im Reich angebaut und gekeltert worden, und sein Aroma führte darum entweder in Clarkhams Welten oder zurück ins Reich, das nicht mehr bestand. Außerdem schien es wahrscheinlich, daß beide Clarkhams die Wahrheit sagten – einmal in dieser Welt, gab es keinen Ausweg ...

Aber der Wein lieferte die Naht in dem glatten Fundament. Er war weder Fleisch und Blut, noch von dieser Welt; seine Realität war von anderer Art, und durch sie konnte Michael die Qualitäten des Chaos ›über‹ Null fühlen, das bestrebt war, hereinzudrängen und auszulöschen und zu verschlingen.

Michael verschloß den Flaschenhals teilweise mit dem Daumen und sprengte den Inhalt um die Tische aus. Ein großer Weinfleck siedete bereits zu Füßen des Originals. Orangefarbenes Licht schien unter dem dunklen Fleck zu glimmen.

»Ich weiß nicht, was Sie tun«, sagte der Original-Clarkham mit ruhiger Stimme, während er sich betupfte. Größere Rußflocken fielen unter dem glänzenden Wein von ihm. »Wollen Sie uns schließlich doch noch zerstören?«

Michael antwortete nicht. Grimmig schüttelte er die Flasche und besprengte Boden und Tische.

»Dann irrtest du dich«, sagte das Original zum Faksimile.

»Er schafft ein schreckliches Durcheinander, das muß man ihm lassen.«

Michael entging nicht, daß der zweite Clarkham, ohne sich sichtbar zu bewegen, gegen die Fesseln arbeitete. Bald mußte er frei sein.

»Ich glaube, er weiß recht gut, was er tut. Er ist tüchtiger, als du dachtest.«

Die Schattenfesseln lösten sich und verschwanden. Das Faksimile stand auf und ordnete seine Kleider. Michael warf ihm einen scharfen Blick zu: *Bleib ihr vom Leib!* Das Faksimile forderte ihn nicht heraus.

»Es ist das beste«, sagte das Original, faltete die Hände über dem Bauch und seufzte. »Fast fühle ich mich erleichtert.«

Der zweite Clarkham verlor an Substanz. Michael hielt die Flasche gegen das Licht. Es war noch ein Rest von einem oder zwei Zentimetern übrig, der Bodensatz. Michael wandte sich rasch um und übergoß ihn mit dem Rest aus der Flasche.

Die Überraschung in den Gesichtern beider Clarkhams war zugleich komisch und furchterregend. Wo der Wein seine Kleider befleckte und ihm vom Gesicht tropfte, begann der zweite Clarkham orangefarben zu glühen. Er versuchte den Wein abzuwischen, aber er konnte es nicht. Er war gefangen vom vordringenden Chaos.

»Sie bringen zustande, was nicht einmal ich für möglich gehalten hätte«, sagte das Original mit einem sonderbaren Ausdruck von Begeisterung. »Unbegreifliches. Mein Wein. Sie gebrauchen mich gegen mich selbst.«

Der Weinfleck breitete sich aus und griff auf die Wand und durch den Eingang auf die Straße über. Das Tageslicht draußen verdunkelte sich wie unter einem aufziehenden Gewitter. Michael hatte ähnliches schon einmal getan; bei Lin Piao Tai.

»Sie wollen meine Welt zerstören«, sagte das Original.

»Ja.«

»Wissen Sie, wenn ich eine Möglichkeit gesehen hätte, wäre ich vielleicht bereit gewesen, Ihnen und der Frau zur Flucht zu verhelfen. Es war eigentlich seine Idee, Sie herzubringen. Ich habe nichts gegen Sie. Wirklich nicht. Ich bin müde geworden ...«

Die Kellner, der Oberkellner und alle anderen Nachahmungen verschwanden. Die rußigen Schuppen fielen wie schwarzer Schnee vom Original. Er war umgeben von einer dichten Hülle schwarzen formlosen Staubes.

Michael stand vor Kristine und führte seine Hand wieder über ihre Augen. Sie blickte rasch umher. Bevor sie sprechen konnte, zog Michel sie vom Stuhl und legte die Arme um sie. »Bloß eine kleine Welt«, sagte er. »Für uns. Einstweilen.«

Zwischen seinen Handflächen breitete sich eine rein weiße Sphäre aus. »Gehen wir?« fragte sie.

»Wir gehen nach Haus«, sagte Michael. »Aber vorher wird es noch ein paar Spezialeffekte geben.« Er hielt sie fest, während die Sphäre sich um sie ausbreitete. »Tief Luft holen!« befahl er.

»Ich habe nichts gegen Sie«, sagte der Original-Clarkham. »Dies ist tatsächlich das beste, ich sehe das ein.«

Michael wandte den Kopf, ihn anzusehen. In der Mitte eines Regens von Rußflocken von seinem Kopf, in der Höhe des jetzt formlosen Gesichtes, wo die Augen gewesen wären, flossen zwei Tropfen geschmolzenen Silbers.

»Mit dem Ausdruck tiefsten Bedauerns«, sagte Clarkham, und das Silber fiel auf den Teppich. Das Restaurant erbebte, die Wände blähten sich auf und entfernten sich auswärts wie ein Ballon. »Lieber Gott über uns allen, ich wünschte, ich müßte noch einmal von vorn anfangen ...«

Die Helligkeit umschloß Kristine und ihn, und so zog Michael es vor.

42

Als er Kristine in der konturenlosen Weiße an sich gedrückt hielt, die Augen halb geschlossen, müde und schicksalsergeben, tat er es in dem Bewußtsein, daß er sein Bestes gegeben hatte. Niemand hätte mehr von ihm verlangen können, nicht einmal die Kranichfrauen.

»Wo sind wir?« fragte Kristine.

»Ich habe zu unserem Schutz eine kleine Welt gemacht«, sagte Michael.

»Oh.« Dann: »Was bedeutet das?«

»Es bedeutet, daß ich dich festhalte«, sagte er. »Und glücklich bin.«

»Red nicht von oben herab zu mir«, sagte sie ohne Verärgerung. »Wo sind wir, und wo sind sie?«

»Wir sind irgendwo nahe der Erde. Sie sind inzwischen tot, und ihre Welt mit ihnen. Ausgelöscht.«

Sie dachte darüber nach, und widersprüchliche Gefühlsregungen spiegelten sich in rascher Folge in ihren Zügen. »Bist du da sicher?«

»So sicher, wie ich es bei David Clarkham jemals sein werde.« Er legte seine Wange an ihre. »Ich bin sehr müde und sehr glücklich, dich zu haben. Laß uns mit Erklärungen bis später warten.«

Sie streichelte seine Wange. »Was zum Teufel bist du?« fragte sie zärtlich.

»Später. Bitte.«

Kristine entspannte sich plötzlich. »Meinetwegen«, sagte sie. »Ich weiß nicht, was du an dir hast, aber ich fühle mich sehr sicher. Ich weiß nicht, was vorgeht, und trotzdem fühle ich mich sicher.«

Der Gedanke daran, was er den beiden Clarkhams angetan und was er durchgemacht hatte – und was er verloren hatte, das meiste unwiederbringlich –, und an den langen Weg, den er genommen hatte, um hierher zu gelangen, wo immer *hier* war, und daß Kristine ihm dies gesagt und ihm den Stempel ihrer Zustimmung aufgedrückt hatte ...

»Du weinst wieder«, sagte sie. Seine Rückenmuskeln begannen sich zu verkrampfen, und er zog die Schultern ein. »Nein«, murmelte sie. »Beruhige dich.«

Aber es mußte kommen. Er fühlte die Erinnerungen des Schlangenmagiers in sich, angefüllt mit Erzählungen von all seinen Vorfahren, gewonnen aus Millionen Jahren des Zuhörens, und er dachte an Manus in seiner Niederlage.

Er dachte an Eleuth.

»Still«, sagte Kristine und drückte ihn an sich, so fest sie konnte, als bestünde die Gefahr, daß er davonflog.

Und an Shiafa, die traurige Shiafa, die endlich frei war – sie wenigstens war nicht verloren –, und an den noch traurigeren Tarax, Macht und Willen ohne das notwendige Talent.

In der winzigen Rettungsbootwelt, die langsam zur Erde niedersank, schluchzte und zitterte Michael und fand sich damit ab, was er war und was er würde sein müssen.

»Ich gehe nicht fort«, sagte Kristine. »Was du auch bist, bei dir fühle ich mich sicher.«

Das Weiß nahm Farbe an und löste sich um sie auf.

Sie standen in Clarkhams Haus, im Obergeschoß, und die alte Flasche Wein stand aufrecht und unberührt wenige Schritte entfernt. Die Erde existierte noch und nahm sie auf.

43

Der Herbst machte dem Winter Platz und der Winter einem trockenen sonnigen Frühling.

44

Ein abweichender Morgen. In den Augen der meisten Menschen hätten sich der blaßrosafarbene Horizont und der staubgraue Zenit nicht anders als an vielen Tagen ausgenommen, aber für Michael, der nicht einmal mit seinen Augen sah, waren die Veränderungen offensichtlich.

Zum einen hatte es während der Nacht weniger Gewalttätigkeit auf Erden gegeben. Kämpfe zwischen Menschen und Sidhe hatten in den vergangenen Monaten merklich nachgelassen, und nun sah er einen Rückgang auch in den Kämpfen der Menschen untereinander. Er war erfreut; es gab gute Gründe zu glauben, daß er dafür verantwortlich war.

Seit Wochen hatte er gearbeitet, einen geistigen Dunst aufzulösen, der Tausende von Jahrhunderten über der Erde gelegen hatte. Die Ansammlung von unverwirklichten Träumen, verlorenen Erinnerungen, abgeworfenen Bruchstücken von Persönlichkeiten der unstet schweifenden Geister der Toten – der allgemeine Krankheitsstoff einer geistigen Umgebung, die Zeitalter ohne Säuberung überdauert hatte – hatten einen benebelnden geistigen Smog geschaffen. Dieser Smog war nun weitgehend aufgelöst.

Die Leute konnten jetzt klarer denken. Ihre Leidenschaften vergrößerten und verzerrten nicht mehr, und sie gerieten weniger rasch in destruktiven Zorn.

Selbst wenn er den Rest seines Lebens, wie lange es auch währen mochte, untätig bliebe, so wäre die Schaffung der Überlagerung und Reinigung der geistigen Atmosphäre doch Leistung genug.

Aber er gab sich damit nicht zufrieden. Er hatte andere Verantwortlichkeiten.

Kristine schlief neben ihm, ein großer, bleicher, sehr schwangerer Umriß im Halbdunkel des Schlafzimmers.

Nach ihrer Rückkehr hatten sie Waltiris Haus bezogen; John hatte ein paar neue Möbel für sie angefertigt, um jene zu ersetzen, die von den Vögeln ruiniert worden waren.

Michael schlief selten. Die Nacht war die Zeit, wenn er auf einer sich ausbreitenden Welle von Wahrnehmung hinausreiste und sich über seine Welt auf dem laufenden hielt. Als Kristine rundlich geworden war, hatte sie zu ihm gesagt: »Ich weiß nicht, wer mehr schwanger ist, du oder ich. Bei dir sieht man es wenigstens nicht.«

Die Erde drehte sich unter ihm, eine wahrhaft bemerkenswerte Perle, bedeckt mit Fels und Erde und Ozeanen und Lebewesen und Wolken und Himmel. Viel hatte sich seit der Einwanderung der Sidhe und dem Tod des Reiches verändert, und vieles war unverändert geblieben. Die Sidhe mieden größtenteils menschliche Siedlungen und Maschinen und wählten gewöhnlich einsame Gegenden des Landes und der See, um ihre eigenen Gemeinschaften wieder aufzubauen. So geschah es, daß jetzt Sidhe unter den Hügeln und Lavakegeln im Tal des Todes lebten, ebenso in den sandigen, steinigen Einöden der Sahara und der Gobi und verstreut im Inneren Australiens, wo sie in relativem Frieden ihre Magie wirken und ihre Lebensweise allmählich den veränderten Bedingungen anpassen konnten.

Es gab Ausnahmen. Eine große Sidhegemeinschaft existierte in Irland, hauptsächlich Amorphale; tausend Sidhe hatten sich im Herzen Londons niedergelassen, tausend weitere in Jerusalem und mehrere hundert in Peking.

Das Leben ging weiter. In Los Angeles drängten sich die Wagen noch immer auf den Schnellstraßen, und noch immer knisterte elektrische Energie durch die Hochspannungsleitungen über dem Land. Die Sidhe mußten sich diesen Dingen anpassen.

Pelagale verhinderten alle weiteren Tötungen von

Walen und anderen Meeressäugern und regulierten die Befischung bestimmter Meeresgebiete. Das waren Gegebenheiten, denen die Menschen sich anpassen mußten.

Fluviatile verfolgten häufig die Wildwasserfahrer auf dem Colorado. Anscheinend betrachteten Menschen und Sidhe dies als eine Art Sport, und es wurden Freundschaften geschlossen.

In Flugzeugen waren nicht selten Amorphale als blinde Passagiere anzutreffen. Doch seit solche Besetzungen angefangen hatten, gab es keine Flugzeugkatastrophen mehr.

Und auf der negativen Seite ...

Stammeszauberer der Sidhe waren von den Moslems im Nahen Osten gerufen worden, die Gefallenen vergangener Kriege zu erwecken, damit sie gemeinsam mit ihnen wieder gegen die Juden kämpfen könnten. Tote Menschen konnten nicht buchstäblich wiedererweckt werden, aber die Zauberer hatten den Wunsch erfüllt, indem sie Schatten und Träume von Vorfahren erweckt und den geisterhaften Rückständen der Vergangenheit eine Art Leben eingehaucht hatten. Diese ›Toten‹ hatten prompt arabische Dörfer im Grenzgebiet besetzt, die dort lebenden Zivilisten vertrieben und die Israelis durch ihr bloßes Vorhandensein in höchste Nervosität versetzt. Gegen solche Entwicklungen vermochte Michael wenig.

Die fünftausend menschlichen Gefangenen der Sidhe waren repatriiert worden. Ihre Anwesenheit hatte auf dem Gebiet der hoffnungslos heruntergekommenen bildenden Künste bisher nicht viel bewirken können, aber schließlich war noch nicht ein Jahr vergangen ...

Der Magier der Cledar und sein Gefolge waren einstweilen in die Urwaldgebiete des südlichen Mexiko gezogen, um dort eine Enklave zu schaffen, wo sie warten wollten, bis Mittel und Wege gefunden werden konnten, sie in ihre ursprünglichen Gestalten zurückzuverwandeln. Michael sprach oft mit ihm, manchmal auf

Reisen nach Mexiko und manchmal nur auf telepathischem Wege.

Einen guten Teil seiner Zeit widmete Michael auch Beratungen mit Sidhe und mit den walartig tiefen Geistern der Spryggla und den verstreuten, tragisch gebrochenen Kakerlakengeistern der Urge.

Ihre Zeit kam wieder. Vieles war verloren, aber es gab jetzt eine holpernde, oft widerwillige Zusammenarbeit zwischen den Arten. Die Entzweiung war überwunden. Jahre, vielleicht Jahrhunderte würden vergehen, bevor die meisten Probleme gelöst werden konnten, aber das war angesichts der langen Geschichte früherer Zwietracht eine kurze Zeit.

Michael berührte Kristines Bein mit dem seinen, und sie seufzte und verlagerte ihren angeschwollenen Bauch, ohne aufzuwachen. Er lächelte und empfand eine Liebe zu ihr, die er nicht auszudrücken vermochte, und mit dieser Liebe kam nicht Furcht, aber Befürchtungen. Was auf Erden an Stabilität erreicht war, blieb, wie immer, sehr zerbrechlich. Jeden Augenblick konnte sein Magiertum in klirrende Scherben fallen. Es gab keine endgültige Sicherheit, keine Gewißheit. Er konnte nicht in die Zukunft sehen. Dennoch fürchtete er sich nicht. Furcht würde ihn nur lähmen.

Michael legte den Kopf vorsichtig an ihren Bauch und lauschte. Wieder regte sie sich, erwachte aber nicht.

Michael und Kristine kamen kurz vor der Öffnungszeit zum Eingang des kleinen nikaraguensischen Restaurants an der Pico Street. Bert Cantor kam eingehakt mit Olive die Straße herunter und sah das Paar. Olive merkte auf, als er sie anstieß, sah die beiden und lächelte breit.

»Ich kenne Sie«, sagte Bert und schüttelte Michael die Hand. »Haben Sie nicht mal hier gearbeitet oder was? Aber wer ist das?« Bert beäugte Kristines unübersehbaren Zustand.

»Das ist meine Frau Kristine. Bert und Olive Cantor.«

»Sehr erfreut, Sie kennenzulernen«, sagte Olive und lächelte ihr freundlich zu. »Wann wird es denn so weit sein?«

»In ungefähr drei Wochen«, erwiderte Kristine, ließ die Arme auf dem Bauch ruhen und lächelte in der Erwartung kommender Erleichterung.

»Die Männer wissen einfach nicht, wie es ist, nicht wahr?« fragte Olive mitfühlend, schnalzte mißbilligend und drängte Bert, die Tür zu öffnen.

Kristine stimmte Olive zu, um höflich zu sein, aber ihr Blick zu Michael war genug. Er wußte, wie ihre Schwangerschaft sich anfühlte. Manchmal las er sogar in den keimenden Traumgedanken des Ungeborenen und erzählte sie ihr.

»Wissen Sie, daß Sie eine Menge zu erklären haben?« fragte Bert, als er aufsperrte. »Ich habe Dinge in den Zeitungen gelesen, die mit nichts zu vergleichen sind, was wir früher in den Zeitungen lasen.« Er seufzte und hielt ihnen die Tür auf. »Keine guten Nachrichten.«

»Nicht alles ist vollkommen«, räumte Michael ein.

Jesus rief »Hola!« aus der Küche, und Michael winkte grinsend zurück.

»Die schöne Frau, ist sie deine Freundin?« fragte Jesus, einen Plastikbeutel mit getrockneten schwarzen Bohnen in der Hand.

»Sie ist meine Frau«, sagte Michael stolz.

»Was du nicht sagst! Warte, bis Juanita davon hört. Juanita, der *brujo* hat eine *bruja*.«

»Was für ein Gerede!« rief Olive und winkte mit beiden Händen abwehrend zur Küche. »Wie geht es Ihren Eltern? Und warum haben Sie uns nicht zur Hochzeit eingeladen?«

»Es geht ihnen gut«, sagte Michael.

»Es war eine kleine Feier«, erklärte Kristine.

»Haben Sie ihr alles erzählt«, fragte Bert mit gerunzelter Stirn.

Michael bejahte.

»Und sie hat Sie trotzdem geheiratet?« wunderte sich Bert.

»Hätte ich auch getan«, sagte Olive mit einem trotzigen Blick zu ihrem Mann. »Bert und ich, wir glauben, daß Sie mit all dem, was geschehen ist, etwas zu tun hatten.«

»Ja, sagen wir, es war eine Hypothese«, sagte Bert einschränkend. »Als die Verhältnisse so viel schlechter wurden und dann besser, obwohl alles drunter und drüber ging. Sie waren der einzige, der etwas wußte ... allerdings muß ich sagen, daß ... Ach, lassen wir das!« Er steckte einen kleinen Finger ins Ohr und bohrte darin. Dann schaute er zu den vorderen Fenstern und der Tür und sagte: »In letzter Zeit geht das Geschäft nicht sehr gut. Ach, zum Henker, laßt uns heute schließen und das Wiedersehen feiern! Und reden. Sie müssen uns alles erklären.«

Und Michael tat es. Kristine half ihm bei bestimmten Partien, die er ausließ. Jesus bereitete Tortillas mit schwarzen Bohnen, und Juanita bediente, und alle aßen, während Michael mit leiser Stimme von den Geschehnissen sprach. Er erzählte diese Dinge sehr wenigen Menschen; es gab jetzt keinen Stolz in ihm, nur Zweckmäßigkeitsdenken, und er wußte, daß es wenige gab, die ihm glauben würden, und mit den meisten von diesen wollte er nichts zu schaffen haben.

Juanita bekreuzigte sich mehrmals.

»Kein Fleisch? Kein Rindfleisch oder Hühnchen?« fragte Bert, als die Tortillas gegessen waren.

Michael schüttelte den Kopf. »Es gibt Pflanzen, die Fleisch ersetzen können«, sagte er. Erst vor wenigen Wochen hatte er einige Pflanzenarten modifiziert. Die Veränderung und Umstellung würde, wie alles andere, Zeit erfordern, aber wenigstens waren die Grundlagen geschaffen.

»Und was ist mit den Leuten?« fragte Olive. »Wie

werden wir mit all diesen anderen zurechtkommen, die jetzt hier sind – den Feen und anderen?«

»Vegetarisches Essen gehört zu den Dingen, die das Zusammenleben erleichtern werden«, sagte Kristine. »Sie können Fleischgenuß nicht ertragen.«

»Ja, das haben wir erlebt!« sagte Bert mit energischem Kopfschütteln. »Neulich waren ein paar hier, angezogen, wie sie es zu tun pflegen. Spielten die Touristen ... Solche Blicke! Irgendwie schämte ich mich und wurde gleichzeitig wütend. Auch nicht schlimmer als die anderen, die im schwarzen Kaftan und mit dem breitkrempigen Hut daherkommen und über Nichtjuden die Nase rümpfen, nehme ich an, aber trotzdem ...«

»Michael meint, es sei zum Teil ein Schuldgefühl«, sagte Kristine. »Sie haben das Gefühl, als würden sie ihre Feinde essen ...«

»Viele Leute wurden in Tiere verwandelt«, fügte Michael hinzu.

Bert erbleichte. »Wenn das wirklich so ist, werden wir uns um neue Bestimmungen bemühen müssen, was rein und was unrein ist.«

»Und was soll aus uns allen werden«, beharrte Olive, »den ganzen Leuten hier? Können wir sie einfach aufnehmen, alle Veränderungen akzeptieren?«

»So sind die Verhältnisse und nicht anders«, sagte Michael mit einer Endgültigkeit im Ton, die Olive zurückfahren und die Lippen schürzen ließ, am Rande des offenen Widerspruchs.

»Und Sie sind für dies alles verantwortlich«, fragte Bert.

»O nein«, antwortete Michael. »Keineswegs.« Er lachte, und Kristine lachte mit ihm, als sie daran dachte, daß einige von Michaels Beratern in diesem Augenblick sehr wahrscheinlich im Müll hinter dem Restaurant versteckt saßen. »Ganz und gar nicht!«

»Ich wußte, daß es heute abend anders sein würde«, sagte Kristine, der staunenden Zuhörer überdrüssig. Sie saß unbeholfen auf dem Lehnstuhl, den John auf die Terrasse hinter dem Haus der Perrins gezogen hatte.

»Und was ist es?« fragte Michael.

»Der Magier hat es nicht erraten?« Sie tat überrascht. Seit sie die Zeit der Niederkunft nach Tagen berechnete, war sie reizbar geworden. »Deine Mutter. Sie verhält sich still, aber sie ist ein nervöses Wrack, und dein Vater sieht absolut verschreckt aus.«

»Aber warum?« fragte Michael.

»Jemand kommt zum Abendessen zu uns. Eine nichtmenschliche Person, würde ich sagen. Gewöhnlich bist du verantwortlich für nichtmenschliche Gäste, aber nicht diesmal, nehme ich an.«

Michael schüttelte den Kopf, ganz Unschuld.

»Kennt deine Mutter eine nichtmenschliche Person?«

Michael sperrte die Augen auf. »Meine Ururgroßmutter – aber sie ist ihr nie begegnet«, sagte er.

Salafrance Underhill kam um sieben Uhr abends, das lange rote Haar in einem Knoten aufgesteckt und in ein Gewand von der Farbe von Herbstlaub gekleidet. Ruth nahm sich ein Herz und ging selbst zur Tür, nachdem sie Michaels Angebot abgelehnt hatte. »Sie ist mein Problem«, sagte sie. »Als sie anrief, lud ich sie ein. Nun muß ich sie an meiner Haustür begrüßen.«

Für einige Augenblicke standen die beiden Frauen einander in der Türöffnung gegenüber, und Michael sah seine Ururgroßmutter zum ersten Mal. Sah man sie nebeneinander, gab es zwischen Ruth und Salafrance Underhill bemerkenswerte Ähnlichkeiten, aber es war nicht zu leugnen, daß die letztere eine reinrassige Sidhe und Ruth weitgehend menschlich war.

»Urgroßenkelin«, sagte Salafrance, und ihre Stimme war noch schöner als Ulaths, beinahe so bezaubernd wie die Stimme der Ban der Stunden. »Du hast von mir geträumt. Ich habe deine Träume gefühlt, über die ganze Welt hin und jenseits davon.«

»Hallo!« sagte Ruth, mit Erfolg bemüht, ein Zittern zu unterdrücken.

»Ist es Sitte, daß ich hier draußen warten muß?«

»Nein«, sagte Ruth hastig. »Komm herein!«

Salafrance schwebte zur Tür herein, scheinbar so groß und schlank wie ein Baum, das lange Gesicht mit den kalten Augen schwierig zu lesen, als sie von einem zum anderen blickte und dann ihre Aufmerksamkeit auf Michael richtete, der bei der Couch im Wohnzimmer stand und sich wieder jung und unbeholfen vorkam.

»Ich wußte nicht, daß meine Liebe zu Menschen dazu führen würde«, sagte sie. »Fünfhundert Jahre lang ging ich den Weg, den Elme vor mir gegangen war, aber aus einer inneren Verkehrtheit, nicht aufgrund eines Planes. Großenkelin, dies ist dein Mann?« Sie wies mit einem Nicken ihres langen Kinns zu John.

»Er heißt ...«, begann Ruth.

»Ja. Ich habe euch alle seit einiger Zeit beobachtet. Ich hoffe, das erschreckt euch nicht.«

Ruth schluckte, schüttelte aber den Kopf.

»Ich habe Abbitte zu tun. Ich bereitete meine Kinder nicht hinreichend vor. Ich fürchte, sie handelten törichtund verstanden nicht, wer oder was sie waren, und wie sie auf kluge Weise Partner wählen mußten. Du hattest darunter zu leiden, Großenkelin.«

Michael spürte, daß seine Mutter um Selbstbeherrschung rang, hin und her gerissen zwischen dem Wunsch, Salafrance hinauszuwerfen und dem Impuls, sich gehenzulassen und einfach zu weinen. Sie tat keins von beidem. Salafrance setzte sich auf Ruths Einladung auf die Couch und bedeutete Kristine, sich zu ihr zu setzen.

»Liest er dein Kind für dich?« fragte sie.

»Michael?« fragte Kristine verlegen. »Ja. Das tut er.«

»Und ist es auch ein Macher?«

»Wir wissen es nicht«, sagte Michael.

»Männlich oder weiblich?«

»Weiblich«, sagte Kristine. »Der Arzt hat es bestätigt.«

Salafrance lächelte ironisch. Ihre Mandelaugen konnten in jedem gegebenen Augenblick alle Anwesenden beobachten, ohne daß der Eindruck entstand, ihre Augäpfel bewegten sich. »Macht wird von der Frau getragen ... Urgroßenkelin«, sagte sie und wandte den Kopf zu Ruth.

»Ja?«

»Ich bin stolz auf dich, sehr stolz.«

Ruth lächelte. Michael begriff in diesem Augenblick, daß seine Mutter Salafrance Underhill niemals lieben oder sich in ihrer Nähe auch nur wohlfühlen würde, aber sie konnte sich jetzt in sich selbst wohlfühlen.

Sie hatte ihr Erbe nicht verraten.

Beim Abendessen, als Salafrance in Reis und Gemüse stocherte, fragte sie: »Wo ist der Nektar der Magier?«

»Ich gab ihn meinem Vater zurück«, sagte Michael.

»Er ist in meinem Weinkeller. In der Vorratskammer, genauer gesagt«, sagte John.

»Er hat lange genug gewartet, meint ihr nicht?«

»Sidhe trinken nicht, Ururgroßmutter«, sagte Michael.

»Kennst du die Regel – immer verboten, bei Gelegenheit geboten?«

Michael nickte.

»Dies ist solch eine Gelegenheit«, verkündete Salafrance.

»Ich bringe die Flasche«, sagte John und stand auf.

»Man sagt mir, und ich habe es gefühlt, daß du jetzt die Herrschaft über diese Welt ausübst, über ihr Leben und ihr Lied«, sagte sie zu Michael. »Ist das so?«

»Es ist so«, sagte Michael.

»Und was für eine Art Magier bist du?«

Michael lächelte. »Das ist eine ungenaue Frage.«

»Bist du ein Offensichtlicher, der zu allen Zeiten mit dem Lied tanzt und die Schritte aller beobachtet, die mit ihm tanzen?«

»Er mischt sich nicht ein«, sagte Kristine abwehrend. »Kaum jemand weiß, was er tut oder wer er ist.« Michael tätschelte ihr die Hand.

»Ich ... möchte nicht alle beherrschen oder überwachen«, sagte er. »Ich bin nicht der Meinung, daß ich irgendeine wirkliche Autorität ausüben oder moralische Urteile fällen sollte. Ich möchte meinen Willen anderen nicht aufdrängen. Ich bin ein Dichter, kein Herr. Ich mag die Instrumente stimmen, aber ich schreibe nicht jede Note des Liedes vor.«

»Und wenn es sich ergibt, daß die Rassen wieder versuchen, das Gleichgewicht zu zerstören?«

»Diese Brücke werde ich überschreiten, wenn ich zu ihr komme«, sagte er, verwirrt, daß sie so rasch erkannte, was ihm an der Zukunft die meisten Sorgen bereitete.

»Du bist ein sehr junger Magier«, sagte Salafrance. John kam mit der vom Alter dunklen Weinflasche zurück.

»Was ist ihre Herkunft?« fragte Salafrance.

John war verdutzt, wußte nicht, wie er antworten sollte. »Sie ist ein Geschenk von Arno Waltiri.«

»Von dem Menschen, der seinen Körper mit dem Cledarmagier teilte?«

»Demselben«, sagte Michael. »Er hatte ihn von David Clarkham. Ich hörte, Clarkham habe ihn von Adonna gestohlen.«

»Wir sollten alle trinken ...«, sagte Salafrance. »Ausgenommen Kristine, die vielleicht einen weiteren Macher in sich trägt, eine, die diesen Wein trinken wird, wenn ihre Zeit dafür reif ist.«

»Ich glaube, ich könnte ihn sowieso nicht vertragen«, sagte Kristine.

Die Flasche war mit einem dicken Klumpen Wachs versiegelt, in welches ein kleines Muster scharf eingeprägt war, zwei ineinander gesetzte Dreiecke wie ein Davidstern. Als John den Wachspfropfen aus dem Flaschenhals zog, vorsichtig, um das alte Glas nicht zu zerbrechen, erfüllte ein fast spürbares Aroma den Raum, voller und bei weitem stärker als Clarkhams Weine, mehr als ein Bouquet und im Bereich eines sonnendurchglühten Obstgartens.

»Wer diese Flasche nahm und wann, weiß ich nicht, aber ich weiß, woher sie kommt«, sagte Salafrance. »Das Siegel sagt es mir. Sie war einst im Besitz von Aske und Elme selbst. Es mag die letzte Flasche ihrer Art sein, und sie besitzt eine besondere Tugend. Es ist passend, daß der erste menschliche Magier seit Urzeiten davon trinken und durch die Erfahrung bestätigt werden sollte. Das ist, was Elme gewünscht hätte, und Aske wäre über seine Zeit hinaus stolz gewesen.«

»Du kanntest sie?« fragte Ruth in ehrfürchtigem Ton.

»So alt bin ich nicht, Großenkelin«, sagte Salafrance, und Michael spürte die Tiefen ihres Humors. »Ich habe welche getroffen, die sie kannten, ebenso wie Michael.« Ihr Blick war bedeutungsschwer. Michael erschauerte.

»Nun, da beide Räte sich aufgelöst haben und neue Ordnungen gefunden wurden, neue Lieder, zu denen wir tanzen, wollen wir in bescheidener Umgebung auf den neuen Magier anstoßen, einen bescheidenen Schöpfer, der gelobt, nicht um der Ordnung willen zu versklaven, sondern zu tun, was er tun muß, und allein das: einen Garten pflegen, der für alle Geschöpfe Gottes ist, in gleicher Weise.«

In seiner ganzen Zeit unter den Sidhe hatte Michael sie niemals von einem Gott über Adonna sprechen hören.

»Welcher Gott ist das, Ururgroßmutter?« fragte er.

»Du fühlst diesen Gott in deinem Blut, nicht wahr?« fragte sie. Sie hob ihr Glas, und die anderen folgten ihrem Beispiel. »Der Gott, der unserer Erinnerung nur in extremen Fällen bedarf. Der sanfte, der reife, der immer junge, der nichts als Teilnahme und Wachstum von uns verlangt. Der Komponist des Liedes von der Erde und allen Welten. Diesen Gott rufe an, Michael, und sei ein Macher und Magier.«

Michael untersuchte die Farbe des Weines in seinem Glas: sowohl golden wie braun, alle Weine, zu einem Wein geworden, und sagte: »Auf uns alle, und auf den Stoff, aus dem wir gemacht sind, und den Boden unter unseren Füßen, und die Welten über unseren Köpfen. Auf Leben und Kampf, auf Werden und Vergehen.« Er hob sein Glas höher. »Auf Schrecken und Ehrfurcht und alle starken Gefühle, und vor allem auf Liebe.«

Salafrance trank, und die anderen tranken mit ihr.

Als sie die Gläser absetzten, stellte John das seinige auf den Tisch und sagte: »Ich glaube, es muß ein anerzogener Geschmack sein.«

»Er ist wundervoll«, sagte Ruth.

Michael runzelte die Brauen, während er den letzten Schluck auf der Zunge verteilte. Er hatte beim besten Willen keine Meinung. In ein paar Jahrzehnten würde er vielleicht zu schätzen wissen, was er jetzt schmeckte.

»Wie ist der Geschmack?« fragte Kristine.

Er schüttelte den Kopf. »Ich weiß es nicht.«

»All diese Spannung, und du weißt es nicht?«

Der Rest des Abends verlief angenehm. Salafrance erzählte die Geschichte ihres Lebens, und Ruth lauschte aufmerksam. Vieles davon handelte vom Leben in den Bergen und angeblicher Hexerei und Konflikten zwischen den ersten Siedlern und den Sippen der Sidhe. Salafrance erzählte von einer einsamen und rebellischen jungen Sidhe – ihr selbst –, die aus den Bergen in die Gemeinschaften der Menschen gekommen war, einen starken jungen Mann bezauberte und von ihm bezaubert war und mit ihm in seine Hütte gezogen war, Kinder großzuziehen. Aber es kam eine Zeit, als Salafrance nicht mehr ohne ihresgleichen sein konnte; Kräfte, die weder sie noch ihr Mann steuern konnten, überanstrengten ihre Liebe, und sie trennten sich. Salafrance ließ ihre Kinder bei dem Mann, der sein Haus voller Hexen und Zauberer sah: seine eigenen Sprößlinge.

Kristine schlief an Michaels Schulter, als Mitternacht

vorbeiging. Gegen Morgen sagte Salafrance, daß sie gehen müsse, und Ruth begleitete sie zur Tür, wo sie ein paar Worte unter vier Augen wechselten.

Dann streckte Salafrance die Arme aus und zog ihre Großenkelin an sich und sagte: »Die Menschen haben uns immer gelehrt, wie man liebt.«

Sie trennten sich im Morgengrauen, und Ruth kehrte in die Küche zurück, das Gesicht naß von Tränen. John versiegelte die Flasche wieder und legte sie in das Weinregal. Michael fuhr Kristine in Waltiris altem Saab nach Hause.

Die Geburt verzögerte sich. Drei Tage später als erwartet, an einem sonnigen Frühlingsmorgen nach lange erwartetem nächtlichen Regen, als die Straßen fleckig von Nässe waren, das Gras noch voll blitzender Tropfen, öffnete Michael die Haustür, um die Zeitung hereinzuholen. Etwas berührte federleicht sein Bewußtsein, und er hielt inne und lauschte.

»Menschenkind«, sagte eine Stimme über ihm. Er blickte auf und sah Cum vom Dach herunterschauen, wo sie sich mit den langen Fingern an den Ziegeln festhielt.

»Du hast noch viel zu lernen.«

Er wandte sich um. Nare stand auf einem Bein auf der Rasenfläche zur Linken und krümmte die langen Finger vor der knochigen Brust.

»Selbst ein Gärtner braucht ein paar Jahrzehnte, um zu reifen und sein Potential zu erreichen«, sagte Spart, die mit untergeschlagenen Beinen auf der Wiese zu seiner Rechten saß und mit schiefgelegtem Kopf zu ihm herlächelte. »Sollen wir lehren?«

Freude schwellte Michael die Brust, und er lachte. »Nur, wenn ihr auch unser Kind lehrt.«

»Menschenkinder«, sagte Cum. »Unsere Spezialität!«

So geschah es, daß Michael Perrin in seine Zeit kam, und die Erde noch einmal ihre Jugend fand.